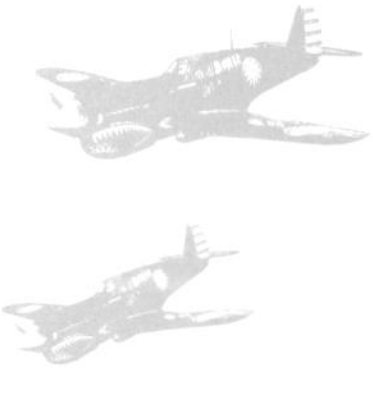

# 雁城谍影

上官鼎 著

生活·讀書·新知三联书店

**图书在版编目（CIP）数据**

雁城谍影/上官鼎著.—北京：生活 · 读书 · 新知三联书店，2017.1
ISBN 978－7－108－05847－8

Ⅰ.①雁…　Ⅱ.①上…　Ⅲ.①长篇小说－中国－当代
Ⅳ.①I247.5

中国版本图书馆 CIP 数据核字（2016）第 276489 号

责任编辑　吴　彬　王　竞
责任校对　常高峰
装帧设计　蔡立国
责任印制　徐　方
出版发行　生活 · 讀書 · 新知 三联书店
（北京市东城区美术馆东街 22 号 100010）
网　　址　www.sdxjpc.com
经　　销　新华书店
印　　刷　北京隆昌伟业印刷有限公司
版　　次　2017 年 1 月北京第 1 版
2017 年 1 月北京第 1 次印刷
开　　本　880 毫米 × 1230 毫米　1/32　印张 14
字　　数　353 千字　图 24 幅
印　　数　00,001－20,000 册
定　　价　39.00 元
（印装查询：01064002715；
邮购查询：01084010542）

衡阳回雁峰旧照

衡阳石鼓书院，中国古代四大书院之一

衡阳城北蒸水之上的青草古桥

衡阳雁峰寺寿佛殿

目前位于衡阳黄茶岭欧家町的天主教堂，它保持了原老教堂样子，与旧址相隔约三百米

抗日战争中常德会战阵亡将士纪念塔

衡阳保卫战守军第十军军长方先觉

衡阳保卫战守军第十军预备第十师师长葛先才

一九四四年衡阳保卫战中守卫衡阳城的中国军人

美制霍克-3战斗机

美制弗力提教练机

美制P-40战斗机

苏制SB-2轰炸机

苏制伊-15战斗机

苏制伊-16战斗机

日制“零式”战斗机

日制“九六式”舰艇战斗机

苏联援华航空志愿队

中国空军美国志愿援华航空队

衡阳保卫战前衡阳百姓乘火车逃离衡阳城

衣衫褴褛的衡阳守军创造了以阵亡六千余的代价歼敌一万二千多的战绩

一九四四年八月八日衡阳陷落，大撤退时衡阳机场美国空军基地被炸毁

日军中国派遣军总司令官畑俊六

# 目　录

# 序幕

一九九七年七月五日，星期六，香港。

彭老太太坐在客厅的落地窗前，从这栋位于上环的老公寓十七楼看出去，右前方是“港澳客轮码头”，两艘渡船泊在码头边，其中一艘似乎正要起航开往澳门。左前方可以看到“中山纪念公园”的预定地，两个月前才竣工通车的西区海底隧道就从左方入海，直通维多利亚港对面的西九龙，连接到西九龙海滨长廊。

从一早就开始下的大雨终于停了，海湾上空的乌云仍未散开，海风不弱，天边有些风起云涌的动荡，平时安详的海湾也起了不小的波浪，彭老太太凝神看了一会，靠回轮椅背上，端起桌上一杯热茶，啜了一口；福建武夷山的大红袍，几十年来还是那沁人心脾的老味儿。

她戴上老花眼镜，拿起手上的报纸——这份报纸她早已看过，令她一读再读的是一则不大不小的新闻，标题是：

纪念抗战六十周年凤凰文物交易协会拍卖抗战文物

文中提到四天前，七月一日举行的香港回归大典结束了一百五十五年的英国统治，并依据《基本法》成立香港特别行政区，实行“一国两制”，开启了香港的新时代。其实在第二次世界大战期间的一九四二年，鸦片战争一百年时，英美等同盟国已经废止了对华的不平等条约，并另订平等新约，只有香港的回归，因国共内战、朝鲜战争、越战等事件影响了中国与西方国家的关系，以致足足延迟了五十五年才得实现。凤凰文物交易协会订于七月六日星期日举办这次别开生面的抗战文物拍卖会，一方面是为了纪念“七七事变”六十周年，另一方面也因香港的回归为我中华民族洗刷百年不平等条约的耻辱，画下了历史的句号。

彭老太太真正感到极大兴趣，甚至感到震撼的是，文中提到拍卖的文物中有两封与国民政府空军有关的信件，颇具特殊的历史意义。其一是

“二战”前意大利法西斯统治者墨索里尼写给我国空军英雄高志航的亲笔信；另一封是美国飞虎队一位名为克拉克·柯尔的队长写给一位中国飞行员的父母的信，感谢这位飞行员为了救他而牺牲自己的生命。那位中国飞行员的名字是谭唯骏。

这报纸上的新闻彭老太太已经看了几遍，内容几乎熟而能背了，她放下报纸，从桌上拿起一本画册，这是为此次拍卖会印制的彩色宣传品，昨天她的干儿子朱佑华特地去主办单位买来的。这份宣传品上有这两封信的复印件。

墨索里尼的信是意大利文写的，旁边的中文译文为：

我最敬爱的高志航队长：

感谢您代表中国参加此次罗马航空展，这次盛会因您的参加而倍增光彩，尤其您初次驾驶意大利制造的飞机，竟能充分发挥该机的优越性能，令人十分激赏。此外，您的高贵人格尤其令我感到敬佩；这次贵国虽然决定不采购敝国所制造之飞机，本人在遗憾之余，仍然愿向阁下表示个人最高之敬意，愿你我友谊长存。

尊敬您的　贝尼托·墨索里尼

一九三六年五月三十一日

另外，画册的编辑对这封信有一段补充说明：

我国空军名将高志航在一九三六年奉派到意大利考察并参加航空展览会，飞行秀期间各国飞机制造公司都会提供最新的飞机款式参加表演，借机推销产品。墨索里尼看过高志航的特技表演后对他说：“像您这样的顶级飞行员，意大利全国也不过一两人而已。”两人因而建立了友谊。高在归国辞行时对墨索里尼说：“贵国所制造的飞机与其他国家的同级飞机相比已经有些落伍，而贵国的商人竟想用金钱行贿的方式要我们购买，请原谅我们绝不接受。”墨索里尼非常钦佩他的人格，便将随身携带的一支钢笔手枪送给他作纪念。

至于第二封信是英文写的，一旁也有中文译文：

亲爱的谭先生和谭夫人：

我写这封信时，仍然难忍满目的泪水，几次坐在打字机前写了头一行，便写不下去。但我想到两位失去爱子的悲痛将更胜于我，下面的话我必须告诉您们，这股力量支撑着我写完这封信。

唯骏，我们都叫他谭，和我在空中是并肩作战的伙伴，在地上是无话不谈的好友。他在空中是我见过最棒的飞行员、最勇敢的斗士，在地上他是人人喜爱的谦谦君子。

他曾发明了“谭氏偷袭”的空中战术，对早期中美空军能用P-40打败日本零式机的战绩有一定的贡献，我们大家都钦佩他的智慧及专业能力。就我个人而言，当我们比翼并肩作战时，我们彼此心意相通，不需通话就知道对方要做什么动作，目的是什么，该怎样去配合；就这样我们曾驾着P-51野马战机，在天空所向无敌，直到那一天，我的飞机突然故障被敌机击中，他想都不想就舍命掩护，结果是我生他亡！

亲爱的谭先生和夫人，只有在黑夜中我扪心自问：如果那一天我和谭易地而处，我也会做同样的事，我的悲痛才能稍微纾解，我的心才能稍微平安。

有一天谭感谢我照顾他，我对他说：“在你之前我没有兄弟。”如今上帝带走了谭，我又没有兄弟了。

奉上帝慈爱之名，愿这封信能带给您们一些安慰，稍微减轻您们的悲痛。

您们诚挚的　克拉克·柯尔

一九四五年九月三十日

谭唯骏为救友机而牺牲自己生命的壮烈故事已是五十多年前的陈年旧事，但是读着这封信，彭老太太不止一次流下了眼泪。她年近八十，最近行动开始不便，明天七月六日那场拍卖会是没有办法亲自参加了，但是她拜托干儿子朱佑华，务必要把这两封信买下来。

这时门铃响了，透过对讲机彭老太太听到楼下传来的声音："干妈，是我，忘了带钥匙。"是佑华的声音。"时间过得真快，佑华都六十岁了。"

门前墙上的镜子里，彭老太太一头白发依然丝丝发亮，脸上虽然满是皱纹，但是她端正好看的五官不减优雅的风韵。门开处，一个微胖的秃头男人走进来，很亲热地扶着他干妈坐到沙发上。

"佑华，星期六还去写字楼？"

"去整理一下资料，明天不是要去拍卖会吗？另外阿莲周末回沙田去了，我带了'波记'的烧腊和炒面，冰箱里有蔬菜和排骨西洋菜汤，待会儿我烫一盘青菜，热两碗汤，娘仔两个的晚餐就解决了。"

佑华离婚后没有再娶，无儿无女就和干妈两人相依为命，家里虽有女佣照料，但各种家事他常亲自动手，是个能干顾家的男人。

他一眼瞥见桌上放着的报纸及拍卖宣传画册，便对干妈道："今天约了一位经常光顾文物拍卖的朋友吃中饭，跟他谈起明天的拍卖会，他说很多有兴趣的行家都在谈论，认为墨索里尼致高志航的那封信可能是假的哩。"

"假的？"彭老太太戴上眼镜，将画册上那封信的译文再看了一遍。"怎知是假呢？"

"有行家比对过墨索里尼的笔迹和签名，认为这封信虽然有几分相像，但恐怕经不起专家的鉴定，拍卖会主办单位好像也没有提供鉴定的证件。”

彭老太太没有说话，佑华试探着问道：“有这些疑虑，我们是否还要出高价买这一封信？”

彭老太太仍未回答，她闭目沉思，心中想的是六十多年前的往事，一张张年轻漂亮的面孔飘过她的眼前，最后定格在脑海中的是谭唯骏。她记得唯骏曾亲口告诉过她有关高志航的种种事迹，包括他和墨索里尼的这一段，于是她睁开眼，嘴角带着微笑对佑华说：“就算专家说信是假的，我却知道事情是真的。对我来说，事情是真的，这封信就是真的了。专家说什么有吗个重要？”

佑华习惯性地拍了拍脑袋，不再说话。

窗外渐渐暗了下来，维多利亚港两岸的万家灯火渐渐亮了起来，一盏盏五颜六色的光闪入彭老太太的眼中，都像是启开了尘封六十多年的一幕幕记忆。她遥望着渐渐降临的香江之夜，双眼泛着泪光，一颗心飞到千里之外的衡阳湘江边，六十年前那个周末的下午，湖南省立第六女子中学的教室里……

# 第一章　中国不会亡

华一峰是北平师范大学国文系的毕业生。毕业后本想在北平附近找一份稳定的国文教员工作，但北方人浮于事的情形十分严重，一时没有适合的机会，家里又催促他回乡成亲，他急于要在外地找一份工作，可以暂时挡一挡父母逼他早日成亲的要求。就在紧要的时刻，幸得恩师许教授写了一封文情并茂的介绍信，向远在湖南衡阳的省立六中推荐他。六中的谢校长原也是许教授的学生，是当年北师大少数几位女毕业生之一，回到故乡衡阳六中教书，一则本人的能力强，再则她谢家是地方上有力的家族，省里县里都有熟人照顾，不过十年已当上了六中的校长，这在当时是极少见的。

谢校长很给许老师面子，很快就回信接受了华一峰，但是六中的国文教员没有缺，而一位地理老师得了肺病请长假，便想要请华一峰勉力接下地理课的教学，以后有机会再予调整。

华一峰在北师大主修国文，不过由于个人兴趣，也修了不少史地方面的课，对谢校长的安排虽然觉得有点失望，但是他没有其他的选择，便拜谢了许教授，怀着同每个初出校门步入社会的青年人一样的热忱及憧憬，一个人到衡阳省立六中报到。

那已是三年多以前的事了，那年他二十三岁。

三年多过去了，华一峰还是没有补上国文教员的缺，倒是原来那位地理教员肺病三期咳血不止，前年死在仁济医院；华一峰这几年教地理，却教成了六中最受学生欢迎的教师。

华老师年轻，长得斯文好看，这固然是十几岁女学生喜欢他的重要原因，但也不能掩盖他上课教材丰富、讲解生动、黑板上画得一手好地图的本事。他最受学生喜欢的是在教学中把地理及时事融合于一堂；讲世界地理时，他在地图上介绍欧美各大国在地缘、资源、民族历史各方面纠结之下，大战一触即发的诡谲形势；教授本国地理时，讲到中国这块多灾多难的土地上剑拔弩张的内忧外患，学生们更是深受震动。她们上的是地理课，却从华老师所讲授的纸上世界里认识了真实的世界。

华老师受到学生们的爱戴还有一个原因，便是他是一位经常在课余与同学们互动的老师。譬如说上完地理课的下一堂是自习课，华老师经常会留在教室里和同学们聊功课、聊生活，也聊国家、聊社会。

周末下午上完地理课后接着便是两节自习，这时有几个同学围着华老师，听他谈华北的新形势。

华老师带着些回忆的情绪说："……一九三三年春天，我正在北平找工作，也不知何时才能有着落，长城一带已打了起来，先是热河弃守，然后是长城抗战，后来订了《塘沽协议》才暂停战火……"

一个脸略圆的同学插问道："华老师，《塘沽协议》是不是丧权辱国的协定？"她是魏小玉，来自郴州的姑娘。

华老师道："一般说来丧权辱国已成定论，订这协定的人对不起浴血抗战的英勇官兵。一九三三年一个喜峰口、一个古北口，我们的军队武器训练样样不如日军，硬是用大刀和血肉之躯跟敌人杀进杀出。古北口之战，二十八岁的年轻师长关麟徵率第二十五师官兵浴血奋战，身受重伤，被抢救运回北平住在协和医院里，北平的女学生排长龙人手一束花要献给抗日英雄，那情景感动了北平古都的每个人，报纸的社论每天都在呼吁国人团结抗日。结果……结果国府派来大官和日本军阀订了《塘沽协议》，划下华北的非武装区，可我方部队退了，人家日军可一步也没有退出去啊……"

华老师还待讲下去，魏小玉忽然叹口气道："那时要是我也在北平就好了。"

她身旁身材高瘦、搭着刘海的黄倩文瞪着一双杏眼问道："小玉，你在北平又能干啥？"

魏小玉道："要是我在北平，我就要溜进关师长的病房，热烈地抱他一抱……"

黄倩文笑着打了她一下："人家伤卧在床，你怎么抱？你还是亲他一下比较实在。"

一直没开口的彭湘芷和罗百蕙都被惹得笑了起来，华一峰也笑道："小玉你说疯话，要是让级任导师听到你就麻烦了。"

黄倩文这时却皱眉道："华老师，您方才说《塘沽协议》的事，我记得当时各家报纸的社论一面倒地大幅批评丧权辱国，但事过四年，现在看起来，国军虽然向南向西退后了防线，日军也回到长城外，热河其实原来已经被他们占了，但起码保住了北平，中国增加了四年自强备战的时间啊。"她平时跟大家学着讲衡阳话，长篇大论起来就变回一口长沙话了。

华一峰有些惊讶，他看着黄倩文问道："倩文，你那时候就常读报纸社论？"

黄倩文有些不好意思地点了点头，接着又解释道："从初中时我爸爸就规定我每天看报纸社论，他说社论大多出于名家之笔，不但可以学文章，也可以明事理。"

华老师点头称许，赞道："你方才说得很有一些见地，但当年国府派出去谈判的高官们，确实对不起浴血死战的英勇将士。那些战死疆场的勇士，每寸国土都洒着他们的鲜血，真是宰相有权能割地，孤军无力可回天啊……"

黄倩文抢着说："可我堂叔当年亲自带兵在战场上，他却不这样看哩……"

华一峰又是一惊，忍不住问道："你堂叔？你堂叔的大名？"

黄倩文低头，有些不好意思地回答："我堂叔是黄杰。"

华一峰啊了一声："长城抗战中第二师师长黄杰？"

黄倩文又点了点头，然后正色道："我爸说，堂叔的第二师在南天门接了二十五师关麟徵师长的防务，在古北口和日军血战多次，第二师官兵殉国达四千多人。堂叔在给爸爸的信中说，长城之役牺牲虽大，但总算迫使日军主动停战，《塘沽协议》主要是延缓中日全面开战的时间，敌强我弱，其他的也就没法细算计较了。”

华一峰轻轻摇了摇头道：“但愿如黄师长所见，政府真能利用这几年时间生聚国力，真有抗日的决心，否则，否则……唉！”

他没有说下去，但是每个学生都了解华老师要说的是什么。华一峰看到坐在稍后的罗百蕙似乎有话要说，便鼓励地问道：“百蕙，你有话要说？”

邻座的彭湘芷看了百蕙一眼，似乎是暗示“少说话”的眼色，百蕙眼中却只看到华老师鼓励的神情，她嗫嚅了一下道：“我们今年就要毕业，华老师您说，今年和日本会打起来吗？”

这个问题果然引起大家的注意，都睁大了眼望着华老师。

华一峰见到这一群青春洋溢的女孩，个个都是中国的新女性，毕业之后不论是在什么岗位上，都应该是担负改造中国社会的生力军，然而此刻毕业在即，在国事如麻、敌人兵临城下的时刻，每个人眼中都流露出迷惘彷徨、心事重重的神色，不禁有些伤感地叹道：“这……华老师也不知道。老师只知道日本军阀这样步步紧逼地欺侮我们，中日之间终难避免一战。全面大战一起，举国遍地烽火，衡阳这样安静太平的好日子恐怕不多了。但是今年还是明年？我不知道。你们毕业在即，几年的用功总不要功亏一篑，还是好好把课业修好，顺利毕业，想要什么样的未来，就努力去追求。战争何时爆发谁也说不准，大家就暂时不要因为这些而影响了自己该做的事，这样，这样……”

华一峰忽然打住，眼睛一红就说不下去，他想到战争一起，眼前这一群聪明可爱的女孩每个人的命运都将完全改变，少女的美梦和憧憬即将被血淋淋的现实彻底粉碎，因而感受到自己正在讲的一番话实在近乎废话，便说不下去了。

同学们全都怔住了，大家瞪着华老师，也没人敢出声，教室里忽然安静了下来。过了一会儿，华一峰脸上恢复了平常的微笑，缓缓地道：

“总之，咱们要好好利用每一分一秒做好自己该做的功课，多一分知识便是多一分力量，所谓有备而无患，未来救国抗敌的责任全在咱们的肩上哩。”

罗百蕙睁着一双大眼睛，低声道：“老师您刚才好激动，吓了我……我们一跳。”

华一峰对百蕙笑了一笑，轻摇首，却没有说话。

郴州姑娘魏小玉忽然冒出一句：“毕业后我家就要搬离衡阳，以后大家见面就不方便了……”

华老师转头问道：“小玉，你家要搬去哪里？”

魏小玉道：“长沙，我爹要我考长沙湘雅医学院。”

华老师点头赞许道：“小玉有志气，将来当个济世救人的好医生。你家现住哪儿？江东岸？”

小玉道：“三年前才搬来衡阳，我家在潇湘门内租了一栋屋，就在郴州会馆附近，离石鼓书院也好近。我最爱上石鼓山去看湘江和蒸水，风景好极，真舍不得离开哩……还有你们。”

一直没有开口的彭湘芷这时冲着魏小玉微笑道：“郴江幸自绕郴山，为谁流下潇湘去？石鼓江山看未尽，却向岳麓寻斯文。小玉呀，你志在千里啊。”

几个同学拍起手来，华一峰想到小玉说她从郴州来到衡阳潇湘门，又要去长沙升学的话，对湘芷的文才和机智大为激赏，忍不住也拍手赞道：“湘芷文才果然快捷，在班上国文成绩恐是第一名吧？”

小玉抢着回答：“不但国文第一，数学也是第一呢。”

湘芷低头有些不好意思，忽然觉得自己平时都很沉稳，这回人家会以为自己有意在华老师面前卖弄。她偷瞟了百蕙一眼，还好华一峰说话了，大家的眼光都投向华老师：“你们班上好像就只有小玉和倩文是外县来的，其他都是衡阳人吧？”

大伙儿点头，华老师随口问：“都住衡阳城里？”

百蕙道：“我家住在南门朱陵巷那边。”

湘芷回答道：“我住在司前街。”

倩文笑着说：“就我住城郊外，我家在欧家町附近。”

华一峰啊了一声道：“欧家町？有一回和其他两位老师到那边去走了走，附近还有一座小天主堂，对不对？”

倩文点头道：“不错，那是‘南乡堂’，神父是意大利人，很是和蔼可亲，时常帮助附近的乡人。”

华老师看了看窗外天色道：“同学们，你们自习吧，老师走了。”

“老师慢走。”

“老师再见。”

下课钟声响起，周末最后一节课终于结束了。每周最后两节课都是自习课，老师交代了一些指定功课后常会先行离堂，有些调皮好动的同学，由体育健将董森带头，合上书本溜出教室去运动或聊天了，彭湘芷和罗百蕙总是乖乖待在教室中，认真地把老师指定的功课温习完毕，静待下课钟响。

从一年级起两人便是邻座，虽然湘芷文静，百蕙好动，但都是性子温和、爱读书而能深思的女孩，在班上的功课总是名列前茅。两人的感情好，谈到知己之处，有时感觉上真比亲姊妹还要亲。

湖南第六中学，是省办的女子中学，它的前身是湖南省立第三女子师范，校园在湘江东岸，学生住校，家在湘江西岸的同学，每周末坐渡船过江回家一次。彭湘芷和罗百蕙家都在西岸城区，她们对每周末的最后一次下课钟响总是特别期盼，收拾好书包和准备带回家去的什物袋包，一同走出教室，开心地穿过校门走向码头。

这是一九三七年春天，清明前九日。

彭湘芷剪短发，穿一身白衣黑裙，上身加了一件手织的毛衣，黑色高领口，按扣开口在右肩上，衬着她面上肤色白得发亮，只双颊受风吹了泛些嫣红，整个人散发出青春的美丽。

罗百蕙留着乌黑的长辫，她一身阴丹士林布的旗袍，上身加了一件夹袄。她肤色稍黑，一双大眼睛特别明亮，不带笑容看人时显得有些锐利，浅笑的时候就会出现两个小酒窝，立时增加几分妩媚。

两人走到码头边时，渡船正好离去，而对岸有一条渡船正朝着这边摇过来。彭湘芷望着江中滔滔江水道："百蕙，湘桂铁路跨江的大桥动工了，也不晓得要哪时候才能通车？桥上要是有人行道就好了，我们也不必每次都要坐摆渡船。"

罗百蕙习惯性地皱了皱眉头道："听说才开工建造经费就发生问题，还不知道建不建得起来呢。我印象里好像只能走火车，人行恐怕不可能吧。"

彭湘芷道："上地理课时，老师给我们看的兰州铁桥图片，桥面两侧都有人行道，我觉得好方便，行人可以一面安步当车往来两岸，一面可从桥上看那滚滚黄河的景色，真是忒好啦；人家的铁桥可是光绪年间建的啊。"

罗百蕙笑道："华老师说，兰州铁桥还是我们湖南人左宗棠拟的建造案哩。湖南人就爱以天下为己任，跑到外头去建大功立大业，自己家乡倒没看到有吗个大建设。"

湘芷轻拍了百蕙一下，说道："这几年国家各地刚开始有些建设，日本鬼子又来侵略我们了，唉，自习课听华老师一番话，真令人担心。百蕙你关心国事，你说这个时局会怎么变化呀？"

百蕙也叹了一口气道："华老师说到长城战役好生激动，其实日本军阀从一九三一年'九一八'事变占据东北，几年之内发动了热河战役、长城战役，又在上海发动'一·二八'事变。我爸爸说，今年北平已经三面被日军包围，上海更是日本陆、海军云集，蒋介石即使百般不愿，到了这地步恐怕也只好全面抗战，而且这场战争一定是场持久战，全国无一处能幸免于战火。就像华老师说的，衡阳这边的太平日子，也没几天了。”

湘芷又轻叹了一声，低声道：“你爸爸在省政府做事，消息一定灵通的，我看从‘一·二八’的十九路军，喜峰口的杀敌大刀队，这些战役打下来，虽然牺牲惨重，但全国人民的士气却是打了上来。我们不久就要毕业，好希望找一份工作好好过日子，但是如果战争真打起来，我也希望能加入抗日的行列，为国家尽一份力。”

百蕙点头道：“华老师说你是班上最聪明的学生，又细心又管事，最适合当个好老师。”湘芷笑道：“你莫要整天华老师、华老师的不离口，我看全班都晓得华老师最爱的学生就是罗百蕙。”

百蕙脸上一红，伸手打了湘芷一下道：“你胡说，你自己才是国文老师的宝贝儿。”湘芷低声道：“陆老师都有五十了，女儿都有我大，哪像我们华老师是个单相公，还不到三十吧，长得斯文又好看，对你确是另眼相看。百蕙你老实说，你是不是也有点喜欢华老师？”

百蕙不答，指着前方道：“船来了……”

十几个汉子妇女一拥而前，从两人身边挤过，人撞人毫无感觉，有两个人挑着扁担，篓子里满满地装了小橘子，撞在百蕙腿上还蛮沉的。百蕙顾不得痛，快步追上前去，待船上一空，她跟着大伙儿挤上去，一把将落在身后的湘芷也拉上了船；每人两个铜板。

渡船是条平底的木船，一次能坐十多个人，艄公摇橹过江，三月江水上涨，水流却不湍急，渡船行在江上很是平缓；江水绿中泛蓝，正是一年里最漂亮的时节，再过一两个月雨季到了，江面暴涨而混着泥沙，春水碧于天的景色便没有了。

这时日头偏西，映着江波有些金光闪闪，船夫摇橹的咿呀欸乃融在江流声中，总是带给湘芷一种空灵的憧憬之情，每次在渡船上她都无视周遭的嘈杂，幽幽思绪不知去了何方。

百蕙知她这毛病，也不惊动她，自顾想着自己的心事，直到船儿快到对岸的“太子码头”时，百蕙忽然低声道：“明天我带我表哥来找你……”

湘芷像是猛然惊醒，望着百蕙道：“对，对，你告诉过我你表哥从杭州来，是昨天到衡阳的吧？你们……你们要来？”

百蕙神秘兮兮地道：“不错，表哥到衡阳来是公事，大概会待个几天，这回他来，我可要他带我坐一趟飞机……”

湘芷吃了一惊道：“坐飞机？他要载你坐飞机？”百蕙笑眯眯地低声道：“他上次来的时候不小心说了句‘哪天带你去坐一趟飞机’，这回我可要抓紧这句话，定要他实现诺言。”

湘芷知道百蕙这个表哥是空军的飞行员，听百蕙说起来是个文武全才，百蕙给她看过一张他和她父母合拍的照片，确实有些风姿英爽、玉树临风的味道，她想了一想问道：“那……那你们来找我干么？”

百蕙浅笑低声道：“我要是能说动他，我们就要到‘演武坪’飞机场去，路过你那里可以歇一脚，吃碗鱼粉。”她笑起来，两颊现出小酒窝，有几分妩媚，也有几分调皮。湘芷道：“那还用讲，你们上午几点来，我等你们。”

船到太子码头，靠岸搭了板，过河客又是争先恐后地下船，百蕙忽然捏了湘芷一把道：“湘芷，你想不想坐飞机？”

湘芷从来没有想过“坐飞机”这种念头，她直觉感到“飞上天”是个极疯狂的想法，百蕙缠着她表哥要坐飞机，人家是国家空军的飞行员，载她上天说不定要触犯规定，遑论还要载自己这个外人上天？想到这里，她便摇手道：“不想不想，我才不想坐飞机。”

从太子码头往南门走，就可到朱陵巷百蕙家，但百蕙总要陪湘芷多走一程；于是两人走上了沿岸而建的湘江南路，从铁炉门进城，走到北正街口才分手，湘芷往北，百蕙往南。湘芷挥挥手道：“明天见，带表哥来吃鱼粉。”便挟紧包袱快步走上北正街。百蕙应了一声，便往南去了。

南北正街算是衡阳城里的大街，路面有五米宽，最宽的地方有六米，铺了麻石条，两边都是店铺，以两层的木造青瓦房屋为多。左手边有一栋封火印子墙的宅子有三层高，靠街的一层是家卖布匹、衣服、鞋帽的铺子，老板娘是个镶了一口金牙的胖堂客，总爱扇把蒲扇坐在铺门边一张红漆凳上，看来往的行人。

湘芷几乎每个礼拜这个时候都会从此经过，胖堂客看得熟了，便挥扇打个招呼："彭家大小姐，回婶子家呀？"湘芷朝她笑笑，也回打招呼："是啊，曾家三妈，生意好啊。"铺里没一个客人。

湘芷表面上十分光鲜，是个漂亮、聪明又懂事的女孩，私底下过得极是辛苦。父亲是前清举人，中了举却不肯衣锦回乡当官，反而变卖田产跑到东洋去留学，在早稻田大学学法政，后来加入同盟会跟孙中山搞推翻清政府的革命运动。这边可苦了湘芷的娘，只好在外婆家边上挤间小屋，带着湘芷认字读书过日子。湘芷十二岁那年，她爸爸英年得痨病过世，寡母孤儿立刻陷入生活困境。

湘芷的娘没读多少书，却是个有见识的旧式妇女，她丈夫死得早，失去依凭，但彭家前清举子、东洋留学生、同盟会革命党人的架势不能坠了，她拿出有限的家私，风光地替丈夫办了场丧事。彭家丧事办了七天，三日流水席招待亲友，邻里乡人路牵路来吊丧，提两串纸钱当奠仪的也有一顿好吃。

最后一个客人走了，冷风中惨白的残烛将灭，湘芷的娘带着十二岁的幼女跪在灵牌前，这才双目泪如雨下，她低号了两声，吓得湘芷大声哭泣，"湘芷的爹啊，你撒脚就走，就像上次去日本一样，说走就走，从来就没有想过，我母女的日子怎过……"

布帘掀处，一阵风吹进来，火盆里卷起漫屋纸灰，煤油灯火下，湘芷瞧得仔细，一个留着络腮胡子的粗犷大汉和一个打扮齐整的富态妇人联袂走了进来。湘芷止住哭啼，低声叫道："塘叔，婶子……"绝望的心中燃起一线希望。

湘芷的堂叔彭怀塘是湘芷爹的四堂弟，婶子是西乡邹家的女子，最是疼爱湘芷这个聪明漂亮的小堂侄女，湘芷从来就和这个婶子最亲。

彭怀塘十四五岁就随湘军的部队到了外地，一去十多年没有音讯，那些年国内战火不停，家人多以为他跟着当兵的大江南北打仗，恐怕已没了。他三十一岁那年的端午节，家人正在吃粽子点雄黄酒，彭怀塘突然像鬼魂一般出现在家人面前，他穿一身白色的中山装衣裤，留着一把大胡子，戴了一副黑色的太阳镜，家人惊恐万分，等他摘下了墨镜，大家才认出，彭怀塘回来了。

彭怀塘原来没有死，这些年他去了哪里却从来不与任何人谈起，但从他一口气在司前街买下三幢相连房屋的气魄看来，他带了不少银钱回来。不久以后，城里就传出各种谣言：有人看见彭怀塘有一只黄牛皮箱，里面全是金条；也有人瞧见彭怀塘除了腰间别了一把蓝汪汪的外国手枪外，还有一条牛皮的束腰，上面整整齐齐插了六把吹毛断发的匕首。

之后彭怀塘娶了西乡洪罗庙邹家一个年轻寡妇，就将司前街的三栋砖砌房子重新改了门面，西间那间最大的开了鱼粉铺，另外两间给打通了，楼下是茶馆，楼上是客栈。这一来乡人更传出新的谣言：衡阳出了第二个“大淤贼”了。

“大淤贼”李向荣的故事在衡阳流传甚广，传说掏大粪的李向荣在前清灭洋战乱时，从城南郊天主堂的茅坑里掏到大批金条，都是逃难的洋人临走前偷偷抛藏在粪坑中的，李向荣据为己有因而大富，衡阳人私下都管他叫“大淤贼”，几乎到了无人不晓的地步。

但有关彭怀塘的谣言始终没有流行开来，只在私底下偷传，一来彭怀塘孔武有力，瞪着看人时双目放出如电的慑人目光，传他的长短大家都有点怕怕的；再则彭怀塘急公好义，邻里有事他无不挺身相助，颇有江湖侠客的豪气，大伙儿对他的回乡从充满疑心到渐渐可以接纳，最后变为欢迎，各种谣言也就销声于无形了。

湘芷母女在困境中得“塘叔”仗义相助，母女二人被接到司前街来住。湘芷的娘是个坚强而要面子的人，她坚持要把最后一包家私交给彭怀塘，作为母女二人的生活费。那是用蓝底碎白花布紧紧裹着的一个小方包，包里面湘芷没有看过，但她知道那是娘私底下攒的一些金银首饰，连陪嫁的家当都在里面，也许能值不少钱，却是娘最后一点财产。交出这一个小布包，母女两人从此身无长物，除了一些银元现钱，就一贫如洗了。

彭怀塘如何肯收这包财物，但湘芷的娘坚持要他非收不可，不然她便不肯随塘叔和婶子住，最后婶子打了个圆场：“嫂嫂这包东西就算暂时存放我处，将来湘芷上大学时就作为学费。”湘芷的娘仍不肯依：“不是存放，是给了婶子。”婶子只好道：“好，好，不算存放，算我收了就是。”她心中想：“将来湘芷长大了，这布包原封不动还给她就是。”

就这样，湘芷搬进了司前街鱼粉铺。她每次想到那一幕，那个蓝底白花布包，娘坚持把她母女俩唯一的财产交出去，眼睛便湿了。娘坚持的是一点可怜的尊严，为了那一点尊严，湘芷暗暗发誓，自己这辈子要努力奋斗，要有出息，要为娘争一口气。

湘芷走到司前街婶子的鱼粉铺时，天色已暗了下来，有些店铺里已经点亮了煤油灯。天边出现一缕淡淡的红云，渐渐暗下来却越来越红，为狭窄街道两边房屋的门面上了一层紫红色，黑漆的旧木屋染上这浓彩，显得有些不真实。来往行人的影子在陈年斑驳的石板地和木板墙上缓缓移动，有一种飘忽的感觉；湘芷感到这一切都是那么虚幻、那么冷漠，嘈杂的街道上忽然之间所有的声音都消失了，只有东来西往的行人，一张张面孔在眼前飘过，有的陌生，有的似曾相识，他们在无声息地移动。湘芷像是回到梦里，这景象像极她夜里常做的梦境；梦里方知身是客。

“湘芷呀，你站在街上发吗个呆啊？还不快点进屋来。”

是婶子的声音，湘芷蓦然惊醒，就如每次从梦境中蓦然惊醒，所有的声音一下子都回来了，有人在打招呼寒暄，有人在讲价还价，有两个小贩不知为啥事在吵架，还夹着一两声清喉咙吐痰的异声；全是熟悉的衡阳乡音。

湘芷连奔带跑进了鱼粉铺，婶子笑眯眯地对她抱怨："湘芷呀，你又在街上失魂落魄了，哪天总要被车子撞着。"

湘芷亲热地搂着婶子的膀子道："才不会呢，婶子你坐在门口，方才一道阳光照在你脸上，嫩肤少年好漂亮，我就看呆了。"

婶子确是个注重打扮的妇人，虽然当了鱼粉铺的老板娘，终日在店里招呼顾客，但任何时辰见着她都是整整齐齐一丝不苟，一头乌发总是用篦子篦得泛亮，过身时散发出些许桂花香气；一身衣装，无论是短衣长裤还是短袄长裙，都剪裁得利落合身，颜色虽多素净，搭配得倒也看得舒服。听湘芷这般亲热的娇爱，膝下犹虚的婶子真像个亲娘般在湘芷的双颊上轻拍了一下道："就你口最甜，婶子讲不过你，快到后面去看你娘，洗把脸好好休息一下，便来吃碗鱼粉。吃晚饭还早，今天你塘叔从长沙回来，带了几包地道的长沙臭豆腐干，晚上客人走了，我们起油锅炸它两包来过过瘾。"

湖南人几乎都爱吃长沙的臭干子，湘芷对臭豆腐干却没有特别喜好，她轻轻皱了皱眉道："好啊，要多备些辣椒。"

婶子的鱼粉铺比一般的大了不止一倍，后面有三间屋，塘叔和婶子把最后面、格局最好的一间给湘芷母女住。这间房两面有窗，后面还有一个院子，本来堆放杂物，角上有个茅房，湘芷母女搬来住后，塘叔找工人把杂物清了，种了一些花草，又在茅房外种了一排桂花树。也许是靠近肥水，桂花树长得特别快，几年工夫已经长起来将茅房遮掩得若隐若现，更兼桂花飘香，竟将一方邋遢的茅厕土坪变成了幽雅的院子。湘芷特爱茉莉花，便在窗边的草地上种了十几棵，又在草地中央种了两棵山茶，春来倚窗展书读，窗前的小桌及旧藤椅，竟成了她最钟爱的所在。

湘芷进房时，她娘正在窗前落日余光下纳布鞋底。湘芷叫声娘，说道："娘，你莫赶着做鞋底，我脚上的鞋还好得很。"她看到娘用力顶钉穿过鞋底的辛苦模样，想到母女俩因为省钱买不起皮鞋，六年来上学也不知穿破了几双布鞋，全是娘一针一针纳出来的，不禁暗自心酸。

湘芷的娘看到女儿回来，脸上全是欣喜之色，她放下手中的鞋样和针线，湘芷刻意直挺挺站在她面前，让娘看个仔细。果然不出所料，娘看过便带些忧虑地道："湘芷，你怎么一个礼拜就瘦了一圈？有啥不舒服么？"

湘芷"扑哧"笑道："娘，你每个礼拜都觉得我瘦了。照娘的说法，从寒假讲到现在，我该瘦成一只毛燕子了。"

娘被她逗笑了，便道："快去洗把脸，先吃碗鱼粉再来陪娘说话。"

湘芷在省立六中读书这几年都有公费奖学金，不但学费全免，还供书本文具，连橡皮擦都不用自己买，她对学校十分感激，能回报的只有年年考第一。在她内心深处，这也是她唯一能为爹娘争一口气，让塘叔和婶子看得起的办法。湘芷做得完美无缺，日子却过得辛苦。

衡阳的鱼粉是有名的大众美食，手摇机器现轧成细条的米粉，又新鲜又有劲，加上浓郁的鲜鱼汤和嫩鱼块，虽是极简单的小吃，却最能牢牢抓住衡阳人的胃口。婶子的米粉和鲜鱼从食材到制作功夫都是一流的，加上她来自洪罗庙，用死辣的朝天椒炒一碟切得分薄的腊牛肉，风味绝佳。只这两样，已经让司前街婶子鱼粉铺全城知名了。客人上了桌，很少吃一碗便够的，一般人一吃就两三碗，曾有大肚汉可以一口气吃五碗以上的。吃完了就将空碗放一旁叠起来，吃饱起身时，空碗堆了老高，按空碗数目算账，一碗十个铜板，价廉物美。

湘芷有些饿了，一口气吃完一碗。隔壁桌上坐了一个衣冠不整的黑汉子，对面却坐着一个穿中山装油头粉面的中年人，两个人各吃了三碗，站起来就走人，经过铺门口时，那中年人对婶子道："婶子，挂笔数，月底再算。”挥挥手就扬长而去。

湘芷心知这厮月底绝不会来结账。婶子说开小铺最怕两种客人：城里城外的痞子和衙门的小官，这两种人专门占便宜，欺压做小生意的老百姓。但婶子不但不会发作，还一再告诫湘芷不准告诉塘叔，湘芷忍不住问：“为啥不能告诉塘叔？”婶子摇头叹道：“要是你塘叔知道了，会出事的，会出事的。”

她一连讲了两遍“会出事的”，脸上流露出极为严肃的神情，湘芷不知会出什么事，只想到让塘叔教训一下这些白吃白喝的家伙，有什么不好？

八点钟后鱼粉铺客人便渐渐离去了，衡阳旧城其实没有什么夜生活，市民到了晚上顶多去银花戏院看场电影，或是到国兴戏院听场京剧，胜利大戏院看祁剧，再不就窝在家中三朋五友打个小麻将，妇女们则喜欢斗“纸页子”牌消遣。

客人走了才开晚饭，饭菜上了桌，塘叔还在隔壁茶馆和一个投宿客人说话。婶子正要去催促，却听得塘叔爽朗的笑声响起，他带着一位穿了一身灰色旧西装的客人进来，那客人年约三十几，长得很体面，嘴角带着和蔼可亲的笑容，让人一见面便有好感。

塘叔拉着那人的膀子介绍道：“这是武昌来的蔡专员，和我有旧，这回公办来衡阳，正好投宿在隔壁客栈，真是巧极了。”“一奇兄，这是贱内，那边是我嫂子和侄女，难得你我衡阳重逢，便请过来加入咱们吃餐晚饭。”

婶子忙添了一张凳子，张罗桌上碗筷，那蔡专员十分有礼貌地和每个人打招呼，便坐了下来。湘芷观察仔细，注意到他右手提着一只白提柄的黑色皮包，十分谨慎地放在地上，然后又将它移到两脚后面，就夹在双腿之间。

湘芷暗想：“这黑色提包中一定有极重要的事物，这蔡专员竟不肯离身哩。”

本来轻松的家庭晚餐，多了一个生人，气氛就生分了，还好塘叔和蔡专员似乎很谈得来，湘芷母女本来话就不多，只低着头吃婶子准备的好菜，一碗青斑椒焖草鱼，一碗堆子香腰入味极了，湘芷虽然有些不好意思，还是忍不住添了半碗饭。婶子是不论生人熟人，她总能找些话来应酬，隔着桌子见湘芷添饭，便高兴地朝她连点两下头。

塘叔和蔡专员的谈话却令湘芷觉得奇怪，他们似乎在谈国家大事，又像是在谈生意上的事，中间夹了许多听不懂的词语，一向聪敏善解的湘芷竟然听得莫名其妙，但她却发现塘叔的神色渐渐变得凝重，说话的声音也压低了一些。只听得蔡专员说："叶先生那边的朋友姓王，早年也进过三合，我会请他来这边找你老兄。"塘叔点头道："没问题。还有我那义薄云天的好弟兄丁胡子，自从那年在岳阳打散了，他自告奋勇断后，以一当十打了三天三夜就没了下落，最近听说他没死，在湘川边境上做些没本钱的生意。老弟你要有他的下落，务必带个话，请他来趟衡阳。"蔡专员的表情像是慨然应允了，塘叔就不再多讲，大口吃菜。婶子从厨房端了刚出油锅的长沙臭干子，一屋的异香。

回到房里，湘芷显得有些兴奋，两颊绯红，拉着娘问："塘叔和那蔡专员好像在讲什么大事，讲得神秘兮兮。娘，你晓不晓得塘叔回衡阳成家之前究竟是做啥事的？"

娘拍拍湘芷的手背道："塘叔的事只有他自己晓得，连你爸都不清楚，娘哪晓得。你莫要去打探塘叔的事，他可是我们母女的恩人啊。"

湘芷躺在床上一时睡不着，她回想塘叔和蔡专员的对话，实在弄不懂他俩谈的主题究竟是什么，想得多了，竟生出各样的幻想，但每个故事都经不起细究，一细究起来马上就觉荒谬；想着想着，午夜竟然仍未入眠。

娘早已熟睡，发出均匀的呼吸声，湘芷索性轻轻爬起来，坐到窗边，布窗帘拉开半尺向外看去，却见窗外月光如练，照得小院中半明半暗，花木扶疏历历可见。湘芷猛然想起，今天是阴历十五，怪不得月色如此明亮。她将布帘全拉开了，玻璃窗外一轮明月，感觉上整个夜空似乎万里无云，皎洁清亮极是好看，正是十五月圆的好模样。

湘芷一面暗赏这一方院中月色，见天上有疏星，她也不识星辰位置，只忽然想起刘方平的诗句：

更深月色半人家，北斗阑干南斗斜。

那正是一首咏早春月夜的名诗，她默念寻思下面的句子，一时却记不真切。忽然之间，她看到窗外草坪上出现了两个人，那两人原在桂花树影中，这时缓缓走到了山茶树边，湘芷仔细看去，竟是塘叔和那蔡专员。

湘芷顿时睡意全消，轻轻将布帘拉上，只留半寸缝隙。那两人不住低声交谈，湘芷完全听不到声音，只能默默透过那半寸缝隙注视两人的动静。过了一会，交谈似乎终止，蔡专员将手中一件物事交给了塘叔，湘芷瞧得清楚，正是那只白把手的黑皮包。

蔡专员将黑皮包交给了塘叔，又交代了两句话，便匆匆走了，想来是回到楼上客栈去了。塘叔拎着那只黑皮包，蹲下身来打开看了一眼，立刻合上，站起身来时月光洒在他身上，湘芷看到一张严肃的脸，他也匆匆走离小院子。

湘芷舒了一口气，轻轻爬回床上，夜阑人静，她猜不透塘叔和蔡专员在后院中神秘的举动是为了啥，却忽然记起了刘方平那首诗的下半阕：

今夜偏知春气暖，虫声新透绿窗纱。

想不透，湘芷累了，终于睡着了。

礼拜天是个蓝天白云的好日子。早上九点钟，罗百蕙和她表哥就到了司前街婶子鱼粉铺门前，鱼粉铺的门板刚卸下，木门开处，湘芷已经出现在门口。“百蕙，早啊！”

百蕙拉着表哥从对街跑过来。“湘芷，这是我表哥谭唯骏。”

湘芷抬眼看时，谭唯骏也正在看她，她大方地招呼：“谭先生，早。”湘芷只在照片上看过他，这时面对面就看出谭唯骏确实长得出众，短发上顶着蓝色的军便帽，浓眉大眼，肤色特好，穿了一身天蓝色的空军制服，手上还提了一个大帆布包。他徒手行了一个漂亮的军礼，对湘芷道：“彭小姐早，常听百蕙说起你，今天见面便觉百闻不如一见。”

湘芷也正在想这个飞行员本人比相片上还要好看，听他说“百闻不如一见”，便笑道：“我也常听百蕙说表哥这样表哥那样，听得耳熟能详了。”

百蕙道：“表哥不要听湘芷的，她这人文采高明，没事到了她口中笔下，就变得真有那么回事了。”

这时婶子从屋里出来，人未到热情的声音先到：“百蕙呀，好一阵子不见你来了，原来是有表哥陪着四处去耍了。”百蕙拉着表哥与婶子见礼，婶子道：“听湘芷说你们等会要去演武坪耍？快进来先吃碗婶子的鱼粉。”

谭唯骏喜道：“多谢婶子，总听百蕙说婶子的鱼粉全衡阳找不出第二家，今天可有口福了。”

湘芷看到谭唯骏笑口一开，脸上及额头多了两条极有个性的皱纹，看上去温文而自信，不禁暗为百蕙高兴：“百蕙这个表哥竟比华老师还要出众，难得英挺中还有些斯文气，难怪百蕙喜欢他。”她低声问百蕙：“你今天真要去坐飞机？”

百蕙双臂张开举起，笑得开心，连连点头道：“怎么不？我昨晚求他好半天，最后终于说服他了，刚好管演武坪的梁副站长也在一起吃饭，他们便说定了。”

湘芷笑着说：“你真有办法，一定是软硬兼施，任谁也拿你没法子。”心中却暗道：“要是我就不会硬逼人家做违规的事。”

婶子进厨房去了，谭唯骏坐下来对湘芷道："彭小姐，听百蕙说今天你也去？也来试试飞行？" 湘芷笑着摇手道："我可不敢坐飞机，你们去吧，百蕙胆子忒大。"

百蕙挨着表哥坐下，对湘芷道："你就不坐飞机也要和我们一起去，去看表哥表演……" 谭唯骏接着道："不错，彭小姐一起来嘛，你看看飞机起飞降落也是好的。"

百蕙道："表哥，你就不要彭小姐彭小姐地喊了，就叫她湘芷吧。湘芷，你就跟我叫他表哥，听你喊他谭先生怪怪的。"

湘芷低声道："非亲非故，怎能乱叫人家表哥，表哥是你才能叫的。"百蕙道："怎么不行，你没听说'一表三千里'的话，在衡阳城里，仔细算到十八代前的祖宗，大家都是表亲。"湘芷和唯骏都被逗笑了。

演武坪在前清时名为演武厅，是曾国藩湘军团练的地方，一九二六年，省主席何键奉蒋介石之命，在此修建了一座初级的飞机场，一九三一年时又增建了一些设施。翌年上海发生"一·二八"淞沪之战，日军出动空军和海军，蒋介石苦思也要派飞机去支持作战，便命省政府再拨款扩建了一条七百米长的跑道，以及四百平方米的机棚，并建有汽油库及通信电台各一座，不过"一·二八"事变在各国斡旋下落幕，这个飞机场并未派上用途。

谭唯骏带着百蕙和湘芷到达演武坪时还不到中午，机场门口有一名荷枪的士兵在站岗，看到谭唯骏行了一个礼打招呼："长官好。"谭唯骏还了一个礼："贾班长，带两个朋友来参观一下演武坪，副站长在？" 贾班长笑道："梁副站长在库房等着哩。"

湘芷原有些不好意思，也有些怕遭到卫兵盘问，这时见唯骏和这里的卫兵熟得很，便稍微放心。她低着头跟在百蕙后面，进了机场，眼光瞟了一下，看到贾班长的军服又旧又破，袖子脱线开了叉，不禁暗自吃惊。百蕙倒是大方得很，一路走来东张西望。

唯骏解释道："这座机场地势不佳，北边的蒸水老是泛滥，前几年政府在江东八甲岭建了一座较大的新机场，演武坪大部分都空下没有用啦，就剩下一架训练用的飞机，还有一班卫兵站岗，其他都搬到八甲岭去了。"

梁副站长迎出，他的大名为梁子林，和唯骏很熟，一见面便指着唯骏道："哈，唯骏好本事，昨日才说要带一个表妹来，今天就变成两个啦。"唯骏连忙介绍了湘芷——是表妹的同学，不是另一个表妹。

梁副站长显然已经准备就绪，便带领三人到了机棚。这机棚原来停放了四架霍克机，两架训练用，两架作战用，目前只剩下一架双座教练机，孤零零地停放在机棚中，显得有些寂寞。

谭唯骏提着那只帆布袋进入角落一间小房，带上了房门，梁副站长替他解释："他要换装；小姐们，你们可带了厚衣，天上会冷啊。"

百蕙穿了件外套，从手提包里拿出一条羊毛围巾，很自信地道："唯骏表哥说我们不飞高空，围上这就够了。"湘芷红了脸，摇手道："我……我不上天去，在地上看他们飞。"

唯骏换上飞行夹克，戴了飞行帽和风镜，手中还拿着一顶飞行帽及风镜，递给了百蕙，笑道："百蕙，你先上飞机吧，坐在后座。"这架专为训练用的霍克机，座舱经过改装，能坐两人，但空间极为局限。百蕙喜滋滋地爬上了飞机，唯骏轻声对湘芷道："等我载百蕙飞两圈，落地再来载你。"湘芷吓了一跳，连声说："不，不，说好了我不上天的……"唯骏笑而不答，转身走向飞机，湘芷听到自己的心跳声。

飞机发动了，发动机的声音好响，湘芷双手蒙耳，看那架飞机缓缓滑出机棚，挤在后座的百蕙兴奋得不停挥手，唯骏在驾驶座中向梁副站长行个军礼，正觉得那姿势好潇洒，飞机已经滑行到跑道头上。

马达突然怒吼起来，机翼下冒出一股青烟，唯骏已驾着座机加速冲向跑道前方，飞机拉离地面时显得轻松自如，瞬时之间已经升空，湘芷放下掩耳的双手，看着那架飞机忽地向右飞向高空。湘芷的心跳依然如鼓，她开始为飞机上的两人担心。

梁副站长凝望着空中渐远渐小的机影，回头看到湘芷绯红的脸上带着不安之情，便安慰道："唯骏的技术是一流的，彭小姐不必担心。"他停了一下又接着道："这里本来驻有四架霍克机，三架都移防到江东八甲岭，只这一架的发动机一直出毛病，移防时就留了下来，是唯骏从杭州带两个机械士来，搞了个把礼拜才把它修好，修好后就是唯骏试飞的，他对这架飞机太熟悉了。"

湘芷忍不住问道："他带百蕙上飞机，有没有违反什么规定？"

梁副站长哈哈笑道："你这位小姐倒是老成，这架飞机在记录上仍是待修中，修理及试飞都由谭唯骏负责，他要载人试飞都由他，我也上去飞过两圈哩。就连演武坪这个机场也是在作废状态，等唯骏试飞好了，签了修护完成书，驾这架飞机飞到八甲岭机场归队，演武坪便要关门了。我也要回八甲岭报到了。"

湘芷听了稍微放心，梁副站长指着右前方道："你看，他们飞过来了……"湘芷循向望去，只见那架飞机低空飞了回来，从演武坪上空掠过，又爬高向左飞去，湘芷兴奋地道："哇，他们飞得好矮啊！"梁副站长左手搭在眉前，凝视了一会，解释道："刚才通过机坪时大约是两百英尺高。"

唯骏驾着那架飞机在衡阳上空转了三圈后，稳稳地降落在演武坪跑道头，发动机熄火后，螺旋桨叶停了下来。唯骏爬下机舱，然后扶百蕙下飞机，百蕙老远便尖叫："太好玩了，空中看衡阳，石鼓书院、岳屏山、回雁峰……连我们六中都看得清清楚楚。太好玩了，湘芷你一定要试一试，表哥飞得好稳，一点也不怕……"一面说一面跑过来。

唯骏微笑着跟在后面，对梁副站长道："飞机状况不错，上回载你试飞时发动机的杂音也没了，很顺。"

百蕙跑到面前，一把拉住湘芷，兴奋地道："湘芷，我们飞过学校时，表哥还特地低飞过操场，工字楼的窗户一个个看得清清楚楚。操场上老贺正在割草，我猜如果我大声喊，说不定老贺都听到了，可惜发动机声音太大，我就没有叫……”

唯骏哈哈笑道：“傻丫头，你感觉飞得矮，少说还有一百米高，你就算喊破嗓子地上也难听到。”

百蕙道：“湘芷，你也来嘛，真的不可怕呀……”

湘芷忙摇手道：“我不敢飞上天，就站在这边看你们飞便觉得很刺激了。”

百蕙转向唯骏道：“表哥，你来劝劝湘芷，她听了你的话胆子便大了。”

唯骏对湘芷道：“彭小姐，这机会太难得了，这架双人座的飞机正由我负责试飞，本来就该要测试一下载人飞行的。这机场又已报准关闭，没有任何军事设施，不然我也不敢让你们进机场上飞机，机会千载难逢啊。”

百蕙拉着湘芷的手，再次怂恿道：“湘芷，机会难得，错过了你一定后悔，我担保一点也不可怕。”

湘芷是有些心动的，但仍在犹疑不决，唯骏正色道：“彭小姐，想想，全中国几亿妇女，有几个女孩有过坐飞机在天上遨游的经验？”

唯骏这句问话打动了湘芷，梁副站长抢着回答：“除了今天你们，再无他人。”湘芷下定决心答道：“好，我来试试……谭先生。”

百蕙拍手叫好，她把羊毛围巾取下围在湘芷颈上，将飞行帽替湘芷戴好。唯骏打量了湘芷的衣着一眼，道：“彭小姐穿得太薄，百蕙你的外套也借她穿一下吧。”

湘芷一坐上飞机，心跳便开始加速，她脸上忍不住流露出极大的不安神情，前座的驾驶员安抚她：“不要紧张，系好皮带坐稳了就好。”

飞机迎风滑向跑道，渐渐加速，唯骏轻巧地拉起机头时，湘芷双手紧抓住把手，飞机离地的一刹那，她感觉到一阵恐慌，像是突然脱离了一个自己所熟悉的、自觉有把握的世界，一颗心悬在半空中，紧张得双眼紧闭，呼吸为之停止。直到飞机稳稳地平飞，她才放松下来，胆敢向下看了一眼，哇！从天空看地上的山川城市，竟是如此不可思议的美丽！

在地面机棚前的百蕙看着飞机一冲升天，兴奋地为湘芷终于鼓起勇气上飞机而拍掌，当那架飞机越飞越高，渐渐消失在一片白云中时，百蕙心里忽然飘过一丝莫名的不安。

那飞机消失了一会儿，百蕙却觉得好长的时间，她抬头四望都没有飞机的踪影，脸上的不安更深了，正要开口问梁副站长，梁副站长伸手向东边天空一指道："罗小姐不要担心，你看他们不是飞过来了吗？"

百蕙顺着梁副站长所指的方向望去，果然看到飞机从东边飞了过来，越靠近机场飞得越低，终于她能清楚地看见表哥和湘芷，只是面孔看不清。

飞机从头顶上飞过时，双翼忽然左右摆了三次，梁副站长笑着道："你表哥在跟你打招呼呢。"百蕙听了好开心，连忙用力朝飞机挥手，可惜飞机已呼啸而去，也不知表哥和湘芷看见了没有。

看到了飞机，百蕙舒了一口气，却不知为什么心中仍有一丝忐忑，自己也说不上来。天上云层渐渐降低，有些云块合拢起来，阳光被遮，天阴了下来。

梁副站长看了看天色，喃喃道："要变天了。"

百蕙没有搭腔，这时有一名士兵荷枪从前方走过，身上军服看起来有些褴褛，绑腿也松散不整，他斜目余光瞥见梁副站长，便大声行礼："长官好！"梁副站长的吼声吓了百蕙一跳："范兵，你把绑腿打好了再去换岗，什么样子，像叫花子！"范兵大声答是，毫无羞愧地停步，就地蹲下重打绑腿。百蕙头一次看当兵的打绑腿，觉得有趣。

不久飞机从西边云层中穿出来，渐渐接近演武坪机场，缓缓降了下来。

那架霍克机优雅地着陆，跑道有些不平，双层的机翼上下震动，上层翼端上的青天白日徽也在跳跃。飞机停了下来，湘芷可没有百蕙那么麻利，唯骏多费了一点力才协助她下了飞机。

湘芷跟在唯骏身后一路走过来，双颊泛红，明显看得出她的兴奋。

百蕙也觉兴奋，上前一把拉住唯骏叫道："表哥，今天可真谢谢你了，湘芷和我成了全中国唯二坐教练机上天的女孩，太……太不可思议了。"

湘芷脱下飞行帽，解开羊毛围巾还给百蕙，带着些不好意思的表情，小声道："百蕙谢谢你，要不是你，我怎敢上天去。从天上看下来，实在好看极了。"百蕙却发现湘芷不仅脸庞绯红，竟连颈上都泛红了。

四人走回屋内，唯骏却不换装，只对梁副站长比了一个手势，口中道："副站长，一切OK，给我签结吧。"

梁副站长从抽屉中拿出一张印满了字的单子递给唯骏，唯骏借梁副站长的钢笔在纸单上两三处打了钩，在右下方签了"谭唯骏"三个大字，填好日期，道："好了，这边大功告成，我这就飞江东八甲岭去交机。梁副，再见。"

湘芷睁大一双眼睛，百蕙问道："表哥，你这就要走？"

唯骏道："对，队长约了我在八甲岭一起吃中饭，下午他要飞杭州，我正好搭他的座机回去，"他瞟了两个女孩一眼，微笑道，"两位小姐今天一举上天，成为全国最进步的女性，可惜不准说出去的，只好锦衣夜行了。我……回杭州，如果一切顺利，下个月就调到衡阳来，以后见面就方便了。"

百蕙开心地笑道："太好了，以后表哥礼拜天都来看我。"

在婶子鱼粉铺吃过中饭，送走了百蕙，湘芷回到自己的屋里，娘出去看朋友要晚饭时才回来。她独坐在窗前，心中像是有个小鼓在不停地敲着，那股激荡的心血如浪潮般一波一波地翻动，她有些坐立不安，从热水瓶倒了一杯水，喝完了仍不能平息。

她知道是为了啥，只是为了……

霍克机笔直地在跑道上减速滑行，虽然有些颠簸，但从天上回到地面，湘芷感到踏实，完全安心了。

在衡阳上空转了两圈，发动机声音太响，前后座两人完全无法交谈，只唯骏交代了一句“坐稳”，起飞后便没说过第二句话；飞机终于停稳了，发动机也熄火了，唯骏跳下飞机，然后扶她爬出狭窄的机舱，湘芷感受到唯骏有力的臂膀和温柔的动作，助她跨出时她看到唯骏带着笑意的眼睛，紧紧盯住自己。

有没有听错？她听到唯骏忽然低声问她：“彭小姐，我可以写信给你吗？”湘芷一阵惊慌，奇怪的是却没有心乱，她冷静地想，只想了片刻吧，怎么感觉上像是时间停止了？

有没有听错？她听到自己更低的声音：“你……你寄到学校。”

唯骏护着她落地，他脸上绽开了笑：“高三甲班？”湘芷点头“嗯”了一声，双脚落在地上，她终于脸红了。

这一幕突发的情景，一直萦绕在脑中，出现在她眼前，种种心慌中却总带着些异样的甜蜜，她不断地暗问自己：“我怎么会就答应他？怎么可能？”但真正藏在她心深处的问题是：“我要不要告诉百蕙？”

百蕙好像完全没有察觉，这让湘芷的不安更增几分，她折腾自己好一会儿，终于镇定下来。“我真傻，谭唯骏会不会真的写信来也不知道，想那么多！”

心情猛然一松，便想出房去走走。这间房虽在整栋房子的最里面，但可从一条走廊直通于外，走廊的右边有门通婶子的房间，左边有门可以通到隔壁的茶馆。湘芷走过时那扇门是开着的，看见塘叔正在和那蔡专员面对面坐着喝茶，侧边好像还有个第三者。她正要快步走过，塘叔已经看见了她：“湘芷，你来，塘叔介绍一个人给你认识。”

湘芷脑中闪过昨夜不小心看到的后院情景，原不想惊动塘叔他们，但被叫住了，只好停下走入茶馆。塘叔的茶馆算是宽敞的，布置得也还素雅，主要是塘叔不知从哪里弄来一套红木家具，虽然有点陈旧了，但是真正好材料做的桌椅，摆在那里就自有一番气质。

湘芷望了那张塘叔平时最喜欢的八仙桌一眼，除了塘叔和蔡专员外，还有一个打扮入时的女人坐在塘叔的下手。湘芷先叫了一声“塘叔”，又向蔡专员行了一礼，塘叔对那女人介绍道：“这是我侄女儿湘芷，湘芷叫朱校长，西湖小学的朱校长。”朱校长笑答了一声：“湘芷，你坐。”

湘芷对朱校长行了一礼：“朱校长好。”抬头看了一眼，那朱校长年约三十几，看上去有点瘦弱，人长得白净，眉眼都生得端正，鼻梁也挺直，就只嘴生得不好；闭着时向外鼓出来，笑开起来像张荷叶。

塘叔道：“朱校长和蔡专员是旧识，又是他妹子金陵女大的同学。蔡家妹子托哥哥带东西来给朱校长，我说见面叙叙旧最方便就是到我这茶馆来。湘芷啊，你就要毕业了，难得见着朱校长，正好请教一下呀。”

湘芷心中一动，她平日虽然很怕和陌生人说话，但也觉得塘叔说得有理，便鼓起勇气向朱校长请教：“朱校长，我今年六月就从六中毕业，毕业以后要做吗个事情也还没啥计划，在衡阳一个高中毕业的女学生，想找适合的工作不容易，您说是不是？”

朱校长听人说话时听得很仔细，她听了湘芷的话，微微点了点头，却没有回答。湘芷觉得有些窘，不知再说什么，便低下头。塘叔正要开口，蔡专员略一挥手拦住，他知朱校长的习性，认真聆听别人的话，却不轻易做些没啥内容的答复，她不是不答，而是在想。

果然，片刻之后，朱校长开口相问：“湘芷，你爱不爱当老师，教小朋友？”

湘芷的心跳加速，她努力按抑住兴奋之情，镇定地回答：“我喜欢教书，我在六中的国文老师也说我最适合当老师。”她笑着瞟了塘叔一眼，好像看到塘叔嘴角也带了一丝微笑。

朱校长又点了点头，仍是眯着眼考虑，湘芷竟被这气氛搞得无端紧张起来，还好朱校长又开金口：“七月五号你们六中学期结束了吧，毕业典礼是哪一天？”

湘芷热切地回答："毕业典礼是六月十五号……"朱校长冷静地接过去："西湖小学下学年要聘一位女老师，教低年级的国语和算术，如能兼教一门高年级的算术课就更好，七月五号要面试和试教，你愿不愿意来试试？"

湘芷虽然是个沉得住气的女孩，但这个机会来得太突然，急着答道："我……我一定来参加，申请信直接写给校长可以吗？"朱校长点了点头，还是冷冷地道："可。我看这消息公布后，衡阳起码也有十几二十个应征的。"

塘叔显然也很高兴，他冲着朱校长道："湘芷在六中年年考第一，如果能到西湖小学教书，就太好了。"

湘芷也在这么想，西湖小学就在城南，离司前街虽有一段距离，但总是步行可及。便在这一时刻，湘芷暗下了决心，一定要把这个工作拿到手；耳中却听到朱校长的话："六中考第一的高才生教小学是没有问题的，难是难在试教，要在我学校三位资深老师的现场评审中拿第一才行，名额只有一个呀。"

一直没有说话的蔡专员开口了："依我看，小学低年级的教师，最重要的是要爱小孩子。你想想低年级，就是小学一年级到二年级吧，学生们的年纪大概是六岁到八岁，早读生恐怕五岁的都有，老师的学问大小不是顶要紧，要能当娃娃头才行。"

塘叔哈哈笑道："湘芷啊，你想要那个工作，赶快预备如何做个好娃娃头吧。"

朱校长也开口笑了，湘芷这回倒觉得朱校长笑起来也有些妩媚，荷叶般的嘴型也就觉得还好。

湘芷起身向朱校长致谢就告辞了。她注意到塘叔脚上的布鞋有些破损了。

六月十五号，毕业典礼中毕业生唱完骊歌就珍重再见了。女孩子感情丰富，在这种场合和气氛下，好多人都掉了眼泪。“长亭外，古道边，芳草碧连天。问君此去几时还？来时莫徘徊。”“天之涯，地之角，知交半零落。一壶浊酒尽余欢，今宵别梦寒！”

这段时间湘芷在六中附小当了三个月的代课老师，一方面赚了一些钟点费，最重要的是她有计划地获得一些实际教小朋友的经验，虽然辛苦了一些，好在她平时用功，各科功课都有信心，并不因毕业考的压力而显得顾此失彼。不过，还是有一件事让她分心了好一阵子。

演武坪机场飞上天后第五天，湘芷收到唯骏的信，那封信写得很简单，寥寥数行：

“湘芷小姐：回杭州第一件事便思提笔，思之三日只得一句相告：感谢同意通信。极高兴那天你终肯上飞机，我尽力飞稳，希望没有惊到后座娇客。你很少话，但从君眼中看到你懂事很多，希望有机会多多请教。此地近日训练渐频，亟盼下月能到衡阳报到。即祝学安。”

署名是“小兄唯骏”。

一手钢笔字大方有力，写得很客气但不客套，湘芷感觉得出字里行间有些什么，再读一遍又觉没什么。

湘芷偷偷掏出信来读了好几遍，终于决定要回一封信，这封信很难写，思前想后又要瞒着百蕙，有两天湘芷更加沉默寡言了。百蕙倒没有注意，这几天她也在拼命压抑着自己，忍住不要和同学谈坐飞机遨游衡阳天空的事，表哥交代过，这秘密不得告诉任何人，要“锦衣夜行”。

直到清明那个周日，湘芷才写好一封回信，考虑了好半天，终于投邮了。

这封信投邮后她在心中又默念了一遍，自觉写得不疏不亲，用词得体，想表达的意思也尽在字里行间了。于是湘芷又恢复了几天平静的生活。

唯骏原是第四大队的飞行员，目前被借调在航校做教官。

笕桥位于杭州东北，距市区及西湖不过十几公里，一九三〇年成立中央航空学校，修建的构想是将飞行训练及军用机场合而为一，成为中国空军的摇篮。基地的东部为机场设施，西部则为航空学校的部分，在当时是相当完备的飞行训练基地。

一早起来吃过早饭，谭唯骏看了看办公室里的日志表，上午排定要参与两个年轻飞行学员的单飞测试，这两个学员都跟他飞过教练机，沈国增沉着稳定，一切按部就班丝毫不苟，汪欣聪明跳脱，喜欢耍帅；是两个个性极为不同的小伙子。唯骏翻了翻两人的资料，暗忖道："这两人都不错，沈国增将是个扎实可靠的僚机飞行员，汪欣则可能大好或大坏。"

一个勤务兵拿了一封信进来："谭教官，您的信。"谭唯骏一看信封便心跳如鼓，是湘芷的回信。

"唯骏兄：来信敬悉，知兄忙于飞行训练，想必身心俱劳，至盼保重。演武坪之游乐甚，古人想象中挟飞仙以遨游，不意今日亲身得之，此皆兄所赐也。学校毕业考在即，每念数年同窗好友不数日即将各奔前程，思之怅然。毕业后之去处略有计划，见面时或可一谈。即祝近佳。"

署名是"愚妹湘芷"。

唯骏看完信只觉心花怒放，忍不住又读了好几遍，硬是从简单的字里行间读出了湘芷的"情意"，心中充满了受到鼓励的情怀。

这时候航校的学生大队李队长和金教官走了进来，唯骏忙将湘芷的信藏好。

李队长打了招呼就指着桌上两位学员的数据道："谭教官，这两人都跟你飞过，你对他们的印象如何？"唯骏道："两个都不错，希望他们等一会儿单飞时都能通过测试。"金教官却摇了摇头道："我看了他们的表现，两个人都不太行。"

金教官是航校里最严厉的一位教官，他本人的飞行技术极好，对学员的要求也极严格，学员们都怕考单飞时碰到这位当考官。唯骏却觉得他用个人的标准要求初次单飞的学员有些不合理，毕竟飞行在某些技术上的细微动作，需要经验才能熟而生巧，金教官要求的有些动作恐怕他自己做学员时也做不到。但他尊重每个教官个人的原则，便不说话。

单飞测试时，每个学员都要按照既定的动作项目操演，三位试官在地面为每一个飞行动作评分，然后再就学员的表现个别讨论，最后依共识决定是否通过。

沈国增按照既定的考试项目一一操演，飞得虽不漂亮，但也没有出大错，算是中规中矩地飞完落地。

汪欣则出了一些状况。他驾机做俯冲转水平低空通过机场的动作时，飞机侧甩得潇洒，但俯冲过了头，在三位评分教官的惊呼声中，汪欣及时拉起飞机，急速上仰飞过机场跑道头时，和塔台擦身而过，汪欣将飞机迅速侧飞，避过塔台顺势作了一个漂亮的大转弯，对准跑道落地了。

金教官脸色铁青，愤怒地喃喃自语："这个汪欣，绝不让他通过。"

李队长也很生气地道："我在笕桥这么多年，没有见过这种第一次单飞就想要特技的学员，差一点就出事了，太可恶了。"

金教官恨恨地道："他哪里有资格要特技，是飞得失控了才乱搞一通，我们不能让他及格！"

李队长见唯骏一直没有发言，便问他："谭教官，你的意见呢？"

唯骏深呼吸了一口气，缓缓地道："我觉得汪欣向下俯冲时是要帅想要甩得漂亮，但是做过了头，这绝对是严重的失误，但是他发现冲得过低后的紧急补救动作，却能看出这个人的机警和临危不乱的特质。我倒认为这是一个战斗飞行员最难能可贵的特质，有的人飞得平稳，打起空战来就会显得太保守……"

李队长听了点点头，金教官的脸色更不好看了，他声音也提高了一些："谭教官讲得似乎有道理，但我们总要先学会走才学跑吧，这个汪欣在单飞考试时居然想要帅，就凭这一点就该淘汰掉！国家有多少飞机能让他这样耍啊？”

谭唯骏平时话不多，也不喜欢与人争论，他总认为各有各的看法和论点，都会尽量予以尊重，但这时他发现金教官的想法和自己有根本上的差距，觉得不能不把自己的想法讲清楚，便道：“今天我们在笕桥训练的，是能上天和日本航空队在空中战斗的飞行员，在战斗中没有一刻是在‘平稳’的情况下操作的，要想击落敌机，往往要做出极端的、平时不可能的动作才能创造机会取胜，这一点我认为汪欣有极佳的天赋和胆识。金教官说总要先学会走才学跑，这话不错，但依我带汪欣飞的经验，这家伙早就超越这个层次，不但会走、会跑，还会跳了。他的问题绝不在此，而是过分爱出风头的毛病要改一改；两位从他拉起飞机脱离危险以后的动作来看，当知我说的这些不算夸张吧……”

他一口气说到这里，看李队长和金教官都没说话，就再补了一句：“今天日本鬼子的飞机性能好，数量多，高志航大队长常说我们的制胜之道除了和敌人比技术，更重要的是要比敌人更不怕死，往死里拼才能求胜……从这个观点看，汪欣这种人才难得啊。”

金教官重重哼了一声，没有讲话。李队长从来没有见过唯骏如此长篇大论地与人辩论，对他的论点——尤其是唯骏有亲自带学员飞行的经验——也觉得可以接受，便试着作结论道：“谭教官的意思很好，笕桥航校训练的不是普通的飞行员，而是一出校门就准备在空中与敌人作生死之斗的战斗飞行员，汪欣显然具有一些好的特质。但是金教官坚持要先规规矩矩学好稳重飞行，是最基本的要求也是极重要的事。我看我们今天的考试，沈国增单飞及格，汪欣暂不给他通过，要抓来让金教官好好告诫，下个礼拜再给他一次补考的机会，这期间由金教官严格操练他，直等满意为止。”

李队长见两位教官都没有进一步的意见，这场单飞考试就作如此决定了。唯骏暗忖道："李队长的处理真有一套，尤其是把汪欣抓来让金教官臭骂完了再狠操一下。以汪欣的技术，只要乖乖照表操课，必得金教官的欢心，下星期再考单飞时，汪欣就算是金教官的门生了，哈，到时候轮到我来严厉批评一番。"

李队长离开前忽然停下来对唯骏道："谭教官，高大队长已批准了你调衡阳的事，等公文到了，你就去八甲岭机场报到吧。"

唯骏在第三封信中告诉湘芷，他已得到命令调往衡阳机场报到，百蕙也同时知道了这个消息，她满心欢喜地数着再见表哥的日子。湘芷表面平静，暗地里心情却如波涛汹涌；今后固然可与唯骏常相见面，但想到百蕙，三人之间如何互动相处？百蕙和表哥之间到底是怎么一回事？

还好，唯骏调到衡阳来加入新的队伍，总有一番忙碌，直到五月初才得休假两天，他信写给了湘芷，人到了百蕙家，唯骏主动约两人到回雁峰游玩，玩得很开心。回雁峰只有九十多米高，但西眺岳屏峰之胜，东览湘江烟水滚滚，加上北来雁群到此回返的传说，王勃"雁阵惊寒，声断衡阳之浦"的千古名句，真是合了"山不在高，有仙则名"的话了。但湘芷总有一些放不开，对于自己心中的事，百蕙越显得一无所知，她的心情越是忐忑不安。

还好，毕业考就到了，班上十六个女生个个铆足了劲用功复习，大伙儿的努力得到了回报，六门科目考下来，只有一人有两门不及格需要补考。但是物理科的考试，有一题全班有一半人不会写答案，写出的也有一大半答错。

毕业典礼完了，同学们仍留在教室里不肯就此离去，聊些最近学校里、生活上的趣事，不怎么好笑的事也惹得大家笑得东歪西倒。其实大伙儿只是舍不得就此说再见。

黄倩文忽然道："这次物理科试卷第四题，我认为是所有试题中最古怪的一题，我是完全不会答……”

身材高大的体育健将董森接着说：“就是呀，物理科居然问我们‘姑苏城外寒山寺，夜半钟声到客船’这两句诗的物理意义是什么？到底是考国文还是考物理呀，你们说是不是很可恶？”

大家都笑了，魏小玉便问百蕙：“百蕙，这题你是怎么答的？”

百蕙笑道：“我用声学原理作答，我想张继这首《枫桥夜泊》的前两句‘月落乌啼霜满天，江枫渔火对愁眠’是指降霜天的晚上，天亮前地面的温度比天空还要低，声波在温度较高的上空传得较快，因此传得较远，就传到江上的客船了。”

湘芷拍手叫道：“还好还好，我也是这么答的，只写得没有百蕙这么条理清楚，秦老师看得一定很吃力。”

魏小玉叹口气道：“糟了，我去讨论空气的密度，结果正好相反了，”接着又摇了摇头道，“这题出得真绝了。”

董森呆呆听了半天，才道：“‘爱因斯坦妹妹’专门整人，我都要毕业了，最后还要被她耍一次。”教物理的秦老师十分严厉，长相奇特，头发蓬乱，班上同学都怕她，有人便给她取了“爱因斯坦妹妹”的绰号。

小玉道：“董森你莫再抱怨，答对答错咱们都过关了，秦老师还是让你及格了不是？”董森苦笑道：“爱因斯坦的妹子发善心，我补考得了六十一分。话说回来，你们猜这道题我原来怎么答的？”

大伙儿道：“我们怎知。”董森道：“我画了一条船，秦老师站在船上用手拢在耳后聆听，她身边三只乌鸦在大声啼叫。”董森在班上学科功课都在及格边缘，但音乐、美术、劳作、体育四门术科却样样来得，三年来靠这些本事也赢得不少奖状。

百蕙忍不住问道：“董森，你画这是啥意思？”

董森眨眨眼道：“我的意思是乌鸦叫得太吵，爱因斯坦妹妹听不到钟声。”她才说完，全体同学都笑翻了。

教地理的华老师这时正好走进来，看到这群毕业生一个个笑得如花枝乱颤，忍不住也笑了起来："同学们，还舍不得说再见啊？"

通了三封信后，唯骏的称谓改了，他信上直称"湘芷"，湘芷回信仍称他"唯骏兄"。

这封信有些麻烦，他要约湘芷单独出去。自从调职到衡阳来，唯骏便不需要在百蕙家过夜了，对百蕙来说，表哥虽然人来了衡阳，近在咫尺，感觉上倒像比以前远了。

这一阵子只要唯骏有空时，总是和百蕙、湘芷三人行，这是第一次唯骏在信上明说要和湘芷两个人到石鼓山去访胜。湘芷接信读了，心里忽然一阵紧张，她知道这次单独和唯骏出游，将对三人的关系有巨大的影响，也许从此三个人的关系将生质变，只是变成什么样，湘芷一点把握都没有。她手中捏着那张信纸想了又想，就是没法决定要不要答应。

湘芷很敏感，心思极细密，经常因为想得太多而难下决心，但事后常常发现都是想过了头。还好她的个性是求好心切，不怕太过只怕不足，百蕙总说她自寻烦恼，但她好像并不觉烦恼，仍然乐此不疲。

这件事她口心相商了好多次，最后都卡在一个问题："百蕙和唯骏之间的感情究竟是哪一种？……是兄妹之情还是男女之情？"

"百蕙和华老师之间又是怎么回事？"毕业那天，大家不停地说笑，最后笑倒在教室里，华老师忽然出现了，大伙儿又闹了一阵终于还是互道珍重再见，湘芷看到了华老师凝视百蕙的眼神，也捕捉到百蕙欲喜还羞的表情。虽然只是一刹那，但她知道那是真挚的心灵交会，那种感觉其实很美，也很飘逸，湘芷自己好像就没有过。

她又想了一会儿，终于得到一个比较肯定的想法："唯骏和百蕙之间究竟怎样总得要弄清楚，要弄清楚就必须得和唯骏单独谈谈。"

于是她决定答应唯骏单独赴约，但她对自己说："这不表示我接受了唯骏的追求，而是要弄清楚他们两个人的关系……这三人行的关系是走不长久的。”

想到这里，她觉得自己做了很理智的决定，便又再加一层“保险”：“反正无论如何，我是绝不会伤害百蕙的。”

这样想着，不但觉得说得过去，甚至有点理直气壮了，就提笔回信，约定后天上午在青草古桥见面，然后一道去石鼓书院。唯骏会带些好吃的点心当午餐，湘芷什么都不必准备，准时到便好。

衡阳石鼓书院在中国四大书院中历史最为悠久，建于唐朝元和五年，比长沙岳麓书院还要早一百六十多年。这座湖湘文化的重要发祥之地，位于蒸水与湘江合流之处，耒水相汇也在附近。石鼓山三面环水，四顾凌虚，山如巨石之鼓，风景既秀丽又壮阔；那书院曾于南宋毁于兵火，重建后元末又毁于兵乱，明永乐再建盛况，可惜明末时再次毁于战火。这座文化教育胜地的命运，和唐宋元明清的兴衰竟然紧紧地扣在一起。

青草古桥就在城北蒸湘汇合之处，跨越蒸水之上，或许因为蒸水又名“草河”，这座古桥就叫“青草桥”，衡阳人习惯称它“草桥”，总有七八百年的历史了。

唯骏一大早就先到了青草桥，他一身蓝布衣裤，加了一件飞行夹克，手上提的仍是那个帆布袋，但这回袋里装的是点心和水壶。时间还早，唯骏从桥上可眺石鼓山远景，江水渔舟一一在目。走过蒸水，对岸街上有几家酒铺，酒家门前都竖起一根旗杆，凡升了酒旗的便表示已经开铺卖酒，到了关灯打烊时便要降下酒旗。听说前清时这里曾有几十间酒铺和酒旗争相迎客，到了秋天，各家忙酿湖南特有的酃酒，秋风吹过，“酃香习习引醉客，酒旗猎猎招饮仙”。但近年来，酒街盛景已不复见。

唯骏读那酒旗上的字，一面旗上黑底白字写着“无三不过桥”，还画了一个虎头；另一幅特高的蓝布旗上写着“昨夜松边醉倒”，几个字半隶半楷写得极有味道。再看有一面白旗黑字是“现沽不赊”，笔画显得小气。

唯骏在青草桥上来回踱了两趟，远远看见湘芷走过来，说好不要带任何东西，她还是提了一个小布袋，还是穿了件黑衣，换了条黑裙，脚上一双黑长袜，一身黑更衬出她的好肤色，老远便能感受到她美好的气质。唯骏对她挥手，快步迎上前去。

"讲好你不带东西的，我都准备了。"

"没有啥好东西，我娘做的风鸡和豆腐香肠。"

"那好，我带有馍馍，还有盐菜包子。"

两人第一次单独相约会，都显得有些生硬，一见面好像只能谈带了些什么好吃的，唯骏有些呆呆地继续道："我还带了米糕……"

湘芷笑了起来："我俩带太多了，我看足够三个人……"

讲到"三个人"，湘芷心中一惊便停住了，她抬眼望唯骏，唯骏似乎也有些尴尬。终于他突破这一串对话的拘束，爽朗地笑了一声，大方地道："够我们吃的了，湘芷，我们去石鼓书院吧。"

从草桥上可以望见整座石鼓山和山上的书院及楼阁，江上的渔舟风帆也历历在目，唯骏从帆布袋中小心翼翼地拿出一架照相机，要湘芷站在桥上，以石鼓为背景拍了一张相片。湘芷见那架相机是德国名牌"莱卡"，虽从皮套来看颇为陈旧，可能是二手货，仍然看出来很出众，她心中暗忖："只有空军飞行员才玩得起这些高级货。"

石鼓书院历经唐宋元明清各代，唯骏和湘芷此时所见的屋舍楼亭都是清代所建。一千多年来，不知多少衡阳名士皆出于此，天下的群贤俊彦多来书院讲学授徒，赋诗作文，其中不乏名垂千古的大人物如苏轼、朱熹、韩愈、杜甫、文天祥、辛弃疾；只清代到民国的湖南人，便培育了王船山、曾国藩、彭玉麟、齐白石等大师。如此文化圣地，难怪才走上院前的石坪，唯骏和湘芷便看到一块大石上两行字："石出蒸湘攻错玉，鼓响衡岳震南天。"

穿过大门就看见"禹碑亭"，亭中立着著名的蝌蚪文禹碑，相传是大禹治水成功时刻于南岳，此为复制摹本，文字全不可识。过了二门有两间祠堂，右边是“武侯祠”，祭祀的是三国时的诸葛亮。唯骏奇道：“诸葛亮也和石鼓书院有关吗？”

湘芷解释道：“武侯祠原在石鼓山南，纪念孔明曾以军师中郎将的身份驻于衡阳石鼓山，督军零陵、长沙等地，其实和书院并无直接关联。但山不在高有仙则名，既有武侯香烟缭绕，就有骚人名句竞美，你看……”

湘芷指着门上范鹤年题的名联念道：

心远地自偏，问草庐是耶非耶，此处想见当日

江流石不转，睹秋水来者逝者，伊人宛在中央

唯骏跟着也念了一遍，叹道：“这对联好，读来韵味无穷。”湘芷笑着说：“有一回六中的国文老师带我们来此寻胜，他也极爱这副对联，一时兴起，便要大家依此联之大意也作一副对联，大伙儿写好后一一念出来，陆老师听得又气又笑，拿我们这群不堪造就的劣徒没有办法。”

唯骏道：“湘芷你怎么写的？你的一定好。”

湘芷有些后悔提起此事，见唯骏追问再三，只好低声道：“我作的对联其实很偷懒，只将范联浓缩成‘登此石想见草庐当日，念斯人宛在秋水中央’，平常得很，也没有什么好。”

唯骏却赞道：“你的老师听你这一念出，怎会又气又笑？他一定大加赞赏。湘芷，你文才真好。你看，从这里看下去，蒸湘汇合，诸葛武侯祠立石鼓之上，石鼓原来就在二水中央，你的这两句文简意长，配得上书院的文气哩。”

湘芷有些不好意思，当时陆老师确实将湘芷这联赞了几句，此刻她赶快改变话题：“我们这书院不只文气充沛，武的方面也了不起哩。咸丰

年间曾国藩和彭玉麟在衡州创建湘军水师，是我国近代海军的肇始，两人当时便驻在石鼓书院。”

唯骏大感兴趣，也大为佩服湘芷的博学，忍不住又赞道：“湘芷呀，你怎会懂那么多？了不起啊，真可以当我老师了。”

湘芷低头道：“别胡说，只因为我们六中的前身是省立第三女子师范，民国初年时，便设在石鼓书院，后来才迁到现址，所以我才对石鼓书院的种种特别有兴趣，自然便知道得多些，有啥了不起的？你在杭州待的时间长，下回我们去西湖，就要听你如数家珍了……”

想到“下回我们去西湖”，湘芷俏脸一红，唯骏却大感兴趣，立刻接着道：“好极，咱们约个时间到杭州去玩，我来做导游。杭州除了西湖，还有好多名胜古迹和名人遗迹，你一定喜欢的。”湘芷这回却没有接话。

逛过“大观楼”的“敬业讲堂”和“藏书楼”，两人来到“合江亭”，从此亭登高览双江合流之胜最是佳妙。唐朝永贞元年大文学家韩愈遭贬途经衡阳，到此留下“瞰临渺空阔，绿净不可唾”的名句，是以亭门柱上一联是：

石鼓双江水
昌黎一首诗

从合江亭下望，三面江水缓缓北流，唯骏深吸一口气道：“从这看下去，竟有凭虚御风的感觉呢。”湘芷想到那天坐唯骏的飞机飞上天空的感觉，不禁也啊了一声：“那天我们也曾飞过此地上空，从飞机上看固然山河尽在眼下，却是一瞬而过，没有此时无限江山尽在脚底的感觉，真是美妙极了。”

今日唯骏休假，是礼拜三，石鼓书院游人寥寥无几，时近中午，两人便在亭中坐下，拿出带来的食物享用。吃完午餐，湘芷想该谈到正题了，正在思虑如何起个头，不想唯骏却先问了："我们的事，百蕙知道吗？"

湘芷暗思："这表示唯骏他没有告知百蕙……"她摇了摇头，低声道："我没跟百蕙谈过。"

唯骏凝视着湘芷，一时没有说话。湘芷心跳如鼓，终于鼓起勇气问："唯骏你……你和百蕙之间，到底有没有，有没有……"她一时难以措辞，唯骏当然知道她要问什么，便直接答："百蕙在我便是表妹嘛，你知道的，那种一般的表兄妹而已。"

这是第一次听到湘芷叫他"唯骏"，唯骏一面回答，一面情不自禁伸手握住了湘芷的手。湘芷惊了一下，却没有立刻闪躲，只抬起眼来看着唯骏道："可百蕙怎么看你呢？也是那种一般的表兄妹而已？"

这话问得直白，唯骏没有回答，很认真地皱着眉思考了片刻。湘芷的左手还握在唯骏手中，她渐渐感到一丝不自在，但也不便在此时把手抽回，只是紧张得面色绯红，还好唯骏终于开口了："湘芷，我真的不确定百蕙怎么想……我是觉得我们之间是兄妹的情谊，重要的是我的感觉……"

这样的回答其实湘芷事先也想过的，但至少显示了百蕙不曾对她表哥明示爱意，唯骏看来还算是个敏感的男人，总不至于让百蕙做媚眼给瞎子看。她想轻轻将手抽回，却被唯骏握得更紧，他又接着说："其实，更重要的是要问我们俩彼此的感觉，对吗？"

湘芷暗忖："你的感觉还要问吗？不然你为何要写信给我，约我单独出游？可你说你们是一般的表兄妹，那你约我的事为何要瞒着百蕙？"想到这里，她忍不住说道："你可以不管百蕙的感觉，我可不行。"她抬头凝视着唯骏，坚定地对他说："我这辈子绝不会伤害百蕙，我定要知道她怎么想。"说着她将手抽回，面对有点错愕的唯骏，又补了一句，声音放温柔了一些："唯骏，你要……你要顾着百蕙一些。"

唯骏点头，心中却有些茫然："她是说，解铃还需系铃人，要我先把百蕙这边稳住……搞定？"

湘芷也一时无语，她把吃不了的食物用纸一一仔细地包好，轻叹一声：“唉，我俩带的实在也太多了点，你就带回去当宵夜吧。”

唯骏看着湘芷雪白的双手和纤巧的手指，想到一句“春水碧于天……皓腕凝霜雪”，不禁又有一些遐想。湘芷没听到回应，转目看时正好碰上唯骏有些茫然的眼神，忽然觉得有些好笑，竟又没遮拦地扑哧笑出了声：“怎么了你唯骏？我带你到山麓去逛逛。”

走到石鼓山东麓，崖石上出现一个天然的大洞，湘芷介绍道：“这是有名的‘朱陵后洞’，听说可以直通南岳的‘朱陵洞’，道教的朱陵大帝曾住过呢。”洞边挨着崖石有一间无人的小“道观”，只有朱陵大帝塑像和香桌香炉，供人自行参拜。湘芷指着那小砖房道：“这小庙造型不俗。”唯骏掏出相机拍了一张。

经过这一阵走动，唯骏恢复了他的潇洒劲，指着那洞口道：“这洞能通到衡山？有人走过吗？”说着便作势要往洞里走。湘芷道：“历来有许多文人墨客的诗文被刻在洞里石壁上，听说杜甫、韩愈、范成大、文天祥的都有，不过年代久了，有些残缺不全了。”

唯骏跃跃欲试地问道：“你进去过没有？”湘芷摇头道：“来此几次都没有进去。”唯骏兴致勃勃道：“我们进去探它一探可好？”湘芷微笑摇头：“要进去你一个人去，洞里黑漆漆的我怕。”

唯骏把手中帆布袋交给湘芷拿了，做了一个很勇敢的表情：“你在外面等，我进去瞧瞧。”转身就走进洞口。湘芷正要说“小心”，唯骏已消失在黑洞中了。

湘芷在洞口往里瞧，却看不见什么，便大声喊：“洞里有啥东西？你没带灯火怎看得见壁上的诗文？”

唯骏却未回答，湘芷笑道：“你莫想要吓我。”便不再理会，转身到一排石栏杆前去看栏外景色。奇的是过了好一会儿，唯骏仍未出来，湘芷有些不安了，便又走回洞口，朝洞里看，黑黑空空的，叫声“唯骏”，也没有回答，这一下便有点害怕了。

湘芷冷静下来想了一想，认定唯骏是在搞吓唬女生的幼稚花样，她便正对着洞口向里面喊：“唯骏，玩捉迷藏么？你在哪里？我瞧见了……”其实她什么也没看见。于是她忍不住又问了一句：“你在哪里？”

忽然之间，唯骏不知从洞里哪个藏身之处冲了出来，他双手一把提住了湘芷的双臂，哈哈笑道：“我不是在这里吗？”湘芷明知他可能有这一招，还是吓了一跳，紧张之极就笑出声来，只是那笑声带着些惊骇的成分：“我就知道你藏在洞口，哈哈！”心头一松，这才真正笑了。

她退后一步，轻轻挣开了唯骏的双手，甩一下头发，正好看见两个人从左后方下坡的小路走上来，湘芷吃了一惊，竟呆住了。

走过来的两人，一个是中年的妇人，身旁一个圆脸上带着甜甜微笑的女生，正是同班的魏小玉。

“咦，湘芷？你也来石鼓山玩？我陪我娘散步就走到这里来了。这位是……啊，你不要讲，我知道！你是百蕙的表哥！我在相片上看过你这位飞将军。”

湘芷还没有出一声，小玉如连珠炮一般已经把所有的话讲完了。湘芷用耳语小声道：“是魏小玉，同班的。”心中暗道：“老天，可真巧了。”

但她毕竟是个聪敏的女孩，一面立刻对小玉的娘问好，一面向小玉喊道：“原来小玉也认得这位飞将军，我瞧百蕙这位表哥在我们班上是无人不知的名人了。上回他跟百蕙和我在一起时，说来到衡阳还没见识过衡阳第一胜地石鼓书院，难得他今天休假，我也有空临时做个向导滥竽充数，介绍介绍书院的历史掌故。”她尽量讲得平淡自然，脸上微笑不减。

唯骏回过神儿来，也忙向“伯母”问好，又跟小玉打招呼：“哈，我也认得你，百蕙给我看过她与班上好友合照的相片，你是魏小姐，对吗？”

小玉见唯骏知道她是谁，便有些高兴：“百蕙的表哥真厉害，看相片居然就记得她同学的姓名，厉害！”

唯骏从容不迫地回答，接上前面的对话还真恰到好处，湘芷不禁对唯骏的机智另眼相看，而她心中也涌起一种和唯骏默契无碍、无间配合的快感，那快感让她没来由地脸红心跳。

湘芷看了唯骏一眼，唯骏道："我们已游了大半天，这就要回去了，我晚饭前定要回到机场。军人嘛，哪有你们学生自由快活。"

湘芷道："小玉，你报考湘雅医学院，啥时候发榜？"小玉道："下个礼拜应该会收到湘雅的通知，好紧张，好害怕。"小玉的娘说："明日我娘女要去学宫路孔庙拜孔夫子，庙门口有个测字先生，要请他帮小玉测个字，看能不能考中，听说那测字的灵得很哩。"湘芷笑道："凭小玉的实力我也不用测字，就晓得小玉一定会考取，就先恭喜啦！"便挥手道别。

唯骏送湘芷到司前街，没有到鱼粉铺便分手回八甲岭机场去了。湘芷心中还在想着碰见魏小玉的事，唯骏说再写信给她，她也没有回答，只微笑挥手就转身走回家去。

回到家门口就看见婶子正在和娘闲聊，湘芷一一招呼了，她娘问："从哪里回来？"湘芷答道："刚从石鼓山回来，和同学去书院走走。"娘又问："是和魏小玉一起吗？"她也知道小玉家就在石鼓山附近。湘芷含糊答道："嗯，小玉她娘也在一起。"婶子道："说到你同学，你猜谁在隔壁喝茶？"

湘芷猜不到，便胡乱试一个："董森？"婶子笑道："不是，是黄倩文哩，她和一个报社的记者在隔壁喝茶，你快去打招呼。"

湘芷听得一头雾水，心想："倩文怎会和一个记者来喝茶？"她一肚子的狐疑，推门进了茶馆，果然看见倩文穿着六中那套学生服，和一个身着布衫的男人对坐在说话，桌上摆着一壶茶，一碟葵瓜子、一碟蚕豆米。

"倩文呀，什么风把你吹来了？"

黄倩文转头看见是湘芷，开心地笑喊道："湘芷，你去了哪里？我来介绍，这位是《蒸湘报》的易编辑，易钧先生。这是我同班同学彭湘芷，她家就住这儿。”

湘芷一面和易钧打招呼，一面指着倩文笑道：“你舍不得毕业啊？还穿一身制服。”倩文道：“你说得对，我是有点舍不得告别做学生的好日子，毕业了又不升学，马上就觉得家里待不住，总要找点事来做呀，可我肩不能挑手不能提，真不晓得要找啥事……”

湘芷再看那易钧，年纪大约三十出头，戴着一副深度近视眼镜，人长得还算秀气，但脸上有些汗斑，更加上气色不佳，一张脸有点像没有洗干净的样子。易钧听倩文如此说，便接口道：“倩文忒客气，其实你文史底子都很不错，更加文笔清晰有力，总编辑和你谈一次就决定录用，不简单哩……”

湘芷听到这里，惊喜地大叫：“哇，倩文要当记者了？”倩文笑道：“哪有这么好，报社试用我当助理记者，先跟易先生学习。今天到报社算是去办报到，易先生建议过来喝杯茶，顺便聊聊我的工作。《蒸湘报》就在北正街钟鼓楼前，到这里只转个角。”

湘芷听说过，这《蒸湘报》开办没几年，和国民党颇有关系，凭倩文的家世和人脉，六中毕业干个助理记者也是该的，她嘻嘻笑道：“可你当记者不能再穿学生服了。”

易钧喝了一口热茶，说道：“《蒸湘报》本来以报道地方新闻为主，但最近国事如麻，北方形势日益紧张，报社便决定增加全国要闻的报道及转载，我们特地派了记者驻在长沙和南京，也增加了电报和电话设备，倩文除了跑文教新闻，就要协助我处理从首都及省会来的重要消息。总编辑交代，倩文从明天起要学会收发电报，必要时以补收发人力的不足。”

湘芷听了觉得新鲜有趣，但是有点不解：“做记者要兼管收发电报？”倩文解释道：“收发电报是二十四小时的差事，报社只有一个专职、两个工读生在做这工作，便想把我这个新手也训练一下，必要时可以补上去帮忙。”

湘芷听了大感兴趣道：“有趣得很，你学会了再教我。”倩文道：“昨日碰到百蕙，她问起来我也把这事告诉她，她竟然也说要我学会了就教她。哈，我们几个死党都学会了，以后可以家家户户拉条电线，用电报互相联络。”

易钧听得扑哧笑道：“整个衡阳城包到城墙走一圈才十五里，你们要互相打电报联络？真是胡闹，还像小孩子。”倩文笑着说：“是不需要，可是好耍吧？”湘芷用力点头：“是好耍。”

听到倩文提起百蕙，湘芷心中便是一紧，暗忖道：“今天碰到小玉，我和唯骏的事可能要变得更复杂了。”她想到倩文要当记者，小玉要去学医，自己能不能如愿去西湖小学当老师还没有把握，面试和试教的日子定在七月五号，也没剩多少日子，该好好想一想这事了。

百蕙从凌晨两点钟醒来便再也睡不着，越是睡不着觉，越是每个把钟头便觉腹胀想要小解，折腾了两三回，天终于亮了。百蕙盯着布窗帘透进的曙光判断，应该有六点钟了。

自从昨日去药铺抓几包风寒药，在学宫路孔庙前碰到魏小玉和她娘在拜孔夫子，小玉跟她讲了一些话，回家后便不思茶饭。原来就有一点受寒，像是突然变得更严重了，晚饭只胡乱吃了一点，便把煎好的药喝了，提早上床睡觉，可是小玉告诉她的话不断萦绕在她心头，令她迟迟不能入眠。挥之不去的一个问题是：“一个是最喜欢我的表哥，一个是亲如姊妹的同窗好友，他们为啥要瞒着我要好？”

她回想这一阵子三人的互动，一幕幕情境飘过她眼前，竟然仍看不出两人之间有什么蛛丝马迹，她不禁越想越气：“难道这两人早就在瞒着我交往？可怕极了。”

终于迷迷糊糊地入睡了，但凌晨又惊醒过来，因为迷蒙之中想到一件事："是了，只有那天在演武坪坐飞机时他们两人单独相处，难道那么短的时间里，这两个人便要好了？"她仔细回忆那天的情况，渐渐她看到了表哥对湘芷的关心，可恶的是他常借着和自己的互动，间接地表达给湘芷。湘芷从飞机下来时那张娇羞动人的脸，颈子都泛红了，那时见了没有任何异样的感觉，此时回想起来，竟然觉得他两人之间每一次互动、每一个神色都显得两情相悦。可恨自己却看不出来，还在铆足劲说服湘芷坐上表哥的飞机，自己一点疑心都没有……真是太信任他们两人了。

再想想，她又不禁自问："难道那天我真的一丝疑心都没有吗？"这问题的答案有些犹疑了。"其实我当时是不安的……除了担心飞行的安全，我那挥之不去的莫名不安，原来就是为了这个啊，可怜当时的我却不明白。"

这时她的思绪已经沉静下来；想过了表哥，她想湘芷，这个和自己什么都能共享的"死党"，她怎么能瞒着自己和表哥谈恋爱？难道她不知道我也爱表哥……

想到这里，一个问号飞快地闪过脑海："表哥知道我爱他吗？还是……还是只当我是个小表妹？"她从不曾想过，这时想起来，自己好像也从未和表哥明白表示过什么，想着想着竟不敢确定了。

这么多年来，湘芷从来不跟自己争任何东西，两人总是共享所有——包括心底深处的秘密，只除了功课考第一，湘芷是当仁不让。百蕙知道，那关系着湘芷的自尊和她的公费奖学金，这两样东西一抽象一实际，都是湘芷的命根子。

"湘芷绝不会做伤害我的事。"这句话在百蕙心中说了两遍，那种被欺骗的愤怒便消减了一些，她想："只要我向表哥明白地表示……"

可是这时百蕙脑中出现了另一个人的面孔，她扪心自问："我是喜欢表哥还是喜欢华老师多一些？"竟也不能确定了。

吃早饭时，百蕙的娘问她风寒有没有好些，百蕙强作轻松地回答：

“吃了两副药好多了，等会儿就要出去，中饭不回来吃了。”她娘有些担心：“你风寒还没好透，莫出去四处走。”百蕙道：“约好的不去不好，我又没发热，不要紧的。”

百蕙的爸在省政府做事，负责协办衡阳、宝庆、永州和郴州四地的警备工作，平日常驻衡阳，经常在四地和省会长沙之间走动，离家比在家的时间多。百蕙毕了业，照她爸的意思是到长沙湖南大学去升学，但百蕙却有自己的想法，她想先做两年事，增加一些社会经验。这时满腹心事，巴不得娘少问两句，便撒了个小谎：“约了同学到县政府民政科查询找工作就业的数据。”

事实上百蕙怀着复杂的心情，到太子码头搭渡船，准备到八甲岭机场去找表哥唯骏。她先到了六中，学校虽已放假，她在校门口传达室找到校工老贺，老贺见到百蕙倒是有些意外，从窗口里叫道：“罗小姐，你来学校找谁呀？”百蕙笑道：“就是找你老贺啊。”

老贺很喜欢百蕙活泼大方又没有学生常有的骄气，便走出传达室，笑眯眯地问：“今天怎么一个人来？你那形影不离的好姊妹彭小姐去哪里了？找我有吗个事？”

百蕙道：“老贺，你那辆脚踏车借我用一下行不行？下午就还你。”

老贺打量了百蕙一眼，见她穿了一条黑色长裤，一身的利落，就笑着说：“行啊，老贺还有更好的，刘老师的女用单车寄放在我这里帮她上油换链条，你虽麻溜，还是骑女用车比较方便。只是小心骑，莫撞坏了。”刘老师是教体育的，宝庆人，学校放假就回老家了。

百蕙谢了老贺，骑着刘老师的脚踏车，经过衡阳火车站，向东北再骑了一会儿，便到达八甲岭机场。机场四周有矮墙和铁丝网，门口一边一个岗亭，岗亭里面一排军营房舍。百蕙下车向一名荷枪士兵行礼问候：“班长您好。”唯骏教过她，见着当兵的不管他是什么阶级，一律叫他班长准没错。

果然那个卫兵咧开嘴笑了一下，然后又很严肃地道："小姐你来干啥，这里不准进去，快快走开。"

百蕙道："我来找我表哥，他是队上的飞行员谭唯骏，我找他有急事，麻烦班长通报一声。"

那卫兵摇头道："平时也还罢了，这一阵子队里紧张得厉害，上面命令谁也不准进出。小姐你赶快走开，不要在这啰唆。"

百蕙解释道："实在有要紧事才来这里找他，又不是要进机场，就麻烦你通知他，说他表妹罗百蕙请他出来讲两句话。"那卫兵仍然摇头不肯。这时一架飞机从天下降，百蕙眼尖，看出正是双层翼的霍克机，也不知机上是不是表哥在驾驶。她忽然动了一个心思，便道："那我找梁副站长行不行？我能不能借用您这边的电话？"

这时大门里传达室走出一个士官，大声道："张得山，你在和谁啰唆？"张得山答道："报告士官长，这里来了个叫罗百蕙的女子，要找她表哥，她表哥是队上飞行员，名叫谭唯骏，说有要紧事要叫谭唯骏出来说话，后来又说要找什么梁副站长。我说都不行，这女子硬是不肯走。"

这卫兵张得山记忆力十分惊人，竟把方才发生的事一事不遗、一字不错地报告了一遍。百蕙不禁对他刮目相看。那士官长打量了百蕙一番，然后道："这位小姐，你说找梁副站长？哪个梁副站长？"

百蕙忙道："就是原来在演武坪机场的梁子林副站长，找到他帮我传话也行。"

士官长点了点头道："咱们这边忙得很，小姐你快请回，我正要去梁副办公室那边，这就帮你带个信，他自会通知你表哥你来机场找他的事，这里你不准停留。"说完便从传达室墙边牵了一辆脚踏车，骑往营里去了。

张得山挥手赶百蕙离开，那姿势像是在赶牛赶羊，百蕙暗道："这当兵的家里怕是养牛羊的。"只好快快地上车，往回头路驶去。

回到六中校门口，将脚踏车还给了老贺，百蕙一个人踽踽走到渡口，渡船来了，她已跨上了船，却不想就此回家，便又从船上跳下，走到一排柳树下，望着渡船缓缓离岸摇向对岸。天阴了，江面起了风，百蕙从八甲岭一口气骑车回来，觉得一身燥热，这一阵凉风吹来，觉得很是舒服。身旁的垂柳枝条拂面，百蕙索性寻个石板凳，在江边坐了下来。

她的心思回到那纠结千千的问题："表哥，我虽没有明白表示，你难道真的不知我对你的情意？"

再想到湘芷，她默默地问道："湘芷，你若知我对表哥的情意，你是不会和我争的，对吧？你说过绝不愿伤害我的。"

想着这些从昨夜就反复口心相诘的事儿，竟是柔肠百结，有些悲从中来了，个性爽朗的百蕙从未有过这样的感受。也不知道过了多久，只知天色更暗了，她站起身来走到江边，泪眼望着湘江滔滔，一阵江风吹过，忽然全身发寒，竟然有些天旋地转，她暗忖："糟了，我要赶快回家。"

抬眼看处，渡船载了客人正要离岸，她忙叫："船家，等等！"没想到就这一会儿声音已经嘶哑，那船家竟然没有听见，百蕙跑到码头，渡船已去了。一阵江风袭面，百蕙又打了一个寒噤，她自知已发高烧，只好抓紧了领口，坐下来耐心地等下一班渡船。

她头疼得厉害，身子冷得发抖，抬头前眺，这时看见了一个熟悉的身影。"啊，是华老师，他也来搭渡船！"

华一峰穿了一件藏青色的衣服，夹在几个又抽烟又吐痰的汉子中间等船，似乎有些受不了烟味太重，便朝左边移了几步，就这样他看见了坐在矮凳上发抖的罗百蕙。"百蕙，你怎么了？怎么全身发抖，脸色通红，生病了吗？"

百蕙还没有回话，华一峰的手掌已摸在百蕙的额头，他惊呼了一声道："哎呀，发高烧呢，你……你怎么生病了还一个人在这里搭船？"

百蕙感觉到华一峰掌上的温度是那么凉，便知道自己的额头有多烫了。除了清凉，她也感到华一峰的掌心是那么温柔，忽然就有一种受了委屈见着亲人想要哭的感觉，但她强自忍住，只低声道：“华老师，我出门时还好好的，不知怎么这会儿竟发起高烧来……”

华一峰见对江来的渡船已至，便拉起百蕙道：“让华老师送你回家，你是住……朱陵巷那边对不？”百蕙挣扎着道：“不……不麻烦老师，老师过江进城定是有事的……”华一峰笑道：“没事，没事，原来也只是想去看场电影，银花戏院在重演《姊妹花》，我还没看过。你看过吧？”

华老师和百蕙的手很自然地牵着，百蕙忽然觉得自己像是有了依靠，不再是孤苦伶仃地在江边悲苦，她挤出一丝笑容道：“我前年就看过，胡蝶一人演两角，演得太好了，我从头哭到尾……华老师，你还是去看电影吧，我自会回家的。”

华一峰紧握了百蕙的手一下，怜惜地暗忖：“好烫的小手。”他摇头道：“电影改天看就好，你烧成这样，定要送你到家我才放心。”

百蕙突然发烧到四十度，百蕙的娘慌得没了主意，她爸又在长沙出差，于是在华老师的建议之下，百蕙被送进了医院。医生检查后认为有可能得了肺炎，需要住院观察，同时开了两种药，一种消炎、一种退烧。到了晚上烧略退了一点，百蕙的娘千谢万谢送走了华一峰。

第三天唯骏终于可以外出，一早就赶到百蕙家，得知百蕙那天到机场寻自己不遇，回来后就发高烧住院，顿时一颗心沉了下去。“都是我害的。”他自责万分，赶到医院时百蕙仍在高烧中，神志也有些不清。唯骏叫了她几声，她似乎知道是唯骏在床边，但却没有睁开眼，只含糊地说了一句：“表哥你……不要飞了。”唯骏听得不知所云。

百蕙的娘脸色很凝重，她对唯骏说：“百蕙发高烧时说出些听不懂的话，她不停地叫你，又叫湘芷。唯骏，我不懂！你们是怎么回事呀？”

唯骏心里一紧，他相信百蕙的娘已经知道是怎么回事了。从时间上算来，自己和湘芷在石鼓山巧遇魏小玉，小玉第二天就告诉了百蕙，百蕙才会抱病到八甲岭机场来找自己。他想了许多可能性，越想越乱，而自己最多只能陪百蕙一天，明日起部队要开始战术训练，一个星期内是不容易有离开机场的机会了。

下午医师来看时，大概是热度退了一些，百蕙清醒了。医师看诊完离开时对百蕙的娘道：“病人前天住进来时十分虚弱，她自己似乎没有抵抗病情的意志，今天好些了，如果明天持续好转，应该就脱离危险了。不过我们仍不可大意，晚上有任何情况便要立刻通报。”唯骏和百蕙的娘相对吁一口气，稍感放心。

百蕙睁开眼，低声说了一句：“表哥，谢谢你来看我。”唯骏道：“你怎么抱着病还要到机场来，江上和机场那边风好大，就吹出毛病了……其实我只要得空便会来你家的，百蕙，你好傻。”百蕙微微点了点头，用几乎听不见的声音说：“是，我好傻。”

唯骏欲言还止，想了一会儿只能道：“你先好好养病，医生说过了明天你的病就会一天天好起来，我会再来看你。”百蕙挣扎着露出一丝笑意，双颊的酒窝在苍白的脸上一闪而逝：“表哥，你快回部队去吧。”

唯骏离开医院时心情好复杂，百蕙对他的情意之深超出他的意料，现在他知道，他和百蕙之间再不能用“一般的表兄妹”来形容。这些年来，自己竟然没有察觉，是百蕙傻还是自己傻？弄清楚了也好，总比大家闷在葫芦里做傻事来得好。但他立刻想到湘芷对他斩钉截铁地说：“我这辈子绝不伤害百蕙。”“我又何尝愿意伤害表妹，这结该怎么解？”

机场门口的卫兵又是张得山，他行了一个礼：“长官好！见着那个表妹罗百蕙小姐了？”这家伙记性好，什么话入耳不忘，还记得百蕙的名字。唯骏只能苦笑答道：“见着了。”

湘芷将一块用绿绸裹着的布包打开，里面包着一双崭新的布鞋，她把鞋拿出来放在床上，向窗边正在补袜的娘显显自己的能干：“娘，你来看看这双鞋，做得可有相？”

湘芷的娘停下手中的针线走到床边，拿起那双崭新布鞋仔细察看，道："嗯，鞋底纳得扎齐的。"接着又细看那鞋面，上好的黑缎子蒙的面，缎子上很细致地绣了一对金色的龙形如意；最难得的是，鞋尖和后跟都有雪白的图样从鞋底翻上来再缝上，不知巧手怎生弄的，鞋尖的图样是朵祥云，后跟的像是两片荷花瓣，一左一右。

湘芷的娘瞧得啧啧称奇，连声道："也没看见你常纳布鞋，怎么一做就做得这么好？湘芷，你真是又聪明又手巧，哪个男人讨你做堂客，就是前世修来的。"

湘芷得意地道："这是为塘叔纳的，早就看到塘叔的布鞋都破损了。"娘眯着老眼道："就不晓得合不合脚，你又没量过？"湘芷笑道："那天塘叔在厨房把一包面粉打翻在地，上面就留了塘叔的脚印，我趁他去找扫把畚箕时就把脚印画下了。合不合脚，试了就晓得。"

晚饭时，塘叔从衣袋里掏出一个长形的小纸包，对湘芷道："湘芷啊，你毕业了，将来又要当小学教员，塘叔都还没有送你一样礼物，便特地托人到长沙去买了这个送给你。"

湘芷感到惊喜，虽然还不知礼物是啥，她生父早逝，塘叔送她东西感觉上就像来自亲爹的关爱。她喜滋滋地道谢，打开纸包，只见是支宝蓝色的派克钢笔，那笔身造得纤细漂亮，显是女士专用的。湘芷爱不释手，谢了又谢，她娘也谢塘叔送那么名贵的礼物。

湘芷把玩够了，将派克钢笔宝贝地收起，然后从身后将那个绸布包拿出，神秘兮兮地递给塘叔："塘叔，我也有样东西送给您老人家。"

塘叔打开布包，婶子先叫出声来："哇，好漂亮的绣花鞋子，湘芷你在哪家店买的？"她知道湘芷毕业前在六中附小代课，赚了一笔钟点费，正要说不该花费买礼物，应该留着自己零用，湘芷的娘已代答了："哪是买得到的？是湘芷亲自纳鞋底、绣鞋面，一手包了。"

湘芷道："塘叔，你试试大小，看我的眼色准不准？"塘叔乐得笑呵呵，将新鞋穿上，竟是大小松紧无一不恰到好处。他抚着鞋面上金线绣的如意，对湘芷道："湘芷这双鞋做得又漂亮又舒服，塘叔穿在脚上，舍不得落地哩。平日也没看你跟你娘学做鞋绣花，你是哪里学的呀？"

湘芷有些不好意思，半撒娇地道："我瞧娘做鞋时可用了心呀，看得多了就会了。绣花嘛？我猜每个湖南女子天生就会的，岂不闻湘绣天下第一，婶子你说对不？"婶子的刺绣本事也有几下子，听湘芷这么说甚是乐意，忍不住赞道："湘芷这么聪明能干，不晓得哪个前世修了功德的男仔有福气讨你做老婆。"湘芷暗道："怎么讲的和娘竟像串通了似的。"

现在湘芷正襟危坐在西湖小学的教务主任室中，和另一个来应试的竞争者静静地等待。在走廊另一头的教室里，前面一位应试者正在试教，每人口试加上试教共一个小时。上午她来此报到时，才知原来共有十七位应试者报名参加，校方书面审查淘汰了十一位，今天能参加口试的共有六位，湘芷排在第五；正在应试的那位一考完，湘芷就要上阵。

她心中对考试其实并没有特别紧张，但却为另外一件事困扰着。

两天前魏小玉忽然到鱼粉铺来找她，告知罗百蕙生病住院了。湘芷一时之间无法判断小玉有没有将石鼓山遇见唯骏和自己的事告诉百蕙，也就不知道百蕙的病和这些事有没有关联，她只知道百蕙住进了医院，病情一定很严重。

小玉和她一同赶到仁济医院去看百蕙，还好她的病情已经稳定下来，发烧退到三十七度八，喉咙的痰也清了不少。医生说如果一切顺利，再过几天就可出院回家里养息。这是好消息，一则是病情好转了，再则能回家当然好，毕竟住院的费用不便宜。

百蕙见了她和小玉显得很高兴，但因体弱讲话不多。也不晓得是不是心里有鬼，湘芷总觉得百蕙对她有些冷淡，倒是对小玉反而比较热络。谈了一些班上同学的近况，护士小姐进来量体温喂药，百蕙坐起身来，仍然显得衰弱，湘芷看着暗暗心疼，但也只好道了保重，和小玉辞出了。

“百蕙身体一向强健，怎么一下就病成这样？是她知道了唯骏和我的事，受到打击才一病不起？”

“唯骏有没有来看她？肯定有的，不知他们说了些什么？唯骏也是，好多天没有音信，连信都没有一封。”

她坐在那里等候应试，脑中却尽是杂念。身旁另一位应试的是个三四十岁的妇人，看上去曾经做过老师，却显得坐立不安，紧张之色写在脸上。

铃声响起，前一场已经结束，过了片刻，一名工友拿着一张名单进来唱道：“彭湘芷小姐，请跟我来。”湘芷站起来，整了整裙子，对那排在最后一位的应试者微笑点头，就随那工友走向试场。

口试的题目不难，湘芷基本上是对答如流，三十分钟后轮到试教，她抽的题目是二年级的国语课。湘芷毕业之前就代课教小朋友教了三个月，她力求讲课有趣，设计许多小动作与学生互动，自觉进行得顺利，时间也掌握得很好。还剩五分钟，她正要开始结尾，一个戴深度近视眼镜的主试老师挥手示意暂停，湘芷知道她是教务主任杨老师，便停下讲课静待杨老师开口。

只听杨老师道：“彭小姐试教的情形我们都已了然于胸，倒是本校这回征聘低年级老师的同时，还缺一位能教高年级算术的。听说彭小姐在六中以第一名毕业，我想试试彭小姐是否也能兼上一门高年级的算术……”

湘芷表示愿意，杨老师便出了一个题目：“某数加一百等于某数乘一百，求某数。彭小姐，你要用小学生听得懂的方式解决，不准用代数。”

湘芷想了一分钟，就在黑板上先画个等号，一面解释：“各位同学，等号就像一个天平，两边的东西一样重才会持平。”一面在等号左边写下“某数”加一百，右边写下“一百个某数”，然后说：“题目告诉我们

‘某数’加一百等于一百个‘某数’，对吧？现在我左边减去‘某数’，右边也减去一个‘某数’，”她用板擦擦去“某数”，然后道，“现在大家都看到了，右边还剩九十九个‘某数’，左边只剩下一百，也就是说，九十九个‘某数’等于一百，某数是多少？是一百除以九十九，等于一又九十九分之一。”

讲到这里铃声响起，时间刚好到。湘芷对评审老师鞠躬，偷眼看到三位资深老师脸上都带着满意的微笑。她知道，最后这一题她的表现会加分。

这一天是七月五号的下午，婶子和娘在家做了好菜等湘芷回来。

三天后，湘芷用自己的私房钱买了各色好吃的零食，请几位好友午后到茶馆来喝茶吃零嘴、吃鱼粉。魏小玉、黄倩文、董森都来了，只有百蕙生病缺席。

除了聚会聊天，这几个刚毕业的女学生也各有值得庆祝的事：小玉考取了湘雅医学院，倩文正式在报社上班，董森替一家广告社画电影广告，计件论酬，湘芷被正式录取为西湖小学的教员。

几位同窗好友从毕业到现在，工作都有了着落，大伙儿谈趣事，谈未来，也谈国事，说得兴致高昂，气氛越来越热烈。就在这时，一个男学生从屋外推门进来，倩文识得是报社里打工的小姜。她见小姜满头大汗、气喘如牛，显然是一路疾跑而来，便起身问道：“小姜，啥事急成这样？”小姜道：“黄小姐，易先生要你马上回报社！”倩文想不出什么事有这么急迫，她双手一摊，做个无奈的表情道：“唉，当了记者，一分钟也慢不得，伤脑筋啊。”大家哄笑。

这时茶馆门又一开，走进来两个人，大伙儿都叫出了声：“百蕙！百蕙你好啦！”小玉补了一句：“谭唯骏，百蕙的表哥！”

百蕙和她表哥突然出现，大伙儿哄叫后便静了下来，湘芷一颗心却扑扑乱跳。百蕙和唯骏对望了一眼，百蕙道：“表哥，你说吧。”唯骏脸上的表情十分严肃，他大声道：“诸位，国军和日军在卢沟桥打起来，中日要开战了！”众人还没有回过神儿来，倩文已经冲出去叫道：“小姜，快！回报社！”

唯骏接着道：“昨天，七月七日晚上，日军以演练士兵失踪为由，定要进入宛平县搜索。国军拒不同意，就在今天凌晨，日军炮轰宛平城，我二十九军吉星文团长守土有责，下令还击，这次大战已不可避免了。”

十天后，军事委员会蒋委员长在庐山对全国文、教、社会领袖讲话，宣布长期抗战开始。

倩文拿着庐山讲话的电报译稿，在茶馆中和易钧一字一字校正，塘叔和湘芷在一旁满脸激愤地读文稿：“和平未到根本绝望时期，决不放弃和平，牺牲未到最后关头，决不轻言牺牲……”“此事件就是最后关头到了”，“我们是弱国，故不可求战……我们是弱国，故不能不应战，否则将被灭亡，万劫不复”，“战端一开，地无分南北，年无分老幼，无论何人，皆有守土抗战之责任，皆应抱定牺牲一切之决心”。

这些字句，看在塘叔的眼里，化为千百把火焰烧在他的胸口，他捏紧着两拳，一滴泪水滴在稿纸上。

茶馆铺的生意越来越兴隆，礼拜天上午就有客人来喝茶，除了地点好、宽敞，塘叔从福建和浙江采购来的好茶是吸引知茶客的最佳武器。另外，这家茶馆铺的瓜子、花生、蚕豆米、莲子、菱角特别新鲜，只要略有不脆便换新的。塘叔可是个不吝惜成本的老板。还有，塘叔的经营方式特别，没有茶房小弟，客人自选茶、自沏茶，墙上一块黑板，只要自己在桌号下记上喝了几壶茶，拿了几碟零食便可，走时算账，童叟无欺。

湘芷昨晚回家时已过了九点钟，西湖小学为准备秋季开学，校长召集所有教员开了半天的会，对下学年学校的计划作了说明，无论是教学方面或是行政方面，朱校长都有很好的想法。由于学校小，教师们除了上课，还要兼顾一些学校的行政工作；朱校长特别重视学校对学生的辅导，不只是课业辅导，更重要的是生活辅导。这一点深获湘芷的心，她一向觉得小学教师——尤其是低年级的级任老师，最重要的责任是把孩子的生活和学习“规矩”做好。开会时校长要她这位新老师表示意见，她就说：“衡阳有句老话：‘三岁看八十’，好多事情、好多习惯长大了再教就改不过来了。”

会后校长请大家吃了一餐便饭，搞到快九点钟才回家。一到塘叔的茶馆门口，就遇见了“故人”。一个似曾相识的身影从对街走过来，那人头上戴了一顶草编的小礼帽，上身一件旧西装，手中提了一只西式皮箱，走近了街灯下认出来，竟是四五个月前见过的蔡专员。

蔡专员看起来有些风尘仆仆，应该是来客栈投宿的，他也瞧见了湘芷，很开心地打招呼：“喂，湘芷！你还记得我吗？”湘芷也挥手道：“啊，是蔡专员，来衡阳出差？”

“不错。你塘叔在家吗？”

湘芷看到他便想到上回他交给塘叔的那一只神秘的手提包。“我也是刚从学校回来才到家门口呢，不过塘叔应该在家吧，您要不要先上楼去放好行李，再下来茶馆坐。我去找塘叔。”

蔡专员脑子动得快：“哈，你从学校回来，已经在西湖小学当老师了？太好啦。”湘芷答道：“是啊，再两个多礼拜就要开学了。”

这时茶馆铺门开了，塘叔从里面走出来，哈哈笑道：“一奇兄，什么风把你这忙人又吹到衡阳来啦，快快上楼，我在茶馆等你。”蔡专员趋前和塘叔紧紧地握手，也不知是不是心理作用，昏暗的街灯下湘芷却似看到这两人交换了一个神秘的眼色，塘叔的浓眉稍扬了一下，蔡专员极微地颔首，两只手似乎又加力紧握了一下。

礼拜日上午茶馆铺已有三五个客人上门，湘芷从走廊快步穿过，一出鱼粉铺大门，看见婶子穿得整整齐齐，正在舀水冲洗门口的石条马路。湘芷赶快接过工作道：“婶子我来洗，你莫把衣裳搞糟蹋了。”她抢着洗干净门口的石板，正要去洗手，就听到令她心跳的声音：“湘芷，百蕙和我来看你了！”

唯骏穿一身飞行员的制服站在街中央，好像生怕别人不知道他是个空军飞行官。他的身后面跟着百蕙，百蕙笑着挥手：“湘芷，你大扫除啊？”

自从七月七日的次日，唯骏和百蕙带来了卢沟桥事变的消息，已经有一个多月没有两人的消息了。唯骏定是因为北方战事已起，部队里的训练备战忙得厉害，但百蕙自病好后也不见踪影，湘芷看她的气色倒变得好了，一双大眼睛清澈明亮，脸上全无病容，便高兴地道：“百蕙你气色好极，比以前更漂亮了。”百蕙笑着说：“谢谢彭老师夸奖。”湘芷只觉她的两个酒窝格外妩媚。

“今天是什么好日子，两位联袂光临婶子鱼粉铺，快请进来。”

百蕙笑道：“是要庆祝一下的。先说个小消息，我在县政府找到了一个工作，负责救济贫病老人。至于大的消息，还是表哥你来说吧。”

唯骏深深看了湘芷一眼：“我们先进屋再讲吧。”湘芷有些紧张，暗忖：“你们不是要来宣布什么……你们俩的好消息吧……”

进入茶馆铺，除了三四个茶客外，塘叔金刀大马坐在他的八仙桌边等蔡专员下楼。唯骏向塘叔鞠了一躬，不待塘叔开口便迫不及待地宣布：“塘叔、湘芷、各位老乡，中、日军队前天在上海正式开打，双方各投入兵力数十万，昨天下午日本航空队十八架轰炸机空袭杭州笕桥机场，我空军奋勇迎战，击落击伤敌机共六架！”

茶馆铺里所有的人都兴奋地鼓掌大声叫好，唯骏却低声道：“若我仍在杭州，便能参加这场中日空中第一仗，可惜啊！”

塘叔道：“中日全面开战，日本飞机将会轰炸全国各个机场，谭先生不用惋惜，不久便有你空中杀敌的机会。”

这时湘芷看见蔡专员已站在门口，他站在那里已有一会儿却没有作声，塘叔也看见了，便站起身来对湘芷道："你们三个年轻人坐下来谈谈，塘叔和蔡专员出去走走。"说完便和蔡专员一同走了。湘芷暗忖："莫非又绕到后院去密谈了？"

三人围着那张八仙桌坐下，湘芷去沏了一壶杭州龙井，端出一盘瓜子、一盘花生，带着点好奇地问："百蕙，你在县政府的工作是啥个职位呀？"

百蕙道："我在县长办公室上班，进去就从最低层的小职员干起，主要是做社会福利和救济的规划，要花许多时间去和衡阳各界的士绅商家打交道，要联合民间的力量一起来关心老贫疾苦，单靠县政府那点预算只是杯水车薪。"湘芷道："那可好，百蕙你个性好，乐于与人交往，也乐于帮助别人，这个需要善心和热心的工作最适合你。"

百蕙微笑答道："还不知道呢，我上了几天班，县长主秘交下来给我的文档数据，没有一件是和今秋就要开展的工作有关……"湘芷奇道："那是些啥资料？"百蕙习惯性地皱了皱眉道："全是有关抗日的文件，其中绝大多数是蒋介石这两年来在各种场合发表的讲话，看来国民政府当前首要的工作是要加强全国公家任职人员的抗战意识，巩固蒋介石的领导地位。我就怕其他重要的事反而没人重视了。"湘芷道："这有啥不好，以前大家不是一窝蜂骂蒋介石不肯抗日么？"

百蕙叹了一口气道："话是不错，可一旦战争真打起来，最苦的是老百姓，越穷困的越凄惨。我加入这个工作，便是希望为穷苦人民多做点事，宁愿多做些为人民服务的计划，也比整天读蒋介石的训词好。"

唯骏这时插进来道："你们不晓得，昨天在笕桥上空和日本飞机干起来的，就是我原属的第四大队，我最敬佩的高大队长这回成了空战英雄，其他参与战斗的长官及同僚全是熟人，真可惜我不在场。"湘芷看了他一眼，过了一会儿才幽幽地道："空战很危险啊。"

唯骏道："日本造的'九六式'轰炸机性能好，速度竟比我们的霍克驱逐机还要略快，所以来袭的机队竟然没有驱逐机护航，大剌剌地就飞过来要炸我们的航校基地。其实‘九六式’轰炸机速度虽好，毕竟火力和灵活度都比不上驱逐机，这回日本是败在轻敌，太看不起中国的空军了，却不知咱们队上飞行及作战的训练相当扎实。八月十四日首开纪录击落敌机的高志航队长智勇双全，训练时我当过他的僚机，他的技高胆大我是佩服得五体投地。”他顿了一顿，续道：“湘芷说得没错，日本航空队经此一战，必定收拾起轻敌之心，我方实力远落敌后，今后的空中遭遇必定更加危险，但是……”

他说到这里，忽然发现两双美丽的眸子同时充满了崇敬和担忧，正凝望着自己，一时竟说不下去了，两个女孩也无语。过了好一会，唯骏才沉声道：“这场战争强弱固然悬殊，但我身为军人，保国卫民乃是天职，唯有以血肉之躯和视死如归之勇来和强敌拼战，别无二途。我已上书请愿，请求调回第四大队，到战争第一线的基地，无论是杭州、南京……我要投入战争。”

百蕙听着眼泪就流了下来，湘芷双眼泛红却没有掉泪，她暗忖：“唯骏的决心竟和蒋介石庐山讲话时所展现的一模一样呢。”不知怎的，她脑海忽然浮现一幅陈年旧事的景象……

“蒋介石骑白马，快来看啊！”乡人一面跑一面呼喊着。娘牵着她的小手，在大街边差点被汹涌而至看热闹的闲汉撞倒……那名军人骑着一匹白马，在军士们的簇拥下前行，湘芷只在人群缝隙中瞥到一眼，那军人大概四十岁，瘦削的脸上有一双特别亮的眼睛。那是一九二六年，北伐军总司令蒋介石率军至衡阳，湘芷时年七岁。

百蕙低声道：“表哥，你还是留在衡阳待命吧。塘叔说得对，大战开打后很快就会蔓延到全国每个基地，你也不要急着去打第一线……”

唯骏深深看了两人一眼，却没有回答。湘芷也深深看了唯骏一眼，在心里暗问：“你是要急着赴敌，还是急着躲离我们两人？”

唯骏和百蕙联袂而来，谈完便离去了，湘芷这边犹如搅乱一池春水。她回到房里，再也平静不下来，掀开窗帘看外面，也没瞧见塘叔和蔡专员在后院里，不知他们到哪里去了。娘见她坐立不安，便问："看你和杀慌个贼一样，外头出了吗个事呀？"湘芷答说："我没事，娘，你不懂的。"她娘极是不悦："还没正式当老师，就嫌娘不懂事了。"

湘芷苦笑没有回答，她想到大战已开打，不能想象双方各有数十万部队投入血战，加上飞机、战舰……不知多少生命即将死于战场、天空和水上，他们全是像唯骏一样的青年。日本军宣称三月灭华，三个月便要打到中国投降，淞沪这场大战不知国军能顶住吗？又能顶多久？衡阳目下虽然还感受不到战火的直接影响，但很快地即将投入这场存亡生死的大战中，刚离学校的年轻人如自己、百蕙、倩文、董森……将如何在这大时代的洪流中存活，寻找自己的定位，做自己想做的……不，做自己能做的事？

想着想着，湘芷不禁痴了，她不自觉地用铅笔在纸上写了四个字："覆巢之下"，似乎还没有写完，湘芷已回过神儿来。她望着这四个字，轻叹一声，将纸揉了丢进桌边墙角的字纸篓。

蔡专员这回到衡阳来住了两天，感觉上总是和塘叔在一起，但两人既不在茶馆也不在鱼粉铺，不知去了哪里。第三天上午，塘叔和蔡专员又带了一个陌生人来到茶馆，塘叔手中还拿着一封信递给湘芷。湘芷接过一看，是一封盖着衡阳当地邮戳的信，塘叔信口猜道："是学校寄给你的？"湘芷心跳如鼓，知这信来自江东岸的八甲岭，口中含糊地答道："信封上没写寄件人，大概是学校来的通知吧。"

她趁机偷瞥了那陌生人一眼，那人年约五十多岁，戴一副金丝边的眼镜，穿一件绛色有暗花的夹袄，长条子脸上透出些书卷气息，相貌很是体面。湘芷从未见过此人，心中不禁暗暗称奇。

那人也看到湘芷正在打量他，便微微一笑道："这位是西湖小学新聘的彭老师吧，好年轻，英雄英雌出少年啊。”塘叔引见道：“湘芷，这是东乡常家的雁楼先生，你就叫常伯伯吧。”

湘芷最习惯“以貌取人”，满心好感叫了声：“常伯伯您好。”心中暗忖：“常雁楼？这名字有点熟，好像在哪里听过或见过的？他倒消息灵通，怎会知道我是西湖小学的新老师？怪了。”

但她急着看信，行了一礼便回房了。

“湘芷：写此信时，上级已批准我之申请，唯去处则密不可告。衡阳来去匆匆不过数月，何其有幸得识佳人，又何其不幸难有长聚。吾虽必须去，一心实系雁城，此意你必心知。烽火将漫全国，至盼你多保重，为国为家亦为我，此生最大之心愿善加珍重。寄上草桥所拍相片一帧。周日下午四时如有空，盼在草桥再见一面。唯骏草上”

短短几行字，湘芷读了又读，最后眼光停在“为国为家亦为我，此生最大之心愿善加珍重”这行字，不禁泫然不能自已。这是迄今唯骏最明白的情意表达，湘芷暗自问：“他……他说出这话，难道已经得到百蕙的谅解了？”她想到百蕙见了小玉后的重病，想到病后见面时的感觉，终于摇了摇头，轻声对自己说：“是我说我绝不伤害百蕙，没有百蕙的谅解我不能接受唯骏，但这不表示唯骏就不可以表达他对我的心意……”逻辑上是没问题的，但感觉上问题可大了。

湘芷又拿起那张在“草桥”拍的照片来细看，桥边的少女一身黑，衬得白皙而婀娜，身后的背景正是石鼓山，山脚还有数艘渔舟，拍得很有意境。湘芷想起唯骏那架旧相机：“到底是‘莱卡’拍出来的，就是不同。”

她暗自思想了一会儿，便不再伤感：“国家大难临头，我要告诉唯骏，放心去做你该做的事吧，我们的事里面有太多不可知的因素，我们还年轻，可以等。让时间来为我们解决吧。”她把照片和信放回信封，仔细地收在自己的手提包里。

湘芷的娘在屋的另一角默默看着女儿一会儿哀怨，一会儿沉思，虽不开口问，心中也知道，这个聪明懂事的女儿开始有感情的问题了。她暗忖：“我且不去问，等她自己告诉我。”

星期日是个阴天，到了下午云层更低，倒像是要下雨的样子。四点钟整湘芷已到了草桥，她脚上套了一双短筒雨鞋，也没忘了带把雨伞。

草桥一带人很少，也许是因为天气不佳。过桥的行人大多是到蒸水对岸去买酒寻醉的，这时时间尚早，也没有几个人。

但是湘芷没看到唯骏的影子。等到四点半唯骏仍然没有出现，她开始着急了。唯骏的信都会背得了，不是说“周日下午四时如有空，盼在草桥再见一面”吗？盼到五点，唯骏仍是不见踪影。天渐渐飘雨了，也渐渐暗了下来，湘芷在桥上、桥边踱了几十回，实在不能再等下去。她心急如焚，撑起雨伞走到路边一个败破了的小亭子里，睁大了双眼，仍盯着草桥的两边。

湘芷回到家时已过六点钟，始终没有等到唯骏。

湘芷撑着伞，在雨中觉得万分焦虑，他怎么了？同时她又感觉像是被当面打了一巴掌，有无比的羞辱和怨愤，等到她小心翼翼地一步步涉水走回鱼粉铺时，已经心平气和。这就是湘芷，一方面极为聪明敏感，另一方面，由于从小寄人篱下，养成了她总以正面的心态面对不如人意的现实。

直到一个星期后，西湖小学开学的那一天，湘芷才接到一封来自南京的信——唯骏的信。湘芷才知道那个星期天，中午时分唯骏和另一个同事接到紧急命令，便立刻驾机飞南京报到；到了南京，整整一个礼拜的集训，不准外出，不准通信，一周后就正式加入战斗。

唯骏在信上说，他心焦如焚，不知该怎么对湘芷说对不起，请求原谅。湘芷当晚想了一夜，第二天从学校回了一封信给唯骏，告诉他完全不需觉得抱歉，因为那个星期天的下午，她自己也没有赴约。

从开学到寒假，在这四个月里，全国许多地方已经发生了惊天动地的变化：

在华北，卢沟桥事变后，日军动员三十几万精锐部队打算长驱南下，整个华北陷入混战，十一月九日太原终于沦陷，日军继续进逼徐州。

淞沪会战足足打了三个多月，十一月最后一营国军在闸北苏州河畔的四行仓库死守，掩护八十八师撤退完毕，团长谢晋元率领部队撤入公共租界，上海就此沦陷。但谢晋元团长和八百壮士的英勇事迹传遍全国，也传遍租界中的各国人士。他们的大名永垂不朽，然而此战中国军队损失了二十五万人。

十二月十三日，日军攻陷南京，疯狂屠杀了平民及战俘三十万人，华中派遣军司令官松井石根和第六师团长谷寿夫的名字，从此留在人类历史中遗臭万年。

短短四个月，中日大战进入了全新的局势。表面上衡阳人民的生活在此期间似乎仍然维持着和平安定，但县政府却已明显感受到每天从外地逃避战火而涌入人潮的压力。有的来自北方，但主要还是来自上海和江苏。这些逃难而来的人中不少是带了些钱财的，一时之间反而让衡阳的市面异常繁荣，许多店家的生意都较以前变好了。但难民中不可避免的也有不少穷人，逃到此地已用尽所携带的全部川资盘缠，只好留下来寻找救济，有亲戚朋友的还可投靠一下，没有的就一家老小流落街头。

百蕙在县长办公室上班，能得到这份工作，跟她爸是省府里四县警备协办的影响力当然有绝对的关系，不过几个月下来，她凭着自己的工作能力和积极态度，确实赢得了县长及同僚的欣赏。

她负责的工作正是社会福利及救济这一块，特别要发展与民间的合作。衡阳是个很保守的地方，商家士绅对出钱出力做公益比较被动，但自从百蕙来了以后，她总是规划了好的计划，亲自上门去求见她认为适当的对象。开始时经常碰壁，甚至根本见不到重要的人，一番热心得到的顶多只是敷衍性的响应，甚或毫不理会，不过百蕙不厌其烦地听取各方的意见修改计划，锲而不舍地拿新计划去说服那些有钱人，更兼她人又热情，口齿又伶俐，言语态度都十分得体，衡阳商家士绅们几曾见过县政府有那么年轻漂亮的职员，挨家挨户劝说大家做些公益善事，便也有些愿意捐助的。王伟能县长对百蕙的工作成绩相当满意。

为了配合小玉和湘芷两人的寒假时间，百蕙约了倩文和董森在正月二十日小聚，聊聊毕业后各人的情况。本来是约在塘叔的茶馆铺，湘芷赶来说，那天茶馆铺休歇，从下午到晚上塘叔和他的朋友自己要用；百蕙便想到，大伙儿何不返回六中去，在寒假中借一间教室要怎么聊便怎么聊，就是要有人准备些好吃的东西带去。湘芷说包在她身上。百蕙想到可以顺便邀请华老师一道参加，她知道华老师要二十二日才回家过年。

湘芷和百蕙商量好了这件事，无端沉默了下来，两人看着对方都没有说话。百蕙感觉出湘芷的眼睛好像在问："有你表哥的消息吗？"便将目光躲开了。终于湘芷还是问了："百蕙，有你表哥的消息吗？"

百蕙摇头轻叹了一口气，这里面有一松一紧两种心情；松的是湘芷这样问，表示表哥并没有私下和湘芷联络，紧的是大家都没有消息，他的情况究竟怎么样了？

"表哥去了南京便再无消息，上个月南京防御战时日军出动很多架飞机参战，表哥一定也投入了战斗。后来南京沦陷遭到日军大屠杀，每天传来的消息可怕极了，就是没有表哥的消息……后来，后来……"

她见湘芷一双美目瞪着自己，急切地想知道下文，便不再隐瞒："后来我爸写信到表哥的家里打听，表哥是他义父母抚养长大的，但都没有任何回音，也不知他义父母落于何方。我……我就鼓起勇气，到八甲岭表哥以前待过的机场去打听……"

湘芷吃了一惊，不禁啊了一声道："你去了机场打听？"百蕙道："对，我去机场找梁副站长，你还记得演武坪机场的梁子林副站长吗？”湘芷点头，暗忖道：“我这辈子怎会不记得演武坪？”

百蕙道：“结果是吃了闭门羹，整个机场五十米外卫兵不准任何人靠近，上次我去还可以走到岗哨前才被拦住……”

湘芷听了心中一跳：“上次去？你上次去机场找唯骏是什么时候？就是回来后病倒的那一次？”好想知道，但她没有问。

一九三八年元月二十日，这群已毕业半年的女生们又回到母校六中。校工老贺在门口欢迎大伙儿，当学生时董森总是在运动场练习到放学还不肯停，要到天黑才休息，一向是老贺碎碎念的对象，这回见着了，竟是两看皆相宜。老贺道：“董森呀，自从你毕业了，老贺没了个斗嘴的对象，日子也过得单调。”董森道：“笑话，低我一班的就有两个学妹专门爱和你斗口阵，老贺怎会过得单调？”老贺笑道：“那两个小女仔没你一半口长。”

大家才进了教室，华老师就来了，董森叫声“起立”，大伙儿笑了起来，齐叫：“老师好！”那熟悉的上课的日子，那些美好的感觉一下子涌回每个人的心田，暖暖的。

华老师显得很高兴，他也在一张座椅上坐了下来，道：“要多谢百蕙邀请我来做个不速之客，分享一点你们的朝气和活力。自从上礼拜学期结束，老师们都先后回家去了，整个学校里就只我一个人，死气沉沉的。大家先给我讲讲，这半年都在做些什么事？”

湘芷见华老师瞅着百蕙，便道：“百蕙，你当了官，该由你带头。”百蕙白了她一眼，但仍然答道：“老师您是知道的，我在县长办公室那边当了跑腿的小职员，负责联络衡阳的士绅商家出些力，帮助病贫和城里越来越多的难民过冬。”

华老师满脸的赞赏之色，还没有说话，黄倩文已叫了起来：“华老师啥都知道，我这个记者却有所不知，简直太惭愧了。百蕙，你说说衡阳城里越来越多难民的事，我正想报道一下这件事，做条新闻。”

百蕙道："中日开战以来，战火虽然还没有烧到衡阳，但被烧到的地方的难民涌进湖南的倒是不少，衡阳也不例外。县政府救济的经费实在太少，我想尽办法找到几个热心人愿意出钱出力，结果却给县府衙门活活气死。"魏小玉插口道："怎么气死？"百蕙道："人家捐粮，县府里管粮的指定收发手续麻烦死人，要人家填张表交代祖宗八代，公文一站一站地走，一回要补这、一回要补那，从来也不一次讲清楚。天哪，人家要捐粮做好事还那么啰唆，好不容易我帮着把手续跑完了，才发现县府公仓不给用，人家都不想捐了……"

华老师道："捐钱是不是就方便些？"百蕙道："没有的事，一样麻烦。我去报告县长，县长听了也没法子，只跟我说：'百蕙啊，公家做事难啊，一点差错也不能出，才会要麻烦些，你要耐心点。'其实根本不相干，基本上有些老公务员就是不想多事，扯到与民间合办事，十分的不乐意。"

说到这里，百蕙话锋一转，道："人家民间做事就十分不同，昨天下午我和一位东乡的士绅谈，他看我为这事跑东跑西，碰壁碰得可怜，便教我一个乖，真让人佩服啊……"

湘芷听她说"东乡的士绅"，心中一动，便打断问道："东乡士绅，那人贵姓？"百蕙道："姓常，名叫常雁楼，是位很有学问的老先生。"湘芷暗道："果然是他，那日在茶馆铺见过的。他和塘叔、蔡专员在一起。"

百蕙继续道："常先生要帮我召集几位愿意捐粮的善士，大家说好捐多少，官员来作个证，粮还存放各人自家粮仓。这些捐出的义粮按斤制印粮票，粮主在票上签章用印，放赈时凭票取粮，交接全在一本账上就好，根本不需要经手县政府，县长只要派官在捐粮的每一本账上签发就完事。华老师，您说这办法可好？"华一峰和湘芷都赞好办法。

老贺提了一大壶热水进来泡茶，从头到尾耐耐烦烦听完，忽然笑出声来："这法子当然好，老贺记得前清时候救灾放赈，不也就是这样么？"

大伙儿都是一怔，过了片刻，百蕙涨红了一张俏脸，愤愤地道：“华老师您看可笑不，这个政府连清政府都不如了！”

倩文随身带着拍纸簿，飞快地记下了，湘芷坐在一旁看她在纸上乱画一通，不由钦佩地赞道：“倩文干记者才几天，写得一手好速记……”然后在倩文耳边低声道：“用字小心些，别忘了贵报后台可是国民党啊。”

魏小玉喝了一口热茶，道：“毕业了好不容易大家才得相聚，我们不要尽说些气人的事，大家谈谈这半年的新鲜趣事吧。”

董森道：“我弃权，我的好日子过得既不新鲜也不有趣，每天抱着调色盘，照着电影剧照，在画板上打了格子放大描。”

魏小玉道：“我有个学长，湘雅医学院是美国教会所创办，仿照美国大学有学长制，学长负责照顾初入学的学弟学妹的生活规矩和学业。我的学长跟我讲了一件事，我觉得十分有趣。”倩文道：“快快讲来大家听。”

小玉道：“我一去就听说下学年要上尸体解剖的课，这是医学院的重头课，要学习与尸体做朋友，向尸体请益学习……”董森叫道：“太可怕了，如果发给你的是一具僵尸，你正在向他学习他就站起来，你怎么办？”倩文觉得很有趣：“董森你莫打断，小玉快讲下去！”

小玉道：“这门课的要求十分严格，学生要熟记人体每一细节，教授在课堂上随时抽问，答不出来便要受罚，大家都心存畏惧。我的学长为了强记那数不清的细节学名，晚上仍留在充满福尔马林味的尸体停放室用功，也许是福尔马林闻多了，竟然昏昏睡着了。夜深时，一个同学不放心自己是否全记对了，便摸黑到停尸室来复习一下。他到解剖台边，一亮手电筒，我那学长惊醒坐了起来，那个同学吓得没了魂，大叫一声，倒在地上不动了。学长自己也吓得不知所措，直到室中灯亮了，值夜助教和管理员进来，大叫：‘你们在搞什么鬼！’那躺在地上的同学才醒过来，口中还叫：‘僵尸，僵尸坐起来了……’董森呀，你方才说‘僵尸’，还真有‘僵尸’呢。”

小玉以为大家会大笑，结果没人笑，个个面带惊恐之色。倩文原来在速记故事，这时也停笔瞪着小玉道："小玉，你不怕啊？胆子真大，我觉得敢去学医的女生实在太厉害了。"

华一峰看小玉谈笑自若，也对她的勇敢感到有些意外，他问小玉："小玉，你有没有决定将来做哪一科医生？"小玉道："我既然学医，就要学外科。"

大家都面露钦佩之色，华老师点头道："大战已启，日本飞机到处轰炸，大炮对着民房轰，全国无处不是战场，军民的伤亡极大，当前最需要的便是外科医生。小玉有志学外科，将来为我长期抗战的军民救伤活命，一定大有贡献。"

百蕙接着道："我发现毕业典礼那天，大家最后一次聚在一起聊天，随便说什么大伙儿都笑歪倒，今天是毕业后第一次相聚，却是说什么都笑不起来……这是，这是因为我们全活在战争的阴影下。"

倩文紧接着说："衡阳还没有打起来，我们已经如此，想想在战火之中的军民，他们过的是什么日子……"湘芷接着道："想想南京的大屠杀，三十万手无寸铁的民众及战俘惨遭屠杀，三十万人呀！"

华一峰叹了一口气道："记得我在课堂上跟你们讲的吗？日本军阀是要在亚洲做主子，四万万中国人做他们的奴隶，所以最好是速战速决，用雷霆万钧之势摧毁我国的军队，再用极端残酷的手段屠杀我平民，要在最短时间内瓦解中国的抵抗，无论是军事力量或民心士气，彻底地瓦解。然后便要找些汉奸出来组成伪政府，用汉奸来治理奴隶，他就达到征服中国的目的，而其自身的死伤及损失可降至最低……"

倩文道："就像'九一八'打完了，就抓溥仪这个废帝来成立满洲国。"小玉接着道："又像华北打赢了长城之役，就找殷汝耕成立冀东自治政府。武力侵略加汉奸善后，老把戏一再玩……"百蕙道："气人的是，老把戏一再玩一再成功。"

华老师面带忧色地道：“这次日寇占领我们的首都，接下去一定故技重施，要搞个更大场面的伪政府，只不知他们要找哪个特大汉奸来担纲。”

倩文却道：“华老师方才说日本军阀要速战速决，我看蒋委员长决心和他们长期抗战到底，日本鬼子的计划未必能得逞呢。”华一峰摇了摇头道：“就算蒋有决心抗战到底，国民政府里的那些高层人物，我对他们可没有信心。”

这时老贺已将湘芷带来的卤菜腊味热好了，放在一个小板车上推了进来，他听到华老师和倩文所说的话，便停下来叉着腰道：“我老贺从二十岁就离开家乡永州去当兵，在赵恒惕的部队里干到排长，一九三一年和唐生智的部队第二次对打，负了伤才退下来。不久前一些老战友来看我，说起南京大屠杀的事，他娘的就是唐生智那个笨蛋守南京，才搞得大军不战不撤，军民进退也不知所措，他先说要与南京共存亡，结果把首都搞砸了还不是夹着尾巴逃了。”

他顿了一顿，续道：“依我看，日本人来不要怕他，中国人是他鬼子的十倍不止，土地是他几十倍，我们打了他就跑，他追来我就埋伏起来再打一场，打了又跑。中国有好大我就跑好远，一路打下来，他娘的鬼子越打人越少，还要征服个屁，还说三个月就要中国亡？华老师你放心，老贺年纪大了部队不要我，可如果日本鬼子敢到我衡阳来，我捉到他啮也要啮死两个。”

他见华老师对他伸大拇指大大地称许，便有些热乎起来，大声吼道：“中国有这么大，哪个日本鬼子能把我亡了？”

董森道：“我来给大家唱一首新歌，是倩文抄给我的，歌名是《中国不会亡》，我唱一遍再教大家唱。倩文，请你在黑板上把歌词写一下。”接着她就用她那浑厚好听的声音唱起来，空荡荡的教室充满了雄壮的歌声。

在此同时，衡阳城司前街的塘叔茶馆铺中，两张方桌围坐了九个人，年纪多在四五十岁，衣着都甚讲究，看上去都是有些底子的士绅之流。

塘叔身旁坐的正是东乡来的常雁楼，他见大家都用了茶，便站起来道："先谢谢怀塘兄热心请我们来，招待我们喝顶级的武夷岩茶大红袍，刚才啜了一口，果然名不虚传。再就是谢谢诸位老兄赏脸，大家摆下自家的事，来这里会商一些地方的公事。怀塘兄有好长一段时间离开了家乡，恐怕对在座各位老乡并不全部认识，就由小弟我先来介绍一下……"

接着他便一一唱名介绍，这七人都是衡阳有钱有地位的人士，有四位是城里的大商家，两位西乡的地主，两位东乡的世家，其中一人的父亲做过前清的耒阳县长。塘叔对左边对面坐的两人特别注意，那两人左边一个叫丁子青，在城里经营百货业，看上去有些江湖气；右边的叫贺百东，是个小胖子，头上戴顶黑呢帽，一双眼睛十分明亮，翻眼看人时常闪过一缕精光。

塘叔站起来抱拳作了一揖，对大家道："今日小弟斗胆请各位来此，实是为了衡阳全城维持安全的大事。自从去年七月七号卢沟桥打起来，日本军队从北向南打，又从东向西打，各位莫看衡阳现在听不到枪炮声，敌人很快就要动衡阳的脑筋了，主要因为此地是粤汉铁路上的重镇，日本鬼子不拿下来就行不通南北，运兵运货都卡死。"

塘叔见大家都点头称是，便继续道："莫看此时无战事，好多人和事都已经在衡阳蠢蠢欲动。根据我得到的消息，日军的奸细已经到了长沙和衡阳活动，搜集各种情报消息。前天在八甲岭机场捉到一个汉奸带了一个日本人，拿着测量器具和远距照相机在四处走动，卫兵盘问时只捉到汉奸，日本人却逃走了，要不是他临时慌乱，袋里掉落一只皮夹子露了马脚，那家伙一口湖北话讲得地道，还不晓得他是日本奸细呢。"

塘叔啜了一口茶，继续道："另外这一阵子，江湖帮会似乎也在衡阳活跃起来，目前还看不出后面是哪几股势力在操纵。总之，只要战事一往这边来，衡阳城里城外的牛鬼蛇神一定纷纷出笼，到时候我们民间如果没组织，兵荒马乱中全城父老无论是随军撤走还是留下做顺民，都没有个照应，那情况会非常之惨。诸位看看南京的情况就晓得，我就不必多说了。”

八人肃然点头，那个姓丁的百货商问道：“彭老哥见多识广，外头认得的朋友多消息灵通，你说说我们该怎么办？”

塘叔因为在外地混了很长时间才“衣锦还乡”，他在外面做了些什么事，和外面各方面有些什么关系，都没有人知道，是以大家见他说得头头是道，倒也不觉惊异。

塘叔听丁子青问得直接，便也开门见山地答道：“小弟不怕多事，便和雁楼先生说了这些事，我们两人便想和各位老乡一同组成一个‘安全维持会’，协助政府做些维护家乡安全的事。大家如果愿意，我们便拿出些钱来，招募一些年轻朋友来，城里城外、车站戏院，多面打探消息，和政府的警备部门保持联系……”

他说到这里，那个叫贺百东的士绅发问道：“怀塘先生，对不住，我先问一个问题：我们花钱做这些工作的好处是啥？能不能先讲一讲再谈细节。”

塘叔笑道：“贺兄问得好，旁人没有问恐怕心里也在嘀咕。我们这样做，平时是咱们提供各路消息给政府，战争紧急时政府就会把消息提早放给我们，各位说，这好处大不大？”

这些士绅们或有大生意，或有大财产，塘叔的话讲到这，哪还有什么不明白的，便先后发言表示支持。塘叔等大家都发言过了，便建议：“我们先一家拿五百块银元出来起个头，就麻烦雁楼兄来管理一下，我彭怀塘义务跑腿，在座各位有愿意参加工作的请表示一下，我们就可以商量下一步怎么做。”

塘叔的眼光十分精准，果然只有丁子青和贺百东两人出声，愿意义务帮忙塘叔的规划及推动工作，其他的几位则表示：“难得四位老兄出钱又出力，我们就出钱偷个懒，不过有啥事要我们做的，只管吩咐啊。”

塘叔见大事原则已定，便站起来再次抱拳作揖道谢：“承蒙各位乡贤相挺，这个‘衡阳安全维持会’就此成立，我这里备得有一张简单章程，要麻烦各位签个大名，将来以‘维持会’名义去和县市政府谈合作时有个依据……”

他从手边一个藤编的扁箱子里拿出一张纸，又拿出墨盒和毛笔放在桌上，那纸上将方才大家谈的宗旨大意写得清晰明白、文字简雅，更难得是一笔欧体好字。塘叔道：“这全是雁楼兄的手笔，将来抗战结束咱们把日本人打败了，本维持会解散时，这张雁楼兄的墨宝少说要卖他个一两万圆，我们几人分了还有赚头呢。”众人听得全笑了，只有常雁楼一本正经地道：“这章程里可没这一条。”

大家一一签了名。那丁子青瞅着塘叔，若有所思地道：“我看怀塘兄文武双全，我们索性支持怀塘兄招募乡勇，来练他一支游击队，对付他娘的日本人。”贺百东拍手道：“就像当年彭玉麟练湘军水师。”提到彭玉麟这衡阳人的光荣，人人都乐了，一时七嘴八舌。

这时婶子进来替大家送新沏的好茶，门外忽地传来鼓乐之声，接着响起合唱的歌声。

塘叔道：“外面有啥事？”婶子打开半扇木门，大家看到约有三四十个男学生的队伍从司前街西面走过来，头三个学生一个背了一面大鼓卖力地敲着，另两个各吹一只喇叭，声音不甚调和，后面的学生们每人手中都挥着一面自制的小布旗，有的写“道南中学”，有的写“抗日救国”，更多的旗上写“抵制日货”。

听他们的歌声雄壮嘹亮，在狭窄的街道上空飘荡：

中国不会亡，中国不会亡！
你看那民族英雄谢团长；

中国不会亡，中国不会亡！
你看那八百壮士孤军奋斗守战场！
四方都是炮火，四方都是豺狼，
宁战死不退让，宁战死不投降，
我们的国旗在重围中飘荡！飘荡飘荡……

# 第二章　不负少年头

唯骏驾着苏联制造的伊-15双层翼战斗机，以巡航速度在云层中飞行。飞机刚通过一段乱流，这架飞机虽然和霍克机一样也是双层翼的，但飞起来较为灵活轻快，只是在遇到乱流时，维持飞机的稳定要更高的技术。

此时乱流已过，飞行情报告知这一段飞行没有经过任何敌人基地，地面日军具有对空攻击能力的部队也不在航线下方，他的心情逐渐放轻松，放眼望前方，一大片积云正在渐渐散开，下午的阳光偶然露脸，云层中就显出一阵金波汹涌。唯骏感受到中低空的风速不小，降落时可能有些难度，好在再过十几分钟，肯定在太阳落下之前，自己就落地了。

想到要落在熟悉的八甲岭机场，唯骏就感到一阵兴奋，同时，也感到近乡情怯的紧张。

自从去年八月，自己被紧急调到南京，在保卫首都之战中，自己驾霍克机在空中与日本木更津航空队的“九六式”陆上攻击机遭遇，他亲身验证了前辈告诫的经验之谈：庞大的“九六式”轰炸机的速度竟然比霍克驱逐机还要快，其本身有三挺机枪加上背后一门机关炮，便是火力也不比霍克机逊色；“八一四”那天的胜利，主要是靠着霍克机的灵活度和高志航大队长等人的高超飞行及缠斗技术。

可这回不同了，日本的“九六式”轰炸机有大量“九六式”舰载战斗机护航，无论在数量或性能上，敌方远胜我方，空战的结果是霍克机频遭击落而日机安然无损。

唯骏第一次空战的感觉极是复杂，一方面他为战友遭击落而痛心万分，另一方面他为自己第一次出战，与两架日本“九六式”战斗机缠斗十数回合，凭着精良飞行技术终于摆脱纠缠，安全降落大校场机场而觉得幸运、感恩。下了地才感到颈上剧痛，原来一颗子弹从他颈耳边上擦过，划开三寸长的伤口。

只那一次空战后，唯骏就没有机会再次出战，因为他又被派了机密任务：前往苏联接受训练，并接受苏制战斗机伊-16及伊-15。这趟任务极为机密，由于淞沪会战历时三个多月，中国空军所有的战机几乎损失殆尽，当时只有苏联红军基于战略考虑，愿意援助我国飞机，并计划派飞行员来中国助战，主要便是防止纳粹德国与日本军阀联手攻苏会师西伯利亚。但是苏联当局对这项计划持十分低调的态度，没有落实前，要求绝对保密。

苏制伊-15及伊-16战机，前者为双层翼，速度较慢但缠斗性能佳；后者的设计在试飞成功时是世上第一款双轮能收放的单翼战机，性能的优劣与伊-15正好相反：速度可达每小时四百多公里，但操作难度较高。

唯骏根据自己受训时的学习和试飞经验，十分用心地做了最详尽的记录，自认为回国后作为训练教本，可能比俄文的原厂教材要实用得多。

就在正要结训返国时，他又接到命令，要再留下来接受苏制SB-2轰炸机的训练。SB-2问世时曾是飞得最快的轰炸机，时速可达四百多公里，虽然只是轻轰炸机，但对缺少攻击能力的中国空军而言，实为至宝，唯骏兴奋万分地留下学习。

这些苏制飞机都用拆散装箱的方式密运到新疆哈密、甘肃兰州，然后在苏联顾问协助下重新组装完成，飞到各基地加入战斗。

终于，唯骏可以起程回国了。几个月的异国生活虽然紧张而孤寂，但也认识了不少俄国空军的朋友，通过译员的协助，他也学会了几句俄语，可以作简单的沟通，大家相处甚为愉快。由于任务极机密，连译员皆由熟谙华语的苏方翻译官担任。

苏方几个朋友设宴为唯骏送行，唯骏经历了平生未有的酩酊大醉，深深体验俄罗斯国宝伏特加酒的威力。只可怜这个来自湖湘的异国孤客，在震天价响的饮酒歌声中当场倒下，倒得很有俄国人的味道，更得到苏联朋友的“敬重”，双方友谊因此更上层楼。

然而当他飞到哈密，便听到了一个消息：高志航大队长在兰州接收第一批苏机后，飞往河南周家口，就在周家口机场等待加油时，日机群突然来袭，他不但不躲避，而且欲升空应战，被前来空袭的日机炸死在机舱中。

唯骏听到这个噩耗心都碎了，他最崇敬的大队长在他出发赴苏之前，请他到自己家中用晚餐，便在那时高志航对他说："苏军援我国有其本身的战略盘算，但此刻我空军已无可战之飞机，这实乃雪中送炭之举，我方点滴在心。唯此次任务极其机密，不仅我方必须保密防谍，苏方亦极尽低调保密之能，严防日谍及国际间谍获得消息。你这段时间不可与外面任何人通讯，切记，切记。"

唯骏对于上级何以选中自己担任此一重要而机密的任务，其实甚感疑惑，那天晚上也得到了答案。高大队长和他对干了三杯洋河大曲后，对他说："唯骏呀，队长和其他长官选中了你来干这件事，除了考虑你的学习能力和飞行技术，主要是因为你进航校前，曾在中央大学机械工程系读了两年，而且成绩优异。要有这些底子和条件，才能在最短时间内把苏制伊-15、伊-16的精华学到手，回国来教给其他飞行员。唯骏，你除了是我国空军的接收军官，也是个取经的和尚呀。"

平日带部下相当严厉的大队长竟然也有幽默的一面。高志航送他到大门口，他们紧紧握别时，他发现了另一个秘密：高大队长的两脚似乎略微一长一短，平时大约借着鞋后跟调正就看不出来，此时他穿着拖鞋就看出了。唯骏暗道："早就听过传闻，大队长早年在东北一次演习中，因机械故障折断了右腿，接骨后便成了'高瘸子飞行员'，原来是真的。"

听到高志航的噩耗，这些往事在唯骏心头挥之不去，他暗中发誓："大队长，你那晚对我说的话，我每个字都牢记在心，定要将这批来之不易的苏造飞机，发挥最大的功效。你的抗敌遗志，就交给我们后死者去完成吧！"

唯骏收起了脑海中汹涌的思潮，飞机已经穿云而出，熟悉的衡阳城就在眼底，夕阳斜照之下，山河屋舍明暗相间，异常瑰丽。飞到湘江东岸的上空，他依照和机场的秘密约定，先慢速通过，立刻作了一个左翻滚，然后向左转回，这时八甲岭机场的瞭望塔顶上升起了浅蓝色的气球，那是约定准许下降的信号，唯骏降低高度，慢速进场。

风有点大，但难不倒唯骏，他驾着伊-15稳稳地降落跑道。滑到停机坪时，在机头前等着他的，哈，居然是梁子林。

唯骏跳下飞机，梁子林迎上前道："欢迎回衡阳。"唯骏紧握梁子林的手，指着那架伊-15道："开战不到一年，老霍克几乎已经打光了，苏联送来这批飞机真是来救命的。"梁子林拍了拍伊-15的机翼，仔细看了看两边的机枪口，问道："性能比霍克机如何？"唯骏道："比霍克快一些，还有伊-16机更快，应该可与日本'九六式'战斗机周旋。"

"这回来衡阳停留多久？"梁子林见唯骏没有马上回答，便笑笑道，"机密？我了解。"唯骏道："我来衡阳的任务，是训练此地几位飞行员熟悉伊-15的飞行战技，后面还有四架伊-15机要来驻守八甲岭机场，只是不知何时可到。所以我留此快则数日，慢……就难讲了。"梁子林点头道："我们这就去见队长，他在等你呢。"

唯骏在八甲岭无昼无夜地工作了四天，八甲岭队上五名飞行员接受了唯骏的训练。第五天起，五名飞行员轮流驾着唯骏飞来的那架伊-15练习单飞。唯骏的教法十分有效率，他制订单飞时的规定动作，最能凸显伊-15的性能特色及优势。每次单飞落地后，唯骏将观察记录与新手飞行员反复检讨，恨不得在几天之内将自己的心得倾囊相授。几位飞行员进步神速，但是原定要送来的另外四架飞机却迟迟没有消息。

每天晚上，经过一整天的训练工作，唯骏总是孤灯难眠，心中思之再三的难题是："我该不该和湘芷见面？还有表妹……"这个问题从他奉命来衡阳的那一刻起，便一直萦绕在心，但是没有定论。自从去年匆匆调离衡阳，便和衡阳的这两个女孩儿断了联系，也不知道这段时间她们过得如何，湘芷还在西湖小学教小学生么，百蕙可还在县政府工作。

唯骏的训练工作接近尾声，空下来思考的时间多了，想要和湘芷见一面的欲望越来越强。后续四架伊-15飞机迟迟未来，上级的命令却到了，唯骏须尽速返汉口报到。看着手上那封命令，他终于鼓起勇气寄出一封信。

湘芷下了课，正要离开教员休息室，工友老秦拿着一封信跑过来："彭老师等一下，你的信！"

湘芷接过信，一瞥信封上的字迹，整个人像是被电了一下，"是他，是他的信！"细看邮戳，竟是衡阳邮局。这人已经失去联络八九个月，怎地突然就出现在衡阳了？湘芷回到休息室，室内只有她一人，便匆匆拆开信封。就像前次那封信一样，一张信纸包着一张相片。

信上写着："湘芷：一别匆匆已过九个月，希望你仍在西湖小学，能顺利收到此信。别后生活一直处于紧张而须保密之情况下，不能和你联络，唯有每夜在梦中见到你的一颦一笑。午夜梦醒，惊觉你在万里之外，不禁废然而叹。来此工作益发紧张，一江之隔竟如咫尺天涯，周四幸得有半日之便，至盼与君重续未践之约。唯骏"

那张照片，竟然还是湘芷在草桥边拍的那张。湘芷算了算日期，暗忖："啊，明天下午四时，他又要约我在草桥会面。"

接着她喃喃自问："'午夜梦醒，惊觉你在万里之外'，他到哪里去了？干吗要跑到万里之外？啊，是去了外国吗？"

湘芷回想起前事，一幕幕从脑海中掠过。这大半年来，她本已渐渐习惯了不去想唯骏的事，这时她才发觉，那些情景以及当时的情愫——尤其是和唯骏空中遨游的快乐，竟是如此铭刻在心。此时又被这一纸信笺、一张照片撩起，千百般思绪涌上心来，久久不能自已。

第二天，湘芷刻意换上照片中穿的那身衣裙，中午还是艳阳高照，下午上完两节五年级的算术课，看看窗外，浓密的云层聚了起来，顿时天便阴了。湘芷暗道：“简直和上回一模一样，说不定还会落一场雨呢。”她小心地套上雨鞋，带了把雨伞，准备悄悄一个人到草桥赴约。她对镜整理了一下头发及衣裙，镜中的她脂粉不施，但满面的青春洋溢。她凝视自己，不知想到啥，竟是双颊泛赤，像是添了一抹胭脂。

青草桥上行人寥寥，下午四时又非假日，加以自从抗日战争打起来，民间不但饮宴锐减，到草河对面买醉之徒也少了许多，酒肆也关了两家，桥上行人更为稀少了。

湘芷走近草桥，不由自主地放慢了脚步，上回她在草桥畔等了足足两个钟头不见那人踪影，这回的约会又将怎样？她从大街一转出，竟然远远便见那人。湘芷的心跳加速，脚步却放得更慢了。

唯骏显然也看见了她。他穿着一件灰色夹克，看上去不像是军服，左臂弯挂着一件浅黄色的长外衣，正朝着湘芷用力挥舞右手，一面快步朝这边走过来。

湘芷感觉到好像有一点晕眩，站稳了望去，唯骏似乎变黑变瘦了许多，看上去有一些憔悴，倒像是成熟了不少。湘芷想或许是自己的错觉吧，一别不过八九个月，怎有如许的变化？

湘芷停下脚步，唯骏快步走近，到了彼此面前，两人却都没有开口打招呼，只是微笑相对凝视。过了一会儿，唯骏才道：“湘芷，你看起来很好，真高兴又见面了。”

湘芷想问：“你怎么瘦了那么多？”但她忍住了没说，只是笑了笑就低下头。唯骏道：“很对不起，这一段时间都没办法写信给你，其实……”湘芷打断他说下去：“我懂的，你一定是在执行机密任务。现在可以自由了？”

唯骏苦笑，摇了摇头道：“自由不了多久，马上又有新任务了。湘芷，真感谢你今天能来，这一刻我等了九个月，每天都在盼着。”湘芷不知怎么说，只能用微笑相应。

唯骏道："我们到那边走走吧，可以边走边聊，你一定有好多事要告诉我……"湘芷低声道："我的事好简单，三分钟便讲完。"唯骏指着草河的岸边道："没关系，我可有说不完的事要告诉你，就怕你觉得烦。"湘芷抬头笑道："我不怕烦，你尽管讲。"

河边有个斜坡，有点陡，唯骏就伸右手牵着湘芷走下了坡，他觉得掌中的小手又软又凉，想起那一次从霍克机上扶她下来时的感觉——紧张而兴奋，这回唯骏就牵着不放手了。

草河的水清，岸边生着十分丰美的青草，沿着河边开了些野花，有艳红色和亮黄色的野菊花和草茉莉，有娇羞的蒲公英，还有一些不知名的蓝色小花夹长在草丛中，像是点点蓝星。湘芷爱花，正欣赏间，耳边听到唯骏说："你的事简单，三分钟便讲完，好，我就给你三分钟。"

湘芷想笑，忽然想到这几个月来自己所经历过的种种，日子其实过得蛮辛苦，只是有些苦无人可诉，娘和塘叔、婶子无法了解，最好的朋友百蕙也忽然再不是无话不谈的"死党"了。这时与唯骏重逢，虽然两人交往不久，但真有一些冲动想向他一诉衷情，可还未启口，却又欲言还休。

唯骏带她沿河走了一程，走到河边一排三张长椅前，两人就第一张长椅坐了下来，这长椅在一棵老柳之下。湘芷道："我的日子过得平淡无奇，唯骏，还是你先说说去了外国的事吧。"

唯骏吃了一惊，她怎么知道自己去了外国？继而一想，是自己那封信上说到"万里之外"露了马脚，暗忖自己保密防谍的警觉性实在不够，还好是湘芷……她大概不会是日本女间谍吧。他想到这里，忍不住道："湘芷好聪明，从我信上就看出端倪，这可是机密不准泄露的，我竟……我竟无意中间接泄露给你了。"

湘芷有些得意地道："我就再猜一下，你定是去了苏联，对不？"

唯骏更吃惊了，他转首望着身边这个女孩儿，湘芷见他不答，便道："你先说我猜得对不对，我再告诉你我怎么猜的。"唯骏只好点了点头。湘芷道："倩文……黄倩文你记得吗？她在《蒸湘报》社当记者，是她告诉我抗战快一年了，国际上对侵略者日本却毫无实质上的制裁，只有苏联在协助我们抗日。她的上司易先生写了一篇专稿谈这事，说苏联援我主要就是空军，尤其是作战飞机的供应，有如雪中送炭。"

唯骏道："《蒸湘报》这家地方报纸倒是消息灵通啊……"湘芷打断他道："可《蒸湘报》的后台是国民党，这消息一定是国民党通过所属各报纸发放的；我把这两件事一连接起来，哈，原来唯骏你跑到苏联去搞飞机了。"接着她又补充道："我还猜，国民党把这秘密消息公布出来，目的是给延安的共产党听的：你看，苏联是支持国民党的！"

唯骏见她一双美目黑白分明，眼睛不是特别大，但一对黑眸子却是又亮又圆，她口中说得头头是道，眼中便流露些得意洋洋的神色，唯骏盯着看呆了。

湘芷被他看得有些窘，口中强作不在意地道："你瞧我厉不厉害……"唯骏忍不住抓起她的手道："厉害极了，我确实去了苏联，那个基地只我一个华人，因为我要办的事十分机密，知道的人越少越好，等我与对方谈妥、签结以后，我们的一组人才去办接收……"

湘芷道："你会俄语？"唯骏道："不会，但苏方有懂中文的翻译官。"湘芷道："那你一个人在俄国过冬，岂不成了苏武？"唯骏道："不，高大队长说我是去取经的和尚唐僧。"湘芷扑哧笑出声来："我看你比较像孙悟空，唐僧可不会飞。"

唯骏哈哈笑道："妙极，我很爱孙悟空。"

湘芷道："我最爱孙悟空……"忽然想到自己方才说唯骏"比较像孙悟空"，现在说这话岂不有点语病？便忙扯开道，"我塘叔也最爱孙悟空，我记得初中读《西游记》时，他跟我说孙悟空是天下有本事、能创格的英雄们的共同缩影，所以他一定遭小人嫉妒，也一定遭领袖猜忌，经常是一片忠心不得好报。”

唯骏听了觉得十分有道理，由衷赞道：“你塘叔真是有见地，我小时候读书学习，就没有人能这般点拨我，湘芷你真幸运。”

湘芷心想：“你说我幸运，可你怎知我娘女寄人篱下的辛苦？塘叔和婶子对我再好，我也得要时时绷紧了神经不能让人嫌，我得要求自己年头年尾天天表现完美，事事恰到好处，那份压力岂是幸运两个字能包含的？”但是她只对唯骏说：“我是幸运，塘叔和婶子待我如同己出。你呢，唯骏？我听百蕙说你是义父母抚养长大的？”

唯骏深看了湘芷一眼，道：“不错，我是个孤儿，义父母领养了我，据说我生父和义父原是好友，我父母死于一场车祸，那时我才五岁。能活到今天，真要感谢义父母养育之恩。义父供我读书直到上大学，他的木材生意做垮掉，欠了一身债，我们原来住的大宅子也被查封，义父母便搬到南京城外的乡下去躲债。我那时在南京中央大学机械系念到二年级，家里出了这等大事，我还能念得下去么？刚好中央航空学校在南京招生，我打听了一下，航校毕业当飞行员一个月薪水有三百块现大洋。有这么好的待遇，我就可以积钱替义父还债……”“三百块现大洋！”湘芷暗吃一惊，一家子一个月用不了十块钱，原来飞行员的待遇这么好！

她还想多知道一些，忍不住问道：“你和表妹百蕙……是怎么个‘表’啊？”唯骏笑道：“啥表都不是……”湘芷就懂了：“啊，是你义父母和罗家是表亲，你们是……”她侧头想了一下，调皮地道，“百蕙和你是‘义表’，你是她‘义表哥’。”唯骏道：“不作兴这般叫的。”湘芷察觉到唯骏有一点不悦，但此时她心中想的是：“原来他们是完全没有血缘关系的。”

唯骏继续道：“百蕙的姑妈是我义母，我当然就叫她表妹了。”湘芷点头道：“百蕙对你这表哥是一往情深，上回她重病住院，可是因为我们……我们的事？”

这个问题对唯骏显然是极大的困扰，他的眼神有些茫然地道：“魏小玉告诉她在石鼓山遇见我们，她那天抱病跑到八甲岭来找我，被卫兵挡住进不了机场，又急又苦又受了风寒，病更重了。你说你绝不会伤害百蕙，我也不想伤害她。我思前想后，还是认为最重要的是我俩自己的感觉；对她，我还是觉得她……她便只是我表妹。”

湘芷默然不语，唯骏接着说：“如果因为怕百蕙受到伤害，我俩就不能相好，我是不……不甘愿的！”

湘芷暗忖道：“她‘只’是你的表妹，可却是我最好的、也许是唯一最好的朋友，我做不出抢她男朋友的事。”她知道这是自己凡事求全的性子，再也改不了的。但她听了唯骏的话，心中还是暖洋洋的：“他心中只有我哩。”

唯骏看她无语，便也没有话说了。两人之间忽然安静了下来，那情绪却不是“此时无声胜有声”。这时江面上飞过两只白鹭，一前一后掠水而起，湘芷眼尖，看见两只白鹭细长的黑喙上都叼了一条小鱼，原来就在那掠过江面的一刹那，二鸟都有了收获，然后好整以暇地落在江边一条无人的渔船上，有意无意地背对着两人在享用它们的大餐。

湘芷在想：“洋人说早起的鸟儿有虫吃，殊不知在我们湖南鱼米之乡，晚来的鸟儿也有鱼儿吃呢。”

唯骏却在想：“我若驾着SB-2，能像这两只白鹭一样飞得那么快速优雅，便能低空穿越日本军舰上方，好整以暇地将炸弹丢在他们的舰船上，百无一失。”

又过了一会，唯骏脸色越来越阴沉，终于开口道：“湘芷，过了今日，我就要回武汉了。”湘芷睁大了眼望着他。“这一回去便直接投入激战了。武汉保卫战的外围已经开打，这场大战恐要决定中日双方的命运，日军将动员数十万部队、几百架飞机和百多艘战舰，我们也将投入全国百万之师与日本作殊死搏斗。”

他顿了一顿，续道：“湘芷，据我这个小飞行员所见所知，此战如果我方再像南京保卫战那样惨败，抗日战争就打不下去，基本上就要亡国了。中央政府虽然迁都重庆，但所有的物资、军备全布置在武汉周围，这是不折不扣的第二次‘首都’保卫战……”

湘芷听得不住地微微点头，其实充满心中的意念只有一个：“唯骏要去参加大战……唯骏要赴战场了！”

唯骏续道：“反过来说，如果这一战我军能顶住日军打个平手，日本国小人少，他的战时经济必将受到极大的压力，要想再增兵加强西侵恐怕也困难了。那时也许……也许双方可以谈和平停战也说不定。”

湘芷摇头道：“蒋介石说过，对日抗战一旦开战就要打到底，绝无回头的可能。我七岁时看见过他一次，他骑白马过衡阳，我娘带着我在人堆里看到他，我看到他的眼神，那眼神就是会打到底不投降的那种。”

唯骏听到她说的理由有点可笑，但见她说得极是认真，便忍住没有笑。其实唯骏从头到尾心里都无法放松，经过这许多波折，终于和湘芷重续前约，眼前伊人明眸皓齿依旧，比前次出游时更少了些矜持，理应是满心愉快，和心爱的女孩儿谈笑风生而尽一夕之欢，但他却放不开来；因为他知道，今宵过后，自己将投入大战，十之八九再难生还。

天色渐暗，竟然飘起雨来，湘芷暗想：“难道竟和上回他失约的那个下午天气一模一样？”很快她便知道了答案，今天的天气和上回大为不同，乌云一合，竟然听到恨恨的雷声从远方传来，雨说来就来，而且是大雨淋头。

湘芷忙撑起雨伞，唯骏环目四望，竟然没有一个可以躲雨的地方，他当机立断，一把拉起湘芷，指着江边的那条渔船道：“船上有篷舱，我们去暂躲一阵，这雨下不久的。”

他们冲到岸边，只见那条空船用一条粗绳系在岸上的一根木桩上，船身却横在江水之中，离岸约有一大步的距离。

唯骏望了湘芷一眼，湘芷摇了摇头，表示自己跳不上船。唯骏一把将湘芷的伞收了丢上船，伸臂便将湘芷抱起，一个大步便上了船，小船被他这么一折腾，在大雨中猛摇猛荡了好一阵子，只差没有翻船。

湘芷还来不及反应，人已上了船，身体却落在唯骏的怀抱中。两人一挤进那船上的小篷舱，湘芷便挣扎着要唯骏放开她，唯骏却将她抱得更紧，在她耳边道："你的外衣湿了，要脱下来换上我的风衣，不然一定要着凉了。"

湘芷才发现这一场骤雨，竟在不到一分钟的时间将她淋湿，看唯骏一身反而没有这么湿，这才想起，方才从长椅上起身跑到河边，伞在自己手上，却尽量为唯骏挡雨，自己头顶全暴露在雨中。这就是湘芷，先照顾别人已成了她的反射动作，竟忘了身旁是个生龙活虎的飞行员，该被照顾的是她自己。

唯骏催促她脱下外衣，立刻便将手上的风衣交给湘芷披上，这风衣又长又大，立刻感到温暖。

唯骏再将那把雨伞撑开了，放在舱门口，正好遮住横向飘进来的雨水，小船上的篷舱顿时有了"门窗"，竟然成了临时避雨的好所在。湘芷扯紧了身上的风衣，望着唯骏忙完了，从背对风雨的一面向外看，雨势不减，落在河面上溅起一片水花和迷蒙水气，篷顶上发出稀里哗啦的雨打声，小船在风中摇晃，满不是"画船听雨眠"的情境。

天色又暗了一些，两人挤在篷舱里一时无语，湘芷身上裹着风衣，渐渐驱走了寒意，一种窘迫的感觉在心中升起；唯骏虽不说话，却一直用关心的眼神看着自己，她暗中对自己说："湘芷呀，你哑了喉吗？快想些什么话来讲讲呀……"

"唯骏，刚才我们啥事讲到一半啊？"湘芷暗想，有这么笨拙的"重启谈话"吗？

唯骏倒记得清楚："你讲到蒋介石不投降……"湘芷想笑，看到唯骏的神色便笑不出来，只好说："不错，我说他绝不投降，你说武汉大战的事……"

唯骏长长叹了一口气，打断了湘芷的话："你知道我是属于第四大队的飞行员。湘芷，你知道四大队是怎么一个大队？"湘芷摇头，很快地又点头道："我知道，四大队的队长是'空军战神'高志航，报上这么写的！"

唯骏的声音很低沉，在哗哗的雨声中湘芷听得有些吃力，便不由自主地靠近听。唯骏道："没错，四大队的队长是高志航，高大队长去年'八一四'首开击落敌机的纪录，是我最钦佩的飞行天才。其实四大队里卧虎藏龙，还有两位空战英雄也是不得了的人物，击落日机八架的李桂丹你听过吗？就在二月十八武汉空战，一天之内他就击落三架。还有乐以琴你听过吗？'八一四'之后，他老兄七天内击落日机六架。另外还有一个刘粹刚，五大队的中队长，去年十月十二南京空战时，他就在百万南京市民的目睹之下，驾着他的'霍克三'，在南京上空干掉了性能优异的日本'九六式'战斗机。经此一役，我们'霍克三'的飞行员从此不怕'九六'。他们是空军的'四大金刚'，而我们四大队就有其三，我都熟识哩。"

湘芷望着唯骏，看到了她从未见过的一种神态，有几分骄傲，有几分凛然，还有更多的豪气在他脸上飞扬，深深打动湘芷。

她低声道："你和他们都熟识？不久之后，你也将成为他们中的一员？……"她讲到这里，悚然而惊就停住了，因为她想到了名满全国的高大队长已于去年年底战死在河南周家口，此刻问唯骏是否也要成为他们之中的一员，实在好蠢啊。她嗫嚅地道："高大队长已殉国，我问的傻问题……"

唯骏却不以为意，继续道："'空军战神'高大队长于去年十一月二十一日殉国，代理他大队长职务的李桂丹在二月十八日击落三架敌机后与敌互撞壮烈成仁，乐以琴去年十二月三日死于南京空战，王牌飞行员五大队的刘粹刚也在去年十月二十六日率机支持共产党八路军反攻娘子关时，从江苏经洛阳飞到山西作战，油尽迫降殉职……”

湘芷听得又惊又恐，颤声道：“全死了？‘四大金刚’竟全死了？”

唯骏沉重地点头道：“全死了。这四人合力击落日机三十架，竟全牺牲了宝贵的性命，高志航三十岁，刘粹刚二十四，李桂丹二十四，乐以琴，唉，才刚满二十三岁。”

“唯骏也才满二十四岁哩。”

“我告诉你这些，只想让你知道，空军飞行员的生命如焰火腾空，光芒四射，但发光发热之后，常常有如昙花一现。我此次重来衡阳，能见你一面，聊了许多，后日回武汉去再无憾事，便要全心全意投入战斗，我要替所有血洒长空的长官、同僚、伙伴们报仇雪恨！”

唯骏的声调从低沉转为激昂，但声音却开始颤抖，湘芷听他谈到最崇敬的“四大金刚”全部在半年内为国捐躯时，不只是沉痛哀伤，而是从哀痛中化为雪恨复仇的奋发，她不但为之动容，也为之动心。但是她同时想到，二十四岁的他即将步上先行伙伴们的路，而那条路是九死一生的悲壮之路，不禁疼惜得为之心悸。她主动伸手去握住唯骏，才发觉唯骏的手冰冷且微微抖颤。“啊，他的风衣给了我，自己却在挨冷受冻！”

湘芷轻叫：“唯骏你冷！”忙将身上的风衣解下要给唯骏披上，唯骏微笑道：“我不怕的，这点冷算得了什么……”湘芷手上的风衣已披了上来。他将风衣展开，包在两人肩上，湘芷便紧紧靠在唯骏身上了。

还没有完全反应过来，湘芷感觉到唯骏已将她拥抱入怀，待要推开时，一阵冰凉贴上了她发烫的脸颊，唯骏的脸已经和她贴在一起。

她再次试着推开他，但双臂软绵绵使不出力，唯骏移开他的脸，离她两寸的距离凝视着她。湘芷闭上双眼，大雨声中却清楚地听到自己的心跳，面上可以感觉到唯骏的鼻息，全身都能感受到和唯骏躯体相贴的温暖，然后，她睁开了眼，却见唯骏原姿势停在那里，像是突然之间，时间、行动……甚至思想都被冻结了，他们是那么亲近地凝视着对方，却一动也不动。

湘芷从一种惊慌和甜蜜混合的快感中恢复了她的敏锐，她在朦胧中渐渐能感受到，一种即将进一步突破内心规范的冲动在两人之间升起，越来越炽烈。她看着唯骏英气勃勃的脸庞，对着他充满柔情蜜意的眼睛，那股冲动在考验着湘芷的理智。

唯骏回到汉口，当天晚上队长召集全队飞行员共进晚餐，并规定需着整齐军装出席。唯骏到了现场才知道，是空军教导总队的毛总队长和苏联航空志愿队的日加列夫队长联合宴请中苏飞行员，做精神训话并联络感情；唯骏曾单枪匹马赴苏联，接收苏方三种飞机的技术训练和移转，所以阶级虽低，却被安排坐在第一桌。

他被总务人员引导到了第一桌，正面坐着毛总队长及日加列夫，他走上前去向两人行了一个标准军礼："长官好！"又加了一句俄语的"晚上好"。

日加列夫显然很高兴见到唯骏，大声说："晚上好，谭上尉，很高兴你还记得俄语！"翻译官转译了，唯骏回答："只会一两句，谢谢队长！"

"谭唯骏，你好。还记得我吗？"俄国腔的华语发自身后，回头就看到他在苏联受训时的"专用"翻译员，唯骏喜道："啊哈，娜塔莎是你啊，真高兴再见到你。"娜塔莎趋前和唯骏轻轻抱一下，她知道唯骏不敢像俄国男人那样又亲又拥的。

中苏飞行员约二百人到齐了，便开始长官训话。毛总队长致辞时，大大地感谢苏联政府见义勇为，不但援助我国飞机，还派遣航空志愿队来华助战，实乃雪中送炭的义举，因而勉励我空军飞行员发挥最高战技，与苏联朋友并肩作战、合作无间。他特别提到不久前在汉口机场，全国各界代表热烈欢迎空军英雄徐焕升等人驾机远征日本本土，投下百万份《告日本国民书》的传单，“人道的远征”一词出现在全球重要媒体上。

轮到日加列夫队长致辞，他显然有备而来，一开始便用生硬的中文起头：“中国飞行员你们好！”引得全场热烈鼓掌，接着他便分析了当前的局势。

日加列夫说道，所有的形势都显示日本军国大本营已将武汉之战定位为一举歼灭中国军力的一战，它的特色将是陆、海、空全面地攻击，未来几个月将是中国生死存亡的关头。不过从另外一面看，一年来日军不停地发动战役，不断地增兵，无论是兵源或资源都渐感压力，出现了难以持久消耗的警信，最近开始实行“国家总动员法”，根据情报，裕仁天皇在御前会议中下令，要求武汉战役必须是对中国政府的最后致命一击，他不愿见到“帝国雄师百万受陷在中国战场”。因此，中国如果能在武汉会战中挡住日军的孤注一掷，日军亦将精疲力竭，至少相当时间内无力为继；苏联飞行员希望能在这场伟大的反法西斯战役中，与中国飞行员共同做出贡献。

通过日加列夫专属翻译官的口译，全体中国飞行员听得热血沸腾，热情地鼓掌长达两分钟。其中唯骏听得最为心有戚戚，他记得在衡阳时他对湘芷所说的，基本上和日加列夫的分析雷同，因而大起知己之感，对这位看上去举止温文、年纪不到四十就有些秃顶的苏联“儒将”赞佩不已。当然，唯骏此时不能预知的是，十年后这位“儒将”将担任苏联空军总司令达八年之久，并升为空军元帅。

武汉会战打得如火如荼，开始时日军势不可当，七月底攻陷九江，八月底攻陷瑞昌，但是就在这时，国军在万家岭狠狠地打了一个胜仗，日军气焰为之一夺。

万家岭在江西德安附近，岭高不过五十米，但日军一〇六师团在此中了国军将领薛岳的埋伏，死伤了近万人。唯骏队上的弟兄戏称："山不在高，歼敌则名。"万家岭之名一时传遍全国，人心士气为之一振。到十月时，日军总损失十万人，国军损失更是日军的四倍，空军方面虽然打了几场出色的空战，但毕竟敌众我寡，二百架飞机消耗殆尽，长江上三十艘海军船舰则是全军覆灭，全部悲壮牺牲。

十月底，重庆方面的战略考虑有了变化，由于日军占领了广州，粤汉铁路南段落入敌手，武汉三镇的战略地位丕变，便下令撤退以保全实力，于是日军在十月二十六日占领汉口和武昌，第二天占领了汉阳。日军航空队即日降落汉口机场，接收了全部设施。日军胜了这场大战，但战略目标并未达成，国军实力犹存，而且争取了四个月的时间，新兵征训有成，在兵力人数上反而较会战之前更增。

武汉沦陷的当天，驻在附近的中苏飞机都接到撤离的命令，唯骏的中队奉命撤往芷江机场，到了机场上空才知道这个扩建的大机场尚未完工，但主要的一段跑道已经大致堪用。唯骏驾驶的是一架苏联制的SB-2，较之伊-15又快又重，理论上需要更长的跑道，因此降落时就考验唯骏的技术。由于唯骏曾亲赴苏联接受训练，是伊-15、伊-16及SB-2的种子教官，他是唯一可以驾驶苏制驱逐机及轰炸机两类战机的中国飞行员。

唯骏是最后一架进场，他将速度降到最低，触地角度恰到好处，平稳地减速降落。他一爬下飞机，迎面看到的是两张欢迎的笑脸——苏联大队的飞行员和译员娜塔莎。

唯骏有些惊喜："你们也来芷江了？"娜塔莎伸出大拇指道："来了一个中队。谭上尉落地漂亮！"那名飞行员原来就见过，一时想不起他的名字，他伸手和唯骏紧紧相握，那只手很大力气也大，他自我介绍："波各夫斯基。"娜塔莎帮他补充道："从前天开始，是波各夫斯基中队长了。”唯骏直觉反应：“恭喜……”但他立刻噎住了，因为这表示原来的中队长前天阵亡了。他多望了波各夫斯基一眼，他有一部络腮大胡子，一双浅蓝的眼睛。

唯骏环目四望，尚未完工的芷江机场规模极大，看来完工后准备作为华中华南地区最主要的机场，尤其武汉沦入日军之手后，这里是最靠近前线的机场，战术地位极为重要。他抬头看了看天边渐积的乌云，轻叹了一口气，喃喃自语：“湖南，我又回来了。”

晚饭前，他洗了一把脸正要休息一会儿，一个传令兵来找，说队长要他立刻去。他一进入队长室就吃了一惊，除了队长外，还有波各夫斯基和娜塔莎，又是他们俩？

队长起身将房门关好，开门见山地道：“唯骏，你要出任务！”

唯骏吓了一跳，才落地又要出任务？最奇怪的是，当着波各夫斯基和娜塔莎谈任务，难道是要一同出击？通常中苏大队各自指挥作战，战术上需要密切配合时，双方高层会共同把战术和计划拟好，飞行员按计划执行就好，不会像这样把飞行员找来一起商量。

他转脸看波各夫斯基，这个大胡子面色凝重没有反应，再转向娜塔莎，她一双大眼睛对着唯骏眨了眨，也不说话，感觉上她好像耸了耸肩，不知是何意思。

“报告队长，能问是啥任务么？”

“现在不要多问，吃过晚饭再过来。你现在先悄悄到你那架SB-2去确认一下安检，这任务极机密，不要对任何人谈及。你先下去吧。”

唯骏吸一口气，暗道：“好啊，凡是极机密的任务就一定落在我头上。”他一面答“是”，一面行礼待退，这时他瞥见队长桌上放了军事用的地图，只一眼就认出了，因为这太熟悉了，正是武汉三镇的空照图，在空中他见过不止一百遍。

唯骏行了一个军礼，刻意做了一个漂亮的向后转，整个身躯保持垂直如柱，双肩水平，只双脚跟刷地旋转了一百八十度，就大步走出去，娜塔莎看得大眼睛发亮。

唯骏心跳如鼓地走向他那架SB–2，想到刚才看到的那张航照地图，兴奋地暗忖："是武汉呢！我们才从汉口撤退啊，难道又要打回武汉去？用到SB–2，那一定是要去轰炸武汉，炸死他妈的鬼子！"

这个想法立刻证实了，才走到他那架SB–2前方五十米，就看到除了机械士在检查起落架，还看到补给士在为他的SB–2加油和挂炸弹，他不禁捏紧了双拳。

吃过晚饭，他避开同僚飞行员，故意到机场空地上走了一圈，见没有人注意，才悄悄走回队长室："报告。"

"进来，带上门扣好！"队长声音严肃地说道。

波各夫斯基和娜塔莎已在房里，唯骏闻到食物的味道，像是青椒炒肉丝。果然，窗边的条桌上放了三套碗盘，有一些吃剩的青椒肉丝，还有大半碗萝卜炖排骨汤。"这三人根本没离开过，就在这房里等我。"

队长挥一挥手道："任务由波各夫斯基来说明吧。"说着把那张军用地图推给了他，波各夫斯基清了清喉咙，便开始解说。透过翻译，唯骏已了解任务的内容，他听得血脉偾张。

武汉经过四个月的消耗战，剩下的伊–15、伊–16及SB–2轰炸队原驻汉口机场，武汉撤退后，我方的飞机刚刚才飞离，日军航空队近百架各式飞机立刻就降落进驻汉口，机场中还有不少物资、油料、军火来不及全数撤走，都落入了日军之手。

"一定有狗娘养的奸细通报，日本航空队才来得如此快，简直像闪电。"波各夫斯基显然对这事十分不满，便心生一计："我们前脚走，他们后脚就到，可绝对料不到我们转个身立刻又回来了，这次回来是送炸弹给他们吃的，哈哈哈。"

因为需要翻译，唯骏发问尽量简洁："偷袭？"

娜塔莎翻译了，波各夫斯基用力拍了唯骏肩膀一下，笑道："不错，偷袭，谭上尉。"唯骏左肩上好像挨了一棍，十分疼痛，便偷偷移动椅子，离这人远一点。

但这人的计策是好的，唯骏暗忖："如果今夜就去偷袭，敌人确实万万料想不到……"他抬头看了自己的队长一眼，队长道："唯骏，这条计策虽然不错，但有几点要弄清楚。第一，苏联航空志愿队来华助战，到目前为止都是参与空中作战，助我抵挡日本空军的滥炸，他们从来没有轰炸过日军基地，这是苏联政府对非交战国日本所保留的余地，今天这位老兄大概是气不过了，要去炸他一回，这事定须机密进行。第二，你对汉口机场了如指掌，日军飞机在地面上如何布置你不用侦察，闭着眼也摸得到，更兼你对飞行中呼叫的术语，中俄文都可应付。这任务全由苏军执行，你是唯一的中国空军人员，却扮演了不可或缺的角色，明白吗？"

"是，明白了！"他心中嘀咕："怎么每次我都是派在俄国佬中间唯一的中国空军，这不可或缺的角色能不能换一换？"

队长伸腕看了看表，大家都低头看表对时，时间校正在七点五分，队长比个手势，表示指挥权交给波各夫斯基。他搓了一下胡子，指着航照图低声道："咱们八时整出动十二架SB–2，为了不惊动敌人，不用驱逐机护航，从芷江起飞全速飞到长沙降落加油，时间七十分钟，九时半再起飞，到岳阳维持三千米，飞过仙桃后降至一千米，然后缓缓下降绕到武汉北面，再突然南转对准汉口机场下降投弹。"

大胡子抬头望了唯骏一眼，唯骏点头道："那时汉口机场应是一片漆黑。"通过传译，大胡子道："不错，这时就要靠谭上尉了，你投第一枚炸弹，投向汽油库，只要汽油库烧起来，汉口机场就比灯火全开还要明亮了。我们的飞行员和航炸员都分派好了责任投弹区，只要看得见，他们大概还晓得怎么干活，哈哈哈。"唯骏连忙将上身后缩，免得肩上又中

“铁砂掌”。

唯骏把飞行计划及炸射行动默默地在脑海中构思了一遍，汉口机场的每一处，从空中看下去的细节都在唯骏的脑中浮现；那座隐藏在机场外缘一片林子后的汽油库，位置和周围地标的景象，更是在脑中清晰地印下了。然后，他抬起眼看着俄国大胡子道：“我带头，向两位长官保证，一枚炸弹正中油库！”

娜塔莎用高昂的音调翻译了，两位长官都伸出大拇指，大胡子居然挤出两个中文字：“顶好！”

SB-2轰炸机承载炸弹只有六百到八百公斤，最大航程也只一千公里，属于轻轰炸机，但它是当时中国仅有的轰炸机种。它的好处是快，最快能飞到每小时四百一十公里，飞机上的火力也不弱，机上除了飞行员，还有两名机员，负责领航、炸射和机械。

八点整，唯骏登上飞机，机上两位机员早已在座，老陶是士官长，小汪是中士，唯骏原就认得，都是队上最优秀的士官。三人从衣袋中掏出飞行计划及航图，互相比对复诵完毕，便各就各位。唯骏启动了发动机，这时左方滑行道上十一架苏方驾驶的SB-2正缓缓地滑行过来。

唯骏对站在机坪上的两位队长行了一个军礼，就在两位长官回礼的祝福中滑上了跑道，率先加速起飞，十一架苏机鱼贯跟上，一一起飞向北飞去。

夜袭汉口机场空前成功。日军发动二十五万部队，血战四个月才占领武汉，近百架日机半日前才兴高采烈地进驻汉口，做梦也没想到才撤离的敌机竟然当晚就飞回夜袭。第一批炸弹就炸燃了汽油库，汉口机场被烈焰照得有如白昼，十几架SB-2轰炸机轮番俯冲投弹，停在机坪上的几十架飞机被炸得支离破碎，机上油箱中仍有剩余的油料，一个接一个的爆炸，一时情况大乱。

唯骏带头进攻，首先掷完了炸弹，便在制高点上掩护队友继续投弹，士官长老陶凝神看了一会，喊道："长官，我看差不多哩，快走啊！"

只有三架日机拼死起飞想要抵抗，但SB-2机上的机枪火力也不逊色，三架日机纠缠了两回合，SB-2机群已投弹完毕呼啸而去。日机追了一程油料不足，又势单力孤，只好返回。

机群回到长沙机场时已是十一点半，加油后带着奇袭的胜利回到芷江时，已是次日凌晨。

十二架飞机鱼贯降落，唯骏有始有终，仍是第一个落地。芷江机场昨夜十二架轰炸机秘密起飞，马达声响彻基地，便再也瞒不住其他的飞行员，他们也很惊讶，撤退到芷江才几个小时就大举出击，都觉得十分兴奋。等到长沙机场消息传来，得知夜袭汉口一举成功，更是为之雀跃，这时大伙儿全都没有入睡，两位队长率领大家在机坪欢迎胜利归来的机队。

最后一架飞机降落了，众人欢呼声中传来中苏两位队长的命令，全部在大餐厅集合，包括方才落地的十二位英雄。大伙儿以为是要办庆功宴，看看时间，凌晨一点多，要庆功不能等到明天吗？

到了大餐厅大伙儿坐定，才看到两位队长面色严肃地坐在长官席上，中方队长站起来先发言：

"第一，这次夜袭汉口是苏联朋友主导的机密任务，为顾及苏联政府未对日本宣战的立场，这件事情必须绝对保密，不准任何人对外泄露，这是命令。第二，这次任务十分成功，根据机上的弟兄目击报告，汉口机场的日机被炸得损失极为严重，详细的毁损数字一时恐怕不易确知，要等各方情报汇集后再作综合分析。第三，十二架SB-2的飞行员和机组人员全部安全回防，这次的成功出击，可说是中苏空军合作的经典之作，我们向他们致敬！Salyut！"

波各夫斯基也说了内容大致相同的话，只是加了一段对"带头羊"谭上尉的称赞，最后振臂大声高呼："今宵尽欢，明日便忘掉此事！"

众人欢呼声中，伏特加和白干酒已经到位，伙夫们兴高采烈地把为明天、后天准备的卤菜统统端上来，看到中方的飞行员便伸大拇指道：“痛快！喝个痛快！”看见苏联飞行员便用俄文说：“伏特加！干杯！”这是伙夫们这段时间与苏联飞行员相处中所学会的唯一一句俄语。

此时，中苏两方都还不知道，汉口机场夜袭一役，不但炸毁炸伤了日机数十架，还将日军指挥官海军中将冢原二四三炸断一臂，否则此夜庆祝的热度将更加倍了。

一个月后，芷江得到的情报显示，汉口机场基本上已修复堪用，日本轰炸机可以从汉口起飞，威胁半径一千公里以内的城市要塞，而重庆距离武汉只有八百多公里，幸好日军的驱逐机航程有限，最多只有三四百公里的护航距离，日军一时还无能力掩护远程轰炸。

但是芷江机场的中国空军责任就重大了，凡日机从武汉起飞向西飞，芷江便要警戒，如经判断日机有轰炸重庆的企图，便要升空拦截。一时之间，芷江的空军全日进入紧张状态，出任务的次数大增。

一个多月下来，几乎每日都出任务，与日机接战虽有斩获，但有限的伊-16也损失得很快，自己没有生产飞机的能力，打掉一架就少了一架，渐渐地性能较逊的伊-15出任务的次数越来越多。唯骏知道队长忧心不已，他自己主动选择一架伊-15为座机，对这款飞机的优缺点他比队上任何人更加了解，在此空中战力每况愈下的情况下，他觉得有责任要以弱击强，充分发挥伊-15近身缠斗的优异性，与日机好好周旋，未必不能以弱胜强，给同队的伙伴起示范作用。

十二月二日，上午七点钟芷江机场接获情报，十架日本轰炸机由十五架战斗机掩护从汉口起飞，从情报判断，这批飞机将从常德北面通过，向西而去，轰炸目标极可能是重庆。

由于担任掩护的十五架战斗机航程有限，估计这队轰炸机前半程有掩护以遏止中国空军拦截，后半程则由十架“九六式”轰炸机独力执行，可谓十分大胆，也十分嚣张，全没有把中国的空军放在眼里。

而中方的计策便是计算好时间及航程，派机到武陵、张家界一带，攻击没有护航的轰炸机队。

唯骏和同僚一共八架战机奉命出击。中方四架伊-15率先起飞，苏联方面四架伊-16随后起飞，约定在张家界山区北边的空中会合。

出乎意料的是，当敌机出现在云层外时，唯骏赫然发现除了十架“九六式”轰炸机外，十五架战斗机一架也不少，在上层掩护前进。他暗忖道：“汉口飞到这里有五六百公里了，这些战斗机居然仍未返航，看来日方不是有了新的增油设备，就是有了新的前进机场可供降落……”

没有时间多想，双方即将接战，唯骏从云上借俯冲到近距离就火力全开，完全不顾对方的还击及掩护敌机的侧击。这是已故的四大队高志航队长传授的绝杀之技——由上而下的突击，第一时间就以准备同归于尽的方式直接冲向目标敌机，争取在敌阵中造成慌乱的瞬间片刻，先干掉一架，立刻连续翻滚脱离战场；爬升后再找第二架目标。至于敌人掩护的战机，最好尽量不与之缠斗，用不断地攻击主目标来打乱敌机阵式。

这种打法有点不要命，高志航严肃地对他的部属说：“敌机性能远胜我方，我们只有一个办法可以制敌取胜，便是比敌人技术更好，比敌人更不要命。”唯骏现在就在执行这个战术。

他与第一架“九六式”轰炸机贴身而过，近到可以看见敌机前座的正副驾驶惊慌的面孔，他想，他们一定以为要相撞了，一阵密集机枪射击后，他的伊-15连续翻滚向左上方飞离，回首下望，正看到那架轰炸机冒出火花及浓烟，突然向左倾斜下坠；唯骏拼命爬高，心中在喊：“高大队长，你的战术奏效了！”

这时他听到两阵响亮的机枪声发自机后，从声音的方向判别，他立时知道自己被两架敌机盯上了。枪声更近，有两串子弹一右一左打中尾舱，他猛拉驾驶杆向上翻滚，两架“九六式”舰载攻击机从下面呼啸而过，但这两个日本飞行员的技术不差，一超过目标，立时一左一右小角度回旋，在天空划了两道弧线后，又向唯骏逼近。

唯骏咬牙道："来吧，咱们正面对决！"他喜欢这样的近距离缠斗，此时飞机操控的灵活度比速度重要，他要施展浑身解数，缠住敌机不肯远离，虽然是以一敌二，但一架缠得紧时另一架便不敢放肆攻击，怕误中友机将自己人击落。

唯骏借着一个左翻滚摆脱一架敌机，同时冲到了另一架敌机的右下方，他的机枪怒吼，看到敌机着火爆炸，先是一道浓烟，接着一团火球，这架敌机报销了。他暗叫："好手气，打中了他的油箱！"

但是他只高兴了三秒钟，他的座机忽然一阵剧烈震动，接着发现自己的油箱也被击中，汽油迅速漏失，奇的是并未着火爆炸，只是很快油料便将漏尽。他返首向战斗密集的右下方望去，但见十几架敌我飞机仍在缠斗，感觉中似乎日方轰炸机被苏联飞行员击落了两架，天空飞舞着的似乎全是"九六式"舰载战斗机。他不禁暗恨："这些掩护战机照说早该返航了，看来他们油料充足，反而是我的伊-15油快漏光了，可恨！"

这时又一架日机从右后方快速逼近，这个日本飞行员显然喜欢展演他"九六式"战斗机时速四百四十公里的威风，他以全速冲来，老远就开枪攻击，唯骏的机翼上又挨了一排子弹。唯骏索性侧滚减速，"呼"的一声，那架日机反超到他前方，于是他的两管机枪齐鸣，日机尾舵及尾舱皆被打中，摇晃了一下就慢了下来。唯骏暗喜："你完了！"继续扣紧扳机猛追猛打，突然他大叫一声，飞机竟在此时熄火，发动机停止转动，机头的螺旋桨也越转越慢，终于停了下来！

"油漏光了！"他扣机关枪的手并未松下，只是射出的子弹离日机越来越远，已是囊中物的日机加速甩掉唯骏，悠悠地去了。"妈的，可恶！"

他脑海飞快地思考，这时若是选择跳伞，将变成日本战斗机的活靶，他在瞬间作了迫降的决定；但驾着已无动力的伊-15迫降，需要高超的技术，他只有靠着空气动力学的操作，让飞机先快速坠落以脱离战火，然后要极巧妙地改变下落角度变为滑翔模式，才有迫降成功的机会。当然，还要能及时发现一片适合迫降的地形，难啊！

但眼前第一件事是需要同僚支持，他当机立断选择用俄语向苏联求援。万一呼叫被日本飞行员收到，很多鬼子听得懂中文却没有人听得懂俄文，他暗忖。

他用俄文呼叫："一号，失速，请支援！一号，失速，请支援！"他呼叫两次，飞机已经急速下坠，抬头看时，两架伊-16在他上空交叉而过，他们调头再次交叉占领这块空域时，唯骏已经坠落了五百米，远离了战火。这两位苏联飞行员还真听懂了唯骏湖南腔的俄语。

"慢慢来，慢慢来……"他鼓励自己，这时他要发挥精湛的滑翔技术，手上的伊-15要发挥它空气动力学设计上的极致，亲爱的祖国大地要给他一片适合迫降的空地……

湘芷离开西湖小学，安步当车回到司前街。抗战打了一年多，衡阳却很畸形地更繁荣了；涌入的难民越来越多，上个月百蕙来，说到救难济贫的工作，县政府缺钱缺人，要不是常雁楼等人组成的维持会协助，早已成为衡阳的社会问题。听说湖南其他大城都有相同的问题，只是各地的士绅商家大多袖手旁观，政府无力整合民间力量。

走到婶子鱼粉铺前，她十分吃惊地看见百蕙一个人站在鱼粉铺对街的屋檐下，脸色苍白。

湘芷快步走过去。"百蕙怎么了？你的脸色……你怎不进屋里去？"

百蕙双眼通红，声音像是要哭出来："湘芷，表哥……表哥他阵亡了！"说着终于忍不住哭出声来。湘芷听到这句话，只觉一阵晕眩，伸手扶在一根木柱上才没有跌倒，她拉住百蕙，努力镇定了一下情绪，道："百蕙，我们先进屋去。"

进到屋里，两人对坐，百蕙从衣袋里掏出一张纸，一面递给湘芷，一面哭着说：“表哥驾飞机在张家界上空和日本鬼子决战，他击落了日机两架，自己也牺牲了……这是我爸爸通过省政府向空军要到的阵亡将士名单，你看，表哥的名字是第一个……”

那张纸上写着：十二月武陵空战击落敌机十一架，我军损失六架，阵亡将士英名如次。

第一个便是“谭唯骏上尉”。另有三个中国飞行员名字，还有两个俄文名字。数据抄自航空委员会的档案。那张纸又皱又卷，字迹也有些浸湿的痕迹，想来百蕙不知看了多少遍，上面还有她的泪渍。

湘芷看到“阵亡”二字，再看到“谭唯骏上尉”五个字，整个人已经崩溃，但她没有哭，只是心里在滴血。她强自镇定，双手紧握住百蕙，低声道：“百蕙别哭，你表哥要你别哭。”百蕙果然停止了哭泣，她有些不解地问：“表哥要我别哭，湘芷你怎么知道？”湘芷痛苦地回答：“我猜的，你表哥自从调离衡阳，便早已视死如归了。他知你爱他，但他更爱我们的国家，他若天上有灵，定会要你不为他……为他哭泣……”湘芷讲到这里，自己却忍不住流下泪来。

婶子听到了哭泣声，推门过来问：“啥事两个大小姐哭成一团呀？”百蕙止住哭，望着婶子一时说不出话来。湘芷低声道：“百蕙的表哥在湘西阵亡了。”

整晚湘芷都表现得很理智，安慰百蕙送走了她，向塘叔和娘报了噩耗，她一直都很镇定。直到晚上熄了灯，娘已入睡了，她才仰躺在床上睁大了双眼，让泪水无声地流了满脸，刻骨铭心的痛到此时才开始啃噬她的心……

那天好大的雨，是梅雨的前奏吧？唯骏和她挤在那条小渔船的篷舱里，雨还在下，打在篷顶上哗啦哗啦的，风也在刮，江水开始起浪，小船也随波起伏；舱里那小小的避雨空间里的热情正在燃烧……

唯骏拥着她，终于吻了她。第一次被男人吻，她羞红了脸轻轻推开，第二次吻她时，她竟回吻了唯骏。她又喜又害羞，怕他进一步要做什么，又有些期待他做些什么，心里乱极了。

从来没有和男人抱得那么紧，她闻到一种很干净的男人的气味，觉得很好闻，那种心和身体跟另外一个人如此亲密贴近的感觉让她感动。

天旋地转中也不知过了多久，两人只是沉醉在热吻和拥抱中，肢体的互动渐渐越来越大胆，湘芷感受到了唯骏的情欲，她自己也觉热情如火烧；然而就在这时，乖女孩湘芷忽然清醒过来，她停止了动作，过了一会儿，唯骏也停止了动作，雨打篷顶的声音也消失了，雨停了。

湘芷躺在床上，想起那天唯骏跟她说的每一句话……

他曾告诉她，四大队最崇敬的几位空战英雄，包括“空军战神”高志航，都在半年之内先后血溅长空……

他还说，他要为他们报仇雪恨……

他还说，飞行员的生命如焰火腾空，光芒四射，但发光发热之后，常常有如昙花一现……

他还说，李桂丹、刘粹刚殉国时二十四岁，乐以琴只有二十三。

唉，唯骏，你也只有二十四岁呀！

还有，他没有明说出来但湘芷却似听到了：此去投入大战，将是九死一生！

这些话，说这些话时的情景，一再出现在她的眼前，渐渐地湘芷停止了暗泣，一种异样的悔恨之情在她心中悄悄升起。

“那天他……他是那么样地想要我，我知他此去九死一生，我真该……真应该给了他；乱世中每个良宵都是最后一夜，我既爱他，又何必矜持沉吟？”

“唯骏，青青子衿，悠悠我心，你身处战火第一线，转眼之间便死了，留着我如玉的身子是为了谁？”

湘芷一整夜几乎没有合眼，晨起她怕娘看到她又红又肿的双眼，便胡乱梳洗了一下，撂下一句“学校有个早会”，便匆匆逃离了家。

她知道在娘和塘叔、婶子的认知里，唯骏和他表妹才是一对，湘芷只是百蕙的好友，对于唯骏的为国捐躯，湘芷当然会伤心，但此刻她那双胡桃般红肿的眼睛分明显示她哭了整夜，这就有点超过常情；所以湘芷不要面对他们，想要快快离开，可去学校也不成，这副模样跟同事解释更费周章。去哪里？心底深处有个声音在呼喊她，指引她走向青草古桥。但事与愿违，才走到司前街上，就碰到了早起的塘叔。

“湘芷这么早就去学校……哎呀，你的眼睛怎么了？”

“塘叔早，学校有个早会要赶去，我……已经有点迟了。”

“你的眼睛？”

“大概是上香时香灰吹进眼睛，我不该揉得太厉害……没事的，只要今天不去揉它就会好的……塘叔再见，晚上见。”

塘叔虽知湘芷娘女每天都会给湘芷爹的牌位上香，但湘芷的眼睛显然是哭肿的，见多识广的他“啊”了一声，没有再追问下去；那声“啊”下面没说的是：“原来如此！”

百蕙为表哥的死茶饭不思，她娘急得有如热锅上的蚂蚁，无奈百蕙每天从县政府下班回家后，就把自己关在房里，除了流泪，便是发呆空想。百蕙的爸又在外出差，要到周末才回衡阳，她娘正急得不知如何是好时，家里来了一个不速之客。

百蕙的娘高兴地叫道：“百蕙呀，快出来看谁来了！”娘的声音高昂，百蕙开门一看，原来竟是华一峰。

“啊，华老师，是你！”

“我听说你表哥为国捐躯了，想你一定极为难过，便过来看看你。”华一峰注视着百蕙，见百蕙脸上气色坏极，不禁关怀地道：“百蕙，你瘦了一圈，身体有没有不舒服？”百蕙苦笑摇头道：“没事的，只是这几天没胃口，啥都不想吃。”

华一峰道：“这样不行的，你不想吃饭，我们就去湘芷家，去吃婶子的鱼粉可好？”百蕙摇头，她娘也怂恿道：“好主意啊，你就和华老师一起去婶子鱼粉铺吃点东西吧，也和湘芷聊聊，你会觉得好些的。”

百蕙看到华一峰的眼睛里闪烁着期盼的眼神，她考虑了一会，忽然道：“我刚领到薪水，便我请华老师吃鱼粉……”华一峰开心地接口道：“还有洪罗庙的炒腊牛肉。”

两人从朱陵巷往北走，华一峰道：“古人说死有重于泰山，也有轻如鸿毛，为保国卫民牺牲生命乃是重于泰山。百蕙，你表哥虽死犹生，你也要节哀，不然你娘会急出毛病来。”百蕙叹了一口气道：“华老师，战争太可怕，人的生死是如此不可测。”

华一峰听到这句话，语气忽然变得激动起来：“说起人命生死的事，真要把我气死！几个月前为了阻止日军渡黄河南下，蒋介石竟然下令在河南花园口炸开南岸大坝，想用黄河大水挡住日本的炮兵和机械部队，结果上百万人民死于水灾和饥荒，日本军队也没有阻挡住。真是以自己的人民为刍狗，可耻之极！每念及此，我便忍不住热泪长流……”

百蕙觉得有些诧异，道：“报上说黄河决堤是日军飞机轰炸造成的灾难，还向国际组织呼吁谴责日军惨无人道的暴行……”

华老师摇头道：“这是国民政府栽赃给日本军队的手法，报上的新闻哪会报道真相？”

百蕙道：“那华老师又怎么得知真相的？”

“我有朋友知道军事内幕，是他告诉我的。”

百蕙想象上百万的无辜人民在人为的洪水中挣扎丧命的画面，不禁打了一个寒噤：“太……太可恶了！”

华一峰接着道：“从长远看，救中国是没法依靠这个无能的政权了，抗战虽然艰苦，最后的胜利必然属于中国人民，但要重建新中国就要有革命性的新思维和新做法。百蕙，华老师有一些青年朋友常聚在一起，读一些新思想的书籍，互相交换读书心得，大家都觉得渐渐有了一些理想性的目标，国家社会的未来也有了一些新希望。我希望你也能来参加，大家一起追求自我的进步，你说好不好？”

百蕙是个有理想、有热情的女孩，她参与县府济贫救弱的工作，便是基于这种理想和热忱，这时听了华老师的一番话，便觉得十分向往，当下回道：“我乐于参加，请华老师把聚会的时间给我一份，我一定去跟大家学习。”

华一峰从大衣口袋中掏出一个薄薄的讲义夹，对百蕙道：“这里有时间表和两篇文章，你可以先读读，可别弄丢了。”

百蕙翻开封皮，第一篇文章的题目是“论持久战”，内容字小，昏暗中看不清楚，就将讲义夹收好道：“我回去读，看起来蛮有意思的。”忽然之间，一个问题闪过她的脑海，她问道：“华老师，您是怎么知道我表哥出事了？”

华一峰的回答还是：“我有朋友知道军方的内情，是他告诉我的。”

湘芷努力地把破碎的心一片一片地重新缀起，她在草桥边待了一会，望着粼粼蒸水东流，恍惚之中，唯骏似乎站在桥边对着她微笑，她眨了眨泪眼，唯骏便不见了。沿着草河缓缓走到那三张并排的长椅前，她仍在第一张坐了下来，河边那条渔船已经不在，连系船的麻绳也不见了。

她坐在那里也不知过了多久，这个时辰也没有人会到这河岸来，一切是那么的安静。又有两只白鹭飞过水面，这回好像没有捕到鱼，便振翅掠波而去。湘芷心中的哀伤渐减而柔情渐增，昨日她曾对百蕙说：“你表哥要你别哭。”那是她安慰百蕙的话，这时她似乎真听到了唯骏的声音：“湘芷，我求仁得仁，你不要哭。”

于是她对自己说：“我不再哭了，我要做些事……要先想想，唯骏要我做什么。”她看着腕表上的时间，糟糕，这下真要迟到了。

武汉会战结束了两个月，一九三八年到了岁末，十二月三十一日是星期六，湘芷上完课正要去吃午饭，她边走边想，匆匆一年又过去了，心中有些莫名的感伤。这时朱校长着校工老秦叫住了她，要她到校长室谈谈。湘芷一进入校长室，就看到朱校长正埋首看着桌上一份数据，头都没有抬起，便示意湘芷坐在右边的椅子上。

湘芷瞟了桌上一眼，那份数据似乎是什么手抄文件的摘要，因为她看到纸上整篇钢笔字分了许多段落，每段不过一两行字，各段前面都有标示段落次序的数字。

朱校长将那份数据收入抽屉，然后对湘芷道：“湘芷呀，你来西湖小学快两年了吧？”湘芷回答：“一年半。”朱校长接着问道：“对学校还满意吗？学生、教学环境、同事？”

湘芷一时不知校长问这些话的用意，便用上了心：“学生都很乖，他们的学习成绩也还不错，同事之间处得没有问题，我不大注意一些同事间是是非非的闲话。”

朱校长见她答得谨慎，便笑了笑道：“你不要紧张，我听说低年级的小朋友都喜欢彭老师，还有家长说看见你抱着他们的小孩坐膝上玩游戏，像个大姊姊。你教高年级算术的那班也考得很好，同学们说你教的容易懂，比以前的老师好得多。湘芷，你该为自己的表现感到骄傲。”

湘芷听到这里，放下了心中一块石头。她发现朱校长完全不像平时那样严肃，看自己的眼神甚至有些慈祥，但她还是不知道校长为何找自己来，便低声道：“谢谢校长。”尽量显得很乖巧的样子。

朱校长接着说：“我仔细观察了你一段时间……”湘芷暗忖：“好可怕。”“发觉你的能力很强，西湖小学聘到你是学校和学生的福气……”湘芷低下头。“以你的能力，其实可以为国家做更多、更大的事……”湘芷听了，抬起头来睁大了眼睛。

“我今天请你来，便是要谈这件事。湘芷，抗战已经一年半，虽然我们幸运，战火尚未直接打到湖南，但是国家已处于千钧一发的危急时刻。两天前，国民政府的第二号人物汪精卫发出了‘艳电’，要和日本军阀媾和……”

湘芷忍不住插口问：“艳电？请问校长，‘艳电’是什么？”

朱校长拉开抽屉，把先前在看的那份文件又拿出来放在桌上，然后解释道：“‘艳电’是汪精卫于十二月二十九日发给蒋介石及国民党中央的一封电文，‘艳’是日期的代码。这篇电文呼应日本首相近卫文麿的声明，希望中国能和日本停战，协商共建‘东亚新秩序’，中日‘共同防共’‘经济提携’等原则，但这一切都要以日本马首是瞻。”

湘芷听得吓了一跳，忍不住叫出来：“那岂不就是要中国放弃抗战，作日本的附庸国？”

朱校长点头道：“湘芷真是见事明白。近卫的声明是一个极具阴谋的陷阱，一方面打着和平的旗帜劝降，一方面可以让欧美各国听了，觉得东亚停战符合彼等利益，因而停止对中国援助。可是中国只要放弃抗战，这一年半来的惨痛牺牲就白白付诸流水，民心士气全丧，从此甘为日本人的奴隶了。”

湘芷忽然想到华老师说过，日本侵华的策略是三部曲：军事摧毁、屠杀示威、汉奸伪政权。当时说，日军占领东北后找溥仪搞个伪满洲国，占领华北后找殷汝耕搞个自治区，这回占领了首都南京，不知要找哪个大汉奸来搞个更大的局面。“现在答案揭晓了，这个大汉奸是汪精卫！”湘芷喃喃自语。

朱校长没有听清楚：“你说什么答案？”

湘芷道：“以前六中的老师曾怀疑最大的汉奸会是谁，现在知道了，原来是汪精卫……”她说到这里，开始激动起来：“但，怎么会是他？怎么会是当年行刺清廷摄政王的汪精卫？”

朱校长摇头长叹：“是啊，当年我读他在狱中的诗句：‘慷慨歌燕市，从容作楚囚。引刀成一快，不负少年头。’每至泪下，万万想不到他晚节不保，竟会做出如此伤害国家民族的祸事。”

“不负少年头！”湘芷心中还有一份不能说的痛惜，那便是少年汪精卫是多么英俊潇洒、文采斐然，民初的四大美男子！

朱校长接着说：“可以想象的是，从此我们抗战的领导阶层将要发生分裂，这对全国的团结和士气都将产生极坏的影响，国家需要有更多能干的年轻人投入实际的抗日工作。湘芷，除了在学校做个好教员，如果有一天需要你参加实质的抗日工作，你是否愿意？”

湘芷有些激动，也有一些疑惑，她睁着一双眼睛望着朱校长，道：“我当然愿意参加抗日，但也要看那是什么工作，个人能否胜任……校长能否说明白一些？”

朱校长道：“很高兴你愿意。目前还说不上具体的计划，而且要执行实质的工作前，你还得要接受一些训练。只要你愿意，校长会安排你和一些志同道合的朋友认识，他们会教你学会一些必要的技术……”

湘芷听得更加疑惑：“技术？必要的技术？”

朱校长望着湘芷，低声道：“譬如说，防身的技术、射击等。”湘芷听得心跳加速：“您是说，军事训练？要我做女兵？”朱校长微笑摇头道：“不全是军事训练，还要学摄影、电报通信等技术，你需具备的技术超过女兵多多。”

湘芷有点懂了，嗫嚅了一下，再问道：“做情报员？”

朱校长点头，她看湘芷一脸迷惘的神情，便缓缓地道：“湘芷，我暗中考察你一段时间了，你聪明敏捷，学什么都又快又好，尤其难得的是有热烈的爱国心。承平时你是个最好的教员，但此时国难当头，你应能为国家做更大、更直接的贡献。”

湘芷道："那我要辞去教员么？"朱校长笑了笑道："完全不用，你还是西湖小学的教员，不但不需辞去，教员的身份正是你最好的掩护。就像……就像校长我，我虽负责为国家组训年轻的干员，但我仍是西湖小学的校长，完全没有冲突的。"

湘芷从初闻朱校长一番意想不到的话，到现在总算搞清楚是怎么回事，她的心情也从极度紧张兴奋中恢复了平静；她整理了一下思绪，很冷静地问："校长，您说您负责为国家组训青年干员，是谁指派您的责任？"

朱校长微笑点头，从衣袋中掏出一把钥匙，转身打开一只手提箱，从箱中拿出一张纸，放在桌上对湘芷道："湘芷，你看了就知道……"

湘芷看那纸上写着"委任状"，"兹委任朱又芳女士为湖南干训班副主任"，发状的是"国民党中央党部秘书长朱家骅"。

湘芷知道朱家骅是著名的地质学家，曾任中央大学校长和教育部长，是全国赫赫有名的大人物，想不到朱校长的任务竟是由他具名委任的，脸上不禁流露出敬意。

但湘芷是个理智而思虑周到的女孩儿，她看了朱校长一眼，很恭敬地道："校长，承蒙您看得起，邀我参加您的工作，但此事关系甚大，我必须和家中长辈报告，才能做最后决定。"她原以为这种工作定属于机密性质，朱校长多半会反对她回去和家人商量；她也是以此试探一下朱校长这个团队，是不是一个光明正大的团体。

哪知朱校长毫不犹豫地点头道："没有问题，你尽管和家人商讨，但须记得，不足为外人道。"

湘芷十分感激朱校长的态度，便道："我明天回复校长，不论如何，校长可以放心，此事湘芷和家人对外都必定守口如瓶。"朱校长点头称善，心中暗暗满意："真是个成熟懂事的好孩子，我没有看错。"

湘芷辞出，这才觉得肚子饿得慌，赶快去吃午饭。看着湘芷快步走出校长室，朱校长脸上露出一丝笑容，喃喃自语："她回去还不是和她塘叔商量，彭怀塘岂有不大力鼓励她加入我们的行列之理？”

一九三九年，大小战役仍在全国各地进行，但超大型的会战似乎暂时不见了。

华北、淞沪、武汉会战对中日双方的兵力、资源都造成极大的损耗，单看武汉会战，四个多月里日军伤亡损失就接近十万人，国军的伤亡更高达四十万人。会战结束后日军兵员的补充是大问题，国军虽然兵源充足，但新兵训练不足，战力未因兵员补充而增加，所以双方都暂无力发动超大规模的会战。

日军虽然在各次战役中占尽上风，但整体战局却很明显陷入了胶着状态，日方积胜却无法扳倒中国，与启动战争时的意气飞扬有了很大的落差。

过完阴历年，塘叔的茶馆来了一位神秘的客人。

一个身材魁梧的大个子，个儿有一米九〇，体重怕不止一百二十公斤，人虽然高胖，但相貌相当英俊，奇的是行动举止十分敏捷，甚至有些轻灵的感觉。他拎着一只大皮箱走进茶馆铺，很礼貌地问道：“请问彭怀塘先生在么？”

婶子一面打量这个大个儿，一面回答：“他出去了，要晚餐时才会回来……先生是不是要住宿？楼上还有房间。”大块头鞠躬道：“敝姓王，从宝庆来的，我先上楼休息，一会出去吃饭，彭先生回来时请通知一声。”婶子拿了钥匙，告诉他是楼上第二间房。

他提着那只分量不轻的皮箱，像是提只空箱那么轻松，大步上了楼梯。婶子盯着看，担心那楼梯承不承得住这份重量，还好，那楼梯吱吱嘎嘎叫了几声，倒是顶住了。

晚饭时分，第二个客人来住宿，一进门便大声叫道：“大嫂，你好啊，怀塘在家么？”婶子喜道：“蔡专员好，武昌沦陷后怀塘好担心你呢，你总算安全逃离了，怀塘见着不知要多高兴。他出去了，要晚一点才回来。”

“有个从宝庆来的姓王的大个子到了没有？”

婶子还没有回答，那姓王的大块头已出现在门口，他指着蔡专员大笑道：“蔡兄，你还真准时，武汉沦陷时没被鬼子抓着？”

婶子这才注意到蔡专员戴了一副墨镜，穿了一身夹袍，上身一件旧羊皮袄，箍在身上有些嫌小，整个人显得风尘仆仆，面上颇见疲累，还真有点逃难的模样。

那姓王的大个子却是一眼就看见蔡专员脸上多了一道刀疤，从墨镜下一直延伸到左耳边，他怔了一下但忍住没有说什么，只上前和蔡专员拉了一下手，道：“走，我们出去吃晚饭，我请客。”婶子道：“不等怀塘回来一道在家吃饭？”蔡专员道：“不敢叨扰，我俩去去就回，回来再和怀塘兄一起喝茶说话。”便和王姓大块头走出茶馆。

一出了门，那大个子就拉着蔡专员，压低了嗓子道：“蔡专员，你脸上……日本鬼子干的？”蔡一奇也压低了声音回答：“王如乔，我让鬼子抓着了，左眼没了。”

大块头王如乔停下身来，将蔡专员一把拉到路边，看看周遭没有人注意，就伸手把蔡专员的墨镜摘下，飞快地看了一眼，又将墨镜戴回，恨恨地道：“王八蛋，好狠的手法，竟用铁钩子！”

蔡一奇冷冷地道：“烧得通红的铁钩，是我勉强一躲之下，钩子从眼珠子一路划到耳朵。”

“烙铁刑求？”

“哪还有客气的，可我瞎了眼、亡了珠子还是一个字也不吐，那个日本宪兵大尉说留我一只右眼次日再问，要我好好想一夜……”

“他们要问啥？”

“名单。还有密码。”

“后来呢？第二天你怎么样保住了右眼？”

“日本宪兵之中，有个留了仁丹胡子的矮子，半夜三更进到刑讯室来把我给放了，你说怪不？”

大块头王如乔想了想道：“你不认识他？他有说啥？”

蔡一奇道：“他啥也没说，就算说了我也听不懂日本话。他放了我，带我走出地下室，指着一棵大樟树，树下停放着一辆脚踏车。我向他道谢，他也不理我，却递给我一把防身匕首，一把银柄的匕首……”

正说到这里，迎面走来一个大汉，蔡专员立刻低下头来停止说话，来人却大声叫道：“一奇兄，你来啦！啊，还有这位一定是王兄了？”

原来来的正是塘叔，他先和蔡一奇握手，微弱光线中也是一照面就发现蔡专员左颊上的刀疤，正要开口问，王如乔伸出手来道：“彭先生，小弟王如乔，我们先找个伙铺吃饭再谈。”塘叔和他握手，感到那只肥厚的手掌中似乎蕴藏了无穷的力道。

塘叔道：“与如乔兄头一回见面，哪有到伙铺吃饭的道理？我们安步当车去北门‘洞庭春’叫几个菜，喝两碗胡子酒，再好好聊聊。”

三人走到“洞庭春”也不过一刻钟，上楼坐定，伙计先上了一盘坛子菜给三人开胃，然后帮忙点了“腊合”“蒸蹄花”“双味鱼”“素扣肉”几样衡阳菜，再炒个时蔬，佐以耒阳的“胡子酒”，价钱公道，口味道地。那胡子酒香气浓郁，口感绵甜，但酒精浓度甚低，大碗喝也喝不醉。

蔡专员看吃得差不多了，便又将他在武昌沦陷后被日本宪兵逮捕的事讲了一遍，说到那私放他逃走的矮子宪兵时，他四面看了看，见没有人在注意这边，便从腰袋中掏出一把匕首，道：“分手时他给了我这把匕首，我在长沙配了一个皮套……”

那把匕首插在一个新皮套中，露在外面的把柄银光闪闪，显然是银的合金所制。塘叔见了忽然脸色大变，伸手道：“这匕首能给我看看么？”蔡专员把匕首交给了塘叔，只见他盯着那银色的把柄仔细察看，把柄上有一条银蛇盘绕，蛇首落在匕首的护手处，蛇尾在柄尾上绕成一个圈，可供系条布条或丝带之类，而整条蛇身的盘绕正好为持匕者的手指安排了完美的握槽。银色的光泽未见氧化或硫化，其材料显然是特殊的合金。

塘叔看完了匕首把柄，便将它缓缓抽出，灯光下三人都看到一道蓝光一闪，塘叔手上多了一柄造型漂亮、精光闪闪的利刃。塘叔又仔细地察看了匕首上的血槽长短及深度，脸上流露出一种莫名的激动，似乎久久不能自已。

当塘叔将匕首还给蔡专员时，他的神色已经恢复平常，只淡淡地问了一句："一奇兄，你说是一个矮子日本宪兵送你的匕首？"

蔡专员道："不错，那矮子留了仁丹胡子，从头到尾没有和我说一句话。我是说，连日本话也没说一句，就是默默地把我给放走了，现在想起来还觉得怪。"

塘叔点了点头，又叹口气向蔡专员敬酒道："一奇兄，你受苦了，总算吉人天相，有惊无险地逃出了日本宪兵队。我敬你一杯。"王如乔也举酒加入。

蔡专员干了碗中的胡子酒，压低了嗓子对两人说："两位，重庆那边已经开除了汪精卫的党籍，免除了他所有的职务。最新的消息是他们一行人在逃到越南河内后，原先以为国内会有重要人物响应，结果并没有发生，反而是近卫内阁改组，换了平沼骐一郎当总理大臣，汪精卫一行人滞留在河内有点进退维谷。"

王如乔低声道："你找兄弟来此，是因为我熟悉河内的情形？……"蔡专员道："如乔兄在河内待过几年，此次的事一定要请教的。"塘叔道："咱们先放怀吃，饭后到我茶馆铺去慢慢谈。"

吃完饭走回塘叔茶馆已过九点钟，茶馆中已无客人。塘叔锁了门，沏了一壶好茶，三个人便在那张红木八仙桌边坐下。蔡专员从手边一只手提袋中掏出一张揉得皱皱的纸，便照着纸上所记要点，对王如乔和塘叔说：“汪精卫率领陈璧君、曾仲鸣、周佛海等十余人，去年十二月十九日从昆明逃抵越南河内。最新的消息是日本将要接汪到南京，组织全国性的伪政权政府，甚至名称就叫‘中华民国国民政府’，反而让在重庆的国民政府看起来像是个流亡政府，真乃是可忍孰不可忍；因此……”

塘叔和王如乔听到这里，心中已经有数，王如乔点头道：“因此你要我们跑一趟河内？”

蔡专员低声道：“上面想要利用这一个空当时机，派一个小组到河内去锄奸。小组的干员最好从不同的地方出发，到河内会合，而不是整批从重庆出动，以免打草惊蛇，事前就被日本掌握情报。”

塘叔道：“所以，一奇兄负责选派我们两人从衡阳出发？”

蔡专员点头道：“两位都是我所见过最优秀的高手，过去也都是这个圈子外的人，敌人的情报中绝对没有两位的记录；更兼如乔兄曾在河内待过好几年，对河内的底层社会了如指掌，也能讲几句法语。两位从衡阳出发，我认为将是本案行动小组的干员中最强的一组，还盼两位能接受任务。”

王如乔和塘叔对望了一眼，两人是初次见面，对彼此的过去虽也略有所闻，这时为执行任务要成为工作伙伴，便忍不住向对方多打量了一眼。王如乔觉得这位被湘鄂的江湖朋友敬畏有加的“彭老大”看上去十分的深不可测，双眼平和无威，但有时一瞪眼就闪出锐利如刀的锋芒；塘叔对这位近年来湘西一带帮派人士的新领袖则是充满了好奇，从外表看来，确是一条铁铮铮的好汉子，行动起来肯定是个好角色，但脑子是不是管用，就不知道了。

蔡专员见这两人互相打量，忍不住呵呵笑了起来：“两位今日是头一回见面，难免有些生疏，但我却对二位的能耐知之甚详，都是智勇双全的好汉子，合作来干这桩大事是最佳组合。两位只要相处很短一段时间，就会发现小弟我所言不虚。”

塘叔点头道：“不错，就请一奇兄把任务计划提个头，讲个大概。”

蔡专员道：“汪一行人大约十三四个，这次任务的主要目标是汪精卫、他的老婆陈璧君、周佛海及曾仲鸣四人，其他的能不杀就不杀。彼等住在河内的高级寓所，咱们小组的前进人马已经到了河内待命，出此次任务的干员虽然来自各方，大家以天津下来的陈恭澍为首领，一切听命于陈站长。”

王如乔道：“目标、地点都有了，时间和方式要到河内会合了之后听陈站长的，对不对？”蔡专员道：“如何动手听陈站长的，何时动手恐怕陈站长也不能决定，到时要听重庆的。”

王如乔点头表示理解，塘叔却在心中暗忖：“没这种事的，既然目标已定，只要抓到机会，该动手就动手，哪能还要等千里之外的重庆的命令？”

三人低声谈了一个小时，喝了三壶茶，王如乔吸了四支香烟，最后蔡专员道：“两位还有什么要问的？”塘叔摇了摇头，王如乔也摇了摇头。蔡一奇便从手提袋中拿出两个牛皮纸信封，一人一个交给了两人：“二位需要的数据都在里面，有车票、路费、地图、目标的数据、河内找陈站长的联络方式。你们走的路线在地图上几乎是条直线，从衡阳坐火车到桂林，换汽车经南宁，到河内。过中越边境时自有人来接头协助。明日两位做些自己的准备工作，后天一早动身。”

王如乔打个呵欠，塘叔盯着蔡一奇脸上的伤疤，紧紧握了握他手道：“一奇兄，真亏得你这条好汉，鬼子才没拿到组织里弟兄们的名单。”蔡一奇苦笑了一下，道：“大家都歇了吧。”

目送两人走上楼去，塘叔略事收拾便熄灯回房。一进屋内，看到婶子已睡了，他轻手轻脚从床底下摸出一只帆布袋，解开系绳，从袋中拿出一条牛皮腰带，带上有两排皮囊，插着六柄匕首，六个银色的把柄在微光中闪出柔辉。塘叔拔出一柄，他粗大的手指扣在柄上盘蛇的凹槽中感到一阵熟悉的快感，他轻叹了一声，用连自己都听不见的声音喃喃道："矮子师弟，你干吗留起仁丹胡子来？"

年假期间，华一峰哪里也没去，就留在学校准备下学期的教材。他每年授课都要添加新的材料，尤其在此欧亚都陷入战火的时候，华老师将时事与地理结合的教学，格外需要不断地把新数据编入教材。

星期天上午，华一峰还有一个特别的功课——主持读书会。参加这个读书会的共有六个女青年，四位是六中的毕业生，还有两位是私立含章女校的毕业生。

百蕙参加了这个读书会的集会，这是第四次。她一早就到六中，熟悉的校园、熟悉的教室，每次来到学校都带给她许多美好的回忆；还有可以和华老师聊些心事。

华一峰早在教室里等她，其他的几位总要个把钟头以后才会陆续到来。百蕙放下书本和文件夹，华一峰和她握手，觉得百蕙的手好冷，便用双手握着搓了两下。

百蕙让他握着没有将手抽回，微笑道："今天其实不算冷，只是江上风大一些，吹得我一头乱发。"华一峰道："我觉得你以前梳个长辫子蛮好看，也不怕风吹乱。"百蕙道："我在县政府上班，总不能还是小女仔打扮吧。"华一峰将她拉近一些，伸手替她理了理头发，百蕙见他眼光中带着深深的关爱望着自己，不由得有些不自在，就抽手顺便在一张椅子上坐下。

她坐着一言不发，似乎在平复心情，过了一会，脸色越来越严肃，像是有一股怒气强压抑着。华一峰不禁好奇："百蕙，你在生气么？"

百蕙摇了摇头道："华老师，我昨天收到从贵阳来的信，你猜是谁寄来的？"

"我猜不出……"华一峰暗忖："自从她表哥殉职了，还有哪位我认得的会从外地寄信给她？”

百蕙道：“这信竟是魏小玉寄来的哩。”

华一峰奇道：“小玉从贵阳寄信来？啊，是因为长沙大火的缘故吗？……不对呀，报上说‘文夕大火’，长沙各大医院皆毁，只有湘雅医院没有烧损……”百蕙了解“文”是电报代码，“文夕”就是十一月十二日之夜，长沙大火之夜。

百蕙道：“小玉信上说，去年九月长沙开始遭日机轰炸，校方就决定将一年级到四年级的学生撤离到贵阳，只留下五、六两个年级的仍在长沙医院里实习。”

华一峰恍然大悟，啊了一声道：“报纸上只报道湘雅医院是唯一幸存的医院，我忘了医院和医学院是两回事。低年级学生在医院中反正帮不上什么忙，为了他们的安全，撤离长沙是正确的做法；高年级的留在医院，除了实习，还可以帮忙治疗一般病患。”

百蕙道：“小玉谈到长沙大火的真实情况，实在太可怕了，远比我们从报纸上看到的要惨得多，可恶得多……”

华一峰急道：“她怎么说？”

“小玉说，十一月十一日岳阳沦陷，中日双方的部队在‘新墙河’对峙，离长沙还有二百五十里，但前方送到的电报竟被译电员误译为‘新河’，译漏了一个字。‘新河’距长沙就只有十二里，消息一传出，民兵自卫队就在城外放火，烧战备物资，而长沙的警备司令部在‘焦土抗战’的战术指导下，一见城外起火，误以为十二里外的日军已攻到城下，竟然不弄清楚状况就大举焚城……”

华一峰听得不敢相信自己的耳朵，惊声问道：“就这样误打误撞把长沙全城烧了？”

“小玉信上说，长沙大火五天五夜烧掉了所有的机关房舍、学校、医院、民宅……无一幸免，警备司令部命消防队将消防车的水放掉换成汽油，加入放火行列……华老师，这是不是可恶至极？”

华一峰摇头叹息，答不出话来。百蕙接着道：“长沙的警备部队自己把一座两千多年的古城烧了，说是‘焦土抗战’，可敌人的部队还在二百五十里外，新墙河国军还有十万部队与之相峙，日军一时哪里过得来？唉，长沙……真冤枉啊！”

蒋介石痛心疾首，于十一月十六日赶到长沙，看到一片焦土的历史古城，自己人放火烧死人民数万，烧毁房舍数万栋，财产损失一时无从估计，他表示这一把火对国人的“精神打击千倍于战败之痛苦”，“可耻可悲”！对于自己“用人不当之咎”更是自责不已，他也感叹到了紧要关头，方知“中国人才缺乏”之严重。两天后，军事法庭判决警备司令酆悌、警备团长徐琨、长沙警察局长文重孚三人死刑，省主席张治中被撤职查办。

“小玉信上说，湘雅医学院五、六年级的学长，目睹了长沙大火的惨状，终于携带必要的书籍和轻便的设备撤离了长沙，徒步走向贵阳。有人写了一副对联，上联是‘治绩云何？两大方案一把火’，下联是‘中心何忍？三颗人头万古冤’，横批是‘张皇失措’；三句的头一字正好是湖南省长张治中的大名。”

百蕙说到这里，忽然话锋一转道：“华老师，您知道我爸在省政府协办四县的警备事务，长沙警备做到这样人神共愤，他难道完全不管？我……等他回衡阳来定要问个清楚……”

华一峰见她俏脸通红，义愤填膺，整个人坐在那儿气喘连连，不禁暗赞道：“这孩子是个理想主义者，遇到大是大非的事，竟然有六亲不认的气概，真是天生的革命种子。”便安慰道：“百蕙啊，事有主从之分，你爸是个‘协办’，并非下命令拍板定案的主管，不然他怎能一个人负责四县的警备重任？文夕大火怪不得他的。”一面说一面轻拍百蕙的手背。

这时教室外传来脚步声和谈笑声，读书会其他成员到了，华老师便走到讲台中央就座。他暗道：“蒋介石说临难方知‘中国人才缺乏’倒是一针见血；革命事业要多少优秀人才投入方能有成，读书会这几位女青年倒都是一时之选。”

衡阳城西门外有不少池塘湿地，到南边就出现一些山丘，山虽不高，但地势起起伏伏，有些地点形势颇为险恶，打仗作战起来，既可利用地形作为伏兵袭击之地，亦可设阵地相连作为固守的防线。

西禅寺和汽车西站之间就是一片丘陵高地，丘陵之间有狭隘的通道。这片高地的南端是个险要的好地点，从高处望下去，南方隔一条狭道就是“张飞山”，西南前方是个叫作“虎形巢”的小山，再向南又是一片高地，丘顶唤作“张家山”。

这一片地形是衡阳城西南的天然屏障，易守难攻。这时衡阳无战事，此处亦绝少行人。登高远眺，树林错落有致，虽是冬季，落叶木与常青树密集错杂地长在山地上，别是一番苍劲的好风光。

这时不见人迹的山坳深处传来了啪啪的枪声，六声响过后，两个穿着厚外套、头戴毛线帽的女子走了出来。

“湘芷，你这六枪有两枪勉强算是打中要害，有两枪最多只是打中敌人身躯或四肢不致死之处，还有两枪恐怕是打飞了，啥也没打中。”说这话的女子比较高大，竟然是六中的体育健将董森。另一人就是彭湘芷了。

湘芷仔细看了看钉在树干上的靶纸，摇摇头道：“董助教，我还是有点进步吧？头一回拿枪时全身发抖，只觉扳机扣不动，一用力，子弹便打到地上。那天有一颗跳弹竟然打伤草丛里一只麻鹭，教官差点被我当场气死。”

这时山坳弯处走出一个穿黑棉衣劲装的汉子，他戴了一副墨镜，伸手将湘芷手上的枪接过，那是一支只有四寸半长的小手枪。他将弹夹退出，换了一个填好子弹的新弹夹，关上保险还给湘芷，道：“这款小勃朗宁连弹夹才一磅多重，最适合女士用。三道保险，就算填了实弹放在手提包里也不可能走火，很贵重的，你可要收好。”

湘芷行了一个军礼：“是，教官。”

那教官摘下墨镜，竟是西湖小学的校工老秦。

老秦一面走上前将那张靶纸扯下，折好收到手提袋中，一面讲解：“彭老师指劲腕劲都较弱，头一回持枪射击，六枪全打在地上，附近小动物险象环生；但你学习要领很快，今天是第四次还是第五次？有这样的成绩还算可以。记住，手枪是近距离武器，真正用枪时目标总在三五米的距离，只要练到这种距离能一枪击中要害就可，远距离便是对着目标打，击中的机会不大。”

董森笑着说：“也不能一概而论，那天湘芷不是就击中了一只二十米外的呆鸟？”

老秦笑了起来：“董森，你入门早几个月，便要负责陪师妹练习。我瞧再有两次，彭老师的枪法也就凑合啦，我就可以向校长交差，剩下的就你们自己多练练吧。”

董森道：“是，教官。我会严加督导。”

湘芷道：“是，助教。我会努力练习。”

这两个学校里的死党，虽然有些装模作样，老秦对两人的态度还是很满意，笑道：“走吧，去彭老师家吃碗鱼粉。”

湘芷接受情报员的训练已经三个多月，她发现一些特别技术的训练还蛮好玩的；通讯、摄影、射击、各种武器辨识、防身术……湘芷都学得很快，只除了一项最难的，便是近身搏击。

她加入训练的第一天就发现董森也在里面，不过比她早开始数月，再加上董森各项术科和体力本来就远胜湘芷，因此有些项目已经可以做湘芷的助教了。

董森看湘芷近身搏斗练得有困难，便鼓励她："近身打不过时就开枪打，打架不行只要枪法好，照样可以当个好情报员。"另外，董森答应她天气暖了就教她游泳，打包票说："跟着我学，一个夏天你就游得像条鱼，第二个夏天就可以来回横渡湘江。"至于董森怎么会加入这个训练营队，湘芷已学会情报员守则——不该问的就不要问。"董森迟早会告诉我的。"

塘叔离家快一个月了，去哪里也是不能问的。她仍是每天回家吃晚饭，这个月领了薪水立刻买了各种东西送给娘和婶子，一口气把一个月的薪水花光，被娘和婶子念了一晚上，但二老心中其实甚乐。

塘叔在四月中旬，终于悄悄地回到衡阳。

他回到家中的头几天显得沉默寡言，湘芷觉得他甚至有些意兴阑珊，好像受了什么大的挫折；这不像塘叔。

直到星期天上午，董森来鱼粉铺吃早餐，湘芷想出一个好计较，便悄声对塘叔说："董森和我要去练习射击，您要不要去看看，顺便指点我们一下。"

塘叔眼中顿时闪过一道光芒，笑道："塘叔哪有本事能指点你们，不过倒想去看一看你们的枪法练到什么火候了。"

其实湘芷并不知道塘叔的枪法如何，也从来没看过塘叔用枪，但是她直觉地认定塘叔的枪法一定极佳，找他一起去，到时定要怂恿他露一手。董森更是兴奋，她从老秦口中得知，在外头跑跑的，很多人都传说塘叔的枪法十分惊人，却没有人亲眼见到过，于是又有人传得绘声绘影，说那是因为见着的人大都死在他枪下了。董森问塘叔过去到底是干啥的，老秦说他也不知，曾问过朱校长，朱校长笑而不答。

大家吃过早饭，便出发向城西南走去，董森带路走快捷方式，小巷子里穿进穿出，很快就从岳屏山和花药山下绕过，走到萧家山下。塘叔问："要上萧家山？"董森道："不去萧家山，今天我们到张飞山上去练习。"

张飞山也只几十米高，上了一半，董森熟门熟户地转入林子中，又转了两个弯，来到一个隐秘的所在；一条小径通向南北，两边都是山坡，左边林子里有一小块空地。

“我们在这里练习，一个人在那块大岩石上把风，两头若有人从小径过来，老远就看到了。”

塘叔听了暗暗称奇，这小董森倒会利用地形地势，像是受过些军事训练似的。他笑了笑道：“说得好，塘叔就当第一班斥候，待我爬上岩石看你们练习射击。”

塘叔盘膝坐在大石上，忘了戴顶帽子来，山风吹得头脸都有些冷，他把衣领拉高一些，望见董森将一张新画的靶纸板挂在一棵枯树上，正和湘芷两人蹲在地上练习拆装枪械——这是老秦规定射击之前必先练习的功课。

塘叔虽然高高在上，远望下去，一瞥便知她俩手中拿的乃是著名的袖珍勃朗宁手枪，这种枪他没玩过，基本上是给娘儿们防身用的。但见两个年轻女仔咔嚓数声就将手中枪拆成了七个部分：套筒、枪管、复进簧、撞针组件、导杆、套筒座及连接销。接着又咔嚓几下，立刻将两把枪组装完毕，干净利落不输给玩枪老手。

董森将弹夹装上，她左手持枪，抬头轻声喊道：“塘叔，可以试射了么？”塘叔伸出大拇指比了一下，董森就开始对着五米外的纸靶瞄准射击。单发六响过后，董森和湘芷上前去验靶，塘叔从高处报告结果：“四发算是击中头部，两发偏右未中。”

董森回头叫道：“塘叔，您好厉害的眼力，丝毫不差呢！”塘叔道：“你击中的四发也都偏右，恐怕准星需要稍微调一下，再不然便是你射击时的手姿有问题。不过这枪的外形是平滑的，固定式缺口和准星都藏在套筒长槽内，应该不需调整，多半还是你开枪的姿势和手法需要调整。”

轮到湘芷射击，她每一发都努力依照教官教的要领慢慢发射，六枪打完后，靶上人头多了三个弹孔。

塘叔笑道："湘芷，你的子弹都偏左了，你们两人一个右撇子一个左撇子，打枪也是一个偏左一个偏右，搞什么鬼啊？让我来给你俩修理修理。"

于是塘叔叫两个女孩儿轮流爬上岩石把风，他下来调整两人的射击姿势及手法。两人得到要领后，各又试了六发，果然塘叔教导有方，两人的成绩都有进步，没打中人头的也落弹在人头边上。塘叔在岩上拍手道："虽不中亦不远了。你俩再练习几次，这种距离就能八九不离十了。"

湘芷极是兴奋，叫道："塘叔，你也来打几枪给我们看。"塘叔摇头笑而不答。董森爬上岩石央求："好塘叔，求你露一手吧，拜托你……"湘芷没想到粗枝大叶的董森还有这一招，赶快加入央求："塘叔，拜托你啦，就这一次……"

塘叔拗不过两人，便道："好吧，你们的'掌心雷'塘叔还没有玩过呢。你们还有子弹吗？"湘芷连忙说："我这里还有半夹打剩的……"说着立刻换夹，递给塘叔。塘叔单手一撑便从石上跳落，他把玩了一下湘芷的勃朗宁，那枪比塘叔的手掌小，藏在他的大手掌中，从对面还真不容易看到。

塘叔把那枪从掌中一翻就指向目标，瞄了一下，一收又藏回他的大手，动作十分流利，完全不像是第一次玩这种小枪。他玩了两次后，第三次指向纸靶时，啪啪啪三枪连发，靶上人头的印堂中央连续两次被击中，第三枪偏了约一厘米，大部分仍与前两枪重叠，人头中央便出现一个大洞。

董森和湘芷忘了叫好，只觉心扑扑狂跳却叫不出声来。过了好一会，塘叔把手枪递还给湘芷，湘芷睁大了双眼，喃喃地道："神枪手，神枪手。"董森终于也喊出声来："塘叔，您是神枪手。"

塘叔淡然地道："十米的距离，你们多练练也办得到的。不要小看这支小不点的枪，它的有效射程起码二三十米哩。"言下之意是若能打得准，便这支袖珍手枪照样能远距伤敌。

他是头一回玩这种小枪，居然三枪中的，还真是宝刀未老，但越是这样，他心中一股窝囊气越是油然升起，那股气从河内回来就一直怄在心里，久久不散。

在塘叔眼中，他们在河内至少有两次机会，只要准许他动手，暗杀任务早就成功了，但锄奸行动组的首领就是不肯下令，白白错过了机会。最后他们侵入汪精卫的寓所去动手，又杀错了目标，一阵乱枪打死了曾仲鸣夫妇，汪精卫夫妇安然躲过。行动时，塘叔和王如乔被派在外围把风——很明显，他们不是小组的核心人员，没有被充分信任。

为这事王如乔气得不辞而别，行前对塘叔撂下一句话："以后绝不再跟这伙人一道行动。"塘叔也是个习惯于独来独往的人，完全能够了解王如乔的心情，便回了一句："我也不干了，但未来若有值得的大事要干，我不会忘记找王老兄。"王如乔道："彭老板，你要找我就一句话。"

回到衡阳后始终没有见着蔡一奇，连个发牢骚的对象都没有，这口气就一直怄着。

这时他见到这两个二十岁的年轻人竟然努力磨练自己，想要参加行动报国，不禁感到无限欣慰，他笑着对湘芷说："湘芷可以做个智取敌人的好干员。"湘芷听了觉得很受用。塘叔又对董森道："董森可以做个行动小组的指挥。"董森听了满心的欢喜。只因这时两个女孩心中对塘叔都充满了崇敬之意，得到塘叔的夸奖比什么都高兴。

蔡一奇神秘失踪了，塘叔有些担忧，他已被日本宪兵队刑求烙瞎了一只眼，虽然躲在衡阳，会不会还有什么危险？塘叔在各方打听了好一阵，都没有什么消息，况且蔡专员过去从武汉到衡阳，去来都尽量保持机密，他如在衡阳多半会留下可以联系的线索，塘叔这般打探无功，他多半已不在此地了。

立夏前后，衡阳下了三天大雨，湘江和蒸水暴涨得厉害，潇湘门和演武坪都有被大水淹没的危险，司前街的鱼粉铺和茶馆铺终日客人无几，晚饭时便走得一个人也没有了。湘芷涉水跑回家，虽有雨伞及雨靴，还是弄得全身湿透。婶子接她进了门，一面叫她赶快换一身干衣，一面就把铺门关了。

然而就在这时，刚关上的木门被人“嘭嘭”敲得震天价响，婶子将门又打开一尺宽，只见门外站着两个落汤鸡，前面一人认得，后面一个陌生。

“啊，蔡专员，是你！”

“嫂子，怀塘兄在家么？”

塘叔听到婶子的喊叫声，从里面快步出来，大声道：“一奇兄，你这阵子去了哪里？正在担心呢，赶快进屋来换身衣服，不要着凉了。”一面对婶子道：“快拿两件我的衫子给他们换上。”

两人进了屋，塘叔带他们往茶馆去，蔡专员一面道谢，一面将雨伞放在门边角落，便在茶馆里换衣服，他那朋友却是始终一言不发。塘叔待他们坐定了，这才看清楚来人是个留了一脸大胡子的汉子，他静静瞅着塘叔，眼光中含有笑意。

“啊哈！是你，丁胡子！”

“老彭，想不到吧！”

塘叔趋前一把将丁胡子抱住，仔细瞧了他一会儿，道：“算算看，咱们几年不见了？怕不有十年？瞧你胡子都花了。”丁胡子摸了摸颔下胡子，哈哈笑道：“老彭，你还是老样子，都没有变哩……”他看婶子进来奉茶，便道：“多谢嫂子，正要喝点热的，越烫越好。”

塘叔连忙介绍：“丁胡子是过命的老弟兄，十年不见啦，今晚可要和你好好喝几杯。一奇啊，你跑到哪里去了？神出鬼没地带个丁大胡子回来？”

蔡一奇笑道：“河内的事搞砸了，我就知你一肚子气，哪里敢来见你？想了想，只有把这个大胡子找来，你就消气了。”塘叔听了很是感动，正色问：“一奇兄，你去了张家界？”

蔡一奇脸上戴着一副大墨镜，看不出他的表情，只听他淡淡地道：“不到强盗窝跑一趟，哪能找到这大胡子？”塘叔盯着他的大墨镜，暗自道：“一奇啊，够意思的好朋友！”

湘芷的娘听到塘叔有不期而至的好朋友来访，便到厨房帮忙，不一会儿，两个能干的堂客就整治了五六个菜。湘芷开了一坛花雕酒，烫好了满屋酒香，就来请客人入座。

塘叔介绍了，丁胡子听到湘芷在西湖小学教书，便多看了她一眼。湘芷偷看那丁胡子，只觉此人胡子花白，但眼眉皮肤都甚年轻，实在看不出他实际的年龄。她发现丁胡子也正在打量她，便不敢再看，总觉得丁胡子打量自己的眼光中有一些亲切之意。

桌上几个菜都是地道的衡阳家常菜，腊肉腊肠是一流的，蒸出来瘦的油亮红润，肥的晶莹透明，泡豇豆炒仔鸡丁又香又嫩，便只这两道菜，便让两位客人吃得大为叫好，一连干了三杯黄酒。

丁胡子吃到半饱就放下筷子，对塘叔道：“老彭，这几年小弟在张家界做些小买卖，手下有几十个弟兄，不贪得、不伤天害理，倒也过得顺心……”

湘芷忍不住道：“丁叔叔，您手下几十个弟兄，做的定是大买卖呀，您忒谦虚了。”

丁胡子还没有回答，蔡一奇插口道：“丁叔叔和他弟兄们干的是保乡卫民的事，他说什么‘买卖’是说着玩的。”

湘芷有点将信将疑，丁胡子却大方地说明：“彭老师，我与你明说了吧，我们几十个人有几十支枪，过去这些人打家劫舍、绑票掳人样样都干，我说‘买卖’便是指没本钱的买卖。湘西一带土匪横行了几十年，想来你也听过的。”

丁胡子这般挑明着讲，塘叔和蔡专员都有一些意外，怕吓着了同桌的婶子和湘芷母女，岂料湘芷不但没有被吓着，反而兴致勃勃地道：“我猜丁叔叔做了首领后，这些人就都被收服了，现在大伙儿‘不贪得、不伤天害理’，改邪归正了？”

丁胡子听得哈哈大笑，心想：“这女仔从我讲的话里抓到只言片语便有这番猜测，实在聪明啊。”他索性再说明白些：“彭老师猜得……”塘叔插口道：“你就唤她湘芷吧，自己人不需客套。”

丁胡子从善如流：“湘芷，你猜得有谱，这几年来我们这几十个人，也算是支小部队吧，主要的工作便是保卫附近几个村庄的安全。这些村庄联合起来和我这边打了合同，我们弟兄负责大家的安全，这几个村子则供应我们的生活及训练所需。几年下来，大家觉得这法子挺好，比县里的保安部队可靠太多，便又有几个村子加入，现在算来已经有十来个村庄了。”

丁胡子这么一说清楚，婶子和湘芷的娘都松了一口气，塘叔也不再矜持，哈哈笑道：“你那地段是有名的土匪窝，大家就真能从此改邪归正，绝不再犯？”

丁胡子也笑道：“偶尔遇到一些走私越货的土匪经过我们地盘，弟兄们忍不住跑去替天行道也是有的。”

湘芷听得扑哧笑了出来，觉得这个丁胡子实在有趣。丁胡子又喝了一杯，大剌剌地道：“酒有些凉了。”

湘芷捧了酒壶正要去烫酒，丁胡子叫道：“湘芷你莫走，我要讲一件事，可能和你有关系哩。”湘芷听了觉得不可思议，你们“替天行道”，怎会扯上我彭湘芷？

婶子便接过酒壶去烫酒，湘芷狐疑地坐下，却听丁胡子娓娓道来：“去年十二月二日，张家界、桃源一带的天空有中日双方的飞机大作战，我们那边的老百姓也不懂得躲什么空袭警报，便都放落锄头，站在田里看那些飞机在空中缠斗……”

湘芷听到这里，心中忽然一紧，暗忖：“莫非，莫非……”

只听丁胡子继续说：“据当地的百姓描述，那天中日双方少说也有三十架飞机在空中作战，有几个农夫亲眼看到一架中国空军的飞机打中了两架日机，日机着火向北坠落。可是突然之间，中国空军那架飞机不知为何也开始向下翻滚，一直往张家界北边摔落下去，但是大家并没有看到落地起火的情形，几个胆子大的农夫便跑往北边，去寻找飞机的残骸……”

湘芷听到这里，心跳开始加速，脸庞涨得绯红。这时婶子捧着烫好的花雕酒回桌来：“酒来了，趁暖再喝几杯。”

客人道了谢，塘叔给大家斟满了，三人举杯连尽两杯。湘芷暗暗急道：“丁叔叔，快讲下去啊！”

丁胡子吃了一块半肥半瘦的腊肉，终于继续道：“其中有个农夫，在一个山脚下的茶园里找到了坠落在地的飞机……”

湘芷强抑紧张的情绪，问道：“飞行员活着吗？”

丁胡子道：“据那农夫后来的说法，他发现那架飞机摔在茶园中，压坏了几十米宽的茶树，却并未着火，飞机的机身也大致完好，就猜想这飞机是强迫降落而不是坠落的，所以他判断飞行员应该还在。他瞧见机翼上漆有青天白日徽，便壮胆走近飞机，忽然听到有人喊：‘喂，老乡，我是中国空军飞行员，我双脚都摔断了，拜托你来把我拉出机舱。’那农夫摸到飞机边上，果然看见机舱里有一个飞行员，脸上全是鲜血，被困在撞得变了形的座舱里动弹不得，看他伤得虽重，神志倒还清楚。”

湘芷猛地站起来，想问但忽然胆怯不敢开口，却听丁胡子继续说下去：“那农夫花了好大劲儿，才把飞行员从座舱中弄出来。那飞行员双腿皆断，胸口也被撞伤，鼻梁被撞断，但还能忍着剧痛说：‘我是谭唯骏上尉，老乡贵姓？’……”

湘芷只觉一阵天旋地转，眼前一片黑，然后是一片白，从椅子上差点跌落在地，她两边坐着娘和蔡专员，两人连忙将她扶住。湘芷回过神来，满心想要号啕大哭，但是坚强的她竟然强忍住了，她深呼吸了一下，低声道：“谭唯骏上尉？”

丁胡子亲切地望着湘芷，点头道：“是谭唯骏上尉！”

“他没有死？”

“伤虽重，但没有死，他是条了不起的好汉。那农夫说：‘谭上尉，你两只脚都断了，让我背你回村子里去，找医生救你。’谭唯骏谢了他，忍痛爬上他的背，农夫站起来正要离开，这谭唯骏居然叫道：‘拜托慢点，让我拍一张相片。’他在那种情形之下，竟然不慌不忙地从背袋中拿出一架相机，对着那架躺在茶园中的飞机残骸拍了张相片！”

湘芷紧张得揪成一团的心，被这一句话猛然挑松了，她在心里暗自说：“又是那架旧‘莱卡’。”

丁胡子说到这里，从怀里的口袋掏出一张照片道：“这照片是后来我着人跑到五十里外镇上才冲洗出来的，你们瞧，这个谭唯骏是不是潇洒得过了头。”

大家传观那张照片，到湘芷手上时，她看见照片正中有一架躺在地上的飞机身架，背景中可以看到一片茶树，并无任何特别之处。

丁胡子等大家都看过了，便解释道：“那个农夫还真厉害，凭一人之力背着受重伤的谭上尉，走了好几公里的山路，终于到了我们弟兄的驻扎处，人已累得倒地不起，谭上尉也已昏迷不醒。幸好我们那里有个极有本事的土家族医生，他除了懂得一些简单的西医和中医外，还精于土家人传统的疗法，跌打接骨之类的土法常有奇效，居然就把谭上尉救了回来。我问谭唯骏伤得如此之重，为何在农夫救他之初，执意要拍一张飞机的照片，你们猜他怎么说？”

塘叔显然极感兴趣，连忙响应：“他怎么说？”

丁胡子道：“那谭唯骏说：‘飞机迫降时，如果螺旋桨还在转动，则撞在地上时三支桨叶都会毁掉，照片上我的座机螺旋桨只有直接撞地的一支桨叶毁坏，其余两叶完全无损。’谭唯骏反问我：‘这代表什么意思？’”丁胡子说完，眼望蔡一奇。

蔡一奇摇头，湘芷却“啊”了一声，忙用手掩住嘴。塘叔道：“湘芷你知道了？”丁胡子也问：“湘芷你知道了？”

湘芷放下手，点了点头，然后低声道：“唯骏他想留下一个证据，证明他的座机在天空时便已停机，他杀敌奋战到最后一滴汽油用完，才勉强落在茶园。”

塘叔微笑点头，暗暗激赏湘芷的分析能力，又加了一句：“不错，因为汽油用尽，所以没有爆炸起火，他要证明他不是被日机击落的。”

丁胡子满面惊诧之色，连声道：“湘芷太聪明了，湘芷太聪明了。谭上尉后来对我说，空中战斗时，他的座机油箱已经空无一滴油，螺旋桨已停止转动，那时他仍在紧扣机枪射击敌机，他要拍下这个证据作为纪念。彭老师，你真不愧是谭上尉的知己！”他转向湘芷道：“谭上尉听说蔡专员要我一同去衡阳，便托我把这张照片带给你。”

湘芷听到唯骏仍在人间的消息，胸中满溢着一股狂喜之气，这时听丁胡子如此说，更是激动到极点，想要马上寻个地方爆发出来方才舒适。丁胡子仍在继续说话，她却忽然之间再也听不到任何声音了，眼前看见的是丁胡子滔滔不绝的模样，塘叔略带激动的脸色，蔡专员若有所思的眼神，娘和婶子一半惊诧一半不解的表情……

她猛然站起身来，飞快地奔向后厢自己的房间，一带上房门，就已倒在床上号啕大哭起来。

◎

# 第三章　真珠Z作战

一架Ki–49“吞龙式”轰炸机在四架“零式”战斗机的护航下，从南京起飞，目的地是武汉。

吞龙重型轰炸机制式的乘员是八人，除正副驾驶外，另有投弹手、机枪手等六人的编制。但是这架飞机上只有三个机枪手却没有投弹手，另外还有两位特别乘客。

坐在特别装置的皮椅上的是一位全身戎装的将军，他身旁的铁支架椅上坐了一位副官，军阶是宪兵大佐。

这位将军面颊瘦削，黑浓的扫把眉，配一双向下倒的三角眼，唇上留着短髭，标准的日本皇军军官的造型。他头上戴了飞行皮帽，身上穿了件纯毛料厚军大衣。飞机以时速四百公里的巡航速度在三千米高度飞行，虽然备有氧气，并没有用到。

这位日本军官正是畑俊六大将，三月才上任的中国派遣军总司令官，他接替前任西尾寿造，负责统一指挥侵华日军的全部军事活动。

畑俊六从飞机起飞不久便闭目养神，一位士官想送上茶水，立刻被副官伸手制止，他追随畑俊六多年，知道这时他的长官正在全神思考心中的难题，不容打扰。

畑俊六心中想的是“武汉”——这个令他永生难忘的地方。两年多前他统率二十五万日军攻陷武汉，结束了长达四个多月的武汉会战，表面上是无比的风光，但他的心情却是无比的沉重。当时身为华中派遣军司令官，他的前任松井石根因南京大屠杀受到国内外强烈谴责，强大压力之下被内调；而他这一战虽然攻下武汉，但日军损失也是空前的。他比谁都了解，这场“惨胜”所带来的警讯是“入侵支那的战争是该见好就收的时候了”，再进一步深入，日本将会自陷危境。

那时他在蛇山上望着长江、汉水汇流的景色，遥见毁于大火的黄鹤楼，他对未来有深沉的忧虑：“会战前蒋介石有三百万军队，会战后他的生力军上场，还是三百万军队，而日本已用尽全力，国内只剩一个师团了。”他知道陷入长期消耗战是逼日本走向失败的心腹大患，而不论是重庆还是延安，一致的战争指导正是“以空间换取时间”。对日军而言，这是个致命的战略。

他曾向天皇密报这些忧虑，可惜天皇受其他军头及鹰派政客的影响，不但没有接受他的意见，还将他调回国内。虽然后来任命他为陆军大臣，但他宁愿留在战场。“徐州会战和武汉会战是我平生最大的遗憾。”他脑中不由自主地浮现出日军在台儿庄受到挫败的情景。

两年多来，中日战争处于相峙不下的状况，中小战役日军战无不胜，但双方都没有发动决定性大会战的力道，一九三九年九月的长沙会战就是一个活生生的例子。冈村宁次调集了十万兵力，发动空海军协同作战，还多次施放毒气，但是二十多万中国军队利用新墙河、汨罗江、捞刀河、浏阳河和幕阜山这四河一山的地形，在且打且退的战术之下，双方打了一个月，各自死伤三四万人后鸣金收兵，又恢复战前态势。

这回战功彪炳的畑俊六再次被大本营调回中国，担下了总司令官的重担，他在飞机上想到上次进入武昌城的情境，不禁喟然长叹，感慨万千：战役的胜利，没有办法累积成为战争的胜利。

随着希特勒在欧洲的胜利，日本在去年九月与德国、意大利形成了三国同盟，从那时候起，战略思维敏锐的他便已嗅到最高当局将要在太平洋开辟新战场的野心，他虽极不以为然，但也隐约感觉到，这恐怕是阻止不了的必然趋势。问题是，最高当局如果真要发动太平洋战争，自己在中国派遣军的任务和压力将会更为增加。

这一次他到武汉，将会见华北方面军司令冈村宁次，他知道冈村宁次在战略上有完全不同的思维。

熟读中国战史的畑俊六了解，历史上凡是想要攻入四川盆地的外力不外三条路线：第一条是沿长江从东向西攻——这正是日军目前采取的路线，从淞沪会战、南京战役、武汉会战到目前的僵局；第二条是从北面取陕西越秦岭直下成都，三国时邓艾偷渡阴平灭蜀汉便是循这条路；第三条是从西南仰攻四川，蒙古人灭南宋时，攻入四川便曾走过这一条路。

他知道冈村宁次心中打算的是第二条路线，他想攻取西安，然后越秦岭攻成都。

“也许冈村认为打八路军比较简单。”畑俊六暗忖，“我是不赞成的，秦岭一带的地形将使日军机械化部队优势尽失，而八路军擅长利用地形，这将不会是个好主意。目前我方兵力有限，下一战必须集中火力，但箭头射向哪里关系到帝国的存亡，千万不可大意。”

他感觉到飞机正在下降，睁目向窗外看下去，左边是长江，右边有几个小湖，他身边随时在注意长官一举一动的副官大声报告：“下面是长江和墨水湖……前面过了汉水就要落地了。”

畑俊六颔首，心中暗忖：“大本营准备发动太平洋战争的事要让冈村知道，我们在中国启动下一个大动作之前，不能不把这个年底就可能会发生的巨大事件考虑进去，要为帝国的大业做最佳的考虑才对。”

甫升大将的华北方面军司令冈村宁次比畑俊六先一日抵武汉，这时他和武汉占领军师团长，以及他的贴身宪兵大队长，在汉口王家墩机场的停机坪上恭候畑俊六总司令官的大驾。

汉口日本宪兵队的斜对面是一家卖豆腐、味噌及日式酱菜的老字号店铺，家庭工厂就连在一起。老板原是个名叫桥本次郎的日本味噌师傅，制作一些日式佐食的食品卖给日租界的机关及侨民，因为生意很不错，桥本就在汉口娶妻定居下来。几年前桥本因肝病去世，店铺便由他老婆接下来。

桥本太太是当地人，因嫁了日人便取个日本名字“庆子”，有人说她原是扬子江岸一带的一个卖艺女子，常与日本租界的侨民厮混，学得一口流利的日语，桥本看上她的姿色，便花大把银子将她赎了娶为妻子。

这女子人长得标致，干活又勤快，不仅很快便将桥本师傅那一身手艺学得地道，还加上些中华料理的手段，制作出来的不论是各种豆腐制品、味噌还是各类酱菜，口味竟然更得顾客赞赏。日军占领了汉口，对面的宪兵队及距离不远的占领军部也都没把庆子当外人，每日继续订购她的豆腐和味噌。

时近午夜，桥本老店的老板娘早将门板上好，在木桶中泡了一个热水澡，一天的辛劳在蒸气腾腾的热水里得到了些许纾解。她慵懒地泡在水里实在不想起身，除了身体上的疲累，她也记挂着情郎的安危，"唉，蔡郎让宪兵捉走好长的时间，也打听不出下落……"宪兵队里庆子也有熟人，但就是不肯透露任何有关蔡一奇的事情……

这时她听到"嘭嘭"连续的敲门声，吃了一惊：这个时辰什么人上门来敲门敲得紧急？她飞快地跨出浴桶，胡乱擦干身子，穿上一件日式浴袍，到门口先用日语和华语问一声："谁？""哪一位？"

门外传来急促而沉重的呼吸声，然后一个低哑的声音道："庆珠，快开门！我是徐矮子，还记得吗？徐矮子！"

"庆珠"是她成为庆子之前的名字，能叫出"庆珠"的都是陈年的老客人了，但她一听到"徐矮子"，心中一阵激动，暗叫："哎呀，恩人到了。"

她才一开门，一个硕壮的汉子连冲带扑地进了屋内，来人一身日本宪兵制服，留着仁丹小胡子，手中紧握着一只小皮包，上面还系有一根短链。除了人矮之外，哪里是那个曾经路见不平、仗义救过自己一命的恩人徐矮子？但……但那沙哑的声音分明是他呀？

那个矮壮的"日本宪兵"坐定后，喘了好一会儿才渐渐恢复，他知道方才以体能之极限杀死两个人，再以极速冲刺，这一阵急喘乃是全身缺氧的现象。他平息下来低声道："唉，老了，这种搞法才几步路便要垮干了。"

庆子这才瞧出来，这人确是徐矮子没错，只是胖了些，还穿上了皇军宪兵制服，又留了仁丹胡子，好多年没见面了，乍看到这般模样还真认不出来。既认明了，她便上前亲热地轻拍徐矮子的背，娇声道："恩人呀，你怎地多久也不见人影，突然就跑出个日本宪兵来，您要吓唬谁呀？我去倒杯热茶给您顺口气。"

徐矮子苦笑，摇了摇头道："庆珠，先不要忙，我不能久待这里，你屋后通哪里？"

"我屋后是条窄巷子，通到公共茅房，您问这……"

"茅房后面是不是王麻子的剃头铺？"

"嗯，不是正对到，是隔壁的隔壁。"

"那正对茅房后面的是哪一家？"

"一家专跑长沙的货运公司，老板也姓王。您问这……"

"呵，货运公司跑长沙！王老板你熟吗？"

"熟得很，我有个妹子在长沙，总是托王老板两头帮我们带些货。您问这许多，是要做啥？"

徐矮子想了想，压低了声音道："庆珠，我告诉你的事你不可告诉别人，我……我闯了好大的祸！"

"您……闯了啥子大祸？"

"老子我杀了日本宪兵大佐……你不要出声，我很快就走，但我要告诉你，你那相好的蔡专员不是曾经叫宪兵队抓了么？是老子化装成宪兵，混进去给他放走的。"

庆子惊喜交加，一把抱住徐矮子的膀子，颤声道："啊，原来是您救了蔡郎！您总是庆珠的救命菩萨，那年……那年三个痞子按着我要欺负，要不是您老打走了他们，我定会被他们轮奸致死……"

"往事就不谈了，麻烦你给我准备些干粮和开水，我要到王麻子那里剃光头发和胡子，还要问他借身衣服，这皇军的制服是不能穿了，还有……"

“您想要搭王老板的货车去长沙？”

“庆珠还是那么聪明。”

“我先去拜托王麻子……”

“不用你麻烦，王麻子是我的好兄弟；可是王老板……”

“不用您担心，王老板是我的好兄弟。”

庆子微笑着说，脸上露出她特有的妩媚，在外面混的男人特爱的那种风骚。

王老板的“货运公司”，其实只有两辆旧卡车。生意好的时候，常需两车对开，一辆拉货到长沙，另一辆拉货从长沙回武汉。生意一般时，就一辆车两头跑，而这样的小公司，王老板当然就是唯一的专任司机，必要时才加雇一位临时司机。

凌晨时分，通往湖南的公路上，王老板的货车载了些北边产的干货临时发车，换了一身旧棉衣裤的徐矮子权充随车助手，坐在驾驶座的旁边，摸着黑就上路了。

过桥时，日本宪兵查得极为仔细，货车上的货包每个都拿刀刺两下，他们要抓一个留了仁丹胡子冒充日本宪兵的矮子。货车前座一个是来往这座桥的常客，是守桥宪兵认识的王老板；另一个是个无须无发的光头汉子，看上去并不矮——徐矮子主要是腿短得厉害，上身比许多人只长不短，所以他是坐着高站着矮，和王老板并肩坐在货车前座，看上去竟好像比王老板还略高一点。宪兵挥挥手便放行了。

现在他们的货车已将武汉三镇丢在身后，都市的灯光渐渐远去，四面陷入漆黑，只有汽车的头灯照在前方的路面上，汽车的老爷引擎在隆隆作响。

徐矮子坐在车上，回想他闯的“好大的祸”。自从他混进日本宪兵队，仗义救了蔡专员后，他便忍不住常在宪兵队附近打探后续的动静，这就有点像放了火的人常常忍不住回到纵火现场，就想知道后续有什么事发生，这是那种“业余”的犯罪心理使然。

他终于打探到，那天晚上当值的前后两名宪兵都受了极重的处罚，还受了军法审判。想当初只是听了好兄弟王麻子告诉他蔡专员被抓，日本宪兵队用了酷刑逼供，要他交出武汉地区替国民政府做地下工作的名单，他始终不给，但也不知能撑多久。徐矮子虽然事不关己，但冷眼旁观王麻子好像极是忐忑不安，甚至有点魂不守舍。

他和王麻子是江湖上的交情，王麻子有没有加入地下工作并未告诉他，他也不会问，但他敬重这些为国家冒生命危险干活的无名英雄，尤其敬佩蔡一奇受酷刑仍不招供的义气，一时侠义心起，便混进去救走了蔡专员。他看得出，从那以后王麻子又变回一条好汉，说话也恢复了往日的夸大嚣张；因此他肯定王麻子的名字必然在蔡专员的名单上。

但说也奇怪，自从他十分侥幸且轻而易举就救出了蔡专员，生性好事又胆大妄为的徐矮子，便不时忍不住又想试试运气，看看能不能再捞到什么宝。

许久以后和王麻子聊起来，意外发现他救出的蔡专员是剃头店隔壁街上豆腐店老板娘的姘头，再追下去，就发现老板娘庆子竟然是多年前他救过的歌妓庆珠。这下可好，他便想去跟庆珠谈谈，她豆腐铺的顾客多是日本军人，多少有些消息可以打探一下。

这一晚，这位业余间谍徐矮子忽然发现宪兵队里热闹非凡，似乎在欢迎什么贵宾饮宴，除了汉口的大酒店送了酒菜进来，不久又有两辆轿车载了七八个花姑娘来陪酒。徐矮子胆大包天，本来想混进去吃喝一番，想想不妥，还是躲在外面多观察一下。黑夜里他一身宪兵制服，就算被看见，也被当成是值夜班的卫兵。

接近午夜时，宴会尚未结束，两名军人突然匆匆走出大门，快步走向街边停放的轿车，徐矮子想要回避已然不及。那两名军人前面一个是宪兵伍长，后面跟着的竟是个大佐，徐矮子十分吃惊，以致引起来人的怀疑。那伍长喝道："什么人鬼鬼祟祟？"

听不懂只有不回答。

"八嘎呀路，怎么不回答？"

这句听懂了，却不知如何回答，便也回骂两声："八嘎呀路，八嘎呀路！"也不知是不是因为对方有两个人。

那个伍长瞪着眼忽然发现不对，伸手便掏腰间的手枪，可惜这两人和徐矮子之间的距离已然太近，通常有敌意警戒的双方不大可能走到如此之近，这完全是因为徐矮子的皇军制服让他们误以为是自己人；但是到了这个距离之内，对面又是徐矮子这种人，用枪就不如用刀快了。

只见徐矮子一转身，手中一柄银光闪闪的匕首已经插入那伍长的胸口，伍长冲出十几步便倒在地上不动了。他再一转身，那把匕首划过了宪兵大佐的咽喉。两人的手枪都只掏出一半。

徐矮子一眼瞥见那大佐的左手紧抓着一只黑皮包，奇怪的是皮包上有根铁链锁在他手腕上，徐矮子用力夺了两次都无法取下皮包，于是他一把抓起大佐的左腕，那把匕首挥了三次，竟然将那只手腕切了下来。这一下就把黑皮包连包带链都取了下来，那只手就不要了。

他心中只有一个疑虑，不知那伍长有没有一刀毙命，待要回头再补一刀，尖锐的哨声从宪兵队的高墙里响起，徐矮子恨恨地忖道："来不及了，这厮可把老子的面貌看得一清二楚！"但他不能再有半秒的迟疑，便拔腿没命地狂奔向桥本豆腐铺，他知道里面的宪兵冲出来第一件事一定是救大佐，他必须在被任何人看到之前躲进豆腐铺……

坐在驾驶座上的王老板一直没说话，他不认识身边这个怪人，看起来虽有点憨厚可亲，但直觉感受到他身上有一种隐藏的暴力，好像随时就可能爆发。他凌晨爬起来装货发车，赶夜路还得冒险……虽不知细节，可也知道这个怪矮子就是今夜日本宪兵队急着要找的对象。

这一切只为了庆子，庆子跟他的交情够。

车快到咸宁了，也就是到了湖北省边界。王老板道：“我们说是到长沙，其实到了咸宁我就把你放下，四点半钟粤汉铁路有一班货车到咸宁站，这班车只运货不运客，我交运货包时你就混上车，下午五点钟就到衡阳。以咱们的速度来看，顶多再几分钟就可到达咸宁，一定赶得上那班火车。”

徐矮子点头称好，暗忖道：“好主意，就算日本宪兵队通报各火车站抓我，恐怕也只注意客运车，货运车就不会怎么检查了。”

王老板接着道：“主要是因为你若坐我这车走公路，到湖南边界就得过检查站，然后到了岳阳这个日军在湖南的据点，一定又要被拦下检查。但你如在咸宁混上这列货车，神不知鬼不觉就到了衡阳。你是要到衡阳，对吧？”

“对，你和庆珠这番计划太周到了，不知要如何谢你们。”

“你说庆珠？”

“对，庆子以前的中文名字叫庆珠。”

咸宁车站又小又旧，旅客本来就少，何况这班车凌晨四点钟到站，根本不会有什么客运的需求，所以这班车就只运货不运客。

既无客运，也没有验票，徐矮子和王老板互道了“后会有期”，趁站务人员一不注意就上了车。他捡了载王老板货包的第五节车厢，缩在货包堆中，很舒服地躺着等待火车开动。

徐矮子的大名是徐大冲，从小就有个绰号叫“大葱”，偏他平生最恨大葱的味儿，宁愿别人叫他“矮子”。这列载货的火车发出“嘎嗒”“空隆”的声音，他闭目想睡一会儿，可是睡不着。

眼前浮现庆珠那娇俏的笑脸，她身上穿件浴袍，在热水桶里拧干了一条热毛巾要替他抹把脸，那热毛巾透着脂粉香，他怀疑木桶里就是庆珠刚用过的洗澡水。庆珠的身子贴着他为他抹脸，抹了三次还不停手，娇声耳语：“要不要干脆洗个热水澡再走？”那意思很明显了。

徐矮子咽了一把口水，心想我曾救过她的性命，岂能和她搞三捻四坏了江湖规矩？再说此地绝非久留之地，他虽是个遇事随兴的莽汉子，这些刀口上的分寸可是一分也不得错。徐矮子在黑暗中自顾自地傻笑：“不然，凭我这块料哪能活到今天？”

他想到此去衡阳，要把手上这个皮包交给蔡专员。那个倒霉的大佐用根链子把皮包锁在手腕上，可见皮包里面定有极重要的文件，这种东西只有交给蔡专员才能发挥作用，但蔡专员人在哪里？怎么找他？

只要找到彭怀塘，就能找到蔡专员。他早听说过蔡专员和彭怀塘的交情。武汉沦陷后，蔡专员肯定常去衡阳找彭怀塘。

火车一到岳阳，他就发现情况不对，有人在逐车检查。他蜷着身子藏在货包之中埋首屏息，这时他听到车外两个警察走过，一个低声说：“日本宪兵要我们抓一个光头矮子，这是一列货车呀，哪有什么光头矮子？真见鬼了。”徐矮子一听“抓光头矮子”，心中惨叫一声：“王麻子完啦！”紧接着想道：“是了，定是我留在剃头店的那身皇军制服惹的祸。”

他蜷缩在货包中一动也不动，幸好两个警察并没有上车来查，想来也是因为这是列货车之故，再则日本宪兵人力不足，这些警察也是阳奉阴违，马马虎虎，徐矮子才逃过一关。

火车终于开动了，离开岳阳后，前程再无日军占领的城市。徐矮子吁了一口气，爬出货包坐着，心情总算放松了，他想着一到衡阳，马上就要去找彭怀塘。

想到彭怀塘，他那张古怪的脸上绽开一丝诡异的笑容。他俩认识时都只十几岁，原在湘军部队中当勤务兵，因犯了小过就被凶暴的连长捆起来毒打，两人受不了便相约逃走，成了湘军的逃兵。做逃兵也就罢了，徐大冲临逃前又狠狠偷走了连长的全部积蓄：三根金条、五个金戒指，也难怪连长发了毒誓定要抓回这两个逃犯枪毙示众，以儆效尤。

那湘军连长没有抓到两人，他们倒是被吴佩孚部队的一个搜索连捉到了，两人就假意是来投效吴大帅的。搜索连的连长见这两人认得字，脑子还灵光，身手也矫捷利落，便收下两人，还是当勤务兵。

管搜索的连长果然不同，不久就发现徐大冲藏了好多金子在身，便命令他缴出来充公。徐大冲明知他其实是“充私”，心中越想越气，当晚趁连长喝酒喝大了，便潜进他卧室，拿枕头捂住了用刺刀捅了十五六刀，弄得满床满地是血，然后从床底下摸出一只羊皮袋，里面有徐大冲的金子，连同连长原有的私蓄：一根金条和一对金手镯，一并塞入怀里爬窗逃走。

他才跳落地，不料彭怀塘正等着他，低喝道：“王八蛋，你上回盗钱财，这回伤人命了！”吓得他差点昏倒，一把拉着彭怀塘就跑，一面答道：“这回杀人加上劫财，死定了，你干吗要跟我一起死？”

彭怀塘不理他，反拉着他往河里跑。河边早有一条小船，两人上了船，彭怀塘两划三划，小船就躲进芦苇丛里，靠着盛开的芦花掩护，不声不响地借水遁逃走。原来彭怀塘一直留着神，早有准备了。

火车慢了下来，汽笛声中已经到了长沙站。想来因为是一列货运车，果然没有受到任何检查，徐矮子缩在货包中屏息不动，等到火车鸣笛再启动，他才松了一口气。再往南直到衡阳，都不会有问题了。

徐大冲的神经十分大条，现在他大剌剌半坐在货包上头，点燃一根香烟，猛吸两口，正过瘾时，无奈风大，烟质太劣，竟然熄了。他划了三根火柴才再点燃，香烟熄后重燃便有一股焦油的气味一起吸进肺里，口鼻之间全是那种臭味，他不禁喃喃咒骂。车厢昏暗中，他凝视着手上烟头，那烟头的一点亮光忽然逐渐扩大，逐渐拉远，呈现在徐大冲的眼中竟然是一片熊熊大火……就是那场大火，烧掉了他和彭怀塘之间的兄弟之情……

彭怀塘和徐大冲的小船在黄岗以北的上巴河湾处上了岸，感觉上已经远离了追兵，两人在深无人迹的山林中迷了路，糊里糊涂地闯进了一个隐秘无比的山寨。

那里驻扎了几十个好汉，那首领告诉两人他叫洪三爷，带了这几十条汉子做些“劫富济贫”的大事，今日既被你二人闯入禁地，要么入伙，要么三刀六洞。于是两人又从“勤务兵”变成了“侠盗”。彭怀塘大骂徐矮子：“都是你贪人黄金，如今落得上山为盗，你还是把金子都交给洪三爷，也算是一种投名状。”

两人入了伙，才知道这洪三爷有一身不得了的本领，枪法更是出神入化，前清时曾当过武昌新军的武术教头，据说一身功夫得自武当山下一个行脚道人。又说他参加过宣统三年的武昌起义，但他本人绝口不谈过去，也不知这些传闻是真是假。

洪三爷看这两人识字能写，脑子还灵光，身手也还矫捷利落，又很识趣地献出了许多金条、金戒指、金镯子，便将两人收为徒弟，传授了一些拳脚和气功，又教两人玩枪要刀。彭怀塘悟性高，尽得师父真传。五年过后，洪三爷忽然决定告老收山，把手下人马交给了彭怀塘，于是彭怀塘又变成了洪三爷口中的侠盗首领，也是官兵口中的“土匪头儿”。

这一对难兄难弟翻脸分手的肇因是一把火。徐矮子有一次带了几个兄弟，在竹瓦寨和汪岗之间的山路上打劫一支骡队，据打探来的消息，这骡队运了枪械和弹药，要去蟾蜍山里头的胡巴子土匪村。徐矮子和胡巴子曾为抢货有过节，心想这批军火断然不能落到胡巴子手上，便决定把它劫下来。一场枪战，双方各死伤了三人，徐矮子一时发了火，竟然放火把整个胡巴子土匪村烧为平地，余烬残瓦中竟有烧焦的妇女及孩童的尸体，那骡队驮的也全是粮食和日用品，哪有什么枪械弹药？

“滥杀无辜”便坏了洪三爷“侠盗”的规矩，彭怀塘大怒之下，又不忍按帮规处死徐矮子，便放徐矮子当晚逃离了山寨。彭怀塘对他说的最后一句话是："这辈子离我远一点儿，我不想再见到你。"说也气死人，这矮子贼性不改，临逃之前还又偷走了彭怀塘的两把匕首。

徐矮子坐在货包上回想这段往事，也不知过了多久，发觉手上小半包烟只剩下最后一根，他点燃吸了一口，憋在肺里好几秒钟才喷出来，望着那一抹灰白色的烟雾，喃喃自语："老大啊，师父传了你八把银匕首，咱们兄弟一场，我偷了两把作纪念也不为过吧？我给蔡专员带了一把去衡阳，你必知道是我救了蔡一奇吧。"

"还剩一把匕首谁也不给了，师父这匕首真是极品，切人胳膊便跟切豆腐似的，可惜他的飞刀绝技没传给我。"他想到王麻子已被抓了，又被刑求招出了自己的行踪，也不知庆珠是否受牵累，不禁满心的悲痛；而自己逃奔衡阳的事既已曝光，便是到了衡阳，日方仍会派人来追杀，便在衡阳也不得安全，手上这只皮包要尽快交给彭怀塘，越快越好。

车到衡阳站，停了。徐矮子窝在这列慢车中将近十三个小时，庆珠为他准备的干粮和开水早就吃干喝净，更难熬的是四五个钟头没有香烟抽。因此溜下火车偷偷爬出月台后，他头一桩事便是买了两包烟、一盒火柴。看壁上的大钟是五点五分。

他只是在江湖上听说，彭怀塘不干土匪后衣锦还乡，在衡阳城里开了茶馆客栈，也不知那茶馆客栈是啥名、在啥街上。打听了一下，过江进城要到省立六中前面的码头去搭渡船，摆到对面太子码头上岸。

他走到码头边，下午的阳光神奇地把寻常的景象变成一幅画。江水绿波上闪着金光，三四个候船的乡人半明半暗地立在柳树下，在青草地上画出一条条泛着紫色的长影。这时对面又走来了两个搭船客，一个三十岁左右的男人，一个二十出头的少女，两个人都长得斯文，一看便知是读书人，这两个读书人都长得好看。

徐矮子其实只知要过江，但过了江要到哪里去找彭怀塘他毫无定见。粗枝大叶的他只记得多年前有人从衡阳来说，衡阳出了一个新的"大淤贼”彭怀塘，所以他猜想彭怀塘在衡阳一定大大有名、家喻户晓，到了再打听也不迟。

上了船，徐矮子感觉到那年轻漂亮的女子在偷瞄自己，便转头回瞪，那女子却很友善地对他微笑。他想也不想，忽然就问道：“这位小姐，我和你打听一个人可好……”

那男子见徐矮子生得有些古怪，便把女子拉到他身后，拦道：“你……打听谁？”徐矮子道：“我要打听一个朋友，他名叫彭怀塘……”

那女子笑了起来：“哈，你找塘叔，我们正要去塘叔的茶馆铺哩。”

徐矮子没料到要找彭怀塘竟是如此轻而易举，也是暗笑：“啊哈，矮子要走运了。”

徐矮子跟着百蕙和华一峰走到司前街，百蕙指着前方说：“前面那栋三层的屋子就是了。”徐矮子忽然有些踌躇起来，脚步不自觉地放慢了下来，他心中放不下的只是彭怀塘和他分道扬镳时的那句话：“这辈子离我远一点儿，我不想再见到你。”

华一峰和百蕙都感奇怪，这个怪矮子看起来有些愣愣的啥都不怕的气概，但这时脸上却流露出怯怯的表情，不知他在怕什么。

距离塘叔茶馆铺十几步之遥，徐矮子忽然停下身来，一脸十分难为情的模样，对百蕙道：“小姐，你和塘叔是啥关系？”华一峰生了些戒心，拦着道：“你问这做啥？”但是百蕙已经回答了：“我和塘叔的侄女是同学。”

徐矮子考虑了一下，似乎下了一个极大的决心，对百蕙道：“徐矮子拜托你一件事，麻烦你将这个皮包交给你塘叔，我……我就不进去了。”说着将紧紧夹在腋下的那只黑皮包递给百蕙。

百蕙有些迷惑不解，华一峰也生了疑心，那徐矮子见状，竟然对百蕙打躬作揖，苦苦求道：“好姑娘，你帮个忙，我徐矮子以后必报答你。”

百蕙虽觉不可理解，但代他转交塘叔一个皮包，也是举手之劳，便不假思索接了过来。徐矮子向她行了一个军礼，转身快步离去。华一峰和百蕙望着这怪矮子的背影，面面相觑，不知所云。

塘叔正在泡茶，见百蕙进来便大声道：“百蕙呀，好一阵子没见你人影，县政府的济贫福利工作忙啊？湘芷还要一会儿才回来，你先来坐坐，陪塘叔喝杯茶。啊，华老师也来了！”

华一峰连忙向塘叔问好：“塘叔您好！”百蕙道：“华老师近来对抗战的前途有些想法，他说您见多识广，想来请教您的看法哩。”

塘叔拱手谦道：“不敢当啊，不晓得百蕙你给华老师讲了些啥，你塘叔是个老粗，人家华老师可是北师大的毕业生啊。”

百蕙把手中的皮包递给塘叔，道：“渡船上碰到一个人，托我把这皮包交给塘叔。”塘叔接过，问道：“是怎么个人呀？”百蕙道：“他都走到门口了，忽然就托我转交给您，自己又不肯进来，塘叔您说怪不怪？他说他是徐矮子。”

塘叔一听到“徐矮子”三个字，“哎呀”大叫一声，两步冲出茶馆，到了门口向司前街两面张望，哪里还有徐矮子的影子？

百蕙和华一峰跟了出来，塘叔问：“他往哪边走了？”华一峰指向东边，正要说话，忽然一个身影从楼上屋顶落下，直扑塘叔的头顶。塘叔像闪电般向前一跃，接着回旋扫出一腿，其劲如狂风扫落叶，接着又是一腿，等第三腿扫出，正好一周圈，立在原地。

那从屋顶跃下偷袭塘叔的人，一扑落空，毫不犹豫便一左一右一后连跨三步，正好巧妙地躲过塘叔的三记扫堂腿，也抱拳守一，立在原地。两人兔起鹘落，像是套好招似的。

“老大！”来人正是徐矮子。

“矮子！”塘叔激动地大叫。

两人忽然同时上前，一把抱住对方的双臂，又同时使劲推开对方，互相瞪着眼。过了一会儿，塘叔道：“不是走了吗？怎么又回来？”

徐矮子不答，反问道：“你不是说过这辈子离你远些，不想再见到我？”

塘叔瞅着徐矮子也不回答，只忽然问道：“是你救了蔡专员？”

这回徐矮子答了：“不错，是我救了蔡专员，我还抢到一个皮包……”他说到这里，看见黑皮包正拿在塘叔手里，便冷冷地道：“这皮包原来用铁链锁在一个日本宪兵大佐的手腕上，里面一定是重要的东西。”

塘叔伸手扯了一下那根铁链，声音也变得冷冷的：“你杀了那大佐？你切了那大佐的手腕？”

“唉，和从前一样，总是瞒不过你的。”

两人沉默了一会儿。

“再见到矮子，我高兴得很。”

“以前说过的不算了？”

“那是我当老大时说的话，如今我不是老大了。”

“那好，可我还叫你老大。”徐矮子眼中泛着泪光。

“那好。”塘叔的眼眶也有些湿。

他低头细看那皮包，尝试着打开却徒劳无功，看来是有什么暗锁把皮包锁死了。他抬头问道：“有钥匙吗？你打开过？”徐矮子摇摇头。塘叔道：“大家都进屋来说话吧。”

百蕙轻推了华老师一下，华老师似有心事，“啊”了一声，跟大家一起进入茶馆。塘叔正要关门，瞥见湘芷正从街前走回家来，他暗中偷笑了一声：“学过开暗锁的人回家了，湘芷来得正是时候。”

也不知湘芷怎么弄的，那只黑皮包的暗锁就被解开了。打开的结果却让所有人大吃一惊，因为那只皮包竟然是空的，其中并无一物。

徐矮子头一个脸上挂不住，他一把抢过皮包，里里外外细搜了一遍，证实手中的确是一只空无一物的皮包，气得狠狠地把它摔在八仙桌上。

华一峰轻碰了百蕙一下，指了指皮包，百蕙把皮包捡起，和华一峰也仔细搜查一遍，毫无所获。湘芷接过手，淡然地对塘叔和徐矮子道：

“一只空皮包没有必要用铁链锁在宪兵大佐的手上吧？这只皮包一定是极重要的东西，恐怕要交给专业的情报人员才找得到窍门。”

徐矮子连声道：“不错，不错，我原来就是要老大你把这皮包交给蔡……”塘叔打断他的话：“是啊，我们尽快交给政府的人员，让他们去想办法。如果真是什么重要东西，矮子你就立大功了。”

华一峰看了百蕙一眼，对塘叔和徐矮子道：“今日两位前辈久别重逢，必有好些事要谈，晚辈下次再来向塘叔请教。”说完便对百蕙道：“百蕙，你就留下和湘芷聊聊，我先告辞。”塘叔便要湘芷代为送华老师离开。

徐矮子到这时才感觉到肚子饿得厉害，他大声叫道：“老大，我已经十七八个钟头没吃东西，饿得发慌了，能不能先弄点什么东西填填肚皮，要热的。”

隔壁传来婶子的叫声：“来啦，鱼粉来啦！”

塘叔道：“百蕙，你留下吃了晚饭再回家吧。”

夜阑人静时，茶馆铺一盏煤油灯还亮着，塘叔和徐矮子仍在把茶对谈，十几年不见面，发生在两人身上的种种往事，谈起来不胜唏嘘。

湘芷静静地走了进去，塘叔问：“湘芷，你还没睡呀？”

湘芷笑而不答，她手中拿着那只黑皮包，走到八仙桌前，把皮包放在桌上打开来，中间一道隔层竟然被湘芷拿她娘纳鞋底的长针，将皮层周边极细、极不易发现的细线一针一针地挑断，那张皮隔竟然分成了两张，中间夹着一张白纸。

“呵，你找到了，湘芷好本事呀！”

“啊，纸上写了什么？”

湘芷笑道：“是娘发现的，她纳鞋时也用过类似的手法呢。我就照着娘的法子找到这张……”她把那张纸放在桌上，塘叔和徐矮子看了，马上就长长地“咦”了一声。

原来那张纸上满是手写的符号，既非中文亦非日文，也不是任何一种西方文字，全不可认。倒是接近全“文”的结尾处出现了一个汉字：“真”。真字的下一行中，出现了一个像是英文“Z”的大写字母。徐矮子第一个看得不耐烦，便问道：“这是啥文字？我识字不多，彭姑娘，你说说看。”

湘芷摇头道：“我怎识得？这些字恐怕全是特别设计的符号，除非有个译码专家来研究解读；我就认得一个‘真’字，一个像是英文字母‘Z’，其他的一个也不认得。塘叔，这张纸极可能是日本军方的最高机密，我们要尽快送出去，您说怎么送法？”

她见塘叔正在沉思，便继续道：“我是说，交给蔡专员还是交给朱校长，还是另有……”

塘叔挥手打断她的话，低头皱眉又想了一会，然后抬头对徐矮子道：“矮子，湘芷和我都在帮重庆方面做些工作，你要是不想参加咱们，马上就上楼去睡觉，要是想参加的话，今后就得听命令行事，不得轻举妄动。”

徐矮子忽然咧开大嘴笑了起来，那笑容十分怪异，有几分天真烂漫，却又透着些许邪气。“我不是已经杀了一个日本大佐当作投名状么？老大，你还想要什么？”

塘叔哈哈大笑，湘芷却不懂什么是“投名状”，见这两老笑得古怪，便也跟着傻笑起来。

塘叔笑完了，面转严肃道：“这回听从命令可不是老大我的命令，而是国法军令，你若有违，谁也救你不得。”徐矮子道：“这我省得，不过老大你的命令我也是听的。如果国法军令和老大的令不一样，我徐矮子还是听老大你的命令，如果……”

塘叔听他又开始夹缠不清，便打断他继续说下去：“好，听命令的事就说到这里。方才湘芷说，这张鬼子画符似的‘机密文件’如何送出去的事，是交由蔡专员，还是交由朱校长？按照我的想法是，咱们两边都送，一边送皮包，另一边送这张纸。如果日方或伪军没有追到衡阳来，咱们两边都顺利送出去了，这样当然最好；但如果对方已经追到衡阳来，咱们兵分两路，对方一定全力追那只黑皮包，而咱们明修栈道，暗度陈仓，神不知鬼不觉地就把这张鬼画符送走了。”

徐矮子冷冷地道：“日本鬼子肯定已经派人追来衡阳，只不知此时到达没有。”

塘叔奇道：“你这么有把握？”徐矮子道：“我搭的货车在岳阳站时，已经有伪政府的警察在查，说要抓一个光头矮子，那不是我徐大冲是谁？很显然我在汉口杀大佐的事已经东窗事发，我剃光头的事也被查了出来，日本鬼子不会放过我的。”

塘叔想了想，低声道：“我想咱们分成两组，我和矮子护着蔡专员和那只皮包是第一组，湘芷和你同学董森护着朱校长带着这张鬼画符是第二组。第一组就是用你光头矮子和黑皮包，引诱日方的杀手追踪咱们；等咱们诱敌出城之后，第二组便护着朱校长到飞机场，搭飞机走人，日本鬼子追杀个屁。”

徐矮子兴奋地叫好，湘芷皱着眉想了想道：“塘叔这金蝉脱壳之计当真好，可是这里头有两个难处。”徐矮子道：“有哪两个难处？”

湘芷见塘叔也看着她等下文，便压低了声音道：“第一，我们不知蔡专员这些日子躲到哪里去了；第二，派遣八甲岭的飞机要空军上级的命令，咱们手上可没有空军的派令。”

塘叔微笑点头道：“两个问题都交给塘叔我吧，湘芷你放心。”他心中暗赞：“我这个侄女越来越像个情报员了。”

湘芷心想：“第一个问题简单，塘叔一定有联络蔡专员的秘密渠道；第二个问题嘛，却不知塘叔有什么本事能喊得动空军。”

塘叔见徐矮子打了一个大呵欠，显然十分的困了，便道：“夜深了，大家去睡吧。矮子，你既然怀疑日本宪兵已经派杀手来追杀你，你晚上可要睡得警觉些，家伙不要离手。”他从怀袋里掏出两个短哨子，给了徐矮子和湘芷一人一个，道："有事就吹哨子，一长两短。就这么个小客栈，有我们三人在，鬼子的杀手尽管来吧！"

湘芷接过哨子，一颗心立刻绷紧了，难道今夜就要实战？"我快把手枪上了弹夹，嗯，就放在枕头边。"

徐矮子接过哨子放在口袋中，他当然不会紧张，但从老大的口气中，感觉出老大对这个娇滴滴的侄女似乎颇为倚重，不禁暗忖道："难道这女娃儿竟是个高手？实在看不出来呀。"

湘芷回到房里，娘早已睡熟了，她偷偷从提包中摸出了那把勃朗宁手枪，轻轻将一个六发子弹的弹夹装上，扣上了保险，放在枕头下。她一时尚无睡意，心跳依然如鼓，想到方才塘叔和徐矮子讲的那些话，对将要发生的种种，觉得又紧张又兴奋。她坐在窗边那张藤椅上，暗思道："打从我答应朱校长那一刻，我就是一个情报员了，当情报员岂能害怕参与行动，那我学习这许多技术为的又是啥？"

她是一个极为理智的女孩儿，虽然也会情感澎湃，但是她平息情绪的方法便是用理智分析来说服自己。这时她借着冷静思考，激动的情绪逐渐平静下来，也不知过了多久，忽然她从没有密合的窗帘缝隙中，看到塘叔又出现在后院。

她原以为不过是塘叔上床前去一趟茅房，但她立刻就发现了异状，塘叔手上提着一只白柄的黑皮箱，匆匆走到茅房前那排桂花树后面去了。

"他不是要上厕所，他去做什么？蔡专员给塘叔的那只皮箱里到底是什么东西？"

湘芷的睡意更是全消了，她睁大了眼睛盯住后院的动静，又将窗子打开一两寸，竖起双耳聆听后院的声音。

后院一片昏暗迷蒙，今夜月色不明亮，塘叔转到那排桂花树后就没有任何动静。湘芷耐着性子等待，她暗中告诉自己："当情报员第一就是要有耐心，教官说有时埋伏起来为抓住一个行动时机，一等十几个小时也是常事。”

后院一片寂静，大约过了三十分钟，湘芷似乎听到一串极微弱的声音，有点像是有人用石子在敲地。她努力仔细听，那声音似乎有某种规律，湘芷恍然大悟：“塘叔在打电报！他在打电报！”

“打电报给谁？蔡专员？他不是躲在衡阳吗，要打什么电报？”她立刻回想起那一次黄倩文说她当助理记者要兼习电报收发，那时她要倩文学好了再教会自己和百蕙，将来几个死党可以用电报联络好耍，却被倩文的上司易编辑嘲笑，说衡阳绕着城墙走一圈不过十五里，笑女孩子幼稚的胡闹想法。如今她和董森加入了朱校长的小组，都已学会了收发电报，听说倩文也教会了百蕙，可惜没有机会让“死党”们试玩一次。

正想间，那声音已停，又过了十几分钟，只见塘叔提着那只白柄黑皮箱从桂花树后走了出来，湘芷心中灵光一闪：“是了，塘叔是在联络空军。蔡专员给他的黑皮箱中，原来是一架无线电报机！”

想到空军，唯骏的身影就出现在湘芷眼前；这些日子里他们通过几封信，但唯骏任务在身，始终没法抽空相会，来信虽然难尽所言，但是字里行间的思念之情总是牢牢系在湘芷的心头。

星期天一大早塘叔就出门，到中午时分，他带着戴墨镜的蔡专员回到茶馆，吃了两碗鱼粉，两人沏茶密谈。过了一会儿客人上门，两人便不再谈机密，只有一句没一句地闲聊。

来泡茶的客人中有两张陌生的脸孔，他们选了茶馆铺最靠角落的一张桌子对坐下来，低声谈话，偶尔发出一两声笑声。这两人显然是生客，不知塘叔茶馆客人自助沏茶的规矩，坐在那角落见老半天仍没有人来侍候，其中一个吊眉的汉子便大声道：“喂，伙计，咱们要一壶龙井，外加一碟花生、一碟瓜子。”

塘叔听那人操一口江北口音的普通话，便站起身来拱手道：“客人远道来，敝人这茶馆由客人自取茶水，想吃些零食也自己拿，各种上好茶叶和热水都在这边，两位只管自便。”

那吊眉汉子瞧见另外两个客人正自沏了一壶茶，拿了一碟蚕豆米走回自桌，便“啊”了一声，喃喃道：“这是哪门子的茶馆铺，连个伙计都请不起。”他对面坐了一个白净的青年，穿一身白衣黑裤，面色白中泛青，嘴唇却是又薄又红，抿得紧紧的看上去格外严肃。他似乎比较话少，这时只点点头道：“倒也简单干脆。”塘叔听他是湖北武汉一带的口音。

这两人在角落里一坐就一个多钟头，茶也喝了两壶，塘叔和蔡专员都留上了神。那吊眉的似乎忍不住了，便对塘叔招招手，塘叔上前道：“客人有啥吩咐？”那人低声道：“我们到衡阳来打听一个从湖北来的光头矮子，不知道茶老板有没有什么消息，要是谁能帮咱们找一找，我这里感激不尽，定不会亏待他的。”

塘叔暗忖：“果然冲着这事来了，这厮沉不住气，我且诓他一下……”他对蔡专员使了个眼色，往上扬了扬眉。蔡一奇省得，便假装要如厕，起身出门，从外面的楼梯上客栈房里躲了起来。

塘叔慢条斯理地道：“昨日我这里倒真有一个光头矮子来喝茶，但是不是从湖北来的就不晓得了。”

那两人听了这话都站了起来，吊眉汉子道：“那光头矮子有没有说他……茶老大，你有办法找到他吗？我们有极重要的事要找他。”那个面皮白净的年轻人补了一句：“他在南京的爷爷死了，有极大的家产要遗给他，但要他亲自去南京一趟。”

塘叔心中暗笑，故作了解状，道：“啊，难怪两位那么急着要找他，原来是大有好处……我若帮忙你们找到他，能有多少好处？”他一面说，一面挤鼻弄眼，尽力装出很下作的表情。那吊眉汉子见塘叔很上道的样子，便挑明了道：“通个消息，要是搞对了的话，你分五十块现大洋。”

一旁几个喝茶的客人都露出羡慕之色，可惜对什么“光头矮子”是一无所知，否则也要加入寻人行列。

这时茶馆门口又走进两个人来，这两人穿着一身黑衣黑裤，其中一人头上戴了一顶英国式鸭舌帽。他俩一进门便四面张望，然后就直接走向角落这一桌，那白净的年轻人站起来打招呼，显然是一路的。

四人坐定了，吊眉汉子添了一壶龙井、一碟米花糖放在桌上，四人压低了嗓音商量起来。塘叔极力倾听，只断断续续听到那戴英式鸭舌帽的提到“矮子”“姓蔡的”，又提到“衡阳……茶馆铺”，虽然没有听到完整的内容，但这四个人来此的目的显而易见是为了徐矮子。

塘叔暗暗吃惊，心中忖道：“这戴鸭舌帽的口音有点怪，说不定是个日本人，显然刚从武汉来到。他提到‘姓蔡的’，又提到‘茶馆铺’，多半已经把抢皮包的‘光头汉子’和之前混进宪兵队救蔡专员的‘矮子’连在一起了，甚至已查出蔡专员和我这茶馆的关系……好险呀，幸好蔡一奇已上楼去了，否则……”

果然先前来的两人听完戴鸭舌帽的带来的新消息，全部大惊失色。那吊眉汉子站起身来走向塘叔的八仙桌，指着塘叔道：“喂，方才坐这里那个戴墨镜的跑到哪里去了？”

塘叔不慌不忙地反问：“你问这做啥？”

那吊眉汉子倒没想到塘叔会反问，一下子愣住了，这人大约平时蛮横惯了，怔了一下，就指着塘叔的鼻子吼道：“大爷想问啥就问啥，方才坐这里的人是个通缉要犯，你这生意人莫要窝藏人犯，除非想与要犯同罪？”

塘叔可不吃他这一套，回道：“什么通缉要犯？我只知道方才坐这喝茶的蔡先生是衡阳警备司令部的专员，你又是哪个身份，警察吗？”

吊眉汉子被问得干瞪眼，这时那个白净的年轻人走过来问道：“你说那戴墨镜的是蔡专员？”塘叔道：“不错，我们都叫他蔡专员。”

“武汉来的蔡专员？”

“我只知道他是警备司令部的蔡专员。”塘叔不正面回答他，心中暗忖："你们既已知'蔡专员'，我便索性挑明了；可凡是你们想打听的，我就胡说八道。这四个狗腿子在日军占领区横惯了，我衡阳起码到目前为止还不是沦陷区，你凭啥子对我要横？"

那两人一时真被塘叔这番话弄糊涂了，莫不成双方讲的不是同一个蔡专员？那吊眉汉子便挑明了问道："你说的蔡专员可是蔡一奇？"塘叔道："我就唤他蔡专员，哪里知道他是不是蔡一奇？"

那戴鸭舌帽的忽然冷冷地道："这人一派胡言，带他出去好好问一问。"

塘叔对那吊眉汉子道："方才你们不是说，要我帮忙找光头矮子回南京去处理遗产吗？你们才是一派胡言！"

吊眉汉子有些恼羞成怒，一时答不出话来，便对白面年轻人道："小沈，先拿住他再说！"一面说着，一面伸手便向塘叔左手腕抓来，塘叔左臂划个圈便闪过了。那白净汉子小沈同时闪电般伸手抓向塘叔右腕，塘叔略一侧身，极其巧妙地把小沈的一抓也避开了。

戴鸭舌帽的大喊一声："好功夫！原来茶馆老板是个会家子。"

塘叔听他口音，暗道："你这一声大喊就露馅了，分明是个日本人。"他瞥了另外一个一直没开口的，暗忖："这家伙恐怕也是日本人，大概中文不太行，便打死不开口。"口头上却哈的一笑，道："我不懂什么会家子不会家子，你这两个同伴动不动就要拿人，难道是土匪吗？"

戴鸭舌帽的冷笑道："早就听说你的朋友蔡专员经常武汉衡阳两头跑，来到衡阳总会到你茶馆来喝茶，你岂会不知到哪里去找他？"

塘叔道："我已告诉你们了，去警备司令部一定找得着他。"

那吊眉汉子一步趋近，手中多了一把手枪，才喝道："跟我们走……"忽地"哎呀"一声，不知怎么搞的，手枪已到了塘叔的手上。

塘叔冷冷地道："不作兴随便拿枪指着人，很危险的。"他见枪身左面手动保险是锁上的，吊眉汉子倒也不是真想开枪伤人，便大方地将枪递还给他。

那戴鸭舌帽的低喝了一声："老刁，还不退下。"说着走上前来，仔细打量塘叔，然后道："我在汉口时有人告诉我，衡阳有个开茶馆铺的狠角色，当年自命为侠盗，带二三十杆枪在湖北深山里称霸，打得黑白两道都望风而逃……嘿嘿，彭老板，今日幸会，果然名不虚传。我敬你是英雄，有句话要奉劝……"

塘叔挥手打断他说下去："阁下先不要急着劝我，敢问尊姓大名？"

戴鸭舌帽的汉子脱下帽子鞠躬，毫不犹豫地答道："敝人樱井健雄，鹿儿岛人氏，请指教。"两国已经开战，在中国政府管辖下的衡阳城里，他竟大剌剌地暴露日本人的身份。

塘叔暗中点头，说道："好，请樱井先生指教。"

樱井健雄道："敝人奉劝阁下，既已退出江湖做了平民，又不为国民政府工作，何必要和帝国为敌？"

塘叔冷冷地道："樱井君大概没有听过蒋介石'七七事变'后讲的话：中日大战既起，中国人无分老幼、地不分南北，就是抗战到底，绝不妥协。各位请便吧。"

樱井瞪着塘叔好一会，叹了一口气道："那个光头矮子和蔡专员是一定要抓到的，阁下如果执意要保护彼等，咱们后会有期。"

塘叔挥挥手道："请不要再来，敝茶馆不欢迎日本人。要会，在战场上相会吧。"

樱井戴上灰色鸭舌帽，四人鱼贯走出茶馆，另几桌的茶客目睹这一幕，从屏住呼吸的紧张情绪中解放出来，一下子全围上来，七嘴八舌地叫道："塘叔，真英雄啊！""塘叔替我们出了一口气。""怀塘兄夺那个吊死鬼的枪，那一手真帅啊！"……

那边四人走出茶馆，在百步之外的街角停下，吊眉汉子老刁有些激动地问道："咱们为什么要走人，四个对他一个还怕啥？"白净年轻人小沈道："茶馆的楼上好像是个客栈，那里头有古怪，说不定那蔡一奇就躲到楼上去了。”老刁道：“很有可能，不然他怎能一晃就不见了？可惜那时咱俩不知他就是蔡一奇，方才咱们应该冲上楼去查他一查。”

樱井健雄摇头道：“你们不知那彭老板的手段，从我听到的故事来判断，你们两个一起上恐怕也未必是他对手。何况我根本就怀疑，那光头矮子也在楼上，彭老板加上那个光头，干起来可没有必胜把握。闹大了，什么警备总部真要派军队来处理，那就不妙了，衡阳毕竟还是人家的地盘。”他回头望了一眼，便交代道：“老刁你守在街东边，小沈你绕到茶馆后面去看着，有人进出都要留神。我判断那个黑皮包一定就在茶馆里，只要他们想往外运出，我们就跟上，到了城外偏僻的地方就动手。”

老刁和小沈一齐鞠躬称“骇”，这时那个一语未发的终于开口了，他用日语对樱井道：“樱井君就守在这附近，我到前面四周察看一下。”这回轮到樱井健雄鞠躬称“骇”。

在三个人严密监视之下，第一个走进茶馆铺引起注意的，是一个身材修长的年轻女子。那女子走得有些慌张，三步并作两步地进入茶馆，反手便将茶馆的木门关上，显见是个熟客。老刁和樱井都觉得这女子来得蹊跷，全注意上了。

茶馆里面塘叔常坐的那张红木八仙桌空着，只有几个客人还在聊不久前目击的好戏，每个细节都详加评论，谈得十分入味。

年轻女子两面张望了一下，便到隔壁鱼粉铺去了，过了一会儿，传出婶子的声音：“倩文，今天有空来？湘芷在里面，待我去唤她……”黄倩文却急叫道：“婶子，我要找塘叔！塘叔在家吗？”

婶子有些惊讶，有什么事倩文要急着找塘叔？她掩上门，低声道：“塘叔在楼上忙着，你有啥事？……”倩文急道：“婶子，我要马上见到塘叔，我……我能上楼去么？”婶子想了一下，道：“好，你随我来。”

她们从屋内的楼梯上了二楼，婶子在左面第二间房门上敲了三下，低声道：“怀塘，是我！”房门开处，塘叔惊呼一声：“倩文，是你！你找湘芷？”房内传出湘芷的声音：“倩文，我在这儿哩。”原来湘芷也在这间房中。

倩文却没回应，只紧张地瞅着塘叔道：“塘叔，我要单独跟你说一句话。”

塘叔轻掩上门，对婶子使了一个眼色，婶子点头下楼去了。倩文看了看左右，然后从胸前口袋里掏出一个极小的信封，封口上有一个大拇指的指印。倩文小心翼翼地交给塘叔，塘叔检视封口上的指印无损，拆了开来，见一张小纸条上潦草的字迹写着“明早十时八甲岭接人”九个字。他将纸条收好，倩文解释道：“这电文是从宝庆发来的，收件人是塘叔您，用的是极密件，社长专用的密码。是社长亲自译好加封的，要我火速送到您手上。”

塘叔喃喃道：“宝庆那边的考虑还真周到，佩服，佩服。”倩文不知他说什么，但见塘叔皱着眉在沉思，过了片刻，他轻声道：“倩文，这事关系重大，你知道得越少越好。你且在这等一会儿，塘叔会告诉你怎么做。”说着他便闪回房内。

倩文的报社里有一台电报收发机，向来传递的都是新闻稿或报社间的信息，她从来没有见过传私人信息的事。这封指名给塘叔的电报用社长的专用密码传来，社长却叫自己送递，显示了两件事：一是这电报异常重要且机密，二是自己极受社长信任——这当然跟自己的家庭背景也有关。

正在胡思乱想，塘叔和湘芷开门出来，湘芷紧握着她的手并未说话。塘叔低声道：“外面可能有人在盯着咱们，我要湘芷陪你回去，你们出门就当没啥事那样，自在地走回报社。倩文，你一切都别管，回到报社就向社长回报，说都在塘叔掌握之中。记住，今晚下班要请社长派人陪你走回家。”

倩文不明就里，但感受到不寻常的紧张气氛，她问道：“那湘芷呢？”湘芷笑道：“我陪你到报社后自会回家，你放心，不用管我。”塘叔道："湘芷，你的手提袋放好，一切小心。"湘芷看了塘叔一眼，点了点头，低声道："我们空手走出去，不带任何东西。"

湘芷和倩文一走出茶馆，司前街东西两端都有人盯上了，两人并肩走得很快，状甚亲密，一路上说说笑笑似乎十分愉快，就像两个密友相偕去赶场电影那样。经过樱井所在的街角时，樱井极力倾听，似乎听到倩文说："塘叔和婶子真好……"湘芷说："他们的鱼粉衡阳第一……"

樱井暗忖道："左边较矮的女子走路轻巧而有内劲，难道竟是个练家子？"看湘芷一副女学生的模样，又不像有什么功夫在身。这时老刁跟了上来，樱井低声道："跟着看她们去哪里。"

只过了十分钟老刁已回转，低声向樱井回报："她们去了一家报社，就在转角街上不远，叫蒸湘报社。那个高瘦的进去了，她在门口和报社的同事打招呼，好像是个记者，较矮的和她分手后往城南去了。"

樱井想了想，道："这两个女子两手空空，大概没有什么，我们还是盯住茶馆，看姓彭的玩什么花样。"又问老刁："小沈绕到屋后去就不见动静，你去看看。"

他们放过了湘芷，却不知湘芷一路直奔中山南路和仙姑巷的交口处，找到了董森。她把董森拉到一片桃花林里，悄悄地告诉董森："塘叔请你即刻跑一趟西湖小学，找到朱校长，告诉她有紧急任务，明天早上八点钟到太子码头和我们两人会合，不得有误。"

董森吃了一惊："要去江东岸？做啥？"湘芷道："我俩负责护送朱校长安全抵达八甲岭机场，她要搭飞机。"董森道："任务？"湘芷道："到时我会交给朱校长。你我的任务就是保护校长安全上飞机。"董森想了想便不再问，轻轻摸了摸腰间，悄声道："带家伙？"湘芷微微点了点头，道："你快去西湖小学，我们明早八点钟太子码头见。"

董森快步走向西湖小学，她全然没有发觉身后不远处，一个白面红唇的年轻人正在跟踪她。

湘芷回家时，在司前街转角处便觉得有人在注意她，她信息已传给了董森，这时一派轻松，一路和街坊邻居打招呼，施施然走回茶馆。

一进门婶子就比个手势要她上楼，她在楼上左二间房门上轻敲三下，停一会再敲两下，塘叔开门让她进入。屋里小方桌旁坐着徐矮子和蔡专员。那光头矮子前面放了一个瓷碟暂充烟灰缸，湘芷出去一趟回来，碟中烟蒂已堆满，整个房间都是浓浓的烟味。湘芷皱了皱眉，想要打开窗子吹吹风，但那扇窗正对着司前街，明知街上有人在盯着，还是不开窗为妙，便只好忍耐那呛人的香烟味。

蔡专员先开口："外面如何？"

湘芷道："街上两头大概都有人盯着；倩文回报社了，我找到了董森，请她即刻去找朱校长，明早八点约在太子码头集合。"

徐矮子比个大拇指赞好，塘叔道："好极，我们这边也已经商定，今晚大家好好睡一觉，明天早晨七点钟咱们三人就动身。那两个日本人和两个狗腿子一定跟踪咱们，我们就从小西门出城，往宝庆的方向快走，引他们走得越远越好。估计他们到了蒸水西岸，就会动手抢一奇兄手上的黑皮包，大家免不了还要打上一场，等他们终于抢到手时，载着朱校长的飞机正好从他们头顶上飞过，要是那两个鬼子晓得了，可要气成羊癫风。"

湘芷虽然满心的紧张，但听到这里，实在忍不住扑哧笑出声来。徐矮子把手中的香烟按熄，喝了一口茶道："他们四人的本事如何？"

塘叔道："四人中那个吊眉的伪军手段有限，还有一个白森森年轻人，有多少斤两看不实；可是两个日本人好像有些本事，我比较担心那个一言不发的鬼子，眼睛一翻就一道精光，看上去是个极不好对付的角色。"

徐矮子微微点头，他皱眉想了一会没有搭腔。蔡专员忽道："对方的主要目标还是那只黑皮包，所以只要徐矮子一露面，他们便会跟踪而来；但朱校长那边只有湘芷和董森保护，要她明日到太子码头集合，是不是有些……有些冒险？毕竟真正的密件是在朱校长手上。”

他显然不清楚湘芷和董森已不是两年前文弱的女学生了，所以他的担忧是有道理的，湘芷便替塘叔解释道：“朱校长有西湖小学的校工老秦护着，应该没有问题。文件还在塘叔手上，明日才交给朱校长。”

“老秦？”蔡一奇不解。

“老秦的枪法算是个好手。”听塘叔这般回答，蔡一奇和徐大冲都放了心。

这时塘叔对湘芷道：“为了安全，这张‘鬼画符’还放塘叔身上，明天动身时才交给你，你便藏在自己身上，要等朱校长上飞机时才交给她。”湘芷点头，忍不住问：“飞机飞往哪里？”塘叔摇摇头道：“明早再说。还有，朱校长到达目的地后这文件要交给谁，明早也一并交代。”他转向蔡专员及徐矮子道：“我这里还有多的家伙，你们谁用得上？”两人都摇头，他们都有自己惯用的武器。

翌晨是个艳阳天。七时整，婶子鱼粉铺的木门大开，徐矮子、蔡专员和塘叔走出来，立刻向街西走去，刚走到青山街口，后面已出现了三个跟踪的人，走在前面的正是那吊眉汉子老刁，两个日本人跟在后面。

塘叔立刻发觉后面有动静，他一面低声指挥向右走进一条狭窄巷道，一面暗忖道：“怎么只有三个跟踪？还有一个……好像是那个小白脸，怎么不见了？”

一走入狭巷，自然就成单行前进，背后敌人即使偷袭，一次只能击中一人，另外两人便能反应回击。而且窄巷中不便枪击，流弹定会殃及两边住宅，来人既不想把事情闹大，自然不会在窄巷里动手。

塘叔指挥走的路径全是窄街小巷，不一会他们三人走进了一所学校。暑假中校园空空荡荡，塘叔熟门熟路地在校园中左穿进右穿出，搞得追踪的三人心头大急，以为塘叔他们想利用校园脱身，便顾不得保持距离，也拔足飞奔进了校园。老刁经过校门口时，见到一块石牌上刻着“道南中学”四个字。

校园中空无一人，只走廊上一个老汉在洒水扫地，水洒得太多，竹扫帚在地上划出一条条的泥痕，看上去越扫越脏。老刁上前问道：“老乡，刚才有三个人进校园来，有没有看到？哪里去了？”那老汉有点耳背，咦了一声道：“三个？”老刁道：“不错，三个……”老汉咧嘴笑了起来，指着老刁道：“不就你们三个？哈哈……”

老刁怒道：“我说刚才进来的，另外三个！”老汉用力咳了几声，一口浓痰飞出五尺，落在刚扫过的走廊地上，摇头道：“就只你们三个，再没有了。”

樱井健雄实在看不下去了，大声喝道：“我们之前进来三个人，你没看见！瞎了吗？”老汉停下手上的工作，大声分辩道：“我只耳朵有点聋，眼睛哪有瞎？目力好得很啊。”

那日本首领也火大了，厉声道：“八嘎呀路，不要理会这个老笨蛋，快从侧门出去！”三人飞快地奔向侧门，一出门就看到前方的小西门，老刁叫道：“他们出城了，快追！”

那老汉甚觉诧异，喃喃道：“咦？是日本人？日本人好恶！”

出了城，塘叔三人疾行快走，在河塘湿地之间穿越西行，由于地形复杂，走了好几里路后面都没有被人跟上。徐矮子有点急，生怕把跟踪的人给甩掉了，便提议歇一脚等一等，塘叔笑骂道：“妈的徐矮子，你脑壳坏了吗？在逃的人要歇一脚等追踪的人？天下哪有你这种搞法？乱七八糟！”

徐矮子很是生气，咒骂道：“那两个鬼子加一个狗腿子全是废物，大白天日头旺旺的，跟踪都不会跟，我们真他妈倒霉之至。”塘叔道：“少安毋躁，前面有一段直路，到了那里，后面三个人就会出现了，不信你等着瞧。”蔡一奇道：“怎么变成三个人来追，还有一个哪里去了？”

塘叔喃喃道：“我也有点担心哩。”

果然，走上前面一段直路没有多久，走在最后面的塘叔就发现三个敌人追了上来，还是那个老刁走在最前面。

这条黄泥小路直通到一大片林子侧边，塘叔问走在前面的徐矮子：“要是你在追踪，你选哪里动手？”徐矮子毫不犹豫地回道：“就在右前方那片林子里。”塘叔答道：“一点也不错，要是我也是这么干。”徐矮子回头笑道：“要不要先进了林子埋伏起来，偷袭这几个……”塘叔严词制止：“你不要乱搞，记住我们的目的，一切照规划好的剧本演！”

进了林子，三人走得慢了，在穿出林子之前，身后的追兵已到，只听得一声大喝来自后方：“前面三人不要再跑，全给我站住！”听声音是发自樱井健雄。

照塘叔的规划是闷声周旋，绝不回答；但事与愿违，才一开始徐矮子便忍不住回骂：“你这个鬼子吃了熊心豹子胆么？竟追到衡阳来撒野，今日你肯定是回不去了。”

塘叔想要制止已经来不及，便也由得徐矮子去发泄了，却听到樱井喝道：“矮子，你抢了西嶋大佐的皮包，犯了帝国的军法乃是死罪，你若立刻还给我，我今日便饶你不死。”徐矮子又要回骂，塘叔摇手制止。三人停下身来，转身面对追兵，一言不发。

老刁对樱井点了点头，便移步到右边站定，就在这一刹那，樱井已扑向徐矮子，而那个不发一言的首领上前一步，对准塘叔当胸便是一拳；老刁则对蔡专员发动攻击。

蔡一奇照塘叔的规划行动，立刻绕着几棵大树闪避，绝不与老刁对上。他看这个阵势已经知道，虽然到了这城外荒林中，敌人仍是不愿动枪械——正如塘叔所预料，自己只要在树林里借大树干掩护着绕来绕去，拖时间就好，绝不真拳真脚地应战。若论拳脚应战，自己恐怕也非来人对手。

塘叔和徐矮子原以为对方有四人，所以打算采取守势，以拖延时间为主，略为抵抗，最后假装不敌，让对方将黑皮包抢去。但此时见对方只有三个人，两人心中都起了不忙假作不敌，先斗斗他较量一下的想法，于是两人几乎同时摆开架势，不待敌方攻到，主动移形换位，采取攻击。

樱井两拳落空，一脚已经飞到，显然是“空手道”的高手，挥拳起腿转换之间如行云流水，十分流畅犀利。徐矮子退一步闪开，一掌劈向樱井的小腿，掌力极是强劲，如果给他劈中了，樱井当场就得骨折倒地。

“空手道”发源自琉球，原名“唐手”，是琉球武术前辈从少林功夫中汲取精华自创的搏击之技，传到日本本土后，因日语“唐”与“空”发音相同，于是“唐手”就改名为“空手”。徐大冲的师父洪三爷对这套技击的精髓知之甚深，“空手道”中用脚踢的杀招特多，他就研究出一套用铁砂掌专劈敌人踢腿的绝招。

果然，徐矮子使出这套专门针对“空手道”设计的掌法，几招过后，樱井就感到连连受制。他原来具有“刚柔流”七段的功力，在“皇军”中是排得上名的高手，从没想到世上有徐矮子这种打法；见拳来就闪，见脚来就以钢斧般的铁砂掌砍他胫骨和股骨。十几个照面后，樱井不敢再踢腿，只以双拳和徐矮子对打。

攻击塘叔的那个日本人显然服膺“沉默是金”的教条，一声不响地双拳飞舞，招招打向塘叔的要害。他的拳法十分怪异，出拳路线飘忽，每一拳打出的落点都出人意表，塘叔接了三拳便一阵手忙脚乱，第四拳勉强躲过，第五拳只好硬碰硬了。双臂相交，塘叔惊觉对方软绵绵的拳招突然落下极为刚劲的力道，塘叔退了三步才稳住阵脚。

塘叔的师父洪三爷年轻时曾经到过日本，与关西的武术界交流过，曾和塘叔谈过日本武术流派的特色，这时塘叔忽然想起来，暗中忖道：“不妙，这家伙有‘忍术’的功夫。”他双目牢牢盯住对手的双拳，发现那人双拳一直在一紧一松地动着，身躯似乎也随着那节奏微微地摆动、扭动。他再也忍不住，大喝一声：“你是忍者！关西的伊贺流！”

对手怔了一下，似乎没有料到塘叔只对打了几招便识出自己的拳法来自忍术，但是他仍用日语回道：“阁下好见识，不过有点错误，我乃湖南甲贺流，绝不是山边伊贺流。”“湖南”两个字说的是中文。

塘叔听得一头雾水，忍不住道：“湖南？”那樱井哈哈笑道：“鬼冢队长说他是‘湖南甲贺流’，姓彭的你自以为见多识广，却不懂甲贺和伊贺的差别。”塘叔仍然不懂这人怎会是“湖南”甲贺流？他不知日本关西的“湖南”乃是指“琵琶湖”之南，可不是“洞庭湖”之南。

鬼冢队长又开始发动攻势，这回他整个人贴在地面前进，身形忽然变得曲折迂回、飘忽不定，而出击却疾如闪电，像极了一条大蛇。塘叔暗道：“中土拳术中也有蛇拳，但是多只限于双臂双拳的曲折难防，像忍术这般全身做配合成套，整个人像条大蛇的倒没见过。难怪自来有传说，说忍者能变成蛇、兽，原来如此。”

塘叔打起精神和鬼冢过招，但越打越受制于人，鬼冢的怪招飘忽轻盈，落拳却又重又猛，塘叔连连后退，渐渐就有些招架不住了……

徐矮子和樱井的对决原本占了上风，樱井的空手道杀着连施，但总被徐矮子压着递不出去，心中一口气憋得受不了，忍不住大叫一声：“你这死矮子，看刀！”他忽然拔出腰间一柄武士刀，挥刀向徐大冲劈到。

徐大冲原想斗几招再假装不敌，没有料到樱井突然用刀，他连忙低头闪避，岂料樱井这一刀是假，下面飞出两腿是真。这回徐矮子慌乱之中不及出掌，瞄准他头上的一脚勉强躲过，胯下的一脚再也闪避不开，“啪”的一声，重重地挨了一脚。樱井七段空手道的功力不是假的，徐矮子立刻倒地不起，樱井大吼道：“矮子，那只皮包在哪里？……”

这时左边传出了老刁的大喊声：“在这里了，黑皮包……”

塘叔似乎受到惊骇，一个疏忽，当胸被鬼冢一拳捣个正着，也是一跤跌坐地上，看来受伤不轻，但他眼睛余光瞧得清楚，那边蔡专员已被老刁按在地上，从腰间搜出了那个皮包。老刁兴奋地挥舞着，皮包上面拴着的那条铁链在空中飞动，樱井一个箭步上前，一把接过皮包。

皮包得手，战斗暂停，这时老刁突然拔出一柄匕首，猛力刺向蔡一奇的胸口，显然是要他的性命……

惊呼声夹着惨叫声过后，林中一片沉寂，塘叔坐在地上瞧得真切，他看到徐矮子在千钧一发之际，忽然从地上奋起，疾如旋风般在老刁背上一击。老刁惨叫一声，鲜血直喷，徐矮子手中一把银柄匕首上也滴着鲜血。

樱井勃然大怒，大骂“死矮子”，一腿飞起踢落了徐矮子的匕首，第二脚扎扎实实踢中徐矮子的脸颊，徐大冲脸眼变形，满是鲜血。樱井上前挥刀便要将徐矮子结束掉，忽然一声枪响，樱井的武士刀落地，左手被子弹打伤！

塘叔不知何时已滚到一棵大松树的后面，手上枪声再响，鬼冢和樱井已飞快地翻滚藏身在树林里。塘叔藏身处虽然无法击中他俩，但只要这两人一动想要反击，子弹便呼啸而至，塘叔的枪法实在神乎其技。

鬼冢用日语低声道：“东西已到手，对手一直开枪，支那的警备部队立刻会到，咱们走！”樱井道：“老刁好像还没断气……”鬼冢道：“不管他死活了，我们快走。”樱井暗忖：“那个小沈大概已到约定地点在等咱们了。”两人便一声不响，悄悄撤离林子，往北去了。

塘叔耐心等了好一会儿，确信敌人已退，才缓缓从大树后爬出来。他匍匐爬到左边，看到的场面是：徐矮子满脸鲜血，爬在草丛中捡到了他的宝贝银柄匕首，正在用块破布揩拭，那块“破布”看上去像是他自己身上的衣摆；蔡一奇缓缓地扶着一棵大树站起来，他的墨镜已碎，满是血污的脸上一只独眼、 条刀疤显得有些狰狞。

而那老刁倒在血泊中，身躯偶然抽搐一下，走近了可以听到他辛苦的吸气声。塘叔道：“好像还没有断气……”徐矮子吐了一口带血的口水，道：“不管他死活了，我们快走……”

竟然和日本人鬼冢方才说的话一模一样。只鬼冢说时满脸残忍，而徐矮子说时显得怒气冲天。

塘叔见这场面和自己规划的场景相差实在太远，不禁哑口无言，却见徐矮子犹自不断地恶声咒骂，火气特大，觉得有些好奇，便问道：“矮子做嘛个发这大脾气？”徐矮子道：“我被那个日本矮子叫矮子，这口气如何咽得下去？”

塘叔哈哈大笑道：“我还以为你是气那日本鬼子踢你脸……原来是为这个，是该气的，奇耻大辱！”

徐矮子恨恨地道：“都是你策划的好计策，说不要用枪，怕惊动了驻军。早知道你最后还是用了枪，就不如一上来就用枪对付，也省得每个人都挂了彩。”

蔡专员道：“也不能这么说，咱们原来的目的不是要干掉他们，大冲兄得到的这份机密文件层级极高，要专人直接送到高层，我们也不能惊动地方，让它落在地方部队之手，而是要让鬼子自以为很惊险地夺回了那只黑皮包。现在总算达成目的了。”

塘叔道：“我倒是有个隐忧，那个脸色白得发青的年轻人不见追来，不知去了何处。难道……难道他看穿了咱们明修栈道、暗度陈仓的把戏？”

往北疾走的鬼冢心中也有一层隐忧：“那个姓彭的让我一拳正中胸前，照说够他受的，但从他开枪百发百中的情况看来，似乎受伤不重，难道这其中有诈？他是故意让我击中……甚至是……故意让我们抢走黑皮包？又为了什么？”

他的隐忧没说给身边的樱井听，他心中急于和小沈相会。昨日小沈面报他跟踪到西湖小学，鬼冢心中已经有谱，在他的秘密档案中，西湖小学的朱校长也榜上有名，现在他极想知道小沈搜查朱校长那边的结果。

太子码头在早晨的阳光下显得耀眼，时近八点钟，暑假期间，这个时辰搭船客寥寥无几。

董森穿了一件利落的紧身衣裤，像是个早起锻炼的运动员，她肩上挂了一个帆布袋，牢牢夹在腋下；到达后不到三分钟，湘芷就从左方走来。

湘芷穿了一身白衣黑裤，还是个女学生的打扮。她右手提着一个藤编的提包，见到董森，伸左手打了个招呼，神情有些紧张。董森趋前低声道："湘芷不要紧张，有咱们两人，怕什么？"湘芷微微点头，环目四望，朱校长还没有到。

渡船要开动了，船老大认识这两个女仔的面孔，知道她们曾是六中的学生——毕竟搭渡船往返过湘江好几年，面孔都看熟了的，见湘芷还在张望，便喊道："小姐，船要开啰！"董森挥挥手道："我们在等人，拜托你等几分钟行吗？"

渡船等了几分钟，终于要离岸了，朱校长仍不见踪影。董森看了看手表，八点过五分，她吁了一口气道："过五分了，校长早该到了呀？"湘芷急道："今天就这一条船摆渡，等它再回来就要超过八点半了，怎么办？"

这时前方有一个人快步跑来，一面喘大气，一面喊道："船家稍等！船家稍等！"

湘芷眼尖，一眼就瞧出来，她轻叫一声："来的是老秦！"董森也看出来了："是秦教官！"

老秦冲到湘芷和董森面前，强抑喘息，低声道："校长出事了……"两人大惊失色，正要细问，那船家已不耐烦，大声喊："你们上船不？别的客人在等呦！"别的客人只有两个。

湘芷见情况紧急，当机立断道："咱们先上船，到船上再说。"三人快步上了渡船，船老大放缆中流，向江东岸摇去。

老秦渐渐调匀了呼吸，低声道："校长出事了，早上我去她宿舍接她来这里，见她被利刃刺了几刀，倒在书桌前的地板上，满地都是血迹，书房、卧室……都被人翻箱倒柜搞得乱七八糟……”湘芷一颗心几乎要跳出胸膛来，颤声插问道：“校长……校长她遇难了？”

老秦悄声道：“校长还有一口气……昨晚她要我今早备车，我今天叫了车幸好提早一刻到，看这情形立刻抱了她叫车夫拼命跑，送到了医院，挂紧急号立刻抢救，一条命大概保住了。”

湘芷和董森总算松了一口气，董森低声问：“校长有没有说是怎么回事？”

老秦道：“校长本来只剩一口气不省人事，抱她上车时一阵震动，她睁开了眼，看见是我抱着她，似乎精神一振，勉强说了几个字：‘太子码头……董森……八点钟’；我等到急诊大夫出来说校长暂时稳住，正在输血，抬头一看钟，时间已经快到，便没命地跑来。还好你们还在，不然我脑子一盘黑，可不知该怎么办。”

湘芷和董森都陷入沉思，过了一会，两人几乎同时低声道：“昨天我被人跟踪了。”老秦道：“你俩究竟是谁被跟踪？”湘芷叹了一口气道：“我们两个应该被同一人跟踪了，那人先跟我到董森家，我传了话给董森，那人又跟踪董森到校长宿舍，然后半夜就去搜了……”董森也叹道：“咱们两人‘摆脱跟踪’的学习是不及格的。”

老秦仍有许多困惑，低声问：“跟踪你们的是谁？校长她……”湘芷打断他的问题道：“这事极端机密，我也不能多说，总之跟踪我们的是日本鬼子和伪政府的狗腿子，这次来的全是高手……咱们要先处理当下的事。”

船到江东岸，三人下船后默默走到岸边的几棵老柳下，这几天湿度不大，空气干燥，只要一进入树荫就凉了下来。湘芷暗忖：“秦教官和董森都是行动的高手，但此时此地只有我了解全部内情，只有我才能做正确的决定。”一种舍我其谁的情怀油然而生。

“原来规划由朱校长搭专机将我手提包中那张‘鬼子画符’送到芷江，亲手交给上级一位叶先生，现在校长因为我的不小心被他们盯上，派人去她住处行凶搜查，虽然肯定是白忙一场搜了个空，但校长如今受重伤住在医院，这，这……”湘芷想到这里，心中已做了决定，她抬起头来望着董森和老秦，面色转为严肃，缓缓地道：“教官，您立刻搭原船回城里医院，好好保护校长安全；董森，我们赶快去八甲岭！”

董森道：“湘芷，你……”湘芷坚定地点了点头道：“不错，校长的任务改由我执行。你回头去鱼粉铺等塘叔他们，过了中午他们一定会回家，然后再告诉他们我的决定！”

董森和湘芷赶到八甲岭时，机场的卫戍向外移了几十米，老远便有一个卫兵岗哨。说也奇怪，八甲岭机场的警卫排少说也有三十个士兵，这会儿站岗的又是那张得山。湘芷也学会了见着当兵的，称他一声“班长”准不会错：“班长，我们是西湖小学来的。”张得山显然得了上面的命令，立正朝两人行了个军礼，道：“哪位是朱校长？”

张得山问的时候面向董森，只因董森看上去比较老成，个儿也大些。湘芷道：“朱校长临时住进医院不能来了，我是彭湘芷，西湖小学的老师，要代朱校长来搭飞机的……”她又指着董森道：“这位是董森，她是保护朱校长的……体操教官，朱校长要我代替她执行任务。”说着就从提包中掏出一张西湖小学的证件，上面贴了张照片，写着“彭湘芷”“教员”“编号二十七”。

张得山努力检视，认照片没有错，另外认识“西湖小学”“湘芷”“二十七”等好几个字，便点头转向董森：“你的证件？”董森掏出一张“衡阳县体操协会”的证件，上面除了名字，职称是“教官”，证件编号是“四号”。

张得山查认了照片无误，还认得“森”字，那是因为国民政府主席是“林森”的缘故；“教官”两个字倒是都认得，那是因为机场里有两三位飞行教官每天进出，名牌看多了，也就认识了这两个字。

他把证件还给两人，湘芷以为他会放她俩进去，不料张得山摇手说不行："证件倒是没错，可是你要代替朱校长执行任务，这事定要请示上面。你们等着……"

他退回岗哨中，抓起墙上一只电话筒，摇了几下，接通了便报告道："一号哨张得山报告，这边来了两个女子，一个西湖小学的老师彭湘芷，一个体操教官董森，彭湘芷说朱校长住进医院不能来了，彭湘芷要代替执行任务……"对方是个大嗓门，通过电话的叫声连湘芷在岗哨外都听得见："朱校长突然住进医院？什么话？这两个女子是不是有问题？"

湘芷心想："声音吼这么大，不需用电话恐怕也可以传那么远。"

张得山很得意地回答："报告长官，我查了她们的证件，一个是西湖小学的教员，教员证二十七号，另一个是嘛个体操教官证，编号是四号，都没问题。"

那边警卫室里的大嗓门吼道："你拦着她们，我就陪值星官出来，值星官要亲自问明白。"

张得山挂上电话，出来对两人道："士官长嗓门大，你们大概都听到了，不需要我再说一遍了。"湘芷看了看董森的腕表，时间是九点二十五分。约定的时间是十点整。张得山倒是很体贴地看了她一眼，道："不急，值星官他们马上到。"然后又补了一句："今天他们开吉普车来。"说了又怕湘芷和董森听不明白，便咧嘴笑着再补一句："上面派了车，原是要来接朱校长的。"

湘芷和董森这回听全了，两人都微笑点头，表示感谢。张得山似觉满意，便不再开口。

一辆吉普车从前方驶来，"吱"的一声停在岗哨前，张得山行礼大声道："长官好！"精神饱满，中气十足。驾驶座旁坐的是值星官，士官长则是司机。

湘芷一看那值星官，"哇"的一声叫出来："梁副站长，我是彭湘芷！"值星官竟然是梁子林，湘芷在整个八甲岭唯一认得的军官就是他，她暗忖道：“这也未免太巧了吧，看来我今天是走得成了。”

梁子林也惊喜地叫道：“彭小姐，是你！你怎么……”他猛地打住，看了董森一眼道：“你是董森董小姐吧？我要请彭小姐进去谈，董小姐就不方便入内了。”

湘芷转身握住董森的手，董森低声道：“湘芷，你一定要小心，处处提高警觉。”湘芷也低声道：“你放心，我会的！去鱼粉铺找塘叔，我任务完成就回来找你。啊，还有，校长那边需要你照顾，老秦一个大男人照顾不来的。”

她交代完毕便随梁子林上车，车子掉头，湘芷头也不回地随车进入机场去了。

董森有些惊讶，也有些感动，望着吉普车加速远去，暗道：“想不到湘芷是如此提得起放得下，隐隐有大将之风呢。”

张得山见董森还站在那里张望，便把枪背好，用好言相劝的口气道：“董森教官啊，你请回去吧，这里可是不准老百姓逗留的。”他挥着双手做请人离开的姿势，就像是在赶牛赶羊。

吉普车在空无一人的机场道路上驶了八百米，转了一个弯，停在一排浅蓝色的办公室前，梁子林下来要扶湘芷下车，湘芷一跨腿就落在地上。梁子林赞道：“不知道彭小姐的身手如此敏捷啊！”湘芷心想：“这两年的战技训练，我的身手确是进步不少。”

他们进入一间办公室，士官长行了一个礼就离开了。梁子林招呼湘芷坐定，脸上表情转严肃，从抽屉中拿出一份卷宗，执笔正色问道：“请问姓名？”

湘芷一怔，怎么还问姓名？但随即了解他要做记录，便一本正经地回答：“彭湘芷。”

“职业？”

“西湖小学教员。”

“今日为何来到八甲岭机场？”

“代替西湖小学朱又芳校长执行任务。”

“朱校长搭乘飞机要去哪里？”

“芷江机场。”

“到了芷江机场，朱校长要和谁联络？”

“一位叶先生。”

梁子林在卷宗里一字不漏地记下双方问答，然后将卷宗递给湘芷看：“如果记录无误，就请在右下方签名。”

湘芷很快地读了一遍，见文件左下方写着“记录：梁子林”，便在右下方“受访者”后面签上自己的名字。她知道这是要确认自己是朱校长指定替身的意思，暗忖道：“其实朱校长自己也不知道搭飞机要去哪里、见什么人，这一切原本都要等到她人到了八甲岭我才告诉她，现在由我来回答这些问题，当然是天衣无缝了。”她不禁为自己这个决定感到欣慰。

梁子林收好卷宗，脸上恢复了笑容：“士别三日刮目相看，你什么时候成为……成为朱校长的替身了？”其实他想知道的是：“朱校长和你都是情报人员吗？”湘芷笑而不答。

梁子林再问：“朱校长怎地住到医院去了？”湘芷低声道：“昨夜校长那边出了一些意外，她受了伤必须住院治疗，临时也来不及变更计划，便将任务转交给我来执行。”

梁子林显然对任务的内容也不了解，只奉命要验明并接待朱校长，将她安全送上从芷江过来的专机，十时整起飞返回芷江机场，其他的他一概不知。

这时天空传来马达声，梁子林伸头向窗外天空探望，喃喃地道：“飞机来了。”壁上的钟十点差十分。

湘芷也走到窗边向天空眺望，只见一架飞机从西方低飞而来，飞过机场后立刻左翻回转，远方跑道头上升起蓝白相间的长形气球。梁子林道：“那是准许降落的信号。”

那架飞机再回转向着东面缓缓下降，湘芷看见是一架双层翼的小飞机，看上去比霍克机还要小一些，但比例上似乎修长一些。湘芷问道：“好小的飞机，不是霍克机？难道是伊-15？”霍克和伊-15是她唯二知道的双层翼飞机。

梁子林道：“不是，这架飞机是弗力提-10教练机，我们初学飞行时都飞过的。别看它小，却是双人座啊。”

飞机稳稳地降落了，从跑道上滑行、转弯，对着办公室这边滑行过来。湘芷果然瞧见驾驶员的后面还空着一截，那空间前面也有挡风玻璃，分明是前后两个座位，忍不住好奇地问：“这弗力提教练机如此之小，还要载两个人，飞得快吗？”

梁子林随口答道：“美国造的弗力提-10是性能极好的初级教练机，省油，好操作，容易维护，速度虽然不快，也能飞到每小时一百八十公里，就以巡航速度飞行，从衡阳到芷江也就不到两小时吧。再说，初学的飞行员，要飞那么快干吗？”

飞机停了下来，机高只有两米，驾驶员跨出座舱，脚落在第二层机翼上，然后一跃而下，轻而易举有如上下汽车一般。那飞行员脱下大风镜，梁子林大叫一声，湘芷差点晕倒。

“唯骏！”

湘芷在心里狂叫：“唯骏，是你！”自从得知唯骏迫降湘西，捡回了一条性命，湘芷无时无刻不在思念他，这时他突然出现在眼前，她的双眼立刻充满了感激的泪水，再也说不出话来。

唯骏也发现了湘芷，他吃惊的程度更甚：“湘芷，你怎么会在这里？”

湘芷心花怒放，很快就破涕为笑，不由自主想调皮一下，便道：“等你呀，我就是你要来接的人……”唯骏奇道：“朱校长呢？”湘芷笑道：“我就是‘朱校长’！”

梁子林上前一把拉着唯骏道："想不到上面派你来，你这大牌飞行员驾这架弗力提初级教练机岂不委屈？朱校长临时出了意外，受伤住在医院里，湘芷替代她执行任务。"

唯骏道："哪有委屈？我一直喜爱飞弗力提，稳定安全，操作简单。湘芷，你了解任务的内容吗？是朱校长临时要你代她跑一趟的吗？"唯骏虽不知"任务"的内容，但猜也猜得到必是极端机密的事体，湘芷无端被扯进来，岂不危险？

湘芷知他在想什么，却微笑不答，只是深深地看着唯骏。唯骏瞠目一时不知说什么，难道湘芷……湘芷已加入情报员的行列？太不可思议了。

湘芷指着那架弗力提-10的机身，上漆着"北平市-1"几个字，问道："你飞机上为啥要漆'北平市-1'？"唯骏道："一九三四年，高志航大队长率五架弗力提机在北平市上空做飞行特技表演，就留下了这几个字，我这架就是高大队长飞过的那一号机呢！"

这时士官长过来行了一个礼："长官，油料官问飞机要不要加油？"唯骏道："我出发前加满了油，这趟来回不到六百公里，我的汽油足够，不用加油了。"

梁子林点头道："不错，这弗力提真是省油的好飞机。你既不需要加油，便起飞吧。"他看了看手表道："现在时间十点差两分。"

唯骏望着湘芷道："你快戴上飞行帽和风镜手套，这回我们飞的是架正式的双人座机，你可以舒舒服服坐在后座，有你自己专用的挡风玻璃；不像上回演武坪那次，你挤在改装的霍克机上，真委屈呢。"

湘芷暗忖："那才好呢，我可以紧紧躲在你背后，用你的身体当我的挡风玻璃。"她睁着一双眼睛瞅着唯骏，想到又可以和他遨游天空，一颗心怦怦乱跳。

梁子林拿了皮帽、夹克、风镜、手套给湘芷，这些原都是为朱校长准备好的，特别挑选了小号的，湘芷穿戴上正好合身。只有那件飞行夹克大了些，穿在湘芷身上显出她的娇小苗条，在男人眼中另有一种好看。

两人谢了梁子林及士官长，并肩走向飞机。湘芷先登机，她也不用唯骏帮忙，手拉着双翼间的钢索，一脚蹬上飞机的下层翼，另一脚就跨进了后座舱。唯骏赞道："你什么时候练得这般好身手？"

湘芷坐定了，望着唯骏轻声问："唯骏，上回你的伤愈合后有些隐痛，现在全好了吗？"唯骏一脚跨上机翼，弯腰对她说："张家界那个土家大夫真有本事，土法接骨加敷好几种草药，又喝了好些怪味汤药，居然好得十足。"他跨进了驾驶座，系好皮带，回头叮嘱湘芷系带坐好，发动机已开始转动。时间是十点整。

唯骏对坪上的梁子林行了一个军礼，飞机调头滑行上跑道，发动机吼声渐高，弗力提轻巧如燕，翩翩飞起，在八甲岭机场上空划过一道漂亮的弧线，逐渐升高向西飞入蓝天。

湘芷感受到强风迎面，俯览地面，机场、六中校园、湘江，一一飘过，可惜经过石鼓山时高度已达数百米，没有看到婶子的鱼粉铺。

罗百蕙将讲义和调查资料整理成叠，一一收在一个小皮箱里，抬起头来深吸一口山上的清凉空气。华一峰站在几步外的一块大石上远眺，两人方才就百蕙和她的同事在衡阳西乡农村所作的社会调查报告讨论了半个下午，在报告的结论部分做了好些补充及修正，两人都觉得满意，便将这份报告定稿了。华老师请百蕙回去后抄它两份，一份百蕙自存，华老师也要一份。

午后日头渐渐偏西，岳屏山虽然高仅一百米，竟也略有凉意，这夏末时节是山景最为怡人的时候，百蕙收拾好数据，也登上那块巨石，向西望下去是一片无边的树林，郁郁葱葱，林中百鸟齐鸣，微风送来宛如天籁；向南望下去，花药寺的庙宇在烟雾袅绕之中忽隐忽现。

百蕙和华老师选这片游人罕至的山崖边，作为讨论工作及功课的好处所。幽静——除了鸟鸣别无喧嚣，舒适——身后就是一座无名的小茅亭，亭中有桌，可以对谈也可笔记。谈累了还可以登石一览山景。

衡阳西乡农村大多数是佃农，终年辛苦耕作，只能勉强免于饥寒，在地主的剥削下世代贫穷难以翻身。“年头做到年尾，挂了镰刀就没饭吃。”这种说法在农村中普遍流传。百蕙利用公余的时间，调查访问了七八十家农户，深入了解他们的生活困境，尤其花很多时间和农村的青少年人聊天，这些人没有钱也没有上学受教育，家中经常欠地主的债，债是越背越重，少年人的未来越来越黑暗。有几个看起来十分聪明的农村孩子对百蕙说，留在农村一辈子没有希望，但离开农村又一无所长；再说，青少年人若走光了，家中怎能只靠老人做田？

自来有“两湖熟，天下足”的说法，鱼米之乡的湖南农村尚且如此，其他地方岂不更为严重？这一番实地访问和调查，渐渐改变了百蕙的思想，她感受到这是制度问题、社会结构的问题，她开始相信华老师在读书会上对大家说的：“现在国家民族在日寇侵略下求生存，全国人民必须团结支持蒋介石的领导，方能抵抗外患。将来抗日胜利之后，中国必须要由共产党来领导，做一次彻底的社会革命，才能真正解决积弱百年的痼疾，才能让穷人真正翻身。”

她觉得这两年多来自己进步了许多，对父亲的作为和想法越来越觉不满，对华老师的敬爱越来越深刻。她爱表哥，在得知唯骏殉国的时候，她觉得自己对唯骏的爱此生再无任何情感可以取代；然后传来了唯骏幸运获救的消息，初闻之下欢喜欲狂，但是狂喜之情过后，一个沉重的阴影压上她的心头。

唯骏获救的好消息，竟然是湘芷告诉她的！

表哥在张家界获救的消息，托人带回衡阳，居然不是带给百蕙表妹，而是带给了湘芷！

这对百蕙来说，是一个沉重的打击。好强的百蕙，这种“被出卖”

的感觉既不能跟父母倾吐，也不能跟她的“死党”们谈——最亲密的死党就是“罪魁祸首”彭湘芷，这怎么谈呢？

百蕙心中藏不了话，就算藏也藏不久，她很自然地把华老师当成了倾吐的对象。虽然跟“老师”谈这些事有点丑，但是很含蓄地说出来好像也还好；主要是华一峰非常善体人意，好多不好讲出来的话，他都听懂了，都能给百蕙开导和安慰。到后来，百蕙在华老师面前讲些有点露骨的痛快话，好像也不觉得丑了。

百蕙和华老师并肩站在那块巨石上，斜阳洒在两人的身上，也洒在脚下整片树林的顶盖上，百蕙轻叹道：“华老师，那天我们带那个怪矮子去婶子鱼粉铺，您本来是要……”华老师打断她的话，十分温柔地对她说：“百蕙，你以后不要叫我华老师了，‘老师’‘老师’一直叫，我都被叫老了。”百蕙没有料到华老师说这个，嗫嚅道：“那……那我要叫您什么？”

华一峰一时语塞，毕竟不好意思要百蕙直呼他名字，一时竟僵住了，气氛有些尴尬。他忽然灵机一动，便反问道：“我知道你们这一班学生调皮的占大半，你们替许多老师取了绰号，叫物理老师‘爱因斯坦妹妹’，对不？别以为我不知道。百蕙你从实招来，你们私下给我取了什么绰号？”

百蕙笑了起来，嘻嘻地道：“您真想知道？”华一峰道：“当然想知道。”百蕙道：“您的绰号是‘西岳’。”

“西岳？”

“不错，‘华山一高峰’嘛，您还教地理哩。”

“那你以后私下就叫我西岳。”

“人前还叫您老师？”

“不错。像现在这样，你就叫我西岳。”他说着就伸手握了百蕙的手，轻轻一拉，将百蕙搂住。百蕙“嗯”了一声，悄声道：“西岳放开我。”

湘芷坐在“北平市一号”弗力提教练机的后座，舒服地看两边的风景。这一趟飞行十分平稳，几乎没有任何颠簸，偶尔进入云层，一片白茫茫的雾气贴面而过，凉凉的非水非汽，软软的像是被云雾轻吻了双颊。

飞机穿出了云层，下方的山峦河流历历在目，一整片一整片的山林和野地，很少看到人烟稠密的聚落，湘芷心想：“想不到湘西有如此荒凉的地方……啊，前面有一个城市，应该是宝庆吧。”她默忆地理课华老师黑板上画的湖南省地图。

飞过宝庆，景色更加荒凉，山势也看出渐趋连绵不断，湘芷默默复习她的地理课：“快到侗族的寨区了。”

就在这时，飞机开始缓缓地下降，地面景物越来越清楚，山麓山坡之间、溪流湖泊之滨，常出现一些聚落，多是侗族及其他少数民族的寨子。飞过一片连绵山峦，湘芷看到一座很大的机场——比八甲岭大得多，演武坪和它比起来更是小不点儿，就隐身在无边的绿野山林之中。

唯骏的技术确实精湛，他驾着这架高志航大队长曾经驾驶过的“北平市-1”弗力提教练机稳稳降落，着陆时湘芷只感到轻微一震，接着飞机就已平顺地在跑道上滑行，好不惬意！

飞机停在机坪，接机的是两个身穿土黄色中山装的年轻人，神色极为严肃，略带惊讶地望着湘芷，让湘芷有些心慌。前座的唯骏跨出驾驶座，站在低翼上悄声道：“湘芷，别紧张，你正在勇敢地为国家做重大的贡献，有何所惧！”湘芷心中其实有些害怕，她看着唯骏温柔的眼神，用力点了点头，便跨腿自己出了机舱。唯骏想要握她手，两人都戴了手套，只能握拳互碰一下。

左边那个青年人微微鞠躬道：“报告上尉，请交接。”他手中拿着一个夹纸板，板上夹了两页公文纸。唯骏在两张公文上都签了名，抽下一张折好，放在飞行夹克的大口袋中，低声对湘芷道：“你跟这两位先生去，我等会儿就来接你吃午饭。”湘芷听了稍觉放心。

那年轻人又向湘芷鞠躬道："敝姓欧，朱校长请上车。"他指着不远处一辆吉普车，湘芷想说自己不是朱校长，但想到八甲岭机场一定已将今日的突发变化以电报通知了这边，对方却仍以为自己是朱校长，可见这两个年轻人只是派来接人的低阶人员，没有必要对他们表明身份，便默然上了车。

吉普车停在一排办公室最靠边的一栋两层楼房前，年轻人引导湘芷上了二楼，在一间办公室门外立定喊"报告"。里面一声"请进"，湘芷入内，迎面见到一个四十多岁的中年人，从办公桌后起立迎了出来，冲着湘芷伸手道："欢迎，欢迎，彭老师辛苦了。"带着些浙江口音的普通话。他声音中透出热情，紧紧地握住湘芷的手，上下摆动了三次才放开。

湘芷试着问道："您是叶先生？"

那人爽朗地笑道："不错，是我。彭老师能否先说一下朱校长的情况，我们接到衡阳机场来的电报，知道朱校长昨夜出了意外，但是语焉不详，我们都很担心。"

湘芷道："其实我也没有见到朱校长。昨天本来约好今晨在渡船码头集合，过湘江去八甲岭机场，结果校长没出现，反而是校工老秦跑来报信，说他一早雇了车去接校长，却发现校长被人用刀刺伤倒在地上，房间被人翻箱倒柜搞得一团糟，他将校长急送医院，校长要他速到码头报信……校长的伤势在输血急救后，应该是没有生命之危……"

叶先生很认真地听着，这时那个年轻人进来奉茶，湘芷也趁机将飞行夹克脱下，室内穿着它委实太热了一点。叶先生待年轻人退出后，十分亲切地对湘芷道："彭老师，是你当机立断替朱校长搭机跑这一趟，这是了不起的机智反应，以你的年龄来说，也是了不起的胆识。彭老师，我向你致敬。"

湘芷觉得不好意思，低头道："东西在我手里，我不来谁来？"叶先生道："说说你们怎么得到这'东西'的？"

湘芷道："我塘叔，就是彭怀塘，他有个当年的江湖弟兄叫徐矮子，之前他在汉口从日本宪兵队手中救了蔡专员，这回不知怎么搞的，又抢了一只黑皮包。听说那皮包用条铁链拴在一个宪兵大佐的腕上，徐矮子将那大佐杀了以后，把他手切了才抢到这只皮包，一路逃到衡阳来找塘叔……但日本杀手和伪政府的汉奸杀手立刻也赶到衡阳，要追杀徐矮子……"

叶先生点了点头道："嗯，朱校长出事必定与这批杀手有关。你请继续说。"

湘芷道："塘叔定计，他、蔡专员和徐矮子带着那只黑皮包作饵，引诱杀手追逐他们往西乡跑，皮包中的密件则让朱校长带着搭飞机送这边来。不料我们带话给朱校长时让对方跟踪上了，后来才……才变成这样。"

叶先生听完，更觉得那密件一定藏有极重要的机密，便点头道："彭老师，那份文件……"湘芷却坐在原处纹丝不动。

叶先生又道："彭老师，那份文件可以交给我来处理……"湘芷仍然不答。叶先生奇道："咦，你是不是……"湘芷挥手打断叶先生的话，脸上神色异常严肃，双目正视叶先生道："我的任务是代替朱校长，将一份文件亲手交给叶先生。现在请您证明你确是'叶先生'。"

叶先生怔住了，他睁大了眼睛瞪着湘芷，显然他绝对没有料到有人要对他"验明正身"，但再一想，便对眼前这个年轻漂亮的新手女情报员由衷地激赏，忖道："对啊，她代替朱又芳执行任务，衡阳机场当然要对她确定身份；反过来说，她可从来没有见过'叶先生'，要求'验明正身'后才能将文件交给我，正是合理的、正确的程序。这个彭湘芷不得了！"

于是他笑了笑，从办公桌左边的抽屉中抽出一张纸递给湘芷。湘芷见是一张电报译文，内容正是两个钟头前梁子林在八甲岭验明自己身份的记录，看电文拍发时间，正是两小时之前。

叶先生又将一张放置在桌上的相片递给湘芷，湘芷见那是蒋介石的戎装照，上款写的是“叶处长雨牧弟”，下款是“蒋中正”。

“彭老师，这样够证明叶某身份了么？”叶先生带着微笑问湘芷。

“好像……好像够了，叶先生！”湘芷打开手提包，里面一把勃朗宁手枪，还有那张“鬼子画符”的秘密文件。

芷江机场经过扩建，无论面积、设施及使用状况，都成为华中前线最大的军用机场。唯骏陪着湘芷在军官餐厅用晚餐。中餐因叶先生坚留，便在他办公室中吃了碗带辣的手擀面，佐以青菜和煎蛋。一方面饿了，一方面任务完成一身轻，湘芷竟是吃得十分落胃。叶先生看她胃口好，心情似乎也很好，问了好些家常话，极是亲切。湘芷见大名鼎鼎的情报头子吃得普通，态度随和，有一些意外。

由于时间已到七点多，餐厅中用餐的只有寥寥数人，都是因工作误餐的飞行员及行政官。唯骏带着湘芷捡角落靠窗的座位坐下，点了两份客饭，唯骏说要湘芷尝尝飞行员每天吃些什么。

今日的菜色有熏鸭肉、红烧牛肉、豆豉蒸鱼、西红柿蛋花汤，还有蔬菜和水果，饭菜量很大。湘芷惊呼：“好丰富啊，你每餐吃得这么好？”心想比叶先生的午餐好太多。唯骏笑答：“飞行伙食加级嘛，不过最近才有这么好，之前没有这么讲究。主要是洋人飞行员吃得多，营养要求也高，芷江机场这边的伙食水平就跟着提高了。”他说着斜眼瞟了另一边的一桌，两个外籍飞行员正在用餐。

湘芷啊了一声，悄声问道：“刚才走过他们桌边，听见他们好像是说英语呢。”唯骏道：“不错，他们是美国佬。苏联的志愿军全部撤回国了。”湘芷奇道：“为什么？”唯骏道：“今年四月，苏联和日本签定了‘苏日中立条约’，规定缔约国任一方如果与第三国发生战争，另一方应维持中立，所以苏联撤走了志愿航空队。那也是没办法的事，咱们总不能从头到尾靠别人替我们打仗呀。”

湘芷道："那美国人来这里做什么？"唯骏问她："有没有听过我国的一位美国友人陈纳德？"湘芷想了一想，道："是不是那个空军顾问，宋美龄的美国朋友？好像有印象。"

唯骏道："不错，就是他。他正在中美两地奔走，要成立美国的志愿航空队来华帮我们作战，我们都很期待能因此获得先进的美式战机。自从去年日本的'九六式'战机逐渐为'零式'战机取代，敌人的这种新机时速可达五百多公里，火力也强大，我们的苏制飞机简直不是对手；更要命的是，'零式'战机的航程可达三千多公里，进驻汉口机场后，正好满足掩护轰炸机空袭重庆的需要。去年八月起，几次轰炸重庆，我空军战机奉命不得升空迎战，结果是空袭警报一来，老百姓要逃警报，空军的飞机也要逃警报，真丢人死了。"

湘芷闻之默然，想到唯骏身为第一线的战斗飞行员，面对性能远胜我方的敌机，真是每升空一次就是九死一生，不禁满心忧虑，饭也吃不下了。

唯骏见状，连忙道："哎呀，不该跟你说这些的……你一定要试一下我们这里的熏鸭，最受基地同事的喜爱哩。"湘芷吃了一片，果然香嫩可口。

唯骏道："你这回代替朱校长执行任务，上面显然极为重视，叶先生专程飞来芷江亲自收取你带来的消息，你头一次担负重大任务便顺利成功，我要恭喜你。"

湘芷道："都是塘叔和蔡专员他们策划得好，我们执行时还出了差错，害得朱校长的身份曝光，遭到刺伤，哪里谈得上'顺利成功'。"

唯骏道："你不要太谦虚，就凭你单枪匹马干这桩大事，就实在了不起。对了，你提到塘叔，塘叔的身份究竟是不是重庆委派的情报人员……"湘芷虽不明说，但察觉唯骏已猜到她的身份，便低声道："唯骏，我们接受的训练是不谈这些的。塘叔虽然帮我们，但我真不知他的确实底细，只知道他一身的功夫，而且是个神枪手。他知道我和董森加入了朱校长的组织，但是他本人却像个谜，让人摸不透。”她说不谈，但还是忍不住对唯骏谈了许多。

湘芷对唯骏的安危更感关心，追问道：“你说陈纳德正在奔走成立美国志愿航空队，究竟什么时候才能成立？什么时候能有新飞机援助咱们？”

唯骏低声道：“听说陈纳德的计划已经得到罗斯福总统的默许，他已获得一百架先进飞机的承诺，并已招募到一百名除役的飞行员，以老百姓的身份，秘密在缅甸仰光接受P-40战机的训练。如果一切顺利，年底前就会有第一批进驻中国机场……这可是军事机密，你要守密。”湘芷暗笑，两人这一顿吃下来，已经不晓得谈了多少“不可以谈”的机密。

湘芷望了望那两个美国人，他们吃完了正起身在柜台签账，她心想：“这两人是美军的先遣部队。”

吃完饭，唯骏带着湘芷在机场南侧的草地上散步，天气有些闷热，树上叶子动也不动。两人默然从草地走过一片林子，上了一个小山坡，坡上坡下全是附近农民种植的果树，有蜜柑、橙子，还有一些桃子树。

两人都没有说话，沉默得有一些尴尬，待得两人走到小坡顶上的草坪，唯骏终于开口了：“湘芷，百蕙她最近情况可好？我们有一阵子没联络了。”

湘芷知道，百蕙便是他俩沉默的原因。

“她还在县政府工作，但她似乎花好多时间在农村里访问调查，说是要亲身体会农民和农村的问题，华老师很是鼓励她。”

唯骏道：“表妹是个充满理想的人，她想要做的事常和现实脱节，有时甚至有些冲突，她性子又冲动，你们那个华老师一味地鼓励她，会不会出事啊？”湘芷道：“我倒觉得很好，华老师也是个有理想的爱国主义者，他鼓励百蕙关心农村问题，全是基于对底层人民的痛苦的同情心，想多了解他们的困难，想为他们做一些事。”

唯骏道：“也许你讲得对，我只是担心表妹比较冲动而任性，现在国家处于战争之中，多少无辜百姓糊里糊涂就死于非命。百蕙爱国，有理想，应该投入抗战的行列。中国农村的困境，社会的改造，都是大问题，但在战火之下、国家存亡之际，个人能做什么？你们是最知心的朋友，你能把我这意见转告她吗？”

湘芷说：“你说得也有道理，为什么你不直接写信给她？她是深爱着你的。”

唯骏叹了一口气道：“就是因为这样，我都不敢写信给她，但我又担心她，这才想到请你跟她聊聊。”

湘芷道：“唯骏呀，你真不知道你表妹的心？上回你死里逃生的消息是由我告诉百蕙的，从那以后，我便觉得百蕙对我的态度变了……”她说到这里，忽然百感交集，一时说不下去。

过了片刻，她继续说：“我们曾经是何等的亲密，无话不谈，感情更胜姊妹，但从那之后，我们……我们不再是死党了。”

唯骏轻搂住湘芷，安慰道：“我会写信给她，我要把我的想法讲个明白……我是最关心她的表哥，她是我最爱的表妹，但那不是爱情，我的心已经另有归属。”

湘芷低头不语，心想：“你早该说明白了，否则我们的事还是拖着。”她又偷偷暗想：“等唯骏和百蕙讲清楚了，他……他会不会向我求婚？”

她立刻警觉这样的想法有些“不要脸”，便停止想下去，只伸手找到唯骏的大手，紧紧地握住。

湘芷虽然聪明，但她并不了解唯骏此刻的心情。因为她不知道这两年来在天空战场上，中日双方形势的变化，主要便是日本“三菱重工”设计的“零式”战机进入了中国战场。从一九四〇年中开始，日军的重轰炸机有了性能优异的“零式”战机护航，便能肆无忌惮地从汉口起飞，轰炸中国战时首都重庆。日军的计划是，一面以轰炸屠杀平民来瓦解中方抗战的士气，另一方面则是期待中国的空军为捍卫陪都领空，以仅存的战机升空拦截，要借“零式”战机的优越性能及火力，一举歼灭中国空军的最后战力。

中国空军为保存实力，采取不应战的策略，敌机来袭便撤离，敌机炸完离开后才飞回机场，日机虽对重庆的人员、房屋造成极大的损伤，但一举歼灭中国空军的目的并未达成，日本飞行员极感愤怒也无可奈何。终于有一次，日本机队完成投弹轰炸，返回基地半途中得到情报，中方的苏联制伊-15及伊-16机队正飞回机场降落，日本机队便调转头来再袭重庆，逼得中方飞机只得起而应战，结果被击落二十多架，损失惨重，日方“零式”机则全胜而返。

重庆空战牺牲的飞行员中，有几位是唯骏的前后届同学，其中两位是他很好的朋友，飞行技术及拼斗勇气俱佳，但在战机性能远逊而仓促起飞应战的情形下，全都葬身在敌机二十毫米机枪的炮火之下。

唯骏知道，即使换成是自己，恐怕结局也是一样。

他知道，在这种情况下，自己目前仍能保住性命，乃是因为湖南上空暂无战事，只要“零式”机来袭芷江，自己就生死难卜了。

在这种情形下，他如何敢向湘芷求婚？他极爱湘芷，但越是爱得深，他越不敢开口求婚；可湘芷此时并不明白。

然而，唯骏也不知道的是，湘芷带来的那纸“鬼子画符”的内容，即将使战争的局面完全改变，唯骏未来所面对的凶险反而没有他这时所预期的大。

翌日凌晨五时，唯骏驾着那架“北平市-1”弗力提教练机，载着湘芷从芷江飞回衡阳。起飞之前，湘芷对唯骏说：“我俩都投入抗日的战斗，生命已经交给了国家，不知道明日是生是死，只知道我死则国生。这样的大时代里，我能为你做的，唯骏，就是我等你。你能为我做的，就是千万珍重，好好活到胜利来临。”

这话打中唯骏的心灵深处，他感动得无言以对，只能紧紧握着湘芷的手，坚定地点头，过了许久才答应道："是的，湘芷，这也是我想要对你说的，只是说得没有那么透彻；就把你这话当作我们两人的誓言吧。"

湘芷想哭但忍住了，她暗思："自来男女间的海誓山盟都是何等的浪漫，何等的愉悦动人，却没有像我们这样的生死以之，悲壮得刻骨铭心。"

表明了心迹，两人终于相视而笑，唯骏道："我们上飞机吧。"

湘芷回到家已近八点钟，她悄悄地从刚开门的鱼粉铺闪进屋，轻喊一声："婶子，我回来了。"没有人回答，显然婶子在屋里没有听见。她悄悄快步跑到后面自己的房间，还没推门，门已开，娘站在门口。

"娘，我回来了。"

"你去了哪里？娘一整夜没有睡，盼到天光还不见人影，我在你爹灵牌前拜了好多次，总算老天保佑，你人回来了。"

"娘，我哪里也没去，便在学校……"

"你还要骗娘？董森来过了，她说你出任务去了，出嘛个任务要一整天二十四小时？"

湘芷暗叫不好，忘了叮嘱董森，向塘叔报告的时候务必要避开娘。不过看样子还好，娘好像不知是啥个任务，便含糊地道："也没有啥了不起的任务，但工作到很晚，不想回家走夜路，就干脆在学校困眼闭了。董森不是告诉塘叔了吗？"

湘芷的娘摇头道："我问塘叔你出什么任务，塘叔讲大概是朱校长找你做嘛个事去了，细节他也不清楚，我也不好意思多问。你以后不回来睡，一定要搭个信回来讲清楚……吃过早饭没有？"

湘芷上飞机前在芷江吃了一个馒头，喝了一碗稀饭，便答道："在学校吃过了……"这时她听到塘叔的声音："湘芷，你回来了！"湘芷连忙回身，看见塘叔站在走廊，似笑非笑地望着自己，便低声对娘说："我先去和塘叔讲两句话再回房来。"

塘叔在茶馆那张八仙桌边坐下，湘芷走到他面前，低声道："塘叔，任务完成。"

塘叔得董森告知朱校长出事，湘芷代替朱校长赴芷江的情况，心中对这个侄女有说不出的疼爱，笑眯眯地问道："见着叶先生了？"湘芷很快地把去芷江的情形说了，便问塘叔："您和徐矮……叔，还有蔡专员那边，对方三人追踪你们要夺回黑皮包，都照您的计划进行的？"

塘叔道："你怎知对方是三人跟踪？"湘芷恨恨地道："另一个人去朱校长宿舍行凶了，所以只有三人……"塘叔点头，淡淡地道："打了一架，黑皮包'顺利'地让日本鬼子抢走了。徐矮子和蔡专员还挂了点彩呢，现都在楼上休息。"接着就把昨天小西门外林子里打斗的情形说了个大概。

湘芷道："朱校长还好吧？我要去医院看她。"塘叔道："朱校长不愿见客，到目前还封锁消息，不过你去看她应该不成问题，就算是西湖小学校长住院了，学校的老师去探病，很自然的。"湘芷点头称是，然后道："我要先去跟娘说一会话，才好再出门。"

塘叔望着湘芷走回后房的背影，不禁叹道："这孩子聪明又机警，尤其遇事不慌张，能当机立断，真是不可多得的人才哩。"

仁济医院的头等病房中，湘芷见到正在休养复原的朱又芳校长。

朱校长的精神还好，只是大量失血，虽经输血急救，仍然显得面色苍白，平日严肃坚毅的表情不见了，代之的是有些衰弱无力的神色。

她见到湘芷，脸上挤出一丝笑容，低声道："董森说你代我去执行了任务，真要感谢你了，任务情形如何？"

她一见面就问任务，湘芷却先问她的伤势。朱校长道："没事的，就是流了些血，伤口有些疼，身子比较虚弱……你快告诉我有关任务的事。"湘芷想到，朱校长其实到此时尚不知"任务"的内容，便低声扼要地把任务的始末说了个大概。

朱校长听了又震惊又感动，她伸出手来，软弱无力地握住湘芷道："湘芷，你做得忒好，就是校长亲自出马也不会比你做得更好……叶先生好吧？"

"叶先生很好，待我很亲切哩。"她回想自己在交出那密件之前要求他验明正身的事，不禁暗自有些得意。

她陪朱校长聊了一会儿，朱校长有些累了，便闭上眼养神，过了一会竟睡着了。湘芷将她身上的被子盖好，正要离开，却看见床边椅上放着一份《蒸湘报》，她一瞥就看到一篇标题为"雁城农村的悲歌"的文字，作者的名字是"罗百蕙"和"华一峰"，便留下不走了。

她悄悄坐下，开始读那篇专题评论。其中的报道全是根据实地调查及访问的资料写成，文笔简洁而精准，湘芷一看便知文章是由百蕙执笔，华老师也许给了她一些指导。她叙述农村和农民的辛苦及所受的不公待遇时，所举例证全依事实，写到对农民的同情和不平之鸣时，笔锋转带感情。湘芷读完，见文尾注明这是一系列三篇的第二篇。

湘芷读得满心感动，对百蕙的努力及文笔由衷地感到肃然起敬，她心想："在学校上国文课时，老师总说我的作文全班最好，但这样有内容有血肉的好文章，岂是舞文弄墨、辞章优美就能望其项背？我可是写不出的。百蕙全心投入农村调查，发掘真实的问题，建议改进的方向，然后有感而发，至情至理，文章才能打动人心。"

她忍不住重读此篇文章的结尾，百蕙写到当前抗战正激烈进行中，不论于军于民，粮食皆为根本的需求；我国兵源的补充有赖从农家抽壮丁，过去是"三丁抽一，五丁抽二"，现今有些农家全部的壮丁皆被军方强行抽走，家中只剩下妇女老弱，农村生产力大受影响，再加上地主的剥削，农村经济岌岌可危，有些地方已经崩溃在即。一旦农村毁坏，不但农民流离失所，全国军民粮食无以支应，谈何长期抗战？

最后百蕙建议，即使在此战时，政府应立即重视农村问题，重新检讨农村政策，首善之举就是抑制地主不公平的剥削，要大幅降低每年佃农向地主纳缴的作物成数，如果能让佃农分到的收入增加一倍，农户的生产量必定因此诱因而增加。另外，同时要做的是农村耕种人力的最低需求，必须尽量维持，否则杀鸡取卵式的狂抽壮丁，即使全民皆兵，军粮从何而来？

编辑同时预告了第三篇将讨论全面土地改革的议题。湘芷暗忖："百蕙和华老师默契十足，真是绝佳的一对，可惜百蕙最爱的还是唯骏，唉！"

湘芷读完了还想读第一篇，便在朱校长的病房中寻找昨天的《蒸湘报》，不小心触碰了病床，朱校长睁开双眼，对湘芷道："抱歉啊，我竟睡着了。"

湘芷忙道："您只小睡了一会儿，我正在看报上这篇有关农村的报道，作者是我六中同班同学罗百蕙和以前的老师华一峰呢。"她满以为朱校长会大加称赞，自己也面上有光，哪知朱校长听了，皱了皱眉道："你是说那篇《雁城农村的悲歌》？"

湘芷点头道："正是这篇，分三天连载的，我只看了第二篇，正在找昨日的报纸要想看第一篇呢。"朱校长道："昨天的报纸大概收在抽屉里了。"湘芷拉开抽屉，果然找到。

她笑着对朱校长道："文章是罗百蕙写的，但我相信华老师一定参与了许多意见。华一峰是我们的地理教师，北师大国文系毕业的，是六中最受欢迎的老师。罗百蕙是我的同窗好友，她现在县政府里工作，管些救济贫病老弱的事，我好佩服他们。"

朱校长又皱了皱眉头，忽然道："湘芷你要小心，这两个人的思想好像有问题啊。"

湘芷睁大了眼睛，一时不知说什么。

唯骏的飞机从衡阳飞回来，降落在芷江机场，机坪上等着迎接他的竟然是刘中队长，唯骏立刻感觉到有不寻常的事发生了。

他跨下飞机，向刘中队长行礼，刘中队长指着身后的吉普车道：“唯骏，请上车跟我到战情室……”一面对从右方跑过来的油料士下令：“立刻将谭上尉的飞机加满汽油。”

唯骏吃了一惊，暗忖：“难道还要出任务？用这架弗力提教练机出什么任务？”但他一言不发，只答了一声“是”，便坐上了吉普车。

战情室里叶先生正打完一通电话，在藤椅上坐了下来，他与人相处时热情亲切，但一人独处时却显得严肃阴沉，双眼偶然会流露出一丝冷酷的神色。这时他喝了一口热茶，暗自思忖：“从衡阳送来的这份秘密文件终于译解了，竟是畑俊六和冈村宁次的谈话记录，日寇可能于年底前在太平洋攻击美国的‘真珠’基地，执行‘Z计划’。这情报经过验证如果属实，太平洋战争即将爆发，这将对中国的抗战产生巨大的正面影响，我要亲自送到重庆去，通过外交渠道交给美国军方情报单位。为了行动保密，还是先飞到桂林，再换飞机飞重庆吧。”

他想到这里，听到门外喊“报告”，刘中队长带着唯骏走进来。刘中队长介绍道：“叶处长，这位谭上尉将要驾机送您回桂林。”叶先生和唯骏握手后，示意大家坐下说话。刘中队长这才解释道：“叶先生要即刻赶回桂林，他必须在中午到达，唯骏你休辞辛苦，等飞机加满了汽油便要起飞。”

唯骏有些疑问，便站起来道：“报告中队长，弗力提教练机小而且慢，适合让叶处长乘坐吗？”

叶先生挥手示意唯骏坐下，微笑道：“这是趟极机密的行动，咱们坐的飞机越不显眼越好，芷江到桂林和你飞衡阳差不多的距离，用你的小飞机，一小时四五十分钟足够了。咱们就十点整起飞，你还可以休息一小时。”

刘中队长笑道："叶处长计算得好精细，咱们就十点起飞，中午前一定能到桂林。"

三个多月后，一九四一年十二月八日，日军果然偷袭夏威夷欧胡岛上的美国太平洋海军总部——珍珠港，日文的"真珠"之港。

日本联合舰队司令山本五十六执行了所谓"Z作战"，动用六艘航空母舰，三百多架飞机，偷袭没有防备的美国海军，造成美军两千多人死亡，一千多人受伤，击沉及重创十四艘主力战舰，炸毁了近两百架战机。

罗斯福总统发表了"国耻演说"，国会旋即通过了对日宣战。

叶处长坐在他重庆的办公室中，读完了机密外电的实时译文，长吁了一口气，他知道太平洋上美军一旦参战，中国的抗战即将进入"柳暗花明"的另一阶段，"我们反败为胜的机会终于到来。"但是此刻他心中汲汲于想解破的谜团是："我们的情报明明送到了美国，为什么美军一点警戒都没有？"

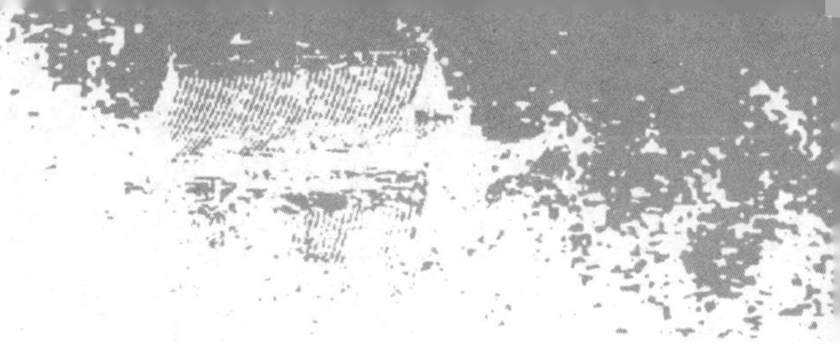

# 第四章　衡阳四十七日

在南京，日本“中国派遣军总部”司令官的办公室房门紧闭，门外有三层宪兵警戒，整条长廊完全被封锁，没有人能靠近位于长廊中央的主帅办公室。

室内，总司令官烟俊六大将正在和第十一军司令阿南惟几中将密商，派遣军的总参谋长后宫淳中将在一旁记录。十二月初，日本联合舰队在夏威夷珍珠港发动了史上最大规模，也可能是最成功的一次偷袭，美国正式对日宣战，这个新形势对日军在华作战立刻产生了若干影响——例如空中作战方面，部分“零式”战机被抽调到太平洋支持那边的迫切需求，对中国而言，领空上的压力立即减轻。

在这两面作战的情况下，日本的中国派遣军要如何重新调整战略，在内部有许多不同的意见，阿南惟几中将力主再次攻打长沙，以策应日军入侵香港之战。

两个月前才结束的第二次长沙会战，日本第十一军曾经攻陷了长沙，中国军队以“围魏救赵”进攻宜昌，总部在战略考虑下，令第十一军撤离长沙班师归北，中日军以新墙河对峙，回到未战之前的形势；阿南中将对此耿耿于怀，亟欲再攻长沙，一鼓作气突破日军滞留岳阳、难下洞庭湖的困境。

烟俊六是一个思虑周密的将领，经历十分丰富，曾在日俄战争的旅顺之役中负伤，又驻节过德国、瑞典等欧洲国家，修习陆军战法及搜集国际情报。见多识广的他深以湘北境内河道纵横、山岳湖塘密布的地形为患，他一再提醒阿南惟几：“湖南北部的地形最不利机械化及炮兵部队的移动，在长沙一带发动会战，基本上是对日军不利的。阿南中将你要三思。”

阿南惟几道：“十一军麾下主力第三师团对此早有准备，我方士兵已做好渡河强攻之训练，我以三个师团、两个旅团之兵力，必能达成任务。”

烟俊六道：“你知敌方统帅为何人？”阿南惟几大声道：“薛岳司令

官。恳请司令官准许阿南以十万大军打垮薛岳，为万家岭之役的战败复仇。”

畑俊六的目光转向坐在一旁的总参谋长后宫淳：“参谋长有何高见？”后宫淳挺坐回答：“据军情密报，薛岳司令官派守长沙城的是支那第十军，军长是李玉堂。”

阿南惟几冷笑，哼了一声道：“这个李玉堂，两个月前在长沙作战中是我手下败将，何足道哉。”后宫淳道：“请阿南司令不可轻敌，李玉堂军长因上次作战不利而遭撤职暂留，戴罪立功，第十军官兵喊出‘守住长沙，保住军长’的口号。哀兵之战，不可小觑。”

畑俊六点头道：“阿南司令，你好好准备吧，你要多少海空支持，计划好了就报上来。”

阿南惟几中将站起身来，九十度鞠躬后戴上军帽大步走出，畑俊六又提醒了一句：“还有，要注意老百姓的反应和行动，支那全国之中以湖南人最不好对付。”

第三次长沙会战从一九四一年十二月二十四日打到一九四二年一月十六日，双方足足拼斗了三个礼拜。开战第一个礼拜，薛岳以“天炉战法”布置军队，沿新墙河、汨罗江、浏阳河、捞刀河组成一道道的防线阻挡日军，厮杀一阵，挡不住了便向东西两边后撤，让日军主力在十二月三十日夜抵达“天炉”的炉底。于是长沙外围战役结束，进入第二阶段：长沙城攻防战。

这时亲驻岳麓山的薛岳司令官和守城主力“预十师”师长方先觉都写下了遗书，薛岳遗令：如果司令官阵亡，战局由副司令官罗卓英接替指挥；方先觉则书告妻子誓与长沙共存亡。

长沙城内外烽火连天，这一夜，一场突袭战意外地击毙了日军加藤大队的大队长，在他身上搜出一封密件，文件中写着“弹药匮乏，补给告急”。薛岳获知后大喜道：“这份情报胜过千军万马。”他于城中攻防战犹在白热化进行之际，便请求调动集合九个军的兵力从四个方向进逼长沙，准备内外合围，歼灭日军于“炉底”长沙城。

到了一月五日，阿南惟几终于知道身陷“天炉”，再不撤离长沙将有全军覆灭之危，他虽然万般不愿，只好听从参谋长及其他部属的力劝，下令全线撤退。

于是日军又沿着捞刀河、浏阳河、汨罗江、新墙河的顺序撤回，遭到一道一道的追击，等到一月十六日退过新墙河时，七万大军只剩下不到两万人。其中损失最惨重的是第六师团，在捞刀河和汨罗江之间遭到国军七十三军和九十九军的夹杀，中国军队中喊出“报仇雪恨，同归于尽”的口号，追杀绝不手软。第六师团是南京大屠杀的主力部队。

三个礼拜的血战，日军回到原阵地，损失数万人。这是自珍珠港遭袭后四十天以来，同盟国在太平洋节节败退之中唯一的胜利。罗斯福总统说“盟军胜利的气势全赖长沙大捷”，英国媒体也说“阴霾密布中只有长沙的天空光辉夺目”。

塘叔茶馆中几位衡阳的士绅正在品茶论事，一会儿低声细语，一会儿又高谈阔论。他们是常雁楼约好来讨论衡阳“安全维持会”的事宜，借塘叔的茶馆聚一聚。

那个城里经营百货业的丁子青手中拿着一份报纸，一面看报一面道：“长沙总算守住了，这一回第十军打得漂亮啊，报上说那个李军长一战雪前耻，升官为某集团军的副司令了。”

总爱戴顶黑呢帽的胖子贺百东是西乡的大地主，他闻言接道：“那第十军谁来接军长？”丁子青道：“这种军方高级首长的调动是国家机密，报纸哪会刊登？”那个叫刘景逢的士绅喝了一口茶，笑道：“机密个鬼啊，昨天我那掌柜的老康从他老家省亲回来，就告诉我第十军军长由这次长沙会战中表现最英勇的方先觉继任。”丁子青奇道：“你老兄的掌柜先生又怎会知道？”

刘景逢不慌不忙地嗑着瓜子，这时将瓜子壳一吐，又喝了一口茶道：“我那掌柜的是江苏萧县（今属安徽）人，方先觉将军是他萧县的小同乡呀。方先觉原来是李玉堂第十军下面‘预十师’的师长，这下子一战成名，直接升军长了，萧县的老乡鞭炮都放上天了，还保密保个屁啊。”

丁子青也笑了起来，他两手各伸出食指比个十字，老气横秋地说道：“这个第十军呀，就是从长沙到衡阳的国军主力防守部队，日本军队要想到衡阳来，恐怕第一个要过的就是第十军这一关。这个猛将方先觉来做军长，便和我们衡阳人结下了不解之缘。”

这时胖子贺百东忽然道：“前一阵子县政府那个罗百蕙在《蒸湘报》上写了三篇连载的文章，各位看过没有？”

另一个东乡的世家子弟莫雨春道：“啊，标题好像是‘雁城农村的悲歌’，是不？我看了的……”

贺百东抢着骂道：“那个罗百蕙一派胡言，竟建议要把所有佃农的收入增加一倍！佃农收入增加一倍，哪个要减少那一倍呀？羊毛出在羊身上，当然是地主啰，天上又不得落谷子下来？我们出钱出力帮县政府做公益好事，这个罗百蕙竟然要找我们麻烦，你们说可恶不？”

西乡地主刘景逢立刻附和道：“可恶，可恶至极！这罗百蕙就是上次请雁楼兄帮忙捐助贫寒老客的那个女仔，她写这文章访问了七八十户佃农，听那些做田的一面之词，为啥就不问问我们地主的意见？以后一只角子也不捐给县政府了。”贺百东极表赞成道：“对，一只角子也不捐了！”

莫雨春的父亲生前曾做过前清耒阳县的县令，家产中也有偌大的田地，听了西乡两位地主的话不甚同意，便道：“我倒觉得那篇文章写得很不错，不但实地调查访问的资料丰富，农村的弊病也多切中要害，好多佃农的悲惨事连我都不晓得。至于她建议增加佃农的收入，我倒也不反对，总要让佃农家的生活能过得去，地主收租的日子才过得长久。不然的话，佃农实在活不下去的时候便要造反，锄头镰刀不做田，就作乱，历朝历代不是屡见不鲜么？”

贺百东还想反驳，常雁楼打断道：“这问题是个好大的问题，不是三言两语就能讲清楚的，而今天约各位来，还是要谈衡阳的安全问题，看到长沙的情形实在令人担忧啊。前天《蒸湘报》的记者黄倩文和我谈起来，黄倩文曾替咱们的‘维持会’写过一篇很好的报道，她说她父亲告诉她日本偷袭珍珠港后，美军参战的结果是使中国战场的压力减轻，而且盟国对中国的援助也将增加，因为中国战力的增强就能更有效地牵制日军，减轻太平洋上盟军的压力。换句话说，我们和太平洋上的盟军变成唇齿相依、互为表里的伙伴，抗战的前途渐渐出现光明。”

他顿了一顿，语气一转道：“我说这真是好消息，可是倩文的爸爸却警告说，大局虽然有好的变化，但对衡阳而言可能更危险，日军打通粤汉铁路及湘桂铁路的需求势将更为殷切。长沙之战后，他们有一段时间需要补充兵源及武器，接着便要发动孤注一掷的决战了，而衡阳绝对躲不过一场惨烈的大战。所以，我想和大家谈谈我们何以应付这局面；一面自保，一面能为衡阳做点什么？”

刘景逢道：“这黄记者的爸爸是做什么的？见事还真明白哩。”常雁楼道：“黄倩文的堂叔是中央军校桂林分校的主任黄杰将军。”大伙儿纷纷点头道：“呵，是他，长沙人嘛。那就难怪。”

莫雨春道：“你们看，长沙经过了三次会战、一次大火，城里已是千疮百孔，到处是断垣残壁，老百姓死伤不计其数。衡阳如果打起来了，这几十万人民要如何疏散，如何减少死伤，我们‘安全维持会’应该有些作为。全靠县市政府和军方的话，他们到时作战优先，自顾不暇，哪还顾得了老百姓，情况就会像长沙那样搞得民宅全毁，城里城外遍地尸体无人掩埋。”

常雁楼点头道：“雨春兄说得对，我们这个‘安全维持会’成立最主要的目的，便是用民间的力量，协助政府做些对衡阳安全有益的事。目前我们有十三四个年轻人兼差搜集城里城外的消息，整理好送给警察局参考。前不久在一个酒席桌上，碰到省政府里负责协调警备事宜的罗志远先生，他拉我到一边，感谢‘维持会’对衡阳警察局的协助，还说我们是湖南几个县里‘安全维护’的最佳模范哩。但是，这都是我们维持会在现况之下的做法和一些小成果，今天小弟想约诸位老兄谈的，就是一旦战火打到衡阳来时，我们维持会怎么做……”

贺百东道：“要谈这个就要先分析一下，战火一旦打到衡阳来，老百姓最需要的是什么，然后看我们小小一个维持会又能做些什么，这样一对比，我们就有个谱了。”

常雁楼赞道：“都说百东兄见事明白，这番话果然说得精准透彻。我这边请人列下了几桩事情，大家一齐看看是不是适当……”说着便将抄写好的纸张发给各人。大家看那纸上写着：

一、协助疏散逃离衡阳，包括协助老弱残疾，维持交通秩序。

二、准备食物、饮水、毯子。

三、准备救急药物。

四、协助消防。

五、协助治安。

六、协助收尸。

大伙儿看了，纷纷点头。常雁楼问道：“这是我这边几位年轻朋友讨论出来的项目，是不是妥当，或是遗漏了些什么，还请各位指教。”

莫雨春道：“还有一桩重要的工作，咱们的年轻朋友可以帮忙的，就是‘传递消息，防止谣言’。一旦打起来了，城里城外一定各种消息乱传，难保没有别有用心的人士趁乱散布谣言，不能不防。”

常雁楼道："雨春兄说得好，便加上'第七条，传递消息，防止谣言。'还有没有？"

贺百东道："雁楼兄，你这几条好是好，可都不是我们这个民间维持会单独能发挥功效的，好比交通、消防、治安，还有刚才说的传递消息……恐怕都得和政府相关的单位联手一起干才有办法。"

丁子青是经营百货的，他思考了好一会儿，对于第二条"准备食物、饮水、毯子"的做法已有了主意："关于食物、饮水、毯子，这些物品都是救急用的，我们可以在日军来攻前事先准备，一份份包装好。量不用多，聊备急需就好，食物选耐久的干粮，到时整份发出去又快又方便。"

大家称善。贺百东在西乡除了有田有地，还开了一间中药的中盘商店，他想了想道："比照丁兄的说法，药物部分也可事先请教大夫帮忙选几种救急用的配方，配好了一份份包装妥当，到时分发就方便了。"

常雁楼见大家都热心贡献意见，很高兴地道："各位的意见好极，都记下了。刚才百东兄说的，须和政府联手一起干的事十分要紧，须得每一项都要有政府相关单位派专人和我们对口，紧急时才能发挥功效。小弟明日便要去约县市府人员和那位罗先生谈这事……啊，对了，我说的罗志远专员，他在省府负责协调衡阳、郴州、宝庆、永州四县警备事务，就是罗百蕙的爸爸。"

贺百东和刘景逢吃了一惊，对望一眼，贺百东是个急性子，用力摇了摇头，双颊下面的肥肉随之左右甩动，悻悻然地发牢骚："罗专员养女不好好教，写的文章看不得。"

刘景逢也咒骂道："罗志远要小心他这个女儿，批起人来一支笔和切菜刀一样，我看没人敢讨这种女人做堂客。"

常雁楼暗忖："罗百蕙这一下可得罪了衡阳的大地主，看来这两个老兄是真正火大了。"他不禁有些尴尬，一时没有说什么。这时茶馆铺门一开，彭怀塘领着一个高瘦的女子走进来。

“怀塘兄，你总算回来啦，咱们刚开完会。啊，是你，黄记者，你怎么和怀塘兄一道来了？”

“常叔，我在报馆外贴‘号外’，正好碰到塘叔，便一道来这里报告好消息！”

“是啥好消息？”

倩文一本正经地拿出一张号外，念道：“中华民国以世界四大国之一的身份，与其他二十五个重要国家共同签署了《联合国家共同宣言》，法理上已获国际支持废除一切不平等条约。美国和英国已宣布同意，并开始与我国商谈签订平等新约的事宜。”

从一八四二年中英鸦片战争签署《南京条约》，开启了列强以武力强逼中国订立不平等条约的先例，到此时——一九四二年，整整一百年的屈辱，终于可以扬眉吐气，做到了孙中山遗嘱中“联合世界上以平等待我之民族”及“……废除不平等条约，尤须于最短时间促其实现”的最终遗愿，然而在座诸人没有欢呼，也没有鼓掌，只每个人双目中都泛着泪光。

塘叔长吁了一口气，坐下来问道：“诸位先生开会有啥结论？”常雁楼简单叙述了一下大家的意见，简结道：“总之，我们‘衡阳安全维持会’已经开始规划战火烧到衡阳城时的做法。”

塘叔点头道：“各位先生能未雨绸缪，小弟十分钦佩。去年底最大的战事是保卫长沙，我看今年最大的战事必是保卫衡阳！”

但是这回塘叔猜错了，日军整顿完毕、战力复原后的第一个进攻目标不是衡阳，而是常德。

常德在湖南西北部，沅江和澧水流经此地而注入东面的洞庭湖。西接贵州四川，北连荆州襄阳，自古以来就是湘西门户、黔川咽喉。西边是山区，东南边是平原沃野，中间的丘陵和小河交织如网，湿地和野湖遍布，地形地势不利机械化部队作战，但是日本派遣军总部仍然以常德为下一个进攻的目标。

南京的派遣军总部承受的沉重压力有二：第一，沿长江由东往西进攻重庆的攻势，在武汉会战后便停滞难进，形成胶着，大本营对此极为不满。畑俊六心知肚明，如果能取得入川黔的门户——常德，则对重庆的威胁倍增，将逼得蒋介石政府再向西迁，进入物质条件更劣的后川，同时失去天险屏障，也失去“两湖”粮食的供应。

第二个压力来自日本本身战略物资的匮乏，大本营发动太平洋战争由盛而衰，南洋到日本本土的运输线屡遭美国的海空军切断，来自东京的训令是“限时打通粤汉铁路及湘桂铁路”，横在前面最大的阻碍就是衡阳——粤汉和湘桂两条铁路的交会点。

欲得衡阳，先取长沙。所以“长衡作战”是下一步必走的棋。

因此畑俊六向大本营报准，定下了“一号作战”计划，要对常德、长沙、衡阳这三座互为掎角的历史名城发动总攻势；在畑俊六的内心深处，他知道这是派遣军侵华的最后一击！此击之后，日军再难有余力发动此等规模的会战。成败在此一举，虽然定名“一号作战”，实则是最后之一击。

“必须是疯狂的一击！”畑俊六狠狠地一拳击在桌上。

他脑海中浮现年轻时在乃木大将麾下做下级军官的往事，旅顺战役中攻打鸡冠山时他肺部中枪，差点丢了一条命，也因此他终生肺弱气衰，说话有如病夫，绝少见到他此刻如此厉声捶桌。坐在他对面的是横山勇中将，华中派遣军最精锐的第十一军的新任司令，他面色严肃，备感震惊。

“横山司令，请先将常德拿下吧，为帝国大业立此大功。”

“骇！”

此刻在芷江的空军基地中，三路司令部的张司令正和分队长以上的军官飞行员讲话。

“国际战事的苏德战场上苏军已全面反攻，英美联军登陆西西里岛，墨索里尼下台；太平洋上美军转败为胜，日本全力投入太平洋逐岛争夺战，因而中国战场上我方压力减轻。但最新的情报显示，日军终于要在湖南再次发动一场大战，芷江的战略地位就不需我多解说了，这是外在的大局势……”张司令说到这里歇了下来，深深吸了几口气。

无独有偶，张司令的身子也十分羸弱，说话中气不足，讲一段就要停下来深呼吸几次，看上去有点弱不禁风，但他在军中资格老，是中央航校成立之前就出道的前辈。

他歇了一口气，继续道：“现在讲我们自己的情况。去年美国志愿航空队进驻昆明，今年我们的P-40大队也结训成军，中美混合联队接续了飞虎大队的光荣传统，我们总算可以和日本‘零式’战机一较高下；不必再像过去几年，日机来袭只要有‘零式’机护航，我们不但人要躲警报，飞机也要躲警报，”说到这里，张司令咳嗽起来，大家都习惯了的，便耐心地任由他猛咳一阵。他喝了两小口茶，才停止咳嗽继续道，“情报判断，日军的目标是常德。”

谭唯骏少校坐在左边第二排，他三月份从印度腊河回来，便升了少校，这对一个军官来说是一件大事——从尉官跳到校官之列了。他去印度是率领初级班飞行员去接受P-40的训练，就像上次赴苏联接受训练一样，唯骏以他丰富的经验和学养，将P-40的性能作了彻底的了解。

在印度时，有一个飞虎队的队员理查·汤普森谈起他的经验，引起唯骏对“零式”机战术的极大兴趣。他记得理查·汤普森一开始就问他和“零式”交手的经验，他的回答令汤普森大笑不已。

汤普森很客气地问道：“我进驻昆明后和‘零式’打过两次，到底不如你们的经验丰富。谭上尉，请谈谈你和‘零式’交手的经验。”

唯骏道：“老实说，我没有任何经验。”

汤普森大吃一惊："这……这怎么可能？"

"我们的苏联制伊-16碰上'零式'完全不是对手，所以'零式'来袭，我们的任务是立刻驾机躲警报，逃得远远的，等'零式'机走了我们才回基地。"

汤普森听到"驾机躲警报"，忍不住大笑起来。唯骏正色对他道："一点也不好笑，我们等不及要驾这批P-40好好和'零式'干一场，出一口恶气。"

汤普森止笑说道："我也老实说吧，P-40其实多方面都比不上'零式'，例如爬升速度远逊，缠斗操控性不如，续航力只有它的一半。太平洋战争刚开始时，我们海军舰载机和'零式'的接战损失对比是六比一，你知道'零式'机的厉害了吧。"

唯骏有些震惊，也有些怀疑，问道："但是据战情报告，你们的P-40在昆明上空却占上风啊？不是吗？"

汤普森脸上露出一丝狡笑，嘻嘻地道："下面我要说'零式'的毛病了，没有人是完美的，飞机也一样。它升得快，平飞也快，不知为何俯冲的速度却远不如P-40；再说，它对速度及灵活度的要求牺牲了结构及材料的强度，它的空机重量只有P-40的五成左右，油箱和机身的材料轻薄，防火性差；还有一个大毛病，它速度虽快，但速度越高时操控越困难，在它飞到极速每小时五百三十五公里时，便转个弯都不容易。"

机械工程出身的唯骏啊了一声，道："我知道了，材料和结构不够强的结果是，高速俯冲时便有解体的危险，难怪它平飞爬升都快，就是俯冲不快！"但是他仍有很大的疑问："方才你讲的'零式'战机的优缺点，很多是属于设计上的机密，你又如何得知？美国的情报员厉害啊！……"

汤普森脸上又露出那略带狡猾的笑容道："去年六月，一架从航空母舰起飞的'零式'机因发动机故障，迫降在阿留申群岛的小岛上，人死机存，整架飞机几无重大损伤，运到加州给我方航空工程专家接手后，‘零式’机所有的秘密都被掌握了。谭，你说日本佬倒霉不倒霉？”

“倒霉，倒霉之至。于是你们就利用这些情报资料，避其长而击其短，所以还能占一些上风。”

“谭，教你一句英文，通常在这种时候，你应该说‘倒他妈的霉’，或者说‘倒我操的霉’，讲起来才够劲。”

张司令已经讲话完毕，终结时要大家准备空中支持常德，日本空军轰炸常德已是定局。换言之，中美混合大队的P-40和“零式”的对决即将在常德天空展开。

张司令问大家有无问题，谭唯骏举手。

“谭分队长，你有什么问题？”

唯骏起立回答道：“日本航空队自从换装‘零式’战机以来，在中国上空耀武扬威，未逢敌手，我空军虽然也换装P-40，但双方战力仍然悬殊。唯骏不久前才从印度回来，在印度时曾与美国飞虎队队员理查·汤普森详谈‘零式’与P-40的优劣，回国后几经思考，想到一种可以针对‘零式’战机的缺点而制胜的战术，不过是否实际可行，犹待进一步验证。”

张司令闻言立刻极感兴趣，便道：“你的战术有没有报告大队长？”

坐在第一排正中央的徐大队长应声答道：“报告司令，谭分队长的战术构想跟我和刘中队长都讨论过，我们觉得值得一试。”

张司令转向唯骏道：“谭分队长，你还想如何进一步验证？”唯骏答道：“唯骏请求准许去昆明一趟，我想和理查·汤普森再好好研究一下，所以……”

张司令挥挥手，对大队长道：“原则可以，徐大队长你来处理吧。”

昆明四季如春，十四航空队的基地有一排美式营房，整齐地建在机场外缘，营房外面花草整理得十分漂亮，乍看以为是美军的空军基地。

由于是芷江机场正式的要求，理查·汤普森和队长克拉克·柯尔中校中午前就在二楼的贵宾室中，一面喝咖啡，一面等谭唯骏的到访。柯尔中校是和日军空战时的“王牌”飞行员。

这时一架P-40从跑道外进场下降，飞机落地滑行得十分轻松流畅，室内两个行家一看便知高下，柯尔队长哼了一声，喃喃道：“这个中国佬是个好手。”

停在机坪的美军吉普车将唯骏直接送到贵宾室外，唯骏上楼来，汤普森上尉上前相迎。

“哈啰，谭，很高兴再见到你，你看起来很棒。”

“哈啰，理查，很高兴再见。”

“让我介绍，这是柯尔队长，克拉克·柯尔。”

唯骏行军礼招呼：“队长，您好。谢谢你们接见我。”

柯尔队长伸手相握：“嗨，谭少校，欢迎到昆明。”

汤普森引唯骏到沙发坐下，体贴地问道：“咖啡？还是要先去洗个手？”

唯骏道：“在停机坪便解决了，来杯咖啡吧。”

寒暄已毕，立刻进入正题，柯尔队长说：“芷江那边来电，说谭少校对P-40与‘零式’机交战有新的战术，想到这边来验证一下，便请将你的想法说说……”

唯骏手上带着一个讲义夹，他翻出两张画满红蓝线条及黑色英文字的航空战术图，递给两位老美，就用他带有口音的、勉强能达意的英语开始解释。

“正如两位知道的，‘零式’机虽然有极为优异的性能，在爬升速度、慢速操控性、航程等方面都是一流的，但它的俯冲速度远不及P-40。”两个老美点头。唯骏续道：“‘零式’机除了这个弱点，还有一个弱势，那就是它目前是在中国大陆作战，随便它从哪里起飞，攻击目标是哪里，总是在中国的国土之内。换句话说，我国若在日本空军基地附近遍设观测站，由训练过的民众操作，则日机只要一起飞，我方即能掌握情报；更加上在日方每个驻机基地的航程半径之内，我军方及情报单位早已重点布下了观测站网……”

唯骏停了下来，见两个美国人专心聆听，便啜了一口咖啡，继续道：“我的意思是说，‘零式’机只要起飞了，我们就能掌握它的去向，此时我方P-40在最适当的截击点提早升空，埋伏在高云层中……”

他还未说完，汤普森已经挥拳叫道：“俯冲袭击！帅啊！”

唯骏点头道：“正是！P-40的俯冲速度可达每小时七百五十公里，咱们如果训练得宜，P-40俯冲袭击‘零式’战机就好比老鹰抓小鸡……”

克拉克·柯尔歪着嘴笑道：“谭少校，你这可是绝对的‘主场优势’呀。”唯骏一时没有听懂：“主场优势？”

汤普森笑着说明：“柯尔队长说的是篮球比赛的术语，日本军要在中国境内打仗，主场就是中国的啦。”唯骏也跟着笑了起来，道：“不错，全部观众一面倒替中国加油。”柯尔道：“对，谭少校你听懂了。”

他掏出一包骆驼牌香烟，问唯骏要不要来一支。唯骏谢绝了，柯尔便自顾自点燃了猛吸一口，很过瘾地缓缓将一口烟吐了出来，骆驼牌的烟有股很特别的香味，喜欢上了就不肯抽别的牌子了。他一面吸烟，一面审视唯骏画的战术图，然后点了点头道：“谭少校你说得不错，俯冲猎杀确实是对付‘零式’机的好战术，其实我们在昆明也使用过。如果能像你所说的，充分发挥主场优势，完全掌握‘零式’机的起飞时间及路线，咱们确实可以每一次都事先埋伏在高处，然后俯冲袭击，战果肯定不得了。”

唯骏听了很是高兴，便向柯尔请教，能不能根据“零式”战机编队、巡航、作战或掩护轰炸机的习惯方式，设计几套P-40俯冲袭击的阵式及作战的标准操作程序，以供中美P-40飞行员训练之用？柯尔一面点头，一面掏出一支红蓝铅笔，就在唯骏给他的那张战术图的背面设计起来。

他们三人闭门研究讨论，喝干了两壶咖啡，桌上烟灰缸堆满了烟蒂，三张战术图的反面画满了红蓝线条，终于有一套令三人皆满意的操作程序大致就绪了。柯尔在第三页仅剩下的空白处写下“TAN SURPRISE”两个词，把笔摔在桌上，站起身来叫道：“中饭时间早已过了。”唯骏暗笑：“‘谭氏偷袭’，取的名字还真不错。”

三人沿着美军营房往餐厅走去，前方一排停了七八架美军的P-40，机头上都画了一个鲨鱼大张口，牙齿一颗颗画得有如利刃，这就是有名的“飞虎队”的标志。唯骏走向前，抚摸一个鲨鱼头，笑道：“你们该叫鲨鱼队的。”

汤普森道：“可怪不得我们，飞虎队这名称是湖南衡阳人叫出来的。”唯骏道：“怎么讲？”汤普森道：“去年我驾一架P-40到衡阳上空侦察，任务完了便降落到八甲岭机场加油，有衡阳人民看到我的飞机，据说衡阳人没有看过鲨鱼，便以为是老虎头，大家起哄叫着‘飞老虎’，有个女记者偷拍了一张照片，在第二天的报纸上登个标题‘飞老虎访问衡阳’。翻译官照此译成Flying Tiger，陈纳德将军听了，对这名字喜欢极了，就下令将队名改为‘飞虎队’。”

柯尔队长指着机身上画着的一只卡通式老虎，背上还有两只小翅膀，笑嘻嘻地道：“添上这个标志，就名副其实了。谭，你猜这个飞老虎是谁画的？”唯骏全无想法，随口道：“不知道，难道是陈纳德将军画的？”柯尔哈哈笑道：“不是他，是他的朋友沃特斯·迪斯尼的手笔哩。”

唯骏吃了一惊：“你没在开我玩笑？迪斯尼，创作米老鼠、白雪公主的迪斯尼？”柯尔得意地答道：“正是他！除了他和陈纳德的交情，还有就是我们这个飞虎队的战绩已经在美国国内，甚至国际上大大有名了。”

汤普森赶快补了一句：“也全靠队上有克拉克·柯尔这种王牌飞行员。”补得十分乖巧。

唯骏暗忖：“原来千穿万穿，马屁不穿的道理，洋人也深得其中三味。”不禁对汤普森另眼相看，口头上也恭维道：“听说飞虎队有十五位王牌飞行员，日本航空队闻之丧胆。”他暗对自己说：“我这不同，乃是客气礼貌，不是马屁。”

柯尔笑道：“不是十五，是十六张王牌。”

唯骏在回程的空中享受大晴天下午的风和日丽，P-40以每小时四百三十五公里的巡航速度，平稳地向芷江飞去。

他默默心算了一番，暗忖道：“汉口飞到常德大约三百一二十公里，从芷江飞到常德大约二百七八十公里，如果‘零式’机掩护重轰炸机从汉口起飞，用轰炸机的巡航速度飞常德，而我们的P-40在五分钟之内得到情报紧急起飞，用全速赶向常德，则我方到达常德上空后，约有五至八分钟可以布置高空埋伏，等待日机到达时施展俯冲偷袭，时间上刚好够执行战术，实乃天助我也。剩下的就是赶快回去，把今天和柯尔队长、汤普森所定下的俯冲偷袭的标准作业程序训练纯熟；至于日军机场附近的情报搜集，就要请军事情报单位加把劲了。”

他想到上次以苏制飞机拦截日本“九六”式战机及轰炸机，自己虽能击落敌机建功，但也因油箱被击中而迫降张家界的往事，这回敌机换成了性能更优异的“零式”战机，这套逆袭战法不知是否能奏效？他等不及想要试试，跟“零式”机拼一次。

昆明到芷江直线的航程约七百六十公里，以唯骏目前的速度，两小时内可以很轻松地到达。大队长约了自己共进晚餐，自己落地后还有一个多小时的空当，将那三张纸上的红蓝画线整理成战术图，今晚便能向大队长报告；如果队长同意，明天便可以开始准备训练工作。唯骏心情兴奋，驾驶杆在手中却维持无比的冷静，既不加速，也不改动方向，稳稳地照预定飞行计划飞向芷江。

燕湘报社的编辑室是一间大厅式的房间，记者和编辑共处一室，由于报社规模不大，整个编辑室里一共不过七八个人在工作，各忙各的。大家对次日报纸的版面已有默契，弄出的文字按照当日的计划准时交稿到正副总编辑桌上，作最后的定夺，通常总编辑最注重的是每栏的标题。

靠窗的墙边上有一把长椅、两把藤椅及一张长条桌子，可以让同仁们讨论事情，也可以当作有客来访时的“小客厅”。

这时编辑兼记者的易钧和助理记者黄倩文有客来访，来的是县政府负责社会救济业务的罗百蕙。

百蕙坐在藤椅上，一面喝水，一面拿把纸扇猛扇。都要到十一月了，衡阳还有秋老虎的尾巴，这两天忽然又湿热起来，百蕙从办公室一路走得急了，出了一身汗。

易钧问道：“罗小姐啥事急着要找我们？”百蕙道：“上回在你们报上刊出的三篇文章惹了麻烦……”倩文啊了一声，道：“就是那《雁城农村的悲歌》系列？有啥麻烦？”百蕙轻叹一口气，道：“那三篇文章替农民说了几句老实话，竟将衡阳几个大地主得罪了，他们联手不再捐钱给县政府推行的公益事项……”

易钧插话道：“百蕙的文章文责自负，不关县政府的事呀！”百蕙道：“偏偏是我在负责发动民间力量协助县政府推动公益事务，有几个地主曾因我联系得勤而慷慨解囊，这回一定认为我不够意思，竟然帮着佃农批判地主……所以最近县府请士绅们乐捐的要求，好多都碰了壁。我一清查，大都是那些地主们，他们传出话来，一个角子也不捐给县政府。”

易钧怒道：“这些地主剥削佃农坐享其成，还要口出狂言，难道还要再来一次一九二六年的土地改革，斗争‘土豪劣绅’？”

倩文问道：“一九二六年土改？”

易钧点头道：“一九二六年，共产党和国民党左派人士在湖南乡下搞土改，审判斗争地主，抄他们的家，捆起来游街示众。”

百蕙虽然正在深入了解湖南的农村问题，但显然对这段历史并不清楚，闻言不禁啊了一声，道："原来十几年前湖南就搞过土改了，好厉害！后来呢？"

易钧面色转为阴沉，低声道："第二年就发生了'马日事变'，许克祥的部队开始清党，并逮捕处决共产党人，农村带头搞土改的也遭了殃，湖南土改就昙花一现被扑灭了。"

这时一个电报收发员匆匆走过来，拿了一张译文递给易钧："易编辑，您先前在催的电文稿来了。"易钧接过很快地读了一遍，脸上流露出严肃的表情。倩文问道："怎么了？"

易钧道："常德打起来了！"

编辑室中所有人都停下了手上的工作，抬起头来看着易钧。易钧道："日军连续三天派重型轰炸机狂炸常德及城郊的防御工事，但在第三天遇到我空军的逆袭，日军损失轰炸机两架，'零式'战机被击落四架，我空军则损失一架P-40，另一架遭击伤迫降桃源，飞行员获救！"他停了一下，继续道："我航空委员会宣称，委员长已下令常德绝不可失，空军将尽全力配合战区司令的要求，协助常德守军与敌军作殊死战。"

几个年轻的记者和编辑都鼓掌叫好，百蕙却是心中一紧，暗忖："支持常德的空军肯定是从芷江机场起飞，表哥的任务一定倍增，他每天都处于危险之中。"

倩文想了一会道："各位有没有发现一件事，自从武汉会战后，我国空军几乎没有参与多少大型的空战？这是因为日本航空队换装新型'零式'战机后，我方拥有的苏制战机已经完全不是对手，是以能避则避，祖国大好天空任由日机来去肆虐，全靠美国志愿航空队重点防御，打了几场漂亮的空战。今天这个消息，宣示了一个新的转折点：中国空军换装美式战机已告完成，即将正面迎战日本航空队；常德空战是个试金石，也是向日军下的新战书！"

易钧赞道："倩文说得好极了，你快把这段话写下来，就刊在这份电文新闻之后，标题就是'常德天空传捷报'，副标题是'空军向日寇下新战书'！"

他转头看来访的百蕙脸色阴晴不定，以为她还在担忧得罪衡阳地主的事，便安慰道："百蕙，你做的事是对的，你那篇文章很得读者的好评，没有什么好怕的。那批地主如果坚持抵制你和县政府，我再写篇社论来批评他们。"

其实百蕙心中在想的是，一方面为我空军的英勇感到钦佩和感动，另一方面又为表哥身处第一线战火而感到担心；不过听到易钧这样的话，仍是满心感激地道谢："易编辑仗义执言，真不愧舆论的正义之声，我十分的感激。不过我有一个想法，也是一个请求吧，不知是否可行？就是在批判他们之前，由县政府民政局先发表一篇感谢民间协助公益的文稿，请贵报派人来访问，作一次正面的报道，也算是给包括地主在内的善心大户们一个应有的感谢……"

易钧伸大拇指赞道："先送顶高帽子给他们戴，也许就化解了一部分火气。等到专访罗百蕙时，你再说些好话拍拍马屁，俗话说得好，'千穿万穿，马屁不穿'，我看地主中一定有人会被你的甜言蜜语弄得火气全消，今年冬天的募捐还是有望的。百蕙啊，我对你要刮目相看了。"

百蕙笑道："人家热心公益也是事实，我心存感激也是由衷而发，这马屁里面也见真情哩。"她笑靥乍现，两个酒窝增添了几分妩媚，易钧眼睛一亮，之前好像没注意到百蕙是如此娇媚的女孩。

百蕙也暗忖道："倒没想到这个国民党办的报社里，有易钧这样具社会正义感的编辑。华老师说我们要多联系志同道合的朋友，才能壮大正义的力量，哪天我来介绍他们两人认识，一定谈得来。"

易钧转向倩文道："倩文，请你发个电报，请求报社无论如何派一个记者到芷江，专门采访报道空军支持常德作战的新闻。"

倩文答应了，便起身对百蕙道：“百蕙，你随我到电报室来。你学会了收发电报的程序，却从来没有见习过实务，今天机缘凑巧，快跟我来学学实际上怎么操作。”

百蕙听了喜出望外，迫不及待地跟着倩文走向电报室。她贪心地想：“等倩文发完她报社的电报，我还要学习如何用王云五的四角号码，加上我们死党的特定密码来发电报，忒好玩呢。”

谭唯骏率他的分队驾机返回芷江机场。吃过饭正要休息一下，徐大队长传令召见。进入队长室，刘中队长也在室内，大队长嘴角叼了一根香烟，满室的烟味，唯骏立刻想起不久前才闻过这种特殊香味，忍不住叫道：“啊，骆驼牌洋烟。”大队长有些诧异：“你一进来闻味而知香烟牌子，唯骏，原来你也是个老枪？老美送我十包骆驼，真过瘾，也来一根？”唯骏笑道：“我不吸烟的，是上回去昆明，那个柯尔队长是个烟不离手的老枪，我们关在密室中好几小时，他一根接一根抽的就是这骆驼牌，熏得我终生难忘。”

刘中队长伸手握了唯骏一下，道：“恭喜偷袭成功！”

大队长吐了一口浓烟，道：“地面情报证实，你的分队击落两架大家伙（轰炸机），四架‘零式’，我方损失一架，另一架迫降桃源，飞行员获救，是汪欣那小伙子吧？”

唯骏道：“不错，获救的是汪欣。这小子一身是胆，独自击落一架‘零式’机，击伤一架轰炸机，自己机尾遭击伤，仍能机警地及时迫降成功，不简单啊。可惜沈国增来不及跳伞，他的座机在空中就炸开了，一团火球就在我右下方，唉……”唯骏当过这两人的教官，沈国增战死令他十分不舍。

大队长摇了摇头道：“可惜了，沈国增才结婚半年，他老婆好漂亮一个杭州姑娘……唯骏，由你去通知她吧。”身为空军的部队首长，徐大队长太了解这项令人伤心的任务——通知噩耗给阵亡伙伴的遗孀。他更知道，第一次执行这种令人心碎的任务时那种刻骨铭心的痛苦。

唯骏黯然点了点头，刘中队长用振奋的口气改变室内的气氛：“这次的空战，证明你设计的俯冲偷袭战术的确能发挥功效。其实前两日鬼子空袭常德，我们也是有机会的，可惜地面观察的情报传递系统还有问题，我们收到信息起飞赶去，一次是已经来不及布阵埋伏，一次是云层太低不利俯冲偷袭，否则前两天就可以打他个落花流水。”

唯骏点头道：“中队长分析得十分透彻，可见这套战术必须配合一流的飞航情报传递系统和更精准的气象情报，在目前的情况下，只能偶尔奏效。有机会我再和柯尔队长他们研究一下，看是否有改进之道。”

徐大队长道：“很好，昆明的十四航空队决定要加强中美混合联队的功能，不久就会增派人、机到芷江和衡阳机场，我或可试试指名要求克拉克·柯尔队长调驻芷江。”唯骏起立行礼道：“这样太好了，谢谢大队长！”

唯骏回到自己的房间，心中念念难舍的还是这场空战中殉国的沈国增。芷江基地几乎每天都传出飞行员牺牲的消息，但沈国增是唯骏带过的学生——唯骏从四大队调驻笕桥当教官时，沈国增是航校学生，这份特别的关系增加了唯骏的伤感。

“报告！”门外有人求见，唯骏打开房门，只见门口站着的是他另一个学生，空战中击落一架“零式”机、击伤一架轰炸机的汪欣。

汪欣直直地立在门外没有讲话，唯骏请他进房坐。他手中拿着一个信封袋，一言不发地坐下，将信封袋放在桌上，然后低声道：“队长，国增留下这包东西，麻烦您带给他老婆。”

唯骏有些诧异，问道：“他……他三天前才调到我们队上，怎会有东西托给你……”

汪欣黯然道：“教官，您是知道的，国增和我在航校时便很要好。毕业后他去了洛阳，我被派到南昌，后来我去了兰州，他被调到桂林，这期间同班同学在全国各地拼战，三成以上已不在了，我和他这当中只见过一次面，便是他结婚办喜事那回。这回好，三天前他突然出现在芷江，我在吃早饭时看见他的背影，又惊又喜，便从背后猛拍他一掌，叫道：‘沈国增，你不是已经死了吗？’他吓了一跳，回头见是我，便笑道：‘还没有，还没有。’……”

汪欣说到这里，忽然哽咽说不下去，唯骏听得感动万分。他知道这批优秀的青年，很多都是家境小康甚至颇为优渥的大学生，投笔从军后成为捍卫祖国领空的战将，他们明知己方无论飞机性能、武器火力……在在皆远居劣势，但是大家凭着拼死保国卫民的热血，在长空血战中完全不知畏惧为何物，生死早已置之度外，甚至认为战死乃是必然之归属，生死大事竟然成了问候语。

唯骏忖道：“他们如此，我自己又何尝不是？”只不过身为队长，自己更多了一分护卫属下同袍的责任。为此，唯骏的悲伤中更掺杂了悔恨和自责。

两人相对无言了一会儿，汪欣起立便要告辞，唯骏指着桌上的信封袋，还没开口问，汪欣已主动说：“一只瑞士手表，一支派克钢笔。出任务前的晚上，大伙儿睡在基地营房里，国增睡在我的邻床，他忽然把这包东西塞在我的枕头下说：‘如果我先你走了，这包东西请你交给我老婆。’……”

说到这里，汪欣终于滴下了眼泪。他行了一礼便要离去，唯骏一手拿起那信封袋，站起身来道：“我这就要去看国增的太太。”然后紧握汪欣的手道：“汪欣，你干得好，但胆大需要心细，千万不冒必死的险。”

十一月初，横山勇的十一军发动常德外围的攻击战，兵分三路在常德东北的安乡，北面的澧县，西北的石门、慈利，与中国军队两个集团军血战，从十一月二日打到二十四日，双方寸土必争地争斗，使得战火尚未抵达常德城，中国军队已经牺牲惨重。二十四日夜，三万多日军基本已形成了包围之势，日本出动飞机狂炸一阵后，攻城战事开启。

负责守城的是七十四军五十七师，师长余程万中将率领他素有“虎贲”之名的部队，展开了常德城保卫战。日军想要由东城门和北城门突破入城，将最精锐的部队及最强的支持火力全部集于两城门之外，这时由芷江机场起飞的中美混合机队突然大举进袭，十日之内出动了数百架次，强力攻击常德以东的日军集结地及补给营，并对城外的日军展开炸射。

这时常德已被团团围住，芷江的空军配合六战区指挥部的要求，增派飞机空投食物和弹药到常德城内。抓住十一月二十八日及三十日两天天气适合空投作业，芷江出动了所有能派上阵的飞机，载满弹药和食品进行空投。

由于上面命令要投五万发弹药及两万斤食物，但芷江基地空运能力有限，为达成目标，有人想出利用战斗机的副油箱装满子弹支持空投，才勉强空投了二万六千发弹药及七千多斤食物。常德守军得此援助，虽然数量上是杯水车薪，但全体官兵无不士气大振，主要是心理上的因素，大家感觉到自己没有陷入孤立无援，以为弹药和粮食的补给还会源源而来。

然而两次空投后，常德城便再无由天而降的补给了；东城、北城被攻破后，日军如潮水般涌入常德城，双方展开逐巷逐屋的巷战，短兵相接，甚至肉搏。到了十二月二日，守军被压缩到师指挥部所在地周围三百米之内，能战斗的部队仅剩三百多人。

师长余程万这时向六战区司令孙连仲及七十四军军长王耀武发出了最后一封电报：

“弹尽、援绝、人无、城已破。职率副师长、指挥官、师附、政治部主任、参谋主任等固守中央银行，各团长划分区域扼守一屋，作最后抵抗，誓死为止；并祝胜利。第七十四军万岁，中华民国万岁！”

十二月三日，西门被攻破，余程万率一百零四人突围。日军占领全城，城内城外所有的日军已精疲力竭，虽然战力大减，但是仍不忘记对留城的伤兵及民众展开屠杀，惨不忍睹。

十二月九日，第九战区的欧震兵团从常德东西两面夹击，日军如强弩之末，主力已经退出常德城，国军开始追逐反击，直到十二月二十日，最后一支日军退回防区，两军恢复了战前的态势。

常德会战打了一个多月，中方死伤约六万人，日军损失三万多。从双方伤亡来看，单常德城的保卫战斗，中国军队五十七师八千虎贲之师，血战十六日，突围幸存仅八十余人，损失不能说不惨重；但是从战略的观点检视，这一场大战的胜方应属中国。

芷江的中美混合大队的休息室中，柯尔队长、汤普森上尉和谭唯骏少校围着一方小桌，正在研究P-40的改良战术。这三人原本就有交情，他们在过去一个多月里并肩作战，一番战场上的"革命情感"，更把他们紧拉在一起成为亲密战友。

唯骏还清楚地记得前天的空战，第一轮俯冲偷袭，成功地击落两架日军轰炸机后，他的僚机经验不足，为躲避两架"零式"机火力全开的追击，向左翻滚脱队而去，落单的唯骏立刻遭到两架日机咬住，他一抬头，看见两架P-40友机从右上方全速飞来，带头的好像正是柯尔队长……

唯骏突然作了一个大胆的假设，他将机头向下一推，座机疾速向右下方急坠，后面追击他的两架日机丝毫不放松地跟了下来，四束机枪子弹从唯骏头上扫过。他在机舱内大喊："柯尔，俯冲！你他妈的快俯冲，干掉他们！"

果然他的假设成真，柯尔和他心意相通，带领着他的僚机以超过六百五十公里的时速俯冲，迎向唯骏机尾后的日机，两架"零式"机就被唯骏引入柯尔的射击陷阱，一阵机枪响后爆出巨大火球，日机冒着浓烟坠落地面……

唯骏拉起机头，正好和两架友机交叉而过；他和柯尔的配合妙入颠毫，最神奇之处在于两人都是即兴之作，事先从未演练过。

事后他告诉柯尔："回想起来，我在机舱中的吼叫竟然全是用英语呢。"

柯尔哈哈大笑："是啊，谭，你吼得真大声，我全'听'到了呢，我猜你要我赶快俯冲干掉他妈的日本鬼，对吧？"

汤普森吸了一口烟道："不过说实话，队长和谭的配合已到了心意相通的地步，两架各自作战的主机竟然不用打招呼，瞬间就换位互补；谭当诱饵，队长当猎手，帅啊！"

柯尔笑着道："不过这种战术很难推广。"唯骏道："下回你当饵，我当猎手。"

讨论完毕，唯骏把笔记收入他的数据袋里，柯尔却从手边的公事皮包中掏出一份报纸，一面喝着苦咖啡，一面展报阅读。

汤普森忽然笑眯眯地对唯骏道："谭，你猜猜看，我们两国空军合作以来，在空中干掉的日本军官里，官阶最高的是谁？"

唯骏笑道："我知道，你说的是三个月前，日军第三飞行师团的师团长中菌盛孝中将，他从汉口直飞广州途中，被中美空军击落身亡，对不对？"

汤普森吹了一声口哨，道："答对，这个叫什么中菌的，相当于我们的军区司令了，干得真他妈的好！"

柯尔点了一支香烟，指着手上的英文报纸道："你们猜《纽约时报》是怎么报道常德会战的？"唯骏立感兴趣，连忙问："怎么报道？"

柯尔念道："……一只乌鸦站在被炸毁了的仓库外的一根焦梁上，居高临下地望着已从地上毁灭了的常德……埋葬死者的地掘得太浅，经过的行人都用橘子皮捂在鼻尖上，以抵挡空气中死尸的腐臭……然而就在这时，城东门的一根竹杆上，中国的国旗又胜利地飘扬起来，两个武装的中国士兵精神抖擞地站上了他们的新岗哨……"

柯尔停了一下，继续道：“这里还摘录了伦敦新闻评论纪要：‘常德之战对中国而言，证明了淞沪会战之后成军的士兵的作战能力；对盟国而言，证明了中国虽处于极大的困难和劣势之中，仍然能够坚持到最后而渡过难关，击退顽强的敌人，虽然胜利来得何其悲壮。’”

唯骏听了感动得说不出话来，中国军民用血肉换得“惨胜”，总算开始赢得国际上的尊敬。汤普森对着他竖起大拇指，唯骏冲着汤普森道：“常德，真是他妈血淋淋的一仗！”柯尔赞道：“谭的英文有进步，有点美国味了。”

横山勇在汉口机场恭候中国派遣军总司令畑俊六的大驾，畑俊六从河南郑州飞来，在汉口机场停留几个小时后便要飞回南京。他绕道来汉口停一下的目的，就是要向横山勇面授机宜。

畑俊六的座机是去年才服役的“四式”重型轰炸机，内部改装成高级长官的座机。四式轰炸机的代号是“飞龙”。它由四架战斗机护航，以每小时四百公里的巡航速度飞来汉口。

“飞龙”降落后，护航的战斗机也一一降落。横山勇遥望那四架战机在跑道上滑行，喃喃道：“嗯，好像不是‘零式’战机啊？”转头问身边的副官伊藤中佐：“伊藤，认得战机的型号吗？”

伊藤虽然出身陆军炮科，却是个飞机迷，搜集各种战机资料是他最大的嗜好，他凝视跑道上的战机，想了一下，忽然很有把握地回答：“报告司令，我猜是上个月才正式在陆军服役的王牌战机Ki-84‘疾风’。哇，畑司令官用四架‘疾风’护航，真是威风八面。”

横山勇道：“这个‘疾风’比‘零式’还厉害？”

伊藤中佐恭敬地回答：“中岛的‘疾风’极速可达每小时六百五十公里，三菱的‘零式’极速大约是五百三十公里，足足差了一百公里。再说……”

伊藤停了一下，没有说下去。横山勇问："再说什么？"伊藤道："据说畑司令官比较偏爱陆军航空队的飞机，'零式'战机基本是为了航空母舰的舰载需求而设计的。"

横山勇嗯了一声，暗忖道："恐怕最主要还是为了长官的安全。去年中菌盛孝中将在空中被击落的事件不能重演。"他率副官走到停机坪中央，这时畑俊六的座机刹车、熄火，两具一千九百匹马力的发动机停止了怒吼，螺旋桨停转。舱门开处，畑俊六大将步下座机。

横山勇上前迎接，两人寒暄完毕就进入机场的一间长官休息室中，摒除所有的幕僚，就只两人在内，确保两人的谈话绝对不入六耳。显然畑俊六还记得那年他和冈村宁次的谈话记录意外遭人夺去的往事。他每次想起这件事，都有一个很大的疑惑，苦思不得解答："那被夺走的谈话记录，明明显示我方有攻击珍珠港的构想，虽然没有明确时间表，但发动太平洋战争的意图甚明，可是何以一九四一年底山本五十六发动偷袭时，美军似乎毫无防备？难道这份谈话记录所用的密码，对方竟无能力解码侦破？"

横山勇先把去年底常德作战后的湖南军情作了简单扼要的报告，畑俊六频频点头不语。横山勇一时摸不清楚这位貌似病夫、心如坚石的总司令究竟在想什么，是自己的报告令他不满？还是将有什么极困难的任务要下达命令？

沉默了一阵，畑俊六终于开口道："横山司令，常德作战一个月，双方死伤数万，又回到作战之前的对峙形势，这证明了一件事：我军能打胜战役，但无法取得战略优势。这是极危险的事，纵然敌方损伤较大，但我帝国还有多少军队能如此一城一城地消耗下去？"

横山勇没有接腔，畑俊六继续道："大本营给我们的压力主要是三方面：一是西进重庆，二是打通平汉、粤汉、湘桂铁路，完全掌控陆上的运输干线，第三是要取得湘桂基地，进一步摧毁美国航空队的驻守机场，消除美军B–29超级轰炸机直袭帝国的威胁。去年一年，我方所需的军事及经济物资，从南洋经台湾海峡北运，遭受美军击毁超过一百万吨，如果陆上的运输命脉仍无法打通，大本营将遭到不可承受的压力。”

横山勇听到这里已经了解：攻陷常德而无力据为跳板西进入川，就表示进攻重庆的计划得要暂时摆一摆了，目前日方军力应集中于长沙—衡阳之作战，这“一号作战”的主力任务就要落在第十一军的身上！

他挺坐恭领任务，畑俊六却叹了一口气，缓缓地道：“总理大臣以及他整个内阁目前面临庞大的倒阁压力，东条的政敌在政治上可以说得天花乱坠，但骨子里真正的问题只有一个，便是帝国的战事遭遇到前所未有的困难，不论是陆上还是海上。”

横山勇点头不语，畑俊六继续道：“去年所罗门群岛之役，联合舰队山本五十六司令官的座机遭敌机击落殉国；今年初马绍尔群岛之役败后，情报显示美军已完成进攻塞班岛和关岛的准备，近日即将启动。东条英机首相心急如焚，极盼中国这边‘一号作战’能顺利执行，及早成功，或可解其被倒阁的压力。”

横山勇低首称是，畑俊六问得更具体了：“打通粤汉路，必须占领衡阳，欲得衡阳，必须先攻下长沙。横山司令，第十一军再度进攻长沙，你估计需多少时间可以拿下？”

横山勇抬起头来正视他的长官，大声道：“再攻长沙，固为所愿！第十一军早已经算过，这回重攻长沙，三个礼拜足够了，九战区薛岳这回不要想故技重施！”

畑俊六点头道：“我看过你十一军的作战计划大纲。如果十一军确能在三星期之内拿下长沙，立刻南下进军衡阳，你估计要多少天方能成功？”说完他严肃地瞅着横山勇，脸上带着深沉的忧虑。

横山勇面色森然地回答道：“报告司令官，衡阳城东倚湘江，北有蒸水，西是沼泽湿地，南郊虽有丘陵群，反而比较适合我军进攻。如果我军取得长沙，大军可沿湘江两岸一路南下，沿东岸先拿下八甲岭机场，从衡阳之南渡江，占领重要山头，从南向北、从高向低发动攻城。我方可布置炮兵从东岸隔江轰城，出动航空队在城北轰炸，步兵渡蒸水攻北门，衡阳西部西北郊埋伏大军同时进击，守军基本上无险可守。我军从南、北、西三面攻城，衡阳指日可下。”

畑俊六点头道：“除你十一军主力的六十八师团、一一六师团之外，再加十三师团、五十八师团、四十师团、五十七旅团统统归你指挥，另有航空队助战，你的‘指日可下’是几日？”

横山勇双目圆睁，厉声答道：“如此我方出动兵力近十一万，若从兵临衡阳城之日算起，我可以三天时间攻下衡阳！”

畑俊六道：“长沙难攻在于从洞庭湖到长沙城有二百公里的河流纵横，越过这段易遭左右夹击的地形到达长沙，就要十天半月；从长沙到衡阳的地形就容易进攻，沿湘江两岸可以长驱直下，但衡阳守将是第十军方先觉，此人在上次长沙作战中表现极为卓越，我军千万不可轻敌。”横山勇称是。

畑俊六心中暗忖：“东条首相被东京的政客及大本营一批不懂事的笨蛋军人逼迫，要他保证何时可以攻下衡阳……我若报告他需时三周，那批政客定然不依，若报告三天，又怕横山勇说到做不到，我就回报十天吧。”他对横山勇郑重地托付：“横山司令，长衡作战就要靠你努力了！”

横山勇起立答道：“横山誓死如期达成任务，务请长官放心！”

畑俊六盯着横山勇看了片刻，然后低声道：“两件事请横山君务必注意，从长沙到衡阳这一段不到二百公里，湘江两岸必将受到支那大军两面的横向阻击，你拿下长沙的同时就急行南攻，半日都不可耽搁，定要在敌军集结两侧之前冲到衡阳。快速是胜败的关键。横山司令，拜托了！”横山勇称是。

畑俊六站起身来，低声续道：“十一军进攻常德时动用了毒气及细菌战剂，国际间的反应很不好，务请横山司令多注意！”

西湖小学已经放学，学生都鱼贯离校回家；一年级的教室中，湘芷扶着一个小男孩的手在学写字。朱校长从教室外走廊走过，便停下身来招呼道：“湘芷，你还没有下课？……啊，你在教佑华写字。”说着便走进教室，见那男孩在湘芷帮助下，在一张纸上写了好些个“朱佑华”，有大有小，歪歪斜斜，“华”字写得尤其古怪难认。

朱校长摸摸男孩的头道：“佑华写好了就回家吃饭啊。”湘芷道：“他完全不识字，一切要从头教他，希望补一个暑假，下学期能赶得上班上的进度。”朱校长轻声道：“麻烦你费心了。唉，这可怜的孩子。”

朱佑华今年七岁，是朱校长的堂侄，他家本来住在常德乡下，在一次日军轰炸中家毁人亡，只剩下佑华没有罹难，朱校长便将他接到衡阳来。这孩子已经七岁还没识字，就让他在小学里从头开始学习。湘芷见佑华长得清秀可爱，因从小住在乡下，说话举止都格外天真憨厚，便特别照顾他，两个月下来，孩子对湘芷比对朱校长还要亲。

湘芷又教佑华多学了几个字，便送佑华回朱校长家。她看时间已晚，也赶快收拾好自己的东西，匆匆赶回婶子鱼粉铺去吃晚饭。一到家，就发现好久不见踪影的蔡专员又出现在塘叔的茶馆里，正在和塘叔闭门低声谈话。

湘芷心中一紧，每次蔡专员一出现，似乎便有大事要发生，这回不知又带来什么爆炸性的消息。她快步穿过走廊，先回房看她娘。湘芷的娘从去年年底开始骨骼疼痛，夜间睡眠时尤其难熬，看了几个医生开的药方服了都无效，只好服些止痛药减缓疼痛。

湘芷问候了娘，又陪她聊了一会儿，眼看着娘的身体渐渐消瘦，由于睡眠受疼痛影响，整个人的精神也变差，湘芷心中很是焦虑，但她表面上总不流露出来。

她娘忽然抬眼道："湘芷，你今年二十五了吧？"

湘芷听了一怔，点头道："不错，二十五岁。"娘点了点头，却不再说话。湘芷忍不住道："娘，您要说啥就说呀，干吗吞吞吐吐的？"娘终于说出来："湘芷呀，百蕙那个表哥和你还有通信来往吗？"

湘芷啊了一声，暗道："原来娘什么都知道了……"她想了一下，回道："谭唯骏是空军飞行员，现在抗战打得这么激烈，他几乎每天都在出任务，哪有时间和我通信来往？"说完又加一句："恐怕连他表妹也不知道他的近况哩，何况是我。"

她娘一本正经地道："你莫扯东补西，越描越黑，谭唯骏爱的是你不是他表妹，你的事连婶子都知道，还瞒什么！"

湘芷被娘拆穿，不禁为之脸红，虽不知道这两位精明的老人家怎么得知的，但既然说穿了，便也老实地回答道："唯骏不久前还有信寄到学校里，他的部队任务连连，已经一整年没休假，平时就算周日休息一天，也不可能离开基地到衡阳来……"

娘脸上露出一丝笑容，不知怎地，湘芷竟觉得那笑容背后有一丝凄凉。

过了一会儿，她正想交代一句话就到茶馆去和蔡专员打招呼，娘又开口了："湘芷啊，娘身上有病，这个病恐怕是好不了的绝症。娘心里有数，活不得好久了，总盼着你早点结婚养仔，有个好归宿，娘才放心好走。"

湘芷吓了一大跳，她料不到娘会忽然说出这些话来。她注视着娘的脸，昏黄的灯光下真的显得衰老，平时每天见面也没有特别感觉到，她暗暗自责："我是太疏忽娘的健康了。"想到娘半辈子的茹苦含辛，想到娘刚才说的话，眼泪就要流下来。她伸手握住娘枯干的手，颤声道："娘，您别胡思乱想，明天我们去医院好好检查一下，您的病未必就是什么绝症。"

娘摇了摇头道："我自己的身体自己最清楚，倒是你要晓得，飞行员在打仗时候，是捧着灵牌子在拼命，唯骏是因为爱你才不敢跟你提结婚，你还要等下去吗？”

这一语震惊了湘芷，她想到上次在芷江机场她和唯骏的“誓言”，终于完全明白了唯骏的苦心。她暗暗吃惊：“娘其实什么细节都不清楚，却能看到核心，老人家的智慧实在厉害啊。”

她坚决地对娘说：“我会等，等到我们战胜日本鬼子；唯骏会好好为国为我珍重，活到战胜日本鬼子。娘，您放心，我们会有好结果的。”

娘又笑了，这回是感动地笑了。

湘芷走进茶馆铺就先招呼：“蔡叔您好，好一阵子不见您来，这段时间您都不在衡阳么？”

蔡专员哈地笑了一声，道：“彭老师问得巧，我要是说都在衡阳，却不来塘叔茶馆报到，岂不失礼？”塘叔道：“蔡专员行踪向来神出鬼没，在敌前敌后来去自如。”蔡一奇道：“好说，好说，上回若不是怀塘兄和徐矮子仗义相救，蔡某早就让日本鬼子给宰了。”

提到徐矮子，湘芷便问：“徐矮叔这一阵子也不见了，好生想念他。”塘叔道：“徐大冲这个怪人不可能长待在同一个地方，他办完上回那事，开心了三天就说要走，现在去了哪里，说实话我也不清楚。”

湘芷甚感兴趣，忍不住提出一直存在心中的问题：“徐矮叔一个人闯江湖，也不曾听过他做什么正经事，他的生活靠啥维持呀？”塘叔哈哈笑出声来：“真是好问题啊！‘大葱’这人我从认识他起就没见他缺过钱花，除了当兵时很短的一段时间有粮饷可领，之后就从没干过一天正经事。如果他过得快活，那他所在之地一定就有人倒霉，只不知道最近这一阵子是日本鬼子倒霉，还是土豪劣绅倒霉。”湘芷听得目瞪口呆。

自从上一次湘芷只身带着机密文件飞到芷江完成任务后，她和朱校长、塘叔之间的互动关系发生了微妙的变化；他们仍然是长辈，但湘芷的机智及执行能力已让“大人”们信服，不知不觉间早已将她当作重大事情商量的对象。湘芷自己也觉得融入了朱校长团队的核心，这时她便毫无隔阂地加入了塘叔和蔡专员的谈话。

蔡专员道："湘芷来得正好，我们正在谈的事要和朱校长那边密切配合，你了解了我就不需和朱校长见面，她是学校校长的身份，我们能不见面就不要见面。我要说的是，日本军方最近从武汉派了至少十几名间谍到了衡阳，这些间谍有的是能说流利中国话的日本人，有的是南京伪政府派出的汉奸……"

湘芷听到这里心中一震，暗道："日军要进攻衡阳了。"果然，蔡专员继续道："上面的分析，日方这样的举动，显然是来衡阳搜集军情。虽然最新的情报显示，双方大军集结于长沙周围，我方却分析日军真正的目的乃是衡阳。"

塘叔道："只是这两地相距不及两百公里，鬼子进攻衡阳之前如不先拿下长沙，就必将陷入前后遭夹击的不利情况。所以这一回他们若取得长沙，必会以迅雷不及掩耳之势直扑衡阳……"

蔡一奇道："甚至一面在长沙战斗，一面就遣军队先进攻衡阳的城郊，将重要据点占下来，到大军南下之时，一路阻截日军的部队根本来不及集结，攻城之战已经启动，衡阳就要陷入孤军奋斗了……我是说，如果日军兵力够充足的话。"

湘芷低声问道："蔡叔，您要我传什么话给朱校长？"

蔡一奇也低声道："我们要即刻进行反间谍的斗争。请校长那边筹划一下，能不能从她原来负责组训的团队中，调出些干员来配合我这边作战；湘芷你作联络两边的桥梁！"

塘叔没有说话，带些忧虑的目光飞快地瞥了湘芷一眼，见多识广的他了然于胸："这个'桥梁'便是颗死亡棋子，敌方要是看穿了我方的把戏，这是必杀的棋子。"

湘芷还没有回答，蔡专员已正色对她道："湘芷，这是一个关键的角色，也是一个危险的角色。这个人要能洞悉危机于事发之先，要有急智能当机立断作出正确的决定，当然要对衡阳极为熟悉；遍思我们的人马中，没有一个能比你更适任。湘芷，你考虑一下是否愿意接受这一任务。”

湘芷从小寄居婶子家，好强的她总要处处表现得无懈可击，很自然地养成了她极为敏锐的察言观色的能力；作为一个好情报员，这份能力就给了她极佳的洞察力。她起先还没有意识到这个任务的危险，听蔡专员这一说明，顿时犹豫起来。塘叔见状就说道：“你不必马上做决定，这事可以等你把方才的信息转给朱校长之后再说……”

蔡专员明白塘叔这样说是有道理的；湘芷虽然加入了组织，但她听命于朱又芳，并不直接受蔡专员这边节制，情报工作人员总是单线领导的，这规矩塘叔知之甚深。

就在此时，茶馆门外有人在敲门。晚餐时间鲜有客人会上门，这时是谁来敲门？湘芷看了塘叔一眼，塘叔使个眼色，湘芷起身开门，立刻欢声尖叫：“呀！倩文、小玉！小玉你何时来衡阳的？也不先通知一声！”

黄倩文和魏小玉俏生生地手牵手站在门外。魏小玉瘦了不少，原来略胖的圆脸变成鹅蛋脸，成熟了许多，也变漂亮了许多。湘芷扑上前去，一手握住一个往屋里拉。

两人都喊了塘叔，但不认识蔡专员，湘芷介绍完了就拉着两人到另外一桌坐下，迫不及待地问道：“小玉，你从贵阳来？一个人回衡阳？你该毕业了吧，魏大夫？”

魏小玉和湘芷好久不见，一见面就听她叽里咕噜连珠炮般问了一串，不禁笑了起来。她先仔细打量了湘芷一番，好整以暇地道：“嗯，气色不错，看起来彭老师日子过得还不错。”然后装模作样地正色回答道：“回彭老师的话，小玉从贵阳来，和我爸妈一起来的。刚刚结束外科实习医生的训练，正式成为外科大夫了。”

湘芷拍手称贺，叫道：“小玉，你是我们六中第一个医学院毕业生。哇，好年轻的外科大夫，好了不起呀！”小玉道：“过去六七年我是躲在后方完成学业的，而你们大家投入抗战工作岗位，从各方面将自己的力量贡献给国家社会。可以说，我能顺利成为一个外科大夫，是欠了你们牺牲奉献的结果，你们才了不起哩。”

倩文道：“几年不见，小玉越来越会说话了。不管谁欠谁的，明天把百蕙和董森找来，六中我们这一批‘死党’就到齐了，定要好好庆祝一番。”小玉连声叫好。

邻桌塘叔和蔡专员含笑看着这三个优秀的女青年，战争的岁月使她们个个变得成熟能干，难得的是几年的战事，她们都安然无恙，她们的友情也一如学生岁月时。

但是这一切即将改变，因为战火即将延烧到衡阳了。

驻守衡阳的中国军队第十军军长方先觉，独坐在军部战情室中，面对着墙上一张华中华南的大地图，图上用红蓝铅笔画了许多路线、箭头及布防的凹凸线，画得像是一条条城墙上的箭垛。地图的左边挂着一幅横匾，上面写着“忠义表天地”五个字，笔画刚瘦有力；上款是“子珊吾弟”，下款是“蒋中正”。子珊是方先觉的字。

这块横匾来之不易，背后的血泪呛天难诉。他想到年前常德会战时，第十军奉命驰援友军，他定下的作战计划因受到九战区司令官薛岳越级直接指挥，手下的一九○师进退失据，致使作战计划不能彻底执行，结果麾下的另外两个师——第三师及预十师遭到惨痛损失，预十师孙明瑾师长更因而战死。为此方先觉和薛司令官大吵了数次，薛岳大怒之下，就以作战不力的理由将方先觉免职。幸好老长官李玉堂力保，将常德作战的实情直陈军委会，经调查后证实了第十军在常德会战中有功无过，方先觉才保住了军长之职。将委员长特颁这块匾给方军长，很明显是有特加安慰鼓励的意思吧。

想到往事，方先觉苦笑一声站起身来。他身高一米八五,一双细眼横在一张大脸上，看上去是一条江北大汉，但言容举止斯文谦虚，从外表谁也看不出这个容貌老实的大个儿，内心有着无比坚毅的决断力及火山般的爆发力。

此时他在空无一人的战情室中踱着，桌上有第十军高级幕僚提供的守战方略计划书好几份，等待主帅裁决。几份作战计划都有一个共同点，几乎全军师级以上的长官一致预测日军将从衡阳城南主攻，城西大军侍候，最后攻城时还得准备有惨烈的巷战。参考常德会战的经验，指挥总部就设在中央银行——凡中央银行必有金库，有金库就有最坚固的地下室，可以挡住最猛烈的轰炸及炮击。

方先觉把桌上的几份计划书再做最后一遍翻阅，心中已有定见。他暗自忖道："为免蹈常德城破后民众遭屠的覆辙，我要立刻下令将衡阳城内几十万人民先撤退到数十里外，所有的粮食、医药、民间的弹药武器全部留下，让衡阳成为无民之空城。横山勇，你有种敢来衡阳，咱们就军人对军人，决一死战！"

他抓起桌上一只铜铃，用力摇了三下，室门开处，一个勤务连士官长和一个年轻的传令兵快步进来，立正敬礼。方先觉发令："立刻通知参谋长、各师长，十分钟后到战情室开会，不得有误！"

第十军编制上配有三个师，在常德会战中兵力折损得相当严重，这段时间里虽然努力整补，也只完成了一个半师的精锐部队。三个师的师长分别是预十师葛先才、第三师周庆祥、第一九〇师容有略；另外加调第五十四师归方先觉指挥，但这个五十四师是个空壳师，兵力还不足一个团，师长是饶少伟。十军参谋长是孙鸣玉少将。全军只有一万七千多人的兵力，其中有作战能力的精兵还不到一万五千。

方先觉的战术会议十分精简有效率，所有方案都已事先详加研究、仔细比较过，但兵力就只这么多，太复杂的战术也无能力执行，巧妇难为无米之炊。于是方军长先宣布了撤民的方案，要求县市政府配合，动员全部军、民用交通工具协助民众撤离衡阳，征用湘桂铁路所属全部的列车作为疏散民众之用。

城北门和西郊外有草河及水塘湿地连连，不利日军机械化及炮兵部队运作，日军势必以步兵主攻，由第三师周庆祥负责守备；第三师号称一个师，其实只有两个团的战斗部队。草河沿线的防务原交给一九〇师容有略师长负责，现移防增援江东岸——主要是在五马归槽和八甲岭机场的防务，由九战区加派的五十四师饶少伟负责，而饶师长手上的兵力少得可怜，只有一个营的兵力。

守城的主力就交给第十军较完整的预十师，师长葛先才奉命要在城南郊的丘陵小山之间扎实做好防御工事。方先觉交代葛先才："日寇必从城南及西南进攻，你的防御工事有多坚强，将决定衡阳保卫战的成败！"

葛先才是第十军的一员猛将。方先觉记得第三次长沙会战时，他是守备南门的第三十团团长，原来的任务是固守南城墙及妙高峰，在日军全面兵临城下及空军助战的短兵相接中，己方死伤急速增加，长沙城破在即，不过日军似乎也已到了强弩之末。这时方师长忽然接到葛先才的电话："以目前官兵伤亡情势看来，我三十团将撑不到友军赶来合围，我决心以攻代守，攻敌无备，拼死一搏。"

方先觉大吃一惊，忙道："敌势太强，你出击恐难奏效，反而加重全局危机，你要慎重考虑。"葛先才回答："我都考虑过了，这个险必须冒一下，我不再向师长请示，也不要您增援，您只当三十团死光了。请报告李军长，说我葛先才不惯挨打，如今发了蛮性，非出击不可，一切责任自负！"方先觉还在电话中大喊："先才！先才！"葛先才已经挂断，不再接电话。

于是葛先才下令："司号长，给我吹冲锋号！"雄壮激昂的冲锋号声划破长空，司号长吹第二遍时，一颗流弹将号管打穿一孔，号声骤然就哑了，司号长乃以手掌紧按破洞，继续猛吹。此时各营、连的号兵听到司号长的号声，十几支军号全都吹奏起来，一时之间冲锋号声响彻阵地。

三十团的弟兄鼓足余勇，在震天杀声中改守为攻，发动全面进击；日军以为外围援军已到，在阵阵冲锋号声中惊骇仓皇后退，成为长沙大捷的重要转折点。长沙城战事结束的当日，蒋介石电令阵前立升葛团长为少将，次日湖南报纸的标题称葛团长是“当代赵子龙”。

此时方先觉已升为第十军的军长，葛先才也升为预十师的师长，战场则从长沙换成衡阳。

方先觉提到城南工事的重要性，葛先才一口湖北官话，大声回道：“军长放心，我和几个团长早就把城南郊的地势地形摸得了如指掌，所有能做防御工事的地点都已标测好，所有要‘削山成壁’的坡地也都选妥。有几处工兵营已经挖土完成了，可以作为样板，立即下令全面照样做起来，二十几天便可完工，务必照军长的意思，做到敌来山坡处处碰‘壁’。我做的峭壁至少六米多高，鬼子到了壁底要仰攻，须吃我手榴弹侍候；如果敌人到了平地，遍地给他布鹿砦，鬼子想强行通过，两侧机枪火网交叉侍候他，管叫他娘的尸横遍野。”

“削山成壁”是方军长依衡阳城南特殊地形发明的独门防御工事。衡阳城南有连绵不断的小丘，虽不算高，却能造成连绵成串的人工峭壁，壁不在高而在其陡，除非用梯用绳无法攀越；敌人要想攻城，必先攻过这些峭壁，而峭壁之上的守军则用机枪扫射，或用三枚一串的手榴弹从上掷下，杀伤力极为强大。方先觉对部下道：“峭壁阻敌势将敌军聚集于壁下，手榴弹才能发挥较大功效，三枚串连，其爆炸力绝不输给日军大炮！”

各师长领命无异议，方军长便命参谋长孙鸣玉负责全城民众的撤离，会议结束。

方先觉等正要离开，勤务连的士官长及传令兵大声喊“报告”，两人进来后递了一个公文夹给孙鸣玉。士官长道：“报告参谋长，军部搜索连来的紧急公文！”孙鸣玉打开看完三页报告，皱着眉沉思不语。方军长问道："鸣玉，出了什么大事？"

孙鸣玉答道："搜索连报告说，今晨发现城里城外六起凶杀事件，死者五男一女，皆是要害一刀或一弹毙命，手法雷同，显然是专业杀手所为；询问凶杀地点附近居民，无一人识得死者面孔，应该全是最近来衡阳的外来人……最离奇的是死在江东岸省立六中校门外的汉子，他除了胸口被刺一刀外别无伤口，只脸上似乎被人咬了一口，流了不少血，这人恐怕是日本人。"

周庆祥师长问道："怎么得知？"

孙鸣玉抬起眼来，一脸惊疑地答道："这人的内衣和短裤都是日本货。"

众位师长面面相觑，一九〇师的容有略终于说出大家心中的疑问："日军的情报员？"五十四师的饶少伟师长接着问道："如果这六个人都是日方情报员，那就是这几日才混进城来探听军情的，问题是，干掉他们的又是谁？"

孙参谋长道："我方的情报员？"方先觉点了点头，心中暗忖道："叶先生的弟兄们开始行动了。"

连续两天衡阳城各地都传出凶杀，加上第十军已宣布了撤退出城的命令及计划，公路局西站及湘桂铁路站外挤满了人潮。人民警觉到衡阳之战即将开启，大家虽然舍不得弃家逃离，但半年前常德之战是前车之鉴，没有撤离常德的百姓大多被日军杀害，是以方军长一声撤离令下，大家只得含泪收拾带得动的细软，携幼扶老准备逃难。军方征调了所有可用的运输工具，一时之间，衡阳城里城外人心惶惶，鸡飞狗跳，凡是在附近乡下无亲人可投靠的民众全部涌向车站，火车厢不仅挤得像沙丁鱼，连车顶都是人和行李，车行即使再慢，总比步行跋涉好多了。

在这车辚马萧的全民大撤退中，除了市政府动员全部力量协助之外，衡阳城里城外出现了一批年轻小伙子，在各交通要冲设了干粮、饮水、药物、毯子等急救包的供应站，一面提供物资，一面协助老弱妇幼顺利上路。孙参谋长问了部下，知道是“衡阳安全维持会”的士绅们配合县市政府发动了民间的力量，不由得又感激又佩服，暗赞衡阳人好样的。

婶子的鱼粉铺和塘叔的茶馆基本上已经歇业，但这时深锁的门里，几个人聚在一起密商。

塘叔望着对面座位上的蔡一奇，低声道：“鬼子和汉奸间谍都离开衡阳城了！”

蔡专员点了点头道：“三日来双方大开杀戒，干掉对方六人，我方牺牲两位弟兄，都是老秦训练的新手，可惜了。最奇的是一个叫高桥的日军高手竟着了董森的道儿，死在省立六中校门口……”他说话时斜眼瞅着坐在一角的董森：“董森，你来说！”

董森道：“那天我在湘桂铁路江边上发现这个人，见他拿着望远镜对着‘江西会馆’那边的山岭看了又看，好像在测距离。我知道高岭、停兵山那边第十军都在建阵地，这人一定是日本情报员，便尾随他看他要去哪里。这人沿着湘江路向北走到太子码头，原来是要搭渡船到江东岸，我心想他是不是要去探八甲岭机场的情报，便赶上去和他搭同一班渡船过了湘江。这人走过六中就停下身来，对着学校后面我们常去玩耍的小山丘左右察看，最后拿出一架极小的照相机，对着那座山丘拍了好多张相片，然后就往回走……”

董森停了一下，续道：“我仍跟着他，那时天已黑，附近一个行人也没有，不料这人突然转过身来，一声不响就朝我扑过来，原来他已发现我在跟踪，想要干掉我。我见他手上有家伙，拔腿就跑，那人闷声狂追。我心生一计，便朝六中大门跑去，因我眼睛余光已看到校工老贺坐在门边小板凳上乘凉。我跑过他时对他说：‘鬼子杀手！’他发现是我，吓了一跳，我奔出十步后转身，手中握着掌心雷，对着日本人大喊一声：‘八嘎，还要追吗？’……”

塘叔等知道董森是六中的体育健将，跑一百米的速度比起一般男子毫不逊色，这时听她竟用日语骂日人，不禁莞尔。

却听董森继续道："那日本人举起手枪就要对我开枪，忽然就大叫一声摔在地上，原来老贺出其不意突然跃起，拦腰将那日本人抱住撂倒在地，接着便看到老贺右手一柄匕首直刺敌人左胸，然后用力往上一送，那人鲜血狂喷，双脚乱蹬几下就没了。老贺站起身来，衣襟上全是血迹，怪的是嘴上也全是血迹，我走近一看，着实吓得我双腿发软，那日本人脸上有个伤口，竟然是被老贺死命啮了一口。他之前跟我说过不止一次，说要啮死一两个鬼子，想不到他真的干了。"

"老贺又是何方神圣？不可能是个普通的校工。"婶子坐在塘叔旁边一直聚精会神地听着，这时忍不住问董森。

董森道："老贺是永州人，行武出身，在赵恒惕部队里干到排长才负伤退伍，人很憨直，好像有点傻却又像懂很多，我总觉得这人有点莫测高深。看到那日本情报员死时的惨状，我便有些反胃，不料老贺又蹲下身去，将那人衣服脱下仔细搜查，找到一张证件，上面有高桥的姓名，阶级是宪兵中尉，隶属皇军宪兵'刺客团'，还有望远镜、照相机……然后可怕的事发生了，老贺竟扒下日本人的裤子，扯下他的内裤，真是丑死了，他却大叫：'是日文的牌子，内衣裤都是日本货。'"

蔡一奇惊讶地点头道："赵恒惕部队的排长？他可是北伐军的老前辈哩。"

塘叔嘴角浮上一丝笑意："倒可跟我那矮子老弟凑一对儿，行事手法有些像，就不知道手脚是不是也一样不干净。"

这时坐在左边另一桌上的易钧，瞅着俯身方桌上振笔疾书的黄倩文，面带愁色地道："再出明天一份报，《蒸湘报》就要搬离衡阳了，明天我们就要把印刷设备运到宝庆去，暂时就从宝庆发行出刊，这样也不知能撑多久。倩文一个女孩子硬要留下来，就请塘叔这边多照顾……"

倩文抬起头来道："我还要留两天，做一些衡阳保卫战前的报道，再赶去宝庆和报社会合，已经跟军部申请核准了。"

婶子插口道："倩文一个女孩子留下为啥？你以为打仗好耍？"倩文道："我晓得不是好耍的，仗打起来我就走人；人家外国的战地记者还随军采访哩。婶子你走不走？"

婶子道："我要带湘芷和她娘到洪罗庙我娘家去避难，然后我再回来。"倩文好奇道："你撤走了还要回来做啥？"

塘叔插话道："她要回来守她的鱼粉铺，煮鱼粉慰劳第十军。"大伙儿都笑了，没有人当真的。

这时有人敲门，听到门外有人叫道："塘叔，请开门，我是湘芷。"

木门开处，湘芷和朱校长站在门外，湘芷还牵着小男孩佑华。

朱校长进屋来，右手伸出食指和中指。倩文暗想："朱校长倒是洋派，学老美比个'V'字代表胜利。"其实朱校长比的是"二"，屋中有一个人看得懂，她是说那批鬼子情报员被老秦干掉了两个。

她和大家打了招呼，转头对塘叔和婶子道："衡阳就要打起来了，西湖小学已经停课，何时复课没有定期。听湘芷说你们要带湘芷的娘去西乡避避风头，我想把佑华托付给你们，不知方便不方便？我……我这边还有些事，事完就来找你们。"

婶子道："哪有什么方便不方便？我娘家有的是地方住，只是乡下一切都土得很，只要住得惯，大家在一起互相有个照顾，也热闹些。"

湘芷正要进屋去找娘，娘已经出现在茶馆内门口。湘芷看她虽然清瘦，精神还好，脸上勉强维持着笑容对婶子道："大伙儿又要麻烦你和塘叔了。"

倩文写完了新闻稿，对湘芷道："昨天见着小玉，她父母已经去了郴州乡下，她却坚持留了下来，说今天要去第十军军部报到，自愿加入卫生连。据她说卫生连最缺的就是外科大夫，她决心留在衡阳为守军疗伤救命，和第十军共进退哩。"

湘芷满心的钦佩和感动，低声道：“魏小玉，你真了不起……”她的思维忽然停在这里，因为她想到了另外一个“死党”……

“倩文，你有没有看到百蕙？她父母上个月早已去了宝庆。”

“县政府还在衡阳，可是我已有好几天没有见到她。小玉也在找她，想她会随县政府同进退，但是昨天小玉说，她到县政府去找她，县长办公室的人说百蕙几天前已经辞职了。”

湘芷吃了一惊，但心中不以为然，她相信百蕙如有任何决定，不可能不告诉自己；她几天前辞职离去，为何不早一些跟她父母一道去宝庆？离开衡阳又为什么要瞒着所有的朋友？“这其中有什么蹊跷？”湘芷在脑中转了两圈仍想不透。

她抬起头来看到娘，娘也正在看女儿，母女的目光相交，她看到娘头上的银丝，脸上的皱纹，还有她眼中闪出的无限的焦虑和彷徨；忽然之间，她觉得世上没有比把娘好好照顾送到安全之地更重要的事。她走过去紧紧握住娘的手，觉得掌中的手冰凉而微微颤抖，她忍不住轻声在娘的耳边说：“娘不要怕，一切有我呢。”

六月十九日，横山勇的第十一军终于攻下了长沙。这是中日第四次为争夺长沙发生的大规模会战，前三次日军均未能得逞，且付出相当巨大的损失。这一回，第十一军吸取了前几次的教训，以三十几万的兵力在长沙外围鏖战二十日，阻止了中国军队的各路援军，再以最精锐的三个师团围攻长沙城，三天城破，中国军队全面撤退。

与此同时，横山勇以十万精锐部队向衡阳推进。六月二十日，日军派遣军总部及重庆军事委员会同时下达作战计划；六月二十二日，日军沿湘江南下的六十八师团准备强渡耒水，和国军一九〇容有略师发生战斗，衡阳保卫战正式开打。

接着两天日军攻占五马归槽，和一九〇师容有略部争夺八甲岭机场而激战，机场失而复得，往返激战到六月二十六日，日军六十八师终于占领机场，继续南下想要在城南强渡湘江，做好了从南面攻城的准备。

守军在二十四日便炸断了跨越湘江唯一的一座铁桥——湘桂铁路大桥，二十七日从临时便桥渡江的日军开始发动第一次总攻击，大军进抵黄茶岭及欧家町，向方先觉布置的外围阵地“停兵山”“高岭”“江西会馆”猛攻。打了几天，停兵山和高岭这两个据点，守军两个连二百多人无一生还，但进攻的日军被歼灭了将近一千人。日军指挥官连连紧急回报说，遭遇到从未见过的坚强工事，每攻取一个阵地须牺牲三至四倍的兵力，而从外围一路打进城内，须克服的山头阵地连绵十余处，要求上级考虑，是否应该重新设定战术。

与此同时，跨越湘桂铁路向城西南进攻的一一六师团日军，也遭到了空前强力的抵抗。有一个“张家山”高地迎面挡住进攻路线，必须立即攻克，后面的大军才能进攻“萧家山”阵地及第十军前进指挥所在地的“枫树山”；然而就这一个“张家山”的攻防战就进行了数日，双方反复攻扑达二十次之多，拼战之激烈难以想象。黄昏时，日军两千多名士兵倒在阵地之前，碉堡的射击孔被尸体堆积挡住视线，完全看不见前方敌情，而“张家山”仍在中国军队手中。

黄昏来得特早，其实是枪炮的硝烟和山上草木遭炮火殃及起火的浓烟弥漫山头，遮蔽了部分的天光，其惨烈情状只有“日月无光，血流成河”八个字可堪形容。

日军第十一军负责主攻的六十八师团长是佐久间为人中将，他登上好不容易攻下的欧家町高地，亲到第一线观察方先觉到底搞了什么花样。左右幕僚正在报告前线传来的实时战报：守军的工事太坚固，削山成壁，使攻坚日军聚于坡下，然后用三连串的手榴弹狂炸，日军进攻受阻且损失惨重。

他向副官要了一副高倍望远镜，对着前线的战场仔细勘察，他身边跟着的是师团参谋长原田贞三郎大佐及作战参谋松浦尾丸少佐。佐久间为人看了一阵，喃喃道：“这个方先觉厉害，他利用城南的特别地形削山成壁，而峭壁在关键地点连成长阵，我军若要避开，就得被迫从高处阵地之间通过，立将遭到两面居高临下的痛击；如要强攻，攀壁时便要挨上成串的手榴弹轰炸。八嘎呀路，支那军队没有重火器，居然拿出手榴弹当大炮打。”

参谋长原田回道：“恐怕只有派航空队猛炸，消灭各山岭高地上的敌阵，我军再发动进攻才能成功。”

佐久间师团长微微摇头道：“不简单哩，我看山岭上的敌军工事也做得坚固，利用天然山石为屏，空中攻击未必能歼灭呢！”

高地上的师团长和十几名下属绝对没有料到，在此同时，不远的对面山岭上，国军第十军预十师二十八团迫击炮连的白天霖连长，一个黄埔十六期炮兵科毕业的青年军官，正拿着望远镜也在向南方敌阵观察。他的望远镜扫过欧家町，忽然在高地上看到十来个日军，看上去似乎多是高级军官，为首的一位正拿着望远镜在四面观看。白天霖暗思：“这个军官身边的几人好像都是校级军官，为首的有这样的排场，肯定是团长以上的指挥官。机不可失，我他妈一阵炮轰要你们的老命。”

他立即下令，全连一共八尊迫击炮全部装填炮弹，排长请示需不需要试一发校正标尺，白天霖道：“机会稍纵即逝，不要试射了。”他凭着目测及地图上的标尺，用丰富的野战经验判断，定好了迫击炮的标尺，下令八炮齐发。

白连长玩迫击炮果真成精了，八颗炮弹一齐命中，祸从天降，岭上的十几个日本军官完全没有时间逃避就被炮弹炸倒在地。佐久间师团长受了重伤，他身旁的原田参谋长和松浦参谋全都被炸得血肉模糊，倒在地上，一个狂呼：“师团长，师团长……”另一个狂呼：“医官，快找医官……”

白天霖从望远镜中看到欧家町上硝烟黄尘飞扬之中，日本军官个个倒地不起，不禁大喜叫道："好啊，打得真他妈准！"但他此时并不知道，他这一下子八炮齐发当真价值连城，炸倒在地的是这次进攻衡阳的阵前第一主将。佐久间中将终于伤重不治，六十八师团的指挥一时陷于混乱。

七月二日，日军暂停全面攻击，衡阳城内外只有比较零星的枪炮声。中正路和湘江路交会处的中央银行地下室中，方先觉和孙参谋长在检讨这十天的战情，钉在墙上的大地图上又添了许多新画的红蓝线及箭头。孙鸣玉一个一个阵地点查过后，松了一口气，转身报告："除了城南湘桂铁路以南的外围阵地已经放弃外，只有城西北的瓦子坪失守，李营长怠误军机被军长就地正法以后，全军将士无不英勇抗敌。其他阵地虽经激战并无失守，而敌人伤亡肯定远在我军之上。"

方先觉对预十师在城南做的防御工事坚固扎实，甚感满意，他对孙鸣玉道："日军经此十日血战，料想需要数日整补兵力，衡阳城里的老百姓已经撤离，正好趁此空当将民间的粮食、医药等宝贵资源彻底清点一下，集中利用。"

孙鸣玉道："这些事都已经交代在做，军长说到城里老百姓全部撤离的事，倒是有两件事很有意思……"

方先觉哦了一声，听孙鸣玉道："有一个名叫魏小玉的女大夫，她是湘雅毕业的外科医生，自愿留下加入军部的卫生医疗部队。汪连长考虑要向营部请求报准，宋副营长骂他二愣子，人家湘雅的外科大夫，求也求不到还要考虑……"

方先觉颇感意外，问道："这个魏小玉是衡阳人？"孙鸣玉答道："是郴州人，在衡阳读书，省立六中毕业的。还有一个人也和省立六中有关系……"

方先觉又哦了一声，望着孙鸣玉。孙鸣玉道："这个人是省立六中的校工老贺，自称在赵恒惕部队里当过排长，又说前些时死在六中校门外的日本间谍是被他啮死的。经查清楚，那个日本间谍其实是心脏中刀死亡，不过死者脸上好像真被人啮过一口……”

方先觉忍不住笑出声来，道：“这个老贺又要干什么？”

孙鸣玉道：“他说要加入第十军杀敌救国。勤务连的连长看他年纪虽然不小了，但体格魁梧，身手敏捷，又能烧一手好菜，便收留他做个伙夫。听说他换上了军服，系好了皮带，竟然感动得哭了起来。”

方先觉摇头叹息，喃喃道：“天生是个吃粮的兵坯子。”

孙鸣玉接着报告道：“有一架我方飞机坠落在停兵山和高岭间的水田里，守停兵山的王世禄排长带了六个兵拼死把飞行员救出来，王排长和三个弟兄不幸牺牲了，那个飞行员叫陈祥荣，受了伤现生命已无碍。”

方先觉沉吟道：“现下围城之战已启，这位飞行员也没法子送他回基地，暂时就留在城里为我方做些陆空联系的工作吧。”他盯着墙上的军事地图仔细看了一会，转头对孙鸣玉道：“日军暂停全面攻击最多七八天，第二次的总攻击肯定有更凶狠毒辣的战法，咱们要好好商量一下。通知几位师长十点三十分到这里开会，师长走不开就副师长来。”

七月十一日，日军发动了第二波的总攻击。这一次日军采取的战术是将进攻力道集结于一两个点，对守军的重要据点集中数倍兵力务求突破，希望能打散各阵地之间的联机，引发守军阵地败退的骨牌效应。

进攻之前，飞机猛烈轰炸，期能炸毁各高地上的碉堡工事。然后，就开始在各攻击点施放毒气。横山勇的心横了。

第二天黄昏时，日军攻占了张家山西边的高地“虎形巢”。日军原以为“张家山”失去西边犄角阵地的支撑后，将会被优势的日军从西边和南边两方包夹，不料第十军的将士硬是不肯退，在“虎形巢”也展开了反复争夺战，情况就如上次攻打“张家山”一般无二。血战三日后，葛师长下令守军退守第二线，在西禅寺、张飞山重新布下天罗地网等待日军来攻。

日军再施放毒气，西禅寺守军一个连被毒死了百分之七十。五桂岭的争夺战守军又是打死不退，退而复来，第八团半日之内战死了五个营长，阵前连升五个新营长。日军的猛攻也极其壮烈，每个阵地前都是踏着遍野的己方尸首前进，然而巨大的牺牲只换取推进半公里而已。黄昏前，葛先才师长亲自冒着毒气，率部又恢复了“张家山”阵地，日军大感气馁，攻势又挫。六十八师团的山内严大队长带着一个随从小队长仰攻到一座碉堡前时，发现竟无后继者跟进，回首下望，他的大队只剩下三十多人，中队长以下全部阵亡。

第三师师长周庆祥在西北郊与日军苦战五日五夜，退守城内核心阵地。日军利用夜间攻击，方先觉传令各阵地“三不”射击准则：“看不见不打，瞄不准不打，打不死不打”，节省有限的宝贵弹药。

到了七月十九日，守城的第十军伤亡已近百分之七十，城中发生严重粮食短缺问题，原来百姓留下了可观的食米，但由于炮火燃烧全城，白米大多被火烧焦，士兵们只好用盐水洗过泡着食用，城中池塘里的鱼虾，甚至蛙蛇都被捞食一空。

更严重的是医药亦将用尽，伤员已到无药可用的地步。

军医汪上尉带着魏小玉为伤兵处理重创，那些伤口的惨状，让初次经历战争的小玉触目惊心到了难以下手的地步。汪医官一直从旁打气：“魏小玉，你的训练良好，你一定行的。”几日过去了，小玉对可怕的伤口已经感觉麻木，狠下心该切就切，该割就割，到后来连麻醉药都没了，就着人下死劲按住伤兵，她在无麻醉情形下用刀动锯，竟然不再有恐惧和心软的感觉，剩下的只有冷冰冰的专业和铁一般的狠心。

这时城中炮火稍停，汪医官和小玉从医院出来，带着两个医护兵赶向北门及蒸水防线；传令兵十分钟前带来紧急的请求，蒸水激战已暂停，伤亡十分惨重，有几个重伤的亟待救命。

小玉一面赶路，一面向汪医官请教：“汪上尉，我有一事十分不解。”

汪医官说："什么事你说。"小玉道："我发现从昨天起，送到医院来的伤兵人数忽然大减，今日上午更是寥寥无几。这仗越打越激烈，怎么伤兵反而少了？总不会都战死了吧？"

为了说话小玉拉下了口罩，但全城弥漫着的腐臭味令人作呕，小玉连忙又把口罩戴上。汪医官沉痛的声音在身旁响起："不可能全死了，而是伤兵不愿再被送医了。"小玉正想问"为什么"，刹时之间她明白了，这些战士经过将近一个月的浴血战斗，生死全都看淡，甚至感觉都麻木了，他们受了伤，不想再送医接受更痛苦的无麻醉处理，宁愿留在原地杀敌，一死了事！她不必再问了。

这时，对面忽然出现两个士兵推着一辆板车飞奔过来，跑得近了，小玉发现板车上鲜血淋漓，以为是重伤送医的，岂料定眼一看，板车上不是伤兵，而是一条硕大的牛腿，似乎刚才支解的，还冒着鲜血。

汪上尉停下身来，那两个士兵认识他，一齐敬礼："汪医官好！"汪医官问道："你们在干什么？"两人就停了下来，小玉发现两人脸上都带着衡阳城里久违的笑容，不禁大奇。

一个年轻的山东大个儿道："报告上尉，我们是一九〇师五六八团三连的士兵，中午在蒸水南边河滩上发现这头大水牛，想要抓来吃，可鬼子的部队就埋伏在一百米外，他们也想捉这头牛，双方对峙了一下午。顾班长比较英勇，冒着敌人的枪林弹雨，冲出二十几米牵回了这头牛。容师长便命我俩负责将这条腿送到军部，给长官分享。"

另一个矮子操四川话，补充道："顾班长冒死冲出去时，我看到不远处有两个鬼子兵也想冲出来和顾班长抢牛，被我们两枪齐放，格老子的就把他们打得缩回去了。"

这么多天以来，小玉第一次想笑，但不知为何却笑不出来，只听汪上尉道："你们趁这阵炮火稍歇，赶快送牛肉去军部，我们要去前面阵地救治你们的弟兄了。"小玉看见随同而来的两个年轻医护兵盯着那条牛腿，流露出钦羡的眼神，便道："咱们快走，难得炮火暂歇，再不走，等一下鬼子的大炮又要轰过来了。"

然而这天直到天黑，日军的炮声都没有再响。原来从十一日打到十九日，九天之内守军固然死伤累累，日军也战死了一名联队长、六名大队长，伤亡人数已超过两万，而战场上全面的推进却十分有限，日军不得不下令再次停止全面进攻。

中央银行濒临湘江，日军早知方先觉的指挥总部就设在银行地下室中，从上个月底取得江东五马归槽和飞机场后，便在一个绝佳的地点布置了两个炮兵阵地，可以近距离对准中央银行炮击，久轰之下，便可将中央银行夷为平地。

这两个炮兵阵地就设在江东岸省立六中后面的小丘上。这座小丘有个坪顶，前高后低，相对高度及角度都十分理想，大炮设在坪顶后缘，前缘高起的石岩正好作为阵地的天然屏障，而炮弹从这里发射，可以直接命中城区目标。

六十八师团在这两个阵地布置的是七五毫米野战炮，这种炮重量轻而机动性高，火力十足，是日军步兵部队最爱的装备。

中央银行虽然结构坚固，但在这两个七五野炮阵地的轮番轰击下，主建筑毁损大半，摇摇欲坠，设在地下室中的指挥部在隆隆炮声及连连震动之下也不胜其扰。

七月十四日黄昏，军部搜索营第一连拟订了一个冒险的突袭计划，呈到方军长的桌上。方先觉仔细看完后，对江营长说："这计划十分大胆，但如成功，对我城内各阵地，包括中央银行在内都有极大的好处。执行上你有几分把握？"

江营长答道："第一连的突击小组掌握了一条秘密水路，可以直接通到日军野炮阵地的后方。如果成功绕到它后面，神不知鬼不觉就可发动偷袭，炸毁这两个阵地。”

方军长有些怀疑，他的目光转向站在左边的第一连杨连长。杨连长上前一步，指着桌上突袭计划书的简图，解释道：“这条秘道是一个省立六中的毕业生提供的……”

方先觉咦了一声，道：“又是六中？六中是女校啊……”

杨连长道：“不错，这个女毕业生名叫董森，之前全城民众撤离时，她却没有走。前天跑到部队来找营长，说那两个大炮阵地每天轰，吵得她睡不着觉，她很是生气，决心带领咱们去把它炸掉。”

方军长不相信自己听到的，忍不住打断道：“她这样说的？”

江营长接过去道：“报告军长，她就是这么说的。她还告诉我，日军那两个大炮阵地就设在六中学校后面的小丘上，那地点她做学生时几乎天天都去玩耍的。她晓得有一条水道，从湘江一直通到小丘后面几十米远的农家鱼塘，而且靠近小丘的一段是暗渠，上面早就成为杂草蔓生的野地。她说，咱们如果从被炸毁的湘桂大桥那边泅水过江，就能游进那条水沟，潜到小丘后的鱼塘里爬出来，就正在鬼子阵地的后方约六十米，岂不是发动突袭的绝佳地点？”

方军长虽觉得有点匪夷所思，但听江营长说得头头是道，好像又不得不信，便问道：“杨连长，刚才你说这个董森要带领突击队去？她是个女生啊……”

杨连长喜滋滋地答道：“报告军长，董森告诉我她在学校体育特好，湘江嘛一口气游几个来回不成问题，而且短跑特别快，曾经代表衡阳参加省运女子一百米赛跑，她说她百米可以跑进十四秒，我有点不太相信。”

方先觉这下听得乐了，便道：“找这个董森来谈谈，我还要问她为啥不随大家撤离衡阳。”杨连长道：“她人在我连部，我立刻带她来见军长。”

董森见到这位名震湖湘的方军长倒不胆怯，反而盯着方先觉看了个够，才学着戏台上的词儿大剌剌地道："方军长，请退左右容禀！"

方先觉忍着笑，挥手请营长和连长回避，董森这才低声对方军长表明身份："报告方军长，我留城不走是有任务在身。"方先觉甚是好奇："你有什么任务？"董森想了想道："军长还记得吧，不久前日本鬼子及南京的汉奸派十几个间谍来到衡阳打探军情，结果几天内被干掉六个人，那便是咱们的任务。"

方先觉哦了一声，心中了然："叶先生那边的人，好年轻啊。"便不再问身份，只问突袭计划："你说的那条水道旁人都不知道，你又为何知道？"

董森道："我做学生时，每年暑假几乎天天都在湘江里游水，有一回游到东岸边，无意间发现了这条水路，拨开水草一路游进去，终于摸到了一个池塘。这条水路隐秘得很，不敢说在衡阳没有别人知道，但鬼子是肯定不知道的。"

方军长到这时候已经把整个计划仔细想过两遍，越想越觉得可行，而成败的关键竟就在董森这女孩子身上，便关心地问道："你要带领突击队去，可有防身武器？"

董森伸手在腰间一摸，一转身，手上已多了一把勃朗宁，整套动作如行云流水，好看且管用，是董森为了要帅给教官老秦看，日以继夜苦练成功的。方先觉倒也吓了一跳，呆了一下，然后哈哈笑道："花拳绣腿倒是好看，'掌心雷'对吧？"

董森一缩手，像变戏法一般，小手枪已经收回怀中，手中空空。她点头道："不错，是'掌心雷'。"

方军长正色道："你和突击队去干的事，这支'掌心雷'不管事，我的手枪借你防身，你会不会用？"说着从抽屉中拿出一把四五手枪交给董森："据我所知，这四五手枪和你的'掌心雷'是同一种设计，你熟用'掌心雷'，便能使我这枪，后座力道大些，射程可以打死五十米的敌人，这才是作战用的武器。"又从抽屉中拿出一个备用弹夹，道："这七发的弹夹也拿着，你就有十四发子弹，够你出一次差了。”

董森见这位心目中的大英雄第一次见面就把自用的手枪借给自己，不禁十分感动。她接过枪，退了弹夹把玩一下，发现除了重了许多外，操作果然和小勃朗宁没有什么不同。她谢了又谢，道：“报告军长，这是否表示您已批准了突袭行动？”

方先觉点头。董森忽然想起一件事，抬头望着高大的方军长，问道：“请问军长，您爱不爱吃鱼？”方先觉一怔，以为自己听错了，反问道：“吃鱼？”

“对，爱不爱吃鱼？”

“爱吃，最爱青斑椒焖草鱼这一道湖南菜。”

“那个鱼塘里好多肥大的草鱼，鲜美极了。塘主人早就逃离衡阳了，我这次出任务顺便摸一条大鱼回来给军长尝尝。”

方先觉大笑道：“你怎知那塘里草鱼鲜美，定是偷吃过吧。你出完任务回来，摸鱼倒不急，可我的枪要还给我。”他走到门边，招呼江营长和杨连长进来，爽朗地道：“这计划可行，你们快去准备。”

杨连长应声“是”，问道：“请问军长，啥时动手？”

方军长道：“就是今夜！”

望着三人兴奋地走出办公室，方先觉喃喃自语：“真是个天不怕地不怕的性情中女子。”想到她头一次出危险任务，居然还想去摸条鱼回来吃，脑海中不禁浮现出自己年少时的荒唐事。那时他是黄埔军校第三期的学生，因为不满伙食差，怀疑军需官克扣副食费，便率领同学把军需官打了一顿，结果他因为带头犯上，遭到黄埔军校开除学籍……想到这里，方军长再也忍不住笑了起来。

午夜时，零星的枪响中突然传出了巨大的爆炸声，连续数声，震彻云霄。中央银行地下室中的方先觉放下手中的电报稿，仔细听那爆炸声来自江东，喃喃道：“突击队发动了，希望董森马到成功。”不知为何，他极欣赏这个大剌剌的衡阳妹子。今夜由她带路，一个精锐的五人突击小组夜半前从湘桂大桥半毁的桥墩下出发，六个人都是泗水的好手，就算悄悄地慢游，二十几分钟当可横渡湘江。方军长身经百战，再大的场面也能举重若轻，这时竟然有些放不下心，站起来踱了一会，又坐下等待回报，过了凌晨仍未眠。

快两点钟时，突击队回来了，搜索营江营长、第一连杨连长带着四个队员及向导董森来见军长，那五个人的衣服还是湿的，脸上的污泥还没被江水洗净。董森捧着一个水盆，半盆水中居然有一条两斤半的活草鱼。

方先觉强忍住笑，江营长行了一个军礼，大声道："报告军长，突击队完成任务回来了！"突击队的小组长报告："敌人两个野炮阵地都炸掉了，七五野炮吃了弟兄们从炮管塞进去的三连串手榴弹，全炸得不成形。阵地里有四个鬼子士兵和军曹全让弟兄们干掉了，弟兄只有一个挂彩正在包扎，其余全部安返。"

董森将手中捧着的水盆放在地上，也行了一个军礼道："报告军长，董森带路顺利到了鱼塘，弟兄们的爆破任务我没有参与，他们摸黑上小丘野炮阵地时，我在鱼塘里用网子摸鱼。正网到这条草鱼，忽然看到塘边来了一个日本兵，长枪背在背上，解开裤头就要往塘里撒尿，我正泡在鱼塘里，岂不要喝了鬼子的臭尿？我一急，拔出军长这把手枪对准鬼子开了一枪，就在这时，炮台上爆炸声和枪声大起，那个鬼子兵好像只受伤没有死，黑暗中一晃就不见了。我护鱼要紧，顾不得追杀敌人，连忙把这条鱼网好了紧紧拴在腰上，躲在塘里动也不动，等弟兄们完成任务来找我一道回防。"

方军长颇为好奇，追问道："你一直带着这条鱼？这鱼现在还活溜的……"董森道："我一直带着它游泳，没离开过水，它当然活溜，只有上岸后到军部这一段路比较辛苦，我们飞快跑到军部，勤务连的弟兄立刻借我这大盆儿，放进水中它又活溜了……"

说到这里，她忽然想起，掏出那把四五手枪和备用弹夹交还方军长，口中道："这枪还给军长，我打掉一发子弹，蛮好打的。"

方先觉望着盆中那条草鱼，实在有点哭笑不得，只好道："董森，谢谢你冒险为突击队领路，成功完成任务。还有，谢谢你的鱼，就请交给厨房那个六中来的老贺，要他烧一碗青斑椒焖草鱼来尝尝。"

"老贺来了这里？"董森惊喜地问。

"不错，他定要加入部队打日本鬼子，现在勤务连当伙夫，他见着你一定高兴。"

董森行了一个礼，端起那盆鱼，随在几位突击队员之后列队走出，正好碰见参谋长孙鸣玉从外面进来。孙参谋长看到一个女兵从军长办公室走出来，手上捧着一个大水盆，盆中有一条活鱼，一时之间会意不过来，不禁目瞪口呆。

七月十九日这一天，衡阳城内外的两军虽然暂停了全面总攻防，但是两军统帅都想不到的是，衡阳城弹丸之地的战情，竟然在东京的政坛产生了惊天动地的冲击。

欧洲战场上诺曼底登陆成功后，美英联军已经一步步攻向德国本土。太平洋上二月马绍尔群岛战胜后，美军在优势海空军掩护下，集结了海军陆战队第二及第四师，以及第二十七步兵师的兵力，在塞班岛开打登陆战；六月十五日至七月九日，这个日本在太平洋上最重要的据点失守，美军反攻关岛、菲律宾，进攻日本本土的准备及时机逐渐成熟。

东京大本营在战事失利的气氛下，寄望于在中国大陆的"一号作战"能带来胜利的好消息，这股压力通过政敌的操作，如排山倒海一般冲击东条内阁，畑俊六保证十天攻下衡阳的承诺成了内阁的"紧箍咒"；身兼陆军大臣的首相东条英机无日不在等候衡阳作战的胜利，但是传到东京的消息，却是一片负面，令人心惊胆战。

七月二日距“十日承诺”已经过期一天，在衡阳战场上却是日军第一次总攻击失败后暂停攻击的日子；到七月十九日衡阳作战即将满一个月，东京大本营引颈以盼的胜利没有到，所得到的消息是第二次总攻击又停止了，十一军团死伤已两万有余。

两天后，东条英机被迫辞职，由小矶国昭重组内阁。衡阳战事尚未结束，却成为压倒东条内阁的最后一根稻草。

方先觉和几位师长也利用这一空当重新布置防守重点，准备迎战日军第三次总攻击。预十师师长葛先才报告南线及西南线的现况：“军委会严令七十九军和六十二军来援，据前线斥候来报，昨日六十二军曾一度接近衡阳西站，可惜日军全力反扑，我援军被迫撤退。”

参谋长孙鸣玉从公文包中拿出一叠纸来放在桌上，道：“这是日军空投到我军各阵地的‘归来证’，上面用中文喊话，称赞我军作战英勇，但衡阳已成孤城，再死守下去也绝对等不到援军，不如投归日军，他们会立即提供粮食和医药，绝对善待……”

其他几位师长纷纷反映，各阵地我军弟兄们确实都收到此种诱降的“归来证”，但大家士气仍然高昂，没有人为之心动。

方先觉对孙参谋长道：“下令将所有的‘归来证’集中销毁，正好再一次向弟兄们宣示守土抗敌的决心。”他看了看钉在墙上的兵力地图，沉声道：“日军第三次总攻击随时会发动，横山勇这回一定会调集兵力来增援六十八师团和一一六师团，因为我方的援军既然不能如期抵达，敌人十一军的其他几个师团便没有必要全都在衡阳外围阻截援军，可以调来攻城。我估计这一回的进攻，必是我军保卫衡阳的最后一战，不成功便成仁！我方先觉必与诸弟兄共生死，战到最后一滴血！”

预十师师长葛先才道：“我第十军在衡阳孤城血战一个月，援军其实已推到不远之处，日军如果调动部队来增援攻城，城内守军的压力固然倍增，但城外我方援军正好可乘机前进，一面袭击日军背后，一面增援衡阳，说不定是个转机……”

一九〇师容有略师长道：“那要看城里还能守多久。”

第三师周庆祥师长道：“也要看离衡阳最近的七十九军和六十二军能不能抓住这微妙的诀窍，如果他们见不及此，机会一失，就来不及了……”

五十四师的饶少伟师长冷冷地道：“还要看这两军的长官对援救衡阳的意愿和决心。”

大家没有再说话。方先觉心中暗忖：“七十九军的王甲本、六十二军的黄涛，你们谁能有一师人攻到衡阳，我们就可得救。衡阳守住了，横山勇的‘一号作战’就要破功！”但他想到这里，却轻叹了一声。

衡阳孤城浴血奋战已经超过一个月了。

衡阳保卫战初期从芷江起飞的中美空军，发挥了很大的协同作战之功，七月中旬后，由于油料不足，飞机出动的架次锐减，只间歇利用黑夜掩护飞到衡阳城上空，空投城中守军最缺的炮弹，但是杯水车薪，数量远达不到实际所需。

七月二十七日，中央银行收到军委会发来的一纸电报，告知第十军，下午十七点整，将有一架侦察机低空飞过衡阳城北，请守军务必注意空投的重要物品。

下午五时整，一架侦察机从城北快速俯冲，投下一个包裹后立即拉高加速离去。守军将包裹送到军指挥部，王副官拆开一看，见一个木盒中只有一封信，信封上写着“方军长先觉亲启”几个字，他识得是蒋介石的亲笔，赶忙送交军长拆阅。

蒋委员长信中说：“守城官兵艰苦与牺牲情形余已深知，余对增援部队之急进，比弟在城中望援之心更为迫切，此时只有督率所部，决心死守，以待外援之接应……”并嘱此后非万不得已，不必发电详报，以免为日军截信偷译。

方先觉暗忖：“开打之前，委座在电话中亲口命我坚守衡阳十至十五日，援军必到。如今第十军守城已达三十六天，空投的命令仍是‘率部死守，以待外援’八个字，外援啊外援，真不知援军何时才到！”

他将手中蒋委员长的亲笔信放在桌上，坐在桌边闭目沉思，王副官不敢打扰，悄悄地关上门退出。方先觉隐隐地感觉到，从军以来投身大小战役不计其数，这一次在衡阳，可能将要走到军人生涯的终点。回想起来，他在战场上曾受伤多次；一九三三年他还是八十三师补充团的团副，在和侵犯热河的日军浴血奋战中身受重伤，疗养数月才得痊愈；一九三八年他已升为第三师第九旅的上校副旅长，在徐州以西与日军接战，他以副旅长的身份亲自在第一线指挥战斗，身上负伤三次才被送往野战医院救活一命。

“从抗战爆发前到爆发后，我几次都伤在日本鬼子的枪下。这次在衡阳，到了最后关头，我不会让鬼子的子弹结束我方先觉的性命。”

这时门外有人喊“报告”，进来的是参谋长孙鸣玉。孙参谋长一进来就看到桌上的信，他行了一个礼道：“委座的信？”方先觉拿给他看了，微笑道：“鸣玉，委座要咱们死守待援。依你看，咱们还能守多久？”

孙鸣玉是山东即墨人，从干团长起就一直在第十军，任参谋长之前是第三师的副师长，带过兵，也是个好参谋人才。他皱着眉想了片刻，摇头回答道：“军长这问题还真不好回答。我瞧数日之内敌人将发动第三次总攻，据前线的情报显示，横山勇要再调两个师团，即五十八师团和十三师团来加入攻城。从一开打，我军连勤务兵、伙夫都算上，不过一万七千多人，抵抗敌军十一万人，能守多少天俺可说不上了。军长你比较厉害，你说呢？”

方先觉嘴角浮现一丝笑意，可在孙鸣玉看起来笑得很苦。他慢吞吞地答道：“前年长沙第三次会战，好像是元旦吧，葛先才忽然发疯，率第三十团弟兄夤夜冲锋，歼灭来攻的日军大队。就在那之前，薛长官打电话来问：‘你的阵地还能守几天？’我想也没想就说：‘报告司令官，我们能守一星期。’薛岳司令官好像有点怀疑，就再问：‘你怎么守？’我就回答：‘报告司令官，我第一线守两天，第二线守三天，第三线守两天。’”

孙鸣玉道：“薛司令官说啥？”方先觉道：“他啥也没说。”孙鸣玉拍了一下桌子道：“没有错，是一九四二年元旦的事！后来你就给夫人写了遗书，第二天《长沙日报》头版登了出来，标题是‘方师长誓死守土，预立遗嘱’，还将全文给刊登了，我读了多次都会背了，觉得有林觉民《与妻诀别书》的味道。”

方先觉道：“那都是副官主任张广宽背着我拿这封遗嘱公开宣传，我责问于他，他说激励士气效果特好，我又能拿他怎的？”

孙鸣玉想了想道：“那是在长沙您回薛长官的话，如今在衡阳呢？”

方先觉道：“我还是那话。”

孙鸣玉又想了想，道：“第一线两天，第二线三天，第三线两天；咱们这里第一线已经被破掉了，嗯……军长您是说还能守五天？”

方先觉没有直接回答，他深深地望着孙参谋长，然后缓缓地、一字一字地道：“如果五日之内援军能赶到，咱们就把日军赶出衡阳，不然……不然就准备成仁吧！”

八月一日，衡阳军部的电报突然断绝，收、发都不通，看来是埋在地下的电报线路被炮火打断，衡阳与外界通讯隔绝，感觉上更是个孤城了。

军部到各阵地之间的电话线倒是利用这几天没有大规模战斗，派通讯兵抢修而得接通，因此第十军至少内部还可通话。方先觉正在为此事烦恼之时，王副官带了一位不速之客来见军长。

方军长抬头一看，不禁又惊又喜，跟在王副官身后的竟然是董森。

“董森？你还在城里？”

“城里打得这么热闹，我如何舍得离开。”

“你来有事？”

“先问军长，我那条草鱼，老贺煮的味道可好？”

“好，好极了，那晚大家都多吃了一碗饭。”

“衡阳有句话：‘吃牢猪，救畴田；吃塘鱼，蚀畴田。’吃鱼，饭就吃得多。”

“闲话少说，你来有什么事？”

王副官争着答道：“董小姐说她收到一封重要电报要拿给军长……”

“电报？董小姐收到电报？有没有搞错？”

董森道：“军长，您先看电报再说……”说着就从怀里口袋掏出一张皱成一团的白纸，铺开来递给方军长。方先觉看时，见上面胡乱写了几个字：“二日十七点城北空投重要物品”，竟然和二十七日的电报讯息一模一样。这表示这封电报一定是真的，不然董森怎会知道上次的事，但问题是，电报是真的，董森从何而得？

方先觉一肚子狐疑：“董森，这电报是怎么……怎么一回事？”董森道：“这电文是我译的。”

“你怎会有电报收发机？你何时收到这电报的？”

“一个钟头前，婶子收到的。”

方先觉听得又惊又疑，惊的是军部的电报十几个钟头前便已断讯了，“婶子”如何收到的？疑的是董森的“婶子”又是谁？

董森也觉得自己答得过分简略，便解释道：“婶子是司前街婶子鱼粉铺的老板，她是开茶馆铺的塘叔的堂客，是她拿了一张电文给我，要我帮忙译，译出来就叫我赶快送给军长……”

方先觉打断她：“你又怎么会译电文？”

董森道：“加入组织就要学通讯，另外倩文教我们秘方，六中几个死党人人都会。这电文肯定是从宝庆打过来的，我们的人除塘叔外，蔡专员现在还在宝庆，湘芷也在，她晓得我留在衡阳，电报打过来我可以帮忙译出来。”她这样讲，好像认定她的朋友个个方军长都应认得似的。

方先觉也确实厉害，居然听得有些懂了，不过有些地方却更糊涂了。但他当机立断，先命王副官传令到城北守军各阵地，下午五点整要严加注意空投对象，然后才细问董森，婶子是不是有一台无线电报机？此时电报线路已断，只有无线电报才有可能，而方先觉知道，最好的无线电报大概就只能传宝庆到衡阳这种百把公里的距离。

他知道蔡专员这号人物，所以当他了解到“塘叔”和蔡专员的关系后，董森先前讲得像谜语似的那些话便豁然开朗。他不禁叹了一口气，暗道：“这董森说话如此夹缠不清，用她来做情报工作，最能扰乱敌人思路。蔡专员想到吸收她真是天才。”

他却不知道“吸收”董森的天才不是蔡一奇，而是西湖小学的朱又芳校长。当然方军长并不认识朱校长，隔行如隔山。

他很想见见那个“塘叔”和“婶子”，他们拥有的无线电报机，此刻成了衡阳城唯一的对外联系渠道了。

八月二日下午五时整，一架飞机穿出云层而下，低空投下一个包裹就加速离去。

这次执行空投任务的飞机来自芷江，机上的飞行员正是最熟悉衡阳天空的谭唯骏。他驾着一架P-40从芷江机场起飞，在机上暗思，自从衡阳会战开打以来，空军驻在芷江机场的一百多架战机已出动了两千多架次，主要是攻击日军在衡阳城外的后勤补给。中美联手击落了约五十架日机，炸毁日本车辆及船只各数百，战果十分可观，可惜七月中旬以后，因油料不足而出击次数大减。这一次飞临衡阳城的上空，是十分特别的任务，他想到一个月前队上的陈祥荣驾机在城南郊区坠毁，生死不明，此时衡阳城中已进入决战，自己要执行低空投信的任务，其风险不言而喻。

唯骏一路飞来尽量躲在层云之中，这条航线他熟悉到几乎可以盲目飞行，到了该下降的定点他猛然穿云而出，下面正是衡阳城北。他正专心寻找适当的地点投掷，忽然地面一片绿坪上出现了一个用白布包摆布成的特殊号志，唯骏大吃一惊，这个号志正是他队上定点空投的秘定标示，这一刹那间，他心中双重狂喜，一则是得到了最佳投掷的地点，另一方面他知道了陈祥荣没有死！他心中狂呼："祥荣没有死，祥荣在下面给我下标示！"他精准地投下了包裹，但由于四面都有敌人，敌机驻在八甲岭，离此只是"一箭之遥"，他可不敢稍作逗留，空投完毕拉起飞机就猛然加速脱离现场。就在向下一瞥时，他看到衡阳城郊四处烽烟，城里断壁残垣，只眼下似乎并无密集炮火，反而显出一种大战再起之前的诡异的宁静。

军部收到了那只包裹，同样的木盒中放着一封蒋介石的亲笔信。

蒋介石的信很简短，主要是一，"此次衡阳之得失，实为国家存亡所关，绝非普通之成败可比"；其二是，"第二次各路增援部队，今晨皆已如期到达……"

八月四日，日军的飞机和大炮开始对衡阳城猛烈轰炸，横山勇司令官亲自坐镇，聚集六十八、一一六、四十、五十八师团及十三师团的一部分，总共四个半师团从衡阳南、西、北三面同时进攻衡阳城的核心阵地。

孙参谋长搜集前方各阵地传回的信息，确信攻城日军中包括了五个不同师团的部队。他向方军长报告，上级所谓"各路增援部队已如期到达"的事，对日军没有造成威胁，他们是倾巢而出了。

全天的轰炸之下，很多电话线遭到炸毁，全城多处阵地联系发生困难，军指挥部立刻感觉到无从进行有组织的防战，于是立刻发动搜索营、勤务连，甚至马夫、伙夫全面上阵，电话失联的阵地之间用人力传令补救。负责传令的弟兄在猛烈炮火之下牺牲惨重，竟比直接参与战斗的兵士伤亡情形还要严重。

野战医疗站设在城内原来的各医院处，此时医院建筑多已被炸成废墟，医官在瓦砾和炮火中急救重伤的弟兄，但伤亡的情形越来越严重，待救的伤兵越来越多，可用的医药却越来越少，消毒就用盐水，手术就无麻醉硬干，医疗站四周血肉模糊，哀号遍地，宛如人间地狱。

魏小玉站在临时搭的手术台边，不休不眠地已经工作了十小时，埋首在各式各样的伤口中不见天日。伤者处理完一个，医护兵就抬上第二个，眼中看不见伤者的长相，只看见伤口的长相，渐渐地，小玉由麻木开始变得有些晕眩。就在这时，她忽然看见了下一个抬上手术台的伤者，看见了伤者的脸……

“董森！董森，怎么是你？”她忍不住尖叫起来。

董森上身全是血迹，脸上也沾了不少，看上去是胸口和肩部都中了枪弹，鲜血还在长流。小玉立刻急施止血术，待要稍微止住大出血就动手术，但是董森被子弹伤及大动脉，失血已经过多，小玉尽了全力施救，终于知道无望了。

这时董森忽然微微睁开了眼睛，看到了小玉，双眼似乎闪过一线光亮，但随即闭上，小玉见她嘴唇微动，连忙贴身倾听。

“小玉……”便没了声音。

小玉这些日子以来每天救治伤者，活命的、死在手术台上的都有，但都是陌生的人、陌生的脸孔，董森是她施救的第一个熟识的人，自己却无能为力。一种绝望的、万念俱灰的感觉强烈地侵蚀了她的心，她再也忍不住，俯身抱住董森的头大哭起来。

小玉的哭吓坏了身旁的医护兵，排在董森之后等待处理的伤兵们也都被吓住了。过了一会儿，一个医护兵回过神儿来，上前拉开小玉，将台上的董森抬了下来，另一个对小玉叫道：“魏医官，后面还有好几个伤兵等你治疗，请你振作一下。”

小玉悚然惊起，伸袖擦干眼泪，强压下胸中汹涌的悲伤，对医护兵下令道：“下一位！”

下一位的大腿被炮弹破片击伤，已做了初步包扎，但仍然血流不止，可能要做缝合手术。他看到刚才那一幕，便低声对小玉道：“医官，你的朋友？”小玉剪开他鲜血湿透的包扎布，点了点头，侧目看到那人的臂章，是个上士，便对他道：“上士，我要缝你的伤口，没有麻药，你忍着点。”

那位上士对没麻药动手术毫不在意，却接着道：“医官，你这朋友好样的，她和我都是负责传令的，因为城里电话线多半被打坏了。她速度快，身手敏捷，真比男子汉还要强，唉，可惜了……啊呦，他妈还真疼呀！医官，你不能用小号的针头么？”

横了心的横山勇又丧心病狂地施放毒气了，这回放的是芥子气和路易氏混剂。芥子气号称“毒剂之王”，守城官兵吸入毒气后，呼吸器官灼伤糜烂，呕吐腹泻甚至死亡。小玉建议汪医官和其他医护兵准备大量的苏打水备用，解释道：“根据书本上的说明，就算不能解毒，至少可以有效解除中毒者溃烂伤口的剧痛，暂时恢复一些战斗力，日军放毒气预期的效果就七折八扣了。要彻底解毒治疗好，只好等战斗停止以后再慢慢医治。”

汪医官低声道：“就只能这样了，等战斗停止，大家还有没有命谁也不知道。”

到了八月六日，第十军官兵阵亡已经超过六千，另有五六千人受伤失去战斗力，守在阵地拼战的兵力只剩三千多人。天亮之后，已有日军步兵随在飞机轰炸、大炮狂轰及毒气施放之后，寻隙进入城内。第十军已经没有能力组织有效的防御，各阵地陷入各自为战，犹作困兽之斗。

这时中央银行的地下室中，周庆祥师长在军事会议中提出了“突围”的构想：“报告军长，俺第三师本来就只有一个团的兵力，现在退到小西门又血战十天，每个阵地剩不了几个人，连长都有由士官长升任的。这场大战打到这个份上是山穷水尽了，俺看其他各师的情形也好不到哪里。方军长，是突围的时候了，现在还来得及，再过一天就走不成了。”

一九○师容师长同意这仗打不下去了，摇了摇头道：“我第一九○师，本来守草河一线，现退到北城垣内，三个兵里头死伤两个，丢那妈打不下去了。”容有略是广东人，说的普通话其实和广东话没有太大差别。

葛师长还在阵地指挥，方先觉问道：“谁有援军的消息？”

参谋长孙鸣玉道：“电报中断，城外的消息靠口耳相传，既慢又不正确，只知道七十九军和六十二军攻到衡阳附近，可是从敌军完全没有受到牵制的情况看来，援军并没有对第十一军团造成巨大压力，倒是，倒是……”孙参谋长有点欲言又止。

方军长道：“参谋长，你说倒是什么？”孙鸣玉道：“周师长说的突围之事恐怕要考虑一下。咱们这边突围走了，城里还有六千名受伤的官兵，以横山勇打下常德离开之前屠城的事看起来，这六千名弟兄全将被日寇屠杀，这种事怎么能做？”

方先觉点了点头，没有表示可否。他皱眉沉思了片刻，终于开口道：“事关六千多名弟兄的生死，关系太重大，要问问葛师长和饶师长的意见……我们再议。”

方先觉有些踌躇，孙鸣玉也有没说出的话，他暗忖道：“五十七师余程万的‘虎贲之师’苦守常德城，打了一场震惊中外的常德保卫战，最后率百十人突围而出，结果是遭到军法审判，差一点被老头子枪毙掉。衡阳之战我们如果此时突围，留下城中六千受伤兄弟被日军杀害，除了良心不安，军法上这该当何罪？”

两位师长起立戴了军帽行礼而出，走到断壁残垣的银行大厅门口，迎面碰到王副官，见王副官带了一个身穿大布袴的汉子走过来。那大汉浓眉大眼，相貌很是特出，虽然粗布大袴，难掩他的不凡器宇。自诩精通麻衣相法的容有略不禁咦了一声，暗道：“此人相貌奇特，定然不是等闲人物。”

王副官举手行礼：“容师长、周师长好，这位是彭怀塘先生，我正要带彭先生去见军长！”

彭怀塘对两位长官点头致意，就跟着王副官走入中央银行地下室。

方先觉和塘叔寒暄完，在进入主题之前，他先从一个共同认识的人切入道：“听说彭先生和蔡一奇专员熟识，我和蔡专员也见过面，据我所知，他现在人在宝庆对吧？”

有关蔡一奇人在宝庆的消息，塘叔不知道方先觉是听董森说的，倒是对这位守城大将的消息灵通深感佩服，便笑道：“方军长神通广大，啥事都在掌握中，了不起啊。不错，蔡专员目前人在宝庆，八月二号那封电报便是从宝庆拍来的。”

方先觉切入正题道：“衡阳城的电报线路已经被日军的炸弹毁掉了，现在是生死存亡的关头，全军全城无法和外面联络，不折不扣成了孤城。彭先生，您有一架无线电报机吧？”

塘叔道：“不错，我这架手提式无线电是美国无线电公司出产的最新产品，收发可达一百多公里，从衡阳可以到宝庆。方军长的意思是……”

方先觉微笑道：“我了解，美国RCA最进步的无线电报器材只有情报单位那边有，比我们军方的设备强多了。我想利用彭先生这架电报机对外收发电报，不知彭先生能否带着您的电报机移驾到此地来？还有‘婶子’也一道来，这地下室不怕炸弹炮弹，比较安全……”

塘叔哈哈一笑，打断方军长说下去：“方军长忒客气了，此时乃是战时，军方有啥需要，向民间打张纸条征用就是了，何况这电报机也不是我彭某私人的。倒是这个地下室，尽管是铜墙铁壁的保险金库，却不适合收发无线电，我没有那么长的天线可以接到室外，恐怕还是在我那边收发来得好。不过我那边离这里总有八九百米吧，炮火之中传递消息还是危险……”

这时王副官插口道：“银行大门左右各有一个钢筋水泥的岗哨，好像也还顶住没毁掉。彭先生，您瞧这样好不好，咱们的通讯员就带着无线电躲在岗哨碉堡里，由彭先生指导架好天线，那里架露天天线方便之极，离这地下室也就上下两层楼梯。”

方先觉喜道：“还是王副官脑子动得快，真有你的！彭先生你说呢？”塘叔爽快地答道：“能亲身加入衡阳保卫战，是彭某的光荣。”

八月七日，日军从北门攻入，城内进入巷战，守军弹尽援绝，仍以血肉之躯拼命力战。“固若金汤”的南城也终于被日军攻破，六十八师团的继任师团长堤三树男在攻下了五桂岭和接龙山后，就将师团部设在五桂岭。

他居高望出去，满目的废墟和士兵的尸首，他想到六十八师团从六月二十二日开始攻打衡阳起，就扮演先锋箭头的角色，没有料到尚未靠近城垣，便被空前猛烈的抵抗杀得血流成河，佐久间师团长被重创而阵亡，六十八师团的士兵死在削山成壁的“方先觉壕”前数以千计，这是堤三树男从军以来从未遭遇过的惨烈战斗。如今终于攻进了这个已经名扬国际的衡阳城——环城墙一周不过八公里的弹丸之地，却是数万勇敢士兵的葬身之地。

“这个方先觉，真想和他见一面。”

城既已破，预十师葛先才师长和二十八团曾京团长带了十几个士兵，飞奔到了中央银行地下室。

这时室内气氛异常凝重，方先觉手书了一封电报稿，几个师长和参谋长正围着读那封电文：“敌人今晨由北门突入以后，即在城内展开巷战。我官兵伤亡殆尽，刻再已无兵可资堵击，职等誓以一死报党国，勉尽军人天职，决不负钧座平生作育之至意。此电恐为最后一电，来生再见！方先觉”。

师长们和参谋长纷纷把名字签在“方先觉”后面。方军长对副官道：“王副官，将这电文拿上去发了吧！”

葛先才向方先觉报告：“五桂岭、接龙山均告失陷，弟兄仅剩数百人，已往城内退，和日军展开巷战，但巷子两边房屋俱毁，已不成巷。我在第一线亲见日军伤亡累累，战力也呈强弩之末，只要给我一团生力军，我就能反败为胜！他娘的，真的只要一团人就好！可是援军就是不见踪影，可恨委员长信誓旦旦的承诺完全不算数！”

方先觉哑口无言。葛先才道：“曾京曾团长带了十几个骁勇善战的弟兄在外头，他们要保军长突围……”

方先觉摇手打断道：“突围的事，昨夜你不在场时我们已讨论过，绝不可行！先不说别的，就衡阳城现有大约六七千受伤官兵，我们突围走了，这六千多弟兄拼死拼活守城一个多月，最后被抛弃在城里给日本鬼子屠杀，以后还有兵能让咱们带着打仗么？我方先觉是绝不做这种事的！”

说到这里，方先觉忽然激动起来，他站起身来对大家道：“吾意已决！如今事已急，各位快回师部，每位师长身边只准留四名卫士，其余所有的人力全部投入战斗，战至最后一人吧……”然后挥手道：“咱们在此就算诀别了，来生再见！”

四位师长相互对望了一眼，最资深的容有略叫了一声“立正”，四位师长和参谋长挺立，容师长叫声“敬礼”，众将官行了最标准的举手军礼。方先觉回了礼，师长们再无一言，鱼贯走出，只参谋长孙鸣玉留下。他看见方先觉凝视着四位师长的背影，一双细眼中噙着泪水，久久不能自已。

方先觉转头对孙鸣玉道：“鸣玉，你日夜陪我四十七天，也去休息吧。”

孙鸣玉感觉苗头不对，跟王副官使了一个眼色，对方先觉道：“军长，你不要……”话未说完，只见方先觉转身拉开抽屉，拿出那把四五手枪，举枪便要自尽。王副官大喝一声：“军长不可！”已经整个人扑了上去，一掌拍在方先觉手上，他这奋力一拍力道奇大，竟将方先觉的手枪拍落在地。孙鸣玉冲上去一把抱住军长，用全身力气箍住，不让方先觉俯身捡枪，他急得哭出声来，大叫：“军长，你不能就一走了事！你死了，咱城里几千弟兄谁管他们死活？”

这时已经离开的四位师长闻声又跑了回来，冲到方先觉身边，捡起手枪交给了王副官，扶军长坐下。葛先才道：“军长方才以城里负伤弟兄为念，否决了曾团长保你突围的建议，我等好生钦佩。可你拔枪饮弹只是一时之快，第十军六七千个负伤弟兄的问题仍不得解决，您这是自寻了断，躲避照顾弟兄性命的责任，不是好汉。”

葛先才在国民革命军第十军中从排长，经连长、营长，干到团长，又在预十师里干过参谋长、副师长，在黄埔军校的期别只比方先觉低一期，一路来和方先觉并肩作战、患难与共，交情非比寻常，第十军中只有他能对方先觉讲这种重话。

方先觉听了这话，情绪渐渐冷静下来。这时周庆祥进言道：“若要拼个一死，咱们就拔枪死一块儿吧！要是想救六七千名弟兄的性命，只有一条路可走……”说到这里他停了下来，似乎是在想如何措辞。孙鸣玉替他说出来：“你要军长投降？”

这下周庆祥反而好措辞了：“不是投降，是讲条件，和日军谈判停战的条件。”

这话若是昨天提出来，定遭方先觉严词拒绝，说不定还要挨顿臭骂，但经过这一天的变化——战事的变化加上方才一番生死折腾的心理冲击，方先觉和几位师长都没有立时严拒，反而沉思起来。

过了好一会，方先觉的目光和几位师长一一相视，四位师长都微微点头，最后方先觉望了孙鸣玉一眼，孙参谋长也点了点头。于是方先觉道：“要停战，须得有三个条件：第一，保证全军官兵的性命安全，第二，给予受伤官兵医疗，第三，第十军不接受调动，仍留衡阳……”说到这里，他又看了大家一眼，见每个人都点头同意，便下令道：“这事派周师长和孙参谋长去办，我在此静待回音。如果日方不肯接受这些条件，大家就拼到最后一滴血吧！”

稍前，在中央银行外的岗哨“碉堡”中，卢通讯员整整花了三十分钟，才将方军长及第十军诸师长联名的“来生再见”电报发出。他吁了一口气，对塘叔道：“彭先生，您这无线电报机好是好，就是功率不够大，发送断断续续的，总算发完了，宝庆那边现在已经收到了。他们再用有线电报转重庆，不出二十分钟，委员长就该看到了。”

塘叔读了那封电报的文稿，心中已经有数，暗忖道：“衡阳城陷只是二十四到三十六小时之内的事了，我那边也要赶快去处理了。”

他细辨四方传来的枪声，从城西北角传来的枪声渐密，便对卢通讯员道：“我要回司前街了，电报机你留着用，要是有要找我的，麻烦派个传令兵来我茶铺。你知道司前街的茶馆铺么？”卢通讯员道：“怎么不晓得。六月初开打前，我和我们连长还一起去喝过茶哩。”

塘叔伸头出去四顾一番，由于日军南北都进了城，巷战已起，炮弹不长眼怕打到自己人，是以炮声少了些，枪声却越来越密，也越来越近。塘叔双手一撑跳到地面，便先跑到中山路上，这一边眼前还没有激烈战斗，在中央银行后面的市议会和青年会建筑物都已半毁，但前后跑动的还是我方的弟兄。

他向北疾走，经过邮局，看到邮局已被炮弹打倒全毁，但残留的砖墙后守军三三两两还在布防。过了“刚直路”，路两旁的木造房屋大多被烧毁，右手边“陕西巷”整条巷子都是焦木碎瓦，显然是挨了日军的燃烧弹，十几具尸体在发臭。他连忙向左闪进一条小巷，不得了，巷前巷后全是守城士兵的尸首，也有一些重伤未死的，倒在巷边臭水沟里等死。

从七月中旬开始，塘叔就发现城里不但没有了鸡啼狗吠猫喵，连老鼠都看不到一只，这几日连麻雀也不见了，全都进了守城官兵的肚子里。奇的是塘叔在司前街的茶馆铺，那栋封火印子墙的楼房竟然屹立未倒。

塘叔忍着尸臭，快步抄小路到了司前街，冲进茶馆铺，那张八仙桌不仅无恙，还坐了两人。

塘叔咦了一声，因为他发现婶子对面坐着说话的竟然是魏小玉。魏小玉一面说一面流泪，十分的激动。

小玉见到塘叔，像是见到亲人般大叫："塘叔，您总算回来了！"

"小玉，你怎么了？"

"几小时前日军攻到了医院，鬼子兵竟用机关枪对伤兵扫射，医院里外的伤兵几十人全被杀死，我只好脱下军服逃到您这里来……还有，还有……董森死了，她胸口中弹，死在我手术台上，我救不了她……"说到这里，又忍不住哇地哭出声来。

婶子安慰道："小玉做医生，头一回就碰到战场上救治伤兵的场面，真亏你竟撑了过来，四十多天也不知救活多少官兵的命，你尽力了。董森的伤太重，送到你手上时只剩一口气了，怎怪得了你啊？"

塘叔耐心地等待小玉发泄了紧绷的情绪，拍拍她的手道："小玉，城已破，顶多撑到明天，日军就占领全城，我们要怎么帮城里的伤兵，实在要看日军的态度。如果他们容许民间进城善后，我们可以想法子搞一批医药来，做救治伤兵的工作；但如日军决定要屠城，我们就不能回来，先保住命要紧。嘿，君子报仇十年不晚，我彭某人就有不一样的打算。总之，这里不能再待下去了，你快收拾一下，我和婶子带你走条秘密小路，先逃到东乡去，我和常雁楼有约……"

小玉在衡阳的这段时间，行李就留在楼上客栈里，不在医疗站过夜时就歇在这里，她听了塘叔的计划，便问道："去东乡见常雁楼，他是谁？"

塘叔道："常雁楼是衡阳士绅，是'衡阳安全维持会'的召集人，找他可以弄到医药等物资。你们快准备，天一黑我们就走！"

这时城里的"巷战"已经到了血肉相搏的阶段，日军虽然攻破了衡阳城，但遭到的抵抗仍然是从没经历过的惨烈。好像经过了四十七大激战，第十军残余战士的士气和斗志突然又全部恢复了，那种困兽之斗的勇气实在不可思议。

从西面进城的先头部队是支摩联队，联队长已经阵亡，他对守城中国军队仅仅装备了轻装武器十分蔑视，曾对他的下属嘲笑支那能制造的最重武器乃是手榴弹。据目击的士兵传出的说法是：在攻城之时，守军既无大炮，机枪也缺得厉害，士兵便常用手榴弹，支摩联队长就在现场告诉属下士兵，手榴弹是最无用的武器，对方掷了过来，应对的方法不是躲避，而是赶快拾起来反掷回去，落到敌方阵地时正好爆炸，反将对方炸得血肉横飞；他示范了一次，不料那是一串三连的手榴弹，联队长拾起来一时掷不出去，就在他手上炸了！那威力超过一颗炮弹，支摩联队长还真被支那制造的“重武器”炸成了碎片。

入夜后，城中的守军阵地逐渐失陷，第十军控制的范围越来越小，基本上已缩小到中央银行附近。

午夜过后，城里枪声渐息，中央银行地下室里，方先觉和三个师长围着那张长条桌子坐等谈判的消息，大家都没有说话。方先觉想到这四十七天来，自己和师长们围在这张桌子四周，开过多少次作战会议，在这桌上作过多少关键的决定，今夜即将画上句点。

凌晨，周庆祥和孙鸣玉回到军部地下室，回报日军六十八师团长堤三树男已接受了三个条件，并对方军长这个可敬的敌手致意。周庆祥请同来的日军代表在外稍等，他和孙鸣玉先进来报告。

方先觉松了一口气，但是立时之间，浓浓的悲哀从心底升上来。自己弱冠从军，南征北讨的大小战役，纵有胜负，从来没有一个“降”字。衡阳之战发展到今夜这个局面，说“谈判停战条件”，那是好听的说法，他心里清楚，这就是“投降”——顶多算是有条件的“投降”！想到这两个字，方先觉心如刀割，双目噙着英雄之泪，终于滴了下来。

大伙儿低首无言，过了一会儿，葛先才大声道：“第十军从六月二十二日起在衡阳和日军开打，以一万七千人抵抗日军十一万兵力，横山勇有飞机、大炮，投掷燃烧弹、施放毒气，咱们打了整整四十七天，这场保卫战必将载入青史。方军长，第十军对得起国家民族，你对得起领袖长官，我们俯仰无愧！”

大家的头抬了起来，胸挺了起来，方军长挥了挥手，恢复了虎将方先觉的豪迈之气，大声道：“我不入地狱谁入地狱！兄弟们，咱们去见堤三树男！”

# 第五章　城孤人不孤

衡阳保卫战终于在一九四四年八月八日结束。这一天，中国军队的救援部队已攻到离衡阳仅一日的路程，可惜功亏一篑，未能改变衡阳失陷的事实。

美国国会的数据是这样记录的：这场战役第十军共一万七千人，伤亡了约一万五千人，其中七千四百人战死，城破时全城剩两千士兵仍在拼命血战，伤亡率达八成八，可见其惨烈。

日军前后动员了不下十万大军，死伤高达七万人，其中四万八千人战死。这里面大约有两万人以上直接死于阵地争夺战，这是对日抗战中极少见的一场日军死伤远超过中国军队的大战役，不但盟国咸表钦佩，日军战史上也记下了表示敬意的一页。

蒋介石得知战役的结果后，下令全国军队就地集合默哀三分钟。毛泽东在《解放日报》上以社论对坚守衡阳的第十军的英勇及衡阳人民的牺牲表达了敬意。

正如预十师葛先才师长所言，衡阳保卫战青史留名，永垂不朽。

堤三树男师团长虽然应允了为守军伤者治疗，但事实上这个承诺并没有兑现，原因十分简单，日军自己的伤兵都没有足够的医药疗伤，哪有余力照顾敌军的伤兵？于是衡阳城内数千名伤兵立刻陷入凄惨的境况，有的哀号而死，也有受不了折磨而自杀的。衡阳城战事虽已停止，但满城破碎，遍地哀鸿。

战事结束第二天，就有一些衡阳人返回城来，多为回家看看损坏情形，估计一下能不能尽快修建，只要勉强堪住就要携家人重返家园；中国人对“家”的向心力实属不可思议。日军对回城重建家园的百姓倒并不严禁，只要登记姓名地址，搜查所携行李没有武器违禁品，便予放行。两天后，南京派来的伪军部队也到了衡阳，协助日军做警备工作，甚至工人和商人也陆续回城。虽然衡阳城已成废墟，还是有人不肯舍去。

司前街的鱼粉铺和茶馆仍然木门紧闭，这一连三户的房子奇迹般地没有重大损毁，其时塘叔、婶子和魏小玉已经回来。今日又来了两个客人：常雁楼和丁子青。

小玉本想回郴州，但日本六十二师团的先头部队已经开到郴州，她便跟塘叔、婶子回到衡阳。丁子青原来在衡阳城做百货生意，这四十多天的苦战将他的两间店面都毁了，其中一间是三层楼的“百货公司”，被炮火轰倒又燃烧过，几乎无法修理再用；丁子青看了觉得很是痛心，要重新开业难上加难，更何况城里住民大多跑掉了，返城来住的估计十中无一，就算百货公司重新开张，恐怕也做不了多少生意了。丁子青是个提得起放得下的人，看了这情形，做生意一时无望，索性放下一切烦恼，和常雁楼认真地打算如何在战后推动维持会的工作，为城里的善后尽一份力量，塘叔对他十分感佩。

天黑之后，空荡荡的司前街上忽然出现了一个身着蓝布衣裤的汉子，这人手上提了一个布包，衣上血迹斑斑，而且衣裤都嫌太小，一看就觉得极不合身，像是错穿了别人的衣裤。这汉子一路摸过来，到了茶馆前，四面张望了一下，确信没有日本兵在巡逻，就在木门上轻轻敲了三下。

婶子和塘叔对望一眼，小玉悄声道：“是谁这时候找上门来？”塘叔点了点头，轻声道：“没事，日本兵来敲门哪会这么轻声轻息？”他走近门板，一手按在腰上，一面低声道：“什么人？”

“张得山，要找彭怀塘。”

“我们不认识什么张得山，你快走开。”

“张得山，八甲岭飞机场警卫排的卫兵，飞机场丢了后，我被编入第十军勤务连。中央银行的岗哨里，一个卢通讯员托我把一架无线电报机送到司前街茶馆铺彭怀塘手上，我来了两次这里都没人……”

塘叔哦了一声，简直不敢置信，连忙把木门拉开让张得山闪进来。

张得山进屋来先轮流瞪了大家一眼，然后问塘叔：“你是彭怀塘？这茶馆的老板？”

“不错，彭怀塘就是我。”

张得山提起手中的布包待要递给塘叔，塘叔伸手要接，他忽然又收了回去，盯着塘叔问道：“你认不认识董森？”塘叔暗道：“好家伙，盘起我的底细来了。”便答道：“怎么不认识，她原来在搜索连帮忙。”张得山再问：“你晓不晓得董森入伍吃粮前是干什么的？”塘叔道：“她是衡阳体操协会的教练。”

张得山见塘叔对答如流，这才放心把手中布包交给塘叔，“哈”地笑了一声，道：“董森是我旧识，这回同在第十军里头当差，她跟我说起‘塘叔’的茶馆和‘婶子’的鱼粉铺，我便要考察你一下。这兵荒马乱中不能不小心一点，你老包涵。对了，你……你一定是婶子了？哎呀呀，你不是那个湘雅毕业的军医吗？怎么你们都聚在这里喝茶？”

小玉也有些印象了，这张得山送过两三回伤兵到医疗站，干活挺勤快的，只是那时他穿当兵的制服，现在穿一身又小又满是血迹的衣裤，一时认不出来。

“不错，你送过伤兵来我医疗站……喂，你的衣服怎么全是血……”

“哈，日本鬼子进城来，仗打完了我可不能再穿军服，就随便在路边找个死老百姓，借他一身衣裤换上，是不太合身。”

小玉黯然道：“董森兼差当通信兵，被鬼子的枪弹打中胸口，死在我手术台上了。”

她原以为张得山会大吃一惊，哪晓得他对生死之事似乎看得很平常，只哦了一声道：“可惜啊，她跑得飞快的。”然后就转变话题道：“我记得她有个朋友叫彭湘芷，是西湖小学教员，教员证是二十七号，董森的体操教练证是四号。还有一个同学叫罗百蕙的，罗百蕙又有一个表哥叫谭唯骏的，是个飞行员，那天……”

小玉吓了一跳，心想：“怎么我们几个死党，这张得山竟个个都认得？太神奇了。”

塘叔打断他："张得山，谢谢你冒险把这无线电报机送来，那卢通讯员另外有没有跟你说什么？"

张得山想了想道："那卢通讯员跟我说：'军长不打了，这架电报机留着是个危险，本该销毁了它，但它是顶好的美国货，舍不得将它砸掉。你要是不怕碰到鬼子搜查，就拜托你送到司前街的茶馆铺，找到彭怀塘就还给他，就说我们第十军承了他的情，总算靠他这架宝贝，发出了军长最后的一封电报给蒋委员长，来生再见。'"

这个张得山的记忆力实在好，他复诵卢通讯员的话，一个字也没漏掉，只是最后把"来生再见"的电报，说得好像卢某要和彭怀塘来生再见；这是卢通讯员当时就说得不清楚，须怪不得张得山。

塘叔点点头，道："张得山，你现下有什么打算？"张得山道："我是不回部队去了，鬼子兵这两三天虽然没有对伤兵和俘虏大开杀戒，但我可不想回去被看管，我就混在老百姓里做个顺民吧。"

塘叔笑道："看你这模样，怎么看都是个兵痞子，你装作老百姓装不久的，我看你就先待在我这儿，如果问起来就说是我远房表弟。你这身衣裤也太不像样，上楼去换身衣服，我瞧我的衣裤你穿着大小差不多。"

婶子就进房去拿衣裤，常雁楼突然问道："张得山，城里还有多少像你这种没有归队的散兵游勇？"张得山道："详细数字我没得，估计几十个总是有的。"

"要到哪里能找到他们？"

"他们散在各地，但每天总有十来人左右在寿佛殿前野坪里和叫花子混在一起。"

"城里有钱人跑光了，叫花子哪里讨得着米？"

"他们到乡里去讨米，有一餐没一餐的，吃了就聚在寿佛殿耍，赌单双，输的人去讨饭给赢的吃。"

常雁楼道："我若是请他们做七天工，收殓衡阳城里城外的尸体，每人三块银洋，有没有人肯干？”

张得山道：“三块现大洋有人肯的，您老做这事是修阴积德，衡阳城里城外已经臭翻天了。”

“能不能麻烦你去找人？”

“明天一早我就去寿佛殿招募三十个人来，有几个人我还认得，兵拐子出身的不怕尸体的，顺利的话，中午就上工。你老银元可要准备好。对了，你管不管饭？”

丁子青插口道：“衡阳城里哪有存粮，我已经从乡里运了些大米菜蔬来，明日就到。张得山，你放心告诉他们，七天之内我们一律管饭。”

张得山上楼去了。塘叔低声道：“我打听得消息，方先觉军长和几个师长被鬼子关在秘密的地方，虽不晓得关人的地点，但确实是在衡阳。维持会原来负责打探消息的几个年轻人明日也要回衡阳来，好歹要把关人的地点打听出来。”常雁楼低声问：“你想要救方先觉？”塘叔没有回答，但见他的双眼中射出锐利的光芒，一闪而逝。

翌日上午，常雁楼以“衡阳安全维持会”会长的名义，向日军师团部的副官长提出请求，准许民间协助治医伤兵及掩埋死尸的事，得到师团部爽快的允许。这主要是因为堤三树男师团长承诺过要给第十军伤兵医疗救助，但碍于日军本身医药不足的现实，只好先顾自己；现在民间愿意投入救助，乐得做个顺水人情，多少也可对方先觉有个交代。再则衡阳城外尸横遍野、城里尸满巷间，衡阳八月气温有如火炉，尸体腐烂恶臭传出几里路外，再不迅速处理，紧接着来的就是瘟疫了。

同样的情形，日军兵士必定先处理日军的尸首；照日军的传统，清理战场时所有日本军人的尸体绝不留在异域，都要验明火化，骨灰要具名送交死者在日本的家人亲收。但衡阳之战日军战死人数太多，无论如何也来不及一一处理，只好就地集中火化掩埋了。在这样的情形下，日军怎会有余力处理第十军的尸首？

所以维持会提出这两个请求，正合日方的需要，便立时准许了。

中午时分，张得山真的从寿佛殿及各地带了三十个人来做埋尸的工作，他对塘叔道："清一色都是原来第十军的散兵游勇，听说协助掩埋自己的同袍，还有银元可赚，二话不说便呼朋唤友来了，那些叫花子却爷爷似的一个也喊不动。"

塘叔也觉奇怪："难道是饿得没法动了？"张得山满脸疑惑的表情道："不晓得，我问了三个叫花子，他们躲在阴凉地捉蚤子，一个歪嘴的要理不理地说：'搬死人我没兴趣。'另一个光头说：'银元？老子不稀罕，我们老大也有一些。'还有一个更奇了，他竟说：'老大叫我们哪里也不去，等他回来要拉大伙儿上梁山去替天行道。'彭先生，您说怪不怪？"

塘叔觉得匪夷所思，脱口问道："他们的老大是谁？"

张得山摇头道："我也不晓得，有个花子说老大去外地找枪械，找好了就回来带领大家去基地接受训练。我问是要搞游击队么？他又说不是，是要替天行道。"

塘叔想了想不得要领，便对张得山道："我看你办事勤快，记性超人，在部队里起码也该干个排长才公道。这三十个散兵游勇正好是一排人，就由你来带领，银元也由你来发放。"

张得山听了这话，觉得活到今天总算碰到一个知音，便站起来行了一个军礼，心中暗忖道："我除了识字太少是个缺点，其他哪一样不比黄埔军校毕业的强？这个塘叔人很英明，说我起码也该干个排长，马上就要我带一排人。嘿嘿，这三十个人的饷银都在我手上，哪还有带不好的道理？"

塘叔将无线电报机的天线整理好，就装在后院那排桂花树后；黄昏时，他收到了从宝庆拍来的电报。小玉最是兴奋，因为那份电报是湘芷用她们"死党"专用的密码代号发出的，她赶忙将电文译出。

“虞日方军长最后电收到并转重庆，齐日后电信全断，接电请速回。”

塘叔看到小玉写的电文，心中思潮汹涌，有对过去四十七天的感伤，也有对未来的新设想，但千百般思绪不知如何措辞，只心不在焉地喃喃自语：“小玉，你的字好漂亮……”

过了一会，塘叔道：“咱们就先简单地回一电：‘来电悉。真’，其余的等我们计划确定了再说。”小玉道：“要等到何时？”塘叔道：“我在等两件事，一是丁子青说的那批医药何时到达？到了之后，小玉你就可以带着这批药，回医疗站去救治伤兵了。第二，还有一个人没有消息，该来这里找我们的……”

小玉道：“是谁？”

婶子出现在塘叔身后，悄声道：“西湖小学的朱校长。”

塘叔点了点头，不再说话。

天黑后，忽然有人敲门，敲得很急很响，塘叔要小玉退到后进湘芷娘的房间回避。他小心翼翼地开门，见门外站着三个日本军人，还有一个穿便服的传译，面生不认识。

那带头的日本军曹是个宪兵下士，冲着塘叔大声讲了几句日语，态度甚是傲慢。那个传译操一口江北话翻译道：“附近有没有逃兵？如果看到，要立刻报告皇军，如有胆敢藏匿逃兵的，一律枪毙！”

塘叔赔笑脸道：“我们懂的、懂的，发现可疑的人一定立刻报告。请老兄转问皇军的兵爷，要不要进来喝碗茶？我这原是茶馆铺，还存的有上好的茶叶呢。”一副模范顺民的样子，恭敬加谄媚。

传译和日本军曹讲了一串日本话，那军曹起初不肯，后来似乎禁不起那传译的劝说，终于点头。塘叔一面赔小心引贵客入屋，一面叫躲在隔壁的婶子备热水沏茶，心中却暗忖：“听北方的朋友说，日本军人初到华北时，纪律如钢铁，绝不接受人民的招待；有个小兵偷了农家一只鸡，被宪兵抓了带到农家，当着村民把小兵毒打一顿，那种军威所建立的统治者气势，确实让沦陷区的农民震惊，许多人便觉得日本军队比较有纪律，因而甘心做顺民。如今看来，连皇军的宪兵军曹都已松懈，日军已不复当年的威风盛气了。”

婶子沏了一壶上好的西湖狮峰龙井，倒入瓷碗中色绿香郁。日本人酷嗜绿茶，是懂得品茶的民族，但头一次喝到这等极品龙井，啜了两三口，原本板起脸摆的征服者的嘴脸就柔和多了，三名日军对望了一眼，相互点头示赞。

喝完一壶好茶后，日军又恢复严肃的表情，那军曹站起身来道声谢，临走不忘再次交代，请顺民务必协助皇军捉拿支那逃兵。

巡查的日本兵离开后，塘叔和婶子对望一眼，婶子笑道：“你要招引日本军人来此喝茶？当心被人当作是汉奸。”

塘叔道：“来喝茶就没有不聊天的，丁子青的百货公司那边有个小伙子会些日语，明日我就请他来茶馆帮忙侍候客人。塘叔茶馆铺又要重新开张，这回以日本人顾客为对象，让鬼子们喝得好茶聊得开心，便有些言者无心听者有意了，我们好在这里打探一些日军的消息。”

小玉见“客人”已去，便回到茶馆来，婶子看她脸色苍白，关心地道：“小玉呀，这一阵子你真太辛苦了，要不要过两天回郴州家去休息一阵子？我今天听说郴州还算平静，日军也没有在那里驻扎，交通也还可以通。”

小玉摇了摇头，很坚决地道：“谢谢婶子，这四十七天浴血作战中我和衡阳共存亡，这时候怎能弃我的伤兵不顾？我决定留下来，就等那批药品运到，我就回去工作。”

塘叔道：“就怕这批药大部分是中药就麻烦了，一则中药对治疗伤口没有西药来得有快效，再则小玉学的是西医，怕到时英雄无用武之地。”

小玉道：“塘叔怎知这批药是中药？”塘叔道：“丁子青说他要运这批药来衡阳，常雁楼就怀疑是从贺百东那里弄来的，他有一间颇具规模的中药中盘商店。”小玉哦了一声，没有再说话。

第二天，塘叔所担心的两件事都自动解决了。

一大早，司前街上没有一个行人，连猫狗都没有，雾还没有散，迷蒙的街口出现两个人影，摸到鱼粉铺前，一人上前在木板门上敲了五下，又用某种特别的节奏敲了七下。木门立刻开了，塘叔站在门口迎接来人：“朱校长、老秦，等你们好久了。”

朱校长戴了一顶布帽，把脸孔遮了大半，手上提了一只大皮包，低声道：“进去说话。”

坐定后，朱校长从皮包中拿出一封信道：“蔡专员的信，老秦刚从宝庆带回来的。”

塘叔很快地看完信，婶子正好出来，哪怕是这大战之后的清晨，自家的屋里，婶子仍穿戴得一丝不苟，一件绛色蜀锦半截衫配黑色夏布长裤，说不出的素净好看。她一走进来，便热情地招呼道：“朱校长，可盼到您了，怀塘昨天还说在等一个人，哈，您就来了。老秦啊，谢谢你从宝庆带信来，进城没有什么麻烦吧？”

婶子一出现气氛就热络了，朱校长一向话少，嗯了好几声还没回答，老秦倒先开口了：“先报告婶子娘家那边湘芷母女、校长的侄儿佑华都很安全，还有那个《蒸湘报》的女记者，叫什么来着……”

“黄倩文！”魏小玉不知何时已站在走廊边上。老秦道：“对，黄倩文是衡阳已经打起来那天，才赶着搭上一辆跑单帮的小货车，走衡宝公路冒险到达宝庆，她写的《衡阳大战序幕》一连三篇报道很受重视哩。她也托我问候各位，尤其是魏小玉和董森，她的报道中还提到这两位同学自愿留下加入保卫战的事……你是魏小玉吧？”

“我是小玉，董森她胸口中弹，失血过多……死了。”

老秦听到这个“得意门生”不幸阵亡的消息，不禁呆住说不出话来。小玉道：“七月十四号深夜，董森为搜索连的敢死队带路，泗水渡湘江，炸毁江东岸的两个日军炮阵地，当真勇冠三军呢！”老秦感叹地道：“这故事该让黄倩文再写一篇文章向全国同胞报道，我衡阳有此了不起的女英雄。”

朱校长这时才开口道：“我这边最新的任务……叶先生交代，要全力营救方军长和第十军几位师长，尤其是救方先觉要不惜任何代价……”说到这里，她求助的眼神转向塘叔：“怀塘先生，我要再次请你仗义助我们一臂之力。”

塘叔挥手道：“什么话，营救方军长的事就是我彭怀塘的事。不过这事非同小可，要好好商量一下……第一步要打探出日本鬼子把方军长关在何处。”

老秦道：“还有一件事十分重要，蔡专员要我转告说，叶先生那边有情报，南京方面已派了汪政府高层的亲信人士来衡阳，目的是诱劝方军长加入伪军。汪精卫政府如得方军长加入，南京伪政权的声势必然大振……”

朱校长补充道：“我们对方军长当然有信心，但是伪、日两方此时一定用尽各种力量，威逼利诱、无所不用其极地要方军长就范。最高当局恐怕夜长梦多，已亲自对叶先生下令，务必要尽快救出方先觉，让汪政府死了心。”

塘叔皱眉想了好一会，婶子道：“你发什么呆啊，大家在等你说话呀。”塘叔才道：“老秦方才一番话倒引起我更深一层的担忧，我在想日方会怎么想这事……”

婶子道：“日方当然会帮着汪政府对方军长施压。”

塘叔道：“不仅如此。日军侵华以来最大的隐忧，便是每场战役虽然打赢，但赢了城池却无从占领城池，因为如要分兵力占领每一个打下来的城市，他可用于向前推进的兵力就越打越少，何况每一仗打下来多少还有折损，所以鬼子需要一个有号召力的汉奸政权来替他守住、管理打下的地盘，这就是汪伪政权对鬼子的价值。”

他停了一下，续道：“可惜汪精卫不得人心，虽然在南京成立的伪政府就命名为‘中华民国国民政府’，自称国府主席兼行政院长，存心想以南京正牌国府自居，正式代表中国政府，而把重庆的国府打成‘流亡政府’，但全国人民不买他的账。他搞不出个名堂，日人立汉奸政权的目的便达不到。所以，方先觉对日军的价值既是如此之高，鬼子一定料到重庆要全力营救，则日方定会全力协助汪伪政权阻挡营救，我看营救方军长又将是一场龙争虎斗。”

婶子道：“你说得在理，可我们要怎么办？”

塘叔又沉思了一会，叹口气道：“人手不够。”

朱校长道：“我立刻发个电报到宝庆给蔡专员，要借怀塘兄的无线电报机一用。”

另外一件事到中午前也解决了。中午之前茶馆铺来了两个人，丁子青和贺百东。丁子青一看到塘叔就嚷道：“怀塘兄，药已到了城里，你猜百东兄这回捐了些什么药物？”塘叔摇头道：“百东兄，你捐了啥药物我哪晓得？”胖子贺百东道：“这回我运来的是一批西药，救伤消炎还是西药好用，明天我还有一批中药也会送到城里。”

塘叔大喜道：“百东兄，你可成了衡阳城几千伤兵的活命菩萨了。你真有办法啊，这批西药从哪里搞来的？恐怕花了大把银子吧？”

贺百东面带得色道：“我有个表兄在长沙开了间大药房，中西药都卖，药房取名‘四季春’，果然一年四季好生意。唯一的麻烦是，好多人误以为‘四季春药房’专门卖春药，头回上门时伙计总要解释半天……”

丁子青笑得打跌，忙道：“胖子，你闲话少说言归正传吧。”贺百东嗯了一声，道：“长沙会战之前，我表哥就把大批的存药移到宝庆他老婆娘家囤起来，这回我用他本钱价格买了一批治伤的药，拜托他设法再多进些货，他有日本药商的渠道……”

塘叔道："日本药商？"贺百东道："不错，这批药全是日本武田药厂的产品。"丁子青插口道："鬼子打伤我们的士兵，用鬼子的药来医，倒也说得过去。"

塘叔叹口气道："鬼子人虽坏，鬼子的药倒是好的。小玉啊，你可以回医疗站去救治伤兵了。"

城里城外的尸体大致处理完毕，虽然草草浅葬，但笼罩在衡阳空气中的尸臭味终于渐渐消失，回来重建家园的人又多了一些，一些生活上必需的商品开始进入城内，商业活动也恢复了一些。

日本第十一军继续沿湘桂铁路攻打桂林，衡阳城中留下了宪兵及特勤部队，而汪伪政权的伪军进驻，接替了部分日军在衡阳的镇守任务。

塘叔的茶馆铺又有了生意，每天都有日本军人及伪军官员来喝茶聊天。丁子青介绍了通日语的小金来跑堂，塘叔教他假装只懂几种茶及零食的日语，尽量和日本客人用单字加上比手画脚来沟通，主要就是递茶送碟，这样程度的沟通也就凑合了；暗中却教这小金竖起耳朵打听日军和伪军客人的谈话，有什么值得注意的消息就记下，客人走了再报告塘叔。

这时塘叔的八仙桌被四个客人占用了，两个日本宪兵军官，两个便衣的中国人，日语却说得相当流利，四人点了一壶上好的龙井、一壶碧螺春，品茗聊天搞到黄昏时间才离去。小金收拾了杯壶，满脸兴奋地到鱼粉铺来找塘叔，见面就嚷道："塘叔，刚才那四个人讲了方先觉的事，可让我听着了……"

塘叔伸指嘘了一声，小金这才警觉，压低了声音道："这四个聊得起劲，一个日本人说他们的队长很钦佩方先觉，虽然最后战败没有玉碎，但在守城之战中表现的英勇及指挥能力令人敬佩。另一个鬼子则说，六十八师团有个一一五大队，在张家山攻夺战中牺牲惨重，最后攻下阵地清理战场，桥本大队长点名才知一千三百五十人的大队只剩下六十七人。然后那两个汉奸就谈到方先觉被软禁起来，始终不肯与南京来的人见面谈话，弄得情况有些尴尬；一个汉奸说方先觉身体有病，又不肯接受日本军医的治疗。后来两个日本军官有些激动，讲话越讲越快，我就有点跟不上了。”

“后来呢？”

“后来他们又讲衡阳人的坏话，日本鬼子骂的没有听太懂，倒是有一个汉奸说的我听懂了；他说衡阳人死要面子，脾气大，像茅坑里的石头，又臭又硬。两个日本人听了便大笑起来，我听了不觉有什么好笑。”

塘叔听了暗忖：“也没听到啥了不起的消息啊。”口中却道：“小金干得好，以后一定还会听到重要消息。”

小金显得很开心，又道：“那宪兵军官临走时说：‘时间差不多了，回教堂吃饭去吧。’一个留八字胡的汉奸说‘骇’，最后却只给了几个铜板，小气鬼。”说完便要离开。

婶子忽然叫住他：“教堂？他说回教堂去吃饭？”

小金怔了一下道：“没错，那日本鬼子说‘回教堂吃饭去吧’，怎么了？”

塘叔觉得奇怪，问道：“去教堂吃什么饭？小金你有没有听错？”

小金道：“不会听错，他明明说‘きようかこ’，‘きようかこ’就是教堂。”

婶子忽然道：“教堂里不好吃饭，却好关人。”塘叔听了，一时呆住了。

这时鱼粉铺门外又有一人很鬼祟地摸进来，塘叔定睛一看，来者是张得山。张得山护送魏小玉回医疗站去为伤兵治疗，之后便常留在医疗站帮忙打些杂工，今天直到此刻才回来。看他脸色十分阴沉，还带有几分古怪之色，塘叔不禁大为好奇，忙问道：“张得山，你怎么了？”

张得山道：“魏小玉不得了。”说到这就停下等别人问。

婶子问：“怎么不得了？”

“每日她一到场，换上白长衣就开始工作，消毒、止痛、手术切除、缝合……一手包办，有个护理兵跟着她做手脚不赢，我看比之前的医官强万倍。可是就在刚才我离开前，一个日本大尉和一个伪军来找魏小玉，要她跟他们去谈谈，我吓出一身冷汗，你们猜魏小玉怎么着？”

“怎么着？”

“她说她在工作，一个伤兵性命在她手里，请不要打扰。哇，我张得山服了。”

塘叔见他又停下来等别人问，觉得很烦，便道：“你莫要等人一问一答，一口气讲完会不会？”

张得山瞪眼道：“好，我讲。那个伪军听了便要发脾气，日本大尉反而伸手拦住，讲了两句日语，那伪军就对魏大夫说，方军长病了，他不接受日本军医治疗，指名要湘雅医院的魏大夫去看病。魏小玉听了没有回答，仍不停手地处理伤口，把缝合做完了才答应，她说还有三个重伤的，处理完就去看方军长。那个伪军说一个钟头后再来接她，两人一离开，魏大夫就叫我赶快回来报告塘叔……”

塘叔听到这里，喜道：“哎呀，真是好消息得来全不费工夫，小玉这下就知道方先觉被困在哪里了。张得山，你再辛苦跑一趟，赶快回医疗站去和小玉讲好一个联络的方法，就怕小玉被接到囚禁方军长的地方便不让她回来，这就麻烦了……”

他想了想，一时也没有好法子，而时间紧急，张得山必须在小玉被接走之前见到她，便道：“这样吧，你先赶快回医疗站，告诉小玉无论如何要想办法传个信，如果被留在软禁方军长的地方，也要想个理由回医疗站一次。这几天你就留在医疗站帮忙。快，快走！”

婶子拿了一个布包递给张得山：“烧饼夹腊肉，给你充饥。”

张得山走了，直到天黑都没有消息，塘叔上好门板正要休息，不料又有人敲门，而且敲得又急又重。塘叔暗叫一声：“糟了，日本宪兵又来了，事情要坏！”他双手按在腰间，做了最坏的打算，低喝道：“什么人？”

门外一个沙哑的嗓音道："老大，是我，徐大冲！快开门！"

塘叔吓了一跳，回头对婶子低声道："是徐矮子！"

他虽知是徐矮子，但这时候来得古怪，不能不防着，便一手按在腰上，一手抽开门闩木，斜退两步，低声道："门没上闩，你自己开。"

木门慢慢拉开，徐矮子一头乱发，一身百结破衣，站在门口活活就是一个叫花子。

塘叔瞅见徐矮子身后空空，并无其他人跟着，便略微放心，低声道："矮子快进来，把门关上。"

徐矮子一进屋，身上带着一股难闻的臭味。婶子骂道："你一身臭气，也不晓得多少日没洗澡，吗安得生？"

徐矮子连连鞠躬："嫂子对不住，是有个把月没洗澡了，是有点气味，对不住，对不住。"接着便对塘叔道："老大，我在回雁峰寿佛殿那边拉了个十几人的队伍，有二十几支步枪，虽然有点乌合之众，可总也是一支队伍；有个第十军的伙夫当班长，训练我的乌合之众基本战技，这个老贺年纪不小了，却劈得一手好刺刀……"

塘叔打断他说下去："老贺的事慢点讲，先说你来这是要做啥？"徐矮子道："我听说方先觉被日本鬼子捉起来，关在衡阳一个秘密的地方，猜想你要是还在衡阳，一定在打主意营救他，是不？我这边既然也有十几个人的队伍，预备要替天行道，你是老大，这支兵力总该让你知道，必要时也好派上用场。"

塘叔听了颇觉哭笑不得，忍不住道："你那支兵力？全是寿佛殿的叫花子吧？"徐矮子大感惊奇道："咦，你怎么知道的？你……还真是啥事都瞒不过老大你！"塘叔道："先不说你的那支兵力能派上多少用场，倒有一事叫花子们可以帮忙……"徐矮子喜道："什么事？我的人马赴汤蹈火也不皱眉……"

塘叔道："打探消息！第一，要探听方军长和他的几个师长到底关在哪里？第二，衡阳城里日军还剩多少，布置在哪些地方？伪军进来了多少，布置在哪些地方？你派些灵光一点的叫花兵，到有日军及伪军的地方去讨米，死缠活缠不走，顺便打探消息最好不过。”

徐矮子道：“不错，我那边有几个脑子是灵光的，就是叫花子当久了，懒得厉害了，派他们打探敌情，怕会错过重要消息。不过有总比没有好吧，事到如今，你也不好太挑剔了。”

塘叔强忍住心头火，暗忖道：“你搞的什么叫花子兵，自己说他们懒，我又没开口你倒先要我不用挑剔，他妈的这个矮子越来越狡猾了，我看只有胡搞瞎搞的性子没有变。但此刻是用人之际，我且忍他一忍。”便勉强笑道：“说的也是。”

徐大冲咧嘴笑道：“明日请老大你到寿佛殿来检阅一下，然后交付任务。”

塘叔哭笑不得，只好说：“既来了就喝碗茶再走。”

汽车西站外衡宝公路上一辆破旧的客运车缓缓驶近，马达的声响忽高忽低，好像随时会熄火抛锚的样子，车子终于还是撑到了目的地。司机大概经常怕熄火，只要一放空挡就习惯性地猛踩两下油门，老爷车用力吼了两声就熄火了。

车上满坐了二十几个客人，一下车就要受日本宪兵及伪军士兵的检查，由于大多数客人都携带大包小包的行李，每件行李都要打开来检查，相当费时，客人们百无聊赖地排队等待。

排在尾端的三个人好像是一路的，两个年轻女子和一个中年男人。那男人穿了一件唐衫，唇上留了短髭，戴一顶草编的小礼帽，脸上一副墨镜，左边从眼角到耳际有一条伤疤。那两个年轻女子一个中等身材，另一个比较高挑。两人都素颜布衣，一身宽大的阴丹士林布衣裙，但仍看得出面容姣好。

这三人正是蔡一奇、彭湘芷和黄倩文。

蔡一奇和湘芷接到朱校长的电报，便打算即刻动身回衡阳；倩文写的《衡阳大战序幕》受到读者好评，她亟思再写战后的衡阳系列，因而想回衡阳来实地观察和采访，报社的长官担心她的安全而不赞成这个计划，但当知道可以和蔡专员、湘芷同行时，便勉予同意了。

现在三人默默排在队尾等候检查。湘芷举目四顾，从几棵大榆树的树荫里看出去，车站出口两边各有两个士兵，左边是日本宪兵，右边是伪军士兵，起初是由伪军士兵确认身份，日本宪兵检查行李，到后来就都由日本宪兵检查，伪军士兵只负责翻译。

湘芷报了姓名住址，拿出西湖小学的证件，她的行李少得不需翻查，一个年轻的日本宪兵盯着她看了好一会儿，然后微微点了点头。湘芷低头过关，她直觉感到那个日本兵的眼光瞪得虽久却不严厉，有几分男人看女人的成分，所以她不怕。

蔡一奇扮作全盲的瞎子，倩文是牵扶他的侄女。日本兵命他脱帽并摘下墨镜，蔡一奇闭起右眼，把左眼睁得大大的，一个红肉深洞对着日本兵，那年轻的日本宪兵看了有点怕，就挥手让他过关，连牵扶他的倩文也一并过关，根本忘了查问。

因为就在此时，一辆黑色轿车从公路上飞驰而至，停在车站前，车门开处，下来了三人，两个日本军官，另一个身穿唐装的白皮肤年轻人在前带路。负责检查的四个士兵连忙敬礼让道，那三个人大剌剌地走过，快步上了另一部军车扬长而去。湘芷躲在一群客人中，只是一瞥之间，就发现这三人中竟有两人曾经见过；那白面红唇的年轻人，还有一个身材矮壮的日本人，都曾在塘叔茶馆铺出现过。那个日本人曾经守在司前街边监视湘芷陪倩文回报社，湘芷记得塘叔问过他姓名，好像叫作樱井健雄。

倩文搀扶着蔡一奇慢慢走过来，湘芷迎上去低声道："我们快离开这里，先到西禅寺歇一脚，再做道理。"三人便不再交谈，默默往西禅寺走去。

西禅寺在攻城战中也是一个重要攻防据点，寺庙四周大都毁于日军轰炸，只有天王殿屹立无恙。这时战场只粗略清理过，断垣残壁上多的是爆炸余痕、弹孔及血迹，一路走上来一个人也没有碰上。

三人在一个石阶前坐下，蔡一奇拿出水壶来递给倩文道："只这一壶水，你两个先喝。"倩文也不客气，她和湘芷喝了就还给蔡一奇喝。天气溽热无风，三人在破老爷车里摇晃了三个多小时，都觉十分疲累，喝了两口凉水，精神为之一振。

湘芷轻声道："刚才有三个人大剌剌进城，你们都见到了？"倩文点头道："两个日本军官，一个便衣中国人。"湘芷道："我认得其中两人。"她把所见说了，倩文经湘芷一提，对樱井也有点印象。蔡一奇其实见过这两人，尤其是樱井，他们在小西门外追逐那只黑皮包时，同伴徐矮子和樱井还动过手；但方才他正在应付日本宪兵查他是不是盲人，紧张急切之间便没有注意到那三个人的长相。

湘芷接着说："这两个人出现在衡阳城，第一个要坏的就是塘叔的茶馆铺，我们要赶快通知塘叔和婶子。"

倩文歇了一口气，已经拿出拍纸簿和铅笔在记一些所见。蔡一奇长叹一口气道："老了，不得不认老了。"湘芷道："蔡专员您正茂之年，怎么叹老？"蔡专员摇摇头没作解释，只正色对湘芷道："湘芷，你的观察敏锐，联想快捷，遇变从容以对，又能当机立断，都是蔡某平生所仅见，你……你是天生高手。"

湘芷笑道："蔡专员您过奖，我是个才出道的新手，又哪是什么天生高手了？您虽然阅人多，这回可要看走眼了。"

蔡一奇微笑不再多说，转头对倩文道："倩文，你记好了咱们就快走吧，越快找到怀塘兄越好。"

倩文甩了甩长头发，回眸笑道："我的速记飞快，统统都记下了，包括什么'天生高手'的话都记下了呢。"湘芷扑哧笑出声，轻喝道："别耍嘴皮了，我们快走。”

司前街的茶馆铺里，八仙桌原是塘叔最爱的“宝座”，自从日本人来做客后，皇军军官似乎都偏爱八仙桌，总是优先选择这张八仙桌，哪怕是一个人来喝茶也要坐这张桌。塘叔的脾气变得极好，见着日本人就表现出温顺巴结的模样，很得日本人的称许，只是他那模样经不起仔细审视，尤其是那双浓眉和眼睛，不管怎么“温顺”还是掩盖不了不自觉就闪出的锐利神色。塘叔也有自知之明，每每和客人打了招呼就退到屋后，让小金来侍候。

这时八仙桌上坐了两个军官，一个大尉一个少尉，两人似乎正在谈最近日军的战事，聊得兴高采烈，声音越来越响，旁若无人。相对比的是右边角落上坐了四个衡阳当地客，说话轻言细语，就怕打扰到日本人。

那四人正是维持会的四位热心士绅。常雁楼低声道：“这次衡阳之战，无论是撤民时维持秩序、送食送药、协助治安、传达正确消息，或是为第十军的伤兵救治，我们维持会总算帮上了忙，特别要感谢百东兄的慷慨捐献。”

贺百东微笑道：“雁楼兄过奖了，维持会在老兄领导之下，办事积极有效率，处事又公平合理，大家都愿意出钱出力呀。”

丁子青道：“日本人这次对我们也算是信任，我们怎么做好像宪兵队都没加干涉，跟我以前听到的大不相同呢。”常雁楼点头道：“此话不错。我听常德和长沙的朋友说，大战之后日军进城，报复行动极为残暴，不但屠杀伤兵及战俘，对百姓也是放任士兵奸杀掳掠，无所不为，民间的公益组织完全使不上力呢。”

刘景逢说：“这都是方军长不惜以一身荣辱赔进去才换来的，衡阳人真该感激啊。”丁子青抽了一口烟，低声道：“衡阳的伤兵及俘虏能保全性命，当然是方先觉和日军谈好的条件，但我总觉得日军这次对我们‘衡阳安全维持会’是有点另眼相看哩。”

贺百东闻言，立刻拍拍常雁楼的肩膀，语带讨好地道：“我们有常兄领导，常兄的声望和学问想来日本人和伪政府的人也是有耳闻的，他们对常兄有敬意，我们办事就方便。”常雁楼听了虽觉不可能是这个缘故，但仍旧很是受用。

这时一个皇军小兵匆匆跑进来，行过礼后，便向那个大尉毕恭毕敬地报告了一长串话，那大尉连忙站起来，把茶钱丢在八仙桌上叫了声老板，戴上军帽就和同伴往外走。塘叔赶快出来和小金九十度鞠躬相送。日本客离去了，塘叔就指着桌上的茶钱对小金道：“小金，这个日本井上大尉每回来喝茶都出手大方啊，你的小费可不少。”说完跟坐在角落的四人打个招呼，就带着小金匆匆到后房去问话了。

维持会的四人真没想到塘叔对日本客姿态如此之低，都有点惊讶。贺百东第一个直言道：“怀塘兄也不必对日本人这般卑躬屈膝呀，我原来瞧他是条硬汉呢。”话中透出一些不屑。

常雁楼对塘叔的为人和性格有相当认识，心中暗忖：“怀塘兄这样讨好日本军人必有他的深意。”听贺百东的话似对塘叔有点不满，便补一句道：“依我对怀塘兄的了解，他这么做恐怕是刻意做出来的，肯定别有一番用意。”

在屋后，塘叔追问小金方才两个日本军官在大声谈些什么，小金道：“他们好像在谈横山勇的第十一军推进桂林一路打得顺利，支那军不堪一击，又说比较起来，衡阳作战实在太艰苦，牺牲太惨重。”

塘叔问：“他们有没有谈到方军长，或第十军其他几位师长的事？”

小金道：“倒是没有，不过那个小官似乎发牢骚说‘看管这些高级战俘真是倒霉的差事’，不知道是不是在说方军长……”

塘叔道：“多半是，你再想想他们还说了些什么？尤其是那个阶级较高的井上大尉。”

小金想了想，道：“那个官较大的鬼子军官说，高级战俘不好侍候，但是师团长极为重视他，南京来的高层也是把他当个宝。不过我们在舒服的地方轮流负责看守，也没有什么不好，总比每天在城里和伤兵死尸为伍好得多了。”

塘叔眼睛一亮，追问道：“你可记清楚了，井上大尉说‘总比每天在城里和伤兵死尸为伍好得多了’？他真有这么说吗？”

小金道：“不错，我是听到他这么说的，有什么不对吗？”塘叔没有回答，沉思了一会，忽然低声道：“没什么不对，而且有可能是对的……”

小金不知塘叔在说什么，不禁瞠目以对。

这时候，茶馆铺那边响起一阵招呼声，塘叔暗叫一声：“好，他们终于到了！”

蔡一奇和湘芷应朱校长那封电报召集而来，早在塘叔意料之中，但是他没有想到黄倩文也回到衡阳来了。

他见了三人显得格外高兴，一面和蔡一奇握手，一面道：“衡阳城里即将展开另一场龙争虎斗，我们正愁人手不够，两位及时赶来支持实是大好消息。可是倩文你又回来干吗？”

倩文道：“塘叔，你们的龙争虎斗总要留个历史记录吧？我就是那个来做记录的人。”湘芷道：“倩文最向往的便是做战地记者，第一手报道战场的情形，除了报道军事部分，还有战地人民的生活及遭遇。”

“那你就先报道衡阳最好的鱼粉铺受战争影响已经歇业了，衡阳的人民吃不到婶子的鱼粉，很不高兴。”不知何时婶子也出来了，她接着对蔡专员和湘芷道：“你们两位来得好，怀塘天天在念什么人力不足，也不知他要干吗个大事要那么多人帮忙？湘芷，你娘好吗？”

“娘在洪罗庙住婶子娘家，大家很照顾她，要我谢谢婶子。”她一面回话，一面对塘叔使了一个眼色。塘叔会意，便和蔡专员、湘芷一起走到屋角，湘芷悄声道：“塘叔，您这里恐怕要有危险了。”

“怎么说？”

“我们在汽车西站看到三个人，其中有那个姓樱井的日本间谍和那个伪政府的白脸年轻杀手，就是上回将朱校长刺伤的那个人。他们刚才到达衡阳，您这里定是他们的首要目标，这里不安全了。”

塘叔立刻联想到一个重点：“哎呀，朱校长那边也不安全了……”蔡专员点头道：“我们要先决定是否从你的茶馆撤退，如果撤的话撤到何处，并尽快通知朱校长和该知道的人……”塘叔道：“这事要快，但撤到哪里最好？……”

他低头沉思了一会，忽然想到一个地点，便对蔡一奇和湘芷道：“有一个地方，咱们先去回雁峰寿佛殿躲一躲。”湘芷对那一带熟悉，听了心存疑虑，问道：“那边是风景游览胜地，我们去躲在哪里？”塘叔悄声道：“衡阳四十七天打下来，寿佛殿差不多已毁了，剩下几间山房聊蔽风雨而已。我才去那边看过，出家人跑得一干二净．整座山一个鬼影子也看不见……”湘芷奇道：“连寿佛殿的叫花子也不见了？”塘叔微笑道：“叫花子倒还有十几个，最近他们有了个新叫花头子，整座回雁峰目前就被这批叫花子占了，那个叫花头子却是一个熟人……”

湘芷和蔡一奇同时问道：“是谁？”

“徐矮子！你们说巧不巧？我们可以先到那边躲一躲，不过行动要快，要隐秘。对了，那群叫花子有枪在手。湘芷，你六中是不是有一个叫老贺的校工？就是老贺在负责训练叫花子，可笑之极，但也不得不佩服徐矮子这怪人想得出这怪招，倒给咱们守住一个暂时的去处。”

湘芷和蔡一奇听到这离奇的事，想到徐矮子的德行，差点要大笑出声，但此事虽然匪夷所思，在当前却似是唯一的好去处，便忍住了笑。湘芷道：“塘叔，你们快行动，我要去西湖小学一趟。”蔡一奇道：“我陪你去……”湘芷摇头道：“我一人反而安全，多一个人就多一分被认出的危险。”

塘叔虽然不放心，但湘芷说得有理，便点头道："你快去，太阳下山后就到寿佛殿来找我。万一有人拦阻，徐矮子的口令是'叫花子发穷欢'，你要答'没米打筒罐'，记住了。"

蔡专员忽然想到一件事："我们到寿佛殿暂藏一下，听起来是可行的好主意，但接下来我们要办的事，在在需要四处派人打探，一定要有负责联络的人。我们几人都在敌人面前露过面，在外面跑多了一定会被发现，须得一个生面孔的得力同志干这外务的事……"

塘叔道："一奇兄说得极是，我倒有一个好人选。此人原在八甲岭机场当卫兵，机场失守后就进城来加入第十军的勤务连，能跑会躲，记性忒好，传口信保险一字不错，最是得力。"

湘芷心中一动，便问道："这人叫啥名字？"塘叔道："张得山。他现下在外打探，约好等一会儿就到这里回话。"

湘芷再也忍不住，放声又笑又叫道："哇，所有认得的人全到齐了！这场斗争我们一定赢！"

塘叔听了为之动容。自从湘芷的娘得了病，就很少看到她的笑靥，这时一场龙争虎斗的间谍战即将开打，己方最优秀的年轻好手不但不怯场，反而谈笑自若，这是好兆头。塘叔走回茶馆，却发现那四位士绅不知何时已先离去了。

西湖小学在日军进攻市民医院时遭池鱼之殃，一连十几发迫击炮误中学校，校舍被夷为平地，只有西侧的两间办公室逃过了全毁的命运。

湘芷出现在校园时，老秦正在收集可用的木料想要修补破损的房屋，看到湘芷连忙拉到一边道："你来得正是时候，校长急着要走，每天在算你哪时候能来……"湘芷问道："怎么？你们要离开这里？"

朱校长已出现在门口，面色凝重地对湘芷道："湘芷你来得正好，快进来说话。"

湘芷进屋，先悄声道："校长，上回刺伤您的凶手连同日本的特务高手已来到衡阳，他们肯定会对塘叔那边动手。塘叔他们决定撤退，到回雁峰寿佛殿暂住，您这边也不安全，我特来通报……"

朱校长点头道："你来得正好，我要离开衡阳了，本来如果等不到你，就等我到了新处再秘密通知你们；现在你来了，我就可以当面交代了。"她对老秦做了个手势，老秦就关上门在屋外警戒。

湘芷见朱校长面上气色不佳，人也瘦了不少，忍不住关心道："校长您身体还好吧？"朱校长苦笑道："我的胃病又犯了，老毛病，正在吃中药调养。"她拉着湘芷坐下，悄声道："长衡之战结束后，日军第十一军的六十八及一一六师团在衡阳已被打成空壳子了。横山勇就率其他几个折损较轻的师团，另外加上第二十军、第二十三军，组成第六方面军，由冈村宁次任总司令，向桂林、柳州进攻，要完成'一号作战'的第三回合……"

湘芷认真地听，朱校长歇了一口气，继续道："因此我的工作也随战情变化有所调整。你既来了，今晚我就离开衡阳，去哪里暂时不能讲，总之下一个任务的重点是在广西，协助第四战区打下一场大战。我发电报请你赶回衡阳来，就是要把这边做一个交代。"

湘芷心中暗想："好险！我若不是今天赶到，朱校长若是再多留一天，可能就要遭到敌方致命的攻击了。"

朱校长从皮包中拿出一个文件夹，递给了湘芷，低声道："这里面有衡阳周围几个县，包括永州、耒阳、株洲、宝庆几个地方我们的基地和联络人，另一份数据是在这几个地点我们训练的同志名单及联络办法……还有，就是我们内部用的密码……"

湘芷越听越觉意外，看来朱校长的意思是要自己接棒，不禁大为不安，便打断朱校长道："校长，您该请蔡专员来接您的工作，他现在就在塘叔那边！"

朱校长摇了摇头道："蔡专员和我们不属同一条线，他和我们协同作战，但他另有任务和指挥系统，我的任务只能交给我们自己人。"

"那塘叔呢？塘叔的本事比我强十倍……"

"彭怀塘根本不是组织里的人，我怎能交给他？"

"塘叔不是组织的人？"湘芷有些吃惊，但也不会觉得完全意外。塘叔虽在与日本特务的斗争中无役不从，但总给湘芷一种感觉，他乃我行我素不受任何人牵制，始终透着些神秘。现在从朱校长口中证实了他不属于组织，那么他全心全力投入抗日工作，甚至冒生命危险，完全是出于他的爱国热忱，不禁对塘叔更增几分钦佩。但是她仍不解的是，塘叔在屡次行动中与组织的配合完美无隙，完全不像仅是一个组织外的帮手，这种团队默契是靠什么联系的呢？

朱校长见湘芷沉默不语，便再低声道："你来接我的工作是叶先生的意思，明白了吗？"

湘芷知道除了服从命令别无选择，便伸手将朱校长手上的皮包接过，将文件夹放回皮包中，对朱校长道："连这皮包一起移交了吧。"

朱校长微笑道："好湘芷，我对你有绝对信心。我到新的基地后，会将移交的信息通知我们在线的同志；他们不会主动向你报到，你有事通知他们时，用的密码身份是'萧笑石'，哭笑的'笑'，石头的'石'，记下了吗？"

湘芷心中暗道："这名字好记，萧何追韩信，看到一块可笑的石头。"她点了点头，问了最关键的一个问题："校长，我向谁报告？听谁的命令？"

朱校长低声道："这战事紧张关头，各方的情报全汇集到中央，重大的指示当然是中央发出，但个别不同的指令则通过每个地区小组的头头传递。所以你报告的对象，也是传达命令给你的人，就是长沙衡阳的地区负责人……"说到这里，朱校长停了下来。湘芷急切想要知道答案，便移动椅子向前靠近朱校长，低声问道："我向谁报告？"

朱校长倾身在湘芷耳边轻轻说了两个字。湘芷听了睁大眼，几乎跳起身来，不敢置信地道：“怎么会是……太不可思议了！”

朱校长继续俯身轻言：“不错！长衡站长在组织里的代号叫‘彭雨霖’，落雨的‘雨’，雨字头下面一个林的‘霖’，记住了？”湘芷暗忖：“这名字更好记，雨落在树林了，何况又和‘彭玉麟’谐音！”

朱校长最后嘱咐湘芷：“湘芷，你独当一面了，今后我们不属同一线，也不会再直接联络，祝你好运。”

这一切来得太突然，变化得太剧烈，湘芷听到朱校长说“独当一面”四个字时，心里不由得一阵慌乱，但是片刻之后就恢复了镇定，试着以微笑面对朱校长道：“校长，也祝您好运。您还是我的校长。”

朱校长紧握着湘芷的手，轻声道：“你快走吧，我们后会有期。”

湘芷辞出，满心的离别之情，其实她对朱校长并没有那么深的感情，但今日不知为何，竟然对她依依不舍，回头看了两次，朱校长只轻轻挥手，脸色森然。门外碰上老秦，湘芷叫了声：“秦教官。”老秦却对她行了一个军礼：“彭老师，再见了。”湘芷暗忖：“老秦是会跟朱校长走的了。”

她看了看手表，时间有点尴尬，去回雁峰寿佛殿还太早，回司前街却不知道塘叔他们是否还在。忽然，湘芷心中起了一个念头，辞别了老秦后，便快步往司前街走去。

衡阳市区几乎全毁，街巷已不成形，但是对湘芷来说，断垣残屋却是隐藏身形的绝佳障碍物。她小心翼翼地从废屋坏墙之间穿进穿出，远远看到有人来，不管是日本兵、伪军士兵或是百姓，湘芷先隐藏自己身形再说，待弄清楚了状况，或转方向，或干脆换条路走。她人机警，加上对城里一屋一瓦都熟悉无比，一路上没有人注意到她，而她却看到三起人。其中两起有日本宪兵在内，似在逐户巡察，还有一个人压低了黑呢帽疾行而过，似乎是往西湖小学的方向走去，身形有些眼熟，但一时想不起在哪里见过。

湘芷身轻如燕，行动敏捷，更加警觉心极高，她换了两次“路”，终于绕道陕西巷、福德巷、五甲巷到了司前街。她先找一个地方藏好身形，从砖瓦堆中看出去，塘叔的茶馆木门已经紧闭，四周静悄悄地一个人影都没有，看来他们都已撤离到寿佛殿去了。她耐心地等了一会，四周并无动静，很难想象红日旺旺的下午，这曾是人来人往的司前街竟静得毫无人气，只有砖瓦石砾和焦梁断柱，静得连鸡犬声都没有；这让湘芷想起小时候常做的噩梦，情景虽不一样，但那种静、寂、悲凉的感觉却是一模一样。

她正想起身，一阵杂乱的脚步声打破了寂静，她赶忙趴下。过了片刻，果然前面有三名持枪士兵走了过来，看上去像是一个日军和两个伪军，都是二十岁左右的小伙子。三人一前两后走过来，眼睛左右扫描，来到婶子鱼粉铺前，走在前面的日本兵用枪托敲了木门几下，“砰砰”之声在寂静中显得响亮。屋内无人应门。

湘芷紧张地盯着那三个士兵，那日本兵又敲了几下门，仍然无人应门。一个伪军士兵指着木门上的铁锁，对另一人道：“从外面锁上了，大概里面的人都逃了。你给日本人说。”另一个士兵似乎会说一些日语，就把这话结结巴巴地用日语说了。那日军端起步枪，“砰”的一声把铁锁打落了，三人谨慎地等了一会儿，见屋内仍无动静，一个士兵小心翼翼地把木门打开，三个人像小偷一样，一个个缩头弯腰进入鱼粉铺。

湘芷躲在对街的半毁房屋中一声不响，不一会儿听到鱼粉铺里传出一阵欢呼，然后三个士兵笑嘻嘻地走出来，那个日本兵将长枪背在背后，双手捧了几个大包。湘芷暗道：“塘叔的茶叶。”那两个伪军每人拿了两串腊肉，其中一个还抱了一坛老酒，看来三人各得所爱，满载而归了。

湘芷暗吁了一口气，看来这三个士兵并不是针对塘叔而来，只不过是在执行一般的巡逻任务，顺便侵入民宅，搜刮一些物资而已。

“这表示日方和南京来的特务虽然到了衡阳，但是到目前仍未对塘叔和朱校长采取行动。他们在等什么？”

等那三个士兵走得远了，她十分小心地摸到鱼粉铺前，轻拉开门，闪身进入。她很快地在各房间转了一圈，发现屋中大致还没有什么破坏，证明那三个士兵都是新手，破门而入拿些茶叶、食物等小东西，就已经乐不可支。那日本兵虽拿了好几包茶叶，却不知道塘叔最上等的茶叶不是放在茶馆的架上，而是藏在他的卧室里。

湘芷摸到她和娘的房间，立刻发现二楼的客栈被炸塌了一角，连带娘的房间也破了一个洞，雨水打进来，弄得半间房十分邋遢。她拉开窗帘看外面，窗上一半的玻璃都破了，后院里那两棵山茶不见了，地上多了一个大坑，四周草地都被烧焦，看上去是一颗炮弹造成的。这颗炮弹再偏一点，就会打中湘芷的房间。

湘芷顾不得仔细察看，飞快地把她床底下的一个纸箱拉出来，也顾不得箱子上的灰尘积了好厚一层，打开箱子还没开始寻找她要的东西，就先连打了几个大喷嚏。她赶忙站起来，等尘埃落定再蹲下，从箱中找出一个网篮，里面满是湘芷做学生时重要的课堂笔记，有国文课的诗文习作，还有一些数学难题的习题作业，湘芷在班上证几何难题又好又快……这些东西她留着，一方面是高中三年每学期考第一的记录，一方面她留着准备将来哪天考大学时复习之用。如今一场大战打下来，什么都变了，但她仍难忘怀这网篮里保存的东西，那是她高中生涯一页光荣的陈年往事，如今只堪回味了。

她今天已成了独当一面的情报员，面对着这一网篮旧物，每一页纸上、每一个工整的钢笔字里都有她当年的回忆，忽然之间，她觉得自己好老了。

她从网篮最下面取出一个纸包，里面整整齐齐地包着一叠唯骏写给她的信，她忍不住打开第一封，入眼的是一张照片，正是青草桥边那个黑衣黑裙的青春女孩。湘芷注视着当年的自己，却感到唯骏的身影、声音甚至气息……似乎忽然之间都回到了身边；泪水渐渐充满了她的双眼。

但这不是感时花溅泪的时候，湘芷闭上眼，深吸一口气，从柜中拿出一个布肩袋，把网篮整个塞入袋内，纸箱还踢回床底下，四壁看了一下，像是做了最后巡礼的一瞥。她暗忖道："这里恐怕不会再回来了，从十二岁起这间屋就是我的家，再见了。"她背上肩袋，手上提着片刻也不离手的细藤提包，就从后门走出，沿着一条堆满沙土瓦砾的小巷，不再回头。

湘芷一路小心机警地上了回雁峰，太阳已经落了，衡阳全城大战之后灯火寂寥，太阳一落下，山路立即就暗如夜临。湘芷快步走着，却要特别留心山路上大大小小的弹坑。她想到几年前初识唯骏时，曾和百蕙、唯骏三人同游这座南岳七十二峰之首峰，在山上东览湘江百舸，西赏雁城烟云，那时的他们是何其年轻快意，无忧无虑！只几年的时间人事全非，每个人都卷入了大时代的滔滔洪流之中，上下浮沉，左右漂流，不能自主。

"什么人？口令！"

湘芷停下身来，只见左边土堆后面露出一张十分肮脏的面孔。那人瞪着湘芷三五秒钟之久，然后低声喝道："叫花子发穷欢！"

湘芷立刻答道："没米打筒罐！"

"哈，自己人！你找谁呀？"那人从土堆后站出来，手中端着一支日造的三八式步枪。

湘芷觉得徐矮子搞的这一套口令如同儿戏，实在想笑，但见那个叫花子兵十分认真，便忍住了。"这位大哥，我是来找塘叔和徐矮叔的，麻烦通报一下。"

那叫花子其实已经知道湘芷是谁——塘叔他们既已先到，一定会把湘芷要来的事做了交代，但他依然有模有样地照章法行事，很严肃地道："你跟我来，一路不得问东问西！"

湘芷立刻恭敬地答"是"，那叫花子就很满意地道："你走前面，碰到要转弯处我会讲。”便持着长枪戒护，押着湘芷一路走到寿佛殿前的一排山房前。

那排山房中间的一间透出微弱的煤油灯光，花子兵上前喊声“报告”，里面传出徐矮子沙哑的声音：“啥事啊？”

花子兵答道：“客人到了。”湘芷觉得又好气又好笑，明明知道客人要来，却又装模作样把客人当犯人般押解过来，正想开口，徐矮子已从屋里跑出来：“彭老师，好久不见了，快请进屋来谈。”

湘芷瞧见塘叔和婶子也坐在里面，她快步进屋，才发现角落上还坐了两个人，正是蔡专员和黄倩文。

湘芷先报告道：“见着朱校长了，她和老秦今天就去广西……”塘叔啊了一声，这消息显然颇出意料：“她今天就走了？那衡阳……”他说了一半就打住，湘芷知道塘叔是问：“那衡阳的任务谁来接？”他突然打住，是不是已经想到是湘芷接下了朱校长的任务？

塘叔道：“张得山带回了消息，魏小玉被请去为方军长看病就再没有回医疗站，听说是被留下来照顾方军长的健康。我们如果联络不到小玉，就仍然不能确定方军长被囚禁的地方。”

湘芷问道：“张得山现在哪里？在寿佛殿吗？”

蔡专员加入讨论道：“我们觉得魏小玉既有机会见到方军长，以她的聪明，一定会想方设法再回医疗站，好把囚禁地点传出来。所以张得山仍回医疗站去，以魏医官带来的看护兵的身份，混在医疗站打杂帮忙，以便等候魏小玉进一步的消息。”

这时有一个人在门外晃来晃去，被徐矮子看见，喝道：“老贺，你要做啥？”

“我瞧瞧是不是彭老师来了？”

“老贺，真没想到你到这里来了……”湘芷十分高兴见到这位六中的老校工，颇有一点风雨见故人的感觉。

倩文下午已见过老贺，这时也拿着拍纸簿凑过来问道："老贺，你在这边每天忙什么？"老贺道："老贺教新兵劈刺刀。"他称这批叫花子为新兵，湘芷忍不住笑起来。倩文继续问："劈刺刀很有学问吗？"老贺道："有大学问，其实也很简单……衡阳保卫战的最后几天，日本兵和第十军的士兵拼刺刀，我们的弟兄总居下风，你道为什么？"

倩文显然对这个题目很有兴趣，连忙问道："为什么？"

"日本兵个个受过训练，有专家设计了简单有效的招式，咱们的士兵不懂他的招式，一上来就被对方一虚一实唬住，我们刺出去的落空，日本兵的刺刀立刻趁虚而入，通常三招内我们的士兵就躺下了。"

倩文瞪着一双杏眼道："日本兵那么厉害？"老贺道："说厉害真厉害，那招式是武士搏击术中长枪的招式化出来的，可是它有个致命伤，就是所有的日本兵招式都一模一样，我解破了一个，就所有的日本兵都打不过我了。碰到我，两下劈刺，躺下的就是日本兵了。"

倩文喜道："你就解破了？"

老贺道："我在衡阳城里当伙夫，打到第三波总进攻时，长官命令所有的非战斗人员，包括伙夫，全部上阵参加杀敌。你们晓得的，我其实不是伙头军出身的，乃是堂堂湘军的排长，这下可乐了，给我一支步枪，上了一把刺刀，我冲上前线就找日本兵拼刺刀。第二天就劈死了两个日本兵，他们的死法一模一样，因为他们的招式一模一样，不过我手上也受了点伤……"他伸出右手展示给大家看，果然有一道三寸长的刀疤，红肉一缕缕的，好像还没有完全长好。老贺使劲捏紧拳头，刀疤更是突出生猛，看上去很可怕。

"后来呢？"

"后来兵败停火了，我看情形不对，就带枪开小差跑了，躲到寿佛殿来找点东西充饥，就碰到矮老大。他需要人训练新兵，我就留下来了。"

倩文飞快地把老贺的故事速记完毕。湘芷对老贺问了一个倩文也想问的问题："老贺，你有没有罗百蕙的消息？"

老贺摇头说不知，湘芷再问："有没有听到华老师的消息？"老贺仍然摇头。倩文从提袋中拿出照相机，为老贺拍了一张照片。

魏小玉被带到这个天主教堂的时候被黑布蒙了双眼，但来到此处后不需多久，她就发现这是一个天主教堂。又过了两天，她已确信这是一间坐落城外的意大利天主堂，墙上和祭坛上的文字不是拉丁文就是意大利文——学西医的小玉，免不了要记忆许多医学名词，那些名词不是拉丁文，便是有拉丁文的字头；小玉虽未必全认识教堂里那些字，但至少确知是拉丁文和意大利文。

直到她被准许到教堂外的花园散步，她终于看到了这间天主堂的名字，大门口墙上有"南乡堂"三个中文字。

小玉忽然想起几年前的一幕：六中的教室里，华老师问她们几个"死党"家住哪里，大家都住城里，就只黄倩文说她住城外，离欧家町不远；华老师说他去过一次，记得附近有一个天主堂，倩文说："不错，那是'南乡堂'，神父是意大利人……"

"是了，原来他们将方军长关在城南门外的'南乡堂'。塘叔他们打算营救方军长，我总得想个法子把这消息传出去。"

她在花园散步，但不远处总有日本宪兵在监视着，她索性停在教堂门前，假装仔细认那"南乡堂"下方木牌上的意大利文，心里却在苦思如何才能找个机会，把方军长囚居的地方通知塘叔他们……

"要传消息出去，不外乎两种可能，要么能找个什么理由让他们放我出去一次，再就是有什么人进来帮我带消息出去。难呀，这两桩事都难。"

她想到日本宪兵对她监视之紧，可说寸步不放松，便连为方军长看诊时都有日本人跟着，不让她和方军长有单独说话的机会，一时之间，实在想不出有什么方法可以把这边的消息传出去。

这时一个日军的传译官走出来道："魏大夫，你该去看病人！"

她来此为方先觉看诊两次，便已确定他有两个毛病，一是胃溃疡，二是旧伤复发。魏小玉在湘雅学的是外科，方先觉所患的这两种毛病都不是她的专长，但方先觉只信任她，监禁他的日本宪兵拿他没辙，只好由学外科的魏小玉来主治。小玉当然有自知之明，便将方先觉的诊疗病历和日本军医商讨后才用药，病情的控制看得出有效果，方先觉对小玉更是信赖，却不知许多用药的建议其实来自日本军医。

日本军医名叫松下幸男，北海道大学医学部毕业，是学内科的，巧的是他曾以交换学生的身份到美国耶鲁大学医学院见习九个月，英文说得比一般日本医生好得多。他得知小玉毕业的湘雅医学院与耶鲁大学的渊源后，就对小玉态度友善，两人用英语交谈方军长的病情，通情达意毫无问题。

此刻小玉由一名宪兵大尉陪着，走向囚禁方先觉的房间。还没有走到门口，就听到里面传出争执的声音，一个陌生的江北口音道："您若同意，这支军队包括您第十军存活的弟兄几千人，再加上南京立刻调几千人归您指挥，大军的名字就叫'先和军'。用了您尊名的和平军是何等尊荣，南京汪先生和日方都极为尊崇方军长……"接着是方先觉的声音："你们要杀就杀，可不要想我方某做卖国的事……"接着一个有很重口音的日本人道："我知道方军长看诊的时间已到，但这事千万请方军长多多考虑，我们先告辞。"

小玉看到三个人走了出来，两个穿西服的斯文人，想是南京来的说客，另一个着军装，那军官和宪兵大尉打了一个招呼，便与其他二人匆匆离去。小玉进入房内，里面陈设相当简单宽敞，屋顶高，窗明几净。方先觉的床对面墙上有一幅圣母像，右手边有一张旧木桌，三张高背木椅，一条长沙发，看上去都很有历史了。桌上除了一本《圣经》、一杯茶外，什么都没有。左边有一间洗手间，一间修灵祷告的小房间，那房间里二十四小时都有日本宪兵在看守着，不时从小方孔窥视卧室这边的情形。

方先觉坐在一张高背椅上，他仍穿着军装，事实上小玉每次看到他都穿着军服。日本人看得很紧，但显然对他十分尊敬，陪同进来探看的大尉先行了一个军礼，用中文道：“方军长好……”方先觉点首回礼，但面色已涨得通红，似乎方才经过了很长的争辩，情绪很是激动。

小玉先向方先觉行了一个礼，然后道：“方军长，您服了药不宜太激动啊，请您先喝口水平静一下情绪。”

方先觉喝了一口茶，愤然道：“井上大尉，能不能请你报告你的长官，不要再让南京来的人来烦我，我不想见他们。”

井上大尉的中文不太流利，但能达意：“刚才来的是南京派来很高的秘书，很大的官，拒绝的大大不好，方军长要……要……”想了两秒钟，终于想到：“大大的忍耐。”

听到这样的中文，小玉忍住笑，方先觉的气也消了些。小玉便做了一些问诊和测量，然后道：“您血压一百六及九十五，还是太高了一些，恐怕还是吃点药控制一下较佳。听您说胃酸逆流好了些，胃乳片还是要吃，饭后可以加两粒武田表飞鸣……”

井上大部分都听得懂，但不懂“武田”，便插口问：“TAKEDA表飞鸣？”小玉道：“不错，就是TAKEDA。”井上道：“很好的TAKEDA 表飞鸣，我每天也吃四粒。”

小玉道：“至于您的旧伤发作，主要是由于当年在野战医院中手术没有做得完善，愈合后很容易再次受到拉伤，您又一直拖着没有彻底治疗，现在腰背上的伤已成了慢性发炎，恐怕要长期吃消炎的药物……”

方先觉听了，觉得小玉的分析十分在理，便点头道：“魏大夫年纪轻轻，医术十分高明，方才的分析十分中肯，比之前我在军中看的几个庸医强太多了。”小玉谦虚地道：“军长过奖，待我回去再研究研究，看看有没有其他更好的药或是疗法，下回来时再给您报告。”

方先觉和小玉素昧平生，但他对这个湘雅毕业、自愿留在衡阳和第十军共生死的女医生有极深的感激之情；现在落难之中，对日本医生有很大的怀疑，尤其想到当年北洋大帅吴佩孚因不肯与日本合作，而被日本牙医下毒杀死的传闻，更是不肯接受日军的治疗。自从小玉来了之后，几次的诊询处方，深获他的信任和喜爱，不知不觉间，已把小玉当作是这囚禁之地中唯一可亲之人。

小玉感觉到方先觉看她时的眼光，也了解了那眼光中拳拳依赖之情，更使小玉下决心要想个法子将这个抗日名将救出牢笼。但这个法子不好想，她暗忖："看来方军长对日方及南京仍有很高的价值，他且虚与委蛇一阵，多给我和塘叔他们一点时间，总会想出法子来的……"

于是在告辞之前，她忍不住对方先觉说了一句话："军长，柔能克刚，留得青山在啊。"

井上显然没有听懂，立刻紧张地追问："魏医生，你说什么？"

小玉很机灵地回道："我劝方军长不要逞强，要多保重。"这样说法固然解释了"柔能克刚，留得青山在"，但听在井上耳中，也能解释为"劝方军长接受日本条件"的意思。他听了觉得很满意，便对小玉称赞道："你的劝告大大的好。"

回雁峰上的叫花子兵一大早就都下山，分别到各个地点去打探消息，每天都有人去太子码头探看，顺便过江到东乡找常雁楼，挑一担食物及补给回寿佛殿来。

中午的时候，一个去衡阳铁路西站一带打听的花子回寿佛殿来报告，他得到了一个惊悚的消息：昨天深夜，西站的月台上发生凶杀案，四个日本宪兵开枪射杀了两个买票前往桂林的旅客，其中一名旅客死前拔枪反击，宪兵一死一伤，凶杀现场立刻被封锁，死者尸体被宪兵队带走。但车站售票处有人认得死亡旅客，一个是西湖小学的朱校长，另一个开枪拒捕的是校工老秦。

这个消息好像一颗炸弹丢在寿佛殿上，湘芷尤其又震惊又伤心。昨日才和朱校长道别，当晚她就命丧车站，自己若不是及时赶到，朱校长将机密资料早一步交给了她，那些资料落入日本宪兵之手，后果不堪设想。她回想和朱校长道别时，无端有万般的不舍之情，难道是一种预感？忽然她又回想起离开西湖小学时，路上遇见一个眼熟的人，压低了一顶黑呢帽匆匆而过，那人是谁？和朱校长的行踪曝光有无关系？

蔡专员也十分伤心，他和朱又芳在组织中虽不同组，他过去的任务多在湖北，但和湖南这边工作上颇多重叠之处。他和朱又芳在工作上合作无间，听到朱校长被杀，心中除了痛失同志的伤情，更有一种"兔死狐悲"的悲情，一时之间竟说不出话来，只茫然瞪着湘芷，心中暗忖："湘芷虽然不说，我猜朱又芳的棒子已经交到湘芷手中。日军已经发动特务战，她年纪轻轻，能不能挑起这副重担？"他的武汉小组已经改组，这一段时间并没有特别的任务，但他觉得自己有道义要留在衡阳，协助衡阳的工作。

塘叔则在思考另一个问题："朱校长那边的一举一动，显然都在日本人掌握之中，她才决定要走，宪兵队就赶到车站动手了。照说日本特务樱井既已现身，第一个就要找我的麻烦才对，但是据湘芷昨日的报告，茶馆显然没有动静，虽有宪兵闯入也只是拿走些茶叶、腊肉之类的东西。难道日本人故意不对我动手，是有什么其他的阴谋？"

湘芷想得更深了："朱校长决定要动身去桂林，不过是昨日下午的事，日本宪兵却在当晚就获知准确情报，赶到车站月台把朱校长刺杀。这其中恐怕有人泄露消息给日方。校长当天就要走的事，除了我就只有老秦知道，老秦已在枪战中阵亡，难道还有另一个人知道校长要出走？这人是谁？"

几个人各想各的，气氛十分沉闷。婶子见大家都不说话，便道："朱校长的事恐怕还有后续发展，能不能派一个人去司前街转转，打探一下动静？”

徐矮子道：“嫂子说得有理，我立刻派人去。到傍晚时各路探子回报了，我们再来好好研究，现在多想无益。”

黄昏时，派去各地点的探子都已回报。去医疗站的叫花子说，他一到医疗站，很快就知道谁是张得山，因为他在医疗站里里外外勤快得很，医官和护理兵一会儿叫张得山做这，一会儿叫他做那，更奇的是他居然也穿了一件满是血污的白长衣，俨然是个医疗人员的模样。

那个花子走上前去，轻叫一声：“张得山，你好大的胆。”张得山吓了一大跳，定眼一看是个叫花子，不禁十分诧异。那花子轻声道：“莫慌，莫慌，塘叔要我来问你有没有消息。”张得山想了想，双眼一翻道：“我不认识什么塘叔，你快让开，我正在忙。”那花子见张得山疑心病重，便多透露一点：“彭老师要我问魏医官的消息。”张得山这才停下身来，将他拉到一处没有人的地方，悄声对他说：“回去跟塘叔他们说，魏医官没有消息，但今晚会有一批新药品运来，魏医官说不定会来接收整理这批外科用药。”

派去司前街逛了一圈回来的小叫花子报告，司前街四周静悄悄的，鱼粉铺和茶馆的木门都紧闭着，不过鱼粉铺木板门外的铁锁好像被打断了，其他一切正常。

到柴埠门汽船码头打探的回报，下午两点半钟，有六个人搭乘日军的巡逻艇从江东岸过来，为首的人说话有上海口音，其余五个人中有三个日本军人。偷听他们说话只得到断断续续几句，好像是从南京乘坐飞机来到八甲岭机场，又听到一句“还有人过几天坐火车来”，想挤近一些听个仔细，却被日本兵打了一记耳光，骂“八嘎呀路”。

其他的回报则乏善可陈。

蔡专员道：“湘芷，你对这些消息有什么意见？”湘芷见他第一个就问自己的意见，心中雪亮："蔡专员已经猜到朱校长把衡阳的事交给我了。"她想了一想，觉得还是应该先问问塘叔的意见："塘叔，您怎么看？"

塘叔皱着眉想了好一会儿，然后道："看来日方特务和伪军他们目前在衡阳有两件大事，一是要设法让方先觉就范做汉奸，二是要把我们干掉。我们也有两件事，一是立刻将朱校长及老秦的死讯用电报通知宝庆，二是继续努力，一定要查出囚禁方军长及几位师长的地方。"

湘芷道："不错，不过日本特务那边的两件大事，有可能合而成为一件事……"说到这里，她停下来沉思。

徐矮子听不懂，大声问："怎么会是一件事？彭老师你莫卖关子。"

湘芷道："我怀疑日方故意放过塘叔茶馆。他们怀疑我们这边除了塘叔茶馆和西湖小学，还有别的同志和其他组织，当然也知道我方急着要营救方军长，于是他们可以利用这件事将我们引入一个陷阱，一举将我们歼灭。"

蔡一奇听了觉得大有道理，喃喃道："他们要用方军长为饵，引我们倾巢而出去营救，然后……"

塘叔也觉不无可能，点头道："要是敌我易地而处，我们多半也会出此计策。"

湘芷面色沉重地道："要是我猜得不错，敌方的'陷阱'设计好了之后，说不定会主动将囚禁方军长地点的消息让我们打探到手，暗中布置好天罗地网，就等我们大伙儿踩进去！"

蔡一奇对湘芷的细密思虑大感钦佩，实不敢相信她年纪轻轻，竟有如此的洞悉能力，忍不住道："彭老师设想得周到，我们对打探来的每一个消息，都要仔细检查这条消息的来源……不过话又说回来，如果对方有此一计，我方也可将计就计，设定反击的计划，反正就是斗力也斗智嘛。"

湘芷点头不语，心中已有一些想法。塘叔也点头不语，他心中也有了一些想法。只有徐矮子听了蔡一奇说"我方也可将计就计，设定反击计划”，立刻就兴奋起来，他心中也有一个想法，不过基本上与策略无关，而是比较偏重行动上如何将敌人一一杀死的细节。他默默想了一会，有的细节已经想得很深，包括如何用枪或用刀处决敌人，想到血腥处，便咧嘴笑了。

婶子这时提醒道：“刚才说要尽快通知宝庆的事不能忘了，怀塘的无线电已经架好。”

湘芷道：“我来拟电文稿。”她退到隔壁山房，从行李包中掏出那个文件夹，按照密件上的代码拟了简单的电文，报告朱校长的死讯，发文者是“萧笑石”。

一连数天派去司前街打探的人回报都是“无异状”，日方当然知道茶馆、客栈和鱼粉铺都已人去楼空，但奇的是始终没有派人进屋搜查。他们似乎故意不注意这一边，也许他们在松弛塘叔紧绷的警觉心，希望塘叔等人会回茶馆看看，甚至搬回去住。

这一天，回报的叫花子有了新发现，探子兴奋地赶回寿佛殿时天已全黑，他先向“老大”徐矮子报告：“老大啊，今日可走运了，我在婶子鱼粉铺发现好大的秘密！”徐矮子道：“你跟我来，找老大他们一起听你讲。”他口中的老大是塘叔。

那探子描述他半日所见，口齿倒还清晰：“我在司前街鱼粉铺斜对面一个烧垮了的木造屋里躲起来，足足盯了两个多钟头，鬼影子也没看到一个，后来尿胀了便跑到后面，尿在一大堆烧焦的木板上，回到前面又看了一会，又想屙屎……你们晓得的，等人和找东西这两件事做不得，做的时候气往下走，屎尿特别多。我正要到后面找个地方屙野屎，哈，街上有动静了……”

倩文听得入神，她拍纸簿不离手，又拿出笔来速记，听到这里连忙追问：“什么动静？”

探子道："我瞧见前面走来两个人，一男一女，两个人都长得很出众，男的穿了件蓝衫子，女的一身枣红色衣裙，他们走到鱼粉铺前，见门上铁锁已毁，便开门入内。我本想跟过去看仔细点，但想到我们老大一再对我们这批情报员说，遇事务须沉得住气，所有死掉的情报员都是死在莽撞两个字上面，便耐心地等着……"

塘叔听到这里，万分惊讶地问徐大冲："矮子，这是你说的？"徐矮子大言不惭地回答："不错，这可是我在大江南北从事情报工作，九死一生之中体悟出来的。"塘叔强忍住笑，点头道："不错，矮子能活到今天，全靠事前思考周延，遇事沉得住气，行动谨慎细心……"说到这里，再也忍不住，终于笑了出来。

倩文道："塘叔呀，您不要打断……请继续说下去。"

那探子道："我没有跟进，但仔细紧盯着，这两人进去整整二十六分钟才出来……矮老大有四只手表，我们出任务就借着用。这两人手上倒是空空的，没有顺手牵羊什么东西，两人就站在离我藏身处十步距离的街上停下来说话，那男的说：'你猜他们还在衡阳吗？'那女的道：'日本宪兵说他们一定在，要我们设法找出来。'那男的道：'中正堂附近应该去察看一下，过去有一些重庆的地下工作人员在五桂岭那边活动，你说他们会不会去那边躲藏起来？'那女的道：'我看不会的，日本宪兵不是说有几个重要将领囚禁在中正堂里？那附近一定戒卫森严，不可能是藏身的地方。'他们又说了一些南京的事，那个男的又说些延安的事。我听不懂，就记不下来。"

蔡一奇追问道："你确定听到那女的说'有几个重要将领囚禁在中正堂'？"那探子道："那女子的确是这样讲的，我没听错。"

塘叔道："你做得好啊，辛苦你了。"那探子把手表脱下还给徐老大，很开心地离开了。徐矮子很觉面上有光，冲着塘叔道："如何？我手下的人还管用吧？"塘叔伸出了大拇指。

湘芷道："如果那一男一女并不知道有人躲在附近，这条情报就该属实了。"蔡一奇道："他们不可能预知咱们有人躲在附近而故意说给我们听，除非我们这里的一举一动都在敌人掌握之中，我倒不以为然。"塘叔皱着眉道："那一男一女是什么人？这事透着些古怪。"

正在说着，一个派去火车站打听的探子走进来，那人一进门就连珠炮似的向徐矮子报告："今日上午从武汉来的班车到站后，立刻有日本宪兵军官进月台，迎接了一男一女两个中国人从头等车厢走出来。那日本军官能说点中文，和那一男一女相互敬礼，看样子像是第一次见面……"

徐矮子打断道："慢来，慢来，日本军官是一个人，还是带有士兵随行？"

探子道："那军官带着两个宪兵随行，两个宪兵都对那一男一女行军礼，十分恭敬。那军官说了两句话，我只听了一句，好像是'夏先生、白女士……欢迎……衡阳……'，其他的听不清楚。我便悄悄移近去偷听那一男一女说什么，不料被一个宪兵发现，就用大皮靴踢我一脚，骂道：'该死的支那乞丐，快滚开。'我就赶快滚开了。"

"这两人从武汉来，但也可能是从南京到武汉，再搭粤汉铁路的火车下衡阳。夏先生、白女士？会是什么人呢？"蔡一奇不禁十分疑惑，忽然问道："这位兄弟，还记不记得那夏先生和白女士的长相和穿着？"

那探子认真地回想了一会儿，道："那男的三十多岁，女的很年轻，恐怕只有二十出头，长得很漂亮。姓白的女子穿一身枣红色的衣裙，那姓夏的穿啥就不记得了。"

室内众人听了面面相觑，蔡一奇道："是同两个人，和去司前街鱼粉铺的一男一女是相同的两个人！"

湘芷沉吟道："这两人早晨才到衡阳，下午便在查婶子鱼粉铺，那么他们说几位重要将领关在'中正堂'的消息是否可靠？"

塘叔道："中正堂就在五桂岭附近，我来规划一下，就我和老贺带个麻溜点的弟兄去摸一下底。要是方军长也关在里面就好了，我们回来后商量一个计划，一次把他们都救出来。”

徐矮子问道：“如果方军长不在里面呢？”

“那就表示方军长是单独囚禁在别处，我们当然以营救方军长为优先任务。”湘芷坚定地回答。

塘叔暗忖：“我要是日本鬼子，一定将方先觉和其他几个师长分别关在不同的地方，我且先去摸一下底再作道理。”

五桂岭上日军第六十八师团的总部，入夜仍然灯火通明，宪兵大队长中村大佐坐在师团参谋长的左边，正在听取属下的报告。参谋长的右边坐着南京来的夏参议和白专员。夏参议身后坐了一个传译。

长桌对面站着报告的是井上大尉，他的身边坐着的是军医松下幸男。

井上大尉报告了方先觉的状况，说了许多细节之后结论道：“方军长对日方信守投降条件，不杀战俘，并在可能范围内救治伤兵的努力大致满意。对南京方面提出由他担任‘先和军’军长的建议仍未首肯，但在我方提供了衡阳会战后期日方所搜集的资料，尤其是中国援军迟迟未能赶到的各种情报之后，心情似乎陷入极端的困惑与矛盾之中，立场也似乎略有松动。不过他的情绪也因而变得相当不稳定，多疑而易怒，需要立刻设法改善，突破他的心防。”

参谋长接着请松下军医发表专业意见。松下军医起立道：“方军长对就医方面态度十分坚持，不肯让日方军医接近为他治疗，幸好有他所信任的魏医官居中作为桥梁，我方才能切实掌握方军长的健康情形。目前方军长身上两大问题，胃病情况已有改善，腰背上旧伤复发已成为慢性发炎，短期内不易痊愈。倒是方才井上大尉所言，方军长的情绪问题较为严重，应优先处理。”

中村大佐面色严肃，冷声道：“依松下医官的看法，要怎样处理才好？”

松下医官了解鹰派的中村大佐早就对方先觉感到不耐烦，他认为要用强势相逼，方先觉才会就范，为一个降将花这么多力气是不可理解的事。要不是横山勇司令官严令要敬待方先觉，中村队长恨不得拿出宪兵队对付俘虏的手段，对方先觉严刑相逼。

这时他见中村脸色不善，便小心翼翼地回应道："以本人的专业判断，方军长目前的情形看似多疑易怒，其实处于脆弱的状态。我方处理宜软不宜硬，应以较温和的手段，一方面安定他的情绪，另一方面软化他的心防，短期当可奏效。"

中村听他开头几句话，气得翘起胡子，但他是个极为实际的人，待听到"短期当可奏效"，立刻收起满腔怒气，变成请教的口吻对松下道："请松下医官教我们具体办法，实际上怎么做才能收到效果？"

这个问题已经超出医官该管的范围，松下抬眼望了桌子对面的几位一眼，参谋长挥手鼓励道："松下医官不必保留，请将你的具体办法讲一讲。"

松下点了点头道："依本人观察的结果来看，方先觉军长的个性是遇强则强硬，遇弱则柔顺，当此心情极端不稳之时，最宜软处理。至于具体做法，我建议将全天二十四小时监视改为柔性照顾，以女性为第一线和他相处，开始只谈照顾呵护，渐渐取得他心里的信任感，然后开始劝说才能生效。宪兵的监视则退为第二线……"

中村越听越火大，总算因有长官在主持会议而不敢过分造次，不然早就以严厉的日本国骂伺候松下了，但他还是忍不住口出恶言道："照松下的说法，咱们干脆将宪兵全撤了，这里的大事就请些慰安妇来处理就好……"

参谋长见中村出言不逊，便挥手制止他说下去，反而鼓励松下道："松下你继续说，我想知道你整个的想法。"

松下仗着长官的鼓励，索性道："本人的意见是，将宪兵从方军长三楼房间隔壁的监控小间撤到二楼，三楼只有医护人员及一位生活上协助他的女秘书。我们充分发挥温情攻势，以我这段时间每天近距离观察的心得，不出一个礼拜，方军长的态度便会改变。”

参谋长目光转向井上大尉，井上看了上司中村大佐一眼，不敢表示意见。参谋长再将目光转向中村，中村想说什么但忍住未说，参谋长便道：“松下医官的建议，中村队长以为如何？”中村低头道：“全听参谋长的指示。”

参谋长转首向右，问道：“夏参议有什么指教？”

翻译官译成中文，夏参议道：“如何让方军长同意担任‘先和军’的军长，对南京政府具有无可取代的重要性。‘先和军’乃是代表中、日两国共荣的和平之师，方先觉将军又是中、日两国都钦敬的名将，本人离开南京时蒙周副院长召见，副院长极力期许我与白专员能协助衡阳这边，劝说方军长同意就任，只要有利于此一目标的，我两人皆愿全力以赴。至于方才各位的讨论，我对松下医官的专业见解十分钦佩。南京方面熟悉方军长个性的黄埔同学，亦曾提及方先觉吃软不吃硬的性格，所以愚也觉得目前的情况下，宜用柔性处理。”

参谋长听得连连点头，坐在他左边的中村大佐暗骂：“就是赞成松下那个笨蛋一句话罢了，也可以啰唆讲这么一大堆，支那人的毛病就是只会讲不会做，哼！”

听夏参议讲完，参谋长又很客气地问白专员：“白女士有什么指教？”

白专员正在暗思方才松下提到的魏医官，心想：“病人对医生自然容易产生比较亲密的信任感，这个魏医官既然是方军长目前唯一信任的医生，咱们想做的事一定要把这个魏医官拉进来……”忽然听到参谋长客气地问自己，慌忙说没有不同的意见。

于是参谋长做结论：“方军长深受横山司令官的敬重，请他同意担任‘先和军’的军长，不仅对南京国民政府重要，对我帝国支那派遣军来说也极为重要。我们就同意松下医官的建议，立刻改用柔性方式处理方军长的事，就由中村大佐、松下医官和夏百刚参议商量执行细节，我便依此结论向横山司令官回报。散会。”

众人起立，恭送参谋长。一位随从副官上前，迅速地将参谋长桌前的数据收拾好放入提包，跟着参谋长快步走出会议室。

松下医官走向桌前，先向中村队长鞠了一个九十度的躬，然后道：“请遵照参谋长的指示，我们商议一下执行面的事务……”

他话未说完，中村已打断他：“参谋长有指示，一切照松下医官的意思执行，就请松下医官做好计划交代宪兵队，我们全力配合。对不起，还有一个会议在等着我，本人先告退。”他双脚皮靴后跟一碰，“咔”地发出清脆的一声，显得神气又生气。

松下有些尴尬，呆了半晌，才对夏参议和白专员道：“不好意思，中村队长有些不高兴，不过不要紧的，中村队长的脾气虽然比较易怒，但是对上级指示绝对服从，他说全力配合就会全力配合。夏参议，你看我们这样安排好不好……两位请坐，我们坐下谈，请井上大尉一起过来。”

夏参议、白专员和井上见礼，井上鞠躬道：“宪兵大尉井上浩二。”

“南京行政院参议夏百刚。”

“南京行政院专员白恰恰。”

四人坐下后，松下医官道：“天主堂三楼方军长的房间，目前排有二十四小时的监视哨，就设在侧边的小间，隔门板上有小方孔可供值班的宪兵随时揭盖窥视，这种方式对方军长造成很大的心理威胁。我建议将此哨撤到二楼的楼梯口处，任何人进出三楼都在监视之中，但对方军长而言，却免除了威胁之感。”

井上大尉仔细想了想，道：“嗯，原则可行。方军长房间内另外要注意的，便是西面有一排窗子，这排窗下的地面原本就有一哨，任何人想从窗子进出方军长的房间，都逃不掉地面岗哨的察觉。不过，小侧间的宪兵哨撤了，你计划以什么取代？不会是空着不管吧？”

松下道：“当然不会，我想请魏医官和白专员轮流在小侧间值班，要请白专员委屈担任方军长的女秘书。如此，他身边每日接触到的没有日本军人，而是同胞的医生和秘书，他的情绪立刻就会平静下来……不过有一事要先说明，方军长不喜见到南京汪伪政府来劝进的说客，白专员的身份不可透露。”

在另一间小室中，中村队长正在和另外几人密商。

一张小圆桌围着坐了六个人，四个日本人，两个华人。桌边摆了一把小椅子，一个穿军服的年轻传译员正襟危坐为六人做口译。

中村队长先向大家致歉，前一场会议由参谋长主持，略微延晚了一刻钟，接着便对正对面的一位日本大佐道：“鬼冢队长，您是前辈，请您先发言。”

那鬼冢队长道：“不敢当。上回我和樱井来衡阳，是为了一个叫徐大冲的矮子，他在汉口杀死宪兵队的西嶋大佐，并抢了锁在他手上的皮包，那时我们上了恶当，拼死抢回一个空皮包，被上级责骂到抬不起头来，那是昭和十六年的事了。当时我们就是败在徐矮子和彭怀塘这两人手上，三年来一直没有机会再找他们算账。这次回到衡阳，嘿嘿，尤其那个姓彭的大汉，我要跟他一对一再较量一次。”

中村心想，我们是在谈衡阳作战后的几件大事，这个鬼冢却只记得私仇，实在有点不识大体，但他是前辈，也只得由他说。坐在鬼冢左边的是樱井大尉，他接着说：“但是我们来到衡阳已经多日，却对姓彭的没有任何行动，不知我们在等什么？”

中村暗自叹息，想道：“怎么又是一个公私轻重不分的莽汉？咱们宪兵司令部里找些没有大脑的武夫，虽然个个武术高强，但思想上个个都像大笨蛋，真是伤脑筋。”他口中不得不解释道：“彭怀塘和徐大冲都逃不出我们的掌握，这两人都不是重庆的地下工作人员，却做了不少破坏帝国及皇军大事的勾当，但是他们到底是什么底细？背后到底是谁在指挥？除了和蔡一奇、朱又芳的勾搭之外，还有什么其他的联结关系和同伙？都有待进一步搞清楚……”

他说到这里，压低了声音，几乎是耳语般地对大家说道：“我知道这两人现今又在计划营救方先觉，我确信他们仍然藏身衡阳。目前我们只是按兵不动，要布下陷阱引他们及所有的同党出动，然后一次予以歼灭！鬼冢前辈、樱井大尉，二位要有耐心……”

说着他转头望向左侧一个面白唇红的年轻人，问道：“小沈，你们支那有句话，是不是叫作‘放长线钓大鱼’？”翻译后，小沈点头道：“不错，意思就是要有耐心，看得远才有大收获。”

中村队长正要继续说明，对面的鬼冢抢着道：“听底下的报告，那姓彭的开的茶馆和鱼粉铺早就关门歇业，人也跑得不知去向，中村队长你却说逃不出你的掌握，很难令人放心啊。”

中村道：“我们耐着性子就是不去动那间茶馆和鱼粉铺，是要让他们放心，不要一个月，我保证他们又会回到茶馆铺老家和其他同党聚会。因为现在衡阳城中，任何藏身之地基本上无法久留……”

鬼冢右边一个穿着笔挺军装的曹长举手要求发言，中村道：“伊藤曹长不要客气，你请讲。”

那伊藤曹长阶级虽只是士官长，说起话来却是侃侃而谈：“中村队长的计策是好的，我们应该在那茶馆附近撒下网，静待大鱼入网。可是茶馆四周的形势必须弄得一清二楚，先布置好了以逸待劳。”

中村队长称赞道：“伊藤曹长是军部第一神枪手，对狙击的埋伏布置是专家，明日我们就请你前往现场了解形势……”

坐在小沈对面的是个穿着讲究的华人，一身剪裁合身的西装是最流行的样式，料子是高级的英国货，贴在身上有一种如缎子般的柔和光泽。这时他开口道：“中村队长，我们按兵不动是对的。等对方人手都到齐了，底也摸得八九不离十了，就索性将囚禁方军长的地点透露出去，就等他们来救人，给他一网打尽，中村队长就建大功了。”他说的普通话有很重的上海腔调，翻译员有些地方听不懂，补问了两三次才算翻译完全。

中村道：“潘特务长说‘一网打尽’说得好，他们要搭救方军长，我们便拿方先觉当鱼饵，时机到了就收网，一个也跑不掉。”

鬼冢睁大了眼睛，问道：“中村队长，你知道那姓彭的现在躲藏在哪里？”

中村心想：“这个关西甲贺流的忍者定是想要去找彭怀塘单挑，他如鲁莽行事就要坏了我的大事，此时便拼着得罪他，也绝不能让他知道太多。”便面带严肃之色，大声道：“等时机成熟我方发动攻击时，自然会向诸君宣布。在此之前，一切保密！”

这项任务既然由他主持，他这样说了就是命令。果然鬼冢哼了一声，不再说话。

那个操上海腔普通话的潘特务长道：“明日伊藤曹长去茶馆现场勘察时，可容我潘钧奇一同去看看？”

中村道：“好极了，潘特务长是上海七十六号里的高手，你们一同出马，定能立即布好茶馆铺四周最佳的埋伏据点，我们采取行动之时，保证万无一失。”心中却暗忖道：“这些南京政府派来的人我一个也不信任，每个人都要查证；那姓夏的和姓白的，我要他们帮忙找出彭怀塘等人的去处，就是要查查他们和彭怀塘是不是暗中有联络。”

鬼冢又暗哼了一声，心想：“到采取行动时，不管你神射手多么万无一失，反正我非要亲手杀死彭怀塘。”

彭怀塘坐在一盏豆油灯前沉思，豆油灯芯燃起的黑烟和气味十分熏人，可是塘叔好像完全没有感觉，他耳中有两句话不住地回响着……

“我们在舒服的地方轮流负责看守，也没有什么不好，总比每天在城里和伤兵死尸为伍好得多了……”

“教堂里不好吃饭，却好关人。”

前一句是日本大尉在茶馆说的，后一句是婶子听日本军士说要回教堂去吃饭时说的。

如果这两句话指的是同一件事，难道日本人把方先觉囚禁在城外的一间教堂里？

“去找湘芷和倩文来问一下，衡阳城外的教堂到底有几个？”

正要起身，婶子、湘芷和倩文出现在身后，婶子手上拿了一张纸，是电报的译文。她一声不响地递给塘叔，塘叔凑近豆油灯吃力地读完，回头道：“要我们派人去洪罗庙。”婶子点了点头道：“那个大个子王如乔要和我们搭线。”

“还有，蒸湘报社在寻找失联记者。”湘芷笑着补充电文上的第三点。倩文道：“我该回宝庆了。”

情况突然有点混乱，塘叔一时难以决定如何处理。湘芷道：“我去请蔡专员来商量……”

蔡一奇已自动进来，他一进屋就道：“我听到隔壁湘芷和倩文房间中收到电报的声音。”塘叔将电文交给蔡专员看了，湘芷心中已经有了决定。

“我想请蔡专员和倩文一同上路，蔡专员还是扮作盲人，倩文扶持他行走，到公路西站搭往宝庆的车，蔡专员在洪罗庙下车，倩文则直往宝庆；各位觉得这样是否妥当？”

塘叔暗赞湘芷指挥若定，片刻之间便从混乱情况中做了最好的决定，婶子也微微点头。蔡一奇道：“如有可能，我见到王如乔便邀他陪我同回衡阳……”塘叔打断道：“那得看王如乔要和我们搭什么样的线……总之这边的情形你一清二楚，相机行事吧。”

夜深了，衡阳上空乌云密布，晚风带着湿气呼啸而来，但就是没有落雨。塘叔换了一身黑衣裤，头上戴了一顶黑布帽，走出房门就看到一身黑的老贺，不但衣裤黑，脸上也涂了些黑黝黝的东西，不知是煤灰还是污泥，只有一双眼睛透出异常兴奋的光芒。

塘叔问：“你带哪一个麻溜的兄弟一道去？”

老贺宽大的身体后面闪出一个苗条的黑影："塘叔，我够麻溜吗？"竟然是湘芷。

湘芷也是黑衣黑长裤，只是脸色太过白皙光滑，容易反光遭人发现。塘叔吃了一惊，直觉地道："湘芷你不成，待会儿去摸底说不准会动手的。"

湘芷低声道："塘叔，今晚去摸底，绝不能与人动手，动手就曝光，曝光就等于营救方军长的计划宣告泡汤。我们绝不用手脚，反而是要多用心，多用脑子。"

塘叔道："话是不错，但万一与敌人对上了，不动手自卫也不行。"湘芷正色道："塘叔，这就是重点所在。此行要胆大心细，主动避免与敌人对上，如果敌人防范太严，我们宁可空手而归！老贺记着，此行用眼、用心、用脑，多发现一个什么端倪，远胜过你多杀一个敌人！"

塘叔是个明白人，一听这话就懂了，重点在于心存什么样的态度——是要绝对避免对决，而不是万一遇上对决如何取胜。他点头道："有敌则避，敌人各方面防得严密，我虽退却，但能探知他防范的大要本身就是宝贵的情报。"

湘芷道："塘叔说得最明白。老贺，我们便照塘叔这原则去摸一下中正堂的底。"一句话就巧妙地把自己的主意变成塘叔的，塘叔毕竟是此次行动的带队首领。

塘叔暗叹道："我糊涂啊！有这么一个厉害的侄女竟然从来没有发觉，湘芷的领导才能远在朱校长之上。"耳边却听老贺道："听彭老师的没错。"

塘叔掏出一条黑布，递给湘芷道："戴条黑布遮住脸，你皮肤太白了。"然后对老贺道："我们三人不要挤在一起，也不要离太远，看我手势再行动，没有手势就伏着不动！"湘芷和老贺点头称是。

"中正堂"在五桂岭的东侧，地势虽不高，但因靠近湘江，从堂外俯览湘江宛在脚底。这时月黑风高，一片寂静漆黑，只有中正堂四周有几盏灯，所照亮之处正是进入中正堂的门、窗、通道之地，显然是有规划的布置。有两个卫兵在交叉走动，监视四周。

塘叔趴在高处的杉木林子里一动也不动，老贺和湘芷藏身在不远处，也是不动不响。黑夜中寂静如死，塘叔极有耐性，伏在原地二十分钟之久，只是默默地透过一只望远镜，观察下面中正堂四周的地形及地物，暗忖道："几盏灯把进出之路全照亮了，只有靠山坡那一块没有照明，我猜暗哨就藏在那边的黑暗里，这种布置就是要营造出敌明我暗的形势。"

这时身旁有了动静，最先沉不住气的是老贺，他轻手轻脚地爬到了塘叔身后，悄声道："我想溜到山坡那边看看，没有照明的暗处有啥花样？"

塘叔还未回答，耳边已听到湘芷的耳语："塘叔，您的望远镜借我瞧一下。"原来湘芷不知何时也爬了过来，只是她动作轻灵，一身黑衣在漆黑的山林中移动，就像一只黑猫，的确是神不知鬼不觉。塘叔暗暗吃惊，一个大人怎能爬十多米不发出一点声音？

他将手中望远镜递给了湘芷，她很仔细地看了五分钟，然后悄声道："山坡那边没灯光照明之处，就是暗藏岗哨之地，有日本兵躲在黑暗中的各个射击位置，老贺千万不要过去。"

不但老贺惊讶，连塘叔也觉好奇，湘芷用望远镜只看了几分钟，就能看到日本兵的岗哨，她怎能如此有把握？湘芷接着解释道："那边黑暗中有日本兵在抽烟，我用力看到两股烟缓缓飘起，而且相隔有十米左右，表示至少有两个以上的暗哨。他们并不聚在一起，而是各自占据有利的射击位置……"

老贺接过望远镜看了一会，喃喃道："我怎么啥也没看到？"塘叔再次仔细察看，这回他总算看到有两股烟袅袅上飘，只是极为淡薄，如果不是湘芷提及，实在不容易发觉，不禁轻声赞道："湘芷，你真好目力！这回我看见了。"

湘芷悄声道："还有正门的木门上贴了一张黄纸，像极了一张狗皮膏药。"

塘叔转移镜头，也看到了那张贴纸：“上面好像有字呢！”湘芷道：“不错，纸上黑字写的是‘炸药靠近禁止’。”塘叔赞道：“湘芷，你千里眼啊。”湘芷道：“塘叔，我们先撤回再说，此地不宜久留。”

塘叔点了点头道：“我们一路过来什么也没有碰着，一个日本兵也没看到，可这中正堂明明是个重地……我觉得有什么不对劲。”

老贺仰起头来吸了两口空气，双目放光，湘芷以为他会要求继续摸下去探个清楚，哪晓得老贺竟然说道：“我好像嗅到什么奇怪的气息，每次有这种感觉时，老贺就夹尾巴逃走，咱们快撤吧。”

三人鱼贯撤下了山岭，快步回到回雁峰。就在他们离开后不久，两支二十几人的伪军部队分别从南北两面会合，来到距三人先前藏身处约一百米处，这些士兵有轻机枪的装备，看起来大有一鼓作气歼灭敌人的气势。只是他们不知敌人一共只有三人而已，而且已早他们一步离开了。

塘叔他们这一夜距离死于乱枪之下只有十分钟之差，只是他们也不知道。

回到寿佛殿，湘芷和塘叔已经相当有把握地推测，“中正堂”就是囚禁第十军师长们的地方。至于方先觉是否在内，塘叔相当自信地说：“方军长不在中正堂，否则中正堂的守卫必定不止于我们方才看到的情形，卫兵的纪律也不致松弛到胆敢抽烟。”

湘芷赞同塘叔的看法，道：“去摸一趟底，至少晓得了方军长单独囚禁在另外一个地方。我们且耐心等一阵子，小玉一定会设法把消息传出来，我太了解小玉了。”

倩文仍未入眠，她把这些天在衡阳城的记录整理好，放在行李包中，照相机中的胶卷退出，贴身藏好，相机就留给湘芷，以免在车站被检查人员怀疑她是间谍。

塘叔忽然问道：“倩文，你住在衡阳城外，晓不晓得城外有哪些教堂？”

倩文怔了一下，脱口答道：“我家附近欧家町就有一座天主堂，名为

‘南乡堂’，意大利籍的神父，塘叔您问这做啥？”

塘叔低声道：“如果我猜得不错，日军把方军长关在城外的教堂里，从地缘关系来看，极有可能就是这个‘南乡堂’。”

湘芷虽然不知道塘叔从何得到这个猜测，但她深知塘叔没有相当把握不会随便这样讲，便道：“我们来计划一下，怎么能到‘南乡堂’附近也去摸摸底。”

塘叔点头，想了想道：“还是等几天，也许张得山那边就有小玉的消息了。”

倩文道：“我这边都已收拾好了，明天上午就走……”蔡一奇走了进来，接着道：“我也一切就绪，希望明日出城和进城时一样顺利。”

湘芷对倩文道：“倩文，‘南乡堂’是你从小就玩熟的地方，我想请你把教堂里里外外的形势、构造、进出通道，甚至附近一些不易为人知的小路快捷方式都仔细想一想，你来说我来记，弄一张详细的地形图，可能对我们大大的有用。”

塘叔赞道：“湘芷想得周到，方军长若真是关在南乡堂，倩文你这些数据对我们营救工作的帮助可就大了。”

倩文闭目默想了一会，张眼点头道：“那教堂里里外外我去过太多次，如今想想，那边的一切历历在目……时间不多，我们现在就开始工作吧，天都快亮了。”

这一夜，众人皆无眠，就只有徐大冲呼呼大睡，鼾声如雷。

张得山在医疗站帮助军医救治伤员，由于他做事勤快又主动，加以记性特好，医生交代他做的事每个细节都记得清清楚楚，从来不用教两遍。其实他完全不懂医术，只是一丝不苟地照医生的指示做洗伤口、消毒、包扎等基本的护理工作，做得医生和伤兵都满意，十几天下来，熟能生巧，竟成了医疗站中最受欢迎的红人。

有些伤兵因伤口久未消毒，已经溃烂生蛆，发出阵阵恶臭，张得山不但不嫌弃，还逢人便说自己从小时候起鼻子就没有通过，闻不到恶臭味，笑嘻嘻地拿针头替伤兵从伤口中挑出蛆虫，然后用消毒水洗涤，纱布包扎。医生嘉许他说："张得山，你处理伤口认真又勤快，好几个伤兵因而不需截肢，都是你的功劳呀。"张得山只是傻笑。

这一天下午，魏小玉忽然回到了医疗站。她由井上大尉带了两个宪兵护送而来。

医疗站是利用被炸毁大半的医院，经过临时整理及清洗消毒便将就着用。小玉离开这一段时间，由于"衡阳安全维持会"陆续运到两批西药及一批中药，汪医官这边药物还算充裕，救治工作进行得很有成绩。维持会找来几个年轻人，每天不但帮忙干杂活，也负责将不治的尸体运到临时掩埋场去处理，整体情况比小玉离开时有进步。

张得山远远看到魏小玉从军车上下来，心中大喜，正要迎上去，却见魏小玉和两个穿长衫的中年人寒暄。张得山识得其中一个胖子，就是提供医疗站中西药物的贺百东；另一位年纪较长的士绅，乃是"维持会"的召集人常雁楼，正在和小玉说话。

张得山耐心等着，小玉身边的日本军官却不耐烦了，大声道："魏医官回来办很大的事情，你们不要拦着她说太多的话，没有时间。"常雁楼和贺百东连忙退开。

小玉走进来，一眼就看见张得山，高声叫道："张得山，你每天都来帮忙吗？"她见张得山身穿一件血污斑斑的医生白袍，差点要笑出声来。张得山也大声回道："魏医官，你可回来了，这里要动手术的伤兵还多得排长龙，咱们可忙不过来。"言下似乎他也是外科医官。小玉道："好，好，你们干得好……"这时汪医官也看到了小玉，大喜叫道："魏医官回来了，我这边需要你的支持！"

小玉正要回答，井上大尉已替她回话："汪医官，不好意思的，魏医官来拿很重要的东西，拿完就回去，这里的工作请你们多多努力。”

魏小玉在井上大尉陪同之下，走进二楼一间门窗皆破的房间，原是医院的小图书室，此刻书柜上逃过战火存下的书籍只剩寥寥数册。靠墙处有一张书桌，一张木床，上面的床单被褥铺得整整齐齐，正是魏医官原来的临时寝室。

井上跟着小玉进入房间，两个宪兵一个守在房门口，一个守在一楼门口，不准任何人接近小玉。

小玉在她书桌上的书籍及数据堆中翻了个遍，又打开书桌的三个抽屉，一个一个仔细翻寻，最后在一个小牛皮纸袋中找到一串钥匙。

“找到了？”井上大尉高兴地问。

“找到钥匙了。”

井上见小玉手上那一串钥匙，形状都十分相似，小玉却很快地从中找到一把，然后到她床底下拿出一只布袋，从袋中掏出一个上了锁的小铁盒，那把钥匙便是开锁之钥。

铁盒开了，盒中有一个绛色的药瓶，小玉将药瓶拿了放入口袋中，把铁盒、布袋等一一还原，回头对井上道：“找到了，我的救命仙丹。”

井上显得很高兴：“你晚上发作的哮喘就能治好了？”

小玉摇头道：“没法根治，但有这药我就不会喘气至死了。”

井上大尉居然幽默地道：“我们也不会每天晚上怕你死掉，对方军长……对不起。”

“对不起，我这毛病不常发的，最近有三年没发过了，但发作起来真的很可怕，搞不好确会窒息而亡。这几天不知为何突然发了，而且来势汹汹，我服了松下医官的药，全不管用。”

“你这药是什么药？我们卫生连没有？”

“这是美国耶鲁大学医学教授到湘雅医学院访问时送我的新药，不说衡阳没有，便东京也没有。”

井上听到美国的耶鲁大学，心中有些敬意，点头道："现下帝国和美国开战了，美国新药大概是没有了……你既然找到了救命仙丹，我们便回去吧，这次让你出来是松下医官全力保证，中村大佐才可能同意的。"

小玉表现得很乖巧的样子，带一点撒娇地对井上道："还是要谢谢井上大尉，您一定从旁替我讲了许多好话。"

井上甚怕中村的暴烈脾气，心里虽然很想帮小玉，其实并没有敢对中村讲情，但听小玉这样说，便觉得自己的确有救助女士的骑士情怀，一时开心便默认了。

他们走下楼来，那楼梯及楼层都已被炮火打得破损不堪，像是走在废墟里。迎面张得山又大声道："魏医官您几时再回来？"

小玉对井上道："这是我的助手护理兵。"一旁的汪医官道："你不在时，难得张得山不但不偷懒，且努力工作得到大家的感谢。我们极需要魏医官回来帮忙，井上大尉你自己亲眼看到，多少伤兵需要外科手术……"

井上大尉制止他说下去："不要跟我说，我做不了主，魏医官必须立刻跟我回去。"

小玉对张得山道："张得山，汪医官夸你干得好。上回找不到的那本洋文圣经书是在倩文家里。我走了，啥时回来说不准，你好好卖力干吧。"

井上听得一怔，一时也搞不懂怎么突然说起一本圣经书的话来，心想不宜多留此地，便催促小玉上车。

车上小玉主动解释道："不久前我以为张得山把我的一本英文《圣经》弄丢了，到处找不到我就责怪他，后来想起来是倩文借去了，我忘得没影，错怪了张得山。"接着又补充道："倩文是我高中同班同学。"

井上听得似懂非懂，心想横竖就是一本书的事吧，就懒得再追究。

黄昏时，回雁峰寿佛殿的叫花子兵捉了一名答不出口令而想闯关的可疑分子，武装叫花子将那人押到山房，大家一见，捉到的是张得山。

张得山十分生气，他是知道“叫花子发穷欢”“没米打筒罐”这一套口令，却料不到徐矮子心血来潮又把口令换了，却没有人告知张得山。徐矮子听到此事，自觉有些不好意思，便怒斥那个押人的小叫花，说他不用大脑，做事乱七八糟。

在场所有的人都觉得这两句骂得好，不过应该是指徐大冲本人。湘芷等见到张得山，知道有重要消息了。

听说小玉回到医疗站，所有的人都兴奋起来，全围了上来，又听张得山说小玉是来找东西的，找到以后就回去了，而且全程有一个大尉军官、两个宪兵寸步不离地陪同，不准任何人接近她，大家又感到一阵失望。

湘芷问道：“她从头到尾没跟你说上话？”

张得山答道：“那倒是有的，都是夸我的话。”

湘芷道：“除了夸你，没有说其他的？有没有偷偷交什么东西给你，譬如说字条之类？”

张得山想了想道：“不好意思，真的只有夸我干得好的话，还说了两次。”说到这里，便很谦虚地解释道：“主要也是因为汪医官主动对魏医官说：‘你不在时，难得张得山不但不偷懒，且努力工作得到大家的感谢。’魏医官才又夸奖我一次。她从头到尾也没交给我什么东西。”

湘芷和塘叔都大失所望，塘叔道：“想是三个鬼子盯得太紧，小玉找不到机会传话给我们，唉，可惜！”

一阵沉默后，张得山忽然又道：“魏医官提到一本书的事，我完全听不懂。”

湘芷忙道：“什么书的事？”

张得山道：“魏医官第二次夸完我后，忽然说‘上回找不到的那本洋文圣经书是在倩文家里’，我完全不懂。”

他完全不懂，却有本事记得一字不差。湘芷听了，好像黑暗中闪过一道亮光，但究竟是什么意思，一时间又抓不真切，她只觉脑中有些意象似明似晦，不禁心痒难搔，说不出话来。

塘叔也觉小玉这话是要传达什么重要信息，但一时也破解不了小玉的谜语。湘芷在心中不停地、反复地念着："找不到的洋文圣经书……倩文家……"

忽然间，湘芷脑中灵光一现，霎时间她就懂了。她"啊"地大叫一声："塘叔、婶子，我懂了！小玉要告诉我们，方军长被囚之地在倩文家附近就能找到，而且，她似乎在讲……"

塘叔一掌拍在桌上，道："对了，倩文家附近。《圣经》，不就代表教堂？欧家町的'南乡堂'！我猜得没错啊！"

张得山一掌拍在后脑勺上，跟着道："对了，差点忘了，汪医官要我告诉大家，有一批最新的消炎药几天内会送到衡阳，方军长一定用得着。"

衡宝公路上的老爷客运车到了洪罗庙，也没什么车站，不过一个站牌立在一个竹棚边，有两个客人下了车，车不熄火，继续往宝庆驰去。下车的两人中一个老农，另一个是戴着墨镜的中年人。

那个老农在车上就一直注意这个戴墨镜的陌生人，好像是个盲人，又好像啥都看得见，这时见他并不要人牵扶，一步便跨下了车，便忍不住搭讪道："本来以为你佬是个瞎子，原来是个光子。"

那戴墨镜的中年人微笑道："你佬个前后都没猜错，我一半瞎子一半光子。"说完便加快脚步，走向镇上唯一的一条大街。那老农抓抓满是短白发的脑壳，往反方向去了。

蔡一奇走到"大街"上，所谓大街也就五米宽的一条石板路，两边都是各色店铺。蔡一奇停在一间茶馆前四面张望了一下，茶馆铺门开处，一个黑衣小伙子走出来，抱拳问道："可是蔡专员大驾到了？"蔡一奇也抱拳道："不敢，蔡某来拜见王如乔王大哥，请带路。"

那小伙子带蔡一奇入内上楼，才到二楼就看见高大的王如乔站在楼梯口相迎，一把抓住蔡一奇道："蔡专员，久违了。"蔡一奇道："怀塘兄和'婶子'要我代问好。"

王如乔穿了一件黑绸衫子，拉着蔡一奇坐下，伙计立刻上来换了一壶新沏的浓茶。那带路的小伙子到另一桌坐下，那桌还坐了另外两个小伙子，都站起来和蔡一奇见礼，却不发言，行了后辈之礼就回座坐下。

王如乔道："小弟在宝庆听说了怀塘兄和你老兄在衡阳密谋搭救方先觉的事，就有朋友希望小弟这边能尽一点力，命小弟到洪罗庙来恭候，我猜想来的必定是你老兄，果然不错。一奇兄你有什么想法，不妨先说出来，大家琢磨一下。"他不先说自己要做什么，也不承诺什么，而说大家琢磨琢磨，这是老江湖对官家的说法，不卑不亢。

蔡一奇这种场面见多了，这种说辞也听多了，他双拳一抱先谢过，然后就把塘叔抬出来："衡阳沦陷后，方先觉军长被日军软禁起来，这是第一桩。日军及伪军派了不少特务高手来到衡阳，很明显对方知道有人要搭救方军长，他们高手尽出，要打一场特务人员的大战，这是第二桩。叶先生派在衡阳的小组长已经曝光不幸遭刺，现在接棒的虽是个新人，却是个天生好手，正在衡阳运筹帷幄，这是第三桩。怀塘兄是行动的首脑，到时候免不了要和日本及南京来的特务高手做一次决斗，我方人力不足，这是第四桩。目前咱们正在确定囚禁方军长的地点，一旦确定了，便要展开行动。"

蔡一奇知道王如乔在那次河内刺汪的行动中和塘叔建立了感情，这时把塘叔缺人力的事抬出来，果然王如乔慨然道："一奇兄说得再明白不过了，我们也是行动派，就从营救方军长的行动计划和怀塘兄那边搭桥吧。只要行动计划搞定了，派给我们什么任务，我王如乔没有二话！人力嘛，我有一支十个一流好手的特攻队，就在这里待命。"

蔡专员见他说得义气，感佩地道："如乔兄一言九鼎，蔡某在此先谢过了。"说着就站起来抱拳为礼。王如乔赶快也站起来，抱拳还礼道：

“大伙儿能为营救方先觉这位英雄尽一份力，固所愿也。好教一奇兄高兴，明日还有一位好汉要来见面。”蔡一奇一时也想不出是谁，但王如乔既说了明日相见，今日便不再问。

第二天，王如乔带了一个老朋友来，竟然是从张家界赶来的丁胡子。

蔡一奇喜道：“哎呀呀，是你丁胡子，好朋友全到齐了！衡阳这一下可要热闹了。”

丁胡子一掌拍在蔡一奇肩上，豪迈地说：“一奇兄，鬼子宪兵队坏了你一只眼睛，这回我丁胡子要专找宪兵队的麻烦，替你老兄出一口鸟气。”蔡一奇抱拳谢了。

王如乔道：“咱们两人商量好了，我陪一奇兄就赶回衡阳，我的兄弟们也分批潜入衡阳；丁胡子带着他的人马进驻洪罗庙，有必要增援衡阳时也不过大半日的路程，要是没有必要增援的话，就当作接应方军长的第一站。一奇兄，你意如何？”

蔡专员道：“如此安排甚好……”话未说完，他右眼余光看到一个身着土黄色中山装的中年人走进来，大伙儿都和他打招呼。蔡一奇识得他，正是衡阳县的王伟能县长。

王如乔站起身来道：“王县长，你看谁来了？”王县长道：“蔡专员昨天到洪罗庙，我下面的人已报告了，我知你们有事要商量便没有过来。待会蔡专员有空，是不是到我那边坐坐？”

蔡一奇知道王县长有事要私下谈，便站起来道：“丁胡子，我们就照既定计划行事，我和王县长谈完了就回这里来和如乔兄会合。”

王县长道声“有僭”，便带蔡一奇走出茶馆，在“大街”上走了五十米，进入左边一条小巷，巷底有一栋两层的木造房子。王县长带着蔡一奇上了二楼。

王县长关上房门，低声道：“蔡专员，你先看这个。”他从衣袋中掏出一张电文，蔡一奇展开来看，上面写着：“武汉蔡求援，请宝庆王一同回雁城。”下面的署名是“彭雨霖”。蔡一奇一看就明白，“武汉蔡”指的是自己，“宝庆王”指的是王如乔，雁城是衡阳；彭雨霖就不知是何人，但既知自己来此求援，表示他掌握了衡阳的一切状况。“彭雨霖”就是坐镇指挥衡湘地下工作的首领。

衡阳沦陷后，县政府基本成了流亡状态，县长王伟能带着部属及战后残余的警备部队，加上一些民间武力，成立了抗日的联合组织，潜入地下，自称“两衡自卫区司令”。他见蔡一奇沉思，便掏出了第二封电文递给蔡一奇，电文上写着：“方军长人陷衡阳，请发动所有力量不惜代价救出，速与彭雨霖取得联系。牧字”。又是彭雨霖！

“叶先生的电文？”

“不错，是命令！”

“彭雨霖？谁是彭雨霖？”

“没有见过！他负责长衡地下工作，我们只在电文上交会过，就称他‘湘江一号’！”

蔡一奇想了一会，暗中思量：“王县长给我看的第一封电报应该发自衡阳，第二封发自重庆，王县长本人又四处走动……”便开口问道：“王县长，你的电报台仍能收发？衡阳城里电信全炸断了。”王县长道：“宝庆才有电台，我有一架无线电报机，几十公里的距离还能用，譬如从此地拍电报到衡阳，也能到宝庆……”

蔡一奇道：“好极，你这里就是一个紧急情报中继站。丁胡子率他的弟兄进驻洪罗庙，等到咱们救出了方军长，洪罗庙驻有你的部队，就是咱们的第一接应站！”

相互交代清楚了，蔡专员正想告辞，王县长忽然问道：“衡阳西站传来的消息，西湖小学的朱校长被鬼子在月台上刺杀了，上面十分震惊。一奇兄，你正在衡阳，到底是怎么回事？”

蔡一奇不愿细谈，只简单地道：“从出事那天的情况来看，这里面有人向日本宪兵通风报信，我们正在过滤可能的人……这人不抓出来，太危险了。”王县长道：“朱又芳的工作……谁接替？”蔡一奇想了想道：“萧笑石，萧笑石已经接了她的工作！”

王县长猜想“萧笑石”是个化名，便不再问。蔡一奇却问道：“县长，你原来办公室里有一个很能干的雇员叫作罗百蕙的，不知现在何处？”

王县长道：“啊，罗百蕙的确能干又漂亮。县政府撤离之前，罗百蕙就没有来上班，之后就失踪了，没有人知道她的行踪。怎么，蔡专员你有她的消息？”蔡一奇摇头道：“没有任何消息。还有一个和她常在一起的华一峰，省立六中的地理老师，他也不见了。”

王县长送蔡专员到房门口时，低声道：“一奇兄，你从此地回衡阳，可以先搭汽车到西渡，从西渡再走水路，雇条小船沿蒸水而下，快到演武坪之前就上岸，那一段水路有我们的游击队保护……这个你拿着。”说着递给蔡一奇一块黑色小木牌，牌上正面刻着“蒸湘”两个字，反面刻着“谭四山猫”四个字。

蔡一奇道：“通行牌？”王县长点头道：“碰上我们的人给他看这个，不但通行无阻，且会对持牌者加以保护。”

“‘谭四山猫’是啥？”

“谭四山猫是一个人，他是衡阳蒸水一带武术界的前辈，原本已隐退了，现在日本人把衡阳老百姓打得家毁人亡，他就出山来负责训练游击队的武术。”

蒸水是湘江较长的支流之一，一般称“三湘”，就是指潇湘、沅湘和蒸湘。从宝庆之东流到衡阳，在石鼓附近汇入湘江，河流大趋势是由西向东，但整条河曲度甚大，呈“乙”字形，河之两岸有些地段是东西相对，有些则是南北相望。由于曲折大，不到一百公里的直线距离，河流全长竟漫延将近二百公里，丰水季节流量大甚至泛滥，在衡阳境内各段皆有航行之利。

黑夜中河水静静南流，一条小木船静悄悄地从西渡码头出发，向南转东驶向衡阳。这是条单桅帆船，今夜有些西北风，船夫张起了风帆，只略加摇橹便轻快地顺流而下，船行得快而平稳，估计天亮前可达衡阳城。

船上两个船夫轮流摇橹，闲下的一人便全神贯注观察四方的动静，这两人身上都带了家伙。船舱里对坐两人：人高马大的王如乔，和夜里仍戴着墨镜的蔡一奇。

船行水上格外安静，除了摇橹声和江流声，两岸寂寂。王如乔悄声道："过了这个大弯就到衡阳郊外了，这一段偶有日军巡逻艇在河上耀武扬威，不过晚上比较少出来。"蔡一奇道："王县长是担心我扮个瞎子，一连几次进出汽车西站会惹日军起疑，便建议这一段路坐夜船走蒸水，虽然费时多一点，倒是比坐那又颠又硬的汽车来得舒服多了。"王如乔点头道："主要还是为了安全，换换路线总是好的。"

正说到安全，河道前方不远处出现了一条大船，那船停在河中央似乎下了锚，船上有一盏灯对着这边闪了三下。一个摇橹的小伙子从舱口伸头进来道："王老大，是自己人，好像是条运沙船。"

小船摇得近了，蔡一奇看那大船果然是条运沙船，船上堆满了沙石，怕不有一百吨以上。小船靠近大船舷边，运沙船上出现了两个持枪壮汉，其中一人喝道："停船检查！"小船上一个船夫回答道："自己人，王司令的客人！"

等小船再靠近一些，大船上就抛绳索过来，船夫将小船系好了，一个大汉刷的一下就跳了下来。小船一阵剧烈摇动中，那人如履平地快步进入船舱，朝着舱内两人正要问话，一眼认出了王如乔，"啊哈"一声，叫道："原来是王老大，失敬失敬，这位是……"

王如乔道："洪飞，这位是蔡专员，从汉口来衡阳帮忙的蔡专员。"

洪飞显然和王如乔熟识，便向蔡一奇自我介绍："我是洪飞，飞机的飞，原是王县长警备队的分队长，现在担任王司令的蒸水巡察队队长。蔡专员义薄云天，您在武汉宪兵队的英勇事迹，王司令都跟我们说过。”

王如乔见到蔡一奇有点迷惑的神情，赶快解释道：“衡山和衡阳沦陷后，县政府的警备部队和这边的各路民间武力合组抗日游击队，共拥王伟能县长当‘两衡自卫区司令’。所以王县长就变成王司令了。”

洪飞猛点头道：“一点也不错，两位是要去衡阳吧？”王如乔道：“蔡专员要去衡阳城里，又不想走衡宝公路，老是从汽车西站进出，王县长便建议从西渡镇上船走水路，不想在这里碰到你们的沙石船。”

洪飞道：“我们联合部队里有一支武力，过去是沙石公司护卫运沙船的，现在加入了我们。那几条运沙船还运沙石，把沙石卖给收购的商人也赚些钱养部队，同时可以当作我们的水军主力舰。”一番话说得王如乔和蔡一奇都笑了起来。

洪飞话很多，继续说道：“我想请两位贵客移驾到大船上面，一则这条沙石船也是要过衡阳去湘江的，两位坐大船比较舒服一点，另一方面船上有一位前辈，两位有缘该去见个面的。”蔡专员奇道：“什么人咱们……”洪飞急切地道：“这位前辈就是谭四山猫。”

王如乔是江湖人，当然知道谭四山猫的辈分，蔡一奇却是昨日才听王县长说起这个名字，忍不住便将衣袋里那个黑色的小木牌掏出来，对着洪飞道：“就这木牌上刻的‘谭四山猫’？”

洪飞道：“不错，他老人家刚好在大船上，两位要不要随我上去见个面？”

王如乔望着蔡一奇，蔡一奇道：“那真是有缘了，就请王队长带路，我们上大船去拜见。”

上了沙石船，船上除了堆满沙石，船中央有一个船舱，洪飞带着两人进入，先大声叫道：“谭四爷，有两位尊客来看您！”

舱内前后隔了间，里面一间走出来一个六十岁左右的瘦小老头，个头虽小，但走几步路却似身上托了千斤重物，当真是重若沉岳、稳如泰山，站在矮窄的船舱里，却显得器宇不凡。王如乔自我介绍："宝庆王如乔，久闻谭四爷威名。过去有一次机会可以拜见却失之交臂，四爷归隐后，以为此生无缘见得先生，却不料为了抗日，四爷再出江湖。今日得见，实是圆了如乔的夙愿！"

蔡一奇也上前抱拳道："汉口蔡一奇，久仰谭爷大名，今日得见，何幸如之。"

谭四山猫貌似威严，说话口气却十分温和客气："两位尊客请了。谭某虽然隐退多年，也听过两位的英雄事迹，如今日寇侵略我们，两位为抗日出力流血，谭某敬佩不已。"

洪飞道："便是四爷重出江湖，何尝不是因为日寇侵我土地，杀我同胞，辱我妇女，已到人神共愤、忍无可忍的地步。'两衡自卫区'得四爷出山指导，实乃人民的大幸。"

谭四爷拱手谦道："抗日是我民族头等大义，蒋介石说中日一旦开打，人不分男女老幼，地不分东南西北，唯有奋战到底，别无他途。这话说出全国人的心声，老朽何敢置身事外？"

王如乔道："久闻四爷的'精武谭腿'出神入化，想当年霍元甲将北派'谭腿'融入精武门的武术，正是南北绝学的大结合，霍元甲便是用这套功夫把东洋浪人打得落花流水，这才遭到日人毒死。四爷用这套'精武谭腿'训练一批子弟兵来对付鬼子兵，真是大大的好。"

谭四山猫听他一路讲得在理，岂料最后冒出一句"大大的好"，不禁哈哈大笑，也跟着道："真是大大的好！"

运沙船由南转东驶过一个九十度的大弯，马达声减低了许多，船行速度也慢了下来。船已接近衡阳西郊，这一带偶尔会碰上日军巡逻船，运沙船上立时警戒起来。

船上保持肃静，王如乔和蔡专员怀着紧张的心情从小窗凝望河上，那条单帆小船仍然在不远处跟上来，只有谭四爷神色自若，端坐在木椅上不动声色。

船缓缓过了樟树乡、呆鹰塘，转向北行了两公里，在蒋家湾处再转向东，这时已在衡阳的西北近郊了。

天还没有亮，沙石船缓缓靠南岸停了下来，小船也缓缓靠近沙石船尾。洪飞进舱来道：“王老大、蔡专员，两位在这里换小船上岸吧，岸上是‘市政府福利农场’，这时候鬼花子都没一个，你们小心点，往东走几百米就到演武坪了。”

王如乔和蔡一奇向谭四爷抱拳告辞，从搭板下到了小船，小船直接靠到岸边，两人消失在黑暗中。沙石船的马达声又密集地响了起来。

“南乡堂”的警戒今晨突然增加了一倍，魏小玉坐在三楼的窗边，隔着铁栏杆看下去，除了日本宪兵，还有日军六十八师团警卫连的军曹和荷枪士兵，都在下面的草坪及树林间巡察。小玉暗忖：“不知是什么大员要来‘拜访’方军长，安全维护竟有这么大的阵仗？”

一周前发生的事令小玉震惊到差点失态。她回想那时她也是坐在这个窗口俯览楼下，心中正在思索自己对张得山说的“谜语”，不知塘叔他们是否能破解。这“谜语”传出去以后始终没有任何回应，啥事也没发生，她心中开始产生各种怀疑：是不是张得山没有正确地将她的谜语带到？但她立刻否决了这个可能性，这个张得山带话向来是一字也不会错的。

是塘叔他们没有破解谜语？有可能，但当时懂得中文的井上大尉就在一旁，自己不能说得更清楚了。然后她想到了湘芷，立时她就信心满满了：“有湘芷在，我的谜语岂有不能破解之理？湘芷想一遍就懂了，不然还当什么‘死党’？”

但是，为什么什么动静都没有？

那一天坐在这里正想着这些，楼下却有了动静，一辆军车驶近，停在“南乡堂”门前，中村大佐跨下车来，教堂里的井上大尉及松下医官都出门迎接。军车的后座下来了一男一女，男的穿了一件蓝衫，女的身着枣红的衣裙。

小玉轻“啊”了一声，整个人就僵住了，脑中轰的一下涌进了千百条思虑，但一条也抓不住究竟是什么，就只呆若木鸡地望着楼下一行人寒暄着走进南乡堂。

华老师和罗百蕙！竟然是他们俩！

小玉不知道自己是“惊”多些还是“喜”多些，但她却真实地感到一丝莫名的恐惧，不知为什么，脑中一时之间充满了一个大问号：“他们怎会跟日本宪兵走在一起？他们来南乡堂做什么？”

更迫切而现实的问题是：自己要不要和他们相认？聪明的小玉立刻决心装傻，她想：“先装作不认识，必要时还可相认；要是先相认了就不能反悔了。”

一个小兵上楼来传话，松下幸男医官请她下楼与贵宾见面。

他们三人见面的一刹那，罗百蕙和华老师似有惊色，但立刻就掩饰住了。百蕙心中忖道：“小玉，果然是你！”魏小玉则是面色自然，只礼貌地问了一声好，就不再发言。

井上大尉介绍道：“这位先生是南京行政院夏百刚参议，这位女士是师团特聘的秘书白恰恰女士……”他的左手转向小玉：“这位是方军长的私人医官魏小玉。”

三人似有默契互不相认，只客气地相互鞠躬，小玉心想：“你们化名到南乡堂，定是为着方军长而来，但不知是敌是友？华老师怎么又成了汪伪政权的参议？”

中村大佐道：“堤师团长为尊重方军长，特令从今日起，三楼的宪兵全部撤到二楼，三楼改由魏医官和白秘书负责照料方军长的健康及生活起居，松下医官及阳子护士从旁协助，南乡堂内的调度由井上大尉负责，并请夏参议从旁协助。有任何问题立时陈报，有任何困难也要立时请求支持。”

他发布完命令，译员翻译完毕，锐利的目光便一一扫过他提到姓名的各人，众人的目光和他相遇，都立刻感受到严峻的压力，有人连忙点头，有人低眉不敢仰视。中村满意地点了点头，转身离去，威风凛凛。

一个星期下来，南乡堂三楼由小玉和白恰恰看管，只有松下医官上来协助小玉的诊疗，白恰恰在值班时，则由护士阳子在旁“协助”，所有的宪兵都移至二楼。方先觉的感觉果然好得多，饮食胃口也有显著进步，和小玉、白恰恰相处时渐有笑容。

井上大尉很高兴地将这种改变报告中村大佐，中村点头称好，心中却极为鄙视，只碍于上级命令，不便表示出来。

方先觉似乎对新来的“秘书”白恰恰十分友善，几天工夫下来，已经建立了很好的互动关系。白恰恰并不是特别善体人意、温柔可亲的女子，但是她的落落大方及聪慧妩媚，很得方先觉的欣赏。

小玉可以感觉出来，方军长对自己是专业上的信任，和白恰恰认识时间虽短，但是和她相处时却是由衷地逐渐放松心里的戒备。这情形看在松下幸男的眼里暗暗高兴，看在小玉眼中却是暗暗着急。

“百蕙究竟扮演什么角色？她和华老师来此的目的究竟为何？”

一直到今天早上，小玉到三楼小间侧房去接班，白恰恰和护士阳子一道走出来，她低头不看小玉一眼，起身就走出房，但小玉的手上却多了一个纸团。

小玉极是谨慎，她把纸团塞在内衣里，并不急着打开看，直到她去洗手间时才打开纸团，一张黄色的纸上印了一个红太阳，被揉得全是皱折，上面写了几个字：“小玉我们来救方。你我不认识。”字体开阔，笔画全向右边侧倒，正是百蕙的笔迹。为此她高兴了一早上。

现在她利用每两小时工作之间有二十分钟的休息时间，坐在三楼窗边，注视着楼下的军官士兵如临大敌，猜测什么大官要来造访南乡堂。

一辆黑头轿车在四辆摩托车开道之下，缓缓驶到南乡堂门口，这回迎接的人员里为首的换成了中村大佐。黑头轿车停妥，一名副官上前开车门，堤三树男中将从车上跨下，中村喊“敬礼”，在场日军全部行礼。堤中将举手还了一礼，大步进入天主堂，直上三楼。

小玉在侧面小房中，从小方孔中看到堤师团长和方先觉见面的场景。方先觉全副军装坐在桌前，堤师团长进房时，井上大尉先敲门叫道：“堤师团长来拜访方军长。”房门开处，堤师团长大步走入，方先觉起身迎接，两人没有握手，但几乎同时行了举手礼。方先觉请堤三树男坐下，百蕙端了两杯绿茶进来放在桌上，井上大尉挥了挥手，一名宪兵示意百蕙跟他离开房间。这时小侧间有人轻敲外门，松下医官进来示意小玉离开下楼。于是方军长和堤师团长见面的对谈，便只有日本军方在场了。

小玉紧随百蕙走下楼梯，加快两步并肩时，趁机在百蕙耳边低声说了四个字：“里应外合。”百蕙低声问：“怎么通外面？”小玉道：“用力想。”百蕙暗中开怀了一下，“用力想”是在六中时候死党们的口头禅。

一小时后，堤三树男师团长大步走下三楼，瘦削的脸上不带表情，马靴踩在楼梯上噔噔作响。中村大佐跟在后面，在黑头车边上低头和堤师团长密谈了一会，堤师团长似乎不同意中村的意见，挥手阻止中村再说下去，然后就上车扬尘而去。中村面带怒容地回到南乡堂，把井上大尉、松下医官及夏百刚参议唤到一楼的小会客室中，用力关上门，怒气冲冲地道：“方先觉不识抬举，竟然拒绝了堤师团长的好意！”夏参议不谙日语，井上大尉权充翻译。

中村继续道：“师团长承诺将第十军两千多名俘虏及两千多名治疗好的伤兵重新武装起来，另外调遣南京的部队加入第十军，一切装备比照帝国陆军，成立两万人的‘先和军’，由方先觉担任军长。只要方先觉点头，他马上就获得自由，‘先和军’要驻守衡阳还是开去南京，都由方军长决定。这样优厚的条件，八嘎，方先觉竟然拒绝了！”

井上大尉问道：“师团长怎么讲？”

中村更加怒气冲天，悻悻然道：“我向师团长请命，把这个方先觉交给我，我保证让他就范，师团长竟然拒绝我的请求，要我们再商量。又说既然软处理对方先觉的情绪改善已有明显的进展，要尽快设法进一步软化他的立场。你们说气人不气人！”

松下医官道：“我觉得师团长的裁决十分英明，方军长这一个礼拜已有很大的变化，自从白怡怡秘书参加了照顾方军长的工作，据护士阳子报告，方军长和白秘书有说有笑，态度比对魏医官更加放松。我以为只要再有一段时间，必能令方军长接受我方条件。”

中村大佐转向夏百刚道：“夏参议，你的看法如何？”夏百刚道：“我从旁观察，方军长和白秘书谈话时，虽有第三者在场，仍然可以察觉确是比较放松而开朗。如果能够让白秘书单独向他劝说，相信效果必然更佳。”

松下医官道：“从医生的专业来说，方军长这几个月来从坚守孤城到被囚禁，可以说身心都在极度紧绷的状态，没有人能长期处于此种状态而不松懈甚至崩溃的，如果此时有女性的温柔体贴来化解他的紧张，肯定能够攻破他的心防，同意我们的条件。”

井上脸上流露出一丝狡狯的微笑，道：“松下医官，你是说用美人计诱方先觉就范？”

松下医官道：“井上大尉，你问问夏参议，支那是不是有一句话，叫作‘英雄难过美人关’？”

井上把这话翻译了，夏百刚口头说“有，有”，心中却嘀咕：“我们的设计是让百蕙单独靠近方先觉，告诉他我们将利用南京政府的力量，名为‘劝降’实为‘营救’，设法救他出去。这些日本人要用‘美人计’，这其间要拿捏得恰到好处，却不容易哩。”

太子码头摇往江东岸的渡船上，一个衣衫褴褛的汉子挑了两个箩筐，挤在渡客中，小心翼翼不敢让沾满泥水的竹箩筐弄脏别人的衣衫。一个大汉忍不住对他说：“老弟呀，与其这么小心翼翼，为啥就不肯把竹箩筐洗洗干净？”那挑箩筐的汉子咧嘴露出一口黄牙，摇头道：“说的是，我这箩筐装的是我每日到乡下从田里新摘的蔬菜，所以总有些泥巴，其实三日前才洗过的。”乘船客都在想，你每天到乡下去挑菜进城卖，就该每天清洗干净，三天前洗过有啥用？

船到对岸，挑箩筐的和那大汉走在一路，两人远离其他人群后转入一条小路。那大汉道：“小李，等下到了常家，你就和管家的去田里摘菜，厨房里拿猪肉鸡蛋，我和常大先生有事要谈。你菜蔬肉蛋都准备好了，就在屋外院子里等我，我有交代。”那小李应了，两人向左转入田间小径，常雁楼的大宅子就在两里外的荷塘边。

常雁楼正在客厅中和贺百东喝茶，贺百东昨日从西乡来在常家住了一夜，这时他正欣赏常雁楼的书法和篆刻。桌上放了一副对联，是常雁楼亲书的“诒福降祥永赐祚庆”“富家大吉茀禄尔康”。另外还有一张宣纸，上面印有十多颗各种字体的篆印，也都是常雁楼亲手刻的。

贺百东拱手道：“承蒙雁楼兄赐墨宝，你这笔字出自欧体却别有你自家风格，我当裱起来挂在正厅。”常雁楼谦道：“涂鸦之笔难入行家法眼，百东兄要是喜欢，还是等战火过了再拿出来裱挂，我那书法老师他一屋的墨宝都毁于长沙大火了，可惜啊。”

就在这时，看院子的老仆带着那大汉到客厅门口：“大爷，有客人。”常、贺二人一抬眼，只见门口站着的布衣大汉竟是彭怀塘，两人都觉惊喜。

彭怀塘进屋，立刻将屋门关上。常雁楼拱手道：“我们都在为怀塘兄担心，你却来去自如，突然就出现在寒舍，真是神龙见首不见尾哩。”

贺百东道：“怀塘兄今日冒险亲自来此，必有重要事情要交代。”

塘叔道：“我们已经查出第十军几位长官囚禁的地方！”

此言一出，常、贺二人皆吃一惊。常雁楼问道：“方便问他们被囚于何处吗？”塘叔略微沉吟道：“被关在中正堂。”

贺百东立刻反应：“啊，中正堂是在五桂岭东岭的……”塘叔道：“不错，百东兄对那边很熟。中正堂附近我们去摸过底，那边虽然囚禁了第十军的长官，但是看守得并不算十分严密，我们打算用突袭的方式去营救。”

常雁楼道：“可是听说日军六十八师团部就设在附近。”

塘叔没有正面回答：“我们会想尽各种办法不打草惊蛇。”

贺百东道：“只要有用得上我们的地方，怀塘兄尽管不要客气。”塘叔道：“正要跟雁楼兄商量这件事，碰上百东兄在，正好一起商量。”常雁楼接口道：“怀塘兄你有啥想法请讲，能为营救方军长和第十军的英雄们尽一份力，大家无不乐意。”

塘叔道：“我方大约有十个好手要突袭中正堂，但最近日军突然加强了进出城的检查，我们这批好手现在已到达城外，一时却进不得城来。所以，我想让他们在城外集合，先到雁楼兄这边躲起来，把营救计划搞清楚了，再过江去发动营救……换句话说，想借这里当作集合及行动前准备的地方，不知是否方便？”

常雁楼考虑了一会，然后道：“这事来得也凑巧，我后院有三间屋，本来就用作给我们雇来城里帮忙的年轻小伙子晚上睡觉的，这项工作昨天结束了，小伙子们才散去，三间屋空出来正好借你用。不过你们行动必须隐秘，东乡这边一向还算安全平静，若是惹日军来清乡，就对不起乡亲了。”

塘叔道：“这个自然。这十人今日傍晚就到，还有一位他们姓王的首领也会赶来，我们就借此地一夜一日，将行动计划商定，必要的准备做好便采取行动，绝不会惹来日军‘清乡’，雁楼兄大可放心。”

整个下午，常家大屋这边三三两两陆续有人来访，到了常家外院就有人引他们到后院三间房屋休息，每人都得到热茶及饭菜的招待。

塘叔打发随他来补充菜蔬肉蛋的小李回寿佛殿去了。临走时嘱咐他带话给蔡专员，就说一切照计划进行，请王如乔来常家大屋会合。

塘叔最后向常雁楼提出一个请求："雁楼兄，我们需要一条船，能载二十人的船。"

常雁楼想了想，对贺百东道："百东兄，你那条运药材的船不是还靠在东岸边，能不能……"贺百东道："这回兄弟来拜访雁楼兄，便是要乘坐此船回樟树乡去的，这个嘛……"常雁楼抢着道："那好办，百东兄你就在舍下多待一宿便好，你提的有关西药供给的事，小弟还有些问题要同老兄琢磨琢磨哩。"

贺百东不好拒绝，他想了一想就索性拱手道："既是如此，小弟就得再叨扰常兄一宿，也好多瞻仰一些常兄的金石大作。"

天色渐暗，塘叔从西窗望出去，田间小径上走来一个身高膀阔的大汉。他踽踽而行，灰紫色的身影衬着背后昏黄的夕照，整个人显得有些迷蒙漂浮，但是步履顾盼中却看得出一股不凡的器宇。王如乔到了。

塘叔望着王如乔大步走近，眼前忽然浮现出另一个器宇轩昂的大汉；在中央银行的地下室里，震耳的隆隆枪炮声中……

这两个高大汉子不只身材高大，也都是铁铮铮的好汉。塘叔的心思忽然又回到了对面这个大汉和自己在越南河内刺汪的往事，原来不熟的两个人在行动的策划及理念方面都十分契合，虽然主其事者并不接受他俩的看法，两人都被指派担任外围的工作，但是两人却因此建立了互相激赏的"革命感情"。塘叔暗忖道："想不到这回营救方军长及第十军长官的行动，终于将我们两人拉到一起，要合作打一场漂亮的突击战。"

这时高大的王如乔已经走到门前，塘叔忙出门迎客。常雁楼对王如乔陌生，贺百东却久闻这位宝庆一带江湖豪客的赫赫大名，连忙自报姓名，招呼得十分热乎。王如乔也对常、贺二人抱拳致敬道："久闻两位衡阳士绅热心公益、仗义疏财，这次衡阳保卫战，战前战后贵地的安全维持会为军民做了极大的贡献，兄弟听王县长说起来，好生敬佩。”

塘叔则开门见山告诉王如乔，他手下的十位好手都到齐了。

好客的常雁楼早命管家准备了丰盛的晚餐，虽然都是农家土菜，但无论蛋、肉、鱼、蔬都是就地现摘现取，那新鲜味就绝不是城里人能经常吃得到的。王如乔带来的十名好手个个虎背熊腰，能吃能喝，这一顿晚餐吃得赞不绝口，心满意足。

饭后塘叔和王如乔就要讨论突袭中正堂的行动计划，常雁楼十分识趣地道：“你们谈机密行动的事，我们就不参加了，待各位的计划定妥了，有啥需要我们协助的，就请不要客气。”

贺百东对行动计划很有兴趣，原想留下来听听，但常雁楼已经讲到这样了，便只好作罢，附和道：“特别是我那条船，你们要怎么用法可要先告诉我，有些什么需要准备的，明日我可以叫船夫先搞定。”

塘叔谢了又谢。

塘叔便和王如乔在一盏煤油灯下细细规划，他从怀中掏出一张纸，纸上画了一幅简易的地形图，他指着地形图对王如乔道：“这是中正堂附近的地形图，红色铅笔画的是鬼子卫兵的暗哨位置，蓝色铅笔画的是营救小组的突袭路线……”

那张“中正堂”附近的地形图是依据实地探测而绘制的，大小距离等都相当准确。王如乔看了之后，也认为如果出其不意来一次突袭，成功机会是有的。不过由于日军六十八师团部就在不远的五桂岭，行动中最好不要开枪，否则惊动了日军来增援，纵然十名好手能够脱身，营救的事就泡汤了，下次想再干就别想了。

塘叔完全同意，便接着道：“所以这项任务便要由你老兄的十位好手来执行，我知他们全是用刀的高手。如乔兄，这十人里由你挑几位用刀特利落的能手，负责暗算躲在暗哨里的日本卫兵……”

王如乔道："没问题，我挑五个好手先绕到暗哨的上面去，其他五人从下面摸过去对付两个走动明哨，不开一枪就把中正堂外面的守卫解决！你放心，到时我亲自带队！"

塘叔微笑摇头道："不行，如乔兄，你另有任务。"

王如乔听了为之一怔："另有吗个任务？"

塘叔这才从怀中又拿出一张地图来，这张地图画的是欧家町"南乡堂"附近的地形地标图，画得极为详细，却不是根据现场探勘的资料所制，而是湘芷照着倩文的记忆所画。尤其难得的是天主堂里的细部结构和四周群峦中许多隐秘小路，都标示得一清二楚。

塘叔道："我们的计划乃是同时发动营救'中正堂'和'南乡堂'的行动。如乔兄，你是营救方军长行动的核心人物。"

王如乔虽然没有当过军人，但对打仗并不陌生，尤其是这种埋伏、突击、偷袭之类的行动最是熟悉，他仔细看了那张地图，问了许多很细的问题，然后点头道："这张地图太难得，便是实地勘察三次也不见得画得那么仔细，怀塘兄你真有办法。"

塘叔道："你这话说的是行话，但这张图却不是我去勘察所得，而是依据一个从小在附近长大的女子提供的数据所绘。她从小到大在这教堂里里外外玩耍过不下几十次，对我们的营救行动有极大的帮助。"

王如乔甚感惊讶，道："那么你就说说你的行动计划吧。"

塘叔道："昨日城里医疗站送了一批药品到'南乡堂'供治疗方军长所需，药物中暗藏了信息给我们在教堂中的人，明晚午夜我们的突击队从两条不同的密道潜近教堂……"他在地图上指出一左一右两条密道的位置，其出口处正好在教堂南北两侧。

塘叔继续道："我们的人要在十分钟之内摸清教堂外日军放哨的布置，五分钟之内取得控制……"

"五分钟之内……不得用枪？"

“不错，时间拖长恐怕生变。再说，五分钟内，南侧三楼的窗口将开启，方军长和我们的内应将沿绳而下，假如我们下面还没搞定的话，你说那是个什么局面？”

王如乔是个行动派的老手，江湖上干的全是埋伏、偷袭一类的勾当，听了这一席话，对照图上的细节想了一会，马上就懂了。他把计划的重点在脑子里转了两圈，然后道：“大致可以，再谈细节吧，一个环节也不能有差错。怀塘兄，你先说我们得手后的支持布置。”

塘叔暗暗点头，忖道：“这个王如乔是个明白人，这一问表示他抓紧两桩事：第一抓细节，毛病总是出在细节上；再就是未虑胜先虑败，撤退时谁在后面照顾我们的屁股！”

他在图上指着两道线，低声道：“我有个老兄弟徐矮子，他有十几条枪可以埋伏在这两条线……”

“这十几条枪是好手？”

“嗯，其中一个枪法要得，其他嘛……也能放枪阻敌，再不济也能壮壮势。”

王如乔在江湖上久闻彭怀塘是个神枪手，他若说“枪法要得”，那便是真有两下子了，但他却没有提到摸到教堂边干掉暗哨的部分，便问道：“从秘密小径摸进去行动的，须是一批近身搏斗的好手，万万不能失手……”

塘叔点头道：“不错，明天担任这部分任务的，除了你我，还有几位全是王县长那边挑选过的好手……”

“王县长的手下？”

“谭四山猫训练的，听由老兄指挥。”

“啊，谭四爷训练的，那成！”

谈到这个份上，剩下的就是每个动作的细节了，两个经验老到的行动高手又从头到尾、巨细靡遗地想一遍，互相寻疑诘问一遍，都问过谈完了，两人静了下来，相对不再言语。

过了不知多久，王如乔才再次开口："这个行动计划可以啊，成不成看天老爷了。"

塘叔道："不错，计划再好，成不成要看天老爷赏不赏脸。"王如乔忍不住赞道："我们在'中正堂'和'南乡堂'同时发难，不仅有毕其功于一役的意思，时间上的配合可以让'中正堂'的行动'掩护'营救方军长的行动。怀塘兄，你这计划高啊！"

塘叔嘴角现出一丝微笑，摇头道："这计划却不是我规划的。"

王如乔更加惊讶了，暗忖："地图是依据一个女子的资料画的，行动计划又不是你策划的，难道还有能人？"他忍不住就问出来："是谁规划的？"

"一个女子。"塘叔嘴角的笑意更浓了。

王如乔大吃一惊："又是一个女子？"他睁大双眼瞪住塘叔道："这女子叫啥名字？"

"萧笑石。"

王如乔听了，心知多半是个假名代号，就不再多问。一整个晚上，到此时他才掏出一包老刀牌香烟，递了一支给塘叔，平时不怎么吸烟的塘叔竟也接过，两支烟点燃了，满室袅袅的青白色的烟在惨淡的煤油灯光中翻腾、缭绕上升。

次日一整天，塘叔、王如乔就和那十个搏斗好手一同演练突袭中正堂救人的步骤和行动要领，王如乔将十人分为两组，每组有一人为首。一组由岭上向下摸暗哨，一组由下而上偷袭明哨，要点就是不能用枪，得用近身搏斗术加上匕首，行动要求是快、准、狠。

塘叔和王如乔这两个老经验，不断抛出在中正堂现场可能遭遇到的突然变化，要求两组人员应变，这一来就看得出这十个好手虽然个个身手不凡，但仅限于个人的格斗反应，对小组作战遇到突发状况时就显得手忙脚乱。

王如乔开骂："咱们面对的是敌人，不是死人，敌人不会照着你们练熟的战法陪你操演。你要是临场这样应变，我操，就算不被鬼子打死也一定引得枪声四起，你他妈救人还救个屁。"

于是从头再练。一整天下来，两组人马被塘叔和王如乔操到"脱胎换骨"，以设计中的"中正堂行动"而言，已做到在各种突发状况下都能镇定地应变，不发一枪而取得全面掌控。王如乔终于觉得可以了，他望了塘叔一眼，问道："怀塘兄，依你的标准看还行不？"

塘叔口头答道："好，好得很。"心中却在苦笑："依我的标准？当年和徐矮子并肩作战，矮子本人搞的变化往往远比敌人情况的变化更出人意表，哪能有什么'标准'可言？"

晚餐过后，塘叔才对贺百东道："晚上八点钟后，请老兄的船老大把船悄悄摇过江，记住不用马达，就停靠在太子码头以南二百五十米的岸边，突击队员、我和如乔兄就搭船过江回城。午夜过后，船老大见到岸上有人跑来，用手电筒闪出两长三短的信号，就准备发动马达，待人到齐了，便全速向北顺江斜上，尽快靠到东岸来，到时候有人要上东岸，不上岸的就坐你的船继续往北。"

贺百东道："好得很，船回来靠东岸时，我要上船，然后回西乡樟树乡去。"

"就这么说定。"

"我这就去交代船上的伙计！"

南乡堂三楼的角落有一条狭窄仅容一人通过的回旋楼梯，楼梯口有一扇窄门，终日关着却似并不上锁，因为偶尔会看到一个年轻士官进出。百蕙每次经过时都在心中嘀咕："这门后楼梯通到的地方是什么样？"有冲动想探一探究竟，但始终没有敢采取行动。因为那扇窄门上贴了一张黄色的纸，纸上印了淡红色的太阳，还有几个大字："进入禁止"，张贴命令的署名是“中村秀治大佐”，负责南乡堂警卫的宪兵大队长心想有这张鬼画符一贴上，就用不着上锁了。不过她还是想要一探究竟。

直到前几日她正要下楼，凑巧碰到那个年轻士官匆匆出来，手中拿着一张纸，百蕙瞥了一眼，直觉那是一纸电报文，她才怀疑那里面有一架电报收发机。

张得山跟随一个日本军医，送了一箱药品和一具肌肉复健器材到南乡堂，由松下医官负责签收，小玉协助处理归类。张得山从头到尾低头干活，一句话也没说，反而引起小玉的注意，果然一切交接验收完毕临离开时，张得山抬起头来对松下说了句“莎呦娜啦”，小玉却接收到他似有深意的一瞥。小玉心想，我们这个张得山并不傻。

于是小玉借着置药品入柜的机会，细细检查每一瓶、每一盒药品，在一盒TAKEDA表飞鸣的盒盖上，她赫然发现了“S1”两个字，似乎是手写的，小玉的心差点跳出胸腔。“湘芷！湘芷的记号。”这是她们五个死党的专用暗号，看到它，就知道湘芷送消息进来了。

她侧首以眼睛余光看到松下医官在弄那具复健器，便将纸盒打开，盒中一个深绛色的玻璃瓶，瓶下压了一张折成小长方形的字条。小玉迅速地掏出藏好，松下正好看向她，她索性回过身来问道：“奇怪啊，所有的药品都是TAKEDA武田制药的？”

松下医官道：“这是因为衡阳有一个商人，和武田在南京的代理人有来往，他又和南京政府负责进口日本药品的主管有交情，通过他进药比我们军方还要快，你说奇怪不奇怪？”

小玉不解，摇头道：“我不了解，这怎么可能啊？”松下哈哈笑道：“小玉医官年轻不懂，其实一点也不奇怪，因为军方付的钱是按规定的价格，那个商人却可以出很高的价钱给TAKEDA，到货就快了。我们要想快，就找这个商人；快是快，就只都是TAKEDA的药了。”

小玉仍有不懂，索性再问清楚：“请教松下医官，这个商人付武田高价钱，卖给我们低价钱，他怎么赚钱啊？”

松下医官道：“这个商人通过和南京政府的关系，又把武田的药改贴中文的名字，卖到支那各大城市，我猜重庆都买得到他的药，他才不在乎卖给我们的药不赚钱。这些商人的本事大，小玉医官不懂的。”

小玉越听越惊，自己也算是衡阳出身的医生，怎么想不出衡阳有这样一号药商，忍不住问道：“这个大本事的商人名字叫什么？”松下摇头道：“我只知道他姓贺，原来是卖中药的哩。”

小玉终于挨到独处的机会，她在洗手间中打开那折叠成小长方形的字条，上面写着：“两日后午夜西窗下接应走人万事已备无误时湘”，下面又出现“S1”两个字，她认出那是湘芷的手笔，湘芷的代号。“死党”们传“密函”时，要是百蕙就是“H2”，小玉是“Y3”，倩文是“W4”，董森就是“D5”。

小玉看了，心跳有如击鼓，暗忖：“后天午夜就要发动，这么短的时间内要将这消息传给方军长，我要怎么办呢？”她想了一会儿不得要领，心想：“这消息要先让百蕙知道。”

到第二天下午，小玉已经想好了一个冒险的计划：她想在明天晚上最后一次探看方军长并交班给百蕙和阳子时，先在侧间的保温茶水瓶中做手脚，到午夜时阳子将会昏睡不醒，百蕙便可及时将消息告诉方军长，并助他从西窗以长绳垂下，与下面的营救者会合……

因此，她要准备好长绳、安眠药……她要警告百蕙不可饮用热茶……

然而最重要的是，这个计划要先传给百蕙。

在三楼，百蕙总有阳子跟随着，而小玉只要值班，松下医官也形影不离，唯一能暂时摆脱的地方，只有洗手间——三楼那间神父专用的西式盥洗室；她要安排两人先后入厕，她前脚出，百蕙后脚就进入。

这一招管用，但不能常用。

隔天，天色渐暗，百蕙在二楼见到华一峰正从井上大尉的房间走出来，便赶上去叫住："夏参议请留步。"华一峰停下来招呼："白秘书，什么事？"百蕙道："方军长这几天身心情况大有进步，我看他已经有心情读些书了，可是三楼他的房间中好像只有一本《圣经》，没有看见其他的书……"

华一峰故作惊讶道："啊？外国神父大多有些学问，怎会一本书都没有？"百蕙道："听阳子说三楼角落有一个阁楼，是个小图书室，里面大部分是洋文书，也有几十本中文书。你能不能帮我问问大佐，准许我进去找一两本适合的书给方军长读，帮助他思想理性、清晰……"华一峰打断道："你便和阳子一道进去就好，为啥要大佐准许？"

百蕙道："夏参议你有所不知，那间小图书室门上贴了中村大佐亲书的'禁止进入'的命令。"夏参议啊了一声，道："好，你在二楼等，我现在就去一楼找大佐问问。"

百蕙走到二楼窗口边，忽然感到气氛极不寻常，楼下的日本军士忙碌地进出，一辆军车送来一队武装士兵，似乎是来增援的部队，一个不认识的大尉军官正在向中村大佐报告。

等了好一会儿，夏参议才有机会和大佐说上话，通过一个翻译传话，百蕙看到华一峰一面说，中村一面摇头，似乎是不准华一峰的请求。华一峰满脸焦虑之色，后来不知说了什么话，中村大佐开始沉吟不语，又过了一会中村说了一段话，华一峰面色稍微舒展，连忙向中村行了三个礼，快步回到教堂里面来。

百蕙连忙迎出去，在楼梯口碰上华一峰，百蕙试探着问："大佐同意了？"

华一峰道："他起初不肯考虑，后来我说让方军长读书，可以通过我们为他选的书，启发他开窍不再死脑筋，对我们要他同意的事大大有帮助，他就同意了，但是要在今夜之后。"

"今夜之后？什么意思？……"

“你没看到外面调兵遣将一团忙乱，看来今夜这里有什么大事。”

百蕙心中暗叫一声不妙，不管什么大事，早不搞迟不搞，偏偏要在今夜搞？她见四周无人，飞快地把一张折成小长方形的字条递给了华一峰——小玉利用盥洗室传给百蕙的那张最高机密，然后低声道：“看完销毁，寻机会再交换意见。”

百蕙很清楚，在此地华一峰是夏百刚参议，她自己是白恰恰专员，都是南京行政院派来的汪政府“官员”，日本军方虽然不会和两人推心置腹，但也不会像对小玉那样寸步不离地防着，自己要多利用这一点差异，做些小玉无法做的事。但此刻小玉定下的计划是否可行，犹在未定之天，而南乡堂这边似乎又有变化，下一步要怎么走，她需要华老师的意见。

南乡堂的四周增加了不少卫兵，那辆军车上装配了机关枪，天黑后日本军士从车上架起一盏能旋转的探照灯，将教堂外照得十分明亮。卫兵们有的勤快地交叉巡逻，有的在四边岗哨中专心瞭望四周，如临大敌。

华一峰终于从井上大尉口中探知，晚间横山勇司令官要亲自带一位南京来的重要人士拜访方军长，南乡堂的安全防备必须加强。南京来的是何许人，何时会到达，井上不予透露。

小玉看到教堂外的情形，不由心急如焚，她心中只有一个念头：“照目前这情形，塘叔他们如果按预定时间发动营救，恐怕要被日军一网打尽了。”如何传个消息给塘叔他们，要他们取消今夜的行动？她想来想去，一筹莫展。

百蕙和华一峰也在暗中着急，想不出如何处理目前的突发状况，再加上横山勇今夜来访的时间未定，换言之，入夜后任何时间都可能出现，教堂内外就一直处于待命状态，什么事也不能做。

华一峰心中暗思：“这种情形之下，方军长是绝不能照小玉的计划跳窗而逃了，若真的没有别的办法，必要时只好装着什么都不知道，乖乖待在屋里一动也不动，至于外面的情况，也只好让来营救的人自求多福了。”

以大局为重，只好弃外救内，保住方先觉优于一切。华一峰心意已决，他要寻空当把决定告诉百蕙。

百蕙就没有华一峰这么冷静理智了，因为她和塘叔的交情不同，何况还有湘芷在里面。她仍然努力苦思，总怀着天无绝人之路的一厢情愿，抱着事情会峰回路转的一线希望。晚餐只分配到一个酱菜饭团，一碗青菜萝卜汤，她也吃得心不在焉。

夜深了，一辆草绿色的三菱牌轿车缓缓驶近南乡堂，停在教堂门口。日本第十一军团司令官横山勇中将和一个身着黑色小礼服的日本文官步下车来，中村大佐站在车前行礼迎宾，卫兵军曹吆喝敬礼，全体卫兵肃立行持枪礼。唇上留着短髭，开展眉眼向下倒，戎装上满挂勋章的横山勇神气活现地举手还了一个军礼，对中村大佐介绍身边的日本绅士道：“中村大佐，这是南京汪院长的最高顾问吉丸先生。”

吉丸先生能说流利的汉语，他面貌英俊，只是个头矮小，穿了一身正式的西式小礼服显得有点滑稽。他客气地道：“中村大佐辛苦了，方先觉将军靠你的悉心照顾，南京政府极为感谢。”说话之间显示出十分从容的气度，倒像是个见过世面的人物。

中村肃客入内，带领横山勇和吉丸先生直上三楼，一路走过，两边“敬礼”之声不绝于耳。

小玉比预定换班时间早三分钟进入侧间小室，趁松下医官仍在室内为方先觉量血压，便将事先预备好的双份安眠药倒入保温茶壶中。这时百蕙提前走进来准备接班。

“敬礼！”守在楼梯口的宪兵大声喝叫，横山勇和吉丸顾问已经走上三楼。他们一进入方先觉的房间，跟在后面的中村大佐便在走廊上发令：“所有人都下楼，三楼立刻清空！”说完便也跟进了方军长的房间。

于是松下医官、小玉行礼退出，走到楼梯口碰到正要上楼的阳子，松下道：“阳子，咱们都先下三楼待命。”宪兵也跟着下了楼。

就在这时，百蕙看见那扇窄门打开，那个年轻的通讯士兵推门而出，低着头匆匆下楼；原来“三楼清空”的命令当然包括这名军士。

这一瞬间，百蕙忽然发现整个三楼除了方军长房间内的四个人，长廊上只剩下自己一个人——她应该立刻下楼！

然而就在这一瞬间，一个疯狂的念头闪过心头，她没有想第二遍，便轻步快速地推开那扇窄门，进入神秘的窄梯甬道。百蕙暗道：“方才三楼一阵混乱，我躲进此处，未必有人会立刻发觉到，我拼着试试运气……”

甬道内有黯淡的灯光，走了半层螺旋梯向上，到了教堂顶的一个小房间，有点像是阁楼。房间内三壁书架，一面有窗透空，墙角边有一张桌子及椅子，百蕙一眼望去，心脏猛然加速，像是要从胸口跳出来，由于惊喜、紧张得太过厉害，竟然感到一阵晕眩，好像有瞬间缺氧的现象。

她深吸一口气，试图镇定下来。

那桌上放着一架电报收发机，看那外形，竟和倩文报社里那一架有几分相似，好像都是“东京芝浦”的产品。

百蕙强压下狂乱的思绪，脑海中只剩下一个声音：“快，我要发一通电报给湘芷，我要快！老天！湘芷你可要在线！”

寿佛殿的一排山房最靠近竹林的一间里，蔡专员、湘芷和婶子默然坐在昏暗的煤油灯下，一张旧木桌上放了那架美国RCA无线电收发机。

三人坐在桌边都不发言，山房里静得令人窒息。照计划塘叔和王如乔此时应该回来了，而突袭中正堂的行动两小时后即将发动，徐矮子带着他的“部队”已经在“江西会馆”的山林中埋伏妥当。自己这边，王县长派来了五个谭四爷训练的好手，也都从衡阳火车西站藏身之处赶来报到。

湘芷虽然是这个行动计划的策划人，毕竟是第一次做这种大规模的作业，总觉得自己是不是遗漏了什么应该考虑的事，因此这一日她整天都在忐忑不安。这时“中正堂”的行动即将启动，自己这边几位训练成绩最优秀的叫花子兵，加上归队的张得山和五位谭四爷的子弟兵，只等塘叔和王如乔一到就要出发，从两条不同的密径潜往南乡堂。午夜一过，就要在教堂南侧接应方军长及魏小玉。

到了现场，他们要花一些时间摸清楚教堂外围的哨兵，并将他们无声无息地处理掉——这部分工作得靠塘叔、王如乔和谭四爷的子弟兵来执行；即使如此，也需要预留一些时间，但是塘叔和王如乔到此刻仍然不见踪影。

不但湘芷心急如焚，不时查看腕上的手表，连蔡一奇也有点急了，他轻声道：“万一怀塘兄那边出了什么麻烦，无法依照计划执行任务……”

湘芷道：“如有问题，突袭队会退到江西会馆和徐矮叔会合。塘叔和王老大赶回此地之后，我们仍将对天主堂发动攻击；但若和日军交手打起来，志不在胜，主要是惊动教堂，让教堂里的方军长得知事已败，便待在教堂里不要妄动，而我们热闹打一阵过后就撤退……保住方军长不出问题，只是功亏一篑，下回再要营救就难上加难了。”

婶子一直没有说话，她坐在那架无线电报机前，不断地在一个固定的频段中左右搜寻，希望能收到来自宝庆或洪罗庙的电报。

湘芷下午时曾以“六中死党”的密码发出了电报给倩文，请她转译给王县长，电报里要确认营救计划最后的接应大旨和时间。但电文发出后有如石沉大海，没有任何回信。

正在度时如年的时候，山房外仿佛传来张得山的嗓音：“……彭老大，您总算回来了……”

也就在这时，无线电报机响起了刺耳的尖声，然后就传出信号……

湘芷一手指房外，一手戴起耳机，然后掏出笔来在一张纸上记录密码。蔡一奇快步冲到门口，对着迎面而来的四个大汉摇手，将食指放在嘴唇上，要求大家噤声。

湘芷收到的电文译出来只有两个字，她不敢确定，便继续聆听，一共听到两次，都是相同两字，然后就是杂音了。她取下耳机，满面忧色地回过头来，塘叔和王如乔他们正好跨进门来。

婶子叫道："湘芷，怎么了？"

湘芷回道："取消！"

屋内几个人同时叫道："取消？取消行动？"

湘芷点头道："取消！是百蕙发来的电报！"

蔡专员道："你是说，电报来自罗百蕙？她怎知我们的行动？她是从哪里发的电报？"

蔡一奇的问题也是其他每个人心中的问题。这封电报来得太离奇，然而如何解读这两个字，又关系着今夜整个营救计划的成败，以及方军长和参与营救者的生死；如果这些问题不能澄清，凭这"取消"两个字要作如此重大的决定，谁敢拍板定案？

是否就此取消行动？如果取消后，中正堂那边又如何善后？

塘叔和王如乔对望一眼，塘叔看了看时间，低声道："中正堂那边已经就位了。"蔡一奇也道："江西会馆那边已到位了。"

湘芷很快地从震惊之中冷静下来，蔡专员的质疑仍在耳边回响："电报来自罗百蕙？她怎知我们的行动？她是从哪里发的电报？"

其实更根本的一个问题应该是："这封没有收文者的电报是发给谁的？是发给我们的吗？"

她冷静下来，把各种可能性一一过滤，然后抬起头来，十分镇静地对大家说道："我的推测是这样的，第一，电报用到我们'死党'之间的密码，电文末有百蕙的代号'H2'，表示这是罗百蕙发的电报，收报者一定是她的'死党'之一，应该就是我。"

“第二，电文只有两个字，表示是在极为紧急的情况之下发出的，在此时发给我，要我‘取消’什么？当然是取消今夜的行动。”

她停下来看了大家一眼，见众人皆无异议，便继续道：“第三，为什么那么紧急地要我们取消行动？可能是方军长囚禁之处发生了什么事，足以引起巨大变化，再不然就是我们的消息走漏了？我不觉得会走漏，毕竟这个计划是两天之前才定案，只有中正堂的计划出了寿佛殿，常雁楼那边和王老大的手下都不知道南乡堂这边的行动，连王大爷都是塘叔私下告知才知道的，对吧塘叔？”塘叔和王如乔都点了点头。

湘芷继续道：“既然如此，我推测是教堂那边有突发状况，百蕙紧急发电报要我们取消行动，以免危及方军长。剩下的问题是，百蕙为什么会知道营救计划？她又如何能有设备发这封紧急电报？难道她人已混进了教堂，和小玉会合了？这部分我就不敢确定了。”

湘芷讲到这里，王如乔、蔡一奇都频频点首，对她的分析颇为赞同。王如乔首先发言：“彭老师这一番分析十分到位，你发号施令吧，我王如乔全听你的！”

蔡一奇是老情报员了，但也不得不佩服这番抽丝剥茧的推测，便点头道：“目前情况混沌，更兼时间不多，决策时最忌人多意见杂，有些地方没法子弄清楚就靠直觉判断吧。我蔡一奇也听彭老师的，往下怎么走，我听你一句话。”

塘叔心中忧急情况变化超出掌握，而此时的决定将关系到方军长的生死，他口心相商，竟也犹豫不决起来，这情形在塘叔的经验来说是绝无仅有的，他仰眼看屋梁，俯首又沉思，终究不敢贸然下一定见。这时他的目光和湘芷相遇，尽管在昏暗的煤油灯光下，他看到的是一双清澈透亮、无尘无雾的眸子，忽然之间，那双年轻的眸子给了他无比的信心，便不经思考地冒出一句：“湘芷，你说吧，你说了算！”

湘芷转头望了张得山一眼，张得山跟着道：“彭老师，你说了算。”

于是湘芷真的在几位老经验的前辈面前发号施令了，她不慌不忙地道：“南乡堂的行动取消！请张得山立刻带着望远镜，照原定路线潜至南乡堂附近侦察，只是观察不动手，尽快回报。”

接着她解释道：“百蕙既传电报要我们取消行动，我们照办了，方军长就不会轻举妄动……换言之，方军长今夜就安全了。张得山去现场附近了解那边到底发生了什么事，作为下一回我们行动的参考。”

她歇了一口气，继续道：“现在还剩下一个问题：中正堂那边怎么处理？塘叔，如果要他们也取消行动，还来得及吗？”

塘叔看了看手表，和王如乔对望一眼。王如乔道：“照时间计算，我那十位弟兄都已找到最佳的突袭位置，正在等候预定时间……”

塘叔补充道：“预定时间是午夜前三十分钟，原来的目的是要让五桂岭的日军师团部接获中正堂遭袭的消息，调兵遣将追捕逃犯的混乱之际，咱们在南乡堂的行动启动，打他个两头顾此失彼，咱们两边互为掩护。如果现在动身前往中正堂，摸黑找到我方预定的埋伏之地，传话取消行动，也许刚好来得及……不能再耽搁了！”

又是两难的抉择。

中正堂那边的防卫较松，如果湘芷猜测正确，日军在南乡堂那边今夜加强了防护，则突袭中正堂正是最好的机会，失之可惜！

然而突袭行动成功救出了第十军诸位师长及参谋长，日军对南乡堂的警备必更加强，下次的营救任务必然更加困难。

张得山这个兵油子已经得令出发了，湘芷望了王如乔一眼，低声道：“王大爷，您说？”

她这样问，乃是因为今夜突袭中正堂的十位好手全是王如乔的弟兄，事关他们的生命安危，当然要问王如乔的意见。不料王如乔爽快之极地回答：“我说过了，你快发号施令吧，王如乔全听你的！”

湘芷再望了塘叔一眼，然后眼光转向婶子，她感到塘叔和婶子回望她的眼神中全是赞许和鼓励，于是湘芷再次下令："请塘叔和王大爷火速赶到中正堂，传话取消行动，然后撤到江西会馆和徐矮叔会合！"

她接着道："蔡专员，请您知会谭四爷的弟子，并照顾一下寿佛殿的安全，瞧瞧这边的夜间哨是不是按规定布置，有没有人偷懒跷班？"

三人快步走了出去，房中只剩下湘芷和婶子，湘芷方才的明智和决断似乎突然之间消失了，她只觉自己全身的气力透支殆尽，再也撑挺不住，颓然跌坐在一张破椅子上。

婶子见湘芷忽然之间像是泄了气的皮球，整个人显得疲累而虚弱，心中十分地疼惜，但是她仍然严肃地对湘芷道："湘芷你要振作，今夜的大事还没完哩。"

湘芷抬起头来向婶子凝视，她和婶子四目相对，渐渐地恢复了她的冷静和敏锐，低声道："不错，今夜的大事还没完，我要振作。"但她暗中在问："彭雨霖，你要到什么时候才肯出手？"

横山勇和吉丸顾问步出方先觉的房门时，着军服的方军长礼貌地送到门口，三人互相行礼而别。中村大佐行了一礼返身跟着离去，横山和吉丸脸上有得色。

在楼下横山勇离去之前，他对中村大佐道："今夜的谈话之后，相信方先觉的心防已除，我们下月初将可宣布方先觉就任'先和军'军长的消息。你这些日子要好好善待方军长，过两日派记者来拍照，只要他不闹出事来，就算默认。我会通知堤师团长那边，只要方军长同意了，葛先才他们几位一定会同意就任师长，嘿嘿，'先和军'就正式成立了。吉丸先生可以满意地回南京去跟汪院长回报了。"

中村大佐点头称是，对横山勇道："上回堤师团长来劝说之时，方军长态度仍然强硬，这回司令官亲自出马，给足了方军长面子，他的态度有了很大的改变。这期间我们不用威逼，而采取柔性诱导的方式，看来也是正确的做法。”他先拍了横山勇的马屁，然后在自己脸上贴金，其实这里面最反对用柔性处理，主张以严厉手段威逼方先觉就范的就是中村大佐。

跟在大佐身后亦步亦趋的井上大尉和松下医官听在耳里都傻了，松下医官暗道：“中村大佐捧上吹己，掠夺下属的功劳有如探囊取物，将来前途不可限量。”井上大尉则比较死脑筋，心中还在不服：“明明你是反对柔性处理的，堤师团长禁止你动粗，你虽勉强从命，还一心的不情愿，现在怎么可以反过来说话？”

吉丸顾问微笑点头道：“横山司令官虽战胜了衡阳之战，却能以英雄相惜的态度突破了方先觉的心防，充分显示横山司令官是有政治智慧的大将，未来在帝国的丰功伟业必定更上高楼。敝人一定将此番观察忠实地向汪院长报告。”

横山勇显然甚是心喜这两人的奉承，眯着一双开阔的三角眼，摸了摸唇上短髭道：“前方事急，我实时就返回广西，吉丸先生何时回南京？”

吉丸道：“我明日即乘火车到武汉，然后飞回南京。司令官来南京时，再为将军洗尘并庆胜利，那日子不会太久了。”

中村恭送两人上车，轿车去后，教堂前的探照灯就熄了，为今夜司令官来访而增派的军队及车辆也很快地离去，南乡堂又恢复了平时的安静。

三楼上，方先觉跟横山勇和吉丸顾问谈了将近两个小时，华语流利的吉丸顾问一面当翻译，一面参与谈话，是个极圆滑能干的外交人才。将近两小时的谈话中，横山花了近一半的时间谈衡阳之战的惨烈，对方先觉和第十军的英勇善战很技巧地表达了惺惺相惜的情意，这对战败后被软禁“沤”在小教堂中的虎将方先觉来说，当然激起极大的心理震荡。他在不知不觉之间，也开始对四十七天激战中敌方的情况感到高度兴趣，两人不约而同地暂时抛开敌我心态，就战论战地交换了不少意见和心得，竟然有点相谈甚欢的味道了。直到吉丸谈到汪精卫极力推崇并期盼方先觉能接受担任“先和军”军长，方先觉才猛然觉醒，现实里他仍是日军手上的“楚囚”。

送走两人后，方先觉心情依然激动，久久不能自已。这时白怡怡秘书和护士阳子推门进来。

阳子的华语可以达意，她说：“方军长今夜谈话谈到深夜，魏医官说最好服一粒镇定剂，帮助睡眠。”

白秘书笑眯眯地和方先觉开玩笑道：“日军已退，将军请换衣安歇。”其实她是看方先觉那套军服实在该换下洗一洗了。

阳子听不太懂，但知是要“换衣”。时间已过午夜，教堂四周仍然一片平静，到此时百蕙确信自己冒险发出去的两字电报，湘芷真的收到了。她望了望窗外，只觉得心花怒放，恨不得立刻能和湘芷见面，相拥大笑。

但百蕙千虑仍有一失，她忘了把侧间小室中的热茶换掉，结果阳子一觉好睡，天大亮了恐怕还在梦中。

塘叔和王如乔从寿佛殿赶往中正堂，两人都是老江湖，月黑风高的勾当干得多了，这样赶夜路办“大事”，不但不觉紧张，反而打心底冒出一丝无名的喜悦。他们一面快走，一面选择能掩护身形的地形地物，争取时间固然重要，但不被日军发现更重要，否则和日军一纠缠上，时间耽误更大，就真要变成“欲速则不达”。这一带王如乔不熟悉，就靠塘叔带路，他亦步亦趋地紧跟着。

忽然之间他们听到了枪声，塘叔猛然停下，就左边一片岩石后卧下静听，王如乔也跟着藏身石后。枪声来自中正堂的方向，王如乔看了一下腕上的瑞士夜光表，算算时间，悄声道：“还不到时间啊，怎么会有枪声……”正说到这里，枪声大作起来。塘叔道：“糟了，中正堂的行动还没发动就先曝光了……”王如乔问：“咱们还去中正堂吗？”

塘叔忽然想到执行突袭的十个好手全是王如乔的子弟兵，王如乔问这话，自己一丝也不能含糊，他斩钉截铁地道："既已曝光，咱们不必躲躲藏藏，尽快赶到中正堂……只一件事，此去进退你还得听我的！"王如乔慨然道："放心，我全听你的。"塘叔是怕王如乔救援子弟兵心切，到时忘了自身的安全，做无谓的牺牲。

前方密集的枪声响了一阵又转疏落，然后竟然静了下来，塘叔心中又蒙上一层阴影："难道全让鬼子军打死了？"他快步冲上一条通往中正堂的快捷方式，同时掏出了手枪，回头看时，王如乔已是双枪在手，两人相对点了点头，向前直奔过去。右边树丛间隙中可以看到中正堂忽隐忽现，这时枪声又响了，不过这回是单发的，隔了一会儿才传出一响，反而格外锐利刺耳。

两人都闻而变色，他们都知道，这是射击高手在开枪，开枪者可能是一枪毙一人的狙击手，远比方才那一阵密集乱枪更为可怕。

"咻"的一声，一颗子弹斜飞而过，塘叔和王如乔一听声音，便知这一枪不是瞄准自己而发。果然前方传出一声惨呼，似乎有人中弹，立刻有人还击，噼噼啪啪一阵枪声过后，接着便有人朝这边冲过来。看上去不像是日本兵。

王如乔大声喝道："弟兄们莫慌，我来也！"他双枪朝敌人枪火发射的方向一轮扫射。塘叔大喝道："弟兄们快冲，有我断后！"

黑暗中一连五个人如一阵旋风般冲了过来，塘叔和王如乔不约而同向后疾奔，因为两人都记得方才经过一个弯道处，最适合埋伏袭击。他俩奔到位便快速向两边闪开，藏好身，换了新弹夹，等待追上来的敌人；两人在此混乱而不得已的劣势下，一面要掩护自己弟兄立刻逃离现场，一面利用地形让弟兄们冲出弯道诱敌追杀过来，进入两人设伏的陷阱，实在是不得了的实战经验。

五个弟兄才冲过去，后面日军已经赶到，黑暗中估计来了十人左右，全都手持长枪，有的枪上还上了刺刀。在他们冲到三十米左右，两边的巨石后竟然同时冒出火花，一阵密集枪声响过，四周立归寂静，地上躺了十具日军尸体。塘叔开了七枪，王如乔双枪射出十二发，一共十九枪打死十个人，几乎枪枪命中。

两人从岩石后站起来，塘叔道：“咱们每人干掉五个鬼子，痛快！”王如乔道：“不，怀塘兄你单枪干掉六个，我双枪才干掉四个，惭愧！”

王如乔转身问弟兄：“其他的人呢？”

一个黝黑的小伙子答道：“全挂了！我们还没动手，敌人就已到场……”

塘叔当机立断，低声喝道：“我们退，往江西会馆的北边退，去和徐矮子会合！”

这时密集的枪声又起，却不是这边的追兵，枪声来自江西会馆的方向。塘叔道：“不好，徐矮子那边也曝光了……”王如乔道：“听枪声，敌人有机枪，徐矮子麻烦大了。”

塘叔带着六个人以快捷方式直奔江西会馆的北岭，密集的枪声持续响着，渐渐他们已能听到子弹呼啸乱飞的声音，距离激战之地已经不远。这时带头的塘叔停在一块隆起的大石上，举手示意要大家停步。

他掏出望远镜在黑暗中努力察看，可惜光线太暗，除了不远处枪口的火光点点之外什么也看不到，但是从火光的密度和分布判断，日方的火力已经取得完全的压制。

再过了一会儿，枪声渐疏，终至停止。然后就听到日本兵的吆喝声，黑暗中闪出一道道的手电筒光芒，看来日军已出动清理战场了。

王如乔凑上来低声道：“完了？”

“完了！”塘叔咬牙回答。

王如乔的五个弟兄默然无语，过了一会，其中一人忽然道：“我们怎么办？”王如乔道：“大家忍耐一下，先寻个地方藏身，不要出声。我们看日本兵怎么动再做决定。”塘叔点头没有说话。

过了好一阵子，一阵日语从不远处传来，大伙儿连忙屏息伏身，不敢发出一丝声响。果然不久后，日本军队从五十米外的荒径走了过去。塘叔躲藏的地方可以由上向下窥视，下方幢幢黑影走动里，他确定日军清理战场完毕正在离去，走在前面的似是部队长官，后面跟着的是担架队，显然日军要将死伤的同袍运回五桂岭师团部。

塘叔耐着性子默默地记数，等到整个队伍走过去，他才轻声对石下的王如乔道："前面过了十个鬼子，其中两个机枪手，后面跟了十个担架。"王如乔心算了一下道："日军出动了四十人，死伤十人？"塘叔道："看来就是如此，应该是六十八师团搜索队的……徐矮子那边十个人大概全挂了！"

日军远离了，王如乔爬上巨石四面看了一下，低声道："咱们也该撤了！"塘叔道："你们先走，我下去看看……矮子，我死要见尸……"

"笑话，咱们一道过去。"

一行人摸索着到了江西会馆北沿的岭上，很快就找到徐矮子等十个人据以抵抗日军袭击的一道矮墙，徐大冲、老贺及八个叫花兵的尸身上弹孔累累，在敌人两挺机关枪及三十几支步枪的强势火力突袭之下，无一人幸免。

塘叔借手电筒的微光照亮了徐矮子的脸孔，徐大冲双目怒张显得死不瞑目，塘叔轻轻将他双眼合上，想到徐矮子这大半生和自己的关系，不禁流下英雄之泪。过了一会儿，他伸袖擦干了眼泪，在徐大冲身上搜出一把四五手枪和一个皮囊，里面正是徐矮子偷他的那柄银柄匕首。他想了一会，喃喃道："矮子啊，我原想收回这柄匕首，替你多杀几个鬼子，但这匕首是你身上唯一我的东西，就算是我陪着你吧。"又把皮囊好好藏回徐矮子身上。

王如乔叹口气道："咱们也没带掘土的工具，时间也不容许……我们对这几位弟兄行个礼，就得撤退了！"他转头对塘叔道："男儿沙场马革裹尸，何处不是埋身处？怀塘兄，咱们先撤退了，明日找人来掩埋吧！”口中虽这样说，但想到自己阵亡的五个弟兄，心下也是痛惜万分。

塘叔望了望老贺的尸身，心想老贺从北伐前在赵恒惕部队当过排长，想不到却死在这里，不禁感慨万千。但他是个提得起放得下的汉子，他关上手电筒，不再伤情，转身道：“咱们快撤！我带你们走另外一条路，要多走些山路，但要安全些。”

营救方军长及第十军四位师长、参谋长的计划可以说全面失败，人没救出，还赔上了徐大冲、老贺及八个叫花弟兄的性命，更糟的是提高了日军的警觉，促使日军重新检讨，加强防备。

其中南乡堂的行动计划不能说失败，事实上是侥天之幸及时踩了刹车，临时取消了行动。张得山潜到南乡堂附近目睹了教堂周围加强的防卫，不禁暗中称幸，照现场情形看来，如果贸然发动了营救行动，后果实在不堪设想，甚至会全军覆没。张得山回来向湘芷和蔡专员报告的结论是：“发那封‘取消’电报给我们的人，是救难的观音菩萨。”

然而中正堂的营救计划一败涂地就必须好好检讨了。究竟是哪一个环节出了问题？

王如乔派出十位好手弟兄只剩五人回，他们原是要让中正堂内外的日本卫兵意想不到地被突袭，结果己方却变成了日军搜索队突袭的对象，像是反落入敌方的陷阱中，这究竟是怎么一回事？

历劫余生的五位弟兄一致坚持，他们偷袭营救中正堂的计划全面走了光，必定有人向日军通风报信。

大家将计划从头到尾细查一遍，每一个步骤都再三检讨，竟然找不出哪一个环节有泄露的可能。

计划的成形全在寿佛殿内，湘芷、塘叔、蔡一奇、婶子，不会有任何泄密的可能。

计划拟完没有任何耽搁，南乡堂那边由张得山将湘芷的小字条藏入武田表飞鸣药盒，送进教堂通知小玉行动的时间。在谁手上出了错？难道是张得山吗？小玉吗？

唯一不在计划中的是突然冒出了百蕙，但从百蕙拍来紧急电报要求取消行动来看，不但没有问题，而且是送来了天大的幸运才及时取消了行动；张得山、小玉都没出问题，不然怎会有个"观音菩萨"出来保驾？

那么问题是出在中正堂这边了。塘叔带计划去了东乡常雁楼的家，碰上了常雁楼和贺百东……这两人都是协助保卫衡阳最热心的地方士绅，怎会有什么问题？

塘叔仔细回忆每一个细节，他在常府和王如乔讨论行动计划细节时，常、贺二人都回避了，第二日和十名王如乔的弟兄演练行动要领时，常、贺也不在场。

塘叔回想，唯一的一次在常、贺二人面前谈到的，是要借常府一夜一日作为集合及行动准备的地方，那时他提到"一夜一日"，也许可以推测行动的时间是当时的"明晚"。但是常、贺两人从头到尾都留在常家大院，不曾离开过一步，绝不可能有机会向日方通风报信。

塘叔将这事前前后后想过，和湘芷等人一一核对，仍然不得要领。但是这件事有如一片阴霾压在大家头顶，如果不能找出差错究竟出在哪里，如果真有人通风报信而己方蒙在鼓里，往后还要再次营救方先觉……简直不堪设想。

湘芷想了又想，没有答案，她和婶子对望了一眼，然后苦笑了一下，因为她脑中忽然掠过一句话："湘芷，你要用力想。"

中正堂事件后，日方也开了检讨会议。第一个疑问便是：发动营救的支那武力，无论来自官方或是来自民间，他们的目标为何是中正堂而不是南乡堂？检讨的结论是：营救者方面到目前为止还以为方先觉是被囚禁在中正堂。因此将方先觉囚在南乡堂是安全的作为。

第二，在中正堂外围剿时，虽然靠着师团部的狙击手远程射杀了五名敌人，但逃脱的五人在对方埋伏的两位高手协助下逃离，而那两个高手一个用四五手枪打了七颗子弹，另一个用盒子炮开了十二发，十九发子弹毙了日军十人，枪法之犀利十分惊人。

第三，江西会馆北岭的敌人，埋伏在那里乃是为营救行动断后，但经实地接战的了解，基本上是一群乌合之众，除一两人有杀伤力外，其余的毫无实战经验，既无攻击力，也不知保护自己，作战中暴露在日军火力网之下，全体遭击毙。

这三个结论送到师团部，长官们看了瞠目不知所云，不禁对幕僚开骂“八嘎呀路，乱七八糟”，仍然看不懂这支胆敢突袭中正堂、企图营救方先觉的武力究竟是何来路——其中有神枪手，但更多的是来送死的老百姓。

“南乡堂”四周的防卫加强了一阵，又渐渐松了下来，主要的原因是日军和南京政府同时对外宣布了方先觉就任“先和军”军长，而方先觉并未表示反对。于是一日之后，日方又宣布葛先才、周庆祥、容有略、饶少伟四位就任先和军师长，孙鸣玉任参谋长，全是第十军的原班人马。

日军和南京政府认为，他们悉心规划的方先觉“和平化”的计策成功地跨出了第一步，下一步就是要方军长带着四位师长到南京去接受“行政院”的布达——这一步方先觉不肯接受。他心中存着一个固执的想法，是他受命带领第十军坚守衡阳，他不能死在衡阳也要留在衡阳。

虽然南乡堂四周的防卫松了些，教堂里对方先觉的游说工作却更加紧了。中村大佐急于立功，和井上大尉、松下医官及夏百刚参议商量，要在最短时间内说服方先觉同意去南京接受布达，除了晓以利害、加强辅导外，更希望白秘书能从旁发挥更大的影响力。

百蕙被准许进入那间图书室，井上大尉亲自陪同，进入室内后第一件事就是发现桌上的电报机已收藏起来，其他则和前次偷偷潜入时看到的情形没有两样。

井上大尉显然以前曾进来过，他对百蕙介绍这间图书室的藏书，除了意大利神父原来收藏的外文书及五十册左右的中文书，中村大佐又派人从汉口买来二十册新书，昨天才运到。他指着靠东壁的书架上一排新书道："白秘书可以从这批新书中挑两本，或者三本，给方军长阅读。"

百蕙到书架前浏览，那排新书多是南京出版的，有论述性的，也有报道性的，都是谈中日合作共创东亚繁荣的书籍，有一些是日文书的中译本，百蕙一本也没看过。

她在图书室三面书架前转了一圈，选了两部书递给井上大尉过目，一面问道："先选这两部书给方军长看，您觉得是否适当？"

井上接过来看，一本是南京出版的《胡兰成社论集》，副标说明是胡兰成在《中华日报》及《南方日报》上发表的社论文章。井上看到"胡兰成"三个字，便道："这本书很好，可对方军长说明共荣的好处多多，胡兰成最近和张爱玲结婚，大大的好。"他看另外一套是《三国演义》，厚厚的上下两册，便笑了起来，很开心地道："这套书有日文版，我读过，两次的读过，日本人很多的都读过，很好看的。"

百蕙想不到井上一看到《三国演义》竟如见到老朋友一样的高兴，便凑趣道："我也读过，很好看的。"井上大喜道："女子也读《三国演义》？你知道'桃园三结义'？'三顾茅庐'的故事？"百蕙心想："这是中国的古典小说，你这日本人竟这样问我，真是可笑而不自知。"便装得很有兴趣地回答："怎么不知道，刘备、关羽和张飞。"井上呵呵一笑，着力卖弄道："可是后来又有赵云、赵子龙，你知道？"百蕙道："知道的，赵子龙比较厉害。"井上更开心了，大声道："可惜赵子龙没有和吕布对战过，我很想知道谁更厉害……"

说到这里，他忽然停下来若有所思，过了一会喃喃地道："刘备三顾茅庐请诸葛亮出来，我们堤师团长和横山司令官已经两顾茅庐了，可是方军长还不肯出来……”然后他很认真地结论道：“也许也要三顾茅庐才行的，第三次我们请白秘书来做。”

百蕙心中猛跳，连忙岔开道：“那您说这两套书可以拿给方军长看了？”井上连声道：“可以，可以。”

寿佛殿的山房里，塘叔、王如乔、花子兵的班长细芽子，和五个王如乔从宝庆带来的子弟兵，围着一盏煤油灯正在密商。营救行动失败后，大家都觉得此地离日军六十八师团部的所在地太近，只宜暂住，不可久留，最好分散一下，以免被敌人一网打尽。谭四爷的五名弟子撤回蒸水一带待命。蔡专员、婶子和湘芷都已潜出城，过江到常家大院暂避；塘叔和王如乔则准备撤到黄倩文的家。倩文的家在欧家町附近，衡阳作战时被毁了半幢，只剩下两间侧室勉强可蔽风雨，倩文临回宝庆之前，将房屋钥匙给了湘芷。

这时王如乔正在和他的子弟兵说话，他对其中一个黝黑的小伙子道：“我和怀塘兄要撤到欧家町黄家去，那边靠近南乡堂，可以就近监视南乡堂的动静。这里的一切便交由黑乃仔你来指挥，你们五人要协助细芽子守住这块坪，每日白天派人到几个重点处打听各方动静，派一个人去东乡常家挑补给，每天的消息常家和黄家都通报一下，张得山那里也每天去转一下。”

中正堂一役死了徐矮子、老贺和八个叫花子兵，此地只剩下七个花子，细芽子聪明机灵，就成了新任班长。塘叔拍拍他的肩膀道：“徐矮子和贺班长牺牲了，咱们叫花子兵就数细芽子你最麻溜。你和黑乃仔商量一下，十二个人晚上双哨可以排六班，如果鬼子真的大举来攻，你们就往城里跑，分散到全城各处破烂房子里躲起来，风声过了就到西禅寺集合。只要你们两日不来黄家通消息，我们这边就会有人到西禅寺找你们，记好没有？”细芽子点头答是，塘叔和王如乔就踏着月光离去了。

回雁峰上山风飒飒，参天巨木的树影在地上摇晃。

常家大院后面的三间房屋已打扫干净迎客，三个人正好一人住一间。湘芷住最外的一间，她住进屋第一件事便是把无线电报的天线架好。蔡专员知道无线电报最易为敌人截取信号，叮咛非必要时尽量少用，然而连续一天半的大雷雨，他们这架电报机忽然失去信号了。湘芷试了许久不得要领，她一整天关在房中，连吃饭都由婶子送进屋去；她想要尽快和宝庆联络上，要和倩文用密码通信。整个半天还是没有联络上，她就将电报机交给婶子继续联络，晚间忽然通上了。婶子和宝庆电报往返，结束前定下以后通信的时段。

第二天中午，常雁楼来请三位客人吃酒，三人到了饭厅才知贺百东和丁子青也在场。丁子青见到蔡专员三人，第一件事便是报告最新消息："昨夜雷雨中，第十军的周师长和孙参谋长跑了。"蔡一奇大吃一惊："跑了？你怎知道的？"

丁子青道："天亮时日本兵和伪军就在我家那一带挨家挨户清查，扬言窝藏逃犯要枪毙。百东兄昨日在我处做客，他悄悄塞了几个银元给一个伪军中士，问他怎么回事，那中士说周庆祥师长和孙鸣玉参谋长乘昨夜大雷雨逃出了中正堂。"

贺百东补充道："我问那中士其他几位师长的情况，中士说其他三位师长仍在中正堂。我又问难道他们不想一起逃跑？那中士也觉得奇怪不解。"

"有没有抓到人？"湘芷问。

"到中午我们坐船过江时，还没有听说抓到人的消息，我猜定是有人接应着跑远了，要是今天抓不着就没了。"

常雁楼道："我猜必是日方宣布'先和军'成立，防卫就松懈了，周庆祥和孙鸣玉才有机可乘。不过这一跑，其他人要再想跑就难了。"

蔡一奇道："我们在寿佛殿得到的消息，最近半个月以来，遭日军看管的第十军残留部队不堪日本兵虐待，拼死逃跑的官兵也大有人在，有的混进农村，有的索性加入各种小型的游击武力。我看周庆祥和孙鸣玉如果和这些旧部搭上了，有他们的掩护，日军想抓人不见得抓得到手。"

丁子青一掌拍在自己大腿上，道："一点也不错，我瞧就连那配合日军挨家挨户搜查的伪军士官也表现得不积极，一副虚应故事的样子。我看啊，在衡阳城要找人捉第十军的长官，是不得人心的事，没人会卖力的。"

湘芷一面听大家的高见，一面沉思这事的脉络，这时她已有了定见。她看了蔡专员和婶子一眼，道："我以为周庆祥师长和孙鸣玉参谋长恐怕是日军故意放掉的！"

此言一出，全场静了下来，常雁楼不确定自己有没有听错，便追问一句："彭老师，你说日军故意放出周师长和孙参谋长两个人？"

贺百东也插口问道："日军果好心啊？为啥要放他两人逃走？他们不是挨家挨户在搜查捉人吗？"

湘芷道："放人是高层的决定，搜查捉人是基层做样子的，堤三树男的目的是测试方军长的反应！我猜他们一定会将周师长和孙参谋长逃亡的消息告诉方军长。这情况要尽快让塘叔他们知道……常老爷子，今天寿佛殿来挑食物补给的走了没有？"

常雁楼道："来人已经回去了，可惜！不然正好要他带话，现在只好等明天上午了。"

湘芷心中有个想法，但她没有说。

常雁楼招呼大家入座，常府的仆人上了菜，常雁楼顺口问道："两位今日是乘百东兄的船过江来的吧？"丁子青道："不错，不过没有开马达，还是老焦摇橹渡江的。"常雁楼吩咐道："送一份中饭到船上去，莫把老焦饿坏了。"仆人答道："厨房里已经送过去了。"

湘芷听到这里忽然脸色大变，只有婶子注意到了，她紧握湘芷的手，湘芷很快地恢复了神色。

饭后，湘芷拉着婶子到蔡一奇房中，关上了房门，悄声对两人道：“给日军通风报信的人是贺百东！”

蔡一奇大惊道：“你如何得知？”

湘芷道：“上回中正堂的计划提前曝光，塘叔曾将事件始末一个一个细节仔细回顾检查，没有找出任何破绽，因为那时贺百东始终待在常家，不可能过江通风报信。但是我们忽略了一个人，贺百东的船老大！”

蔡一奇和婶子仔细回想当时的情况，两人同时点头。蔡一奇道：“湘芷说得对，那天怀塘兄、如乔兄带着十个突袭组员乘坐贺百东的船过江，从众人上岸算起，到预定午夜发动突袭之间足足有好几个钟头。如果贺百东让他的船老大递一封什么密函，给五桂岭的六十八师团通风报信，绝对有足够的时间。”

湘芷道：“我们要将这番推测告诉塘叔和王老大，他俩当时在场，请他们依当晚的情形确认一下我这番推测。下午我就过江去找塘叔，我还坐贺百东的船。”

蔡一奇皱着眉道：“贺百东为何要做这种事？他出卖我们有何好处？”

婶子道：“昨天晚上我收到宝庆的电报，倩文的‘战后纪实’报道了贺百东仗义捐药、救了许多伤兵的性命，大获好评，但宝庆方面却查出他的药店暗中走私日本药品，在宝庆改成中文包装，卖到全国各地牟取暴利……”

蔡专员哦了一声，道：“衡阳有商人通过南京汉奸政府贩卖日药的谣言，我在武汉时便有耳闻，一直以为走私药的基地是在长沙，想不到是在宝庆。”他却不知道贺百东的东洋私药店原来确是在长沙，只是长沙大火后，才搬到了宝庆这不起眼的地方，这正是贺百东的聪明之处。

婶子道：“我本来觉得，这情报只证明贺百东和日本药商做生意，也不能证明他就是汉奸。经过湘芷这么一说，便觉没有疑问了，他与日本和南京两边勾结发这国难财，就不得不替日军和伪军卖命。”

湘芷一直在沉思，这时忽然问蔡一奇：“蔡专员，贺百东认不认识朱校长？”蔡一奇怔了一下，道：“认得的，朱校长肠胃不佳，经常用的中药都是向贺百东买的……”湘芷眼睛一亮，眼前浮现贺百东戴顶黑呢帽的模样，拍掌道：“我知道了，朱校长的行程泄密，也是这个贺百东干的。”她把那日离开西湖小学赶到司前街来，路上遇到一个眼熟的人走向学校的事说了，婶子和蔡一奇也觉得大有可能。

蔡一奇道：“贺百东是去找朱校长的，得知朱校长当晚要离开衡阳，就去告了密。”他想到上次营救行动失败，自己的救命恩人徐矮子糊里糊涂死在日军机枪扫射之下，对这通风报信的汉奸恨之入骨，低声道：“我要亲手杀了他。”

婶子道：“这事我们三人先不要声张，你们两人再到前面去和他们三位聊聊，试试看能不能多探出些什么有用的消息，我要休息一会儿。湘芷，你定要等我休息好了再过江，到时我有重要的话跟你说。”

她说罢便回房，紧关上了门，从内闩上了。湘芷望着她的背影，心跳如鼓。

傍晚时，婶子出现在常府的客厅，她提着一个简单的包袱，对蔡一奇和湘芷道：“你们快整理一下行李，我们这就过江去。”湘芷道：“我们三人一起走？”

婶子点头道：“就一起走。常爷，谢谢您的招待，这些日子打扰府上了。”

常雁楼连忙道：“嫂子哪里的话，要不搭帮日本鬼子来打衡阳，嫂子贵客哪得到舍下来小住？只是住在后院多有怠慢，还请见谅。”

湘芷听他说得有趣，好像要感激日本鬼子似的，心想衡阳乡人好客，但客气话说得离谱了，差点要笑出来，便快步到后院房间去整理行李。

婶子又对贺百东道：“贺大爷捐医药救了好多伤兵的义举，得黄倩文那个女记者写新闻报道，在后方已经传开，大家都觉佩服哩。”丁子青对贺百东笑道：“上回那个黄倩文在《蒸湘报》上刊了她的同学罗百蕙写的文章，批判地主，百东兄着实恼火了一阵子，这回《蒸湘报》总算良心发现，报道百东兄义行算是补偿了吧。”贺百东笑道：“我哪会真和那小女子计较，只气她文笔刻薄，气一天两天就消了。”

婶子道：“我们想贺爷的船送我三人渡湘江，不知方便不方便？”

贺百东忙道：“那有啥不方便，我那船快，打个来回也就喝两盏茶的时间。”

这时蔡一奇和湘芷都打整妥当，一同走到前堂来，常雁楼打发一个小伙子带路，送客人去停船处。三人走到门口，不约而同回身向常、贺二人道别。婶子悄声道：“二位大爷，我们后日营救方军长，夜里十时还请贺大爷的船泊在上回原地点，我们有人要过江疏散逃离。等办成了大事，再和怀塘同来拜谢。后会有期。”

贺百东拱手道：“后日？乐意效劳，预祝一切顺利。”

待三人走得远了，常雁楼忍不住道：“这个婶子今天气度非凡，完全不是平日卖鱼粉的样子。”贺百东没有说话。

老焦在船上迎客，这艘机帆船比湘江上民间的渡船大一些，船上的布置比较完整，有桌椅，还有茶座。老焦咧着大嘴微笑道：“这船可以用橹摇，可以张风帆，也可以开马达；通常横渡江面就用摇橹的，顺风就张帆，走长途就开启马达。贺老板住西乡，经常在蒸水上走的多，日本巡逻船都认得我这条船。”说着就撑离岸边，往湘江中间摇去。

湘芷赞道：“果然好船，老焦摇橹也摇得好，我坐渡船在江东岸和太子码头两边走了六年，就没坐过这么舒服的船。”

老焦乐开了花，便有点语带吹嘘：“小姐，不只你觉得这船好，便是日本人坐了我的船也都说好……”

湘芷连忙打断，用不相信的口气道：“老焦有点说大话了，日本军人在衡阳过湘江，都坐铁壳子的巡逻艇，嘟嘟跑得飞快，哪会来坐你的木船？”

老焦有点不高兴了，声音也提高了一些：“这种事不作兴说大话的，日军六十八师团的渡边参谋就坐过我的船，他还到过洪罗庙，是我送他从洪罗庙回太子码头。那天他是穿便服的，能讲几句中国话，不过怪腔怪调不好懂。”

湘芷做出将信将疑的表情道：“是啊？”

老焦不爽便不再理会湘芷，只使劲摇橹，船行加速，不一会儿便到了对岸，仍是太子码头以南二百五十米之地，刚好有一片石岸可以靠船。老焦扶了蔡一奇一把，推他上了岸，然后两人合力扶婶子上岸。湘芷身轻敏捷，一跃就上了岸，她回身向老焦道谢。老焦从衣袋中掏出一张黄色的纸，上面写着“渡边次郎”四个字，他拿给湘芷看：“瞧，这是渡边参谋给我签的名，这还有假的么？”

湘芷看那黄纸上印了淡红的太阳，正是六十八师团的用笺，忙连声道：“果真不假，果真不假！老焦谢谢你啊！”老焦满意地回航了。

“果真不假，嘿，这个通风报信的汉奸是贺百东，果真不假！”蔡一奇恨恨地低声喃喃自语。

黄倩文的家原是独院独户，院子背后就是山坡，房子是红砖和石材砌的底，外墙钉了一层樟木的鱼鳞板，既防虫又美观。在衡阳很少看到这样的房舍，据说最早住的是意大利人，是按洋人的意思建造的。经过四十多天激烈的战火，这里虽非战事重点，也受创不轻，一幢宅子只剩下两间厢房，孤零零地立在断梁残院之中，老远看到便觉着凄凉。但它背山坡面垭口，院前又是好几层大树，虽然也被炮火毁掉不少，剩下矗立着的仍然可观。

蔡一奇一马当先，穿过一片树林到了院子前，忽地一声低笑声，一堆瓦石后面立起一个大个儿，正是王如乔。他一面将手上的盒子炮收起，一面对蔡一奇道："琢磨着你们也该到了。"婶子和湘芷跟着出现。

"快进屋来说话，这里离南乡堂近得很，千万小心。"塘叔从头一间房屋门口探身出来招呼。大家入座后，蔡一奇首先发话："上次中正堂的营救行动因事先曝光而失败，昨天暴风雨中周庆祥师长和孙鸣玉参谋长却从中正堂逃脱了；我们认为上次通风报信的人是贺百东……"

王如乔知道贺百东这个人，听了十分诧异。湘芷将观察到的简单扼要地说了，结论道："主要是我们检讨此事的每一环节之时，遗忘了贺百东的船夫老焦这号人物。当天贺百东本人虽然没有机会通风报信，老焦可是有机会，也有足够的时间去通知贺百东在六十八师团里的好朋友，多半就是那个渡边参谋。"

蔡一奇接着道："至于周庆祥和孙鸣玉逃离中正堂的事，湘芷判断是日军故意放走的，目的是要测试方先觉对逃亡的态度。"

王如乔点头无语，塘叔则表示深以为然。婶子这时从她的包袱中拿出两个信封，一个递给王如乔，一个递给塘叔，然后正色道："怀塘，事到今日，我们就不再隐藏身份了。重庆派在湖湘的地下工作总负责人是'彭雨霖'，负责衡阳周围四县的小组长是'萧笑石'，这两个人今天都在现场！湘芷是萧笑石，我就是彭雨霖！"

此言一出，语惊四座，湘芷很快地看了塘叔一眼，却发现塘叔神色自若。婶子不顾蔡一奇和王如乔的惊讶，继续道："衡阳这边的小组长原来是朱又芳校长，现在她的任务交给了湘芷。湘芷看破了贺百东是个奸商加汉奸，同时她认为周庆祥和孙鸣玉成功逃亡是日军故意放走的，我十分认同。这几天我已调动了所有的人力和布置，即刻全力营救方先觉，绝不能让方先觉落到南京伪政府之手。重庆给我的命令是，立刻执行，不惜一切代价！"

说到这里，婶子不复有一丝鱼粉铺老板娘的神态，她斩钉截铁地道："我们的布置是：教堂中的小玉设法将行动的时间告知方军长，到时候协助他从教堂南面垂绳而下，怀塘和王老大要准时在外接应，黑乃仔和他的弟兄到时会从教堂北边潜入，负责解决防哨的日本兵。”

婶子停下来望了王如乔和塘叔一眼，然后道：“两位接到了方军长，立刻先到此地歇歇脚，方军长要和王老大交换衣装。王老大穿了方军长的军服，带领您的手下往西禅寺跑；怀塘领着方军长往北走，一路上都有叫花子部队指引逃亡路线，目标是演武坪……”

“到了演武坪，有一架飞机在那边等方军长，起飞后直飞芷江；怀塘你们就从市政府福利农场潜到蒸水岸，王县长的人会在岸边接应。王老大和你的弟兄到了西禅寺，丁胡子带他的部下会在那边接应你们。”

说到这里，婶子指着他两人手上的信封道：“分配给两位的任务及逃离路线，全写好放在信封里。这里有一个问题，彭雨霖定要先问清楚……”

两人闻言为之一怔，婶子正色道：“两位都不是组织里的同志，这危险的任务对两位而言并非命令，二位若是有疑虑不能接受，现在就请明言。”

这话明着是对两人而发，王如乔是何等老江湖，他闻言哈了一声道：“光棍眼里揉不进沙子，婶子这句是冲着我来的。我王如乔交了怀塘兄这个朋友，他的事便是我的事，再说衡阳抗日的事也是我的事，何况上回中正堂前鬼子坏了我五个好弟兄，算这笔账更是我的事。”

婶子道：“王老大义薄云天，彭雨霖在此谢了。”说着便对王如乔作了一揖。塘叔这时道：“你这许多布置，一个环节也错不得，确实都安排妥当了吗？”

婶子望着她丈夫微笑而不答，只从包袱中又掏出一个信封，缓缓地道：“这里头有一张小纸条，是要送进教堂里去的，等会寿佛殿的细芽子会来此报告，这信封就由他带回去交给张得山。”

王如乔、塘叔、蔡一奇把婶子的营救计划仔细回思了一遍，都找不出什么破绽。湘芷暗中赞叹：“第一次看到彭雨霖出手，原来是如此的大模样。”

蔡一奇道：“我在武昌曾见过方先觉一面，身高总有一米八五，和王如乔身材相仿。”王如乔道：“我若穿上他的军装，黑夜中鬼子宪兵肯定误认，确可收到引敌入歧途之效。我猜方军长身在敌营，一身军装定不离身，而且军装上的两颗将星及勋表可能一直戴在衣服上，我王如乔干他妈一个晚上的中华民国陆军中将倒也过瘾。”

湘芷道：“就不知方军长是胖是瘦，如果是个瘦子，他的上衣王大爷可能穿不下哩。”她是看王如乔身高体胖，说这话倒不是开玩笑的。王如乔笑道：“回萧笑石组长的话，穿不下也要硬穿上，哪怕胀得开衩也顾不得，黑暗里哪个看得出。”

这时门外有人轻敲，三急两缓，塘叔道：“寿佛殿的细芽子来了。”开门看时，来了两个人，细芽子身后跟了一人，竟然是张得山。

细芽子带了一些食物来，然后报告道：“几个伙伴都没有打探到什么消息，倒是张得山有重要消息，就一起来了。”

张得山换了一身日本兵的军服，上面全是血迹，一看便知是从日军尸首上剥下来的，人才进屋，就带着一股难闻的怪味进来。湘芷心中暗道：“张得山说他从小鼻子不通，闻不到臭气，说不定是真的。”

张得山一脸神秘兮兮地盯着湘芷，湘芷被他盯得有点心里发毛，直觉感到有什么和自己相关的大事发生了，想开口问又犹豫了一下。塘叔忍不住了，便问道：“张得山，你打探到什么重大消息啊？”张得山摇头道：“不是打探，是亲自碰到的……你们猜我碰见了谁？”

细芽子睁大了眼，抢着问：“谁？”可见张得山到寿佛殿报到，却连细芽子也瞒着没说，这时才说出来：“下午我觉得口渴，想喝口胡子酒，听人说炸断的草桥已经修补好可以过人，就跑到草河对面的小酒馆去买酒，好像看到一个熟人在埋头吃面，走近仔细一看，原来是谭唯骏教官！就是上回从八甲岭机场送彭老师去芷江的那个谭教官，彭老师一定记得的。”

湘芷听了，差一点大叫出声。塘叔也觉不可思议，问道：“谭唯骏？你有没有看错？”张得山道：“怎会看错，我还和他说了一会儿话呢。”

湘芷再也忍不住了，颤声问道：“你们说了些什么？”

张得山道：“我问他跑到衡阳来干什么，他却不答，反问我为何当了日本军曹。我说身上这件军服，是从一个战死的日本军曹身上借来穿的。他就问我有没有彭老师和塘叔的消息，我说这两个人正在搭救方先觉，我是他们重要的干部，帮他们传消息给教堂里的魏小玉……”

湘芷暗道：“你说得如此简陋，唯骏如何听得懂？”

果然张得山道：“谭唯骏打断我说下去，问我魏小玉医官怎会进了教堂。我就告诉他，日本鬼子把方军长关在教堂里，又把魏医官抓去替方军长看病，他就懂了。接着我又问他干吗要跑到衡阳来，他还是不回答，只说要吃完面到外面再说。我就忍住不再问，坐下先喝了三碗胡子酒，他起身去付账，好客气啊，把我的酒钱也一起付了。我看他出手大方，就抱起剩下的大半坛酒，拜托他干脆整坛都帮我付掉算了……”

那细芽子听到这里脸色不佳，哼了一声道：“你这样做太贪心了吧，人家请你喝了三碗酒，你竟整坛抱走要别人付账，太过分了吧。”张得山睁大了眼，奇道：“谭唯骏都没讲啥，你这叫花子啰唆什么？没喝到酒么？下回我请你喝啊。”

塘叔怕这两人真要吵起来，连忙道：“先不吵胡子酒的事，张得山你继续讲。”

张得山横了细芽子一眼，道：“出了酒店，谭唯骏倒是熟门熟户地沿着河边往上走，越走越荒凉，到了一个很安静的地方，岸边有几张破长椅。他要我坐下，然后仔细问我城里的情形，我说到假借送药到教堂，帮彭老师传消息给魏医官的事，他就不再问了，然后便老老实实告诉我：他也是来衡阳营救方军长的！”

他说到这里，以为大家定然大声惊呼，不料大伙儿听了都只点了点头，便有些失望。还好湘芷问道：“后来呢？”

张得山接下去道：“我就说衡阳连飞机场都没得了，你还回来要怎么接方军长？他说八甲岭机场让日军占了，可鬼子他们没有注意到还有演武坪这条跑道，他驾小飞机悄悄从芷江飞来，日本人根本没有发觉，飞机现在就藏在演武坪的机棚里。我说他忒厉害。这时他就要我替他办两件事，第一件事就是要我问塘叔和彭老师，你们究竟什么时间能救出方军长，问清楚就赶快到演武坪去告诉他；第二件事就是要我去弄一件日本军服给他穿，出去吃饭比较方便，不过要比我身上这件干净一些的。我说日军的尸首都火化了，日军的军服不好找，问他伪军的军服行不行，他说伪军的也行。那就好办，好几个我认得的第十军弟兄都混进去当了伪军，搞套干净的伪军制服比较简单……”

他看到塘叔眼光中大有赞许的神色，便觉受到很大的鼓励，嘻嘻地道：“我说不要看我这身衣服邋遢，衡阳城再也找不到第二套了。后来我带他过草桥时，碰到一个日本兵还向我敬礼，我虽不会说日本话，却会哼日本歌的调子，看到日本兵走近，就假装是喝醉酒的日本军曹；有一首歌他们喝了酒一定要唱的，调子我听熟了，歌里唱什么就不懂，好像在叫什么‘杀苦啦’，叫个不停。”

塘叔忍住笑，道：“你们约了何时再见面？”张得山道：“明天一早我就去找他，他晚上就躲在演武坪机场的破屋里。”

湘芷望了婶子和蔡一奇一眼，两人都微微点头，她便低声对张得山道：“张得山，你去对谭唯骏说，明天夜里我们就要动手，请他待在演武坪不要乱跑，晚上八点钟以后随时待命。这是第一桩。”

婶子见张得山点头，便将一个信封交给他道：“第二桩是，明日要汪医官送一包新药进教堂，你把这信封里的小字条藏在药盒里送进去，就像上次一样。”

张得山道：“魏医官知道这事吗？”湘芷解释道：“魏医官不需要事先晓得，这包药是汪医官主动送进去的，魏小玉一看便明白用意。”

张得山道：“我明天一大早先去演武坪通知谭唯骏，中午前就来办送药的事，晚上我还来这里报到，搭救方军长的行动我是要参一份的。”湘芷道：“张得山呀，明天二十四小时你好忙哟，搭救方军长你功劳最大。”

塘叔掏出一把手枪给他，低声道：“这把枪原是徐矮子的，你拿着多杀几个鬼子替他报仇。”张得山道：“明日我还是用步枪比较实在……”他忽然想到，塘叔说过以他的才具最起码也该干个排长，而排长是该配支手枪的，便欣然接过了。

婶子这时拿出一张地图来，是婶子亲自用铅笔画的衡阳简图，她将地图铺在桌上道：“细芽子你来看看这张图，你们七个弟兄就按图上打圈的地方埋伏好，一站接一站地接应方军长往演武坪走。走的全是小巷子，打完仗以后小巷子大多被坍塌的房屋封死了，只有你们才晓得怎么从中找条路通过，也晓得如何找掩护摆脱追兵。”

细芽子仔细地看了那些画圈的地点，脸上露出一丝笑容道：“婶子你选的地点和路线好得很啊，确实是鬼脑壳。我们叫花子就和阴沟里的耗子一样到处都去得，保险把追来的鬼子耍得团团转。”

张得山和细芽子离去了，婶子吁了一口气。蔡一奇叹道：“彭雨霖总不出手，一出手便是这般大手笔，我蔡一奇是佩服得五体投地。”湘芷道：“婶子你隐藏得十足，除了塘叔，有谁能料到卖鱼粉的婶子竟是‘湘江一号’。”

婶子凝视塘叔和王如乔，轻声道：“明日下午如果一切就绪了，上面要蔡专员和我先行撤离衡阳去宝庆报到，这里的行动就交给两位非组织的成员来执行，实在对不住。”

塘叔笑道：“你那组织上面的人可算得精，你的事我能置身事外吗？咱们对不住的是如乔兄。”

王如乔拱手道："婶子……其实我该叫你嫂子的，你的策划能力让我开眼界了，地道的真人不露相。我们都高兴怀塘兄后面还有你这号人物，弄出这个行动计划让我王如乔直接参与国家的大事，愿打愿挨，没有什么对不住的事，只是为洪罗庙出了你这么个女子感到骄傲。"

塘叔对湘芷道："行动计划里，你这个手无缚鸡之力的人也没吗个事做，留下来还是个累赘。湘芷，你是不是也跟婶子他们一起走？"湘芷摇头道："组织没有命令我撤，我要留下来负责各方联系，那部电报机留下来给我……"还有，她没说出来的是："我也不是手无缚鸡之力的女子。"

塘叔还想劝说，婶子知道他想说什么，打断道："上面的确没叫湘芷撤，萧笑石负责衡阳小组，湘芷应该留下。"塘叔便没有再说话，婶子牵了湘芷的手道："我俩睡另外一间屋，大家早些休息了吧。"

她们走到另一间房，婶子轻声对湘芷说："你娘在洪罗庙安全得很，我会好好照料她的。"湘芷悚然而惊，自己好久没有想到娘了。

南乡堂外弛内张，中村大佐一早就接到师团部的密报，明日深夜恐有状况，师部将增加教堂四周的防卫，增援兵力将于明日午后进驻。

中村找井上大尉密商，他对井上道："昨日我们将周庆祥、孙鸣玉逃脱的事告诉了方先觉，方的反应是淡淡一笑，只说了一句：'人各有志，岂不见这两人要逃，葛先才他们却不愿一同逃走，情愿跟我方先觉守在衡阳？'我看自从你和夏百刚用了美人计，那个白秘书和方先觉还真搞得不错，方先觉有点'乐不思蜀'了……井上，《三国演义》里是不是有这么一说？"

井上笑道："大佐好记性，三国故事里是有这么一句话，我看方先觉从六月初来守衡阳，五个月来不是在激战之中便是在囚禁之中，现在松懈下来享受美人的温柔，那一定是乐不思蜀。支那人还有一句话，那正是英雄气短，儿女情长了。"

日本军人大多熟悉三国故事，中村大佐微笑点头道："支那人打仗是不行的，但是说这些成语倒是厉害，几乎每件事他们都有一个很美妙的说法，可惜真正打起仗来，这些聪明的说法有个屁用。师团部说明天午后要派人增援我们的警卫，我看我们本身也要多注意……"

井上大尉道："我看或许都不需要了，我已经要白秘书今夜就留在方先觉房间陪他，春宵一度后，说不定明天早上方先觉就答应去南京，我们这边的看守小组也可以解散了。他一日囚禁在这里，我们就陪他坐一日监牢，哪里也不能去，也是够烦人的。"

中村大佐压低了声音道："昨天去师团部开会，渡边参谋透露了六十八师团即将调离衡阳的消息，我看堤师团长也希望衡阳这边的事能赶快了结。"

井上大尉点头道："便是基层的士兵历经了这场苦战，也都有疲战甚至厌战的心理，实在需要换个地方重新整训，才能恢复战斗力。"

中村大佐心中还有些话是不能讲出口的，日本在中国及太平洋发动战争以来，明眼人都看得出帝国的军事高峰已过，越打下去胜利越渺茫，皇军的高级将领多对帝国终将战败的命运有所预感，已经有人开始为战败后个人的命运预留余地，对普受尊敬的名将方先觉多存了不为已甚的心理。中村大佐本人是属于鹰派的日本宪兵军官，自从负责看守方先觉以来，三个多月不休不眠，既不能放松又不能用强，心中也是忧烦不已，恨不得明日做一了断，要么就白怡怡的美人计奏效，再不然明夜和营救的人马大干一场，彻底歼灭了所有的外援，方先觉大概也就会乖乖就范了。

但是他并不知道，营救行动将于明夜启动的消息是个假情报，真正的行动今夜即将展开。

上午张得山将一包新药送到南乡堂，宪兵认出是张得山，便向里面通报。松下医官带着小玉出来接见，张得山向他报告："汪医官说，这包新药是东京送来最新的消炎片，是吗个磺胺嘧啶类的新产品，比原来的消炎片强得多。松下医官这边的病人是重要人物，就要我赶快送几盒来。”小玉把这番话翻译成英文，心中暗暗佩服，这个张得山居然还记得住什么“磺胺嘧啶”，真是厉害。

张得山离去后，松下和小玉仔细读了药厂提供的新药处方和用法，小玉心中有数，放置上架时便发现其中有一盒里面湘芷留下了字条。

吃午饭时，湘芷的字条已到了百蕙的手中，小玉的胃却紧缩起来，吃了半碗饭就吃不下了，勉强用青菜汤泡饭咽了下去，匆匆就离席了。她心中默念：“就在今夜，成败就在今夜！”但到时自己的“任务”也不少；她一遍又一遍地在心中模拟每一个动作的细节，想到上一回进行到一半就取消了任务，这回可要玩真的了。

晚饭后，井上大尉和夏百刚参议请松下、小玉两位医官，以及护士阳子和白恰恰秘书留下喝茶，井上宣布了命令：

今夜由白秘书“劝说”方军长答允去南京接受“先和军”军长的布达，哪怕需要陪方军长一整夜，也必须达成任务。十点后白秘书一人留下，魏医官及阳子则留在侧室中待命，没有事不可惊扰方军长及白秘书，要让他们两人有充分的自由和私密，可以好好“沟通”。

大家听了心知肚明，百蕙低头不语，小玉则和阳子对望一眼，阳子眼中有一丝笑意，小玉的眼中则充满了忧虑。夏百刚发言道：“我和白秘书奉南京长官之命，来此协助方军长改变立场，这一段时间白秘书的工作表现可圈可点，已经和方军长之间建立了相当亲密的关系，相信经过今夜的最后努力，必能达成上级交付的任务，希望白秘书全力以赴。”

井上大尉觉得夏参议说得大大的好，便满意地离座去了。松下对阳子说了一串日语，也起身离房，阳子鞠躬行了一礼跟着出去，想来对今夜的工作，松下要对阳子面授机宜。

这是难得的机会，小玉和百蕙单独面对面，百蕙悄声快语：“我和方军长亲热时就将计划告诉他，阳子‘睡熟’了你就过来帮忙，他们在三楼的窗子加钉了栏杆，可是我知道阁楼图书室的窗子破了一扇，今夜你们从图书室缒下去。记得，一落地先潜到左边窗下，接应的人就等在那里。”小玉点头，紧接着问：“百蕙你怎么办？”

“我喝一杯你下了药的茶被迷倒，睡到天亮还不醒，日本鬼子便以为我和阳子都是受害者，更兼我是南京政府派来的，他们不会怀疑我。”

“你和华老师又怎么会是南京派来的？”

“华老师在延安的朋友通过他们在南京的地下工作者，给我们安排了这个身份……”

小玉沉吟了一下，悄声问：“方军长走人之后，你和华老师去哪里？”

“难道我们回南京去自请处分？笑话，我们假装回南京，抽空就跑了。”

“去重庆吧？我们在重庆见。”

“不，我们不会去重庆，华老师说……和我一道去延安。”

南乡堂除了教堂门口面对一条通往山林的黄土碎石子路以外，三面都是山坡及茂林，由于背对日军攻击衡阳城的主战场，在这场空前惨烈的激战中竟然没有受到太大影响。

入夜之后，南乡堂在倚山的三面都有暗哨，正前方另有明哨两处，共有五个宪兵实弹巡逻防卫，而且这五个卫兵所处之地，每一点都与左右两处守望相助，互为犄角。

教堂旁的山坡绵延数十里，却有三条极为隐蔽的荒径通到教堂附近，这些小径经常淹没在杂树蔓草之中不易发现，但从小在这一带玩耍“探险”的倩文，在指导湘芷画的地图上很清楚地标了出来。这时黑乃仔和他的四个弟兄，从其中的两条野径潜到了教堂附近，他们花了十几分钟在黑暗中摸清楚了周围的五个宪兵所在地，便按兵不动，只等约定的时间一到，五人一起动手，同时偷袭五个目标，让敌人无法守望相助。

第三条野径离教堂最近，这时四个人潜行而至，王如乔和塘叔率先抵达，后面跟着的是湘芷和抱了一支步枪的张得山。湘芷听塘叔说过，张得山虽然没有受过狙击手的训练，但是他用步枪的射击技术应该算得上特级射手了，就让他跟在身边当个“狙击手”。这时他身穿那身全是血污的日本军衣，头戴一顶日军的布帽，由于很不合身，看上去相当滑稽。其他的人力全部布置在外围，作为必要时的支持火力。

塘叔和王如乔一面盯着教堂南面的三楼，一面计算时间，这时湘芷上前悄声道：“塘叔，你看三楼的窗，加钉了一圈栏杆，他们出不来了！”

塘叔吃了一惊，眯着老眼极力望去，终于也看到窗口外加上的木栏杆，从那栏杆看来，窗里的人不可能穿越。他不禁大急，约定行动的时间只在分秒之间，这种情形下，难道又要下令取消行动？

王如乔也意识到情势的紧急，低声道：“怀塘兄，你拿个主张，我听你的……”

湘芷悄声道：“且慢，待我摸过去看一看……”话声未了，湘芷已经从树丛中爬向教堂的西南角，然后就停在那里不动。

忽然之间，湘芷冒着被敌人发现的危险站起身来，对着塘叔这边挥拳向前，表示“行动”，因为她在教堂的西南方发现了隐藏在后面的阁楼，而阁楼的那间小窗户上，正有一个人爬出来！

塘叔当机立断，低声对张得山道：“你是狙击手，躲着不要跑！”便和王如乔移向教堂的正门方向，果然看到黑暗中两条黑影如狸猫一般，无声无息地扑向两个荷枪的日本宪兵。王如乔一看动作，便知左边的一个是黑乃仔，右边的则是几个弟兄中手劲最大的一个，大伙儿唤他“杀胚”；这两人抓的时间十分精准，正是两个宪兵面向教堂大门的一刹那……

塘叔和王如乔知道机不可失，立刻闪身而出，前方黑乃仔和“杀胚”已经快似闪电地将两个日本宪兵撂倒，一个腰上被插入尺长的匕首，另一个颈骨被扭断，两人的口鼻都被牢牢捂住，什么声音都发不出来。王如乔手下这两人确是近身搏斗的好手，手脚干净利落。

塘叔和王如乔立刻上前帮忙将两个日本宪兵拖到黑暗处，黑乃仔和“杀胚”一声不响，飞快地将日军衣服剥下，换穿自己身上，戴上军帽，拿了长枪，暂冒日本宪兵在教堂前“值勤”。王如乔悄声道：“注意教堂四点钟方向，有人从那边跑了，你们就跟上！”

说完就和塘叔退回丛林中，塘叔轻声道：“教堂后面到现在还没有闹起来，三个暗哨大概都解决了，我们快去湘芷那边。”

湘芷发动了营救的信号后就盯着那阁楼的窗口看，虽然那窗口隐在黑暗中，眼力特好的湘芷还是看出，爬出窗口沿着一根长绳缒下的是个高大的汉子，虽然身躯庞大，但动作还算敏捷，很快速地缒落到一楼的高度。那绳子似乎短了一截，大汉子只好抓紧绳端，将整个身子吊直，然后一放手落在地上，打了一个滚，似乎并未发出太大的声响。

湘芷的心都快要跳出口腔，正松了一口气，窗口又出现了一个娇小的黑影，湘芷又紧张起来，暗呼：“小玉，快啊小玉！”

魏小玉下缒到绳尾时，紧抓住绳端似乎不敢放手，方先觉爬起身来，作手势要小玉跳下，小玉终于松手，被方先觉一把紧紧抱住，两人滚在地上。

小玉被方先觉紧紧抱在怀中，两人却并未立刻站起来，湘芷急得几乎要喊叫出声，却见方先觉终于站起身来，牵着魏小玉往教堂门口移动。这时看清楚了，他的脚一拐一拐，似乎左脚踝受了伤。

塘叔和王如乔刷的一下窜出，冲着方先觉和魏小玉打个“跟我来”的手势，便向原来处奔过去，然后看到两个冒充日本宪兵的弟兄也跟了过去。湘芷又紧张又兴奋地忖道：“该我撤了。”她身轻如燕，行动如猫，几乎无声无息地隐入丛林，抄另一条小路回到黄倩文的家。

湘芷和塘叔等人几乎同时到达黄家，王如乔和方先觉见面互报了姓名，塘叔略微喘一口气便要方先觉换装。换装时小玉发现他的左脚踝已经肿了起来，心知必是扭伤之后又一阵疾行所致。她拉着方先觉到另一间房中，仔细替他按摩指压一番，然后从口袋中掏出一小支止痛药涂上，又撕了一块布巾，用两条白布一正一斜将方先觉的脚踝绑得铁紧，尽可能固定住他拉伤的筋骨，方先觉果然觉得舒服不少。

等她这边匆匆打整完毕回到前屋，王如乔带着五个弟兄已经照婶子的计划先行出发了。王如乔穿了方军长的制服，虽然略嫌小一点，但大致还算“合身”，他走向林间小路时，塘叔看他的背影和方军长还真有几分相似，黑夜中确有可能让日军误认，达到欺敌的目的。

塘叔默算时间，爬上屋后一块高岩，见天空一弯新月和闪闪繁星，他转向南乡堂的方向眺望，黑暗中忽然亮起多道灯光，判断方先觉逃走之事已经东窗事发。塘叔耐心地等着，又过了一会儿，他看到远处有移动的灯光在树丛中缓缓穿进穿出，塘叔判断是南乡堂的宪兵出动了。

等这批宪兵过去，他们也要出动了。

湘芷忽然发现了一件事使她大惊失色，她一把抓住塘叔，问道：“塘叔，张得山去哪里了？他跟王老大他们走了？”照计划，张得山是要留下的。

塘叔也发现不对，四面望了一圈道：“没有，他根本没有回来。”湘芷问小玉和方先觉，没有人见到他。湘芷完全想不出这个经验老到的兵油子会跑到哪里去了，一时之间没了主意，只好低声道：“我们再等三分钟，如果他不回来我们就出动。”

这时爬在高岩上眺望的小玉忽然压低了嗓子叫道：“来了一个持枪的士兵，我猜是张得山……咦，怎么是两个人？”湘芷听了，赶紧也登上高石，虽是黑暗中，仍能辨出前方密林里有两人快步走向黄家，前面一人戴的日本军帽依稀可辨，看他走路的模样，果然是张得山。

张得山后面跟了一人却认不出是谁，直到他们滑下一片陡坡，又向上走过来，渐渐看得见面孔了。方军长识得他，惊叫道：“啊，王县长，你怎么来了？”

“王县长？”

两人喘着气快步走到屋前，张得山对着方先觉立正，行举枪礼，然后一本正经地报告：“勤务连、卫生连排长张得山报告方军长，我带了两衡自卫区王司令来看您。”自从战败后，张得山早就以卫生连排长自居，在医疗站服务时那些伤兵也都唤他“张排长”，久而久之，他便完全确定自己的身份了。其实那王伟能县长的“司令”职称也是自封的，这两人一个司令一个排长，方先觉听了不禁苦笑，暗忖道：“何止这两个人是假的，便我这‘先和军’军长难道是真的？”

方先觉还礼道：“王县长怎会到这里来？又怎么会碰到张得山？”

张得山回答道：“你们都跑了后，我这狙击手就留在原地为大家断后，顺便瞧瞧教堂里的动静。哪晓得教堂四面静悄悄的，大概所有的岗哨都让咱们放倒了，反而没有人立刻发现有异，我想就再多等一下，要确实看到了新的状况，才好回来报告最新敌情。又过了一会，教堂里面有人发现了不对，吹起哨子，声音又尖又急，才有人跑出来探看，一出来就发现倒在墙角里的宪兵。这一下教堂就热闹开了，我心想此时不走更待何时，可我并不从原路撤退，就从丛林里另寻新路走。绕得远了正在担心迷路，就瞧见王司令和他的车子停在陡坡下面；王司令还当县长时我是认得的，他却不认得我，有一次他……”

湘芷听得头皮发麻，实在不了解这个胆子忒大的怪人，大家撤退了也没有人要他留守断后，他却留在险地不肯走；明明从原路撤退早就回到黄家了，他又要去另寻新路。时间紧迫，便不让他再越讲越远，湘芷立时打断他的话头道：“王县长您说说……”

王伟能也爱说话，急着道：“我本来是在蒸水岸接应的，哪晓得叶先生从宝庆那边调了一辆日军的救护车，说是在长沙作战时俘获的，便交给我来接应方军长。有个《蒸湘报》的女记者打了电报来，告诉我你们在她的老家附近一个天主堂营救方军长，并告知了她老家的地址。我们在欧家町附近转来转去迷路了，正好碰到张排长，难得他还认得出我这个老县长。"

塘叔认真听了这两段话，心中有了谱，便问道："王司令，你的救护车停在哪里？"王伟能道："停在黄茶岭边上一个坳子里。我的司机留在车里头看着。"塘叔想了一会儿，对方先觉道："方军长，你的脚歇了这会儿能不能走山路？"

方先觉道："不碍事，魏医官帮我包扎得好，这会儿已经好一些了，怀塘兄你说走咱们就走。"小玉道："我在包扎之前替方军长上了一层止痛药，方军长忍着点，勉力走一段也许无碍。"

塘叔点头道："小玉，你看护着方军长，我们改变计划立刻送方军长去搭车……"

话声未了，张得山从高石上跳下来，压低了嗓子道："有日军过来了，好像是朝我们这边疾行而来……"

塘叔当机立断，下令迅速离开，喝道："张得山带路，王司令，咱们跟着走！"他要张得山带路而不是王县长，乃是因为救护车虽是王县长拉来的，但是他对这一带其实不熟，先前才会迷失方向，而这一路是张得山亲自寻出来的"新"路，由他带路准没有错。

接着他转向王伟能道："王司令，方军长就交给你了！"王伟能奇道："你不走？"塘叔道："营救军长的事交到组织的人手上，我这个江湖人可要去援救王如乔了。"

湘芷想说什么但忍住没说，因为她了解塘叔，"组织""命令"这些对他而言都比不上"义气"。她双手握住塘叔的大手，低声说了一句："塘叔，您千万小心啊。"

张得山认路和认方向果然极有本事，他东窜西钻，全不停足，也不考虑，有时好像走入死角了，一拐一弯又出现小路。方先觉随着大伙儿疾奔，脚踝渐渐承受不了，走得越来越辛苦，小玉一直注意着他，在旁温言道："军长，再撑一下，再撑一下就到了……"

方先觉咬牙忍痛，一拐一拐但绝不肯落后，只额上豆大的冷汗不停地滴下来。小玉知道这时全靠方先觉的一股意志力强撑着，这口气一散，他就再也无法重新凝聚力量了，于是她一面跑，一面在他耳边轻柔地为他打气："军长，您一定行，这最后一程路难不倒您的……您一定行！"

转过一大片林子，一个陡坡下赫然出现了那一辆日军救护车，张得山停下身来，向下指了指，咧嘴笑道："就是它，我没搞错方向也没迷路。"湘芷赞道："你带路像只猎犬。"

他们一行五人从陡坡上连滚带滑到了救护车旁，小玉扶方先觉坐上车，轻声道："军长，您还行吧？"方先觉咬牙道："不碍事，谢谢你魏医官，没有你我逃不出来。"

王伟能道："方军长放心，我这车是日军救护车，司机穿日军制服能讲日本话，咱们一路直奔洪罗庙。"那司机下车向方先觉行礼，看上去果然十足一个日本驾驶兵。

湘芷拉着小玉的手道："小玉，辛苦你了，你为衡阳的付出，衡阳人永志不忘。我们后会有期。"小玉惊道："湘芷，你不一道走？"

湘芷道："我有任务在身。"小玉盯着湘芷，低声道："百蕙和华老师在教堂里帮了大忙，他们的身份是南京行政院派来的，应可全身而退。湘芷，你好自保重，我们重庆见！"

湘芷听到百蕙和华老师的掩护身份是南京政权，显然有些意外，但她没有时间深思，只紧握了小玉的手，催促道："快开车吧，一路小心。"

这时听到张得山在身边道："我也不走。"王伟能奇道："你又为什么不走？"张得山道："我也有任务。"王伟能怔了一下，张得山作势要他上车："王县长快上车，你们快走啊。"他步枪背在背上，弯腰双手向前挥赶。

湘芷等救护车消失在黑暗中，转向张得山道：“你有什么任务？”张得山一时答不出来，便反问道：“彭老师，你有什么任务？”湘芷忽然觉得心里的话可以告诉这个张得山：“我要去演武坪。”张得山道：“我知道你的任务是要去找谭唯骏，而我的任务就是保护你。”

王如乔率领五名子弟兵向西禅寺奔去，他们才过了枫树山边，感觉就被人盯上了。王如乔不能确定追兵是来自南乡堂的宪兵队还是五桂岭的师团部，但可以确定的是，婶子这条金蝉脱壳之计已经发挥了效果。

他们一面掩藏身形，一面向西禅寺的方向疾走。王如乔身旁的黑乃仔是土生土长的衡阳人，对这段路的地形了如指掌，他在花药山下故意攀山绕了一个圈，忽然快速奔入萧家山和张飞山之间的一条甬道，到达杏花村附近的高地上停了下来。

“老大，这地点好藏身，我们先躲一躲？”

王如乔也道：“这是好主意，敌人如果追过了头，咱们从他们屁股后面上西禅寺，出其不意。”

岂料他们才埋伏好不久，躲在最前面的黑乃仔就发现有第二批人马从山岭下面追过去，十几个人疾行而过，离藏身之地很近，几乎可以看到面孔。黑乃仔确信这一批人穿的都是宪兵制服，便潜行到王如乔埋伏之处报告：“第二批敌人怕是南乡堂的宪兵。”

王如乔道：“我们现在可以悄悄从后面摸上西禅寺，敌人追得太快，前面扑了空就会回头来搜寻。我们能躲就躲，躲不过了就在西禅寺利用地形袭击他们，尽可能拖住敌人，拖得越久，方军长那边越有机会脱离。记住，接应我们的朋友是丁胡子的人，我们的口令就是‘丁胡子’。”

当他们摸上西禅寺时，没料到第一批追过头的敌人已经回头，他们竟然打的是同样的主意，准备在西禅寺设伏，等待后到的“方先觉”。

于是双方在黑暗中碰个正着，王如乔一马当先，见左前方大树后闪出一条黑影，大声喊道："方先觉，你跑不了，赶快投降！"一口的湖北武汉官话腔调。

"砰砰"两声枪响划破长空，大个子王如乔双枪齐发，小沈应声而倒，一枪打中他右胸，一枪打中脑袋，立时倒毙。身后传出两句日语的惊呼，王如乔听不懂，黑乃仔好像连续听到两次类似"方"的发音，暗忖道："鬼子一定是惊叫'方先觉好枪法'！"

一阵枪声后，双方都迅速寻找掩护，隔着一片林子各自埋伏藏身，黑夜中忽然一片寂静，大家都不敢出声，唯恐暴露藏身所在。

王如乔忖度己方有六人，对方不知人数有多少，看来也不会太多，而己方的强项是近身搏斗之技，应该设法趁黑夜摸过去近身消灭敌人。他和弟兄之间相互辨认的口令是"西丙行"——衡阳话发音的"日本人"，自己人摸黑撞到一起，只要轻轻一声"西丙行"就能分辨。

这个近身袭击的想法悄悄通知了黑乃仔，他一身黑衣，在黑暗中爬动有如一条黑猫，很快地五个弟兄都得到传来的命令，便同时向对方藏身处摸过去。等到几个人都到了对方藏身的附近时，王如乔猛然朝敌方林子发射一轮枪弹，他一面开枪，一面迅速变换自己藏身的地方。

这一阵枪弹果然引来对方一阵还击，还击的枪弹全都射在王如乔原先藏身之处，树枝树叶被打得一片零落，然而就在这时，黑乃仔率领他的弟兄，向对方枪口亮火光之处展开突袭。一片混乱中夹着惊呼和惨叫声，黑乃仔等五个人中三人偷袭得手，以匕首和短斧干掉三个敌人，两人却被对方摔出数尺之外，紧接着枪声连响，那两个弟兄中弹倒地。

王如乔立刻知道对方至少有两个搏击高手，正要招呼得手的三人速退，单发枪声响起，"砰"的一声，三人中一人应声倒地。黑乃仔大叫一声："狙击手！"飞快地扑倒在地，爬到一棵大樟树后躲藏，一弹飞来正中树干。另一个弟兄吓得扑向另一棵大树，然而他才一动身，"砰"的一声，一颗子弹正中他的后脑，打得他脑浆和着血肉碎骨齐飞，当场挂了。

王如乔和黑乃仔吓得心惊胆战，他们从来没见过这么厉害的狙击手，而且前后子弹似乎来自两个不同的地方，如不是有两个狙击手，便是此人一面射击，一面变换地方躲藏，同时仍能弹不虚发，枪枪毙命，实在可怕之极。

这时一个疯狂的想法闪过王如乔的脑子："我现下乃是'方先觉'，敌人绝不敢射杀方先觉，否则他们这三个月劝降逼降的工夫便白费了。我若冲向这个可怕的杀手，逼他现身，黑乃仔就能抓住机会开枪将他除去！"

他知黑乃仔够机灵，用不着和他预打招呼，只要自己逼出了那狙击手，他自会立即下手。想到这里，他便毫不犹豫，略微抬起身来，认定了那狙击手最后一枪发射的地点，突然暴冲过去。

王如乔身高体壮，比方先觉还要大半号，他这一动作立刻引起一阵枪声，但是子弹都从他身边呼啸而过，果然对方不愿射杀"方先觉"，而他冲扑的动量十分惊人，藏在暗处的狙击手被逼得站起身来向左猛移……

"砰"的一声，狙击手一面闪避王如乔的扑击，一面竟先发制人，开枪击中正在瞄准欲要开枪的黑乃仔，这种射击术和反应力实在是第一流的高手……黑乃仔还来不及开枪便毙命了。

"砰"的又是一枪，一条黑影如鸿雁一般从高处扑下，看似扑向王如乔，却同时手中枪响，偷袭了那狙击手一枪，竟是螳螂捕蝉黄雀在后，也是一枪命中后颈。那狙击手连毙数人，威风八面，竟然也是当场毙命。

来人将王如乔扑倒在地，一起滚到一块巨石之后，王如乔已经看清楚，偷袭狙击手的正是彭怀塘，他手上的枪管还在冒白烟。

然而两人尚未开口交谈，巨石后面两条人影已无声无息地向这边攻到。偷袭塘叔的人跳在空中，落地之前已经攻出三拳，塘叔仓促应战，全力招架还击，但对方拳法诡异，更兼偷袭占了先，塘叔竟然一连被击中两拳，一拳打在右肩，一拳击在右腕，手枪便脱手飞出。那拳头看似轻飘飘地捉摸不定，落在身上却是又沉又重，痛彻心肺；枪法拳脚都少逢敌手的彭怀塘，竟然一个照面就受重创，他感到血气翻腾，一口气差点喘不过来。

他又惊又怒，定神看时，五步之外那偷袭他三拳的竟是一个熟人——日本宪兵司令部里的忍术高手鬼冢大佐。塘叔和他有过交手的经验，但数年不见，这人的拳法益发厉害了。

另一人飞身袭击王如乔，一口气对王如乔攻出两拳后就是一个回旋腿，连续攻击动作流畅之极。王如乔双枪被他击飞，大腿上挨了一记，所幸他身强体壮，虽被击中，并未倒地，反而长手长脚地一把将来人抓住，用尽一身蛮力摔了出去。那人左肩撞在树干上，肩胛骨也挨了结棍的一下，即便没有骨折也够瞧的。

这一下两人面对面，王如乔不识得这踢他的空手道高手樱井健雄，樱井却认出了这一身蛮力的大个子并不是方先觉。

樱井大声怪叫道："这个高大的胖子不是方先觉，我们上当了。"他说的是日本语，王如乔听不懂也猜得出他的意思，强忍着大腿上的疼痛，索性也大声叫道："老子不是方先觉，是你妈的祖宗。"

樱井的华语造诣有相当水平，当然听得懂王如乔骂他的话，心中十分愤怒，却回骂不出相同分量的粗话，此乃因为日语中除了"八嘎呀路"这一类相当于"浑蛋""笨蛋""粪野郎""废人""下等人"等粗话外，没有如中华文化国有国骂、省有省骂的"博大精深"，相比当然逊色，情急之下便改用华语还骂道："我操你妈生下这个大笨猪。"虽然引用了"支那国骂"，但全句不够流利，用词有些不伦不类，显然仍有很大的改进空间。

这时林子里双方就只剩下四个人，那忍者鬼冢大佐对塘叔道："上回和你交手没有分出胜负，今日我们决一死战，大家不用枪，拳脚上见真章，我三分钟内必取你命。樱井，请你告诉这个莽夫。"樱井健雄把这番话译了。

塘叔冷笑不答，其实十分忧心，这个忍术高手的功夫似乎越来越高，也越来越诡异，自己手上无枪，等于失了最有力的利器，他暗忖近来已感到岁月不饶人，以拳脚对付这个忍者，自觉不是对手。但是彭怀塘是个永不屈服的硬汉，他一面严防对手再次突施偷袭，一面打量四周情势，苦思败中求胜之道……

鬼冢大佐身子忽然开始快速旋转，双拳化为一片模糊的拳影，双脚踏着花步逼向塘叔，塘叔向右后方连退三步。他人在退缩，其实已感觉到他的一支手枪摔落在右后方不远处的草丛中；虽然黑暗中看不清，但塘叔相信自己的直觉，那是他大半生各式各样的实战中累积出的经验。

鬼冢再逼两步便要出招攻击，塘叔向右后方扑倒，果然在草丛中摸到他的手枪，伸手正要拾起，鬼冢眼力如鹰，忽然发出一支钢镖，直射塘叔伸出的手掌。塘叔听那钢镖破空之声，便不敢撄其锋，只一退缩，大腿侧已被鬼冢一脚踏住。鬼冢双拳如杵，便要向塘叔后脑击下，塘叔顾不得大腿的疼痛，奋力向左滚出，堪堪避过了致命的两拳，狼狈不堪地站起身来，前胸和大腿的剧痛让这个硬汉额头汗滴直流而下。

他硬撑着，万分紧张地瞅着右边的王如乔，只见王如乔已被樱井健雄的空手道连连击中要害，樱井正鼓足余力施出连环踢腿，要在摇摇欲倒的王如乔头颈上加上致命的两脚——由于王如乔身高近一米九十，比樱井足足高了三十多厘米，樱井乃跃在空中，两脚如车轮般飞舞而至，力道大得惊人。塘叔知道这两脚的厉害，王如乔的头颈如被踢中，只怕当场就要毙命，但是他已无力救援，只能心焦如焚地眼睁睁看着……

就连鬼冢大佐也暂时停下动作，注视着樱井这边决定生死的一刹那……

然而就在此时，一个人影从王如乔后面的松树林中闪出，快如闪电般一脚飞起，竟然从樱井车轮飞转的双脚之间插入，“噗”的一声，结结实实踢在樱井的阴囊及小腹上，时间和部位抓得之准，出脚收腿之快狠，令人目瞪口呆，连鬼冢及塘叔这等高手都惊呆了。

樱井一声惨叫，顿时被这一脚踢飞，撞上数米外的树丛，落在地上不动了。鬼冢大佐从震惊之中回过神来，骇然大叫：“谭腿！”

王如乔死里逃生，惊魂甫定，开始感受到身上所受的内外伤，一股强撑着的意志力为之涣散，他高大的身躯如一座塔般颓然倒下。

来人冷静地站在倒地的王如乔身前，个儿虽然比王如乔矮得多，但他长衫飘飘，自有一番威仪。他凝视着十步之外的鬼冢大佐，很礼貌地抱拳道：“在下谭四山猫，有幸会见忍术高手，阁下是鬼冢大佐？”

鬼冢喃喃低语：“谭四？谭四？”然后也鞠躬道：“在下鬼冢佑助，幸会谭四先生。”谭四山猫道：“鬼冢佑助，我听过你。”

这两人一个说中文，一个说日语，但意思都猜得懂，也不需要翻译。接下去更不需要，因为接下去就动手了。

塘叔扶住一棵大树，勉力撑住不倒地，自己和王如乔都已受了重伤，现在全靠这位半路杀出来的老前辈谭四山猫，不知他能否挡得住这个拳术越来越诡奇高超的忍者。

塘叔在这一刹那间略微放松了紧绷的神经，立刻就被敏锐超人的忍者侦测到，鬼冢作势对谭四发动攻势，其实却就近对已经受伤的塘叔再次偷袭，他一拳一腿扫过，塘叔竟因略微放松的一瞬而遭击中，应声倒地。

谭四冷笑道：“鬼冢忍者，今日要你见识一下真才实学的功夫。你那忍术看似高明，毕竟掺杂太多旁门左道的幻术，不是我的对手。”

鬼冢大佐识得不少汉字，但汉语能听懂的有限，口头表达更是不行，这时隐约听出谭四在谈“忍术”，又听懂了“不是……对手”这一句，不禁大怒，立刻扑前施展十成功力，要将谭四立毙拳脚之下。

他那武术与幻术合为一体的诡奇功夫果然神秘而犀利，十招过后已分不出他的拳脚，只见满天都是鬼冢佑助的身影，也不知何者是幻，何者是真。

谭四连退十步不敢正面接招，鬼冢发出的实招拳脚全部落空，而虚幻招式却完全移撼不了谭四的专注力及意志力；谭四只退而不随之起舞。

谭四闪、躲、退一连五十招，然而闪得惊险，躲得巧妙，退得有节度，然后他长啸一声，只攻出了一拳。

这一拳攻击之处，正是鬼冢大佐五十招万花筒似的诡奇招式中唯一闪过的一次破绽，谭四抓住机会强攻而出，只一招便将鬼冢逼退十步，状甚狼狈。鬼冢深吸了一口气，徐徐吐出，连续三口长气之后，他的目光凝缩，全身汗毛竖立，双肩耸起，双手十指勾如爪状，伏身前扑，喝叫声和动作都变成了一只凶性大发的野猫，张牙舞爪，扑击如风。

谭四暗忖道：“这是忍术的人猫合一术，此人现在是人的脑子猫的身手，人的机智猫的凶残；可我谭四号称‘山猫’，岂会怕你这野性发作的人猫？”

霎时两人又斗在一起，这回的拼斗只见两人腾跳飞扑，双手十指如虎抓，双腿后踢如马蹬，加上不时传出鬼冢凄厉的野猫叫声，远看上去，竟如两只巨大的野兽在作殊死之斗，蔚为奇观。

忽然之间，满天的“兽”影倏地不再，诸多幻象归于无踪，谭四山猫从战斗姿态缓缓直立，鬼冢倒飞出丈余摔落地上，口鼻喷出鲜血，指着谭四想说什么却说不出话来。

原来谭四再一次从鬼冢漫天飞舞的野猫幻招之中抓住了一线破绽，他倏然落地，力贯全身，只见他腰如弓，腿如弦，拳如铁杵又如钢鞭，猛击中鬼冢的猫胸，一拳将他打倒，正是“精武谭腿”中的第一路——“冲拳一条鞭”！这是北派谭腿融入精武门武术的招牌式，威力强大惊人。

鬼冢终于不再喷血，绝望地喊出三个字，连喊两次，发音有点古怪，但可辨识那是：“霍元甲！霍元甲！”然后倒在地上。

谭四山猫走上前去一探，见鬼冢忍者已经断气，喃喃地道：“碰上我，你不该施展人猫术的。”他摇了摇头，转身走开……

塘叔就是在谭四施出“冲拳一条鞭”的那一瞬间回神过来，那一招是霍元甲当年将北派“临清谭腿”的精髓融入精武门的武术，创出“精武谭腿”的第一路。塘叔看到这一招攻入忍者的人猫式，威风凛凛，嗜爱武术的塘叔不禁目眩神驰，浑忘了身处危时与险地……

谭四转身走开，忽然之间倒毙在地上的忍者猫有如背上装了强力弹簧，竟效那九死怪猫一般死而复活，一跃而起，双臂高举，腾空向谭四颈背抓落！

谭四感觉到不对已经晚了，他只能竭尽全身之力半转身想要避开要害受击。但出乎意料地，紧接着却是一声长“喵”哀号，谭四惊骇回首，发现鬼冢再度倒地，而且是俯身卧毙，左右腰肋之间插着两柄银光闪闪的匕首，深没于柄。

谭四没有看到的是，就在鬼冢的忍者猫死而复活、发动致命袭击的一刹那，彭怀塘跪在地上，双手从牛皮束腰上拔出两把银柄匕首，施出了他苦练数十年绝不轻用的绝技——双手同发的飞刀，力道十步可穿革，准头三丈可认穴，江湖上还没有第二人要飞刀能臻此境。可惜谭四没有看见。

但是谭四看见了鬼冢腰肋之间左右各插的匕首柄，银光在黑夜中闪烁。

就凭这两把银柄，谭四心中已经大明大白，他盯着塘叔瞅了好一会，低声道：“好个‘双雁飞’，你是湖北洪三爷的弟子？”塘叔抱拳道：“在下彭怀塘，谭爷好眼力。”谭四整了整长衫的下摆，也抱拳道：“多亏彭兄这‘双雁飞’救了谭四一命，大恩不言谢；你这手飞刀恐怕不在你师父之下了。”塘叔道：“不敢，不敢，若不是四爷出手，如乔兄早已坏在樱井那厮的踢腿下，樱井若是反过来和鬼冢连手，小弟岂有活命？”

他们一同到大树下察看王如乔的情形，只见他面色发青，犹自处于半昏迷状态，看来头上受伤颇重。塘叔上前将王如乔扶起，他看了看腕表，赫然发现整场决战从谭四加入战场到决斗结束，总共不到十五分钟，双方的动作真是兔起鹘落、迅如疾雷，令人不敢置信。

王如乔终于清醒过来，他向谭四谢了搭救之恩，便对塘叔道："我这个冒牌方军长撑不了多久终要穿帮，趁这空当我们正好快闪……"这时林子外面传来了人声，过了一会儿，十几个人持枪从林子外潜行过来。塘叔躲在一棵大树后，低声喝道："丁胡子？"那十几个人倏地停下身来，为首一个大汉低声道："彭老大？"原来是丁胡子率部来接应了。

丁胡子悄声道："十来个鬼子宪兵追你们追过了头，正要回头来西禅寺，被我的弟兄们堵在前头。咱们快从这边小路绕过去，我来带路。"塘叔知道那十来个宪兵就是南乡堂的宪兵队长和他的部下，他冲着丁胡子道："丁胡子啊，我和如乔兄都身受重伤，是一丝力气都没有了，幸好你来了……这位是谭四爷……"

丁胡子又惊又喜，拱手道："谭四山猫？我丁胡子今日见到您老，真是三生有幸！"谭四抱拳道："不客气，多谢丁爷带咱们逃命。"

大战后的衡阳城房屋街市皆遭严重损毁，城中的道路巷弄多被焦木砖石堆塞，有些巷路甚至被炸得不见了形。这时的衡阳城由南到北，何处可通行，何处可藏身，何处绕道可欺追兵，没有比每天在全城各处打探消息的叫花子闲汉更清楚的了。徐矮子生前训练的这一支叫花子部队，在这时就发挥了意想不到的功能。

湘芷和张得山一进入城中，就有花子弟兄从黑暗处闪出来协助带路，绕来绕去就有第二个弟兄出来交接。许多路和地点连湘芷都搞不清楚，起初她还想问清楚为何要这么走，绕到后来她已完全放弃，任由花子弟兄带着他两人飞快地转进转出，然后居然就到了演武坪的西南边缘，这时来接手的正是花子部队的临时队长细芽子。

细芽子接过带路的任务，先将两人带到一大片湿地和矮树林里，找到一处略高之地停下身来，借着微光指向左前方道：“这边是个休耕了的农场，原来是市政府福利农场……”他又指着右前方一片沉寂的黑暗，道：“这边就是演武坪了，从此去摸到了一排木栏杆处，你们再往右走，不出一里路就是演武坪机场的入口。彭老师熟悉这一带，就不会有问题了。”

湘芷仔细辨认了一下四周，虽在黑暗中，但确定了自己所在的位置，心中有了把握，就对细芽子道：“多谢细芽子带的好路，这一路又快又隐秘，完全躲过了日军和伪军，请替我们向弟兄们致谢，就说彭老师再回衡阳时，一定找弟兄们喝酒。”

细芽子觉得这个看似大小姐的彭老师讲话很上道，点头道：“彭老师、张排长保重，细芽子要回去了。”说完便往回头路走去，不一会就消失在黑暗中。

湘芷道：“张得山，你不跟他回城？”张得山道：“我的任务是保护你，你现在尚未脱险，我怎能弃你不顾？”虽然这个任务是张得山自己给派的，听起来有些可笑，但湘芷听了着实感动。她不再多说，指了指前方的演武坪，和张得山小心翼翼地寻地形和树林掩护着前进。

演武坪机场虽已废用，设施仍在，战火也未严重损及，只是闲置多时，杂草蔓生无人整理，显得极是荒芜。一条长约七百米的跑道上全是青草，黑夜中几乎分不出跑道和跑道外的杂草界线在哪里。

谭唯骏躲在机棚中，机棚的角落有一张桌子和两张藤椅。他傍晚时吃了一个馒头，冷馒头用两块豆腐乳伴咽着吃下，口渴得厉害，水壶中喝得只剩下半壶水，便强忍住不敢再喝，剩下的半壶水要撑好几个小时；现在他感到十分口干，但也只能忍着。

他全身飞行装呆坐在桌边干等，接到的信息是今夜方先觉军长随时会出现在演武坪，他的任务就是驾机把方军长送到芷江。

他身边停着那架老“弗力提”教练机，蓝色的机身上写着“北平市-1”。一九三四年秋天，王牌飞行员高志航队长曾驾着这架教练机，在北平市民眼前作五机编队表演。一九四一年，唯骏就是驾这一架飞机载湘芷去芷江，将珍珠港的情报带给叶处长。

抢救方军长的方案，设计了地面及空中双重接应计划，空中的部分设想得十分聪明；由于衡阳八甲岭机场已落入日军之手，日军认为中国空军不可能在衡阳起降，但是他们遗漏了演武坪废机场仍有可能起降旧式的小飞机。于是唯骏便奉命驾这架“弗力提”教练机，悄悄地飞来衡阳。

虽然日军没有特别守备这个废用的机场，但是在日军占领衡阳城的情况下，要驾一架飞机大剌剌地降落在城内，仍然是极高难度之举。芷江基地中飞将如云，能办到的只有谭唯骏，他的高超技术及对衡阳的熟悉，不做第二人想。事实上唯骏飞近衡阳时，临夜下降，马力放到最小，几乎是用滑翔机的技术悄悄潜入，神不知鬼不觉地降落在演武坪，七百米的跑道绰绰有余！

他枯坐等候，时间早已过了午夜，如果到了四时，天亮前仍然不见方军长到来，上级授权他自行决定是回芷江还是继续等下去。看了看时间，已经快要四点钟了。

机棚前方墙上有一个方形的小窗，用帆布遮盖着，由于所在位置离地有两米高，需要爬上梯子才能揭起帆布向外眺望；外面是一片漆黑，整个演武坪及前方的市府农场都没有一盏灯火，眺望也是白费工夫。但是唯骏百无聊赖，忍不住起身爬上梯架，这是午夜之后他第四次向外眺望。

这回从小方窗看出去，外面似有了一丝微亮，他看到了机场外沿的林子，高树一丛丛的黑影依稀可辨。正要盖上帆布下梯，忽然之间，他似乎看见有人沿着机场边缘向机棚跑来，而且是两个人！

他心中升起的兴奋立刻变成了狐疑：“怎么两个人都不是大个儿？不是说方军长身材高大，是个超过六尺的大汉，这两人都不像啊……其中一个还十分瘦小呢。”

他盯着那两人看，只见两人行动迅速而机警，凡有可资掩护的地方他们的身影就失踪，总要过一阵子，忽然又出现在另外一个方位，渐渐地，他们跑得近了，但因角度的关系，那个小方孔已看不到他们。

唯骏轻轻跳下梯架，走到机棚的铁门边，屏息候着不发一声。过了一会，他听到轻敲铁门的声音。

唯骏心跳如鼓，一面从腰间将手枪拔出，开了“保险”，一面贴近铁门，一言不发。

门外轻敲了两次，他都不发声，终于他听到一人小声问道：“唯骏，你在里面么？”

“是湘芷，是湘芷的声音！”唯骏的心几乎跳出胸腔，他从方才看到二人奔过来的情形判断，另外一人应该是同来的伙伴，湘芷没有被人挟持的迹象，便大胆地开锁，将铁门轻轻拉开。唯骏和湘芷面对面地站着，相隔不过两尺，两人手中都持着上了膛的手枪。

“唯骏……”

“湘芷……张班长！”

“是张排长。”

唯骏唤他张班长是客气话，他们两人虽然已在草桥酒馆见过，一大早张得山还特地捎来今夜动手救人的消息，但唯骏没想到短短三年，卫兵张得山竟然“升”成排长了。

湘芷一步踏进机棚，快速地解释：“方军长已经逃脱囚禁之地，由王县长的游击队接应走了，现在一定已到达洪罗庙。唯骏，你可以回芷江去复命了。”她先捡最关键的讲了，谭唯骏一颗吊得老高的心放了下来。

他看了看时间，离四点钟还差五分钟，暗忖道：“等飞机发动滑上跑道便过了四点钟。”他一把抓住湘芷，好像怕她跑掉似的说：“湘芷，时间正好，你跟我走。方军长既然从地面走了，我就送你……就算我专程来接你离开衡阳。”

湘芷笑了，见着唯骏，她紧绷的心情略微一松。唯骏在黑暗中竟然看到她妩媚的笑，忍不住又伸手握住湘芷的另一只手，却握到一支勃朗宁小手枪。

湘芷望了那架弗力提教练机一眼，虽然看不见机身上的字，但她猜得不错：“还是那架‘北平市-1’？”唯骏点头道：“入夜全无灯光，能在演武坪那么短的跑道上摸黑起降的飞机岂有第二架？”他转头对张得山道：“张……排长，麻烦你帮我个忙，把机棚大门拉开！”

机棚门大开，唯骏知道时间不允许再耽搁，他一把将湘芷抱上机翼，正要助她爬进后座，湘芷又跳了下来。她走向张得山，张得山指着机棚外面道：“方才进来时，我看到跑道那边黑压压的好像有一座碉堡，我要去那边设个狙击点，保护你们安全起飞……”

湘芷道：“我们起飞了，你去哪里？”张得山咧嘴笑道：“不一定，我回城去加入伪军，多认识几个汉奸，打探他们的机密。”湘芷深深地看了他一眼，忽然不自禁地抱了他一抱，不顾他身上的血污和臭气，柔声道：“张得山，你要小心活着，不作兴死在鬼子手里。”

张得山又咧嘴笑了笑，对唯骏道：“兄弟，好好飞。”就端起步枪，快步朝他说的那个碉堡的方向跑去。

发动机渐转渐快，热机程序完成，时间是一九四四年十一月十九日凌晨四点过四分。谭唯骏的“北平市-1”弗力提教练机从机棚里滑行而出，缓缓对准了满是杂草的“跑道”。唯骏用一支小手电筒确认了方向盘上的指针正对着西面，然后加足油门，马达声高鸣。他的心弦紧绷，后座的湘芷却不太担心，今夜此时，日军定然全面搜索方先觉，什么地方都会查，就只这个废弃的机场没有人注意。

飞机加速前冲，四面黑茫茫没有一盏灯光作为指标；这一点唯骏却不担心，他知道只要方向正确，机场外的前方是个休耕了的农场，空旷一如机场，完全不用担心撞着什么建筑物……

黑暗中，飞机在跑道上快速奔驰，湘芷似乎看到了右边的碉堡，甚至好像看到了张得山在挥手，用赶牛羊的姿势赶飞机快走。

但那只有一瞬间，也分不出是真看见了还是幻觉，飞机优雅地拉起离地，那熟悉的飞天翱翔的感觉又浮上湘芷的心头。她环目四看，一片黑暗什么也看不清，湘芷忽然发现自己的热泪沿着脸颊流下，不知是兴奋还是伤感，她只是对着黑影幢幢的下方轻声说："再见，衡阳。"

# ◎落幕

一九九七年七月六日，星期日。

彭老太太坐在客厅的落地窗前，七月初，一连四天的暴雨虽已过去，气候仍然不稳定，上午还是艳阳高照，午后开始阴了下来，维多利亚港的天际一层层的乌云开始堆积，港湾里的海反映天空的阴晴色彩，忽暗忽明，忽蓝忽灰，变幻莫测。

彭老太太看得出神，她外表显得那么气定神闲，内心其实忐忑不安地等待着干儿子朱佑华带回拍卖会的结果。

门铃响了一声，接着是钥匙开门锁的声音，她心想："佑华回来了。"

佑华一脸的挫败之色，走进门来，叹一口气，对彭老太太道："干妈，那两封信居然没有标到，您说气不气人……这两封信，一封墨索里尼写给高志航的信虽有卖点，但行家多认为是赝品，另一封克拉克·柯尔写给谭唯骏父母的信太过个人化，本来都不看好，有人出到两万元就停了，我及时加了五千元，全场再无人加码，拍卖会主持人正要敲槌定案，忽然杀出一个人喊价两万六；我一路加，哪晓得此人也一路跟我争标，最后我加到五万，心知这是我的极限了，哪晓得那人一口气跳到十万，便被他买去了。"

彭老太太听了既意外又失望，但是只"呵"了一声，没有多说什么，过了一会才冷静地问道："两封信花十万港币？这人也太大手笔了！你有没有问这人是谁？"

佑华道："那人是个代理人，就像我去代表干妈一样，他背后的买主是内地来的易夫人，不知道是什么来头，也不知道为什么定要和我抢这两封信……我出价五万，已经是原先准备最高上限的两倍，哪晓得他竟一下子跳到十万，我还没有回过神，拍卖槌就敲下去了。"

彭老太太心中十分失望，甚至有些激动，但两封信花十万港币实在超出佑华的财力，她是个经过大世面、见过大风浪的人，表面上丝毫不表现出来，只淡淡地道："没有想到除了我，居然还有一个人把这两封信看得如此之重……你说买主是易夫人，佑华？”

佑华道：“对，易夫人。其他就问不出来了，拍卖会主办单位对买主的数据是要保密的……”

说到这里，他的手机响了，他接起一通电话，听对方讲了一阵后，便回道：“请等一等，待我问一下……不要挂断……”他转向彭老太太道：“是拍卖会的工作人员打来的，说那位易夫人想来拜访干妈……干妈，您怎么说？”

彭老太太的眼睛忽然闪出异样的光芒，她点头道：“可以，她现在就来？”

佑华跟对方说了，合上手机道：“不错，易夫人现在就过来，那人说大概二十分钟后到。”

门铃再响，门开处，一位体形富态的老夫人由一名司机陪同而至。开门的佑华礼貌地招呼：“是易夫人吧？我是朱佑华，请进。”那位老夫人微笑点头道谢，她请司机下楼相候，就走进客厅，然后她看见了坐在轮椅上的彭老太太，两人张嘴吸气“啊”了一声，两秒钟没有出声，然后一齐叫出来：

“湘芷，果然是你！”

“百蕙，果然是你！”

百蕙上前伸出双臂，却发现湘芷坐在轮椅上不能起立，她弯腰侧身和湘芷相拥，两个年近八十的老太太紧紧地抱在一起，足足一分钟之久说不出话来。

湘芷要百蕙和她一起坐在落地窗前，然后介绍道：“这是罗阿姨，我的高中同学，整整五十三年没有见面了；这是我的干儿子朱佑华。”

佑华叫了罗阿姨，行礼笑道：“我代表干妈去今天的拍卖会，却成了罗阿姨的手下败将。”百蕙笑道：“早知道是你干妈的话，我们私下商量就好，何必当场厮杀。我听说叫价竞争得很热闹。”

佑华道：“你们二老五十多年不见，可要好好聊聊……”他走入厨房沏了一壶红茶端出来，道："干妈到香港来几十年，罗阿姨怕是头一个她衡阳六中的老同学异地重逢呢。"

百蕙奇道："佑华，你也晓得六中？"

"听干妈说过的，你们俩一定好多话要讲，我就不打扰了。"说完便退到里面房间去，整个客厅让给了湘芷和百蕙。

几十年不见，却不知从何说起。两人相互打量了一会，百蕙微笑道："我们该庆幸啊，五十三年不见，一见面居然立刻互相叫出名字，证明我们虽然老了，却还没有老到变形的地步。"

湘芷笑道："你真的没有变多少，连酒窝都是老样，我已是走不得的老太婆了。"百蕙凝视湘芷，低声道："湘芷，你还是那么优雅好看。"湘芷不想再在两人的外貌上继续作文章，因为硬说多年轻，全是假话。但她一时不知说哪一桩。

过了一会儿，湘芷问道："听说你去了延安，怎么……怎么变成了易夫人？"

百蕙轻叹了一口气，道："我和华一峰去了延安，解放后，一九五〇年他在人民志愿军中做政治工作，抗美援朝战争中死在朝鲜。后来我和易钧在北京重逢，我俩就结婚了……易钧也去了延安，我们在那边就见过。"

"易钧？《蒸湘报》那个编辑兼记者？"

"不错，那时他是倩文的主管，他后来在文化部工作，我也在文化部下面一个文艺单位做了几十年。对了，倩文后来去了哪里？"

"你去延安的前后时间，倩文考取了'中央大学'中文系，但是她没有入学就从军了。"

"倩文从军了？"

"还记得'一寸山河一寸血，十万青年十万军'的口号吗？这震撼人心的口号曾让全国青年学生闻之热血沸腾，短短两个月十二万青年入伍成军，倩文就是其中之一。她随军远征过缅甸、印度，着实圆了她做战地记者的梦。一九四九年她随军到了台湾，听说离开部队后在一所女子中学里当教官，后来就失去了联络，也不知道人还在不在。”

百蕙沉醉在回忆里，她想到了在“南乡堂”天主堂里一同营救方先觉的魏小玉。

“有小玉的消息吗？我好怀念她。”

“四九年后小玉随南京的空军撤到台湾，听说她嫁给了一个空军军官，后来在医院做到外科主任，退休后去了美国。我想起你们在南乡堂里做‘内应’的事，真是精彩的故事啊……尤其是你那封两个字的电报，我居然收到了……”

“六中的密码？”

“对，六中的密码救了我们！那一次的行动计划已经被汉奸泄露了，可怜老贺竟被日军机枪打死……”

“查出是哪个汉奸？”

“百蕙，你写过一篇有关农村土地改革的长文登在《蒸湘报》上，得罪一个地主叫贺百东的，你还记得吗？”

“贺百东？我当然记得，那篇《雁城农村的悲歌》气得他发誓一只角子也不捐给县政府。他做了汉奸？害死了老贺？”

“不错，这人一面热心公益，用捐钱捐药作掩护，一面勾结日商及南京伪政府做药材生意，发国难财。是他将我们的营救计划通给了日方，老贺他们就掉入了陷阱。”

百蕙叹了口气道：“唉，抗战时期的汉奸真多，杀也杀不完，胜利后好些个摇身一变，又和接收大员勾结在一起，继续发接收财。”

湘芷摇了摇头，轻声道：“贺百东可没那么好的运气，我亲手杀了他。”

百蕙大吃一惊，不敢相信湘芷——优雅文静的湘芷，竟敢杀人！

“你亲手杀了他？”

“衡阳保卫战后，第二年的年初我到宝庆，现在叫邵阳吧，去主持那边的地下工作会议，在大街上看到了贺百东，我就跟踪到他在宝庆的药店，我喊他名字，他回头答应，我的掌心雷连开三枪就将他处决了。”

“杀得好，湘芷你真好样的。”

湘芷淡淡地道：“干地下工作，杀个人算得了什么呢？”其实湘芷这辈子就只杀过这么一个人，百蕙听她的口气，倒觉得莫测高深了。

百蕙小心地问：“塘叔和婶子还在吗？”湘芷道：“都过世了，我娘也过世了，都死在香港。”百蕙为之唏嘘。

湘芷道：“张得山你一定记得的？”

“这辈子也忘不了他，一个看守机场的卫兵，摇身一变成了医疗站的助手，多亏他借送药传消息到南乡堂给我们，不然方军长逃脱的计划哪能执行得那么精准？”

湘芷含笑道：“你还不知道，他也到了香港。”

“张得山也到了香港？他人还在吗？”

“听说他从深圳抱一个篮球泅过深圳河到了香港，后来居然做起中西药的生意。我听佑华说他和内地一个药商合作，从大陆进口中药材到香港来发了财，又从日本进口武田药厂的西药到香港来卖，佑华怀疑他的合伙人就是贺百东的后人，实在不可思议……十年前他退休移民到加拿大温哥华去了，你说这人是不是个奇人？”

百蕙又惊又喜，笑道：“确实不可思议啊，你在香港有没有见过他？”

湘芷摇头道：“我到香港后深居简出，不见任何外人，张得山的故事是佑华在一本专登马路新闻的杂志上看到的报道。”

过了一会，湘芷忍不住问道：“你和华老师，你们有没有……”

百蕙低眉想了想，答道：“我和华一峰到延安有数不清的新鲜事要忙着学，人生地不熟，我们就在一起了，后来他加入了彭德怀老总的军部，干起政治工作，我就进入了文艺和宣传大队。一峰的工作表现好极了，很得上级的赞赏，我们在六中替他起的外号‘西岳’在延安也被叫开了……”

湘芷道：“那也是你叫他‘西岳’，别人才跟着叫的。”

“唉，就是这样得了上级的重视，抗美援朝时才会指名要他去朝鲜，想不到才过鸭绿江就遭到美国飞机轰炸，他们的车队全牺牲了。”

湘芷回想起当年最为同学喜爱的华老师，他在讲堂里侃侃而谈、谆谆善诱的身影又浮现眼前，她叹了一口气，过了一会道：“易钧还健在吧？你们有几个孩子？”

“我们没有孩子。易钧在我最低潮时和我重逢，给我许多慰藉和支撑，我对他感激就嫁给他了。他在文化部做到局级干部，前年患心肌梗塞也走了。这回我是以文艺界代表的身份来参加香港回归大典，打算留一个礼拜，在报上看到拍卖抗战文物的消息就多留了两天。”

湘芷回忆着华老师、易钧这两个衡阳的故人，前者当年最喜欢罗百蕙这个学生——总觉得他们是很好的一对，后者却没有什么深刻印象，想不到他们都去了延安，结果华一峰早逝，百蕙却成了易夫人，真是造化弄人，世事难料啊！

百蕙道：“你在香港几十年做些吗个事啊？”

湘芷的嘴角浮上一丝苦笑，道：“我还是当彭老师呀，在中文学校教国文。我的广东话讲不地道，总有些衡阳腔，我的学生跟着我读唐诗的声调可好听呢。”她回想一九四九年后，她和娘随着塘叔和婶子逃到香港，就在这人生地不熟的地方待了下来。三位老人家先后去世之后，她一人和孩子相依为命，香港的生活过惯了，也不想再去别的地方，几十年就这样过去了……

百蕙再也忍不住了，问道：“湘芷，你结婚了么？”

湘芷摇头未答，过了一会儿才道：“除却巫山不是云，我没结婚。”

百蕙微笑，心中却是百感交集，暗自叹道：“你是除了唯骏不再嫁人，我却是历尽沧桑了。”她感叹之余，想到唯骏表哥本来也是自己的最爱，“湘芷你啊，因我而认识表哥，是我对你们丝毫不提防，才让事情发展成你非表哥不嫁，却忘了你曾说过，永远不会伤害百蕙的话……”

这封了尘的往事，这退了火的怨念，已经几十年不再在意；当衡阳之战结束时，她选择了延安，几十年来她参与解放战争、新中国成立，历经“反右”、人民公社、“文革”、改革开放……所历的艰辛是一言难尽，但如今她的共和国收回香港，她在典礼上看到英国国旗下降时，大不列颠的王储和高官们黯然失色的表情，也感受到五星红旗在《义勇军进行曲》的旋律中傲然升起时的激昂慷慨，她对自己的选择感到骄傲。万万想不到的是五十多年后，她居然再遇到湘芷，却不知为什么见了当年的“死党”，兴奋过后的此刻，竟然又燃起了那一股陈年的怨念。

湘芷的心中浮上的，却是那一架载她飞离衡阳的弗力提“北平市-1”，那架飞机穿过市政府福利农场时，终于被地面的日军发觉，唯骏将飞机猛然拉起避开火网，然后以接近垂直的角度侧身下冲……掠过地面……螺旋上升，几个特技动作就摆脱了高射炮阵地，然后一路飞到芷江。

湘芷现在想起来，心脏仍然加速猛跳，那是她一生经历过的最刺激紧张的三分钟，但坐在唯骏的身后，她却没有惧怕死亡的感觉，事后每次回想起来，都有一丝幸福的快感。就像在芷江空军招待所的一个月，多少次唯骏和她聊到深夜，留下来陪她过夜的甜蜜的点点滴滴，几十年来总是一再地回到她的心头，像是百看不厌的录像，一而再、再而三地在她脑海中倒带，重看……

百蕙凝视着湘芷的脸，心中的不愤和冲动渐渐升起，有一句话她终于想说出口，但这时湘芷说话了：“百蕙啊，我这一世多彩多姿的生命只到打垮日本人那一天，以后的几十年过得平淡有如隐士，活着看世界罢了。”

百蕙回头道：“怎么会呢？”心中暗思：“我这一生是从打赢日本鬼子才开始，几十年来好多酸甜苦辣啊，总算扬眉吐气了。”她望着昔日最好的朋友——也是争夺表哥的对手，蜗居在香港这间公寓中几十年，看上去却依然显得气质优雅，尤其不解的是，看她每次陷入沉思时，脸上就流露出一丝恬静、从容甚至带些幸福的微笑。

不知湘芷在想什么，只听到她忽然低叹了一声，然后道："我们曾经无话不谈，亲同姊妹，是吧？"

百蕙道："你是我这一生最亲密的朋友。"但她忍不住暗问自己："我们真的曾经无话不谈吗？"那一句话，呼之欲出的一句话，在她嘴边打转，百蕙终于忍不住心中那几十年的怨念，脱口道："湘芷，你还记得吗？衡阳之战即将爆发时，我不告而别离开了县政府，你知道我去了哪里吗？"

湘芷睁大了眼，望着百蕙等待答案。百蕙压低了声音，几乎是耳语那样对湘芷道："我去芷江找表哥，表哥陪了我一整夜。"

她盯着湘芷看她的反应，湘芷闭上双眼，转首对着落地窗外的海天，没有说话。

客厅里静得落针可闻，也不知过了多久，忽然门铃声响起打破了沉静，门开处，一个身材高挑的中年女子跨进来。

"妈，我带来了你的晚餐。"

"雁华啊，我这冰箱里还有东西都吃不完，你那么忙做吗个还要送晚餐来？快来见过罗阿姨，娘六中的老同学，五十多年没见了！"湘芷转动轮椅，看到女儿雁华穿了一身浅红色的衣裙；高腰，腰线以下浅红的裙摆上有深红的梅花，上疏下密，艳而不俗，这个女儿从小就会打扮自己。

雁华亲切地叫了声："罗阿姨好，我是彭雁华。"

百蕙赞道："雁华你这身打扮真好看，显得好年轻漂亮。"

雁华先把手上提袋放到厨房，然后出来道："娘，明天是七七抗战六十年纪念日，我是胜利儿童，当然要穿得喜气一些。我带了娘最爱吃的鱼粉，是现杀的活草鱼呢，保证新鲜。"

湘芷慈蔼地望着雁华，雁华的孝心给她温暖，但她心中想的是："可惜雁华没有吃过婶子鱼粉铺的鱼粉。"

雁华对百蕙道："罗阿姨您从内地来？"百蕙道："我从北京来参加七月一号的回归大典，过了明天就要回去了。"雁华道："您讲的衡阳话和娘讲的一模一样，听了好亲切啊。"百蕙道："我和你娘在学校里是形影不离的'死党'呢。"

雁华微笑点头，道："对不起，罗阿姨，我要赶回去做晚饭，不能多陪你了。娘，我走了，明天下午我来陪你去看复健科医生。"

佑华从屋里走出来道："雁华，我正要去写字楼，顺路送你回家。干妈，我会回来和您一起吃晚饭。"

"罗阿姨再见。"

"再见。"

百蕙和湘芷再次陷入沉默。百蕙仔细回想雁华的长相和神情，心中在想："湘芷没有结婚，雁华是她的亲生女儿吗？……"

湘芷双眼盯着窗外，她心中却暗暗喊道："原来如此，她真的去了芷江，唯骏终于对她说清楚了。"于是，湘芷将滚到嘴边的一句话给咽下了："彭雁华，其实她该叫谭雁华。"

她没有说出来，只深深看了百蕙一眼，然后低着眉目淡淡地道："时间好可怕，一转眼雁华都五十二岁了。"百蕙怔了一下，过了一会儿道："她看上去真年轻，顶多四十岁的模样哩。"

湘芷悄悄伸出手，轻轻握住百蕙的手。

百蕙离去了，整间公寓里只剩下湘芷，她丝毫不怕独处的寂寞，事实上自从退休后——尤其是不良于行之后，白天里大半天她都是独处的，对着落地窗看街上的汽车和港里的船，饶有趣味。每天什么时候去澳门的渡轮码头最忙，街上两个红绿灯之间什么时辰车阵有多长，湘芷最清楚。

维多利亚港天际的层云低叠，港湾里一艘巡逻艇快速通过，她看到艇上两面旗帜迎风飘扬，一面五星红旗，一面紫荆花旗。一转头，便看见茶几上多了一个信封，她打开信封，猛地啊了一声，信封里正是拍卖会上百蕙买去的那两封信。

湘芷既震惊又感动，心中暗呼："百蕙啊，你还是都猜到了。"她打开那封克拉克·柯尔致唯骏父母的信，噙着泪又读了一遍，然后小心翼翼地折好放回信封。

窗外长日将尽，不知是不是冷气开得太强，七月天湘芷竟然感到一丝寒意，她推动轮椅到卧室的衣柜前，从柜中拿出一条丝巾披在肩上。

（全文完）

二〇一五　抗战胜利七十周年　除夕

# 后记

方先觉在一九四四年十一月十八日逃离了衡阳，十二月七日潜抵芷江，乘坐飞机到达重庆，受到空前的欢迎。重庆《大公报》的社论标题是“向方先觉军长欢呼”。还有报纸的社论以“方先觉不愧张睢阳”为题，文中说到抗战开打以来可歌可泣之人物事迹不胜枚举，但“对国家贡献最大，于全局胜败有决定作用者，当推衡阳之守”。此处的“张睢阳”，便是唐朝安史之乱时率军数千苦守睢阳的张巡，张巡督战杀敌时裂眦碎齿，张睢阳之齿随着文天祥《正气歌》中“为张睢阳齿，为颜常山舌”之句而名垂千古；而衡阳之守与睢阳之齿隔千年先后辉映，同垂不朽。

蒋介石在云岫楼赐宴欢迎方先觉归来，蒋经国在旁作陪。第十军从军长到四位师长皆获得“青天白日勋章”的殊荣。但不久之后，陪都重庆开始传出各种对方先觉“降敌”的不利传言和抨击，在毁誉纷扰中，方先觉的妻子周蕴华只说了一句：“子珊，对得起良心也就是了，我们该回家了。”

此后方先觉的军职被调来调去，不再受重用。一九四九年到了台湾，曾任澎湖防卫司令部副司令，换了几任司令他总是副手，他深切知晓自己的军旅生涯已走到尽头；再说，烈士暮年已见白头了。

一九八三年，方先觉在台北逝世，享年八十岁，葬于汐止五指山国军示范公墓。

葛先才师长在方军长逃离衡阳后，被日军送到“联湖书院”囚禁，书院四面环水，只有一条连外通道，日军派了一排士兵看管。

四个月后，日军防范渐松，营救第十军被囚将军们的外援也联络到书院内的弟兄，终于在地下工作人员内外合力之下，葛先才师长等人也逃离了衡阳。经过一县又一县的接力护送，终于也到达芷江空军基地，葛先才一行人乘坐美军运输机飞到重庆。

一九四五年八月日本无条件投降，八年抗战结束。翌年初，蒋介石命葛先才飞回衡阳，负责搜寻中国军队阵亡将士的遗骸，集体建为烈士公墓，以慰忠魂。葛先才召集了六十多位第十军战后余生的衡阳官兵旧部，不计任何代价，辛苦工作了四个多月，寻得忠骸三千多具，就近在塘边清洗忠骸，集体埋葬后建立石碑，碑曰“陆军第十军衡阳保卫战阵亡将士之墓”。

葛先才（1904—1997），湖北人，黄埔四期毕业。一生戎马，常德会战时是第十军预十师的副师长，在第一线指挥作战时胸部中弹，子弹从左乳下射入，背脊左穿出，离心脏只一公分之距。葛中年丧偶后未娶，这件有名的血衣由其胞妹珍藏至今。第十军的军师长之中，他最先得到“青天白日勋章”，那是褒扬他在衡阳保卫战中冒日军毒气血战张家山的英勇功绩。

周庆祥（1904—1948），山东人，黄埔四期毕业。他在衡阳城新街阵地危急时，亲自持枪冲锋，身先士卒，歼灭敌军，因而获颁“青天白日勋章”。衡阳保卫战被俘后，他和参谋长孙鸣玉是最早逃离衡阳的两人。他逃脱后走到广西，收编第三师旧部一路辗转奔向重庆，在整编后的第十军担任副军长。

一九四七年他任国军整编三十二师的师长，翌年三月在周村战役中与解放军作战失败，被指控严重贻误战机，在南京接受军法审判，被判死刑枪决于雨花台。

周庆祥被枪决，等于戳破了一个历久的传说：获得“青天白日勋章”者可以免死。“免死金牌”毕竟是封建时代的故事了。

畑俊六（1879—1962）是日本帝国的最后一个元帅，他出生于福岛，以第一名成绩毕业于日本陆军大学，数次担任驻欧的武官，也曾担任过台湾军团司令官。

在他任华中派遣军司令官时，指挥了徐州、武汉会战，在日本高级将领中他最早看出侵华之战如不能见好就收，终将使帝国步向危境。一九三九年，他任陆军大臣，在日本是否要与德、意结轴心之盟的争议中，他以辞职促成了三国联盟，战败后成了一级战犯受到军事审判，被关入东京巢鸭监狱。但是深谋远虑的畑俊六暗藏了一封保命信件，是一位皇室亲王逼迫他以辞职倒阁促成德意日结盟的亲笔信，使得他在国际军事法庭中以五对六的票数惊险地逃过死刑。他的无期徒刑刑期只执行了不足十年，便被释放归田。

畑俊六幸活到八十三岁，虽然他的双手沾满了被侵略者的鲜血，但是他的战时日记相当完整地记录了八年抗战的大事——从一个日军最高统帅的观点看这段史实，是具有一定价值的原始史料。

横山勇（1889—1952），出生于日本千叶县。他所率领的第十一军团是“一号作战”的主力。攻陷常德、长沙、衡阳后进军广西，战功彪炳。长衡保卫战战后调回日本保卫本土，出任西部军司令官、第十六方面军司令官，最后在福冈迎接“终战”。

横山勇在常德会战时使用生物武器违反《日内瓦公约》，又于退出常德时焚城屠杀伤兵、俘虏及平民。他在西部军司令官任内，管区内发生九州岛大学“生体解剖”事件及“油山斩首”事件；前者八名美国B-29轰炸机被俘机员遭活体解剖杀害，后者在广岛、长崎遭原子弹轰炸后，一九四五年八月十日在福冈油山市将八名美军战俘斩首。战后横山勇被军事法庭判处绞刑，后改为无期徒刑，一九五二年病死于狱中。

日军攻打衡阳城的主力六十八师团，师团长原本是佐久间为人中将，在勘察攻城时死于白天霖连长指挥的迫击炮轰击（另一说重伤未死）。继任的堤三树男中将，于衡阳战后翌年率部到常宁整备。日本投降后，堤三树男在南京军事法庭受审，判决资料不详。

# 跋

一九四五年八月十四日日本天皇宣布无条件投降时，我两岁，内子明赛正好满半岁——她是“胜利儿童”。

在那之前一年，一九四四年的六月，第二次世界大战打到了决定性的关头，欧洲战场上盟军在诺曼底登陆成功，大军开始攻向德国本土；而东方的中国战场上，中日军队在湖南衡阳进行了八年抗战中最惨烈、最重要，也是最经典的一场大战——衡阳保卫战。这场战役双方厮杀了整整四十七天，中方以一万七千将士抵住十万日军的疯狂攻击，是“二战”里日方自认牺牲最惨重的战役。日本官方公布的双方伤亡数字，日军竟然远超过装备低劣的中国军队，这是八年抗战中日大小百战中绝无仅有的战果。在政治上，这场战役日军迟迟攻不下衡阳，成为压倒东条英机内阁的最后一根稻草。

衡阳，地处南岳衡山之南，又名雁城，传说北方候鸟大雁南飞至衡阳而返。著名的《滕王阁序》文中，年轻才子王勃一句“雁阵惊寒，声断衡阳之浦”，让雁城之名流传千古。

衡阳，是我父母出生的祖籍之地，我到二〇一二年才有机会第一次亲临斯土。短暂的停留给我的感觉是旧衡阳已全毁于战火，改头换面的新城里，战前的种切已不复可寻。只有在沿蒸水向西乡金兰寺寻祭祖坟时，沿途但见山清水秀，想到父亲当年曾经多少次乘船往来于此河段，心中忽然涌上一种亲切的情怀，不知父亲如能亲见，是否会觉得青山不改，绿水长流？

去年十月忽然兴起了要为纪念抗战胜利写一篇小说的念头，很自然地便想到要以“衡阳保卫战”作为时代背景及故事主轴。衡阳之战的主角，第十军军长方先觉是一位了不起的勇将，也是一位历史的悲剧英雄。在阅读了相关资料后，我决定将重头戏放在孤城奋战四十七日、城破后为保护七千名伤兵不遭屠杀而委屈受俘的方先觉，以及各方志士冒险营救方先觉逃离衡阳的故事上；这是全书的“经”。

全书的“纬”，则是写从战云密布到大战爆发的年代中，一群年轻的女学生如何从学校毕业就投入抗敌的各种战场，战争完全改变了她们的人生，也让她们的人生如新星升空，意外地发光发亮，也有的意外地及早殒落；我写她们在历史洪流中的选择和命运。

“经”犹有信史可稽，“纬”则显得困难重重。提笔写我一岁时的人和事，如何能有真实的感觉？我的依靠是家庭的背景。父母都是衡阳人，有他们的衡阳乡亲朋友，我在成长过程中，长期不经意地从他们的故事、言谈，及一切可以对我耳濡目染的信息中得到那个时代的点点滴滴，我脑海中汇成一种奇异的、跨越时空的、欲断还续的联结，那条联结既感纤弱，却又绵绵难绝。其中尤其以来自我百龄老母的资讯特别难能可贵，她老人家的记忆力及观察力惊人，对旧衡阳城的描绘，那个时代的女学生们的家庭及学校生活、师生同学之间的互动，她们的感情世界，她们在乱世的滔滔巨流中的抉择……生动的描述总让我能在沉淀之后，抓住一鳞半爪的真实。

也因为她的缘故，我很自然地兴起以女性为这部小说主角的念头，从女性的角度来写发生在那个大时代里的事，以及卷入到那些事故中的青年，他们展现出的智慧、热血、爱国情操和与敌人战斗的英勇。

记得刚写完《王道剑》时，一位女性朋友看完手稿给了我一些意见，在有关书中男女感情的情节方面给予了极低的评价——评语是“作者根本不了解女人”。

这回写《雁城谍影》却以女性为主角，那挑战有多大就不提了。

《雁城谍影》全书二十八万字，四个月写完。战争的部分都有史料的依据，至于营救方先觉的部分，搜集到的资料有相当程度的众说纷纭，在方先觉生前身后也都语焉不详；这部分我用了较多的小说笔法，但相信大致无损历史的正确性。对日抗战是一场民族圣战。地不分东西南北，人不分男女老幼，在民族面临存亡之际，中华儿女全体奋起，用生命和强虏搏斗，用血汗捍卫我们的领土，终于得到最后的胜利。

这段伟大的历史，在两岸隔绝的时代不能一起回望，所幸近年来两岸逐渐走向和平，这本以衡阳保卫战、中国空军血洒长空的史实所写的小说，也终于在大陆出版，作者存着感动的心，把这一段可歌可泣的历史故事献给大陆的读者，希望也能带给您们同样的感动。

上官鼎

二〇一五年四月十八日

## 上官鼎作品

**王道剑（全四册）**
上官鼎著
ISBN 9787108050823
定价：129.00

一四〇二年，“靖难之变”后的建文帝下落不明，近臣郑洽亦不知所踪。

二〇〇八年，福建宁德发现皇陵格局之古墓，而当地支提寺中一件云锦袈裟，居然暗藏“九五之尊”玄机。

二〇一〇年，浙江郑义门村迎接来自宁德“郑岐村”的旁支认祖归宗，郑岐便是郑洽？

历史留白的悬案，经过了六百多年的岁月，真相似乎正一点一滴地呈现……

朱元璋得下天后，以御赐毒酒杀尽明教英豪，独军师方冀侥幸得脱
庙堂之上，大将傅友德引剑自刎，幼孙傅翔却为方冀所救
这一老一小，荒山研习，矢志屠龙
却不知不觉间走入靖难之变的风暴中心……

### 第一部 乾坤一掷

◎ 锦衣卫突袭荒村，村民惨遭灭门，野外垂钓的孩子竟是追杀目标。
◎ 朱元璋大开杀戒，开国功臣及昔日明教战友迭遭毒手。
◎ 颓圮的寺庙中，千里奔逃的师徒顶礼何方神圣？

◎ 少年天赋异禀，深山随师苦练武功。书生科场及第后结识的原来是欲为仁君的皇太孙。

◎ 异域高手挟诡异武功突现中原，多年隐匿的全真前辈深山求救。

◎ 南京城闪现明教遗存星火，一条密道直通大内皇帝寝宫……

## 第二部 大战天竺

◎ 图谋中土秘笈：挑衅丐帮、血染少林、重创武当，异域神功锐不可当。

◎ 新皇帝登基施行仁政，新锦衣卫彻查旧日奇案。

◎ 南京皇宫里君臣议定削番，北平王府中燕王部署“靖难”。

◎ 武当少林有异邦卧底，锦衣衙门有明教浪子，名门掌门竟是天竺门人——阴谋阳谋交集，中外正邪京城废庙里出手见高低。

◎ 南京城大军挥师北上，北平城王妃世子固守危城，燕王大军去向何方……

## 第三部 云锦袈裟

◎ 朱元璋失算杀尽战将，无能少帅兵败如山倒，铁铉济南城头“灵牌”退敌。

◎ 锦衣卫高官对决：一方真身原来是全真叛逆，一方施展的竟然是明教绝学。

◎ 为抗强敌来袭，武林会盟武当山，天竺高手变身中土掌门。

◎ 道衍和尚奇计奏效，南京城破，建文帝削发，是谁不念旧恶指挥救驾？

◎ 燕王篡位，忠臣不屈蒙难。千金一诺，辗转抢救遗孤……

## 第四部 王道无敌

- ◎ 达摩密洞藏有梵文经典，天竺传人蓄势武学突破。
- ◎ “融会贯通” 到“脱胎换骨”，王道剑超凡入圣。
- ◎ 扬威海外、追寻逃人，郑和船队扬帆起航。龙隐佛门，皇后遗言以千尊铁佛求谅。
- ◎ 中外毒王殊死之战结局出人意外。世上可有生生不息、永无止境的王道武学？
- ◎ 金龙云锦袈裟呈到朱棣面前；胡滢的秘方有何妙用？
- ◎ 一百多年后，朱家的年轻皇帝对首铺张居正说了什么……

我个人最喜欢的作家，第一是古龙，第二就是上官鼎。

——金庸

“王道剑”兼具历史与武侠两个层面，将历史背景与故事发展，密切结合。其历史背景，是明成祖与建文帝之间的斗争；所有的故事发展，于“靖难之变”有相当详细的叙述。

——许倬云

我一口气就拜读了大半，不仅内容精彩，许多隐含在小说中的意涵与境界，也值得进一步思索推敲，相信对于个人的人生与企业的经营定将有所助益。

——施振荣